M

Rozando el cielo

Mile High

LIZ TOMFORDE

Montena

Papel certificado por el Forest Stewardship Council®

MIXTO
Papel | Apoyando la
silvicultura responsable
FSC® C117695

Penguin
Random House
Grupo Editorial

Título original: *Mile High*

Primera edición: noviembre de 2023
Primera reimpresión: noviembre de 2023

© 2022, Liz Tomforde
Publicado originalmente por Hodder & Stoughton
Traducción publicada por acuerdo con Sandra Dijkstra Literary Agency
y Sandra Bruna Agencia Literaria, S. L.
Todos los derechos reservados
© 2023, Penguin Random House Grupo Editorial, S. A. U.
Travessera de Gràcia, 47-49. 08021 Barcelona
© 2023, Lorena Castell, por la traducción

Printed in Spain – Impreso en España

ISBN: 978-84-19848-26-0
Depósito legal: B-15.631-2023

Compuesto en Grafime, S. L.

Impreso en Black Print CPI Ibérica
Sant Andreu de la Barca (Barcelona)

GT 4 8 2 6 0

Para mi madre, por ser la mujer
más cariñosa que he conocido jamás.
Ojalá todas las chicas tuvieran
una madre como tú

Advertencia:
este libro incluye contenido
sexual explícito,
consumo de alcohol
y relaciones tóxicas.

Playlist

Planez - Jeremih feat. J. Cole	♥	**4:00**
Imported - Jessie Reyes & 6LACK	♥	**3:32**
Swim - Chase Atlantic	♥	**3:48**
You Got It - VEDO	♥	**3:23**
Feels - Kehlani	♥	**3:01**
safety net - Ariana Grande feat. Ty Dolla $ign	♥	**3:28**
I Like U - NIKI	♥	**4:27**
Love Lies - Khalid & Normani	♥	**3:21**
Close - Nick Jonas feat. Tove Lo	♥	**3:54**
Every Kind of Way - H E R.	♥	**2:40**
One In A Million - Ne-Yo	♥	**4:03**
Hrs and Hrs - Muni Long	♥	**3:24**
Conversations in the Dark - John Legend	♥	**3:55**
Constellations - Jade LeMac	♥	**3:20**
love you anyway - John K	♥	**3:26**
Medicine - James Arthur	♥	**3:28**
Say You Love Me - Jessie Ware	♥	**4:17**
Half a Man - Dean Lewis	♥	**2:59**
Always Been You - Jessie Murph	♥	**2:11**
Get You the Moon - Kina feat. Snøw	♥	**2:59**
Hard Place - H.E.R.	♥	**4:31**
Best Part - Daniel Caesar feat. H.E.R.	♥	**3:29**

Zanders

—Me encantan los partidos fuera de casa.

—Odio los partidos fuera de casa —se queja Maddison sacando su maleta de la parte trasera de mi Mercedes-Benz G-Wagon, mi última adquisición, antes de ponerse la chaqueta del traje.

—Los odias por la misma razón por la que a mí me gustan tanto.

Cierro el coche, me meto las llaves en la bolsa y respiro profundamente para que el aire fresco de Chicago en otoño llene mis pulmones. Me encanta la temporada de hockey, y esta semana comienza fuera de casa.

—¿Por qué, porque tienes chicas esperando para verte en cada ciudad que visitamos? Mientras que la única mujer que quiero ver yo es mi esposa, que está aquí, en Chicago, con mi hija y mi hijo recién nacido.

—Exactamente —asiento, dándole una palmadita en el hombro a Maddison cuando entramos en la zona privada del aeropuerto O'Hare International.

Mostramos nuestra documentación a seguridad antes de salir a la pista.

—¿Tenemos avión nuevo? —pregunto deteniéndome en seco y ladeando la cabeza hacia el nuevo pájaro con el logo de nuestro equipo en la cola.

—Eso parece —agrega Maddison distraídamente, mirando su teléfono.

—¿Cómo está Logan? —pregunto en referencia a su esposa, a quien sé que está enviando mensajes en este momento. Está obsesionado con ella. Se pasa el día escribiéndole.

—Es impresionante, tío —dice Maddison con la voz llena de orgullo—. MJ tiene solo una semana y ella ya controla sus horarios.

Menuda novedad. La esposa de Maddison, Logan, es una de mis mejores amigas y probablemente la persona más capaz que conozco. Son mis únicos amigos con hijos, pero su familia se ha convertido en la mía. Su hija me llama tío Zee, y yo me refiero a los dos pequeños como mi sobrina y sobrino, a pesar de que no hay lazos de sangre entre nosotros. Su padre es mi mejor amigo y prácticamente mi hermano ya.

Cosa que no siempre fue así.

De jóvenes, Eli Maddison fue mi rival más odiado. Ambos crecimos en Indiana y jugamos al hockey competitivo con dos equipos diferentes. Él era el niño mimado que siempre conseguía todo lo que quería, y eso me molestaba muchísimo. Su vida era perfecta. Su familia era perfecta, y la mía, todo lo contrario.

Luego pasó a jugar para la Universidad de Minnesota mientras yo lo hacía para el estado de Ohio, y nuestra rivalidad de la infancia se convirtió en cinco intensos años de hockey universitario. En aquel momento, yo tenía algunos problemas familiares, y descargué toda mi ira en el hielo. Maddison terminó siendo el que se comió toda mi mierda cuando lo lancé contra la valla con un golpe sucio a principios de nuestra época universitaria, en segundo curso. Le jodí el tobillo lo suficiente como para sacarlo de las clases y, por lo tanto, de la selección de la Liga Nacional de Hockey.

Irónicamente, yo también tuve que dejar segundo porque había suspendido algunas asignaturas.

Eli me odiaba por eso, y yo me odiaba a mí mismo por muchas otras razones.

Entonces comencé a ir a terapia. Como un clavo. Me trabajé mi mierda, y en nuestro último año, Maddison y yo ya éramos los mejores amigos. Seguíamos jugando con diferentes equipos, pero nos respetábamos y encontramos puntos en común en nuestros problemas de salud mental. Él lidiaba con la ansiedad y los ataques de pánico, y yo, con una ira tan amarga que me consumía y me provocaba ataques de pánico que me cegaban por completo.

Y el destino quiso que Eli Maddison y yo aterrizáramos en el mismo equipo en Chicago para jugar de forma profesional con los Raptors. Esta temporada empieza mi séptimo año aquí y no puedo imaginarme jugando en ningún otro lado.

Es por eso por lo que necesito asegurarme de volver a firmar al final de la temporada, cuando mi contrato termine.

—Scott, ¿tenemos avión nuevo? —pregunto a uno de los jefes de nuestro equipo, que camina delante de nosotros.

—Sí —me dice por encima del hombro—. Todos los equipos profesionales de Chicago. Nueva compañía chárter. Nuevo avión. Un gran trato que firmaron con la ciudad.

—Avión nuevo. Nuevos asientos… Nuevas azafatas —añado con picardía.

—Siempre hemos tenido azafatas nuevas —interviene Maddison—. Y todas han intentado acostarse contigo.

Me encojo de hombros con aire de suficiencia. No se equivoca, y tampoco me avergüenzo. Pero no me acuesto con mujeres que trabajan para mí. La cosa se pone fea, y no me gusta.

—Eso también es nuevo —grita nuestro jefe de equipo—. La misma tripulación de vuelo durante toda la temporada. Los mismos pilotos y las mismas azafatas. Se acabó el personal nuevo subiendo y bajando de nuestro avión pidiendo autógrafos.

—O pidiendo desabrocharte los pantalones —apunta Maddison con una mirada mordaz.

—No me importaba.

Me suena el móvil en el bolsillo del pantalón de traje. Al sacarlo, veo que tengo dos nuevos mensajes directos esperándome en Instagram.

Carrie: *He visto tu calendario de partidos. Estás en la ciudad esta noche, por lo que veo. ¡Estoy libre, y será mejor que tú también lo estés!*

Ashley: *Estás en mi ciudad esta noche. ¡Quiero verte! Haré que valga la pena.*

Entro en la aplicación Notas y abro la entrada titulada «DENVER», tratando de recordar quiénes son estas mujeres.

Al parecer, Carrie fue un gran polvo con unos melones fantásticos, y Ashley me hizo una mamada increíble.

Va a ser difícil elegir dónde quiero que me lleve la noche. Aunque también está la opción de salir y ver si puedo ampliar mi lista de Denver con algunos fichajes nuevos.

—¿Vamos a salir esta noche? —le pregunto a mi mejor amigo mientras subimos las escaleras del nuevo avión.

—Voy a cenar con un amigo de la universidad. Mi antiguo compañero de equipo vive en Denver.

—Ah, mierda, es verdad. Bueno, pues tomemos unas copas después.

—Voy a acostarme temprano.

—Siempre te acuestas temprano —le recuerdo—. Solo quieres quedarte en tu habitación de hotel y llamar a tu mujer. Únicamente sales conmigo cuando Logan te obliga.

—Bueno, tengo un hijo de una semana, así que te aseguro que no voy a salir esta noche. Necesito dormir.

—¿Cómo está el pequeño MJ? —pregunta Scott desde lo alto de las escaleras.

—Es la cosa más bonita —responde Maddison, y saca el móvil para mostrar las innumerables fotos que me ha enviado durante la semana—. Ya es diez veces más tranquilo que Ella cuando acababa de nacer.

Paso frente a ellos y entro en el avión, sorprendido por lo increíble que es. Es completamente nuevo y tiene las alfombras y asientos personalizados con el logotipo de nuestro equipo por todas partes.

Dejo atrás la mitad delantera del avión, donde se sientan los entrenadores y el personal, y me dirijo a la fila con las salidas de emergencia, donde Maddison y yo nos hemos sentado durante años, desde que él se convirtió en capitán, y yo, en capitán suplente. Dirigimos todos los aspectos del equipo, incluidos el sitio de cada uno en el avión.

Los veteranos se sientan en la fila con las salidas de emergencia y el resto más atrás cuanto menor es su antigüedad en el equipo, de manera que los debutantes van en la última fila.

—Ni de coña —niego rápidamente, al encontrar a nuestro defensa de segundo año, Rio, sentado en mi asiento—. Levántate.

—Estaba pensando que tal vez —comienza él, con una sonrisa de imbécil en toda la cara— ¿nuevo avión, nuevos asientos? Tal vez tú y Maddison queráis sentaros en la parte trasera del avión con los novatos este año.

—Que no. Arriba. No me importa que no seas debutante esta temporada. Voy a seguir tratándote como uno.

Los rizos le caen sobre los ojos, verde oscuro, pero todavía los veo brillar con diversión mientras me provoca. Maldito cabrón.

Es de Boston, Massachusetts. Un niño de mamá italiano al que le gusta poner a prueba mi paciencia. Pero casi cada vez que abre su maldita boca termino riéndome. Es jodidamente divertido. Solo diré eso.

—Rio, levántate de nuestros asientos —ordena Maddison, que está justo detrás de mí.

—Sí, señor.

Se pone de pie rápidamente, coge su radiocasete del asiento de al lado y se apresura hacia la parte trasera del avión, donde debería estar.

—¿Por qué a ti te hace caso y a mí no? Soy diez veces más intimidante que tú.

—Tal vez porque te lo llevas por ahí cada vez que estamos de viaje y lo tratas como tu coleguita, mientras que yo soy su capitán y dejo los límites claros.

Tal vez si mi mejor amigo viniera conmigo, no tendría que llevarme a un chaval de veintidós años como suplente cuando estamos en la ciudad.

Meto mi bolsa en el compartimento superior y ocupo el asiento más cercano a la ventana.

—Ni de coña —salta Maddison poniéndose de pie y mirándome—. Tuviste la ventana el año pasado. Te toca el pasillo esta temporada.

Miro el asiento que tengo justo al lado y luego a él.

—Es que me mareo.

Maddison estalla en carcajadas.

—No, no te mareas. Deja de ser un capullo y levántate.

De mala gana, me muevo al asiento contiguo. En este avión solo hay dos a cada lado del pasillo. Otro par de veteranos se sientan en la fila frente a nosotros.

Saco el móvil y vuelvo a leer los mensajes de las chicas en Denver, preguntándome cómo quiero que sea mi noche.

—¿Qué preferirías: un buen polvo, una mamada alucinante o arriesgarte con alguien nuevo?

Maddison me ignora por completo.

—¿Los tres? —respondo por él—. Quizá podría encajarlo.

Me llega otro mensaje. Esta vez al chat grupal, y es de nuestro agente, Rich.

Rich: *Entrevista con el* Chicago Tribune *antes del partido de mañana. Actuad un poco. Hacednos ganar dinero.*

—Rich ha escrito —le digo a mi capitán—. Entrevista mañana antes del partido. Quiere que hagamos nuestro numerito.

—Menuda novedad —suspira Madison—. Zee, sabes que tienes las de perder en esto. Cuando estés listo para que la gente se entere de que no eres el imbécil que todos creen, házmelo saber y se acabó el espectáculo.

Esta exactamente es la razón por la que Maddison es mi mejor amigo. Puede que sea la única persona, además de su familia y mi hermana, que sabe que no soy tan mal tío como me pintan los medios de comunicación. Pero mi imagen tiene sus ventajas, una de las cuales es que las mujeres se abalanzan sobre el autoproclamado «malote insufrible» y que nuestras personalidades, tan opuestas, nos hacen ganar mucho dinero a ambos.

—Qué va, todavía lo disfruto —le confieso—. Tengo que lograr que me renueven el contrato al final de la temporada, así que, hasta entonces, debemos seguir así.

Desde que Maddison llegó a Chicago, hace cinco años, hemos montado una trama que se tragan tanto los seguidores como los medios de comunicación. Hacemos que la organización gane una barbaridad de dinero porque nuestro dúo llena las gradas. Los que fueron adversarios acérrimos se convirtieron en mejores amigos y compañeros de equipo. Maddison lleva años casado con su novia de la universidad y tienen dos hijos. Mientras que yo hay noches en las que llevo a mi ático a dos mujeres diferentes. No podríamos ser más diferentes desde fuera. Él es el niño bonito del hockey, y yo, el alborotador de la ciudad. Él suma goles y yo sumo mujeres.

La gente se traga esa mierda. Actuamos para los medios, pero la verdad es que no soy el gilipollas que la gente se cree. Me interesan muchas más cosas que las mujeres que me llevo a casa con el deporte. Pero también estoy seguro de mí mismo. Me gusta tener sexo con mujeres preciosas, así que no voy a disculparme por ello. Si eso me convierte en una mala persona, que les den. Gano un montón de dinero siendo el «chico malo».

Mientras me desplazo por la pantalla del móvil, veo una figura con el rabillo del ojo, pero no miro hacia arriba para ver a quién tengo frente a mí. Aun así, distingo las curvas del cuerpo de una mujer, y las únicas mujeres a bordo son asistentes de vuelo.

—Disculpen… —comienza.

—Sí, soy Evan Zanders —la interrumpo, sin levantar la mirada de la pantalla del móvil—. Y sí, este es Eli Maddison —añado cansado—. Lo siento, nada de autógrafos.

Esto sucede en casi todos los vuelos. La nueva tripulación babea por conocer a deportistas profesionales. Es un poco molesto, pero forma parte del trabajo ser reconocido tanto como nos ocurre a los dos.

—Me alegro por ustedes. Y no quiero su autógrafo —responde en un tono de absoluta indiferencia—. Lo que iba a preguntar es si están listos para que les dé las instrucciones de seguridad para las salidas de emergencia.

Finalmente, la miro y veo esos ojos verdes azulados tan penetrantes y mordaces. Tiene el pelo castaño y rizado, lo que hace que rebote, incapaz de ser domado. Tiene la piel ligeramente morena, salpicada de suaves pecas en la nariz y las mejillas, pero, por su expresión, no podría estar menos impresionada conmigo.

No es que me importe un carajo.

Paseo la mirada por su cuerpo. El ajustado uniforme de trabajo le marca cada curva de su figura.

—Se da cuenta de que está en la fila con las salidas de emergencia, ¿verdad, señor Zanders? —pregunta como si yo fuera idiota, con esos ojos almendrados entrecerrados.

Maddison se ríe a mi lado, ninguno de los dos ha escuchado a una mujer hablarme con tanto desdén.

Entorno los ojos hasta que son apenas dos hendiduras, sin amedrentarme y un poco ofendido de que me haya hablado de esa manera.

—Sí, estamos listos —responde Maddison por mí—. Adelante.

Ella suelta su rollo y yo desconecto. He escuchado esto más veces de las que puedo contar, pero supongo que es algo que tienen que explicarnos antes de cada vuelo por cuestiones legales.

Me desplazo por la pantalla del móvil mientras ella habla; mi cuenta de Instagram está llena de modelos y actrices, con la mitad de las cuales he salido. Bueno, probablemente «salir» no sea la palabra correcta. Más bien me he acostado con ellas. Pero son un regalo para la vista, así que las sigo en las redes sociales por si quiero repetir.

Maddison me da un codazo.

—Zee.

—¿Qué? —respondo distraídamente.

—Te ha hecho una maldita pregunta, tío.

Miro hacia arriba y veo que la azafata me mira fijamente. Con una expresión de máximo fastidio, su mirada se desplaza hacia la pantalla de mi móvil, donde se ve una mujer semidesnuda en toda la página de inicio.

—¿Está dispuesto y se ve capaz de ayudar en caso de emergencia? —repite ella.

—Claro. Tomaré agua con gas, por cierto. Con extra de lima —respondo, y vuelvo la atención de nuevo al móvil.

—Hay una nevera en la última fila donde puede servirse usted mismo.

La miro como un rayo una vez más. ¿Qué le pasa a esta chica? Reparo en la chapa con su nombre: un par de alas con «Stevie» grabado en el centro.

—Bueno, Stevie, me gustaría mucho que me la trajeras.

—Bueno, Evan, a mí me habría gustado mucho que prestaras atención a mis instrucciones de seguridad en lugar de asumir que quería tu autógrafo como si fuera una grupi. —Me da una palmadita en el hombro con condescendencia y añade—: Lo cual no soy.

—¿Estás segura de eso, dulzura? —pregunto. Pongo una sonrisa de suficiencia que se me sale de la cara mientras me inclino hacia delante en el asiento para acercarme a ella—. Podrías sacarte un montón de dinero.

—Qué asco. —Su rostro se contrae con repugnancia—. Gracias por escuchar —le dice a Maddison antes de dirigirse a la parte trasera del avión.

No puedo evitar darme la vuelta y mirarla pasmado. Mueve sus anchas caderas al caminar, ocupando más espacio que las otras azafatas que he visto a bordo, pero su pequeña falda de tubo se hunde en la cintura.

—Pues Stevie es una cabrona integral.

—No, lo que pasa es que tú eres un completo imbécil, y ella te ha llamado la atención —se ríe Maddison—. Y ¿Stevie?

—Ese es su nombre. Lo ponía en la chapa.

—Nunca te habías aprendido el nombre de una azafata —comentó con un tono lleno de acusación—. Pero está claro que le importas una mierda, amigo mío.

—Al menos no estará en el próximo vuelo.

—Sí estará —me recuerda Maddison—. La misma tripulación durante toda la temporada. ¿Recuerdas lo que ha dicho Scott?

Joder, es verdad. Nunca hemos tenido a las mismas chicas a bordo durante toda una temporada.

—Ya me cae bien, y solo porque no le caes bien. Esto va a ser divertido.

Me doy la vuelta para echar un vistazo a la parte trasera del avión justo cuando Stevie me mira, ninguno de los dos se amilana ni rompe el contacto visual. Sus ojos son probablemente los más interesantes que he visto en mi vida y tiene un cuerpo perfectamente rollizo, con mucho a lo que agarrarse. Pero, por desgracia, esa actitud tan desagradable echa a perder su bonito físico, que tanto me gusta.

Puede que necesite un recordatorio de que trabaja para mí, pero me aseguraré de que lo entienda. Soy así de mezquino. No olvidaré nuestra pequeña interacción mientras ella esté en mi avión.

2
Stevie

—Ese tío es un idiota.

—¿Cuál? —pregunta mi nueva compañera de trabajo, Indy, estirando el cuello para mirar hacia el pasillo.

—Ese que está sentado en la fila con las salidas de emergencia.

—¿Eli Maddison? Tenía entendido que es el tío más majo de la Liga Nacional.

—Ese no. El otro. El que está sentado a su lado.

Aunque los dos hombres parecen buenos amigos y probablemente tengan mucho en común, son polos opuestos por fuera.

El pelo de Evan Zanders es negro y lo lleva cortísimo, como si no pudiera pasar más de una semana y media sin volver a arreglárselo. Al mismo tiempo, la mata de pelo castaña de Eli Maddison le cae desgreñada sobre los ojos, y probablemente no sepa decir cuándo fue la última vez que vio a su peluquero.

La piel de Evan Zanders luce un cálido e impecable bronceado, y Eli Maddison es bastante pálido y tiene las mejillas sonrosadas.

Evan Zanders lleva una cadena de oro colgada del cuello y adorna sus dedos con estilosos anillos de oro, mientras que Eli Maddison solo lleva una joya, y es un anillo en el dedo anular izquierdo.

Estoy soltera, por lo que lo primero en lo que me fijo de un hombre son sus manos, especialmente la izquierda.

Una cosa que sí tienen en común estos dos es que ambos están muy bien, y me apostaría lo que fuera a que lo saben de sobra.

Indy mira hacia el pasillo de nuevo. Afortunadamente, estamos en la parte trasera del avión y todos se sientan de espaldas a nosotras, por lo que nadie puede ver lo descarada que está siendo.

—¿Estás hablando de Evan Zanders? Sí, tiene fama de ser un imbécil, pero ¿acaso importa? Es como si Dios hubiera decidido esmerarse con él y echarle algo más de «sexy» a su composición genética.

—Me cae como el culo.

—Tienes razón —coincide Indy—. Su culo también fue esculpido por el mismísimo Dios.

No puedo evitar reírme con mi nueva amiga. Nos conocimos hace unas semanas, en una formación laboral, y todavía no sé mucho sobre ella, pero hasta ahora parece encantadora. Por no hablar de lo guapa que es. Alta y esbelta, tiene un brillante bronceado natural y una mata de pelo rubio que le cae suavemente por la espalda. Sus ojos son de un marrón cálido y no creo que lleve una gota de maquillaje, simplemente porque es despampanante sin él.

Recorro con la mirada su uniforme, fijándome en lo perfectamente bien que le sienta a su delgada figura. No se le abren los espacios entre botones de la blanca camisa con cuello, y no tiene ni una sola arruga en la falda de tubo, a diferencia de la mía, por todo lo que trata de contener.

Sintiéndome cohibida de repente, me ajusto el ceñido uniforme. Lo pedí el mes pasado, pero mi peso siempre varía, y entonces pesaba unos kilos menos.

—¿Cuánto tiempo llevas haciendo esto? —le pregunto a Indy mientras esperamos que el resto del equipo suba al avión para que podamos despegar en nuestro primer viaje de la temporada.

—¿Cuánto tiempo hace que soy asistente de vuelo? Este es mi tercer año. Pero nunca había trabajado para un equipo deportivo. ¿Y tú?

—Este es mi cuarto año y mi segundo equipo. Trabajaba para uno de la NBA de Charlotte, pero mi hermano vive en Chicago y me ayudó a conseguir este puesto.

—Entonces, ya has estado con deportistas. Esto no es nada nuevo para ti. Estoy un poco deslumbrada, para ser sincera.

He estado entre deportistas, he salido con uno y estoy emparentada con otro.

—Sí, o sea, solo son personas normales, como tú y yo.

—No sé tú, chica, pero yo no gano millones de dólares al año. Eso no tiene nada de normal.

Sin duda, yo tampoco gano nada parecido a esa cantidad, por eso vivo en el pedazo de apartamento que tiene mi hermano gemelo en Chicago hasta que pueda encontrar algo por mi cuenta. No es que me encante vivir de él, pero no conozco a nadie más en la ciudad, y fue él quien me insistió mucho para que viniese. Además, él gana un sueldo tan exorbitante que no me siento demasiado mal por gorronearle un sitio donde dormir.

No podríamos ser más diferentes. Ryan es centrado, íntegro, está motivado y tiene éxito. Ha seguido su camino desde que tenía siete años. Yo tengo veintiséis ahora y todavía estoy tratando de encontrar el mío. Pero, a pesar de nuestras diferencias, somos muy amigos.

—¿Eres de Chicago? —le pregunto a Indy.

—De siempre, sí. Bueno, de las afueras. ¿Y tú?

—Crecí en Tennessee, pero fui a la Universidad en Carolina del Norte. Viví allí cuando conseguí entrar a trabajar como auxiliar de vuelo. Me acabo de mudar a Chicago, hace un mes.

—Nueva en la ciudad —comentó Indy con esos ojos marrones brillando con emoción y un poco de picardía—. Tenemos que salir por ahí cuando volvamos a casa. Bueno, también tenemos que salir cuando estemos de gira, pero aquí te enseñaré los mejores lugares de Chicago.

Le sonrío, agradecida de tener una chica tan guay y tolerante en mi avión esta temporada. Este mundillo puede ser feroz y, a veces, las chicas no son muy amables entre sí, pero Indy parece auténtica. Vamos a pasar una temporada entera de hockey juntas, así que estoy aún más agradecida de que nos llevemos bien.

Desafortunadamente, no puedo decir lo mismo de la otra asistente de vuelo. Durante las dos semanas de formación, Tara, la azafata principal, pareció cualquier cosa menos cordial. «Territorial» podría ser una palabra más adecuada para ella. O «perra». O ambas.

—Tengo que admitir algo —comienza Indy en un susurro, apartándose el pelo, rubio y ralo, de la cara—. No sé una mierda de hockey.

Se me escapa una risita.

—Ya, yo tampoco.

—Vale, menos mal. Me alegro de que no sea un requisito para el traba-jo. Quiero decir, sé quiénes son todos porque los busqué en las redes socia-les en plan FBI, pero nunca he visto un partido. Sin embargo, mi novio está muy versado en el deporte. Incluso me dio permiso para tirarme a alguno.

—Espera, ¿en serio?

Ella me hace un gesto con la mano.

—Era broma. Yo nunca haría eso. En todo caso, él es quien querría el permiso para tirarse a alguno de ellos. Le encantan los deportes, seguir a las grandes figuras y todo eso.

Antes de que pueda decirle a Indy que tengo a alguien en casa por quien podría volverse loco su novio, el idiota de la fila con las salidas de emergencia comienza a caminar por el pasillo hacia nosotras.

No mentiré diciendo que Evan Zanders no es guapo. Parece como si acabara de bajarse de una pasarela por la forma en que camina hacia mí. Sonríe con descaro sin poder ocultar sus perfectos dientes, y sus ojos son la definición de un sueño color avellana. Lleva un traje de espiguilla de tres piezas hecho a medida que grita que es un tipo que no sale de casa a menos que esté vestido para impresionar.

Pero es un imbécil pretencioso que ha dado por sentado que yo quería su autógrafo y se ha quedado mirando fotos de mujerazas semidesnudas mien-tras yo intentaba explicarle cómo podía salvarle la vida en caso de emergencia.

O sea, la probabilidad de que necesite saber algo de lo que estaba tratan-do de explicar es casi nula, pero eso da igual. La cosa es que es un deportista arrogante que está enamorado de sí mismo. Conozco a los de su tipo. He salido con ellos, y nunca lo volveré a hacer.

Entonces, dejo de admirarlo y me doy la vuelta para distraerme con algo sin sentido en la cocina de a bordo, pero su presencia es abrumadora. Es el tipo de hombre en que todo el mundo se fija cuando entra en algún sitio, y eso me molesta aún más.

—Vale, señorita Shay —susurra Indy, llamándome por mi apellido, con un empujón.

Vuelvo a mirarla, pero hace un gesto hacia Zanders. Me doy la vuelta y veo que tiene esa penetrante mirada fija en mí. Una sonrisa de lo más arrogante se le dibuja en los labios mientras espera de pie en la pequeña entrada de la cocina trasera del avión. Pone ambos brazos a lado y lado, encerrándonos así a Indy y a mí.

—Necesito un agua con gas con extra de lima —anuncia, dirigiéndose a mí.

Me cuesta la vida no poner los ojos en blanco, porque ya le he dicho dónde puede encontrarla. Hay una nevera grande y sofisticada a menos de un metro de él, llena de todo tipo de bebidas por una razón. Básicamente, los deportistas están hambrientos después de cada partido y hacemos muchos vuelos nocturnos cuando terminan, por lo que el avión está equipado con un bufé libre con comida y bebidas en cada recoveco, listas para consumir.

—Está en la nevera —digo señalando la última fila de asientos, justo a su lado.

—Pero necesito que tú me la des.

Será arrogante.

—¡Yo se la traigo! —exclama Indy emocionada, ansiosa por hacer un trabajo que no le corresponde.

—No es necesario —la detiene Zanders—. Stevie me la traerá.

Lo miro entrecerrando los ojos cuando finalmente muestra unos dientes relucientes, al parecer sintiéndose graciosísimo en este momento. No lo es. Es molesto.

—¿No es cierto, Stevie?

Me gustaría mandarlo a la mierda, y no porque no quiera hacer mi trabajo, sino por lo que está tratando de demostrar. Está intentando decirme que trabajo para él. Pero el hecho de que sea nuestro cliente no significa que pueda ser grosero y esperar que yo no lo sea.

Dudo qué hacer, porque no quiero causar una mala impresión frente a mi nueva compañera de trabajo el primer día. No podría importarme menos lo que este tipo piense de mí, pero preferiría no quedar como una perra integral frente a Indy.

—Por supuesto que lo haré —digo con una voz demasiado aguda, pero ninguna de estas personas me conoce lo suficientemente bien como para darse cuenta de que estoy fingiendo.

Zanders se aparta lo justo para dejarme pasar junto a él, y solo el gesto me hace sentir cohibida. No soy menuda precisamente, y no quiero sentirme avergonzada por no caber. Afloran algunas de mis inseguridades, pero las cojo y las oculto tras la autoestima que tanto me he esforzado por aparentar. Por suerte, Zanders se aparta un poco más para dejarme espacio.

Doy un paso, literalmente un paso, fuera de la cocina y alcanzo la nevera, que está tan cerca de Zanders que prácticamente la tocaba. Abro la puerta y saco la primera bebida que veo, que es agua con gas. Él habría tardado menos de tres segundos, pero quería demostrar algo.

Mientras saco la botella, lo siento acercarse. Es altísimo, probablemente mida alrededor de un metro noventa, y yo no llego al metro setenta, por lo que me sobrepasa con mucho. Apenas me deja suficiente espacio en el pasillo para darme la vuelta, y cuando lo hago, me encuentro su pecho en toda la cara.

—Muchas gracias, Stevie —dice, pronunciando mi nombre con la misma condescendencia que he usado yo antes mientras me coge perezosamente la botella de la mano. Me roza apenas con sus largos dedos, mientras me mira fijamente con esos ojos castaños. Con la mano libre, me recoloca las alas en la camisa, enderezando la chapa con mi nombre.

Hay picardía, diversión y mucha arrogancia en sus ojos mientras me mira, pero no logro encontrar de ningún modo la voluntad para romper el contacto visual.

Se me acelera el ritmo cardiaco, y no solo porque apenas unas pocas capas de tela separan su mano de mi pecho, sino porque no me gusta la forma en que me mira. Con tanta intensidad y atención. Como si yo fuera su nuevo propósito esta temporada.

El propósito de hacer de mi trabajo un infierno.

—¿Más lima? —nos interrumpe Indy, extendiendo una servilleta llena de rodajas de lima.

Zanders deja de mirarme fijamente cuando se vuelve hacia Indy, que está en la cocina de a bordo, y un audible suspiro de alivio se me escapa de los pulmones cuando aleja su atención de mí.

—Vaya, muchas gracias. —El tono de Zanders es demasiado alegre cuando se las coge—. Eres genial en tu trabajo…

—Indy.

—Muy bien. —Asiente para sacársela de encima y vuelve a centrar su atención en mí. Se inclina ligeramente para ponerse a la altura de mis ojos y añade—: Stevie. Gran trabajo —dice a modo de despedida antes de volver a su asiento.

Me pongo de pie, recomponiéndome mientras me aliso el uniforme una vez más y me aparto el indomable pelo rizado de la cara.

—Por favor, tíratelo —me ruega Indy cuando volvemos a quedarnos solas en la cocina.

—¿Qué?

—Por favor, por favor, tíratelo y luego cuéntame cada pequeño detalle.

—No voy a acostarme con él.

—¿Por qué no?

—Porque trabajamos para él —explico frunciendo el ceño—. Porque está enamorado de sí mismo y porque estoy bastante segura de que se acuesta con cualquier cosa que tenga vagina, y dudo que sepa su nombre cuando se las tira.

Y no tengo el cuerpo de una modelo que buscan estos tíos. No atraigo a hombres así, pero me guardo esa inseguridad para mí.

—Bueno, sabe tu nombre.

—¿Eh?

—Que sabe tu nombre. —Se inclina hacia mí para ponerse a la altura de mis ojos, de la misma manera que lo ha hecho Zanders, y susurra en un tono seductor antes de estallar en risillas—: Stevie.

—Sal de aquí —exclamo empujándola juguetonamente.

En cuanto han subido a bordo todos los pasajeros y las puertas de la cabina están selladas, Indy y yo cerramos la cocina tras cerciorarnos de que todo está seguro para el despegue. Y mientras lo hacemos, ocurre lo más mágico y hermoso que jamás me haya sucedido en mis cuatro años como azafata.

Simultáneamente, cada uno de los jugadores de hockey se levanta de su asiento y comienza a desnudarse, hasta que lo único que tienen cubierto es el paquete.

—Ay, la madre que…

Me quedo embobada, incapaz de hablar y con los ojos saliéndoseme de las órbitas.

—¿Qué-está-pasando? —pregunta Indy, igual de pasmada, con la boca abierta.

Mire donde mire, la mitad trasera del avión está llena de hombres desnudos, culos tonificados y tatuajes. Indy y yo ni siquiera disimulamos. Nos los quedamos mirando, y ni por todo el oro del mundo desviaríamos la mirada.

Todos los jugadores colocan con cuidado sus trajes en los compartimentos superiores, asegurándose de que no se arruguen hasta llegar a Denver, y vuelven a vestirse con ropa más cómoda e informal.

—¿Les gusta el espectáculo, señoras? —pregunta juguetonamente uno de los chicos, sacándome de mi aturdimiento. Sus oscuras ondas bailan frente a sus profundos ojos color esmeralda.

—Sí —responde Indy sin dudarlo.

—Bueno, pues disfrutad. Lo hacemos cada vez que despegamos y aterrizamos. Tenemos que llevar traje para los medios, pero no cuando estamos a bordo. Aquí podemos hacer lo que nos dé la gana.

Esto no ocurría cuando volaba con el equipo de baloncesto. Subían y bajaban del avión con la mayor naturalidad posible, así que esto es nuevo.

—Puedo ir para allí y daros mejores vistas en el próximo vuelo.

—¡Rio, deja de estar siempre tan desesperado! —le grita otro jugador.

—Me encanta mi trabajo —añade Indy sin dejar de mirar a los hombres semidesnudos.

—Me encanta el hockey —aseguro sin pensarlo dos veces.

3
Stevie

Tiro la maleta en la segunda cama de mi habitación de hotel y conecto el cargador del móvil al enchufe de la pared. Olvidé cargarlo anoche, así que murió a la mitad del vuelo a Denver.

Mientras espero a que se encienda, me quito el horrible uniforme, lo cuelgo en el armario y saco mis sudaderas más holgadas. Me gusta ir cómoda. Dame pantalones de chándal, mallas y camisas de franela anchas que ponerme el resto de mi vida y moriré siendo una mujer feliz.

La mezcla de poliéster y lana de mi uniforme de azafata es rígida y poco favorecedora, y lo primero que hago después de cada vuelo es quitármelo lo más rápido posible.

El móvil suena en la mesita de noche y, sin mirar, ya sé quién es. Es la única persona con la que no puedo pasar un día sin hablar: mi mejor amigo. Ryan siempre piensa en mí la primera, por encima de todos los demás, día tras día.

Su nombre, acompañado del emoji de dos gemelos bailando, confirma lo que ya sabía.

Ryan: *¿Qué tal tu primer vuelo?*

Yo: *¡Ha ido bien! Los chicos de hockey son agradables, en su mayor parte.*

Dejo de lado el hecho de que estoy trabajando para la diva más grande de la Liga Nacional de Hockey esta temporada.

Ryan: *Los canadienses, ¿verdad? Pero sabes que echas de menos el baloncesto.*

Yo: *No sé, Ry, ¿has visto el culo de un jugador de hockey?*

Ryan: *Estoy orgulloso de decir que no lo he hecho ni lo haré nunca.*

Yo: *Hablando de baloncesto, ¿estás listo para el partido de esta noche?*

Ryan: *Por supuesto. Aunque echaré de menos verte en las gradas. Necesito mi amuleto de la suerte.*

La temporada de baloncesto de Ryan y mi periodo de vuelos siempre han coincidido, y más ahora que estoy trabajando en el mundo del hockey, ya que sus jornadas son las mismas. No he podido asistir a muchos de sus partidos desde que entró en la liga profesional, pero siempre me aseguro de verlos como sea. Soy su autoproclamado amuleto de la suerte, aunque los Chicago Devils no han ganado un campeonato desde hace tres años, por lo que no creo que mi magia esté funcionando demasiado bien.

Yo: *Lo veré. Hay un bar deportivo a unas manzanas de distancia. Estoy segura de que lo pondrán en la tele.*

Ryan: *También podrías verlo desde tu habitación de hotel… a solas.*

No puedo evitar reír. Ryan sabe que no puede controlar con quién paso el tiempo, y puede que sea el hermano más sobreprotector de todos los tiempos.

Yo: *Demasiado protector.*

Ryan: *Soy tu hermano mayor. Es mi deber.*

Yo: *Tres minutos mayor.*

Ryan: *Aun así. Tengo que irme al campo. Ten cuidado. Te quiero, Vee.*

Yo: *Te quiero. Patéales el culo.*

En cuanto salgo de los mensajes, vuelvo a descargarme el Tinder. Nunca uso estas aplicaciones cuando estoy en casa, pero una de las ventajas de pasar tanto tiempo fuera son los polvos esporádicos con un extraño.

Me siento más segura en la cama cuando estoy con alguien a quien sé que nunca volveré a ver. No me preocupo demasiado por mi aspecto o lo suave que me siento bajo un tipo cualquiera. Puedo soltarme y sentirme bien con el único propósito de correrme, sabiendo que nunca volverán a verme.

Deslizo hacia la derecha el perfil de algunos hombres atractivos, pero sobre todo hacia la izquierda el de los que son demasiado guapos para ser buenos. Y los hombres de Denver parecen serlo más que los de otras ciudades que visito, así que deslizo la pantalla hacia la izquierda más de lo habitual, asegurándome de no acabar con alguien que me parezca demasiado atractivo.

Ya tengo suficientes inseguridades que estoy intentando superar. No necesito apuntar demasiado alto solo para echar un polvo.

Por lo tanto, me atengo a los hombres que me parecen lo suficientemente atractivos, pero no tanto como para que su tipo suelan ser chicas que bien podrían estar en las portadas de las revistas.

En cuestión de minutos, casi todos los perfiles que he deslizado hacia la derecha me corresponden, lo que me da un subidón de confianza. Tras valorar mis opciones, llego a un chico que vive fuera de la ciudad y en su biografía dice: «Solo quiero echar un polvo».

Me encanta la sinceridad, y eso es precisamente lo que también yo estoy buscando.

Mientras estoy redactando un saludo extremadamente encantador e ingenioso, alguien llama a la puerta de mi habitación.

Dejo caer el móvil sobre la cama, y me enfundo una sudadera antes de echar un vistazo por la mirilla para ver a mi otra nueva compañera de trabajo, Tara, al otro lado.

—Hey —la saludo tras abrir la puerta con una sonrisa.

—¿Puedo entrar? —pregunta sin mucha expresión en su rostro, lo que me preocupa. Pero acabo de realizar un vuelo completo con ella y no ha sonreído ni una sola vez a menos que fuera a uno de nuestros pasajeros.

—Por supuesto.

Le hago un gesto para que entre y ella se sienta en la silla del escritorio mientras yo me dejo caer de nuevo en el borde de la cama.

—¿Cómo te ha ido el primer día? —pregunta Tara.

Ah, vale, está siendo amable.

—Genial. Todos parecen muy majos.

—Me han dicho que ya has trabajado con deportistas profesionales antes.

—Sí, estuve con un equipo de baloncesto de Charlotte las últimas temporadas, pero esta es la primera vez que trabajo para uno de hockey.

Había supuesto que eso daría pie a una conversación sobre mi experiencia laboral, ya que la mayoría de la gente alucina cuando se enteran de que trabajé para un equipo de baloncesto profesional, pero, en cambio, nos lleva a la verdadera razón por la que está aquí: tratar de intimidarme.

—Bueno, este no es tu anterior trabajo, así que quiero reiterar algunas reglas.

Y allá vamos.

—En primer lugar —comienza Tara—, yo soy la azafata principal, lo que significa que este es mi avión, mi tripulación y mi equipo de hockey. No me importa que tengas experiencia en vuelos chárter con deportistas. Yo soy la que está al mando aquí.

—Por supuesto —respondo sin pensarlo dos veces.

Conozco a este tipo de chicas. Ya he trabajado con ellas antes. Quieren que las vean, quieren que los clientes las conozcan, y yo no voy a disputarle el poder. No podría importarme menos quién está al cargo en el avión. Solo estoy aquí para hacer mi trabajo. Entrar, salir y cobrar. Eso es todo lo que significa para mí: trabajo.

—Estaré en la parte delantera con el cuerpo técnico toda la temporada mientras tú e Indy os encargáis de la parte trasera del avión, donde están los jugadores. Pero quiero recalcar que no habrá fraternización alguna con ninguno de nuestros clientes: jugadores, entrenadores o personal. De haberla, serás despedida. ¿Lo entiendes?

—Sí —le aseguro.

Está tratando de intimidarme, pero no va a funcionar.

—Yo estoy al mando —continúa—. Cualquier cosa que el equipo necesite pasa por mí.

—Me parece bien.

—No sé cómo funcionaba en tu anterior trabajo, y no me importa. Si hay algo entre tú y alguien a bordo, especialmente un jugador, estás despedida.

¿No se da cuenta de que ya ha dicho eso? Además, ¿por qué está tan preocupada por mí? No son mi tipo, y yo no soy el de ellos.

—Entendido.

—Me alegro de que estemos de acuerdo —sentencia. Se levanta del escritorio y comienza a dirigirse hacia la puerta, cuando se vuelve hacia mí—. Ah, y Stevie —dice con la cara de preocupación más falsa que he visto en mi vida—. Tal vez debas pedir un uniforme más grande. El que llevabas hoy te queda terriblemente ajustado y no quiero que los muchachos a bordo se hagan una idea equivocada.

Se me hace un nudo en la garganta cuando sale de la habitación. Sé que me queda más apretado de lo que me gustaría, pero eso es solo porque mi peso varía constantemente. No lo he hecho a propósito. No quería ir toda ceñida en un intento de llamar la atención. Pero no tengo una talla 34 y, en cualquier zona donde se puedan encontrar curvas, yo tengo bastantes.

Por otro lado, el uniforme de Tara estaba retocado para ceñirse a su delgada figura y los dos botones superiores estaban desabrochados innecesariamente, de manera que el escote que le hacía su sujetador con relleno quedara bien a la vista. En especial cuando se inclinaba frente al asiento de alguien para preguntar qué quería comer o beber, pero yo no voy diciéndole nada.

De todos modos, me ha arruinado la noche que Tara me haya restregado por la cara mi mayor inseguridad, y de repente no tengo ningunas ganas de que nadie me vea desnuda, aunque no tenga que volver a verlo jamás.

Una notificación suena en mi teléfono. Un mensaje de ese tío en Tinder preguntando cuáles son mis planes para esta noche, pero no respondo. Elimino la aplicación por completo, y mis planes con ella.

En lugar de eso, me cambio y me pongo unas mallas, una camiseta vieja que me viene grande y una camisa de franela, y remato mi atuendo con mis Air Force One. Cojo el bolso, me lo cuelgo de lado y salgo por la puerta hacia el bar que he visto a unas manzanas de distancia para ver el partido inaugural de la temporada de mi hermano. Todo mientras me como una hamburguesa con una cerveza.

Dos cervezas.

Probablemente tres cervezas.

A la mierda, no le pongamos límite. Las cervezas que hagan falta para olvidar lo mal que me siento.

El paseo es agradable gracias la brisa de octubre de Denver, que me aparta los rizos de la cara. El bar está inesperadamente lleno hoy. Es lunes por la noche y no juega ninguno de los equipos de la ciudad, así que no esperaba que un bar deportivo con las paredes forradas de televisores estuviera tan abarrotado. Pero, por suerte, encuentro un asiento y me pongo cómoda para pasar las próximas tres horas viendo el partido de mi hermano.

—¿Qué te pongo?

El camarero se inclina hacia mí un poco más de lo necesario, pero alegra la vista, así que lo dejo pasar.

—¿Tienes IPA de barril?

Me lanza una mirada de asombro.

—Sanitas negra. ¿Copa grande o pequeña?

¿Qué clase de pregunta es esa?

—Grande, por favor.

Cuando regresa con mi cerveza, perfectamente echada, la coloca en un posavasos y se inclina sobre la barra una vez más.

—¿De dónde eres? —me pregunta con una sonrisa coqueta en los labios.

Miro por encima de mi hombro, no del todo convencida de que el camarero buenorro me esté hablando a mí.

Al no encontrar a nadie detrás, me vuelvo hacia él. Tiene los ojos azules y están fijos en los míos.

—Actualmente, de Chicago. Solo estoy en la ciudad por trabajo.

—Ah, ¿sí? ¿Cuánto tiempo estarás en la ciudad?

—Solo esta noche.

Su sonrisa tímida está ahora cargada de picardía.

—Me alegro de que hayas encontrado mi bar para tu única noche en la ciudad, porque es el mejor. Cualquier cosa que necesites, aquí estoy. Me llamo Jax, por cierto —se presenta, poniendo una mano sobre la barra de madera para estrechar la mía.

—Stevie —respondo, y cuando coloco mi mano sobre la suya, noto las venas y los músculos de sus antebrazos, que continúan debajo de la manga de una camisa negra abotonada.

De repente, mi plan original para esta noche no suena tan mal.

—En realidad, sí que necesito algo de ti, Jax.

—Lo que sea.

Le brillan los ojos con picardía.

Me inclino hacia delante, cruzo los brazos sobre la barra y esbozo mi sonrisa más coqueta, valiéndome de la autoestima fingida una vez más.

—¿Puedes poner en la tele… —hago un gesto hacia la gran pantalla que tiene justo detrás— el partido de los Devils contra los Bucks? Lo dan en la ESPN.

Entrecierra los ojos, pero inclina los labios aún más.

—Una chica de cerveza y baloncesto, ¿eh, Stevie? ¿Qué tengo que hacer para que no te vayas de mi bar en toda la noche?

—Depende de cuántas cervezas me sirvas.

Deja escapar una risa profunda y sexy.

—No vas a tener el vaso vacío en ningún momento.

Me salen unas arruguitas de satisfacción en la piel alrededor de los ojos. Esto es lo que necesitaba: un poco de atención de un chico guapo, el partido de mi hermano en la pantalla y una cerveza en la mano. Ya me siento mejor.

—Y tomaré una hamburguesa cuando puedas.

—Maldita sea, Stevie —suspira Jax—. Deja de hacer que me enamore de ti.

Me lanza un guiño por encima del hombro antes de redirigir su atención al ordenador, donde hace mi pedido.

Mi cena ha tardado un poco más de lo que pensaba, pero no me importa. La atención del camarero y el primer cuarto del partido me han mantenido bastante entretenida. Sin mencionar que voy por la segunda cerveza.

El pequeño comentario de Tara sobre mi uniforme está menos presente en mi mente, aunque ahora me doy cuenta de por qué me ha molestado tanto. No ha sido solo porque sea una inseguridad mía, sino porque la forma en que lo ha dicho es muy similar a cómo mi madre habla de mi cuerpo.

Nunca es directo. Siempre habla entre líneas, porque ¿cómo va a hablar con tanta franqueza una dama sureña? Ellas no hacen eso. Entiendo que mi madre es una belleza sureña perfecta con un metabolismo hiperactivo, pero yo no soy así. Y nunca lo he sido. Tengo las tetas y el culo grandes, y un deseo aún mayor de no convertirme jamás en el tipo de mujer que ella es.

La adoro, pero es muy crítica. Nunca he sentido que diera la talla para ella. Crecí jugando con los niños porque mi hermano gemelo era mi mejor amigo, y me lo pasaba mucho mejor con ellos que en cualquier baile de debutantes o concurso en el que mi madre me insistía tanto que participara.

Cuando estaba en la universidad, me negué a entrar en ninguna hermandad, lo que casi la mata. Es algo importante en el sur, y todas las mujeres de la familia por parte de mi madre asistieron a la misma universidad en Tennessee y se unieron a la misma hermandad. Era mi legado. Habría sido fácil para mí, pero no quiero ser como ninguna de ellas.

Y cuando comprendió que había perdido la batalla por convertirme en una auténtica sureña, su actitud hacia mí cambió rápidamente a la decepción. Ya no se centraba en lo bien que me iría entre aquella sociedad, sino en lo distinto que era mi cuerpo del de ella.

Desafortunadamente, aquello arraigó en mí, haciéndome creer que había algún problema con mi aspecto. Mi figura se volvió más femenina a medida que crecía. Pero mi madre no está acostumbrada a las curvas, por lo que, para ella, tengo sobrepeso. Pero no sé qué esperaba. Su marido, la otra mitad de mi ADN, no se parece en nada a la familia de mi madre, donde son pelirrojos, pecosos y delgados.

Quiero estar orgullosa de compartir los genes de un hombre extraordinario, pero es difícil estar orgullosa de algo cuando todo lo que hago decepciona a mi propia madre. Y, por alguna razón, ahora escuece más que antes.

Cuando el camarero me coloca la hamburguesa delante, una punzada de arrepentimiento me pasa por la mente. Cuanto más pienso en mi madre, menos me apetece comerme esto. Tal vez debería haber pedido una ensalada con el aderezo aparte. Tal vez mi uniforme me quede un poco mejor mañana si como eso.

—Si no empiezas a comerte esa hamburguesa, me la voy a zampar yo —dice Jax, el camarero, sacándome de mi trance de dudas.

—No comparto la comida —bromeo, acercando mi plato hacia mí.

Su pecho se hincha al reír mientras me sirve otra IPA y la coloca junto a la anterior, que todavía está medio llena.

Este tío es bueno. Y hay muchas posibilidades de que tenga suerte esta noche. Si no conmigo, entonces con alguna de las preciosas mujeres que llenan este bar, desesperadas por la atención del camarero buenorro. Pero, a este ritmo, no me importaría ser yo.

No aparto la mirada de la pantalla cuando Ryan comienza el segundo cuarto del partido. Es el que lleva más asistencias del equipo esta noche, como debe ser. Es el base y el mejor director de juego de la liga.

Los Devils ejecutan un ataque rápido en cuanto entran en la cancha, cuando Ryan se abre para un triple desde la esquina. Su compañero le pasa la pelota y él anota.

—Joder, sí, Ry —exclamo, mucho más fuerte de lo que pretendía.

—Seguidora de los Devils, ¿eh? —pregunta Jax, mirando la televisión y luego a mí—. Stevie, odio decírtelo, pero este podría ser el final de nuestra historia de amor.

Me río con la boca llena.

—No tienes que seguir a los Devils. Solo al número 5.

—¿Ryan Shay? ¿Quién no es fan de Ryan Shay? El mejor base de la liga.

—Joder si lo es. —Me meto una patata frita en la boca y añado—: Y es mi hermano.

—Una mierda.

Sigo comiendo, sin tratar de convencerlo de ninguna forma.

—¿De verdad?

Antes de que pueda responder, veo con el rabillo del ojo que alguien sostiene un vaso vacío en el aire para volver a llenarlo y me llama la atención.

Veo inmediatamente a dos tipos del avión. El que sostiene el vaso es el jugador de pelo oscuro y rizado que prometió un baile erótico la próxima vez que se cambiara de ropa a bordo. Rio, creo que se llama. Y el otro es la persona que más me ha alegrado ver bajar del avión.

Evan Zanders.

Sin querer, pongo los ojos en blanco.

Vestido de punta en blanco, probablemente haya tardado tres veces más que yo en arreglarse, se lleva el vaso de whisky a sus carnosos labios, apoyándolos en el borde antes de tomar un trago. Él no me ve, y no lo hace para seducir a nadie en particular, es solo que el tío rezuma sexo de forma natural.

Qué asco me da.

Me vuelvo inmediatamente hacia el camarero.

—Necesito la cuenta y una caja, por favor.

—¿Qué? —pregunta, confundido, mirando como un rayo mi vaso, lleno de cerveza.

La advertencia de no fraternizar de Tara resuena en mi mente. La idea de acabarme la comida y la cerveza y cerrar la noche con el camarero buenorro entre mis piernas suena fantástica, pero no tanto como mantener mi trabajo.

Si fuera otro pasajero, podría quedarme y esconderme entre la multitud mientras termino de ver el partido, pero el hecho de que sea Evan Zanders, de entre todas las personas, me hace querer irme con más ganas. No paró en todo el vuelo, tocando el botón de llamada para absolutamente cualquier cosa que se le ocurriera, y si una de las otras dos chicas iba a ver lo que necesitaba, siempre las enviaba de vuelta a por mí.

Va a hacer de mi temporada en ese avión un infierno. No necesito que se entrometa en mi tiempo libre también.

—Tengo que irme —le digo a Jax—. ¿Puedes traerme la cuenta?

—¿Va todo bien?

Está claramente confundido, y no lo culpo. Me he pasado todo el rato coqueteando con él, ambos con la esperanza tácita de dónde acabaríamos la noche cuando él saliera de trabajar.

Pero es un tipo atractivo con un bar lleno de mujeres. No tendrá problema en encontrar un cuerpo cálido con el que pasar la noche.

—Es solo que tengo que irme. Lo siento —respondo con una sonrisa de disculpa.

Jax me trae una caja y la cuenta, donde no ha incluido ninguna bebida. Guardo rápidamente la cena y le doy mi tarjeta de crédito para que la pase, pero es demasiado tarde.

Antes de que me devuelva la tarjeta, dos manos grandes aterrizan en la barra a cada lado de mi cuerpo, encerrándome. Tiene unos dedos largos y delgados, adornados con anillos de oro. Lleva cada nudillo tatuado, incluido el dorso de las manos, y las uñas prolijamente cuidadas. Mantengo la mirada fija en el reloj ridículamente caro que lleva en la muñeca mientras él se inclina detrás de mí para acercarme los labios al oído.

—Stevie —dice Zanders, con su voz suave y aterciopelada—. ¿Me estás siguiendo?

4
Zanders

Maddison ha cumplido su palabra y se ha ido directamente a la cama después de cenar con su amigo. Yo, por mi parte, me niego a dar por terminada la noche a las nueve y media, especialmente porque es el primer día de gira de la temporada.

Vivo para esto. Tengo mucha acción en casa y disfruto mucho mis veranos en Chicago, pero los polvos estando de gira son emocionantes a su propia manera. No saber con quién será, el morbo de dónde sucederá, la satisfacción de no tener que volver a verlas nunca más si no quiero. Así es como me gusta.

Por eso no he respondido a ninguna de las chicas de Denver que me han escrito por privado antes. Se ha perdido la emoción. Ya no hay excitación.

—¿Otra ronda? —pregunta Rio.

Observo rápidamente mi vaso de whisky, que está a medias, sabiendo que no necesito otro. Trato de limitarme a dos durante la temporada, especialmente la noche antes de un partido. Una cosa es quedarse despierto hasta tarde y echar un polvo, pero no soy tan tonto como para cagarla jugando con resaca.

—Voy a acabarme este —lo rechazo, levantando mi vaso hacia el suyo, y doy otro pequeño sorbo.

Rio llama a la camarera alzando una mano y le indica que quiere otra bebida, su tercera de la noche. Si todavía estoy por aquí cuando vaya a por la cuarta, me aseguraré de detenerlo. No soy el capitán, sí el segundo capitán, y aunque siempre haga el gilipollas, tengo la responsabilidad de asegurarme de que mis muchachos estén listos cuando llegue el momento del partido.

Estoy abstraído, pensando en que este es mi año para ganarlo todo, la Copa y el nuevo contrato que necesito antes de que acabe la temporada, cuando llega la atractiva camarera con la bebida de Rio. Pero no lo mira a él mientras le coloca la copa delante.

No, ella mantiene una seductora mirada fija en mí.

—¿Puedo traerte otro? —me pregunta apoyando los codos en nuestra mesa, que es de esas altas, y apretándose casualmente las tetas aún más. Mi mirada va directa a ellas—. Invito yo.

Y mi mente no pierde la conexión entre lo que estoy mirando y lo que acaba de decir. Tampoco me importaría tenerlas encima.

De alguna manera, logro desviar la atención de su canalillo, que está jugando como quiere con mi imaginación.

—Regla autoimpuesta: no beber más de dos copas —le digo levantando mi copa para mostrarle mi última bebida de la noche.

—Es una pena. —Se muerde el labio inferior inclinándose más cerca de mí y añade—: Esperaba que todavía estuvieras aquí cuando terminara mi turno.

Ha sido fácil. No hemos cruzado ni dos palabras hasta ahora, pero está como un tren, y ese largo pelo negro azabache va a quedar increíble alrededor de mi puño esta noche.

Me inclino sobre los codos hasta que tengo la cara a escasos centímetros de la suya.

—Que no esté bebiendo no significa que vaya a irme.

—Soy Meg.

—Zanders.

—Sé quién eres. —Se le levantan las comisuras de los labios—. Salgo a medianoche, y mi casa está a solo diez minutos.

—Mi hotel está justo al otro lado de la calle —comento.

—Aún mejor —responde lamiéndose los labios, y sigo con la mirada el movimiento. Van a ser aún más bonitos alrededor de una parte diferente de mi cuerpo.

Follo a mi manera: no hago el amor, nada de suave y lento. Nada de besos si puedo evitarlo. Le explicaré las reglas y, si le parecen bien, genial. Si no, otra aceptará.

Un movimiento rápido de rizos castaños llama mi atención en la distancia. Dirijo la mirada en su dirección y reconozco al instante las hebras color miel entremezcladas entre la mata de pelo. La dueña de ese cabello se ha pasado todo el vuelo sirviéndome, sin escapatoria, y me ha traído absolutamente todo lo que se me ha ocurrido pedir, hasta un pañuelo de papel del baño.

Soy un imbécil, pero ha sido divertido.

Stevie le da rápidamente la tarjeta de crédito al camarero mientras se levanta del asiento, lista para salir corriendo. Va vestida de manera mucho más informal que hoy en el trabajo, pero incluso con la enorme camisa de franela puedo ver el buen culo que tiene desde aquí.

Me van los culos.

Y las tetas.

Ella tiene ambos, pero su desprecio hacia mí me quita las ganas del resto. O me excita, no estoy seguro todavía.

—Zanders —me saca de mi trance Rio—. Te está hablando —me dice señalando con la cabeza hacia la camarera, que me está ofreciendo su cuerpo.

—¿Sí? —pregunto distraídamente, todavía echando miradas a la azafata en la barra.

—¿Vas a esperar hasta que termine mi turno o me das tu número?

—Nada de números…

—Meg —me recuerda.

—Puedes encontrarme en Instagram.

Como un rayo, dirijo la mirada de nuevo a Stevie, que repiquetea un pie, impaciente o nerviosa. No sabría decir.

Sin más, me levanto de mi asiento y mis pies me llevan hacia ella.

—¡Zanders! —grita Rio en estado de shock.

Yo también estoy un poco sorprendido conmigo mismo. La camarera está cañón, pero lo más divertido que he hecho en mucho tiempo ha sido torturar a Stevie en el vuelo de hoy, y quiero volver a hacerlo. Estoy seguro de que la camarera seguirá esperándome cuando regrese. No he hecho prácticamente nada hasta ahora y ya me ha ofrecido su cama para pasar la noche.

Rápidamente, me acerco a Stevie por detrás. Con mi altura, la domino por completo mientras la encierro, colocando las manos en la barra junto a las suyas, pequeñas y con delicados anillos dorados.

—Stevie —le susurro tras inclinarme a su oído—. ¿Me estás siguiendo?

Le arden las mejillas. Tan cerca de ella, el rubor de su rostro es más evidente de lo que ha sido hoy. Su piel es de un bonito tono marrón claro, que contrasta con unas mejillas rosadas y la tez pecosa. Otra cosa en la que no me había fijado es el pequeño aro de oro que lleva en la nariz o los numerosos anillos dorados que adornan sus dedos y orejas.

Nerviosa, hace girar el que tiene en el pulgar.

—Parece que tú me estás siguiendo a mí —responde.

Se niega a darse la vuelta, muy probablemente porque la tengo acorralada y, si lo hace, estará frente a mi pecho, como lo ha estado hoy en el avión cuando la he asaltado. Pero espero que lo haga. Me gusta verla flaquear nerviosa. Después de su pequeño gesto de arrogancia durante la sesión informativa de seguridad, me he divertido mucho poniéndola en su lugar, recordándole para quién trabaja.

Pero, aun así, no se da la vuelta, por lo que me inclino hacia un lado y apoyo un codo en la barra hasta que, finalmente, Stevie me imita.

—Mi hotel está justo al otro lado de la calle, ¿cuál es tu excusa?

Ella hace un gesto hacia la televisión.

—El bar deportivo más cercano que he logrado encontrar. Necesitaba ver este partido.

—¿Y, aun así, te vas antes de la media parte?

—Puedo ver el resto en mi habitación.

Desesperada, mira alrededor de la barra, buscando a ese camarero de pacotilla, estoy seguro.

—¿Por qué tanta prisa?

—¿Sinceramente? No quiero estar en el mismo bar que tú. Eres bastante imbécil.

Echo la cabeza hacia atrás de la risa, y una sonrisa confusa pero juguetona asoma a sus labios.

—Bueno, yo creo que tú eres una mocosa, así que es lo que hay.

Busco en su pecoso rostro alguna señal de ofensa, pero no hay ninguna. En cambio, una chispa de diversión brilla en el verde azulado de sus ojos, lo que hace que me guste un poco más. Pero no mucho más. En general, nadie reaccionaría de esta manera si le llamara mocoso a la cara.

Paseo la mirada por su figura. A pesar de que lleva una camisa enorme, todavía puedo distinguir la forma de sus tetas y cintura. Va vestida informal y de cualquier manera, mientras que yo he preparado mi atuendo con esmero.

—¿Estás segura de que te tienes que ir? —le pregunta el capullo del camarero a Stevie mientras le deja delante la tarjeta de crédito y el tíquet sobre la barra.

—Sí —responde ella, y en su tono hay cierto arrepentimiento—. Gracias por las bebidas, Jax.

¿Jax? Hasta su nombre grita que es un pelele.

—Sí, gracias, Jax —añado, pronunciando su nombre en un tono condescendiente—. Pero ya puedes irte.

—¿Perdona? —dicen a la vez tanto Stevie como el camarero.

—Que ya puedes irte —repito, haciéndole un gesto con la mano para despedirlo.

Jax mira a Stevie y luego a mí con una expresión llena de confusión antes de negar con la cabeza y alejarse.

—¿Por qué eres tan idiota? —pregunta ella en un tono lleno de asco.

Es una pregunta capciosa, así que, en lugar de responderla, la desvío.

—Él es el idiota.

—No, era agradable y nos hemos reído mucho. Acabas de arruinarlo.

—Tampoco te ibas a ir a casa con él.

—Y ¿tú qué sabes?

—Porque te ibas aun teniendo una cerveza llena todavía en la barra y a medio partido.

Le da la vuelta al tíquet que hay sobre la barra y, señalándolo, añade:

—Me ha dado su número. Y la noche aún es joven.

Sin pensarlo, lo cojo y lo rompo en pedazos demasiado pequeños para que pueda volver a juntarlos. No estoy muy seguro de por qué lo he hecho, aparte de porque me gusta cabrearla.

—¿Qué demonios te pasa?

—Te estoy haciendo un favor, Stevie. Ya me lo agradecerás después.

—Vete a la mierda, Zanders.

Hago una pausa mientras estudio el rostro de Stevie, que escupe pura rabia.

—Tu noviete de la barra le ha estado tocando el culo a esa camarera —señalo con la cabeza a una rubia que está sirviendo una mesa— cada vez que entraban y salían de la cocina. Luego, cuando ella no miraba, se ha estado liando con esa otra compañera —hago un gesto hacia otra chica diferente, esta con el pelo castaño— junto al baño. No me opongo a estar con varias mujeres, pero al menos me aseguro de que saben unas de otras. Ese tío es un pelele.

—Estás mintiendo.

—Yo no miento.

La decepción destella en los ojos de Stevie antes de que esta recupere su falsa seguridad en sí misma.

—Bueno, tal vez no me importa —me discute.

—Te importa.

—Eres un capullo.

—Ya hemos hablado de esto, Stevie. Ya lo sé.

Me saco un billete de veinte dólares de la cartera y lo dejo en la barra como propina. Este tío no debería recibir ni un centavo, ni de ella ni de mí, pero no quiero bajo ningún concepto que Stevie le dé demasiada propina cuando él se ha comportado como un sinvergüenza toda la noche.

—Tengo dinero.

—Bien por ti —respondo dándole unas palmaditas en el hombro condescendientemente—. Vale, ahora escúpelo.

—¿Que escupa qué?

—¿Por qué me estás siguiendo? ¿Ya estás enamorada de mí, Stevie? Para el carro, dulzura. Solo ha pasado un día.

Ella deja escapar una risa arrogante.

—Estás enamorado de ti mismo.

—Alguien tenía que estarlo.

Esta declaración contiene mucha más verdad de lo que ella cree.

Echa un vistazo de nuevo a la pantalla de televisión que hay tras la barra.

—¿Eres seguidora de los Devils?

Ella me ignora, muy atenta al partido mientras el reloj llega al final de la segunda parte.

—¿Eh? —pregunta distraídamente mientras el base de los Devils lanza un tiro fuera de tiempo, pero falla, lo que hace que acaben la segunda parte empatados—. Maldita sea.

—Eres seguidora de los Devils —repito, esta vez afirmándolo en lugar de preguntándolo. Pero no me gusta que me haya ignorado. No estoy acostumbrado a eso.

—Sí. Algo así —asiente. Se pasa la correa del bolso sobre el hombro y se la cruza sobre el pecho, lo que le separa las tetas. Se las miro al momento. Está tremenda, es toda curvas. Debería presumir de ese cuerpazo, no cubrirlo con ropa holgada y enorme que parece haber visto días mejores.

—Bueno, ahora que me has jodido el polvo —comienza Stevie—. ¿Puedo irme?

Mi atención se dirige de nuevo a la camarera de pelo negro, que sigue mirándome mientras junta dos botellas de kétchup. Está tratando de hacerlo de un modo sugerente, pero es un poco extraña la forma en que me sonríe desde el otro lado del local mientras golpea el culo de la botella de kétchup con la palma de la mano.

Me suena el móvil en el bolsillo, lo que me saca de la incómoda mirada, y veo un mensaje de mi hermana mayor, Lindsey.

Lindsey: *Hola, Ev. No es por estropearte el primer partido fuera de casa de la temporada, pero mamá ha conseguido mi número de teléfono. No sé cómo, pero ya ha llamado tres veces tratando de comunicarse contigo. En resumen: no respondas a números desconocidos. Te echo de menos, hermanito.*

Me quedo boquiabierto sin dejar de mirar la pantalla del móvil.

No he sabido nada de mi madre en dos años, desde que apareció en uno de mis partidos y me pidió dinero. A lo que, por supuesto, me negué. Consiguió mi número de teléfono, estuvo llamando sin parar y, finalmente, se presentó allí. Mi calendario de partidos está en internet, por lo que no puedo mantener en privado mi paradero, pero ella es una de las razones por las que soy tan selectivo con las personas que tienen mi número de teléfono. He tenido que cambiarlo más veces de las que puedo contar.

—¿Estás bien? —pregunta una voz suave.

—¿Eh?

Levanto la vista y encuentro a Stevie mirándome con amabilidad y preocupación en los ojos.

Mi seguridad en mí mismo ha flaqueado por un momento, y apenas hay unas pocas personas frente a las cuales me derrumbo. La azafata arisca no es una de ellas.

—Estoy bien —espeto al sentirme expuesto.

—Pues vale.

El bar de repente parece abarrotado y asfixiante de calor. No soy claustrofóbico, pero ahora mismo me siento como tal. Cierro los puños. Me sudan las palmas de las manos al notar una oleada de aire caliente golpearme las mejillas y mi visión se vuelve un poco borrosa. Intento respirar, pero no hay aire en el local.

Mierda. No me daba uno de estos desde hacía años.

Sin decir una palabra ni pensarlo dos veces, salgo corriendo del bar.

Una vez fuera, miro en ambas direcciones, buscando algún espacio abierto. Las calles están atestadas de gente, que en su mayoría ha vuelto su atención hacia mí. Por lo general, disfruto de las miradas, los vítores, el reconocimiento. Pero esta noche necesito alejarme cuanto pueda de cualquiera que tenga ojos.

Corro al otro lado de la calle e, instintivamente, doblo unas pocas esquinas, sin tener ni idea de adónde voy, pero confío en que mi ataque de pánico sabrá encontrar un lugar tranquilo.

Veo un parque, pero hay gente ocupando todos los bancos a la vista. Encuentro un árbol con un tronco lo suficientemente grande como para esconderme detrás. Sin pensarlo dos veces, planto el culo en la hierba y al instante siento la humedad en mis pantalones Armani, que son caros de la hostia.

«Inhala. Exhala. Pon los pies en la tierra».

¿Dónde estoy? Denver. En un parque.

¿De qué color son los bancos? Azules.

¿Por qué me siento de esta manera? Porque mi madre es una cazafortunas que abandonó a sus hijos y su marido por alguien con más dinero.

Porque mi madre es una egoísta de mierda y ahora quiere mi dinero. No me busca porque me quiera. Solo quiere mi dinero.

La rabia aflora de nuevo. Lo único que me provoca ataques de ansiedad es la rabia ciega, pero no puedo dejar que me controle. Casi una década de terapia me ha enseñado que no puedo permitir que el pánico gane. No puedo dejar que mi madre gane.

¿Por qué me siento de esta manera? Porque ella no me quiere. Porque eligió el dinero antes que a mi hermana y a mí. Pero no importa porque yo sí me quiero a mí mismo.

Eso es lo que me ha enseñado la terapia: a quererme a mí mismo. Y lo hago. Sin reservas ni dudas, me quiero a mí mismo.

Alguien tiene que hacerlo.

«Inhala. Exhala».

La ansiedad ha pasado. Ya no tengo calor ni me siento agitado e incapaz de respirar. He logrado sobreponerme. No he dejado que me afectara. Lo he parado antes de que comenzara de veras.

Dejando escapar un profundo suspiro, pongo los codos en las rodillas y agacho la cabeza.

Me he ido del bar sin pagar, pero Rio puede cubrirme. Se lo devolveré la próxima vez. Saco el móvil y, sin volver a leer el mensaje de mi hermana, respondo.

Yo: *Gracias por avisarme, Linds. Te quiero. Ven a visitarme pronto.*

Apenas he querido a un puñado de personas en toda mi vida, y esas personas son los Maddison y mi hermana. Eso es todo, y no tengo intención de que eso cambie. No necesito nada más.

Lindsey: *¡Estoy mirando el calendario! Me pediré unos días en cuanto baje un poco el ritmo en la oficina. Hazme un favor y no dejes que te envíen al banquillo este año.*

Yo: *Me pagan mucho dinero por hacer eso. Soy el imbécil de Chicago al que nadie le importa una mierda, ¿recuerdas?*

Lindsey: *Claro.*

Termina con un emoji llorando de risa porque me conoce. No soy ese tipo, pero eso es lo que dejo que la gente crea. Es más fácil de esa manera. Así no me hacen daño.

5

Zanders

—Aquí estamos con el famoso dúo de los Chicago Raptors, Eli Maddison y Evan Zanders —anuncia el reportero del *Chicago Tribune*.

Su voz se oye a través del altavoz del teléfono. Nosotros estamos sentados en una sala de conferencias cualquiera en el estadio de Denver, antes del partido.

Miro a Maddison, la única otra persona en esta habitación.

—Famoso dúo —repito en silencio, moviendo los labios.

Él pone los ojos en blanco, pero su pecho se agita con una risa silenciosa.

—Maddison, felicidades por tu recién nacido.

—Gracias, Jerry. —Mi mejor amigo se inclina hacia delante para que su voz llegue con mayor claridad al teléfono, que está en el centro de la mesa de conferencias—. Mi mujer y yo estamos felices de sumar otro miembro a la familia Maddison.

—¿Y Ella? ¿Le gusta ser la hermana mayor?

—Le encanta —se ríe Maddison—. Tiene mucho carácter y está entusiasmada con tener un hermano al que mandar en el futuro.

—Bueno, estamos ansiosos por verte en Chicago junto a tu mujer y los niños en el próximo partido en casa.

Así suelen ir estas conversaciones. Los periodistas comienzan todo dulzura y sentimentalismo con Maddison, y luego pasan a mí.

—Y EZ —comienza Jerry, llamándome por mi apodo.

—¿Cómo vamos, jefe?

—Bien. Vamos bien. No tan bien como tú, supongo. Tu careto estuvo en internet toda la semana pasada saliendo del campo con tu última conquista tras el partido inaugural. ¿Alguien a quien deberíamos conocer?

No entiendo por qué los periodistas sienten la necesidad de hablar constantemente sobre mi vida sexual, pero la personalidad que ofrezco a los medios me hace ganar mucho dinero, así que lo dejo pasar. Aunque no tengo ni idea de a quién se refiere. Llegados a cierto punto, tiendo a confundirlas.

—Vamos, Jerry —bromeo—. Estás hablando conmigo. ¿Cuándo ha habido alguien de quien debas saber?

—Culpa mía —se ríe—. Casi se me olvida que estoy hablando con Evan Zanders. Probablemente no te hayas preocupado más de veinticuatro horas seguidas por una mujer que no fuese tu madre.

Miro a Maddison de repente ante la mención de mi madre. Nadie más que mi gente y la suya sabe sobre mi situación familiar. Le pago mucho dinero a mi equipo de relaciones públicas para que siga así.

Maddison esboza una leve sonrisa compungida.

—Eso creo —respondo.

Fuerzo una risa ante el auricular, asqueado por el sabor de las palabras cuando salen de mi boca.

—Jerry, hablemos de hockey —cambia rápidamente de tema Maddison.

—Sí. Contáis con un gran equipo este año. ¿Cómo se nos presenta la Copa?

—Este es nuestro año —afirma Maddison.

Asintiendo con la cabeza, agrego:

—No hay duda al respecto, estamos seguros de que los muchachos de los Raptors tienen el potencial de hacerse con la Copa Stanley al final de la temporada.

Maddison y yo nos miramos a través de la mesa de la sala de conferencias con máxima confianza. Cuando se trata de hockey, y especialmente esta temporada, no bromeamos. Este es nuestro año para ganarlo todo. Tanto Maddison como yo tenemos veintiocho y esta es nuestra séptima temporada en la Liga Nacional, así que finalmente tenemos todas las de llevarnos el título a casa.

—Zanders, tú eres muy agresivo, ¿crees que pasarás menos tiempo en el banquillo este año?

—Depende —admito, recostándome en la silla.

—¿De?

—Si el resto de los equipos juegan limpio, yo también lo haré. Pero si vas a por mis muchachos, tendrás que responder ante mí. El banquillo no me asusta. Para eso estoy en este equipo, para proteger a mis compañeros y asegurarme de que nadie les haga daño. Sin embargo, a juzgar por las últimas seis temporadas que he disputado, no creo que esta vaya a ser diferente.

—Cómo te gusta la camorra —se ríe Jerry.

Bueno, en eso no se equivoca.

—No tienes nada que perder —continúa—. Sueltas unos golpes, te estás unos minutos en el banquillo y luego te vas con una mujer diferente del brazo cada noche. Todos te conocemos, EZ. No te importa una mierda nadie más que tú. Y es por eso por lo que Chicago te adora. Eres el capullo más grande de la liga, pero eres nuestro capullo.

Maddison se recuesta en la silla, con el ceño fruncido y los brazos cruzados sobre el pecho. Sacude la cabeza con frustración, pero sabe cómo funciona esto. Llevamos años haciéndolo.

Respiro hondo y finjo una sonrisa a pesar de que el periodista no puede verla.

—¡Tienes razón!

—El niño mimado de la ciudad y el malote insufrible de Chicago —añade Jerry—. Mi titular favorito para vosotros dos.

Seguimos hablando sobre el equipo y nuestros objetivos para esta temporada, pero cada pocas preguntas se refiere a mí y a mi vida personal: a las mujeres con las que salgo del estadio o las fotos que me hacen de noche en la ciudad, bebiendo de fiesta. Sin embargo, le recuerdo en todo momento que ninguna de esas noches son antes de un partido.

Cada vez que Maddison o yo tratamos de dirigir la conversación a Active Minds of Chicago, nuestra fundación benéfica, que apoya a jóvenes deportistas desfavorecidos que no tienen los recursos necesarios para cuidar su salud mental, Jerry la desvía hacia mí y mi estilo de vida de soltero.

Entiendo que esta es la imagen que he construido de mí durante los últimos siete años, y es la razón por la que mi sueldo tiene cifras tan grandes, pero también me gustaría promocionar nuestro trabajo benéfico. Es la única cosa en mi vida de la que estoy orgulloso de verdad.

Maddison y yo sentamos los cimientos de la fundación cuando él se mudó a Chicago. Ambos necesitábamos comenzar a dedicar nuestro tiempo y dinero a organizaciones benéficas, por eso creamos esta. Hemos reunido a deportistas profesionales de toda la ciudad para que compartan sus propias experiencias en materia de salud mental y tratar así de romper el estigma que supone este tema en el mundo del deporte, especialmente entre los deportistas masculinos. Recaudamos dinero con eventos mensuales para cubrir los costes de las sesiones de terapia para aquellos niños que no pueden permitírselo pero que necesitan ayuda, así como para contactar con médicos y terapeutas que estén dispuestos a dedicar su tiempo a la causa.

Mi vida habría sido muy diferente si hubiese tenido este tipo de servicios cuando era más joven. Podría haber expresado gran parte de la ira y el abandono que sentía a través de las palabras y no de jugadas sucias en la pista.

—Gracias por tu tiempo, Jerry —dice Maddison una vez terminado el interrogatorio. Corta la llamada en el teléfono de la sala de conferencias y añade—: No vamos a seguir con esta mierda.

—Tenemos que hacerlo.

—Zee, te hacen quedar como un imbécil. Ni siquiera puedes hablar de Active Minds sin que pasen a comentar con quién estás follando o peleando.

Maddison se levanta de la mesa frustrado.

Yo también estoy frustrado. Me importa una mierda si quieren hablar de mi vida personal, pero estaría bien que los medios mencionaran al mismo tiempo las cosas buenas que hago por la comunidad. La mayoría de la gente no sabe que soy la otra mitad de nuestra fundación. Asumen que es la obra de caridad de Maddison porque encaja con toda la bonita imagen de hombre de familia. No casaría demasiado con la narrativa mediática, esa que dice que soy un imbécil al que no le importa una mierda nadie, el hecho de que también sea el cofundador de una organización benéfica para jóvenes desfavorecidos que padecen enfermedades mentales.

—No vamos a hacerlo más. Estoy cansado de que todos piensen que eres un imbécil que no tiene sentimientos. La forma en que hablan de ti, Zee… —insiste Maddison mientras se dirige a la puerta de la sala de conferencias, sacudiendo la cabeza.

—No tengo sentimientos —respondo rápidamente—. Al menos no hasta junio, cuando tenga en mis manos la Copa Stanley y me hayan ampliado el contrato.

—¿No tienes sentimientos? —pregunta Maddison, poco convencido—. Lloraste cuando Ella y tú visteis *Coco*. Claro que tienes putos sentimientos, tío. Deberías empezar a hacer que la gente lo sepa.

—¡No uses *Coco* en mi contra! ¡Es triste de la hostia! —exclamo levantándome del asiento para seguirlo al vestuario y cambiarnos para el partido—. La canción del final me emociona cada vez que la escucho.

En cuanto planto el culo en el asiento de nuestro avión, para volar a casa, me desmorono con un suspiro. La derrota ha sido brutal y he jugado fatal. Esta noche no estaba concentrado y asumo toda la responsabilidad.

No esperaba que nos rindiéramos tan pronto. De hecho, pensaba que ganaríamos al menos diez partidos antes de perder ninguno. Así de buenos somos. Pero esta noche no ha sido la nuestra.

Queda mucha temporada por delante, eso sí. Estaremos bien.

Me suena el móvil en el bolsillo, así que lo saco mientras el resto del equipo sube al avión y veo dos mensajes nuevos. Abro de mala gana el primero, que es de mi agente.

Rich: *EZ, chico. Tenía una chica esperándote fuera del vestuario esta noche y has pasado de ella. Habría sido el momento perfecto para que los medios te sacaran algunas fotos saliendo con ella del estadio. ¿A qué ha venido eso?*

Con frustración, me estiro el cuello y respiro profundamente. Puedo buscarme yo solo las chicas, y me llevo a muchas sin que Rich me contrate ninguna. Los medios de comunicación ya han pillado lo de que soy un golfo. No necesito actuar. Ha quedado bastante claro en la entrevista con el

Chicago Tribune previa al partido, donde no hemos podido decir ni dos palabras sobre hockey o nuestra organización benéfica.

Después de esta derrota de mierda y de saber de mi madre dos veces en veinticuatro horas, no estaba de humor para echar leña al fuego. La mayor parte de Norteamérica sabe que soy un mujeriego. Tomarme una noche libre no va a cambiar mi imagen y, por tanto, tampoco va a dejarme sin contrato para la próxima temporada.

Ignorando a Rich, paso al siguiente mensaje. Mi expresión cambia por completo, a lo más opuesto a la cara de frustración que he tenido toda la noche.

—Tu mujer me ha escrito —le digo a Maddison dándole un codazo para enseñarle la imagen que me ha enviado Logan.

Es la cosa más bonita que he visto en mucho tiempo, joder. Mi sobrina postiza, Ella Jo, está plantada a medio metro de distancia de la tele, con el cuello estirado y los ojos pegados a la pantalla mirando nuestro partido. Un lazo de la hostia doma un poco los pelos de loca que tiene, pero lo mejor es la camiseta que lleva puesta: la del número 11, con «Tío Zee» bordado en la espalda.

Logan: *No le enseñes esto a mi marido. Me matará por dejarla ponerse esto, pero he pensado que te fliparía ver a tu chica favorita con tu número.*

—¿Qué narices? —exclama Maddison, anonadado al ver a su hija de tres años vestida con la camiseta de otro jugador que no es él.

Tres pequeños puntos bailan en la pantalla de mi móvil antes de que aparezca otro mensaje de su mujer.

Logan: *Y como te encanta cabrear a mi marido, doy por hecho que se la estás enseñando en este momento.*

Nos conoce demasiado bien.

Logan: *Hola, cariño. Te quiero. Por favor, no me mates.*

Maddison finalmente se ríe.

—Si Ella llevaba puesta esa mierda esta noche, no me extraña que hayamos perdido —dice con una sonrisa de suficiencia en los labios, mientras se inclina hacia atrás y entrelaza las manos, que descansa plácidamente sobre su estómago.

—Idiota —murmuro con una sonrisa.

—Capullo.

—¿Están listos para que les dé las instrucciones de seguridad para las salidas de emergencia?

Le envío a Logan una respuesta rápida, agradeciéndole la foto de Ella con mi camiseta, antes de prestarle toda mi atención a Stevie.

Esta es mi nueva táctica para tocarle las narices. ¿Quería mi atención la última vez? Bueno, de ahora en adelante no perderé detalle de ninguna palabra, y va a ser incómodo de la hostia.

—¡Sí, por favor!

Me guardo el móvil, cruzo las manos sobre el regazo y me inclino hacia delante, expectante.

Ella sacude la cabeza ante mi ansiosa respuesta y frunce el ceño mientras me mira con expresión perpleja.

Maddison se ríe a mi lado, pues sabe exactamente lo que estoy haciendo.

—Está bien… —asiente, arrastrando las palabras confundida.

Stevie pasa a explicar cómo funcionan las ventanas de salida, por si necesitamos usarlas en caso de emergencia, aunque esta vez es mucho más rápida que la anterior. Supongo que porque nos repetirá lo mismo en cada vuelo durante el resto de la temporada.

Asiento con entusiasmo ante cada pequeña cosa que dice, pero cada vez que me mira entrecierra esos ojos verde azulados con molestia.

—¿Están dispuestos y se ven capaces de ayudar en caso de emergencia? —nos pregunta tanto a Maddison como a mí.

—Sí —responde este rápidamente.

¿Yo? No tanto.

—Pregunta —empiezo—. ¿Cómo abro la puerta con ventana exactamente?

Maddison niega con la cabeza, pero su pecho se agita con una risa silenciosa.

Stevie respira hondo, estoy seguro de que frustrada, antes de repetir lo que ya me ha dicho.

—Retire la placa de plástico, tire de la manija roja hacia dentro y suéltela. La ventana se pegará al avión.

Asiento con la cabeza repetidamente.

—Vale, vale. Y ¿cuándo la abro?

Stevie inhala profundamente, y ya no puedo contener la sonrisa maliciosa que me asoma a los labios. Esta mierda es divertida.

—Cuando así lo indique un miembro de la tripulación.

—Y ¿cómo…?

—¡Por el amor de Dios, Zanders! ¿Está dispuesto y se ve capaz de ayudar en caso de emergencia o no?

No puedo evitar echarme a reír. Ya me siento diez veces mejor que al salir del estadio.

Afortunadamente, una sonrisa se dibuja en la boca de Stevie, a pesar de que está tratando de contenerla. Aprieta sus gruesos labios en un intento de aguantársela, pero al final se le escapa una carcajada.

—Sí, estoy dispuesto y me veo capaz —cedo, con una gran sonrisa en la cara, mientras me recuesto en el asiento.

Ella niega con la cabeza, divertida.

—Necesito otro trabajo —murmura antes de irse.

Cuando se han cerrado las puertas del avión, Stevie regresa a mi fila y se queda de pie en el pasillo a unos pocos centímetros de mí. Su compañera de trabajo rubia está al frente del avión mientras la tercera azafata habla por megafonía.

Stevie comienza a hacer la demostración de seguridad, enseñándonos cómo usar los cinturones y las máscaras de oxígeno si estas cayeran del techo. Nadie más está prestando atención, pero yo mantengo la mirada fija en ella.

Al sentirse observada, sus mejillas se sonrojan bajo las pecas.

—Este avión cuenta con seis salidas de emergencia —dice la azafata por megafonía—. Dos puertas delanteras, dos ventanas de salida sobre las alas y dos puertas en la parte trasera de la aeronave.

—Lo estás haciendo muy bien, dulzura —le susurro.

Stevie niega con la cabeza, con los labios apretados.

—Los asistentes de vuelo les están señalando las salidas más cercanas a ustedes —resuena el sistema de megafonía por todo el avión.

Stevie usa los dedos índice y corazón de cada mano para señalar las salidas en la parte trasera del avión, y luego hace lo mismo con las ventanas de salida que hay en el centro del avión, donde me siento yo. Pero cuando señala la que hay mi lado, esconde el índice y usa solo el dedo corazón, claramente haciéndome la peineta.

No puedo contener la risa.

Una sonrisa de suficiencia y satisfacción se dibuja en los labios de Stevie, como debería ser. Su negativa a resignarse o ceder a mi encanto, como hacen la mayoría de las mujeres, es, oficialmente, tan intrigante como frustrante.

—¡Zee! —Es lo primero que escucho en cuanto entro en el ático de Maddison al día siguiente, seguido rápidamente por una dulce niña de tres años que se abalanza sobre mis piernas para que la levante.

—¡Ella Jo! —saludo a la niña de pelo alborotado aupándola y abrazándola con fuerza—. ¿Cómo está mi chica favorita?

—Única chica —rectifica ella, hundiéndome sus pequeños dedos en las mejillas.

Maldita sea, sí que lo es.

—¿Regalo?

—¡Ella! —grita Logan al otro lado del pasillo, desde el cuarto del bebé—. Así no es como le pedimos cosas a tu tío.

Miro a la pequeña EJ con reproche mientras trato de aguantarme la risa, porque tengo que apoyar a Logan en todo el asunto de la maternidad. Pero Ella podría pedirnos absolutamente cualquier cosa tanto a sus otros dos tíos como a mí, porque por nada del mundo le diría que no ninguno de nosotros.

Entonces deja escapar un pequeño resoplido como reprendiéndose antes de que la sonrisa más dulce se apodere de sus labios y se le marquen los hoyuelos como nunca antes. Ladea la cabeza y la inclina hasta llevar un hombro a su rosada mejilla.

—¿Regalo, por favor? —repite Ella pestañeando.

La risa me estalla en el pecho. Me acomodo a la niña en la cadera y hundo una mano en mi bolsillo.

Cuando Ella tenía un año, comencé a comprarle un bodi de cada ciudad en la que su padre y yo jugábamos, aunque no pudiera comprenderlo o recordarlo. Pero era una forma divertida de asegurarme que iría a ver a mi sobrinita después de cada viaje. Todos los bodis han pasado ahora a su hermano pequeño, MJ.

El año pasado, que tenía dos años, me decidí por las postales. Le gustaban todas esas imágenes brillantes y bonitas, y se entretenía fácilmente con un trozo de papel.

Este año, que ya tiene tres, hemos pasado a los imanes.

Saco el pequeño imán con la bandera de Colorado y observo cómo los profundos ojos verdes de Ella brillan de emoción.

Es un puto imán, pero parece que le acabaran de dar el billete premiado en la lotería.

—¡Guau! —exclama, y no puedo evitar reírme de nuevo.

Puede que no haya pedido su regalo de la manera más educada, pero la forma en que atesora este pequeño imán de goma en sus diminutas manos lo compensa.

Le da la vuelta y lo examina con una gran sonrisa en los labios.

—Es para la nevera —le explico—. Te traeré uno de cada ciudad en la que juguemos.

Ella asiente con la cabeza con entusiasmo y se retuerce en mis brazos para bajarse. La pongo de pie y la niña echa a correr hacia la nevera. Se arrodilla y pega el imán en la parte más baja del frigorífico, donde solo ella puede alcanzarlo, y se coloca los diminutos puños debajo de la barbilla para admirarlo.

—¿Qué se dice, cariño? —le pregunta Logan, que ha entrado en la cocina arrastrando los pies y con el recién nacido en brazos.

—¡Gracias, tío Zee! —chilla Ella desde el suelo de la cocina.

—De nada, peque.

Logan se me acerca y le doy un beso en la mejilla mientras me coloca en brazos al bebé, que está dormido, sin siquiera preguntarme si quiero cogerlo. Ya sabe la respuesta. A veces (la mayoría de las veces) no vengo porque quiera pasar tiempo con mis dos mejores amigos ni nada por el estilo. Vengo a ver a sus hijos.

—¿Cómo estás, Lo? —le pregunto, ya que ha dado a luz hace menos de dos semanas.

—Me siento bien.

Sonríe de oreja a oreja mientras se sienta en el sofá, doblando las piernas por debajo de ella.

Me siento en el lado opuesto, con cuidado de no despertar a MJ. Sin embargo, este bebé duerme como un tronco, así que dudo que pueda hacerlo de todos modos.

—Tienes buen aspecto.

—¡Zee, será mejor que cuides lo que dices! —oigo que bromea Maddison desde algún lugar al final del pasillo.

—¡Muuuy buen aspecto! —grito solo para cabrearlo.

—Si no tuvieras a mi hijo en brazos, te patearía el culo —dice Maddison al entrar en la sala de estar, y coge a su hija de camino al sofá—. Pero sí que tiene buen aspecto —continúa—. Ella Jo, ¿a que está guapa mamá?

—Muy guapa —suspira Ella antes de apoyar la cabeza en el hombro de su padre, somnolienta.

Maddison pasa por detrás del sofá hasta donde está Logan.

—Creo que es la hora de la siesta de alguien. Vuelvo enseguida, cariño —anuncia, y le da a su mujer un beso rápido.

Antes de llevar a Ella a su habitación, rodea el sofá y se inclina hacia mí poniendo morritos.

—Vuelvo enseguida, cariño.

—Vete a paseo —me río apartándole la cara lejos de mí.

Miro por los ventanales que tiene Logan a su espalda y que van del suelo al techo.

—Maldita sea, a veces olvido que podéis ver mi apartamento.

Si entrecierro los ojos, veo el mármol de mi isla de cocina desde aquí.

Logan se da la vuelta para mirar por las ventanas al otro lado de la calle. Se vuelve hacia mí de nuevo sin poder contener una sonrisa tímida que le marca los hoyuelos.

—Créeme. Nosotros no nos olvidamos. ¿Sabes cuántas veces te hemos pillado Eli o yo con alguien en la cocina? ¿Por qué crees que pusimos estas cortinas? —Hace un gesto hacia los estores, opacos y extralargos, que ahora mismo están recogidas a la pared para dejar pasar la luz del sol—. Me sorprende que aún no me haya sacado los ojos.

—¿Sabes cuántas mujeres matarían por tener estas vistas? Agradece el espectáculo y ya.

—Qué asqueroso eres —se ríe ella.

Me río también hasta que noto el cambio en su expresión.

—Eli me ha dicho que tu madre se puso en contacto con tu hermana.

Dejo escapar un profundo suspiro, pero también estoy un poco agradecido por el cambio de tema. Logan es una especie de terapeuta improvisada, aunque ya tengo uno de verdad al que veo una o dos veces por semana. A ella le cuento casi todo, y he necesitado desahogarme desde aquella noche en Denver.

—Sí, Lindsey me dijo que la ha estado llamando sin parar para ponerse en contacto conmigo.

—Lo siento, Zee. ¿Hay algo que podamos hacer?

—No sé. Solo esperar que no vuelva a aparecer ni consiga mi número, supongo.

Logan permanece en silencio un momento antes de mirarme y bajar rápidamente la mirada al suelo.

—¿Se lo has dicho a tu padre?

¿Que si se lo he dicho a mi padre? No le he contado mucho a mi padre desde que dejé su casa para ir a la universidad. No ha sido exactamente el hombre más cariñoso ni comprensivo en los últimos tiempos. No creo que le importe una mierda el hecho de que sea un deportista profesional y gane millones de dólares al año, lo cual es todo lo contrario a las intenciones actuales de mi madre al querer colarse en mi vida.

Aunque no siempre fue así. De hecho, cuando yo era niño, no podíamos haber estado más unidos. Mi padre estuvo en cada uno de mis torneos de hockey fuera de casa. Hablábamos de deportes todo el día, me ayudaba a trabajar mi técnica en el patio trasero y siempre fue un pesado con las notas porque sabía que tenía que mantenerlas altas para aspirar a una beca.

En general, mi padre es una buena persona, pero se refugió en el trabajo cuando mi madre nos dejó. Tal vez intentaba ser el hombre que ella quería, o al menos ganar la cantidad de dinero que ella quería, con la esperanza de que volviera con él, no estoy seguro. Pero él me abandonó como lo hizo mi madre, solo que de una manera diferente.

Ya no le importaban mis notas ni venía a verme jugar al hockey en el instituto. En lugar de eso, se quedaba hasta tarde en el trabajo para no pensar que le habían roto el corazón. Para cuando llegaba a casa, yo normalmente me había calentado algo en el microondas para cenar y me había metido en la cama. Lindsey ya estaba en la universidad por entonces, así que nunca me había sentido tan solo.

Fue entonces cuando comenzaron los ataques de pánico. Fue entonces cuando llegó la rabia. Fue entonces cuando se instaló en mí el recordatorio constante de que nadie me quería. Fue entonces cuando me di cuenta de que nadie me había querido lo suficiente para quedarse.

No fue hasta años después, cuando estaba en el tercer curso de universidad, cuando comencé a ir a terapia y a trabajar en mi mierda. Me di cuenta de que no era responsabilidad de nadie más quererme, así que empecé a quererme a mí mismo. Nadie más iba a hacerlo.

—Zee —dice Logan en voz baja.

—¿Mmm?

Saliendo del aturdimiento de mi pasado, acaricio suavemente el pañal de MJ con el pulgar mientras él duerme profundamente en mis brazos.

—¿Le dijiste a tu padre que tu madre ha estado tratando de hablar contigo?

Niego con la cabeza y esbozo una media sonrisa.

—No quiero molestarlo con eso —respondo, lo que en realidad significa «no quiero hablar con él más de lo necesario».

Pero no digo eso. Logan quiere que mi padre y yo retomemos nuestra relación. Ella perdió a los suyos a una edad temprana y mataría por tener otra conversación con su padre. Me siento como un completo idiota cada vez que le digo que no tengo ganas de hablar con el mío, que está sano y salvo.

—Bueno —dice para concluir la conversación, y esboza una sonrisa triste.

Miro al dulce niño en mis brazos, agradecido de formar parte de esta familia, compartamos lazos de sangre o no.

—Oye, Zee —dice Logan desde el otro lado del sofá—. Te queremos muchísimo.

De alguna manera, esta chica siempre sabe lo que necesito escuchar, al igual que su marido me lee como un libro. A veces no se me da bien admitir lo que necesito, aunque sea directo y sincero. Pero estoy agradecido de que esta gente me conozca tan bien.

—Yo también os quiero.

Son las únicas personas a las que les he dicho esas palabras, además de a mi hermana, en la última década de mi vida.

6
Stevie

Evan Zanders es un idiota.

Pero creo que estoy empezando a entenderlo. Solo me ha llevado tres vuelos cortos, pero aquí estamos.

Va a hacer todo lo que esté a su alcance para tocarme las narices, pero mientras se la devuelva, creo que estaré bien.

Una vez cerradas las puertas del avión, dejamos fuera el frío de Detroit y paso a hacer mi demostración de seguridad habitual, de pie junto a la fila con las salidas de emergencia. Hoy, como casi siempre, tenemos vuelo nocturno, por lo que los jugadores están demasiado distraídos para mirarme o preocuparse por lo que estoy haciendo con una máscara de oxígeno y un cinturón de seguridad falsos.

Todos menos uno.

Adivina.

Así es, Evan Zanders tiene la mirada clavada en mí, observando cada uno de mis movimientos mientras hago mi trabajo, tal como lleva haciendo semanas.

Mientras guardo la pequeña bolsa para la demostración de seguridad, comienza mi parte favorita del vuelo. Solo que hoy, no es mi parte favorita, porque hoy estoy atrapada en la fila con las salidas de emergencia cuando todos los jugadores se ponen de pie y comienzan a desnudarse.

El pánico me atraviesa como un rayo mientras trato de encontrar la manera de escapar, ansiosa por llegar a la seguridad de la cocina que hay en la parte trasera del avión, pero es inútil. Dondequiera que miro, hay alguien desvistiéndose. Estoy atrapada por los cuerpos más perfectamente formados, desnudos casi por completo.

Y ¿cuál es el más destacable? El que está justo frente a mí y no me deja espacio para moverme.

Evan Zanders.

Ocupa todo el trozo de pasillo que hay al lado de su asiento. Intento darme la vuelta y correr hacia la parte delantera del avión, pero, al parecer, el equipo técnico también se está quitando el traje esta noche. Lo cual es comprensible, ya que volamos de regreso a Chicago. Así que me quedo sin ningún plan de escape en absoluto.

Con los ojos muy abiertos y llenos de miedo, miro a Indy, que está en la cocina delantera de a bordo, donde ha hecho la demostración de seguridad. En lugar de una mirada de lástima, me lanza un guiño y levanta los dos pulgares antes de esconderse detrás de una mampara de separación y dejarme con los lobos.

Lobos desnudos.

Me doy la vuelta y mi mirada va a parar a los ojos de Zanders. ¿Cómo no? En primer lugar, son preciosos, todo castaños y demás. En segundo lugar, está literalmente a treinta centímetros de mí. Podría retroceder si quisiera; a diferencia de mí, tiene espacio para hacerlo. Pero no. Se quita de forma sugerente la chaqueta del entallado traje a dos pasos de mí.

Una vez más, no sé si está tratando de ser seductor o si siempre parece a punto de protagonizar una película para adultos, pero tengo la sensación de que es esto último.

—¿Estás bien, Stevie? —pregunta Zanders con un destello de picardía en los ojos.

—Sí —digo, y se me rompe la voz. Me aclaro la garganta—. Sí. Bien. Genial.

Aparto la cabeza y me froto el cuello mientras los largos dedos de Zanders, cubiertos de anillos de oro, se toman su tiempo para desabotonar la camisa.

Siento su mirada fija en mí mientras yo no le quito ojo a la ventana de salida, en parte para mantener la vista alejada de él y en parte para planear mi huida.

El avión no ha empezado aún a avanzar demasiado rápido por la pista. Estoy segura de que la rozadura que me haría con el asfalto si saltara por la ventana quemaría mucho menos que la mirada de Zanders.

Por el rabillo del ojo aparece un cuerpo perfecto de piel morena, y por alguna maldita razón, no puedo evitar mirar.

Zanders está desnudo de mitad para arriba. Tiene unos hombros anchísimos, pero su cuerpo se estrecha en la cintura. Tiene el porte de un maldito superhéroe. Incluso sus músculos tienen músculos.

Observo cómo la luz se refleja en la delgada cadena de oro que lleva al cuello antes de que mi mirada se encuentre con la suya.

No podría estar más encantado.

—¿Te gusta lo que ves? —pregunta con una sonrisa pícara.

Sí, tiene el descaro de sonreírme, joder.

—¿Puedo…? —La maldita voz me sale diez octavas demasiado alta. Me aclaro la garganta de nuevo y el pecho de Zanders se agita en una carcajada—. ¿Puedo pasar? Necesito llegar a la parte trasera del avión.

«Y alejarme de ti antes de que me dé un golpe de calor por mirar tu insoportable cuerpo perfecto».

—Ya casi he terminado —me dice, sin romper el contacto visual, mientras se desabrocha rápidamente el cinturón.

Trago saliva. De modo audible. Como si hubiera estado sin agua en el desierto durante días y días.

¿Quién me iba a decir que el trabajo vendría con un estriptis privado?

Se desabrocha la cremallera del pantalón con sus largos dedos y deja que le caigan hasta los tobillos.

Sus ceñidísimos bóxer negros son lo primero que veo, justo antes de que mi mirada de estupefacción se vea atraída por el bulto gigante de la parte delantera. No bromeo. Es enorme. Y ni siquiera está empalmado. No me extraña que las chicas se abalancen sobre él. Esta cosa es tan grande que debería tener su propio código postal.

—¿Te estás divirtiendo?

—¿Mmm? —murmuro, completamente fascinada por la anaconda en su entrepierna.

—¿Te gusta lo que ves, Stevie?

—Sí —asiento aturdida—. ¿Qué? No. Claro que no.

Rápidamente me vuelvo hacia un lado del avión y miro la ventana de la salida de emergencia, que me parece más tentadora por segundos.

La risa malvada de Zanders hace eco en mis oídos y, al parecer sin poder evitarlo, miro su cuerpo una vez más.

Empiezo por sus tobillos, y me fijo en el embrollo de tinta negra que le ocupa todo el lado izquierdo. Se le envuelve alrededor de la pierna, le recorre las costillas y le cubre un brazo. La tinta negra no contrasta demasiado con su oscuro tono de piel, sino que lo complementa. Le queda bien. No sé de qué otra manera explicarlo.

—¿Quieres probar a responder de nuevo? —pregunta Zanders, sin hacer ningún esfuerzo por ponerse los pantalones de chándal y la camiseta. Desnudo ocupando todo el pasillo, descansa las manos sobre los reposacabezas a ambos lados para cerrarme el paso—. ¿Te gusta lo que ves?

No tengo ninguna intención de inflarle el ego a este hombre más de lo que ya lo está, así que pongo mi cara más engreída. No hay mucho oxígeno en un avión. No quiero que su ego nos asfixie al resto.

Ya sabes, la seguridad y toda esa mierda.

—Ehhh —digo con indiferencia, cruzando los brazos sobre el pecho, y le aguanto la mirada con obstinación.

—Claro, dulzura.

Zanders se pasa una camiseta blanca por la cabeza y el contacto visual solo se rompe por un segundo, cuando la tela le cubre la cara. Luego se pone unos pantalones de chándal grises mientras hago todo lo posible para mantener mi atención lejos de la serpiente que tiene en los calzoncillos.

¿Y un pantalón de chándal gris? Venga ya, hombre.

—Hazte así… —se burla, limpiándose la comisura de la boca como diciendo que estoy babeando.

Estoy un noventa por ciento segura de que no estoy babeando, pero tampoco me sorprendería si fuera verdad. Aun así, me niego a comprobarlo.

Me he quedado tonta de lo guapo que es.

No aparto la mirada cuando me desafía con esos ojos castaños, retándome a tocarme los labios para comprobar si hay baba.

—Te odio —le recuerdo, tratando de mantenerme firme, lo que hace que se ría con arrogancia echándose hacia delante con una mano en el pecho.

Cuando Zanders vuelve a enderezarse, trato de pasar a su lado, necesito salir del maldito pasillo, pero me detiene poniendo una mano en el asiento al otro lado para bloquearme el paso con un brazo.

—Tomaré un agua con gas —dice con voz áspera, y siento un escalofrío por la columna.

Tragando saliva, vuelvo la cabeza hacia él. Estoy jugando con fuego. Su cara está a escasos centímetros de la mía, y está como un tren. Prácticamente siento el calor de sus labios desde aquí. O tal vez sea la temperatura de su ardiente mirada.

—Hay una nevera en la parte de atrás donde puedes cogerla tú mismo.

Le aparto el brazo para pasar junto a él, tal vez un poco más fuerte de lo necesario, pero me está poniendo nerviosa y no me gusta. No me gusta cuando finjo seguridad en mí misma y me la destapan.

—¡Con extra de lima, Stevie! —vocea con una risa de satisfacción mientras pongo los ojos en blanco.

Pero también siento que me arden las mejillas.

Le he llevado la maldita agua con gas.

Luego una segunda y también una almohada y una bolsa de patatas fritas, todo lo cual podría haber cogido él fácilmente. Lo dejamos a su disposición por una razón.

Mi única esperanza es que pete la luz de llamada a la azafata que tiene sobre la cabeza y deje de funcionar. Presiona tanto el botón que no me sorprendería que ocurriera.

Una vez más, se enciende la luz azul en la cocina de a bordo trasera, lo que indica que un pasajero necesita nuestra asistencia.

Emito un sonoro gruñido. Acabo de hacerme un sándwich de queso a la parrilla. Está perfectamente derretido, y solo le he dado unos pocos bocados.

Indy se ríe.

—Parece que tu novio te necesita de nuevo. —Hace un gesto hacia la fila con las salidas de emergencia, donde hay encendida una luz sobre el estúpido rostro perfecto de Zanders—. Iría a ver qué necesita, pero ambas sabemos que preguntará por ti en cuanto llegue.

Pongo los ojos en blanco, me estiro el cuello y trato de poner mi mejor sonrisa de azafata de mierda mientras salgo de la cocina, pero entonces Tara se apresura hasta Zanders, así que por mí vale. Si alguien más quiere encargarse de la diva, con gusto le cedo la responsabilidad.

—Tara se ocupa —le informo a Indy mientras reculo hacia la cocina, nuestro refugio.

—Veinte dólares a que viene y te dice que Zanders quiere verte.

—No gano suficiente dinero para malgastarlo en apuestas perdedoras.

Este es el tercer viaje de la temporada, y él no ha hablado en ninguno con las otras chicas.

Tara, en el espacio entre la cocina y el pasillo, se aclara la garganta.

—Evan Zanders necesita algo de ti.

—¿Sabes lo que quiere? —pregunto con cautela.

Aunque en realidad no estoy fraternizando con el tipo, su evidente propósito de hacer de mi trabajo un infierno esta temporada podría llamar demasiado la atención de Tara, y debo tener cuidado. Bueno, Zanders debe tener cuidado.

—Ni idea. Ha dicho que necesita algo que solo tú puedes llevarle.

Los labios de Tara están apretados en una estrecha línea cuando se aleja de regreso al frente del avión, donde está su puesto de trabajo.

No sabría decir si está frustrada porque estoy llamando la atención o si está molesta porque no es ella quien lo hace, lo que suena ridículo solo de pensarlo. Cualquiera que desee la atención que Zanders me está prestando está loco, porque está haciendo mi trabajo mucho más difícil de cómo debería ser.

—Ve a atender a tu enamorado —bromea Indy.

—Cállate.

Todo el equipo está ocupado devorando la cena cuando atravieso el pasillo, así que, afortunadamente, nadie me presta atención mientras me dirijo a la fila con las salidas de emergencia.

—¿Necesitas algo? —le pregunto a Zanders en mi tono más dulce, que no lo es tanto. «Dulce» no es realmente una palabra que usaría para describirme.

—No me gusta mi cena —dice bajando la mirada a su plato, donde hay un *filet mignon* al punto prácticamente intacto.

—¿Vale? ¿Te traigo otra cosa?

—¿Puedes hacerme un sándwich de queso a la parrilla?

—¿En serio? ¿Comes ese tipo de cosas?

—Oh, cariño. ¿Te preocupas por mi dieta?

—En realidad, no. Me importa una mierda, la verdad —afirmo con sinceridad, y Maddison casi se ahoga al echarse a reír de la sorpresa—. Solo era curiosidad. Pero podrías haberle pedido a la otra azafata que te preparara uno, ¿sabes?

Mira hacia la parte delantera del avión, donde la figura perfectamente delgada de Tara está de pie, observándonos.

—Sí, pero algo me dice que cuando se trata de comida, me fío más de tu criterio que del suyo.

¿Qué demonios significa eso? ¿Es su forma de juzgar mi cuerpo? ¿Es su manera de decir que sabe que me alimento de comida basura regularmente y que seguro que puedo prepararle algo bueno? O sea, no es que se equivoque, pero aun así.

De repente siento claustrofobia y trago saliva a duras penas. Hay demasiado poco espacio. Estoy en la fila con las salidas de emergencia, expuesta a la vista de todos. No quiero que nadie me mire cuando estoy avergonzada. El uniforme se me ciñe al cuerpo y siento que se me clava en la caderas, el pecho y bajo los brazos. Todo el mundo sabe que no es de mi talla. Lo sé. Lo primero que ven es un cuerpo con unos kilos más de los que me gustaría tener, y fui una idiota al pensar que tal vez estos tipos no me juzgarían por eso.

Me equivoqué y, llegados a este punto, no soy capaz de fingir autoestima. Odio sentirme tan vulnerable.

—¿Stevie? —dice Zanders con diversión en la voz—. ¿Vas a hacer tu trabajo y prepararme un sándwich de queso a la parrilla o qué?

Salgo de mi trance un momento, asiento con la cabeza en silencio y me dirijo hacia la cocina. Necesito esconderme.

—¿Stevie? —repite Zanders mientras me apresuro por el pasillo, pero no me doy la vuelta.

Le preparo el sándwich, pero no se lo llevo. De hecho, no vuelvo a salir al pasillo hasta que aterrizamos en Chicago y todo el mundo ha bajado del avión.

7

Stevie

Los Chicago Raptors tienen varios partidos en casa, lo que significa que dispongo de algo de tiempo libre esta semana. Y lo que es mejor, los Chicago Devils no juegan esta noche, así que finalmente puedo pasar un rato con mi hermano.

Sin embargo, aún no nos hemos visto. Esta mañana tenía entrenamiento y luego una conferencia de prensa por la tarde, pero esta noche iremos al cine. Una pequeña ocasión para afianzar nuestra conexión como gemelos, por así decirlo. Me he quedado acurrucada en el sofá de su increíble apartamento, esperando a que regrese del pabellón.

No exagero. Este edificio de apartamentos es una locura. Se construyó hace unos cuatro años, y Ryan se mudó un año después, cuando llegó a Chicago. No vive en el ático, sino un par de pisos por debajo, y la vista desde la terraza panorámica es épica. Desde aquí se ve casi toda la ciudad, incluido el lago Míchigan.

Pero la vista no es tan bonita hoy, simplemente porque ha estado lloviendo a cántaros toda la tarde. Por lo general, paso mis días libres en el refugio, pero los perros no salen a pasear con este tiempo, por lo que en realidad hoy no necesitaban mi ayuda.

Así que, en su lugar, me he quedado acurrucada en el sofá, con el chándal más cómodo y feo que tengo.

Los tres vuelos cortos han sido una buena manera de saber lo que me espera esta temporada, porque nuestro próximo viaje es mucho más largo. Y comienza en Nashville la semana que viene. Estoy segura de que a casi todo el mundo le encanta parar allí. Sin embargo, a mí solo me provoca ansiedad.

Crecí en las afueras de la ciudad y me sentí agradecida cuando me marché de allí para ir a la Universidad de Carolina del Norte. Por alguna razón, estar en Nashville me hace sentir que no soy lo suficientemente buena.

No soy lo suficientemente rubia. No soy lo suficientemente alta y delgada, pero tampoco lo suficientemente baja y menuda.

Al menos así es como me sentí de pequeña, y el hecho de volver allí ha estado rondándome la cabeza desde que acepté trabajar para un equipo de hockey. Es una parada obligatoria en el itinerario de la Liga Nacional, mientras que cuando trabajaba con la NBA podía evitar visitar mi ciudad natal.

Ryan tiene suerte. No tiene que volver varias veces al año para sus partidos. Aunque lo recibirían con todos los honores, estoy segura. Él era toda una celebridad en el instituto local, y yo era su hermana gemela, con quien las chicas eran amables para tratar de acercarse a la estrella del baloncesto.

Aun así, todavía conservo un par de amigas del instituto, y aunque no somos íntimas, sí estamos lo bastante unidas para que les diga que estaré en la ciudad la próxima semana.

—¡Hola, Vee! —grita Ryan entrando a casa.

Salto del sofá y lo miro con los ojos muy abiertos y ansiosos.

—¿Me lo has comprado?

—¿Ni un «hola»? Nada de «cómo está mi hermano y persona favorita en todo el mundo»?

Arrugo la nariz con disgusto.

—Puaj, no.

—Sí, te lo he comprado —asiente, lanzándome sobre el regazo un perrito caliente envuelto en papel de aluminio—. Pero sabes que puedo permitirme algo un poco mejor que un frankfurt de cinco dólares comprado en un puesto callejero para la cena, ¿verdad?

—No me juzgues. Los puestos del United Center son los mejores —respondo abriendo con ansia el perrito caliente para verlo repleto de cebolla y pimientos asados, rociados con mostaza. Tal y como me gusta—. ¿A qué hora quieres salir?

—¿Salir adónde?

Me vuelvo como un rayo hacía Ryan, que está en la cocina.

—Al cine. Todavía sigue en pie lo de la sesión de las siete, ¿verdad?

—Ay, mierda, Vee. Olvidé por completo que habíamos hecho planes para esta noche —gime con una expresión absoluta de culpa—. Tengo una cita.

—Oh.

Estoy realmente sorprendida, porque, bueno, mi hermano no tiene citas, la verdad.

—Puedo cancelarla.

—¿Tienes una cita?

—Sí, pero voy a cancelarla.

—No, no lo hagas.

Mi hermano no ha tenido una cita desde que está en Chicago. Está demasiado centrado en el baloncesto y en su carrera para añadir mujeres a la ecuación. De hecho, prácticamente se niega a tener citas, por lo que, aunque probablemente espera que lo ayude a librarse de ello, no voy a permitir su soltería de ninguna manera.

Es sin duda la mejor persona que conozco y merece ser feliz, aunque crea que la única solución a eso es el baloncesto. Desafortunadamente, su primera cita en tres años ha coincidido con el único día en semanas que hemos podido quedar. Ahora que está en marcha tanto la temporada de baloncesto como de hockey, no nos veremos mucho.

—¿Cómo puedo compensarte? Podemos ir en cuanto regrese de la próxima serie de partidos que tengo fuera de casa —propone con entusiasmo.

—Me voy a Nashville el día antes de que vuelvas, pero no te preocupes. Encontraremos un día.

Ryan se me acerca por detrás del sofá y me pasa los brazos alrededor de los hombros.

—Por favor, dime que no vaya.

—Vas a ir. Bueno, y ¿quién es ella?

—La sobrina del director general de nuestro equipo —dice Ryan sentándose en el borde del sofá—. Va al estreno de una gran película, y su tío nos pidió el favor.

—Entonces, sí vas a ir al cine.

El pecho de Ryan se agita con una risa disimulada.

—Aparentemente, necesita que la vigile algún tipo de relaciones públicas, y quién mejor que el aburrido y recto de Ryan Shay.

—No eres aburrido, Ry.

—Soy aburrido de la hostia, Vee.

—Bueno, puede que hasta te guste.

—No es mi tipo. Esto no son más que negocios.

—¿Cómo vas a tener un tipo si no sales con nadie?

—El dinero que tiene su tío no debería ser el tipo de nadie —asegura Ryan sacudiendo rápidamente la cabeza con desaprobación—. Hablando de citas, dentro de poco habrá una gran gala benéfica y necesito acompañante.

—Perfecto, pídeselo a tu novia, la estrella de cine roba-hermanos.

—Irás conmigo, ¿verdad?

—Claro. Si no estoy de gira con el equipo.

—No lo estarás. Es de una de las organizaciones benéficas de tus jugadores. Active Minds of Chicago. Coge mi tarjeta y cómprate un vestido. Es de etiqueta.

Vuelvo la cabeza de lado para mirarlo, entrecerrando los ojos.

—Tengo dinero. Y, además, prefiero algo de segunda mano.

Ryan echa la cabeza hacia atrás.

—Ni de coña. Vee, sabes que me parece genial tu estilo desgarbado, pero no puedes ponerte un vestido de segunda mano para esto.

—¿Por qué no?

—Porque la sala estará llena de los deportistas mejor pagados de Chicago. Cantarás como una almeja.

Esa afirmación zanja rápidamente nuestra discusión. Ese es justo el tipo de atención que no quiero.

—Vale. Puedes comprarme un vestido caro de la hostia para que lo lleve con los ricachones de tus colegas.

Una sonrisa de satisfacción se le dibuja en los labios.

—Coge la American Express negra antes de irte.

Me da un apretón rápido en los hombros antes de robarme ágilmente el perrito caliente de las manos y darle un mordisco gigante.

—¡¿Qué demonios?!

—Joder, esto está bueno. Tendré que comprarme uno la próxima vez —exclama limpiándose la mostaza de un lado de la boca—. Así que Nashville, ¿eh? ¿Vas a decirle a Zipi y Zape que vuelves a la ciudad?

—Si te refieres a Hannah y Jackie, todavía no estoy segura. No lo he decidido aún.

Ryan hurga en la despensa de la cocina en busca de algo para picar.

—No lo hagas. Esas chicas son malvadas.

—Son mis amigas.

—No son tus amigas, Vee. Son malas.

Dejo escapar un suspiro de cansancio. Mi hermano tiene razón, pero eran mis mejores amigas en el instituto, sin importar cuánto me sintiera excluida de nuestro trío.

—Hablando de chicas malas…, ¿has llamado a mamá?

Ryan me fulmina con la mirada por encima del hombro.

—Mamá no es mala.

—Contigo no. Eres el hijo favorito, después de todo.

—No, no he hablado con ella. Pero será mejor que le digas que vas a la ciudad. Querrá verte.

No, claro que no.

—Sí, por supuesto, se lo diré.

Evito la mirada de mi hermano antes de que se dé cuenta de la verdad, que no tengo intención de contarle a mi madre que volvería por casa. Me encantaría ver a mi padre, pero a ella no tanto.

—Respecto a la gala… —Ryan toma asiento en el reposabrazos del sofá, mirándome con cautela—. Brett me ha dado un toque hoy.

—¿Por qué? —suelto rápidamente.

Mi hermano inhala profundamente.

—Quiere venir de visita. Asistir al evento.

—¿De visita? ¿Aquí? ¿A Chicago?

Ryan aparta la mirada de mí.

—Le he dicho que no era una buena idea. Brett no sabía que vives aquí, pero en este momento lo está pasando muy mal, tratando de encontrar un trabajo en el deporte. Todos los grandes equipos de la ciudad estarán en esa gala benéfica. Es un buen lugar para que haga contactos.

Siento que me falta el oxígeno en los pulmones y, después, en el cerebro solo con escuchar el nombre de Brett. La última persona en la que quiero pensar es en el compañero de equipo universitario de mi hermano, mi ex.

Salimos juntos durante la mayor parte de la universidad, pero me dejó muchas veces porque tenía otras opciones. Luego, cuando se aburría, volvía arrastrándose, solo para mantenerme infinitamente en una montaña rusa emocional al tratar de ser lo bastante buena para llamar su atención.

Y yo era la idiota que volvía. Cada. Maldita. Vez. Era mi debilidad. Estaba enamorada de él, y solo quería que él también me quisiera, pero no fue así. Lo cierto es que no.

Yo estaba allí para llenar un vacío. Era un cuerpo caliente en su cama mientras seguía buscando mejores opciones. No me di cuenta en ese momento, pero mi seguridad en mí misma se desplomó por sentir constantemente que no era suficiente para él y, por supuesto, coincidió con la época en que mi madre comenzó a hacer comentarios sobre mi aspecto.

Luego, en nuestro último año, cuando Brett se enteró de que le habían ofrecido marcharse a entrenar durante unas semanas con un equipo de baloncesto profesional, me dejó antes de que pudiera decir «Te he estado usando durante tres años», que es esencialmente lo que dijo pero con otras palabras.

Lo recuerdo todo, tan claro como el agua. Estaba esperando a Ryan fuera del vestuario de la universidad sin saber que mi hermano estaba en medio de una entrevista en la cancha, mientras el resto de sus compañeros de equipo le daban a la lengua tras una puerta delgada, que era cualquier cosa menos insonorizada.

«¿Qué pasa con Stevie?», había preguntado uno de los chicos cuando se enteraron de la nueva oportunidad de mi novio.

La respuesta de Brett fue: «¿Qué pasa con Stevie? Estaba con ella porque me aburría, pero voy a ser un jugador profesional. ¿Sabes las mujerazas que están a punto de abalanzarse sobre mí? ¿Crees que me quedaré con la hermana de Shay cuando tenga mejores opciones?».

Y eso fue todo. Esa fue la gota que colmó el vaso. Me ha llamado un par de veces a lo largo de los años, especialmente después de que lo echaran del *training camp* durante su primera temporada, y nunca entró en ningún equipo profesional de la NBA. Pero ese día fuera del vestuario fue el día en que todo encajó. Nunca signifiqué nada para él, y he estado cargando con el peso de saber que no era lo suficientemente buena desde entonces.

Ryan no tiene ni idea de lo mal que lo pasé. Brett fue su compañero de equipo en la universidad y, en otros tiempos, uno de sus mejores amigos. Sin embargo, la angustia que mi hermano me vio soportar lo hizo mantener las distancias con él sin siquiera conocer todos los detalles.

No es por ser dramática, pero me jodió.

Y esta, damas y caballeros, es la razón por la que nunca volveré a salir con un deportista. Son superficiales y solo les importan los trofeos. Y yo no soy el trofeo de nadie.

—Le he dicho que no era una buena idea —repite Ryan, sacándome del pasado y devolviéndome al presente—. Pero siento que tal vez debería ayudarlo. Presentarle algunos contactos en los medios de comunicación. No sé. Me siento mal por el chico.

Ryan no se sentiría mal si tuviera la más mínima idea de lo que dijo su antiguo compañero de equipo sobre mí. De hecho, probablemente le patearía el trasero.

—Le diré que no venga.

—No. —Niego con la cabeza—. Era tu compañero de equipo en la universidad, Ry. No pasa nada. Pero ¿podría quedarse en otro lugar?

Me lanza una sonrisa de agradecimiento y comprensión.

—¿Alguna vez me contarás qué pasó entre vosotros?

—Rompimos. Tan simple como eso.

—Me gustaría que me lo contaras algún día —me asegura, acercándose a mí por detrás del sofá, y me alborota los rizos antes de irse a su habitación para arreglarse—. Te quiero, Vee.

El regusto amargo por la visita del compañero de equipo de la universidad de Ryan permanece en mi boca mientras me termino el resto del perrito caliente, antes de volver a tirarme en el sofá y esconderme debajo de mi manta gigante para pasar la noche.

Me paso la noche con mi sudadera más cómoda puesta. También es la más roñosa, pero ¿a quién estoy tratando de impresionar? Estoy sola en este gigantesco apartamento, en el corazón de una ciudad donde todavía no conozco a mucha gente. Pienso en enviarle un mensaje a Indy para ver qué está haciendo, porque tal vez sería una buena oportunidad para conocerla mejor, ya que estamos a punto de pasar juntas la mayor parte de los próximos seis a ocho meses en el avión. Pero me abstengo de hacerlo por el peso de la manta y el hecho de que realmente no quiero levantarme de este sofá.

Afortunadamente, ha dejado de llover, así que cuando tenga la fuerza mental para levantarme de este sofá, saldré y pasaré el resto de la noche dando mimos a mis chicos y chicas favoritos.

Me refiero, por supuesto, a los perros de Senior Dogs of Chicago.

Es un refugio que hay a poca distancia de aquí y donde hay perros mayores que esperan ser acogidos en un hogar lleno de amor en el que puedan vivir el resto de sus días. Empecé como voluntaria allí el día después de mudarme a Chicago. Hice algo similar en Carolina del Norte cuando estaba en la universidad, y se ha convertido en una especie de proyecto que me apasiona.

Si pudiera vivir de cuidar a estos animales y darles el amor que nadie más les dará, lo haría. Pero, por desgracia, es una organización sin ánimo de lucro que sobrevive a duras penas a base de donaciones, que son escasas o nulas. Así que los voluntarios estamos ahí porque amamos a los animales.

Y me siento identificada con ellos.

No necesariamente en lo de ser mayor, porque solo tengo veintiséis años, pero sí en lo de no ser la primera opción de nadie. Sé lo que es eso.

Estos perros son abandonados de cachorros y pasan el resto de su corta vida en un refugio. No voy a ponerme dramática y decir que todos los hombres que conozco me abandonan, porque no es el caso, pero, después de la conversación sobre Brett, recuerdo muy bien lo que es ser el segundo plato. Por eso yo escojo como primera opción a esos dulces perros mayores que solo quieren un hogar cálido y alguien a quien amar.

Y si mi hermano gemelo no fuera alérgico a los perros, tendría un apartamento lleno de ellos.

Zapeando en busca de algo decente para ver en la televisión, doy con el partido de los Raptors. Solo quedan dos minutos para el final, y los de Chicago van ganando 4 a 2 contra su oponente. Al parecer, esta noche será una victoria fácil para ellos.

El estadio está lleno hasta los topes, como cuando puedo ir a ver a jugar a Ryan en persona.

No sé mucho sobre hockey, y supongo que debería aprender algo al respecto ahora que forma parte de mi trabajo, así que miro los últimos dos minutos. Y en esos últimos minutos, solo descubro que hay algo llamado despeje prohibido. Pero no tengo ni idea de lo que significa. Aunque lo pitan dos veces.

Hacen algún tipo de anuncio con los mejores jugadores del partido y, para mi sorpresa, Evan Zanders obtiene la primera estrella, lo que parece ser algo bueno.

—¿Cómo te sientes esta noche, Zanders? —pregunta uno de los locutores.

Se levanta la camiseta para secarse el sudor de la frente antes de mirar fijamente a la cámara con esos ojos pardos y poner su característica sonrisa, que es espectacular. Es muy atractivo, presumido y todo eso.

—Me siento bien. Buena victoria para los muchachos esta noche.

—Felicidades por haber sido nombrado el mejor del partido. ¿Vamos a celebrarlo con alguien especial esta noche?

He visto muchos partidos profesionales y nunca había escuchado una pregunta como esta. Sin embargo, por lo poco que sé sobre la reputación de Zanders, la mayoría de los medios solo parecen preocuparse por con quién está siendo un capullo o a quién le está metiendo el capullo.

Sus labios dibujan una sonrisa y mira directamente a la cámara.

—Un par de personas especiales.

Qué asco. Levanto el mando a distancia y apago la tele.

Cojo el portátil y me pongo a indagar cual agente del FBI, como ya hizo Indy. Si voy a estar encerrada en un avión con estos tipos, es mejor que descubra quiénes demonios son.

Rio es el primer nombre que aparece. No hay mucha información sobre el defensa de ojos verdes, pero claramente es el payaso del equipo. No hay muchas fotos de él en las que no aparezca con una sonrisa bobalicona o su anticuado radiocasete.

No encuentro mucho sobre el resto de la plantilla, excepto a qué universidad fueron, su país de origen y algunas imágenes que me devuelve Google donde aparecen con sus novias o amigos.

El capitán del equipo es otra historia. Cuando hago clic en el nombre de Eli Maddison, aparece una lista interminable de sitios web. Su antigua universidad, los equipos en los que ha jugado anteriormente y, lo más destacable, la organización benéfica de la que es fundador. El nombre me suena: Active Minds of Chicago.

Todas las piezas encajan cuando me doy cuenta de que la gala a la que asistiré con Ryan es un evento benéfico de la organización de Maddison para apoyar a los niños y adolescentes que padecen enfermedades mentales.

También hay muchas fotos en internet de él y su familia. Su esposa me resulta vagamente familiar, pero no logro ubicarla del todo, aunque ese pelo rojizo me llama la atención y estoy casi segura de que he visto a esta mujer antes.

Asimismo, hay una colección interminable de fotos de Maddison con su hija, incluido un clip donde aparece ella colándose en una conferencia de prensa el año pasado y que triunfó en internet.

Está claro que Maddison es el hombre de familia del equipo.

Y en el polo opuesto está Evan Zanders. Hay tanta información sobre él como sobre Maddison. Sin embargo, no aparece familia alguna en la búsqueda de Google. Pero hay innumerables imágenes de él saliendo del estadio con una chica diferente del brazo cada vez; no hay dos imágenes con la misma mujer. Y debajo de esas fotos hay numerosos titulares, como:

«Evan Zanders, de los Chicago Raptors, en el club hasta las 4 a. m.».

«El número 11 es expulsado del partido por pelearse y se enfrenta a multas».

«Evan Zanders. El chico malo de Chicago».

Por favor, ¿puede ser más cliché?

Sin querer, pongo los ojos en blanco, pero he encontrado exactamente lo que sabía que encontraría. Luego cierro el portátil y lo tiro sobre el sofá.

De pie, me recojo los rizos en un moño desenfadado, me pongo una sudadera de gran tamaño y me calzo mis Air Force One. Antes de llegar a la puerta, cojo de la consola una bolsa de golosinas para perros y me miro rápidamente en el espejo.

Voy hecha un Cristo.

Tengo manchados los pantalones de chándal, cuya tela está muy desgastada debido al uso excesivo, y necesito lavarme el pelo. No llevo ni pizca de maquillaje, y es muy probable que tenga mostaza seca en la barbilla por el perrito caliente de antes. Pero a estos perretes no les importa, y a mí tampoco.

Cojo el móvil, el bolso y las llaves, salgo del apartamento y me meto en el ascensor.

Estoy deseando ver a todos mis amigos peludos, pues ya hace días que no lo hago. Y lo que pasa con algunos de estos perros mayores es que no sabes cuánto tiempo podrás pasar con ellos. Tienes que darles todo el amor que puedas porque no sabes cuánto tiempo más les queda en la Tierra.

Bajo sola en el ascensor hasta el vestíbulo mientras el suave sonido de las cuerdas del violín que sale de los altavoces llena el cubículo metálico. Como ya he dicho, el apartamento de mi hermano es una locura, y solo los extremadamente ricos viven aquí. Estoy segura de que al amable portero le da un ataquito al corazón cada vez que me ve entrar o salir con mis holgadas camisas de franela, mis enormes camisetas y las zapatillas sucias. Sin embargo, siempre es educado y nunca dice una palabra.

El ascensor se detiene en el piso principal y, en cuanto las puertas se abren, salgo y me como algo sólido.

—Hostia —exclama alguien, sosteniéndome con fuerza con un brazo—. ¿Estás bien?

Estoy un poco mareada por haber rebotado contra un pecho de puro músculo, pero veo con total claridad.

Mis ojos recorren el cuerpo del extraño y me fijo en el contraste entre mis sucias zapatillas y sus brillantes zapatos de vestir. Tiene las piernas anchas, pero los pantalones de su traje se adaptan perfectamente a sus fuertes muslos. Lleva una impecable camisa blanca que es prácticamente transparente, lo que deja a la vista una piel tatuada, y cuando mi mirada recae sobre la delgada cadena de oro que lleva al cuello, me doy cuenta de con quién me he topado.

Y mi cuerpo también lo sabe, porque siento el calor fluyendo a través de mí por el inesperado contacto físico.

Levanto un poco la cabeza y veo que los iris color avellana me devuelven la mirada mientras sus labios dibujan la sonrisa más traviesa.

—Stevie —dice Zanders—. ¿Me estás siguiendo?

8

Zanders

—Stevie —comienzo—. ¿Me estás siguiendo?

Me mira de arriba abajo mientras yo hago lo mismo con su cuerpo.

Lleva los rizos recogidos de cualquier manera sobre la cabeza, y su ropa oculta su figura. Unas pestañas oscuras enmarcan el verde azulado de sus ojos, y su rostro no muestra ni una pizca de maquillaje, aunque tiene… ¿mostaza en la barbilla?

Está a solo unos centímetros de mí, justo donde se me ha estampado contra el pecho, y la estoy sujetando para que no caiga. Sin pensar, uso la yema del pulgar para limpiarle suavemente la mancha amarilla de la cara. Mientras lo hago, abre la boca de par en par, levanta la cabeza como un rayo y me aguanta la mirada un momento.

Stevie se aclara la garganta y da un paso atrás, alejándose de mí.

—Parece que tú me estás siguiendo a mí —responde, fijando la mirada en cualquier lugar menos en mí mientras se cruza de brazos.

—¿Cómo te voy a estar siguiendo? —Imito su obstinación y me cruzo de brazos de la misma manera—. Mis mejores amigos viven aquí.

Finalmente, sus ojos se clavan en los míos y ladea la cabeza, confundida.

—Eli Maddison —le explico—. Vive con su familia en este edificio. En el ático. Pero su ascensor no funciona aún.

Señalo al otro lado del vestíbulo, hacia el ascensor privado que lleva al piso de los Maddison. El único que uso para evitar encontronazos como este.

El rostro de Stevie se transforma al comprender.

—¿Su mujer tiene el pelo rojo oscuro?

El color característico de Logan.

—Logan. Sí.

Stevie asiente como si todas las piezas del rompecabezas acabaran de encajar.

—Así que está claro que me estás siguiendo.

Ella bufa con sorna.

—Yo vivo aquí. Si alguien es un acosador, desde luego no soy yo.

—Claro, dulzura —le digo desdeñándola al no creerla.

No quiero sonar como un gilipollas ricachón, pero tanto vivir en este edificio como en el mío, que está al otro lado de la calle, cuesta un ojo de la cara. Ella es azafata de vuelo. Dudo mucho que gane lo suficiente para vivir aquí.

—¿Por qué demonios sigues llamándome «dulzura»?

Se me escapa una risa malvada. Pensaba que era más lista.

—¿No lo pillas?

—¿Pillar qué?

—El apodo que te he puesto. Es irónico. No creo que seas dulce lo más mínimo.

Me aguanta la mirada un momento, sopesando su respuesta. Y si fuera cualquier otra persona, esperaría que me insultara o incluso que me pegara, pero no Stevie. Ella es impredecible en ese sentido. Tan pronto encaja los insultos como los suelta ella misma.

En lugar de reaccionar mal, se le escapa una risilla incontrolable que le agita el pecho.

—Oh, es bastante bueno en realidad.

No puedo evitar que una sonrisa se apodere de mi rostro al mirar a esta insolente, que va vestida como si viviera en la calle y es incapaz de contener una risa histérica en medio del impoluto vestíbulo, completamente blanco y con el suelo de mármol y todo.

No podría estar más fuera de lugar, y me encanta, joder.

—Eres tan idiota —se ríe.

—Lo sé.

Le devuelvo la sonrisa.

Dejo que recupere el aliento antes de volver a preguntar.

—Vale, pero ahora en serio: ¿qué estás haciendo aquí?

Ella inhala profundamente, todavía con una sonrisa en los labios.

—Ya te lo he dicho. Vivo aquí. Bueno, mi hermano vive aquí y yo me quedo en su casa.

—¿Tu hermano? ¿Quién es tu hermano?

Tengo que conocerlo. Esta ciudad es grande, pero no tanto. Cualquiera que pueda permitirse el lujo de vivir en este complejo de edificios, o bien apuesta a lo grande, o bien es un deportista que gana millones de dólares al año.

—Nadie que conozcas —contesta Stevie, ignorando la pregunta—. Tengo que irme. Que tengas una buena noche.

Se escabulle junto a mí y sale rápidamente por las puertas del vestíbulo. La observo irse antes de volverme de repente y contemplar el ascensor. He quedado con Maddison y Logan esta noche, y ahora que ha dejado de llover planeaba tomar una copa de celebración en su terraza a las tantas de la noche.

Pero, en lugar de eso, giro sobre mis talones y salgo corriendo por las puertas del vestíbulo para perseguir a una azafata que parece empeñada en alejarse de mí.

—¡Espera! —exclamo al atravesar como un maniaco las puertas delanteras.

Ella se detiene en seco y se vuelve hacia mí, toda zarrapastrosa, y no tengo ni idea de por qué estoy persiguiendo a esta chica en este momento.

—Adónde…, eh. ¿Adónde vas? Es más de medianoche.

«Más bien me pregunto por qué me importa una mierda».

Stevie mira calle abajo, en la dirección a la que se dirige.

—Solo a hacer un recado.

—¿Adónde? —«En serio, ¿qué narices me importa?»—. Chicago no es una ciudad segura para deambular sola por la noche.

—Solo está a una manzana de aquí. No pasa nada.

Stevie se aleja de mí y continúa apresuradamente su camino.

Frustrado, pongo los ojos en blanco y corro para alcanzarla. La cojo suavemente por el codo y le doy la vuelta para que me mire.

—Stevie, espera.

Cuando se da la vuelta, dejo que me resbalen los dedos, rozando su piel morena, y le sujeto suavemente el antebrazo.

Ella me observa la mano antes de mirarme a la cara.

—¿Qué?

«Sí, Evan, ¿qué? ¿Qué cojones piensas decir? ¿Por qué sigues persiguiendo a esta chavala que claramente quiere alejarse de ti?».

Retiro la mano de su brazo, tratando de formar una oración. Desde que conozco a esta chica, me lo he pasado genial metiéndome con ella y poniéndola de los nervios. Sin embargo, esta noche soy yo quien ha perdido su encanto y no logra formar frases con sentido.

Afortunadamente, ella habla antes de que yo tenga que hacerlo.

—Hueles a sexo.

Me enderezo un poco y una sonrisa de satisfacción se me dibuja en los labios.

—Gracias.

—No era un cumplido.

—Sonaba como uno.

Ella pone los ojos en blanco.

—Realmente no puedo culparte. Has dicho que esta noche ibas a celebrarlo con alguien.

Levanto las cejas ante esa declaración.

—¿Has visto mi partido?

—He visto los últimos dos minutos de tu partido.

—¿A que estoy buenísimo con la camiseta?

—Estás enamorado de ti mismo.

—Alguien tenía que estarlo.

Mi respuesta de siempre a esa declaración.

Una pareja pasa junto a nosotros por la calle, sin dejar de mirarme y cuchichear. Llevamos muy poco de temporada, y no he hecho nada demasiado escandaloso si los paparazzi no están siguiendo todos mis movimientos a cada momento. Aun así, es difícil ir a muchos lugares de la ciudad sin que me reconozcan. No es que me importe la atención. Me gusta la fanfarria en su mayor parte.

—Pero no, no ha habido nadie —explico, aunque Stevie no me lo haya pedido—. Las personas especiales a las que me refería cuando dije que iba a celebrar esta noche son la familia de Maddison. Su mujer también es una de mis mejores amigas, y si me lo monto bien, podría llegar a tiempo para ver al recién nacido despierto cuando le den de comer —añado señalando el ático del edificio.

—Oh —se ríe avergonzada—. Ha quedado completamente sexual en cámara.

—Los medios lo van a interpretar de esa manera, de todos modos —comento encogiéndome de hombros—. ¿Por qué no ponérselo en bandeja?

—Sí, los medios parecen haberte encasillado. Al menos eso es lo que parece en internet.

De repente pone los ojos como platos, como si hubiera dicho algo que debería haberse callado.

—Stevie, dulzura. ¿Me has buscado en Google? —pregunto con demasiada diversión en la voz.

Ella relaja los hombros y recupera con rapidez su actitud tranquila y confiada.

—He buscado en Google a todo el equipo. No te vengas muy arriba pensando que solo te estaba buscando a ti.

—Y ¿qué has encontrado al buscarme en Google a mí y solo a mí?

—Nada que no supiera ya.

Oh.

Me encanta mi reputación, cada detalle. Las personas que me importan saben que mi personaje mediático es solo eso: un personaje. Pero me gusta que todos los demás piensen que soy un pedazo de mierda insufrible. Me da buenos resultados. Las mujeres se me echan encima por eso.

Pero, por alguna razón, con esta azafata tan arisca no creo que me guste tanto. Claramente, mi reputación no le entusiasma. Sin embargo, si le cayera bien, aunque solo fuese un poco, sería mucho más divertido meterse con ella en el avión, que sigue siendo mi propósito esta temporada. Aun así, parece que no me soporta, y todo lo que hago cuando volamos hace que le caiga aún peor.

Sin embargo, creo que quiero caerle bien.

—No creas todo lo que publican sobre mí. Es una farsa para vender la historia que le interesa a mi equipo de relaciones públicas.

—Entonces ¿estás diciendo que no dejas el estadio cada noche con una chica nueva y que en realidad sí que te importa alguien que no seas tú mismo?

Levanto las cejas ante su franqueza.

—¿Hay algo malo en dejar el estadio con una chica nueva cada noche?

—Para nada —responde Stevie rápidamente, lo que me desconcierta. He supuesto que diría que sí. La mayoría de las mujeres no aprueban del todo lo de ser un ligón—. Pero has dicho que no eres lo que parece. Y a mí me da que han clavado bastante la imagen que han pintado de ti.

—Bueno… —farfullo, frotándome la nuca al verme en un apuro de repente. No suelo sentir la necesidad de justificarme a mí mismo ni mis acciones, pero, por alguna razón, quiero hacerlo—. Lo creas o no, hay ocasiones en las que salgo con esas mujeres del estadio con la esperanza de que los periodistas me saquen algunas fotografías, luego las subo a un taxi y las envío a casa.

Stevie levanta las cejas, desconcertada.

—Pero, sí, hay veces que vienen a casa conmigo. Mi imagen me hace ganar un montón de dinero. No está de más aprovecharlo, y las ventajas tampoco son tan malas.

Una risa de complicidad sacude el pecho de Stevie.

Maldita sea, es muy guapa, y me resulta muy atractivo que no juzgue a los demás. A pesar de la actitud de mierda que tiene a veces o de lo andrajosos que sean los pantalones de chándal que lleva puestos, que están manchados y han visto días mejores.

Stevie me mira un momento y un recuerdo centellea en sus ojos antes de que su sonrisa se desvanezca.

—Tengo que irme.

Dicho esto, se aleja rápidamente de mí.

—Eh, eh, eh —exclamo, y, una vez más, corro para detenerla. Mis zapatos son Louboutin. Nadie debería correr con unos Louboutin—. ¿Qué acaba de pasar?

Stevie se detiene un segundo y me fijo en su pulgar, donde lleva un anillo al que da vueltas nerviosamente.

—La otra noche —comienza— ¿a qué te referías cuando dijiste que, cuando se trata de comida, te fías más de mi criterio que del de las otras chicas?

Frunzo el ceño, confundido.

—Cuando quisiste que te preparara otra cosa porque no te gustaba tu cena. Dijiste que, con la comida, te fiabas más de mi criterio que del de mis compañeras.

Ah, eso. Había olvidado que se puso rara después de decir aquello.

—Sí, ¿qué pasa con eso?

—¿Qué quisiste decir con eso?

Está claro que me he perdido.

—Lo que dije: que me fío más de tu criterio con la comida que del de las demás chicas.

—Pero ¿qué significa eso? —insiste.

Respiro hondo, tratando de averiguar de qué cojones está hablando. Mujeres, en serio. Están todas un poco chifladas.

—Mira, Stevie. Soy un hombre sencillo...

—No, no lo eres.

—Está bien —me río. Ahí me ha pillado. Probablemente, «sencillo» no sea la mejor palabra para describirme. No salgo de casa sin un conjunto planificado y preparado—. Franco. Soy franco. No hay un significado oculto en lo que digo. No miento. No voy con trolas. Quise decir lo que dije.

—Entiendo.

Una vez más, se aleja de mí, pero la detengo poniéndole una mano en el brazo.

—Me estoy perdiendo algo. ¿Te importaría aclararme cómo te ofendí?

Stevie se mete en la boca el extremo del cordón de la asquerosa sudadera antes de continuar dándole vueltas al anillo dorado que lleva en el pulgar.

—Bueno, le dijiste a la chica que no tiene una talla 34 que te fías más de su criterio con la comida que del de las chicas que sí tienen una talla 34.

—¿Vale?

—¿No viste que podía tomármelo como una forma de juzgar mi cuerpo?

Guau, ¿qué?

—¿Qué? —pregunto en estado de shock, con los ojos como platos—. ¿Es por eso por lo que te pusiste tan rara y te escondiste en la parte de atrás el resto del vuelo? ¿Pensaste que estaba hablando de tu cuerpo?

Stevie permanece en silencio, sin mirarme a los ojos.

—En primer lugar, nunca se me ha pasado por la cabeza hacer algo así. Aunque tienes un culo y unas tetas de infarto.

Esto le provoca la risa a la chica de pelo rizado.

—Y no sé qué comen tus compañeras, pero mi comentario no tuvo nada que ver con tu talla de ropa o tu cuerpo. Solo sé que, cuando me topé contigo en el bar de Denver, la hamburguesa que habías pedido tenía una pinta increíble. Luego, cuando me levanté para usar el baño en el vuelo de vuelta a casa desde Detroit, te vi devorando ese sándwich de queso a la parrilla que te habías preparado, y yo también quise uno. Lo que dije no tenía nada que ver con tu cuerpo, sino con tus papilas gustativas. Nos gusta el mismo tipo de comida.

De repente, las pecosas mejillas de Stevie se ponen rojas.

—Oh —gime, avergonzada por reaccionar de forma exagerada.

—Y si realmente quieres que sea sincero sobre tu cuerpo —añado, dándole un repaso sin cortarme un pelo—. Estás como un tren. Deberías empezar a lucirte. Porque estos pantalones de chándal son atroces.

Finalmente, su risa de alivio me resuena en los oídos. Es agradable.

—Pero, ahora en serio, ¿compras en tiendas de segunda mano o algo así? —le pregunto, tirando de la tela andrajosa que le cubre las piernas y que podría deshacerse si lo hago demasiado fuerte.

Stevie rápidamente mira su atuendo, por llamarlo de alguna manera.

—Sí —afirma sin dudarlo.

—¿No te pagamos lo suficiente? Puedo hacer algo al respecto.

—No —se ríe—. Simplemente me gusta comprar de segunda mano.

Eso sí que no lo entiendo. De acuerdo, yo tengo un sastre que me hace a medida la mitad de la ropa y la otra mitad es de diseño, pero ¿comprarla usada? No, gracias.

—¿Compras en Louis Vuitton, Prada y Tom Ford? —pregunta.

—Sí.

Stevie se ríe.

—Lo sé. Estaba bromeando. Ya veo que solo vistes ropa de diseño. Eres un guaperas, Evan Zanders —añade dándome una palmada condescendiente en el pecho.

—Oh, dulzura. ¿Te parezco guapo?

Ella pone los ojos en blanco juguetonamente.

—Deja de llamarme «dulzura».

—Nunca.

Me observa con suavidad y ambos permanecemos en silencio, sin querer apartar la mirada del otro.

Después de un segundo, Stevie comienza a caminar hacia atrás, en la dirección en la que iba antes de que la persiguiera, pero no deja de mirarme.

—¿Sabes, Zanders? Ahora que lo mencionas, no me pagáis lo suficiente. Creo que me parece bien un aumento.

Mantengo los labios apretados con firmeza, tratando de contener la sonrisa, pero tiene razón. Me he metido en un berenjenal yo solito.

—¿Vas a empezar a ser amable conmigo en el avión si hago eso por ti?

Hace una pausa, ladeando la cabeza como sopesando la idea, mientras continúa alejándose de mí.

—Lo dudo.

Y sonrío. No he podido aguantar más.

—¿Empezarás a ser amable tú conmigo y dejarás de ser un cabroncete que no para de darle al botón de llamada? —pregunta ella con una sonrisa de complicidad.

—Joder, no. Más vale que te pongas las zapatillas para correr en el próximo vuelo, porque voy a hacerte mover el culo de un lado al otro del pasillo.

La oigo reír desde aquí, aunque ya está a media manzana de mí.

—¡Me aseguraré de hacer estiramientos antes de que me des caña! —grita, dándose la vuelta.

Vale, Stevie no tenía la intención de que eso sonara sexual, pero ahora no puedo pensar en nada más que en darle caña de una manera diferente y en lo divertido que sería trabajarle esas curvas. Estiramientos o no, no sería capaz de caminar bien al día siguiente.

No es por ser asqueroso, pero observo a Stevie hasta que llega a su destino, en la siguiente manzana. Y lo hago simplemente porque el índice de criminalidad en Chicago es de locos. No tiene nada que ver con la forma en que mueve el culo o balancea las caderas bajo esos horribles pantalones de chándal, que realmente merecerían estar en la basura.

9
Zanders

—¿Has visto los titulares de hoy?

Maddison me pone el móvil en toda la cara.

El tabloide dice: «Evan Zanders: nueva semana, nueva mujer». Y debajo hay una foto gigante de mí dejando el estadio anoche con la chica que invité al partido.

—¿Vas a decirles que había un taxi esperándola frente a tu edificio y que ni siquiera llegó a entrar? ¿Y que, en lugar de subirla a tu casa, viniste a la nuestra para leerle a tu sobrina un cuento antes de dormir?

—Que piensen lo que quieran.

—Quieres decir que piensen lo que Rich quiera —apunta Maddison.

—Solo tengo que seguir el juego hasta el final de la temporada. Rich cree que Chicago no me renovará si no represento el papel de chico malo que no se preocupa por nadie más que sí mismo, así que tengo que continuar con esto.

—Ya, claro. Porque Chicago no te renovará el contrato por ser el mejor defensa del equipo ni uno de los mejores jugadores de la Liga, y definitivamente no te volverán a fichar por haber quedado finalista del Norris Trophy en tres de las últimas cuatro temporadas —responde Maddison con la voz cargada de sarcasmo—. Seguro que solo te volverán a contratar si continúas zumbándote a una cantidad astronómica de tías.

—Con la cantidad de dinero que hay en juego, no vale la pena correr el riesgo de averiguarlo.

Sin pensar ni necesitar absolutamente nada, levanto la mano rápidamente y pulso el botón de llamada de la azafata. El sonido resuena por toda la cabina mientras la luz azul brilla sobre mi cabeza.

—Zee, déjala en paz de una vez —suelta Maddison negando con la cabeza—. Aterrizamos en Nashville dentro de quince minutos, y no has parado de pulsar ese botón en todo el vuelo.

—No puedo. Me prometí a mí mismo que haría del trabajo de Stevie un infierno esta temporada. No puedo romper una promesa.

—Solo dices gilipolleces.

—¿De qué estás hablando?

—Zee, eres la persona más franca y directa que conozco, pero te estás mintiendo a ti mismo si crees que sigues pulsando ese maldito botón de llamada porque quieres hacerle la vida imposible.

—¿Por qué, si no, iba a hacerlo?

Maddison echa la cabeza sobre el reposacabezas con una risa condescendiente.

—¿Desde cuándo te has vuelto tan obtuso, amigo? Quieres acostarte con ella. Es obvio, hostia.

Bueno, joder. Sí, lo sé, pero esperaba que no se me notara tanto.

Me di cuenta la semana pasada, cuando me encontré con Stevie fuera del ascensor en el edificio de Maddison. Independientemente de lo andrajosos y desgastados que estuvieran sus pantalones de chándal, no podía dejar de pensar en quitárselos y luego enterrar la cabeza entre sus piernas.

Nuestras pullas de ligoteo me sacaron rápidamente de la confusión. Su actitud y resistencia hacia mí ya no me llevan a la frustración. Llegados a este punto, todo es intriga y necesidad.

Cuando arreglaron el ascensor privado del ático de Maddison, seguí usando el público con la esperanza de encontrarme de nuevo a la azafata de pelo rizado. Fue entonces cuando supe que mi propósito para esta temporada había cambiado. Ya no va de darle una lección y recordarle para quién trabaja. Va de gustarle y, con suerte, conseguir que también ella quiera acostarse conmigo.

Pero sería más sospechoso si no hiciera de su vida a bordo un infierno, así que he seguido llamándola durante todo el vuelo. Además, no meto la polla donde tengo la olla, lo cual he estado tratando de recordarme a mí mismo. Así que tirarme a mi azafata no es realmente una opción, por mucho que haya estado pensando en ello.

—¿Ahora qué? —pregunta Stevie con frustración mientras presiona la luz sobre mi cabeza para apagarla.

«Sí, Evan. ¿Ahora qué?».

No necesito una mierda, pero es como si esa luz fuera un imán, y no puedo dejar de apretarla porque sé que cada vez que lo hago me viene una atractiva azafata con un poco de carácter.

—Eh… —tartamudeo—. Quiero… —Piensa. Algo. Idiota—. Quiero…

—Quiere acostarse contigo —interviene Maddison desde el asiento a mi lado.

En realidad, quiero darle una colleja a mi mejor amigo y decirle que se calle, pero no estamos en el instituto, y eso haría que las cosas fueran demasiado obvias.

No es que la sutileza sea mi especialidad, de ninguna manera. No me avergüenzan las cosas que quiero, pero no debería querer ni puedo tener a esta mujer en concreto.

Giro la cabeza hacia Maddison y mantengo el contacto visual, sin pestañear, haciéndole saber que lo voy a matar en cuanto salgamos de este avión.

A él le da un ataque de risa. Se encuentra excepcionalmente gracioso.

Cuando me vuelvo hacia Stevie, veo una explosión de diversión en sus ojos mientras trata de aguantar la sonrisa.

—¿Qué tal algo que sí pueda traerte?

—¿Te veré en Nashville?

Qué. Cojones. Me. Pasa. «¿Te veré en Nashville?». Sueno como un jodido perdedor, desesperado por encontrar planes, como si no tuviera un sinfín de opciones al alcance de la mano.

Nashville es una ciudad fantástica para mí. Ya me han inundado el Instagram con mensajes las chicas de mi lista de Tennessee, y puedo garantizar que, si quiero, mojaré con alguna de ellas esta noche.

—Gran pregunta —responde Stevie—. Pareces seguirme adondequiera que vaya, así que ya supongo que aparecerás en cualquier bar al que vaya esta noche.

Maddison se gira hacia mí con una mirada de confusión en la cara.

Puede que no le haya mencionado que he visto a Stevie fuera del avión un par de veces. E incluso sin esa información, sabe que quiero tirármela. Así que genial.

Por primera vez en mi vida me he quedado sin saber qué decir, pero afortunadamente el piloto me salva anunciando por megafonía a las azafatas que vamos a aterrizar. Stevie se va a la parte trasera del avión para ocupar su asiento.

—Zee… —El tono de Maddison es completamente serio—. No lo hagas.

—¿Que no haga qué?

Se me dibuja una sonrisa asquerosamente maliciosa en los labios. No se me da bien hacerme el tonto, y este momento no es una excepción, ya que mi mejor amigo me pone los ojos en blanco.

—Por su bien, no te acuestes con ella. Trabaja para ti y estará en este avión durante toda la temporada con nosotros. Una mierda así correrá por el vestuario como un reguero de pólvora. Tú lo sabes. Por su bien, mantenla en los pantalones, tío.

Respiro profundamente y asiento con la cabeza.

—Donde tengas la olla… —nos recuerdo tanto a mi mejor amigo como a mí mismo.

10

Stevie

Ya casi estoy. Tengo los dedos de los pies flexionados, las piernas abiertas y la cabeza contra la almohada de la cama de hotel. Siento el vibrador zumbarme en la mano mientras mi cuerpo se retuerce debajo de él, a punto de llegar al orgasmo. Cierro los ojos mientras mi mejor amigo de bolsillo sigue ejerciendo su magia sobre mis sensibles nervios.

Jamás salgo de viaje sin esta cosa. Y ha pasado mucho tiempo desde que me corrí de veras, por lo que este ansiado orgasmo está a punto de atravesarme de arriba abajo. Lo siento.

Ya casi estoy. Casi he llegado, cuando visualizo a alguien haciendo esto en lugar del juguete de silicona púrpura que tengo en la mano.

Michael B. Jordan. «Sí».

Liam Hemsworth. «Sí».

Madre mía, estoy a punto.

Evan Zanders. No.

No. No. No. Por favor, no.

Pero es demasiado tarde. Se me contrae el cuerpo entero y abro la boca cuando llego al orgasmo, visualizando a Zanders como el autor de que esto suceda. Lo único que veo cuando alcanzo el clímax es su piel tatuada y el castaño de sus ojos. La cadena de oro alrededor de su cuello. Los músculos de su espalda en tensión. Sus largos dedos y dientes perfectos. No. Joder, no.

Cuando acabo finalmente, lanzo el vibrador a través de la habitación con frustración, sintiéndome traicionada. ¿En serio acabo de tener un orgasmo con la imagen de Evan Zanders follándome?

Sí. Sí, eso he hecho.

¿He sido capaz de imaginarme a alguien más durante la semana desde que vi lo que se oculta tras sus pantalones de chándal cuando volábamos a casa desde Detroit?

No. No, no lo he hecho.

Es por eso por lo que necesitaba un orgasmo. No me he corrido en toda la semana. Paraba cada vez que me venía a la mente su estúpida cara bonita, y desde entonces me he sentido sexualmente frustrada.

—¡Stevie! —chillan un par de chicas dando varios golpes a la puerta.

Mierda. ¿Ya son las nueve?

Cojo un par de pantalones de chándal de la maleta y corro a ponérmelos como puedo, tratando de vestirme mientras voy dando tumbos hacia la puerta. Me los subo por el culo antes de abrir.

—¡Ahhh! —gritan tanto Hannah como Jackie mientras me envuelven en un abrazo.

Este recibimiento es un poco inesperado. No he visto ni he hablado con mis viejas amigas del instituto desde hace bastante tiempo, pero sentí que debía decirles que vendría a la ciudad. Tenemos un chat grupal, pero normalmente solo hablan ellas dos. Cuando les conté que regresaría a mi ciudad natal, insistieron en que nos reuniéramos para salir una noche.

—Hola, chicas —las saludo devolviéndoles el abrazo, o al menos lo intento, porque me sujetan los brazos al cuerpo.

—Por favor, dime que no vas a ponerte eso.

Hannah se aleja de nuestro abrazo contemplándome de arriba abajo.

—Por supuesto que no —niego mirándome la ropa de estar por casa—. Me cambio en un momento y podemos irnos.

Ahora que veo los atuendos de mis amigas, me alegro de haber traído algo que ponerme con lo que no me sienta cómoda. Hannah va emperifollada con un minivestido de lentejuelas, y Jackie presume de abdomen tonificado con un top. Preferiría ir con mi enorme camiseta y mis tejanos holgados, pero esta ciudad ya me hace sentir bastante fuera de lugar.

—¿Eso es tu vibrador? —pregunta Hannah, mirando el juguete púrpura en el suelo.

—Ehhh… —vacilo, lo cojo y vuelvo a guardarlo en la maleta. «Aparenta seguridad en ti misma. Créetela. No saben que acabas de llegar al orgasmo imaginándote a uno de tus clientes follándote»—. Claro —afirmo con confianza.

Muchas mujeres usan vibradores. No hay nada de qué avergonzarse. Tener uno a mano evita que tomes malas decisiones.

Saco de la maleta el modelito que había pensado ponerme esta noche y me meto en el baño para cambiarme.

—Oye, y… —comienza Jackie, hablando en voz alta para que pueda escucharla a través de la puerta del baño—. ¿Cómo está Ryan?

Pongo los ojos en blanco, agradecida de estar encerrada en el baño para que no pueda verme. Jackie, como todas las chicas del instituto, estaba ansiosa por llamar la atención de mi hermano gemelo. Él nunca tuvo nada con ella, pues sabía que era mi amiga, pero cada vez que Jackie lo menciona parece como si preguntase con segundas intenciones.

—Está bien —me la saco de encima rápidamente mientras me pongo la minifalda que me he traído para salir de fiesta.

La compré la semana pasada y me encanta la forma en que se me ciñe a las caderas y el culo. Por lo general, nunca me pondría un modelito así, pero estar de vuelta en Nashville me hace sentir la necesidad de vestirme para la ocasión. De esforzarme un poco más.

Termino mi atuendo con un par de tacones y una camiseta ajustada de manga larga.

Para no variar, las palabras de Zanders de la semana pasada se han estado repitiendo en mi mente.

«Estás como un tren. Deberías empezar a lucirte».

No puedo evitar sonreírme en el espejo de cuerpo entero.

Dejo los pantalones de chándal y la sudadera en el suelo del baño y vuelvo al centro de la habitación.

—Oh —hace Hannah, y se detiene en seco a observarme, mirándome de arriba abajo.

—¿Qué?

—Nada. Simplemente no esperaba que llevaras algo tan… ajustado. No es propio de ti.

Y, de repente, pierdo un poco de esa seguridad genuina en mí misma. Intento volver a aparentarla, pero es casi imposible hacerlo en mi ciudad natal.

—¿Debería cambiarme? —pregunto, aunque no tengo ni idea de qué me iba a poner, porque solo me he traído un conjunto para salir esta semana.

—No, vas bien —interviene Jackie—. Pero te vas a alisar el pelo, ¿no?

Miro alternativamente a Hannah y Jackie, observando sus cabellos rubios perfectamente lisos. La diferencia entre la textura de su pelo y la del mío me creó una gran inseguridad en el instituto. La gente se burlaba de mis rizos salvajes, tanto que me alisaba el pelo casi todos los días con la esperanza de controlarlos y parecerme a mis compañeras.

Pero, con los años, aprendí a cuidar mi textura natural, y hace años que no me lo aliso.

—No. Lo llevaré así. —Me aparto el pelo de la cara. Cojo el bolso de la cama y me dirijo hacia la puerta—. ¿Adónde vamos primero?

—A Whiskey Town.

Sacudo rápidamente la cabeza.

—No creo que sea una buena idea. Está justo frente al estadio. Es muy probable que algún miembro del equipo de hockey esté allí.

—Lo sabemos —me asegura Jackie sonriendo con picardía—. Por eso vamos allí primero. Queremos conocer a algunos de tus nuevos amigos.

Choca su estrecha cadera contra la mía.

—No. Puedo meterme en problemas por eso.

Hannah pone los ojos en blanco.

—Stevie, no pasa nada. A nadie le va a importar si terminas en el mismo bar que algunos de los chicos del equipo.

—No, no lo entendéis. Literalmente, me pueden despedir por fraternizar con ellos.

—Entonces no fraternices —dice Jackie encogiéndose de hombros como si nada—. Pero el hecho de que no puedas pasar el rato con ellos no significa que tengamos que evitarlos. Lo menos que puedes hacer es presentarnos.

Debería haberlo visto venir. Es que lo sabía. Debería haber escuchado la advertencia de mi hermano y darme cuenta de que la única razón por la que Hannah y Jackie estaban tan ansiosas por salir conmigo era que yo trabajo para deportistas profesionales y me ven como una oportunidad.

Pero no. Que les den. Lo que pasa es que no sé cómo salir de la situación ahora que estoy en ella.

Una vez fuera, Hannah y Jackie caminan a unos dos metros por delante de mí, ansiosas por llegar a los bares de la avenida principal de Nashville. Es muy probable que algunos miembros del equipo estén en la aclamada Whiskey Town, donde van sus seguidores, pero, si no, estoy segura de que mis amigas nos harán ir de bar en bar hasta que los encontremos.

Solo me queda esperar que Tara no salga esta noche. Si ha salido por la ciudad y coincidimos en el mismo bar que el equipo, estoy jodida.

Indy me ha enviado un mensaje cuando hemos llegado a nuestras habitaciones de hotel, diciéndome que me divirtiera y preguntándome si quería almorzar con ella mañana. He respondido rápidamente que sí, y ahora desearía no haberles contado nunca a Hannah y Jackie que había vuelto a la ciudad. Habría preferido pasar la noche con mi compañera de trabajo, que es encantadora y genial.

—¿Qué tal estamos? —pregunta Jackie mientras ella y Hannah se acicalan rápidamente a las puertas del bar.

—Genial —respondo distraída, sin mirarlas.

Mostramos nuestros carnets de identidad en la puerta, y las dos se apresuran a observar la escena en cuanto entramos.

—Hay una mesa vacía —anuncia Hannah, señalando hacia un rincón al fondo del atestado bar—. Stevie, tráenos dos cubatas de vodka mientras pillamos una mesa atrás.

Hannah y Jackie se cogen del brazo y se dirigen al rincón más alejado. Son exactamente iguales por detrás: pelo largo y rubio, piernas bronceadas que se acercan al espectro del naranja, bajitas y menudas.

Me miro a mí misma. No me parezco en nada a ellas, y estar de vuelta en esta ciudad me recuerda constantemente que no encajo. Que no me parezco a las chicas con las que crecí. Que no cumplo su concepto de belleza.

Sintiéndome invisible, trato de pasar entre la muchedumbre. No hay nadie esperando a que le sirvan ni pidiendo, pero nadie me hace un poco de sitio.

Qué asco de noche.

No sé si alguna vez me he sentido tan cohibida como en este momento. Es como si fuera demasiado consciente del espacio que ocupo, con tantos cuerpos pululando a mi alrededor. Es como si tuviera que disculparme por existir en este sitio. Por ser del tamaño que soy. Por no ser lo suficientemente pequeña como para pasar entre la multitud sin molestar a nadie.

Finalmente, una pareja comienza a enrollarse con ansia. Están tan pegados el uno al otro que tengo suficiente espacio para colarme hasta la barra.

La camarera se ríe cuando suspiro de alivio mientras me acerco.

—¿Qué te pongo?

—Dos cubatas de vodka con lima y una IPA, por favor.

Coge un par de vasos junto al fregadero.

—La IPA más grande que tengas.

Una sonrisa se dibuja en sus labios mientras cambia el vaso más pequeño por uno mucho más grande. Cuando se vuelve hacia el surtidor, levanto la mirada para observar el local y siento un par de ojos fijos en mí.

Ojos castaños.

Oculto en un rincón al fondo, Zanders se lleva la cerveza a los labios. Los ojos le brillan con regocijo y esboza una sonrisa detrás de la botella de vidrio mientras me mira.

—¿Me estás siguiendo? —pregunta moviendo los labios, en silencio, desde el otro lado del bar.

11
Zanders

—Tú invitas esta noche —me recuerda Maddison mientras nos sentamos a una mesa en la parte de atrás de un bar muy concurrido que hay frente al estadio de Nashville.

—Hecho.

Mantengo la cabeza gacha, y Maddison, su gorra calada, tratando ambos de pasar desapercibidos.

—Rio, esta noche vas a pedir tú —le digo a mi compañero de equipo, que es más joven.

Maddison me mira sacudiendo la cabeza y soltando una suave risilla.

—¿Otra vez? —gimotea Rio por encima de la música country con que la banda en directo llena el bar—. Pero siempre me toca a mí. Ya no soy un debutante.

—Seguirás siéndolo hasta que encontremos uno nuevo que nos guste.

Se va hacia la barra sin decir una palabra más.

Maddison está escribiendo un mensaje en el móvil y mueve los pulgares a kilómetros por minuto.

—¿Logan? —aventuro.

—Sí —responde, y deja escapar un suspiro de satisfacción y felicidad.

Ni siquiera puedo poner a parir a mi mejor amigo por estar completamente encoñado con su mujer. Lo cierto es que me alegro de haberlo sacado de su habitación de hotel por una vez. Es mi mejor amigo, pero nunca he sido capaz de coincidir con él en lo de querer acostarme con una sola mujer el resto de mi vida, y mucho menos pasar cada minuto despierto pensando en alguien como Maddison lo hace con Logan.

Le da pavor salir de gira y le encanta estar en casa, mientras que yo no tengo ningún motivo que no sea su familia para anhelar el hogar. Espero con ansia acabar en una ciudad diferente cada noche.

Rio regresa enseguida con las manos llenas, sujetando entre los dedos las botellas de cerveza por el cuello. Una pelirroja menuda y atractiva lo sigue pisándole los pies, cargada hasta los topes de chupitos.

—No —suelta Maddison rápidamente, volviéndose hacia Rio—. Nada de chupitos. Jugamos dentro de menos de veinticuatro horas.

—No me mire, capitán —se excusa Rio—. Estas mujeres tan generosas del bar nos han invitado a una ronda. Querían desearnos buena suerte mañana.

Miro por encima del hombro de Maddison a las dos chicas que hay sentadas en la barra, ambas como un tren y con un par de vasos de chupito levantados en señal de brindis.

—Uno no hará daño.

Cojo un vaso lleno de algún líquido transparente.

La chica con mechas cobrizas apoya los codos en nuestra mesa, que es de las altas, poniendo canalillo mientras se inclina hacia Maddison.

—Yo me beberé el tuyo y el mío. No me importa —propone seductoramente con un guiño.

Maddison, Rio y yo estallamos en carcajadas, y la pelirroja frunce el ceño confundida.

Sé que hay deportistas a los que les importa una mierda si están casados o no, porque se acuestan con cualquiera aunque no sea su pareja, especialmente de gira. Pero Maddison no es de esa clase. El tío se tatuó en el dedo anular un anillo con las iniciales de su chica, por el amor de Dios.

—Eso no te va a llevar a ninguna parte —le digo a la atractiva pelirroja, refiriéndome a que está ligando con mi mejor amigo—. Puede que quieras dirigir tu atención hacia aquí.

Y, sin perder un segundo, la dirige hacia mí, mientras chocamos nuestros vasos de chupito y bebemos el tequila al mismo tiempo.

—¿Otro? —pregunta, pestañeando.

Miro a Maddison, que está claramente incómodo. Le prometí una noche de chicos, al menos al principio. Además, no tardará mucho en querer escabullirse al hotel y llamar a su mujer. Ya expandiré mi lista de Nashville cuando se vaya.

—Esta noche no —le digo, refiriéndome a algo más que la bebida.

—¡Soy Rio! —suelta mi compañero de equipo al encontrar una oportunidad para llamar un poco la atención.

—Rio…, me gusta ese nombre.

Ella hace un gesto con la cabeza hacia la barra para que él la siga hasta donde están sus amigos.

Mi compañero de equipo se levanta rápidamente del asiento con esos ojos verdes resplandeciendo de emoción.

—¿No le he enseñado nada? —le pregunto a Maddison, mirando más allá de su hombro a Rio, que parece sediento de la hostia, y no precisamente de alcohol—. Nosotros no perseguimos a las mujeres. Las mujeres nos persiguen a nosotros.

—Tú no persigues a las mujeres. Las mujeres te persiguen a ti —me corrige entre risas—. No me metas en tus tonterías.

—*Touché*.

Un par de rubias menudas se sientan a la mesa justo al lado de nosotros, tratando de hacer contacto visual. Maddison no se da cuenta, pero les doy un repaso a ambas. Son guapas, pero su bronceado falso resulta excesivo y rezuman desesperación por llamar la atención. No me interesan en absoluto, así que vuelvo a centrar rápidamente el interés en mi mesa.

—¿Qué vamos a hacer para nuestro Halloween atrasado? ¿Ya ha decidido Ella de qué vamos a ir?

Una sonrisa de regocijo se dibuja en los labios de Maddison.

—Sí.

—¿Y?

No sé si podrá compararse con el del año pasado, cuando Ella Jo, de entonces dos años, decidió que iba a ir de Hulk para Halloween y, por lo tanto, nosotros nos disfrazamos de personajes de Marvel y paseamos por nuestra manzana en Chicago. Fue todo un espectáculo para nuestros vecinos ver a mi sobrinita embadurnada con pintura verde y a sus padres y tres tíos totalmente caracterizados junto con ella.

Estoy bastante seguro de que es tan divertido para nosotros como para Ella darlo todo como lo hacemos. Ir todo el grupo a juego se ha convertido en nuestra tradición desde que nació. Incluso cuando nos perdemos Halloween debido a los partidos fuera de casa, como este año, nos aseguramos de celebrarlo otro día de noviembre.

—Quiere ir de Bella, de *La Bella y la Bestia*.

—Joder, sí. Me pido ser la Bestia.

Maddison niega con la cabeza para oponerse.

—¿Qué? ¿Tengo que ser la jodida tacita de té o algo así?

—Ella no quiere que vayamos de *La Bella y la Bestia*. Al parecer, la temática de este año son las princesas Disney.

Casi me atraganto con la cerveza, y Maddison se ríe a carcajada limpia.

—Bien —me rindo, sabiendo que haría cualquier cosa por mi sobrina favorita, que ya tiene tres años y medio—. Entonces me pido ser la Sirenita.

—¿No conoces a mi hija? —pregunta Maddison retóricamente—. Ya nos ha escogido el disfraz a todos. Y si crees que la pelirroja de mi mujer te va a dejar ser Ariel, te equivocas.

No puedo evitar reír. Y no solo porque va a ser jodidamente divertido vernos a todos disfrazados de princesas y deambulando por las calles de Chicago como si fuera Halloween, sino porque estamos teniendo esta conversación en medio de un bar de Nashville abarrotado, rodeados de mujeres a las que nada les gustaría más que nuestra atención. Sin embargo, solo se nos ocurre hablar de la valiente hija de mi mejor amigo, por quien todos haríamos cualquier cosa para hacerla feliz.

—Entonces, ¿quién soy yo?

—Tú, amigo mío, eres Elsa.

—¡¿Elsa?! —clamo—. A la mierda *Frozen*.

—La señorita ha hablado —se defiende Maddison levantando las manos—. Ella pone las reglas.

Sacudo la cabeza con decepción.

—¿La maldita Elsa? La pequeña EJ va a acabar conmigo.

Voy a tener que hablar muy seriamente con mi sobrina sobre esto.

Llevándome la cerveza a la boca, me fijo de inmediato en los rizos castaños que rebotan junto a la barra. Los reconocería en cualquier lugar. De hecho, he pensado en la dueña de esa melena con demasiada frecuencia esta semana.

¿Cómo sigue pasando esto? Es como si el universo quisiera ponerme a prueba.

Stevie parece abrumada mientras se pide una copa en la barra.

¿Está sola otra vez?

Apuntalo el culo en el asiento, obligándome a quedarme quieto. Pero solo quiero acercarme, invitarla a una copa y tal vez molestarla un poco. Me gusta ver cómo se pone nerviosa, aunque últimamente parece ser ella la que me pone nervioso a mí.

Maddison sigue mi mirada mientras se gira para ver quién ha llamado mi atención.

—¿Estás de coña? —pregunta—. ¿Le has dicho de veros aquí? Zee, ¿qué diablos estás haciendo, tío?

—Yo no le he dicho una mierda. Nos pasa constantemente. Es como si el universo me rogara que me la follara.

—Eres un idiota.

—Estoy bromeando. —Más o menos—. Pero está bastante buena, ¿verdad?

—No estamos hablando de esto —responde Maddison negando con la cabeza—. Trabaja para nosotros.

Decido no decir nada al respecto, así que mantengo la mirada en la azafata situada al otro lado del local.

—¿En serio sería tan malo que nos acostáramos? O sea, solo sería una vez. Para quitarnos las ganas.

—¿Quitarnos? ¿Tú y ella? —ríe Maddison con condescendencia—. Te refieres a quitártelas tú, ¿no? Porque, por lo que sé, no te adora precisamente.

—Todos me adoran.

Maddison se asoma por encima de mi hombro, mira hacia la barra y luego vuelve a mirarme, sacudiendo la cabeza.

—Tú sabrás, tío. Pero esa chica va a estar en nuestro avión todo el año. Te la vas a follar y nunca más volverás a pensar en ella, y ella se enamorará de ti, como hacen todas. Pero la diferencia es que esta vez tendrás que verla en el avión después de cada partido fuera de casa.

Me gusta como suena lo de verla después de cada partido.

Intentando ocultar mi sonrisa, me llevo la botella a los labios y le doy un trago. Finalmente, Stevie repara en mí.

—¿Me estás siguiendo? —le digo moviendo los labios, en silencio, desde el otro lado del bar.

—Estás fatal —me recuerda Maddison en voz baja.

Stevie aparta rápidamente la mirada, y necesito toda la fuerza de voluntad que tengo en el cuerpo para permanecer sentado y no acercarme a ella. Mantiene la cabeza gacha mientras se abre paso entre la multitud, con las manos llenas con tres bebidas.

O tiene mucha sed, o no está sola esta noche.

En cuanto rodea la barra, se me pone el rabo alerta, despierto de repente. Está increíble esta noche con esa minifalda ceñida al culo. Tiene las piernas naturalmente bronceadas y los muslos gruesos, y esos tacones que lleva añaden unos centímetros a su estatura.

Me alegro de que haya seguido mi consejo de lucirse. Está cañón, joder, y no creo que tenga ni idea.

Me quedo boquiabierto cuando veo que camina hacia mí, en parte sorprendido de que quiera acercarse y en parte asombrado de lo sexy que está esta noche. Su pequeño atuendo es muy diferente a los pantalones de chándal que llevaba la semana pasada. La ropa de hoy muestra cada curva de su cuerpo.

Pero Stevie no viene hacia mí. En lugar de eso, mantiene la mirada fija en cualquier otro sitio y se detiene en la mesa de al lado, con las dos desesperadas, que no han dejado de mirar hacia nuestra mesa. Rápidamente, se vuelve hacia las rubias de sus amigas, haciendo como si no tuviera ni idea de quién soy.

Deja las bebidas en la mesa y se sienta de espaldas a mí y, al instante, como si fuese un imán, me levanto de la silla.

—Déjala en paz —me regaña Maddison en voz baja—. Si ella quisiera hablar contigo, habría venido hasta aquí.

Joder, tiene razón. Vuelvo a sentarme. ¿Cuándo me convertí en un cabrón tan desesperado? Y ¿por qué no quiere hablar conmigo?

Solo para ser sinceros, nadie había rechazado nunca mis atenciones, y ahora que conozco mis intenciones, creo que el hecho de irle detrás me está dando más ganas de acostarme con ella.

Trato de centrarme en la conversación con mi mejor amigo, ambos con las cervezas en la mano, pero me está costando. Es como si esta noche tuviera audición selectiva, y no puedo prestar atención a nada más que a la azafata que tengo a mi izquierda y sus dos amigas.

Por llamarlas de alguna manera.

Se han pasado los últimos treinta minutos menospreciando a Stevie. Puede que no se dé cuenta de que esas chicas no son verdaderas amigas, pero es bastante evidente para mí. Han comentado que va despeinadísima, pero debo decir que su pelo es diez veces más increíble que las lacias mechas decoloradas que llevan ellas. Han hecho comentarios por lo bajo sobre su cuerpo, y estoy muy sensible con ese tema después de que Stevie se molestase por ello la semana pasada.

Tiene un cuerpo de locos en el mejor de los sentidos: es ancho y con curvas, y sí, tiene donde agarrarse, pero eso no es nada malo en absoluto.

En cierto momento, cuando una de ellas comenta que quiere otra copa y que tiene que ser Stevie quien vaya a pedir, las fulmino con la mirada, incapaz de ocultar mi molestia.

La rubia número uno interpreta mi gesto como una especie de luz verde en lugar de leer en mis ojos el «cállate la boca» que estaba tratando de poner.

—Esos tipos están en el equipo para el que trabajas, ¿verdad? —le pregunta a Stevie, sin dejar de observarme. He apartado la mirada de ella, pero siento sus ojos fijos en mí—. Preséntanos.

—No —dice Stevie en voz baja, pero como solo estoy pendiente de ella, la oigo perfectamente—. O sea, sí, son del equipo, pero dejadlos en paz. No quieren que los molestemos.

No me importaría que Stevie me molestara.

—Quieres decir que probablemente ni siquiera saben que trabajas para ellos. ¿Saben siquiera tu nombre?

Las dos rubias estallan en carcajadas asquerosamente agudas.

Estas chicas son unas arpías crueles, y no tengo ni idea de por qué diablos Stevie saldría con ellas.

—Probablemente no —asiente ella, aunque sé que sabe que es mentira. La he llamado por su nombre más veces de las que puedo contar.

Es extraño ver este lado de ella, el que no se defiende, porque, desde que la conozco, no ha tenido problemas para ponerme en mi lugar.

Sin pensarlo dos veces, me levanto del asiento en defensa de Stevie, harto finalmente de estas chicas. Pero, aun así, necesito mantener calma. Tanto como pueda. Porque de veras que llevo toda la semana dale que te pego.

Me dirijo hacia el baño como quien no quiere la cosa, aunque no necesito ir. Al pasar junto a la mesa de Stevie, le rozo suavemente los hombros con la mano y le recorro la nuca, que lleva descubierta. Tiene la piel de gallina, y se la acaricio con las puntas de los dedos antes de darle un ligero apretón.

Joder, qué suave tiene la piel.

—Hey, Stevie —la saludo por encima del hombro mientras paso, y esbozo una sonrisa de lado—. Me alegro de verte.

Me giro para mirarla, caminando lentamente de espaldas hacia el baño y con una sonrisilla llena de encanto sin dejar de observar su bonito rostro pecoso.

Se pasa una mano por el cuello, exactamente donde la acabo de tocar, al tiempo que sus mejillas se vuelven de un tono rosado.

Veo la mirada de sorpresa y confusión en los rostros de sus amigas. Totalmente satisfecho, me doy la vuelta y recorro el pasillo hasta el baño.

Mientras espero en la cola ridículamente larga que hay para entrar a un cubículo que ni siquiera necesito usar, me vibra el móvil en el bolsillo.

Maddison: *Estás pirado.*

No se equivoca.

Maddison: *He supuesto que esa era mi señal para marcharme. La cuenta está pagada. Nos vemos mañana.*

Aunque no tengo que mear, lo hago de todos modos. No es que pueda darme la vuelta de inmediato y volver a mi mesa. Mi numerito, tan poco sutil, quedaría descubierto.

Al salir, mantengo la cabeza gacha, con la esperanza de pasar desapercibido cuando paso junto a tres imbéciles vestidos como vaqueros. Y no vaqueros auténticos. Son los típicos que viajan al sur por primera vez en su vida, así que se compran un par de botas de vaquero.

—Me pido la del vestido brillante —dice uno de ellos, señalando con la cabeza hacia la mesa de Stevie.

—Yo, a la otra rubia —interviene otro.

—Idos a la mierda —se queja el tercero—. A mí no me dejéis a la grandullona.

Necesito de todas mis fuerzas para no darme la vuelta y soltarle un puñetazo en la cara a este hijo de puta. No me creo que acabe de hablar de ella de esa manera. No sabe una mierda sobre ella. Bueno, en realidad yo tampoco, pero sé que es diez veces más atractiva que cualquiera de sus desesperadas amigas. Y tiene la actitud para respaldarlo. ¿Cómo no va a gustarle?

Obviamente, la tiene pequeña. Es la única explicación. Si no puede con el cuerpo de una mujer, podría decirlo en lugar de menospreciarla para sentirse mejor.

Ay, mierda

Estoy pirado. Es un hecho. Necesito acostarme con ella antes de que se me hinchen las pelotas hasta volverse moradas.

El bueno, el malo y el feo se dirigen hacia la mesa de Stevie antes de que yo tenga la oportunidad de hacerlo.

Maddison ya se ha ido hace rato cuando regreso a mi asiento, y Rio todavía está haciendo ojitos a las chicas en el bar. Me he acabado la cerveza, y no voy a tomarme otra la noche antes de un partido, pero no puedo irme y dejar a Stevie aquí rodeada por cinco de las personas más asquerosas del planeta.

Seguramente sin lograrlo, trato de ser astuto cuando dirijo mi audición selectiva hacia la mesa junto a la mía y voy echando vistazos de vez en cuando. Las amigas de Stevie están completamente fascinadas con los vaqueros Chad y Brad, lo que la deja a ella con el gilipollas más grande de todos.

Claramente no tiene ningún interés y ni siquiera trata de disimular el hecho de que le ha «tocado» estar con ella, pues está sentado a más de medio metro de distancia y se niega a cruzarle la mirada, incluso cuando Stevie le habla.

Odio que le pase esto a ella. Odiaría que le pasara a cualquiera.

También odio no poder estarme quieto.

Me levanto de mi mesa y me acerco a la de ella.

—¡Hostia puta, eres Evan Zanders! —exclama el que se niega a darle siquiera la hora a Stevie—. ¿Me firmas un autógrafo?

Hago una pausa para dejar que se haga esperanzas.

—No.

Mirando a la chica de pelo rizado junto a mí, le aparto unos mechones de pelo de la cara y, sin pensar, le levanto la barbilla para que me mire. Le envuelvo la cara con la mano tatuada mientras acaricio con el pulgar la piel sonrojada y pecosa. Stevie, confundida y boquiabierta, clava una mirada penetrante en mí. No es que la culpe. Ni siquiera yo sé lo que estoy haciendo.

—¿Lista para irnos? —pregunto, solo atento a esos ojos verde azulados.

Ella no responde. Se queda allí sentada, aturdida, mientras la misma expresión de asombro se dibuja en la cara de nuestros cinco espectadores.

—Gracias por hacerle compañía —le digo al grupo mientras entrelazo mi mano con la de Stevie, indicándole que se levante y me siga.

Puede que no hayan notado el sarcasmo en mi voz, pero yo estoy seguro de que sí.

Ella se arrastra detrás de mí, todavía en un trance por la confusión, así que le paso un brazo alrededor de los hombros y acerco su cuerpo hacia el mío, básicamente para guiarla hacia afuera. Siento las miradas del grupo clavadas en nuestras espaldas, así que me inclino y beso la parte superior de la cabeza de Stevie para rematar el numerito.

Nunca le había dado un beso en la cabeza a una chica, y no voy a mentir: ha sido un poco raro.

12

Stevie

—¿Qué...? —balbuceo, todavía estupefacta—. ¿Qué estás haciendo?

Una vez fuera del bar, me alejo de Zanders. A una parte de mí le gustaba sentir el peso de su brazo sobre mi hombro, pero en general estaba más que confundida con lo que estaba pasando.

Zanders se detiene frente al bar más concurrido de la avenida principal de Nashville, parece casi tan sorprendido como yo por su pequeña exhibición pública.

El zumbido de la música en directo resuena desde todos los garitos de la calle.

—¡Hostia puta! ¡Es EZ! —grita alguien, que saca el móvil y le hace una foto a la estrella del hockey.

—¡Zanders!

Más fotos, más flashes.

—Joder —murmura Zanders por lo bajo, agachando la cabeza en un intento de esconderse un poco.

—¿Esta es la nueva? —pregunta alguno de los espectadores. Me vuelvo en su dirección cuando me doy cuenta de que se está refiriendo a mí—. No se parece a tu tipo habitual.

Abro los ojos de par en par ante esa declaración y empiezo a tener calor cuando me sonrojo de la vergüenza. Siento el peso de una docena de ojos sobre mí, por no mencionar los interminables flashes de los móviles.

Tan rápido como puedo, me vuelvo en la dirección opuesta y echo a correr, necesito alejarme de esta escena.

—¡Stevie, espera! —grita Zanders, persiguiéndome.

Y como es jodidamente alto y tiene unas piernas que parecen troncos de músculo, me alcanza enseguida.

—Stevie —repite, tirándome suavemente del brazo hacia atrás para que lo siga por un callejón oscuro detrás del bar—. Ven por aquí. Mierda. Deja de huir de mí.

Me zafo de él, muy agitada por toda esta situación.

—¿Podrías no decir mi nombre en voz alta mientras todos tus fans te hacen fotos? No quiero acabar en internet junto a todas tus grupis.

Y mientras me alejo de él, apartándome el pelo de la cara, caigo en la cuenta.

—Oh, mierda. Estoy jodida. Estoy tan tan tan jodida… Me van a despedir.

—¿De qué estás hablando? —pregunta Zanders.

—No pueden verme contigo —explico haciendo un gesto hacia su cuerpazo, que apenas se distingue recortado contra la tenue luz que pende del edificio sobre su cabeza—. Me van a despedir.

Desesperada, comienzo a recorrer el pequeño callejón, temiendo volver a la avenida principal por si sus ansiosos seguidores siguen allí listos para sacar más fotos.

—Stevie, relájate —me pide Zanders apartándome las manos del pelo, y siento el contraste del frío metal de sus anillos de oro sobre mis cálidas manos—. ¿Por qué habrían de despedirte?

—Esas fotos —espeto—. No pueden verme con nadie del equipo. Perderé mi trabajo si me pillan fraternizando —añado en tono desesperado, pronunciando una palabra tras otra.

—Espera, ¿en serio? —La expresión de Zanders es de pura sorpresa y tal vez un poco de… ¿decepción?—. ¿No puedes relacionarte con nosotros?

—¡No! Ay, Dios, no.

Tapándome la cara con las manos, continúo recorriendo el estrecho callejón mientras me inunda el arrepentimiento. No debería haber salido esta noche. Ha ido fatal desde que Hannah y Jackie han aparecido en mi hotel. A ninguna de las dos les importaba una mierda que estuviera con ellas, solo querían usarme para conocer a las personas para las que trabajo. El tipo con las botas de vaquero, que juraría que se había comprado hoy mismo, ni siquiera ha sido capaz de tratarme como a un ser humano. No me atraía de ninguna manera en absoluto, pero estaba tratando de ser amable dándole conversación, aunque estaba claro que no quería tener que quedarse conmigo.

Y ahora esas fotos. Ay, madre mía, las fotos.

Levanto la mirada y veo a Zanders enviando mensajes con el móvil como un desesperado.

—¿Qué estás haciendo?

—Me estoy encargando de ello.

—¿De qué?

—De las fotos. —Vuelve a guardarse el móvil en el bolsillo y añade—: Mi equipo de relaciones públicas está en ello. Cualquier cosa que llegue a internet será eliminada con la misma rapidez.

—¿Pueden hacer eso?

—Les pago mucho dinero para cosas como esas, así que sí. Se están encargando de ello.

Respiro hondo y hundo los hombros de alivio.

—Gracias.

Lo último que quiero es que la gente me relacione con Zanders y piense que soy otra de sus conquistas, pero, más que eso, no quiero perder mi trabajo. Ni siquiera es porque sea algo que me encante hacer o que me apasione, sino porque el horario es flexible, por lo que puedo pasar los días que estoy en casa haciendo lo que me apasiona de veras. Y eso equivale a ocupar todo mi tiempo libre en el refugio para perros. No se me ocurren muchos otros empleos en los que pueda estar en casa sin trabajar durante semanas.

—¿Qué ha pasado con todo eso de que tú no mientes? —pregunto de repente, todavía completamente confundida y agitadísima por lo que acaba de suceder—. Lo que sea que haya pasado ahí sonaba a mentira —añado haciendo un gesto hacia el bar.

Zanders se encoge de hombros.

—A veces, una mentirijilla piadosa es necesaria para conseguir lo que quiero.

—¿Conseguir lo que quieres?

—Sí. Así es. Y lo que quería era alejarte de esa gente. No son tus amigas, por si acaso lo pensabas.

—Sé que no lo son. Es solo que… me cuesta mucho… —Explicarle que me cuesta mucho hacer amigos de verdad porque la mayoría de la gente que conozco quiere usarme para acercarse a mi hermano implicaría contarle a Zanders quién es mi hermano, y no quiero que lo sepa todavía—. Es igual.

Zanders permanece en silencio para que pueda continuar si quiero, pero, en lugar de eso, frunzo el ceño confundida y entrecierro mucho los ojos mientras observo al hermoso espécimen frente a mí.

—¿Por qué estás siendo amable conmigo?

Zanders levanta los hombros y aparta tímidamente la mirada de mí, lo que es nuevo. Este tío no tiene un pelo de tímido.

—Que yo sepa, has estado intentando amargarme el trabajo toda la temporada, y no nos soportamos —continúo—. Entonces, ¿por qué me ayudas?

Ese atisbo de timidez en los ojos de Zanders se transforma inmediatamente en avidez cuando me mira.

—¿Crees que no te soporto? —exclama, y da dos pasos tentativos hacia mí, como si estuviera acechando a su presa—. Si no te soporto, ¿por qué no puedo dejar de pulsar la maldita luz de llamada en el avión, para que aparezcas a mi lado?

Eh…, porque estás empeñado en hacer de mi trabajo un infierno.

—Si no te soporto —da otro paso adelante, recortando la distancia que nos separa—, entonces ¿por qué no puedo sacarte de mi cabeza? ¿Por qué no puedo dejar de preguntarme a qué sabes?

Dirige la mirada a mis labios, que se abren para decir algo, pero las palabras se han esfumado.

—Si no te soporto —Zanders avanza lentamente, hasta que no queda ningún resquicio en absoluto entre los dos y su imponente figura se cierne sobre mí—, entonces ¿por qué mi único pensamiento cada minuto de cada día durante la última semana ha sido preguntarme cómo sería follarte?

Se detiene frente a mí, mirándome a los ojos en un intento de leerme, pero no tengo ni idea de lo que estoy pensando en este momento.

—Tengo muchas ganas de follarte, dulzura —agrega en voz baja.

El recelo me anega la mente, pero, al mismo tiempo, una sacudida de auténtica autoestima me atraviesa el cuerpo. Este tipo sobre el que se abalanzarían todas las chicas de Norteamérica me está eligiendo a mí. Vale, me está eligiendo simplemente para una noche, pero, aun así, no me lo esperaba.

De todos modos, no voy a perder el trabajo por un deportista que olvidará que existo en cuanto termine.

—Bueno, pues yo no te soporto —le digo, con la esperanza de que esto vuelva a establecer los límites.

En cambio, Zanders deja escapar una risilla profunda mientras sonríe con suficiencia y luego se muerde el labio inferior.

—No te creo.

Me recorre un pómulo con el pulgar, y aunque el contacto me enciende el cuerpo entero, no me retracto.

—Además —continúa—, digamos que eso es verdad y no me soportas. El sexo rabioso es el mejor polvo, de todos modos.

Mantengo la atención en la cadena de oro que lleva al cuello, pues sé que no puedo mirarlo a los ojos. Detrás del brillante metal, los remolinos negros de sus tatuajes se funden con el oscuro tono de su piel. Es perfecto para distraerme.

—¿Qué dices, Stevie? —pregunta Zanders levantándome la barbilla con un solo dedo para desviar mi mirada hacia él—. Una noche salvaje.

Una sonrisa siniestra se dibuja en sus labios, y en sus ojos se refleja la más pura tentación.

¿Quiero hacerlo? Joder, sí. ¿Debería? Por supuesto que no.

Su reputación es la principal señal de advertencia, y me recuerda la promesa que me hice a mí misma: que nunca volvería a tirarme a un deportista. Los acribillan las grupis, esperando ansiosas su turno para echarle el guante a cualquiera de ellos. Pero, madre mía, estoy segurísima de que sabe exactamente qué hacer, y nadie me ha echado un buen polvo en mucho tiempo. Sí, tengo el juguete púrpura en mi habitación de hotel, pero imagina hacerlo con alguien de verdad.

Quiero decir que sí. Mi vagina quiere que diga que sí. «Di que sí, Stevie. Es solo una vez».

—No —responde mi cerebro por mí—. Estoy bien así.

Y le doy una palmadita condescendiente en el pecho mientras doy un paso atrás y me alejo de él.

No hay la más mínima credibilidad en lo que estoy diciendo o haciendo en este momento. Es todo una fachada porque me estoy acojonando.

Zanders tuerce los labios en una sonrisa de diversión. Levanta la barbilla ligeramente mientras me mira con los ojos llenos de malicia, y estoy bastante segura de que esperaba que dijera que no. Le gusta que no me entregue a él, pero a mí me está empezando a gustar cada vez menos.

—La oferta sigue en pie —asegura, dando un paso atrás y metiendo casualmente las manos en los bolsillos—. Avísame cuando estés lista para rendirte.

«Nunca» parece una buena respuesta. «Nunca» es lo que mi cerebro quiere que diga.

—¿Qué tal nunca?

—¿Nunca? —repite, levantando las cejas provocativamente.

Trago saliva.

—Ajá.

—Así que… —De nuevo, da unos pasos lentos y firmes hacia mí, pero esta vez retrocedo al mismo ritmo hasta que golpeo con la espalda la pared de ladrillos del bar, y su musculosa figura me inmoviliza contra ella—. ¿No quieres que te bese nunca? —pregunta, con los labios justo encima de los míos, y casi puedo sentir su suavidad y calidez desde aquí.

Considerándolo por un momento, le miro los labios mientras él se pasa la lengua por el de abajo para humedecerlo.

Sigo hipnotizada por el movimiento cuando niego tímidamente con la cabeza.

«Bueno, eso es una mentira como una casa, Stevie».

Siento la respiración pesada y el pecho elevarse rápidamente, lo que no podría distar más de las lentas y constantes inhalaciones y exhalaciones que realiza Zanders. Estamos tan juntos que no se sabría dónde acabo yo y dónde empieza él si no fuera por lo desacompasada que está nuestra respiración.

Tiene un cuerpo grande e imponente, y me deja deliciosamente sin aire.

Noto una presión firme justo sobre una de las ingles que hace que todo el cuerpo se estremezca de deseo al sentir finalmente lo que solo había tenido la suerte de vislumbrar.

Me aparta los rizos de la cara. Me recorre suavemente el interior de la oreja con la yema de su ancho pulgar, apenas rozando los interminables aretes de oro, mientras una inoportuna oleada de anhelo me recorre la columna vertebral.

—Y ¿no quieres que te toque nunca? —pregunta suavemente.

Abro la boca en un intento de llenar los pulmones de oxígeno, pero el callejón se ha quedado sin aire.

¿Tocarme? Quiero que toque cada centímetro de mí, pero, teniendo en cuenta la reacción actual de mi cuerpo al sentirlo con la ropa puesta, no creo que pudiera soportarlo estando desnudo.

—No —miento en un susurro, pero transmito exactamente lo contrario porque se me rompe la voz.

Zanders curva los labios con diversión, pero se recupera rápidamente. Me aparta los dedos de la oreja y el cuello, y vuelve a meter las manos en los bolsillos.

—Vale, muñeca.

Da un paso hacia atrás, dejándome espacio y haciendo exactamente lo que le he pedido, aunque no hablase en serio.

Y ahora mi cuerpo anhela la presión sobre la ingle.

—Pero cuando decidas dejar de mentirte a ti misma, vas a tener que suplicarme que te folle…

Me quedo en silencio, completamente paralizada.

—De rodillas —añade, recorriendo con la mirada cada centímetro de mi cuerpo. Se detiene apenas un poco más en mi boca para darme a entender a qué se refería con esta declaración.

Da otro paso hacia atrás y la tensión en el ambiente disminuye. Zanders respira hondo y, al final, me extiende un brazo y pasa de ser un demonio rezumando deseo a un perfecto caballero.

—Bueno, deja que te acompañe a tu hotel.

Lo miro con recelo y desconfianza.

Él pone los ojos en blanco juguetonamente.

—Me mantendré a una manzana de la puerta principal para que tus compañeras de trabajo no me vean.

No me refería a eso con la mirada de suspicacia, pero añadiremos fraternización a la lista de por qué es una mala idea que Zanders me acompañe al hotel.

—Solo quiero asegurarme de que llegues bien.

Su sonrisa es dulce y auténtica, así que paso un brazo alrededor del suyo y le dejo que nos guíe de regreso a mi hotel. Tomamos bastantes calles secundarias y callejones, según dice, para evitar a los seguidores, pero me doy cuenta de que ello añade unos buenos veinte minutos a nuestra caminata juntos.

Y en todo ese tiempo, mi cuerpo arde con una necesidad que no había sentido jamás.

Zanders se queda al otro lado de la calle mientras entro en el vestíbulo de mi hotel. Cuando abro la puerta, lo miro por encima del hombro. El traje hecho a medida confiere a su metro noventa de estatura un aspecto imponente, y mantiene una postura rígida mientras me observa. Le hago un pequeño gesto con la mano a modo de despedida antes de adentrarme en el hotel, sin volverme a mirarlo, por si acaso cambio de opinión esta noche.

Cuando pongo la cabeza en la almohada, no puedo evitar preguntarme:

—¿Qué diablos acaba de pasar?

13

Stevie

—¿Te divertiste anoche? —pregunta Indy antes de oler su plato de panecillos con salsa vegetariana.

—Eh... —titubeo—. Definitivamente, fue interesante. Solo diré eso.

La imito y, de un enorme bocado, me lleno la boca cuanto puedo de carbohidratos. Estamos en mi local favorito de la ciudad, y cada plato en el menú del almuerzo está para morirse, por lo que es una parada obligatoria cada vez que vuelvo a Nashville.

Estoy segura de que me arrepentiré de haber comido esto cuando visite a mi madre dentro de unas horas y tenga que desabrocharme los tejanos para poder respirar estando sentada, pero habrá valido la pena.

—¿Qué tuvo de interesante?

Mmm. Déjame pensar. Tal vez que Evan Zanders, que es como un anuncio de sexo con patas, me dijo que quiere follarme. Justo después de salvarme de mis desconsideradas amigas de la secundaria, que no han dejado de bombardearme desde su pequeña demostración pública de afecto anoche.

O tal vez que me clavó a la pared con su enorme cuerpo y el bulto en sus pantalones me provocó todo tipo de pensamientos mientras lo tuve pegado contra la ingle.

O que, de repente, el autoproclamado «malote de Chicago» sacó su lado más dulce cuando insistió en acompañarme hasta mi hotel.

Puede que «interesante» no sea la palabra correcta para la noche de ayer. ¿«Confusa»? ¿«Emocionante»? ¿«Impactante»?

Me encantaría contarle todos los detalles a Indy, ya que soy un torbellino de emociones desde entonces, pero somos compañeras de trabajo, y el encuentro accidental que tuvimos anoche Zanders y yo es una falta que puede costarme el trabajo.

—Ver a mis antiguas amigas del instituto fue interesante. No son muy amables que digamos, y creo que anoche fue lo que necesitaba para acabar con nuestra amistad.

—¿En serio? —exclama Indy mientras usa una servilleta para limpiarse las comisuras de los labios—. Qué mal, Stevie. No te mereces amigos así.

—No pasa nada.

Me encojo de hombros porque no pasa nada. Hacía tiempo que necesitaba cortar lazos con Hannah y Jackie, y el descaro con que hacían comentarios, aunque pensaran que eran disimulados, fue la gota que colmó el vaso. En el fondo, siempre supe que me mantenían cerca por mi hermano. Simplemente no esperaba que se extendiera a otro ámbito debido a mi nuevo trabajo. Ryan se cabrearía si lo supiera. Precisamente por eso pienso guardármelo para mí, como hago con la mayoría de las cosas que le enfadarían.

—¿Qué tal tu noche? —pregunto.

—Fue bastante tranquila. Quería salir, pero todavía soy nueva en todo esto de la privacidad de los chárteres, y no te voy a mentir, el discurso que nos dio Tara sobre la fraternización fue aterrador. Pensé que encerrarme en mi habitación de hotel era más seguro.

Se me encoge el estómago al pensar en las constantes advertencias e insistencias de Tara acerca de mantenernos alejadas de nuestros clientes cuando estamos fuera del horario laboral. Claramente, no estoy haciendo un gran trabajo al respecto, por muy accidentales que hayan sido mis encuentros con Zanders.

—¿Sabes por casualidad lo que hizo Tara anoche? —pregunto con cautela, mirando mi plato y removiendo nerviosamente la comida. ¿Y si salió? ¿Y si me vio? ¿Y si nos vio anoche?

Esta mañana, he buscado en internet cualquier señal de una foto filtrada de Zanders y yo frente al bar, pero sin duda su equipo de relaciones públicas ha cumplido limpiando cualquier posible evidencia de nuestro encuentro.

—Probablemente justo lo que ella mismo nos dijo que no hiciéramos. Apostaría mi dinero a que anoche estuvo por ahí corriendo en busca de los chicos del equipo, toda desesperada de narices.

Levanto la mirada rápidamente de mi plato, con una expresión de diversión mientras observo a Indy, que tiene los ojos y la boca abiertos como platos.

—Ay, mierda —exclama, y se lleva de inmediato la palma de la mano a la boca—. ¿He dicho eso en voz alta?

Se hace un momento de silencio entre nosotras mientras nos miramos, tanteando el terreno, sin saber muy bien cuál es la opinión de cada una sobre el tema de nuestra compañera de trabajo. Hasta que, finalmente, me retuerzo en mi lado de la mesa riéndome a carcajadas. Entonces, Indy se une a mí, y ambas permanecemos en silencio de lo mucho que nos estamos partiendo.

—Es tan hipócrita —digo limpiándome una lágrima del rabillo del ojo.

—Ay, madre mía —suspira Indy aliviada—. Estoy tan contenta de que pensemos igual, porque hace semanas que quiero preguntártelo.

—Le preocupa que fraternicemos con los jugadores, pero se la ve toda ansiosa cuando está en los pasillos hablando con ellos, haciendo exactamente lo que nos dijo que no debíamos. —Sonrío, disfrutando al máximo el subidón de serotonina que me ha dado el ataque de risa—. Pero, aun así, no vale la pena correr el riesgo de perder nuestro trabajo.

—¿No? —pregunta Indy, ladeando la cabeza hacia un lado—. Creo que podría jugarme el trabajo por una noche en la piltra con uno de estos chicos.

La observo un momento, preguntándome si sabe algo que no estoy lista para que sepa todavía. O tal vez jamás.

—Hipotéticamente hablando, por supuesto. —Se señala a sí misma—. Quiero a mi novio y todo eso.

—Por supuesto.

Indy ha dejado en claro en las últimas semanas lo comprometida que está con su novio, Alex. Bromea constantemente sobre que sube la temperatura cuando los chicos de hockey comienzan a desnudarse en el avión o que se jugaría el trabajo por una sola noche con uno de ellos, pero, por lo que sé de su relación, quiere demasiado a Alex como para jugárselo a él.

—Pero si estuviera soltera y cierto capitán suplente de cierto equipo de hockey de Chicago que rezumara sensualidad me tirara la caña continuamente, podría jugarme el trabajo por eso.

Dicho esto, Indy me mira provocándome desde el otro lado de la mesa.

—Zanders no me está tirando la caña pulsando sin parar el botón de llamada. Solo me está torturando.

—Ajá —murmura Indy—. Torturándote para llamar tu atención porque quiere echarte un polvo.

Permanezco en silencio al respecto. Indy no está al corriente de nuestros encuentros fuera del avión, pero aun así sabe la verdad.

—A mí me parece que una noche en la cama con este regalo que Dios nos hizo a las mujeres vale la pena el riesgo —asegura levantando las cejas con complicidad antes de dar otro bocado a su almuerzo—. Y, para que lo sepas, en el hipotético caso de que alguna vez quisieras saltarte todo el asunto del límite entre la azafata y el jugador de hockey, tu secreto estaría a salvo conmigo.

Le sonrío en agradecimiento, pero no con tanto entusiasmo como para confirmar o negar su declaración.

—Hipotéticamente, por supuesto —añade antes de darle otro bocado a su comida.

Cuando llego a casa de mis padres, que está a veinte minutos en coche a las afueras de Nashville, se me encoge el estómago de los nervios al instante. No recuerdo la última vez que estuve aquí. En los últimos años, las vacaciones han sido impredecibles entre la apretadísima agenda de Ryan y la mía, además de por mi descarado intento de evitar esta ciudad.

—Eh, señora —dice mi conductor desde el asiento delantero—. Tengo otra carrera. Tiene que bajarse.

Como es lógico, ya llevo un par de minutos sentada en la parte trasera de su coche, dándole vueltas nerviosamente al anillo dorado que luzco en el pulgar y contemplando la posibilidad de largarme.

—Lo siento.

Inhalo profundamente, salgo del coche y me aliso la blusa, extremadamente incómoda. Y no porque todavía esté llena del almuerzo, sino porque he escogido un atuendo que se sale por completo de mi zona de confort. Tengo una única blusa descomunal que mi madre aprobaría, así que aquí estoy, vestida con esta monstruosidad.

La blusa es rosadita y está llena de volantes y encaje, pero aún está arrugada de la hostia por llevarla en la maleta. Sí, me gustaría ahorrarme los inevitables comentarios que hará mi madre, pero claramente no me importan tanto como para molestarme en comprar una plancha.

Mi conductor del Uber arranca en cuanto cierro la puerta del coche, y estoy a unos dos segundos de salir corriendo a perseguirlo para suplicarle que me lleve de regreso a mi hotel.

—¡Vee! —grita mi padre, abriendo la puerta principal con los brazos abiertos—. ¡Aquí está mi hija favorita!

—Soy tu única hija, papá.

Sonrío mientras me encamino hacia sus brazos.

—Que tú sepas —bromea mientras me envuelve en un abrazo.

Joder, cómo lo echaba de menos. Es de lo más dulce, pero, desafortunadamente, visitarlo a él implica visitar a mi madre, y eso es algo que no puedo soportar con regularidad.

—Me encanta este nuevo trabajo tuyo que te trae a casa, pero ¿qué diablos llevas puesto?

—Solo trato de hacer esto lo menos doloroso posible.

Se separa de mí sin soltarme de los brazos y me dedica una sonrisa comprensiva. Puede que mi hermano no vea cómo me trata mi madre en comparación con cómo se comporta con él, pero mi padre sí se ha dado cuenta. Resultó duro para él intentar apoyarme sin dejar de querer a su mujer, a pesar de todos sus defectos.

—Stevie, bienvenida —dice mi madre en cuanto entro por la puerta principal.

La casa está impecable. Como estuvo siempre en mi infancia, cuando sabíamos que venían visitas. Había que mantener las apariencias. Me alegra saber que ahora me consideran una visita.

Me da un abrazo rápido e incómodo antes de mirarme de arriba abajo, y la desaprobación se hace evidente en sus maquilladísimos rasgos. Me acaricia el pelo, intentando aplastarlo para que sea más manejable, pero mis rizos vuelven a levantarse.

—Toma asiento —me pide con un gesto hacia la mesa del comedor—. ¿Quieres algo de beber?

—Tenemos un poco de té dulce —interviene mi padre con entusiasmo—. Lo he hecho esta misma mañana.

—Eso es una barbaridad de azúcar, Neal.

—Me encantaría tomar un poco, papá. Gracias.

Mi madre se alisa el delantal con unas delicadas y pálidas manos antes de tocarse las perlas que lleva al cuello, claramente tratando de morderse la lengua para no ser muy directa. La sureña de mi madre nunca haría eso. Dios la libre.

—¿Cómo está tu hermano?

Por supuesto, su primera pregunta es sobre mi hermano y no sobre mí.

Se sienta frente a mí en la mesa del comedor, que está puesta con elegantes cubiertos, como si fuera a haber una cena esta noche, pero sé que no la hay. Se trata de hacer que todo esté lo más bonito posible en todo momento.

—Está bien. Ocupado con el comienzo de la temporada, pero bien.

—¿Está saliendo con alguien?

Niego con la cabeza.

—No, no lo creo.

—Ya tendrá tiempo —dice mi madre haciendo un gesto con la mano—. Solo tiene veintiséis años. No hay necesidad de precipitarse. Es un gran partido ese chico.

Mi padre regresa de la cocina, deja el té frente a mí y me da un beso en la parte superior de la cabeza antes de tomar asiento junto a mi madre.

—¿Qué hay de ti, Vee? —pregunta—. ¿Cómo estás? ¿Qué tal el nuevo trabajo? ¿Cómo va por el refugio?

—Estoy bien. El trabajo va bien. Una agenda apretada. —Asiento rápidamente con la cabeza—. Y me encanta el refugio. La dueña es una mujer superamable y está realmente agradecida por cualquier ayuda que reciba. Ojalá pudiera estar allí a tiempo completo para echar una mano. El edificio está bastante deteriorado y le vendrían bien algunas mejoras, pero las pocas donaciones que recibe apenas cubren el coste de la comida y los medicamentos para los perros, y mucho menos cualquier otra cosa.

—¿Estás saliendo con alguien? —me interrumpe mi madre.

—Eh. No. Ahora no. Pero, bueno, los perros son superdulces y adorables, y solo quieren que alguien les dé cariño.

Mi padre es todo oídos mientras continúo con mi discurso y el orgullo se hace evidente en sus ojos marrones, claramente encantado de que haya encontrado algo que me hace tan feliz. Mi madre, en cambio, no tanto.

—Hay una dóberman llamada Rosie que es un amor absoluto, pero, ya sabes, tiene un aspecto un poco intimidante. Ya lleva mucho tiempo allí, y los potenciales dueños la ignoran por completo sin echarle un segundo vistazo.

—¿Qué pasa con Brett? —pregunta mi madre refiriéndose a mi ex—. Siempre me gustó ese chico. Tal vez deberías llamarle para ver si está saliendo con alguien.

—Theresa —la riñe mi padre en voz baja, tratando de frenarla, pero no es así como funciona la dinámica de poder en su relación.

—Brett es mi ex por una razón.

—Bueno, Stevie —dice mi madre no tan inocentemente—. No vas a volver a ser joven, cariño.

Sí, no volveré a ser joven, pero también tengo exactamente la misma edad que su hijo, de quien acaba de decir que tiene tiempo de sobra.

—Vi a Hannah y Jackie anoche —digo para desviar la conversación.

—Ah, ¿sí? ¿No está preciosa Hannah? Vi a su madre la semana pasada en la iglesia, y ¿sabías que su hermana pequeña se ha clasificado para Miss Teen Tennessee este año? Estaba pensando en preguntarle si quería alguno de los viejos vestidos que te compré para los certámenes. Como ya sabes, nunca se han usado y, de todos modos, tampoco te quedarían bien ahora.

Y ahí está. Estaba esperando que mencionara mi peso o tamaño. Me sorprende que haya tardado veinte minutos.

—Es una gran idea.

Eso es todo lo que puedo decir. Estoy demasiado cansada de todo en este momento para entrar en el juego de mi madre.

—Este té está riquísimo, papá.

Le echo un vistazo y veo cómo se le arruga la piel entre las cejas mientras me lanza una sonrisa de disculpa.

—Me alegro de que hayas venido a vernos, Vee —dice—. Aunque probablemente tengas que irte. Tienes trabajo pronto, ¿verdad? Voláis a Filadelfia esta noche, ¿no?

Mi padre es el mejor por tratar de librarme de esta visita. Todavía faltan horas para que tenga que presentarme en el trabajo, pero necesito salir de esta casa.

—Sí, debería irme.

Me levanto del asiento y mis padres hacen lo mismo.

—Stevie, cariño. Cepíllate el pelo antes de ir a trabajar, por favor.

Mi madre me abraza rápida y torpemente a modo de despedida.

Solo quiero decirle que el pelo rizado no se cepilla. Porque ¿cómo se atreve mi pelo a ser voluminoso y llamativo en vez de suave y arreglado como el de ella?

—Lo haré —respondo en su lugar. No vale la pena darle más vueltas.

—Estás preciosa, Vee —me tranquiliza mi padre, abrazándome superfuerte—. Y estoy muy orgulloso de ti y de todo lo que estás haciendo entre el trabajo y el voluntariado. Me hace muy feliz que hayas encontrado algo que te gusta tanto.

—Gracias, papá.

Mira a mi madre antes de volverse hacia mí.

—Déjame acompañarte afuera.

Me pasa un brazo por encima del hombro mientras llamo para pedir un coche que me lleve de nuevo a mi hotel. En cuanto salimos y la puerta se cierra, se vuelve hacia mí.

—No le hagas caso, cariño.

—¿Cómo no voy a hacerlo? Es constante. No para.

—Hablaré con ella.

—Y ¿de qué servirá eso? Llevas años hablando con ella, y no cambia. ¡No hay nada que pueda hacer para contentarla!

—Ya sabes cómo es, Vee.

—Sí, papá, lo sé. Pero eso ya no me sirve.

En ese momento llega mi coche, así que le doy otro rápido abrazo de despedida.

—Te quiero —le digo por encima del hombro mientras, frustrada, atravieso el sendero del jardín hacia el coche.

—Te quiero, mi niña preciosa —responde él justo cuando entro.

Le hago un pequeño gesto de despedida con la mano mientras mi coche se aleja de la casa que nunca quiero volver a visitar.

14
Zanders

Me gusta jugar contra Nashville. Sus seguidores son unos folloneros de la hostia, y yo vivo de esos follones. La mayoría de los deportistas disfrutan del alboroto cuando juegan en casa y se ganan los aplausos de los fieles seguidores que llenan el estadio vistiendo los colores de su equipo. Yo, en cambio, disfruto mucho de la inquina cuando eres el equipo visitante.

Lo llamo sacarle jugo a la gira.

¿Quieres abuchearnos cuando entremos en la pista? No hay problema, te estamparé contra la valla por eso.

¿Quieres insultar a mis compañeros de equipo o inventar cánticos estúpidos y sin un maldito sentido solo para burlarte de nosotros? Por favor, hazlo. Me ayudará a patinar aún más rápido y golpear un poco más fuerte.

¿Quieres gritarme y aporrear el metacrilato mientras disfruto de mis merecidos minutos de expulsión en el banquillo? Música para mis oídos, nenes.

Es solo otra razón más por la que adoro estar de gira.

—¡Sube eso! —le grito a Rio desde el otro lado del vestuario del equipo visitante—. ¡Es mi canción!

Rio hace lo que le pido y sube el volumen de su radiocasete retro, que lleva consigo a todas partes, lo que inunda el vestuario con una de mis canciones favoritas.

Permanezco sentado delante de mi taquilla, completamente vestido para el partido, mientras la música me prepara para los siguientes sesenta minutos de hockey.

Saco el móvil y encuentro un mensaje de mi hermana, Lindsey. Su horario es casi tan de locos como el mío. Es la abogada más joven de su bufete, en Atlanta, que llegará a convertirse en socia. Tiene treinta años y es una cabrona dura. Por lo tanto, agradezco cualquier momento que se tome de su apretada agenda para escribirme. Y estoy agradecido de que no sea sobre mi madre, como en su último mensaje.

Lindsey: *Feliz Día Nacional de los Hermanos. Ni siquiera sabía que eso existía. ¡Buena suerte esta noche, número 11!*

Adjunto al mensaje hay un enlace a una publicación de Instagram en la que estoy etiquetado.

Una de nuestras cadenas deportivas locales ha hecho una publicación con un montón de fotos de diferentes deportistas de Chicago y sus hermanos, con el título: «Feliz Día Nacional de los Hermanos a nuestros hermanos y hermanas favoritos».

La foto donde salimos Lindsey y yo, hecha después de uno de mis partidos, es buena. Tanto que hago una captura y la añado a mi escueta galería, que en su mayoría está llena de los selfis que Ella Jo se hace cada vez que me roba el móvil.

Paso la foto y veo que también han publicado una de Maddison y su hermano. Después, están las de algunos muchachos que conozco en la ciudad con sus hermanos: algunos juegan para los Devils, un par para el equipo de béisbol profesional de Chicago, los Windy City Wolves, y uno para nuestro equipo de fútbol americano, los Chicago Cobras.

Pero la última foto de la publicación es la que más me llama la atención. Es del base de los Chicago Devils, el número 5, Ryan Shay. Pero eso no es lo que encuentro tan sorprendente. Es la azafata de pelo rizado que hay a su lado, debajo de su brazo.

Stevie.

Le doy rápidamente al botón para ver quién hay etiquetado, pero el único nombre o cuenta que aparece es el de Ryan, así que hago clic en él. Voy a la lista de personas a las que sigue y escribo su nombre.

Y ahí está: Stevie Shay.

No tenía ni puta idea de que Stevie es la hermana de Ryan Shay. Sí, comparten el mismo tono moreno de piel y las pecas, y tienen los ojos del mismo e intenso verde azulado. Pero llegar a eso hubiera sido casi imposible. Y ella claramente no quería que yo lo supiera. De lo contrario, me habría dicho quién era la noche en que me topé con ella fuera del apartamento de Maddison o cuando la encontré mirando el partido en el bar de Denver.

Ahora tiene mucho sentido que viva al otro lado de la calle. Su hermano gana una inmensa cantidad de dinero.

La cuenta de Instagram de Stevie es privada, por supuesto. Lo único que puedo ver es su imagen de perfil en miniatura, que es la vista desde la ventana de un avión con el sol poniéndose en el exterior. Su biografía dice «Probablemente fuera de la ciudad…» y va acompañada del emoji del avión.

Sin pensarlo dos veces, solicito seguir a la insolente chica.

Me siento bien mientras bajo del autobús y subo al avión, después de vencer fácilmente a Nashville. O debería decir que me siento bien respecto al partido.

Porque lo que no me hace sentir bien es el hecho de que Stevie todavía no haya aceptado mi solicitud de seguimiento en Instagram. Han pasado horas. Estoy seguro de que la ha visto.

Anoche, me encantó que rechazara mi propuesta. Además, ya supuse que lo haría. No sucumbe a mí fácilmente, lo que hace que mis tentativas sean aún más divertidas. Me mantiene alerta, lo que rara vez sucede ya. Pero estaría bien que cediera un poco, incluso con algo tan simple como aceptar mi estúpida solicitud de seguimiento en Instagram.

—¡EZ! —grita uno de los debutantes desde la parte trasera del avión. Empiezo a aflojarme la corbata cuando pregunta, lo suficientemente alto como para que todo el mundo lo escuche, incluida una azafata en particular que camina por el pasillo mientras hablamos—: ¿Echaste un polvo con una monada sureña anoche?

Asumo que las chicas a bordo ya están más que acostumbradas a nuestras groserías. El avión es una extensión del vestuario para nosotros.

De pie en el pasillo junto a mi asiento, intento inclinarme para que Stevie pase, pero, seamos sinceros, no me aparto demasiado. Es muy difícil de todos modos atravesar a los cincuenta tipos que acaban de subir al avión y aún no se han sentado, así que finjo ser un caballero mientras me «quito de en medio».

Ella avanza desde la parte trasera del avión hacia el frente sin mirarme, pero cuando Stevie pasa junto a mí, le coloco una mano en la espalda baja y la acompaño con ella al pasar.

Y cuando me roza la parte delantera de los pantalones con el culo, le llevo la mano a la cadera y siento su cuerpo ponerse rígido antes de continuar su camino.

—¡Zanders! —grita el debutante de nuevo, llamándome la atención—. ¡Vamos, tío, necesito detalles!

—Solo porque no logres echar un polvo, Thompson, no significa que necesites escuchar cada detalle de las aventuras sexuales de Zee —interviene Maddison, tratando de ayudarme a evitar las preguntas de mis compañeros de equipo sobre cómo fue la noche.

No es que Stevie y yo nos acostáramos, y él lo sabe, pero llegado el momento, si es que llega, realmente tendré que ocultárselo al resto de los chicos, que es algo que nunca había hecho antes.

—Yo no voy contando mi vida por ahí —le respondo a Thompson desde mi asiento, en la fila con las salidas de emergencia.

Todo el avión se queda en silencio por un momento, y entonces una risa histérica se apodera de la cabina.

—¡Y una mierda!

—¿Te diste un golpe en la cabeza esta noche?

—Pero ¡si ese es tu tema favorito, EZ!

Estos son solo algunos de los gritos de mis compañeros que llegan desde la parte trasera del avión. Y tampoco se me escapan los abucheos que oigo desde la parte delantera, donde se sienta el cuerpo técnico.

—Sé que tuviste algo de acción anoche —acomete Rio—. Estabas en el bar y, un segundo después, habías desaparecido. Eso solo sucede cuando hay una chica involucrada.

Miro de repente a Stevie, que está tratando de distraerse con cualquier cosa en la parte delantera del avión mientras la gente continúa buscando sus asientos. Ella no me mira, pero su pecosa cara ha cambiado algo de color.

Poco sabe Rio que en realidad me rechazaron, lo que no me había pasado desde que llegué a la pubertad. Anoche, la única acción que tuve fue con mi mano derecha, porque me tocó sacudírmela después de llevar a Stevie al hotel. La tuve dura casi todo el rato, desde que la inmovilicé contra la pared hasta que me metí en la ducha.

Maddison se da la vuelta para mirar al resto de los chicos.

—¿Qué tal si, en lugar de preguntaros dónde metió Zee el rabo anoche, pensáis cómo cojones vais a conseguir arreglar el treinta y ocho por ciento de saques efectivos de media que habéis hecho esta noche?

—Sí, capitán —dicen Rio y Thompson al mismo tiempo, y la parte trasera del avión finalmente deja el interrogatorio.

Me he pasado la mayor parte del vuelo a Filadelfia mirando el móvil con la esperanza de ver si Stevie ha aceptado mi solicitud de seguimiento.

Sorpresa: no lo ha hecho.

Incluso he ido al baño de la parte trasera del avión y la he visto sentada en la cocina de a bordo pasando publicaciones en su maldita cuenta de Instagram.

Sin embargo, mi cuenta se ha llenado de chicas de Filadelfia. Todavía tengo la esperanza de que Stevie se decida y quiera pasar una noche salvaje conmigo, pero, en caso de que eso no ocurra de ningún modo, tengo opciones.

Siempre tengo opciones.

Cuando las luces están apagadas y la mayoría de los chicos se han quedado fritos, porque es un vuelo nocturno, vuelvo a la cocina.

—¿Necesitas algo, Zanders? —pregunta la compañera de trabajo rubia de Stevie. Indiana, creo que se llama. O algo por el estilo.

—Hmmm —murmuro pensativo, tratando de hacerme notar, de llamar la atención de la insolente azafata.

Pero Stevie me ignora, aunque me encuentre de pie tras ella y en medio de la entrada a la cocina, y continúa jugando con su teléfono de espaldas a mí.

—¿Sabes qué? —empieza su compañera—. Creo que voy a ir a buscar a Tara y distraerla un poco.

Eso llama la atención de Stevie, que le lanza una mirada a su compañera. Levanto las cejas tan sorprendido como ella. La rubia es bastante intuitiva, porque ni de coña Stevie le ha contado nada. No después de entrar en pánico anoche cuando pensó que podrían filtrarse algunas fotos de nosotros «fraternizando».

La azafata pasa sigilosamente junto a mí y me da una palmadita de complicidad en el hombro antes de dejarme a solas con Stevie.

—¿Necesitas algo? —pregunta esta, sin apartar la atención del móvil ni mirarme.

Con disimulo, miro por encima del hombro al resto del avión, solo para asegurarme de que nadie nos está prestando atención. La cocina trasera está relativamente oscura, así que dudo que sus compañeras de trabajo puedan vernos desde la parte delantera.

Está casi todo el mundo dormido, y sus colegas, distraídas, así que doy unos pasos lentos y pausados para colocarme detrás de ella, a escasos centímetros de su cuerpo.

Me gusta estar tan cerca de ella. Casi puedo contar las pecas que tiene en la nariz y las mejillas desde aquí. Además, huele jodidamente bien. Soy un poco fanático de la limpieza, y a algunos de mis compañeros de equipo les vendría realmente bien aplicarse un poco en el tema higiene.

Stevie se pone rígida ante mi movimiento, pero se niega a darse la vuelta y mirarme. Pongo las manos en la encimera situada frente a nosotros, una a cada lado de ella, para encerrarla.

Por los latidos en el cuello, veo que se le acelera el pulso, pero continúa tratando de mantener la calma.

—¿Necesitas algo? —repite como si nada, con los ojos todavía en la pantalla del móvil, que está en la encimera frente a nosotros.

No voy a darle mucha importancia al hecho de que sé que es la hermana de Ryan Shay. Por alguna razón, ella no quiso decírmelo, así que voy a fingir que no tengo ni idea de ello. De todos modos, tampoco es para tanto. En todo caso, este pequeño hecho nos sitúa a Stevie y a mí en el mismo lugar más de lo que ya ha estado haciendo el universo. Ryan es famoso en el mundo deportivo de Chicago, al igual que yo. Coincidimos en un montón de eventos en la ciudad juntos.

—Solo una cosa —susurro, con los labios a apenas unos centímetros de su oreja y los diminutos aretes de oro que la decoran.

Este momento es demasiado bueno para dejar pasar la gran oportunidad. El teléfono de Stevie está justo ahí, en la encimera frente a nosotros, desbloqueado, mientras ella trata de distraerse desplazándose por la pantalla.

De pie tras ella, le abro la aplicación de Instagram e inmediatamente voy a sus solicitudes de seguimiento.

Solo hay una: la mía.

—Voy a suponer que no la has visto.

Veo como una pequeña sonrisa le eleva las comisuras de los labios.

Acepto la solicitud por ella. Luego, sin dudarlo, pulso el pequeño botón azul que dice «Seguir también», agregando así a Stevie a mi ridículamente larga lista de seguidores de Instagram.

Reduciendo la distancia entre nosotros, hago que mi pecho quede al ras de su espalda.

—Cuando cambies de opinión —empiezo a decir con voz grave, rozándole la oreja con los labios—, así es como podrás contactarme.

Observo que el cuerpo de Stevie tiembla ligeramente por un escalofrío, pero mantiene la mirada pegada al móvil, evitando el contacto visual conmigo.

—¿Entendido, dulzura? —pregunto.

Necesito que me confirme que no estoy loco, que esto es cosa de los dos, que ella quiere pasar una noche conmigo tanto como yo con ella.

Con el aire cargado de tensión y expectación, espero la respuesta de Stevie. El gesto de asentimiento es muy sutil, casi imperceptible, pero me confirma que va a suceder y que es probable que suceda pronto.

Ella se derrite ligeramente sobre mi cuerpo y descansa la cabeza sobre mi pecho. Inclinándome hacia delante, me aprieto contra ella tanto como puedo. Necesito sentirla y que sepa cuánto la deseo, joder.

Stevie saca culo sutilmente para frotarse contra mí, torturándome con el pequeño movimiento circular de sus caderas, y solo puedo esperar que el grave gemido que se me escapa no llegue a los oídos de nadie.

—Oye, Stevie —dice Rio detrás de mí, sorprendiéndonos a ambos.

La interrupción hace que ella salte hacia atrás y se aleje del móvil, por lo que me roza la cebolleta con el culo aún más. Se me escapa entre los dientes un silbido silencioso por la sensación, y no hay puta manera de ocultar la empalmada que me ha provocado.

—¿Puedo pillar un Gatorade?

Poniendo los ojos en blanco, me vuelvo rápidamente hacia el lado del avión donde está la puerta de salida para esconder la puta roca que se me está formando en los pantalones de chándal.

—Claro, Rio.

¿Qué demonios? Nunca es tan amable conmigo cuando le pido que haga su trabajo.

—¡Está en la puta nevera, Rio! —digo demasiado alto, completamente frustrado—. Está justo ahí, tío. —Le hago un gesto por encima del hombro hacia la gigantesca nevera blanca que tiene a unos treinta centímetros de distancia—. Justo ahí.

Cuando Stevie se fija en la parte delantera de mis pantalones y ve la fiesta que tengo ahí montada, su rostro se llena de diversión.

—Vaya. Así que ¿sabes dónde está?

—No me provoques ahora, muñeca —le advierto, tratando de recolocármela sin que mi compañero de equipo vea lo que estoy ocultando. Pero, al parecer, mi advertencia no suena muy severa, porque Stevie se limita a reírse para sí misma, completamente satisfecha con el efecto que su cuerpo tiene sobre el mío.

15

Stevie

Casi he superado con éxito este viaje de catorce días sin sucumbir a Zanders. Pero he de admitir que el vibrador púrpura que guardo en la maleta ha tenido que trabajar, y mucho, en las últimas dos semanas.

Cada vuelo me tienta mucho más. Llegados a este punto, incluso la forma en que pide la estúpida agua con gas me da ganas de cepillármelo.

Necesito echar un polvo, y no creo que me sirva con cualquiera.

Me encerré en mi hotel en Filadelfia, Búfalo y Jersey. Y aquí estoy, en Washington D. C., tirada en la cama sin querer salir de mi habitación. Solo tengo que aguantar esta noche y mañana por la tarde estaremos volando de regreso a Chicago.

Y en casa seré libre.

Al menos por el momento.

He tenido que pedir comida a través de aplicaciones de entrega para evitar salir de la seguridad del hotel. Con nuestro historial, sé que si pongo un pie fuera, me encontraré con Zanders. El universo me está poniendo a prueba para que sucumba.

Y joder, quiero hacerlo.

Pero no puedo. Y no solo por mi trabajo, sino por la promesa que me hice. Después de que Brett básicamente me usara durante tres años en la universidad, dije que nunca volvería a salir con un deportista. Y eso significa no acostarme con uno tampoco.

¿No? ¿O es solo algún tipo de tecnicismo? Porque suena a tecnicismo. Suena como un tecnicismo realmente tentador.

Desde aquella noche en Nashville, hace dos semanas, ni siquiera sabría decir cuántas veces he llegado al orgasmo con la imagen de Evan Zanders. Pensar en ese cuerpo tan perfectamente esculpido y el enorme calentón que acumula en la entrepierna me hace apretar las piernas, tratando de resistirme. No creo que me haya masturbado tanto en mi vida y, aun así, el ansia y el deseo siguen ahí.

Cojo el vibrador de la mesita de noche, lo meto bajo las sábanas y me lo coloco entre las piernas. El zumbido celestial llena la habitación mientras mi juguete favorito me excita aún más. No tardaré mucho. Ya casi estoy.

Me viene a la mente la sonrisa maliciosa de Zanders, y me imagino su perfecto cuerpo sobre el mío.

Veo la imagen de sus cincelados brazos manteniéndole erguido por encima de mí mientras entra y sale a un ritmo tortuoso. No me molestaría que su cadena me golpeara en la barbilla mientras pende sobre mí. Y oigo su voz: aterciopelada, suave y llena de confianza. Apuesto a que a este chico también le va lo de decir guarradas en la cama.

Quiero que me diga guarradas.

Bzzzzzz. Sí. Casi he llegado. Estoy a punto. Arqueo la espalda hacia arriba. Bzzz. Bzzz. Silencio.

¿Qué demonios?

Mirando el juguete que tengo en la mano, presiono el botón de encendido una y otra vez, pero es inútil. Está muerto. Y no me traje el cargador. Nunca antes lo había necesitado estando de gira, pero, de nuevo, nunca me había masturbado tantas veces en un lapso de dos semanas.

¿Me estás tomando el pelo? Como si no estuviera ya lo suficientemente reprimida.

Mis dedos. Esos aún funcionan.

Me deslizo el dedo corazón por la parte inferior del vientre hasta que llego al clítoris, y presiono el cuerpo contra la mano. Froto, paro cuando estoy a punto, hago movimientos circulares…

Está bien, esto servirá, pero ojalá fuesen los dedos de otra persona quienes estuvieran haciendo el trabajo. Los dedos largos y tatuados de otra persona que, casualmente, llevan anillos de oro.

«Para, Stevie. No puedes hacer eso».

Me suena el móvil en la mesita de noche, distrayéndome del orgasmo. Tienes que estar de coña. Esta no es mi noche.

Sin querer, pongo los ojos en blanco mientras me estiro para coger el móvil, y cuando veo el nombre de quién ha interrumpido mi momento, emito un sonoro gruñido.

De todas las personas, mi ex me está escribiendo, así porque sí, y mientras tanto yo trato de desechar la imagen de la única persona con la que no debería fantasear.

Brett: *Hola, Stevie, cuánto tiempo.*

Sí, ha pasado mucho tiempo, desde que te escuché decirles a tus compañeros de equipo que, en cuanto supieras que te convertirías en jugador profesional, pensabas dejarme por las mejores opciones que asumiste que tendrías.

Brett: *Hablé con Ryan el otro día acerca de ir de visita. No sabía que vives en Chicago, pero ¡es genial! Y ¿estás trabajando para los Raptors? ¿Cómo es Evan Zanders en la vida real? Es mi jugador favorito de la Liga. He pensado en llevarte a cenar cuando llegue a la Ciudad del Viento. Hablamos.*

Que alguien me mate. Que alguien me mate ahora mismo, joder. Ni de coña voy a ir a ninguna parte con Brett; y Zanders, de entre todas las personas, es la última que le presentaría.

Lanzo el móvil al otro lado de la cama y me recoloco los dedos entre las piernas, pero es inútil. El momento se ha ido.

Brett de los cojones.

Con un resoplido, me siento y apoyo la espalda en el cabecero, cabreadísima porque mi ex ha tenido la cara dura de enviarme un mensaje como si nada. ¿Piensa que voy a arrastrarme y volver con él como lo hice incontables veces en la universidad? ¿Acaso cree que puede seguir tratándome como el último mono y que estaré esperándolo? Ya no quiero ser la segundona de nadie.

Quiero que alguien me elija solo a mí.

Y ¿sabes quién ha estado tratando de elegirme durante dos semanas? El jugador favorito de Brett en la Liga Nacional, ese.

En un momento de absoluta frustración, hostilidad reprimida y una pizca de mezquindad, cojo el móvil y abro Instagram. Sin pensarlo demasiado, voy al perfil de Zanders, donde 3,6 millones de personas siguen al defensa. Él, en cambio, solo sigue ciento veintiocho cuentas.

Y yo soy una de esas ciento veintiocho.

Mis pulgares se ciernen sobre la pantalla mientras lucho internamente conmigo misma preguntándome si esto es una buena idea o no. O sea, sé que es una idea terrible, pero ahora mismo parece que vale la pena.

Es solo una noche. Una noche de sexo ardiente, muy necesario y, con suerte, sucio. Solo una noche.

El ingenio habitual que me guardo para abrir conversación en las aplicaciones de citas está completamente descartado. Zanders es un tipo diferente de hombre, algo a lo que no estoy acostumbrada. Quiero escribirle algo inteligente, picante y tal vez un poco esquivo, pero, en cambio, el mensaje de coqueteo que envío es…

Hey.

«Eres brillante de la hostia, Stevie».

Ni treinta segundos después, tres puntos grises bailan en la pantalla de mi móvil mientras Zanders escribe su respuesta.

Su mensaje no es un «Hey». No es un «¿Cómo estás?». No es nada tierno o suave con lo que tantear la situación. No, porque es Zanders. El tipo chorrea arrogancia. Sabe lo que quiere, y parece que siempre lo consigue.

Por ejemplo, yo solo he tardado dos semanas en caer.

¿Qué mensaje envía como respuesta? Una dirección. Simplemente una dirección. Ni más ni menos. Y, por alguna razón, lo encuentro jodidamente excitante. No está jugando. Él sabe por qué le he escrito.

Mi conductor de Uber se detiene en un club de la calle 18, en el centro de Washington D. C. Siguiendo las instrucciones de Zanders, me dirijo al tercer piso, pero cuando llego allí, un portero me detiene y bloquea la entrada.

—¿Nombre?

—Oh. —Miro por encima del hombro a la cola de personas que comienza a formarse detrás de mí, todas deseando entrar en el oscuro club. Debo de estar en el lugar equivocado. Releo el mensaje de Zanders y le pregunto al portero—: ¿Es este el salón de la calle 18?

—¿Nombre? —repite él.

—Eh, Stevie.

Escanea el portapapeles frente a él, arrastrando la mirada por los nombres antes de apartarse y señalarme el interior.

—EZ está en el rincón del fondo.

Mi cabeza da vueltas cuando entro en el oscuro club, mirando alrededor. El lugar está repleto, incluso para ser un sábado por la noche, y es difícil ver a través de la muchedumbre. La música está tan alta y es tan estridente que estoy a punto de darme la vuelta y regresar directamente a mi hotel.

—¿Me estás siguiendo? —grita alguien por encima de la música.

Siguiendo el sonido, paseo la mirada por el fondo del club, hacia lo que parece ser una zona VIP. Está separada del resto del local con cuerdas de terciopelo rojo, y el espacio reservado está repleto de mujeres preciosas.

De verdad, son impresionantes. Altas, delgadas, todas con un tono de piel y color de pelo distinto y bonito.

¿Qué demonios estoy haciendo aquí?

—Stevie. —Zanders se levanta del sofá y al fin lo veo—. Hey.

Camino hacia él mientras se aparta varias manos del cuerpo y viene en mi dirección. Asiente con la cabeza al guardia de seguridad que está a cargo de la cuerda de terciopelo, indicándole que me deje entrar.

—Ven aquí —dice Zanders, lo suficientemente alto como para que lo escuche por encima de la multitud mientras me coge de la mano y me guía para que lo siga. Entrelaza los dedos con los míos y siento una descarga eléctrica en el brazo.

Nos lleva a la parte de atrás del oscuro reservado para tener un poco de privacidad y alejarnos de la atronadora música que retumba a través de los altavoces.

—¿Hay alguien más del equipo aquí? —pregunto nerviosa.

—No, solo yo.

Miro alrededor de la sala para asegurarme y asiento con la cabeza, agradecida de que haya tenido el tino de no invitarme a un lugar que estaría repleto de mis clientes. Lo que estoy a punto de hacer ya es bastante malo. No necesito que todos en el avión lo sepan. Y menos sus compañeros. Ya he escuchado cómo hablan sobre sus conquistas, y aunque estoy a punto de ser una, prefiero que nadie más lo sepa.

—¿Listo para hacer esto?

Lo miro con ojos suplicantes; necesito que esto empiece antes de que me acobarde o entre en razón.

—Guau, para el carro. Hay ganas, ¿eh? —ríe Zanders—. Al menos invítame a cenar primero, dulzura. Nunca me había sentido tan usado.

La broma rompe la tensión y me arranca una pequeña risa que hace que me relaje. Eso es hasta que miro a su espalda, a las innumerables mujeres con cuerpo de modelo que me fulminan con la mirada por haberles arrebatado su millonaria conquista de esta noche.

—Tienes un montón de opciones en la sala.

Él no se da la vuelta, sino que sigue mirándome.

—Siempre tengo opciones.

Eso me deja un sabor amargo en la boca, así que miro hacia cualquier otro lugar que no sea él. Especialmente porque hace menos de una hora me ha escrito el tío que me recordaba sin cesar que eso es todo lo que siempre fui para él: una opción.

—Pero me alegro de que haya aparecido mi favorita.

Los ojos de Zanders son tiernos, pero están llenos de fuego cuando me mira, lo que hace que me relaje aún más. Sus palabras me llenan de la confianza que necesito para pasar esta noche con él.

—¿Qué te ha hecho cambiar de opinión? —pregunta, apartándome suavemente los rizos de la cara con la punta del pulgar.

—¿Sinceramente?

—Siempre.

—Mi vibrador ha muerto y no me traje el cargador.

Zanders me observa un momento, considerando mi sinceridad, hasta que una risa profunda abandona su pecho y me llena los oídos.

—Tú sí que sabes cómo subirle el ego a un hombre, Stevie.

No puedo evitar devolverle la sonrisa. Va todo bien. Esta noche va a ser divertida.

—¿Deberíamos irnos entonces?

—Lo haremos —dice Zanders—. Pero, primero, vamos a quedarnos aquí un rato.

Se pone detrás de mí y me abraza las caderas con sus grandes manos para instarme a avanzar. Pero se queda cerca de mí, con el pecho en mi espalda.

—¿Dónde es aquí? —pregunto por encima del hombro mientras Zanders nos lleva a la barra privada que hay en la esquina del reservado VIP.

—Esta es una de mis paradas favoritas durante la Liga Nacional. Los dueños del local son dos hermanos con los que fui a la universidad. Uno se encarga del tema comercial, y la banda del otro toca aquí todos los fines de semana. Es de locos el talento que tienen. Creo que te gustará su música.

—¿Es esta música? —pregunto, frunciendo el ceño, refiriéndome al bajo atrozmente fuerte que sacude toda la sala.

—No. Esta música es una mierda.

Zanders me suelta cuando llegamos a la barra. Apoya casualmente un brazo en el mostrador y, sin esfuerzo alguno, está más bueno que nunca.

—Cuando suene la banda de Nicky, lo sabrás.

—¿Qué le pongo, señor Zanders? —pregunta el camarero.

—Ella tomará una cerveza —le indica con un gesto hacia mí, y no tengo ni idea de cómo diablos lo sabía—. IPA, ¿verdad?

—Sí…

—Yo tomaré lo mismo.

En lugar de interrogarlo sobre cómo sabía lo que pediría de beber, le pregunto:

—¿Cuáles son tus otras paradas favoritas durante la Liga?

—Fort Lauderdale siempre es una buena parada porque, después de unas veinte ciudades de frío intenso, el sur de Florida está a unos perfectos veintiún grados de temperatura en pleno invierno. Estoy seguro de que ya has estado allí con otros equipos para los que trabajaste.

Sacudo la cabeza para decirle que no.

—En Miami, sí. Pero nunca había trabajado para un equipo de hockey.

—Bueno, todos nos quedamos en la playa cuando estamos allí, por lo que parecen unas minivacaciones durante el viaje. Y la ciudad de Nueva York también es una buena parada. Pero admito que Columbus es mi favorita de todo el recorrido.

—¿Columbus? —pregunto sorprendida—. ¿En Ohio?

—Así es. Estudié allí, por lo que mis antiguos compañeros de universidad suelen venir a los partidos. Es lo más parecido que tengo al hogar aparte de Chicago.

—Entonces, ¿te criaste en Ohio? ¿Tienes familia allí?

—Indiana, en realidad. Mi padre todavía vive allí y mi hermana vive en Atlanta, pero en este momento la familia de Maddison es como mi familia, así que supongo que Chicago es mi hogar porque es donde están ellos.

El camarero nos interrumpe, poniendo nuestras cervezas en la barra frente a nosotros. Pero agradezco la pausa, porque esta conversación se está volviendo demasiado personal para tenerla con alguien que se supone que es solo una aventura de una noche.

—¿Dónde quieres ir cuando acabe la temporada? —pregunta Zanders, y se lleva la cerveza a los labios.

Antes de que pueda continuar con la conversación, la odiosa música house se corta y un grupo de chicos sube al escenario a preparar sus instrumentos.

—Vamos.

Zanders entrelaza sus dedos con los míos. Cuando miro nuestras manos, casi no puedo ver las mías debido a la diferencia de tamaño. Pero me fijo en sus antebrazos, venosos y llenos de músculos, aunque la forma en que me sujeta es muy contradictoria con el aspecto: me coge con ternura mientras me guía fuera del reservado VIP y frente al escenario.

—Grande, EZ.

El cantante se agacha y choca un puño con el de Zanders.

El espacio que nos rodea se llena rápidamente, los cuerpos se empujan unos contra otros y llenan la pista.

Zanders me coloca frente a él, con la espalda pegada al pecho, y pone ambas manos en el borde de la plataforma justo en frente de nosotros para crear una barrera segura donde nadie pueda tocarme, independientemente de cuántas personas se agolpen alrededor tratando de conseguir un buen sitio para ver el espectáculo.

Cuando la primera melodía llena la sala, entiendo por completo por qué esta es una de las paradas favoritas de Zanders. El estilo de esta banda es una mezcla única de R&B y soul, y la voz del cantante es profunda pero suave y se mezcla perfectamente con los instrumentos detrás de él.

Después de dos canciones, la multitud se ha relajado gracias a los melódicos acordes que fluyen por la sala. Tanto es así que Zanders ya no tiene que usar sus gigantescos brazos para protegerme de la masa de personas.

Coge su cerveza del borde del escenario y se la lleva con calma a los labios mientras mi cuerpo se balancea involuntariamente al ritmo de la música. Zanders aparta la otra mano de la plataforma frente a nosotros y me mantiene contra él apenas cogiéndome del hueso de la cadera. Su gran mano se extiende sobre la cinturilla de mis tejanos, con la palma rozando la parte más baja de mi estómago y los dedos descansando peligrosamente cerca de mi entrepierna.

Exhalo un suspiro tembloroso. Esta es la primera vez que Zanders me toca de veras, y después de fantasear con ello durante semanas, los nervios están empezando a apoderarse de mí.

Sin embargo, el gesto no me sobresalta. Ambos sabemos a qué he venido aquí esta noche, así que, en lugar de continuar paralizada, me recuesto sobre él, sin dejar de balancearme con la música.

Me niego a preocuparme por las consecuencias de esta noche. En su lugar, me concentro en el tiarrón que tengo detrás y cuyo cuerpo va a destrozar el mío esta noche.

Al menos eso espero.

Para la octava y novena canción ya se nos han acabado las cervezas, nos hemos deshecho de los vasos y los nervios me han abandonado por completo. Zanders descansa ambas manos en mis caderas. Sus pulgares se han abierto camino bajo el dobladillo de mi camiseta y hasta mi carne. El frío metal de sus anillos me enciende la piel y, solo por esta noche, hago todo lo posible por no preocuparme de que un hombre me toque la barriga. Sin embargo, contengo la respiración y metro tripa ligeramente de vez en cuando.

«Relájate. Aparenta seguridad en ti misma».

En la décima canción, he olvidado por completo que estoy en un concierto privado en un club. No puedo pensar en nada más que en el pedazo de hombre que tengo detrás y cuyos pequeños roces me están volviendo totalmente loca.

Zanders desliza las manos por mis caderas y atrae mi culo hacia él. Mueve los dedos hacia arriba, rozándome apenas la caja torácica antes de acariciarme los antebrazos y entrelazar las manos con las mías. Presiona la nariz contra mí mientras me roza con los labios la suave piel bajo la oreja, pero sin llegar a tocarme, y no voy a mentir: esta pequeña tanda de provocaciones está acabando conmigo.

—Bésame —le pido en voz baja, casi sin aliento.

No responde con palabras, sino que sacude ligeramente la cabeza contra mí.

—Tócame —suplico.

—Todavía no, muñeca. Conoces las reglas.

Me suelta, negándose a tocarme, pero sigo recostada contra él.

Por supuesto, recuerdo la pequeña norma que puso frente al bar en Nashville cuando me dijo que, si cambiaba de opinión, tendría que rogarle de rodillas que me follara. Pero, para ser sincera, pensaba que era pura palabrería.

Claramente, no lo era.

—Gilipollas —suelto, poniendo los ojos en blanco, aunque él no puede verme.

El pecho de Zanders se agita detrás de mí.

—Qué palabras más feas salen de una boca tan bonita.

Me aparta el pelo mientras me desliza los labios por la oreja, lo que me enciende de arriba abajo.

—¿Estás lista para enseñarme qué más sabes hacer con esa boca?

No podríamos estar más cerca. Arqueo la espalda y restriego el culo contra él mientras la música continúa llenando el salón, pero oigo perfectamente el grave gemido que suelta. Por primera vez desde que conozco a Zanders, la horda de personas que lo rodean en su búsqueda incesante de atención no me molesta. Porque, solo por esta noche, únicamente tiene ojos para mí.

—Stevie, muñeca —susurra Zanders de nuevo—. Si no nos vamos ya, voy a acabar follándote en algún oscuro rincón de este bar, y te necesito en mi cama. Así que, una vez más, ¿estás lista para suplicar?

Decidida, asiento con la cabeza sin dejar de mirar a la banda frente a mí.

—Entonces vamos.

Me coge de la mano sin perder un segundo y salimos del atestado local, hacia su hotel.

16

Stevie

Sin soltarme de la mano, Zanders básicamente tira de mí hacia el vestíbulo del hotel. Da pasos largos y rápidos, ambos deseamos llegar a su habitación.

—Oh, mierda —maldice en voz baja, arrastrándome tras una columna que oculte nuestros cuerpos de cualquier persona que pueda vernos—. Uno de mis entrenadores está aquí.

Siento una descarga de adrenalina, como si no estuviera ya lo suficientemente agitada. Pero también siento cierto agradecimiento al ver que, a pesar de que esto es solo una aventura de una noche, Zanders tiene la decencia de asegurarse de que no pierda mi trabajo por eso.

Cuando las puertas principales se cierran, Zanders mira por encima del hombro hacia el vestíbulo, ahora vacío. Una vez más, coge mi mano entre las suyas y me arrastra hacia el ascensor. Tiene las piernas mucho más largas que las mías, así que he de correr para seguir sus zancadas.

Presiona el número de su piso y aprieta como un loco el botón para cerrar las puertas, todo sin dejar de mirar hacia el vestíbulo. En cuanto las puertas de metal se cierran, se vuelve hacia mí y veo el hambre en esos ojos castaños.

Da un paso tranquilo pero firme hacia mí mientras me agarro a los pasamanos que hay a los lados, rezando para que me mantengan erguida, porque, con esa actitud de acecho y la peligrosa mirada, yo diría que mis rodillas están a punto de ceder.

—¿Sabes, Stevie? —empieza Zanders acorralándome en el ascensor—. Si no hubieras sido tan terca la otra noche en Nashville, ya te habría besado.

Me recorre el labio inferior con la yema del pulgar mientras sus ojos siguen el movimiento, hipnotizados.

—Me encanta tu boca.

Me coge la mandíbula con una mano y me tira de la barbilla hacia abajo con el pulgar para abrirme la boca.

—Y también me va a encantar follarte.

Madre mía.

Se acerca más, hasta que me roza la nariz con la suya y tiene la boca a escasos centímetros de la mía. Pero no se acerca más. Se queda allí, torturándome mientras se pasa la lengua por el labio inferior.

—Bésame —suspiro—. Por favor, Zanders.

Una siniestra sonrisa se dibuja en sus carnosos labios.

—Sabía que disfrutaría escuchando cómo esa hábil boca me suplica.

Antes de que pueda inclinarse para presionar su boca contra la mía, el ascensor suena y las puertas se abren en su piso.

—Vamos, que quiero escucharte un poco más.

Me tira suavemente de la parte inferior de la camiseta mientras camina hacia atrás, con una sonrisa victoriosa en los labios.

Zanders abre la puerta de su habitación y me deja entrar primero. Me quedo boquiabierta de lo bonita que es. Supongo que debería haberlo supuesto por el lujoso vestíbulo con suelo de mármol o los violines que sonaban en el ascensor, pero, para ser sincera, he estado bastante distraída con el defensa de hockey de metro noventa que va a ensartarme en la cama esta noche.

La tripulación de cabina se hospeda en hoteles bastante bonitos, pero ninguno como este. Ni se acercan.

Poso la mirada en los muchos e impolutos trajes que cuelgan en su armario. Zanders siempre se viste de punta en blanco, así que no es ninguna sorpresa. Luego observo el baño, donde hay más productos que en los estantes de Sephora. De nuevo, no me sorprende lo más mínimo.

El clic de la puerta me saca de mi aturdimiento cuando me doy la vuelta para mirarlo.

Avanza lentamente hacia mí, desabrochándose la parte superior de la camisa para que los tatuajes, la cadena de oro y el arsenal de músculos queden a la vista.

—Esto es cosa de una noche —le recuerdo, a él, y me recuerdo a mí misma, mientras permanezco paralizada en el centro de la habitación.

Su pecho se agita en una risa silenciosa mientras continúa avanzando con paso lento. Otro botón abierto.

—Suena jodidamente fan-tás-tico.

—Y nunca más hablaremos de esto.

—No me atrevería. —Otro paso. Otro botón—. Pero ¿qué le vas a decir a tus compañeras de trabajo cuando no puedas caminar mañana?

Ay, mi madre. Tiene razón.

—Tal vez así dejes de darle al puñetero botón de llamada durante todo el vuelo.

—Ni lo sueñes. Me muero de ganas de verte renquear por el pasillo de ese avión, sabiendo que fui yo quien te hizo eso.

Se detiene justo frente a mí mientras se desabrocha el último botón de la camisa. Se la abre para mostrar su perfecto cuerpo, cubierto de tinta negra y joyas de oro.

De repente, vuelvo a sentir una sacudida de nervios y cruzo los brazos sobre el pecho, que aún llevo cubierto. Este hombre, que parece el sueño húmedo de toda chica, ha estado con las mujeres más preciosas del mundo, y ahora está a punto de verme a mí. Desnuda.

—¿Estás segura de esto? —pregunta Zanders apartándome un tirabuzón de la cara.

Lo miro fijamente a los ojos, estudiándolo. La dulzura y la prudencia no le van demasiado, en realidad, por lo que su preocupación resulta un poco extraña, por mucho que en este momento pueda leer mis gestos como un libro abierto.

—Porque no vas a querer estar con ningún otro hombre después de esto.

Ahí está.

Aprieto los muslos ante la idea.

—Lo dudo —lo desafío.

Vuelvo a aparentar seguridad en mí misma cuando alcanzo el cinturón de sus pantalones. Conozco las reglas, e incluso si no las hubiera, he estado salivando ante la idea de saborearlo.

En cuanto pongo los dedos en la cremallera, Zanders me detiene y pone las manos sobre las mías. Lo miro de repente y noto que su arrogancia ha desaparecido para ser reemplazada por incertidumbre.

Zanders me desliza las callosas yemas de los dedos por debajo de la camiseta y me aprieta la cintura. Da dos pasos firmes hacia delante al tiempo que yo retrocedo, hasta que mis omóplatos golpean la pared de la habitación del hotel.

Respira hondo y con dificultad, y su expresión es la clara imagen de la derrota cuando me coge el rostro entre las manos; solo el pulgar me cubre la mandíbula. Tiene la otra mano en mi cintura, manteniéndome inmovilizada contra la pared. Su gesto es firme y autoritario, pero, contra todo pronóstico, algo tierno.

Veo unas motas doradas brillar en sus ojos mientras me mira fijamente, y entonces se cierne sobre mí.

—A la mierda las reglas —suspira—. Ambos sabemos de sobra que vas a gritar mi nombre esta noche.

Y con eso, el pequeño espacio entre nosotros desaparece cuando Zanders presiona con urgencia su boca contra la mía. Tiene unos labios suaves y carnosos, y corresponde cada beso húmedo y ardiente con avidez. Respirándonos, paso los brazos sobre sus hombros para acercarlo más a mí, y cuando desliza su cálida lengua en mi boca, un gemido desesperado escapa de mi garganta.

Porque, joder, este chico besa como nadie.

El efecto de sus labios por fin sobre los míos, así como la firmeza con que me coge, recorre cada nervio de mi cuerpo. Me llega hasta las puntas de los dedos, atravesándome el pecho, y sobre todo, hasta las ingles.

Me besa apasionadamente antes de que su boca se deslice hacia mi cuello, que mordisquea y calma. Y no sé si alguna vez he necesitado que alguien me toque tanto como ahora.

Me inmoviliza contra la pared con las caderas mientras yo, inconscientemente, empujo las mías hacia él y noto cómo se le levanta. Lo insto a que continúe restregándome y rozándome contra él y arqueando el cuerpo, lo que le arranca un gemido gutural al hombre que siempre parece tener el control.

Zanders me suelta la cara y la cintura, y desliza las manos con avidez hacia mi culo, más abajo, por donde me levanta como si fuera tan ligera como una pluma.

Cogida a él con las piernas envueltas alrededor de su cintura, siento vergüenza por un instante mientras me lleva al sofá. Pero no parece que le esté costando sostenerme, sino que se sienta con facilidad.

A horcajadas sobre él, siento lo dura que la tiene, incluso a través de los tejanos. Sigo moviéndome y restregándome adelante y atrás, meciéndome, tratando de calmar el deseo.

Le acaricio la nuca con ambas manos mientras le rasco con las uñas el cuero cabelludo.

—Mmm —murmura Zanders en mi boca—. Me gusta.

Mantengo los labios sobre los suyos mientras muevo las caderas contra la tremenda erección que se oculta tras sus pantalones para lograr un poco de muy necesaria fricción en el clítoris.

Aunque probablemente «ocultar» no sea la palabra correcta. Por lo que noto, es bastante patente.

—Joder —gime—. Eso me gusta aún más.

El pecho se me llena de confianza. Puedo hacer esto.

—¿Qué más te gusta?

Zanders levanta ligeramente una de las comisuras de la boca.

—Me gustaría ver qué sabes hacer con esa boca, aparte de replicarme.

Le recorro todo el pecho con las palmas de las manos y le paso la camisa sobre sus anchos hombros.

—Te gusta que te replique.

Zanders trata de contener una sonrisa de complicidad besándome de nuevo. Me coge las nalgas con las manos bien abiertas antes de abofetearlas y luego me aparta de su regazo.

Me salgo de encima y doy un paso atrás. Cuando se pone de pie, se saca las mangas de la camisa y la deja en el sofá. Me mira fijamente desde arriba con los ojos entornados y se desabrocha la cremallera de los pantalones antes de hacer un gesto hacia ellos, indicándome en silencio que termine el trabajo.

Mordiéndome el labio inferior, me arrodillo frente a él, y me siento minúscula bajo este poderoso hombre. Cuelgo los dedos de sus pantalones y tiro de ellos hacia abajo. Le quedan apretados alrededor del culo y los muslos, cosas de jugadores de hockey, pero cuando pasan la mayor parte del músculo, le caen a los tobillos.

Él observa cada movimiento sin perder detalle.

Mientras Zanders se saca los zapatos y pantalones de un par de patadas, no puedo sino mantener la mirada en el enorme paquete detrás de sus ajustados calzoncillos. Lo he visto con tan poca ropa como ahora, cada vez que estamos en el avión, pero esperaba que tuviera un pene de carne y no de sangre. Y, a juzgar por lo que estoy viendo, el suyo es de ambos.

Le pongo la palma de la mano sobre la tela, lo que hace que Zanders coja aire entre dientes por la sensación. Acariciándosela a lo largo, lo miro con picardía.

—No te burles de mí, dulzura —me pide pasándome la yema del pulgar por el labio a modo de advertencia—. Deja de jugar con él y sácalo.

Volviendo mi atención hacia abajo, tiro de la cinturilla elástica de los calzoncillos y se los bajo. Cuando tengo su pene totalmente al descubierto frente a mí, el primer pensamiento que pasa por mi mente es cómo cojones se supone que voy a meterme esto en la boca, y mucho menos en cualquier otro lugar.

Abro los ojos de par en par mientras se la cojo por la base, porque no logro cerrar los dedos debido al tamaño. Es gruesa y está llena de venas. Y, para ser un rabo, debo decir que es jodidamente bonito.

—Abre la boca —me ordena Zanders.

Hago lo que me pide, humedeciéndome los labios, y me lo meto en la boca. Oigo que se le escapa un gemido entrecortado, lo que me anima a seguir. Deslizando la lengua por el tronco, me meto en la boca todo lo que puedo. Para lo que no me cabe uso la mano.

—Buena chica. —Zanders me coge los rizos con el puño para apartarme el pelo—. Ahora abre la garganta.

Se me acumula toda la sangre del cuerpo en la entrepierna, así que junto las rodillas con la esperanza de que la fricción calme el deseo que me han provocado sus palabras.

Sin perder el ritmo, subo y bajo la cabeza mientras chupo con los labios y le acaricio con la mano. Me la meto un poco más adentro y, mientras lo hago, miro hacia arriba con los ojos llorosos. Zanders, imponente, observa absorto cada uno de mis movimientos.

—Sigue. Joder, me encanta —me anima, rozándome el pómulo con el pulgar mientras empuja las caderas hacia mí—. Me encanta cómo lo haces, joder.

Sigue moviéndose y me la meto tan adentro como puedo.

—Me gusta cuando tienes la boca demasiado ocupada para hacer comentarios repelentes.

Entrecierro los ojos hasta que no son más que dos rendijas mientras sigo chupándosela, pero Zanders esboza una sonrisa de satisfacción y me provoca levantando una ceja.

Le recorro la punta de la polla con la lengua a un ritmo acompasado antes de recorrer con los labios todo el tronco. Succionando, levanto una mano y le cojo las pelotas. Acaricio la delgada piel mientras Zanders se inclina hacia delante, doblándose por la cintura, y tiene que agarrarse a mis hombros para mantenerse erguido.

Me la saco de la boca y esbozo una sonrisa de satisfacción antes de tomar un merecido y profundo respiro.

—Si yo no puedo hablar, entonces tú tampoco.

—Mierda —jadea cuando recupera el aliento, con los ojos cerrados y tratando de recomponerse.

Zanders todavía está inclinado, agarrado a mis hombros para mantener el equilibrio.

—Tenía razón sobre ti, dulzura. No eres dulce ni lo más mínimo, ¿eh?

Me limpia la humedad de la boca con el pulgar y, mientras recorre mis labios con él, me lo meto en la boca, se lo chupo y lo lamo.

Se le oscurece la mirada cuando retira el pulgar de mis labios y, en su lugar, pone su boca sobre la mía. Tirándome de la mano, me obliga a ponerme de pie.

No puedo creer que tenga frente a mí a un hombre desnudo tan increíble. Tiene los brazos musculosos, cubiertos de abultadas venas y tinta negra. Tiene las piernas gruesas, depiladas y tatuadas. Parece que le hayan esculpido el abdomen, y sus oblicuos apuntan directamente al rabo más perfecto que jamás haya visto.

En serio, se merece algún tipo de medalla.

—Déjame verte —dice en apenas un susurro.

Señala mi camiseta tirándome suavemente del dobladillo, pero no me la levanta. Espera a que yo se lo permita.

El calor me recorre las mejillas cuando los nervios regresan. ¿Estoy lista para hacer esto? ¿Estoy lista para dejar que me vea? He llegado hasta aquí, pero ¿y si no le gusta lo que ve? Tendría que vivir con esa vergüenza el resto de la temporada, a bordo en el avión después de cada partido fuera de casa.

—Oye, ¿estás bien? —pregunta en voz baja, con los dedos en mi nuca y el pulgar rozándome suavemente la mandíbula—. Si quieres parar, podemos parar.

Lo miro de repente. La combinación de insistencia y dulzura que hay entre nosotros me confunde y hace que me mantenga alerta.

Sacudiendo la cabeza, me aferro a sus caderas y aprieto su carne con las yemas de los dedos para atraerlo hacia mí.

Zanders da un paso adelante y noto su erección contra la barriga, lo que me recuerda que realmente no quiero parar.

Finjo seguridad en mí misma y me levanto la camiseta por el dobladillo antes de sacármela por la cabeza. Cuando la tiro al suelo, vuelvo a mirarlo, pero él solo tiene ojos para mi cuerpo.

Me recorre suavemente las costillas con las yemas de los dedos, dibujando pequeñas figuras invisibles en mi piel mientras me explora. Me lleva una mano a la espalda y me mira a los ojos. Le aguanto la mirada permitiéndole que me desabroche el sujetador, lo que hace con un rápido movimiento de muñeca.

Con la cabeza gacha, me deslizo cada uno de los tirantes por los brazos y dejo que la prenda caiga al suelo entre nosotros. Tengo un pecho mucho más grande que el otro y, sin la ayuda del sujetador, bastante caídos debido al peso. Por lo general, no me importa con el calentón del momento, pero nunca he estado con alguien tan perfectamente formado como el hombre que tengo frente a mí.

Zanders lleva ambas manos a mis pechos, que envuelve con sus grandes palmas y los aprieta, haciendo que mis pezones se endurezcan.

Sus manos son masculinas y fuertes, y tanto la tinta negra como sus anillos de oro quedan fantásticos cuando tocan mi piel.

—Joder —suspira—. Estás increíble, Stevie.

Lo miro de repente y lo único que veo en esos iris color avellana es pura lujuria; no me juzgan ni hay rechazo, solo deseo y apetito carnal.

Ahora que lo pienso, Zanders nunca me ha hecho sentir cohibida. Desde luego, no intencionalmente. Son siempre mis propias inseguridades las que juegan con mi mente.

Y, a juzgar por la firmeza de su empalmada, diría que la única persona que se preocupa aquí por mi aspecto soy yo.

Me yergo un poco más mientras me desabrocha con dedos ágiles el botón de los tejanos. Baja la cremallera antes de pasarme la tela por las caderas y luego por las piernas. Allí de pie con nada más que unas bragas de encaje que ya están empapadas, Zanders se pasa la mano por la mandíbula sacudiendo la cabeza con admiración.

—¿Qué quieres, muñeca?

Me mira a los ojos, a la espera de una respuesta, pero, por una vez, me he quedado casi sin palabras.

Zanders da un paso firme hacia delante con las palmas de las manos en mis caderas y me pega la espalda contra la rugosa pared en el lado más alejado de su habitación. Pone una mano en la pared, junto a mi cabeza, y desliza la otra sobre la piel de mi abdomen, hacia abajo.

Se me contrae la barriga, tanto por la fría textura de sus anillos como por la sensación de sus dedos sobre mi sonrojada piel. Se abre camino entre el encaje de mi ropa interior y el calor de mi carne, y me roza con el dedo corazón el clítoris antes de hundirlo en la humedad que se me acumula entre las piernas.

Un gemido se me escapa mientras me inclino hacia delante y apoyo la frente contra su pecho.

—Joder —grazna, su dedo ahora cálido y húmedo—. Estás empapadísima.

Comienzan a temblarme las piernas, pero Zanders me sujeta con tal fiereza que no hay forma de que pueda caer.

—Nena, ¿qué quieres que haga?

Mientras espera mi respuesta, me recorre el cuello y el pecho con los labios, y se mete en la cálida boca uno de mis pezones, que succiona y lame rápidamente. Al mismo tiempo, me introduce el dedo corazón, curvándolo hacia adelante, lo que hace que se me doblen las rodillas.

—Fóllame —le suplico—. Por favor, Zanders.

Esboza una sonrisa maliciosa contra mi endurecido pezón. Apartándose de mi calor, se endereza antes de llevarse lentamente el dedo a la boca, saboreando lo que queda de mí en su mano.

Zanders me levanta, le paso las piernas alrededor de la cintura y su pene se desliza contra la humedad que se filtra a través de la tela de mis bragas.

—Solo porque me lo pides tan amablemente —agrega con un beso antes de tirarme sobre la cama y subirse de forma rápida y hambrienta encima de mí.

17

Zanders

Stevie tiene la espalda plana contra la cama y me está clavando las uñas en la espalda mientras muevo las caderas, frotando el rabo contra su pierna porque necesito sentir el roce. Y mientras lo hago, beso sus labios por última vez.

Que no se me malinterprete, me encanta enrollarme con esta chica, pero besar es demasiado íntimo. Hacerlo estando en el tema les provoca algo a las tías en el cerebro y se pillan de ti, pensando que es más que un polvo, aunque se lo dejo bien claro cada vez. Por lo tanto, mantengo la intimidad al mínimo. Esta noche solo quiero correrme para poder dejar finalmente de follarme la mano con la imagen de esta chica de pelo rizado, como llevo haciendo las últimas semanas, y seguir con mi vida. Esta noche es sexo sin ataduras para quitarnos las ganas.

Cuando me alejo de sus labios una última vez, Stevie se acerca a la lámpara de la mesita de noche y apaga la única luz que queda encendida en la habitación.

Sin mirarla, le beso la cálida piel del cuello mientras alargo la mano y vuelvo a encender la luz.

Muerdo y succiono la suave carne de su pecho, asegurándome de dejar las marcas donde mañana pueda cubrírselas con el uniforme de trabajo. Y mientras lo hago, ella se estira y apaga la luz una vez más.

—¿Qué estás haciendo? —pregunto finalmente, levantando la cara para mirarla.

—Apago la luz.

—Déjala encendida. Quiero verte.

—No —dice ella sin vacilar, con mirada suplicante.

No soy idiota. De hecho, diría que soy muy consciente tanto de mis propios sentimientos como de los de los demás. Es lo que tiene haber hecho casi diez años de terapia. Aunque la mayor parte del tiempo no me importa una mierda, soy capaz de leer a los demás como un libro abierto.

Así que estaría mintiendo si dijera que la chica en mi cama se siente bien con su cuerpo. La falta de contacto visual mientras se desnudaba y los brazos cruzados sobre el pecho han sido señales bastante obvias.

Stevie es una combinación interesante entre inseguridad y confianza en sí misma, igual que yo, pero de maneras completamente diferentes.

Aun así, por lo que sé de la insolente azafata, no querría ser tratada con guantes de seda, por lo que no voy a hacerlo. No voy a evitar las partes de su cuerpo que la hacen sentirse insegura solo para desviar la atención de ellas. En vez de eso, voy a tocar cada centímetro de ella mientras la follo tan fuerte que probablemente no recuerde ni su propio nombre, y mucho menos lo que no le gusta de su cuerpo.

Incluso con las luces apagadas, puedo ver que sus pezones son pequeños botones que me suplican, así que me meto uno en la boca, arrancando un suave gemido de los labios de Stevie.

Para ser sincero, me gusta todo lo que sale de la boca de esta chica. Ya sea un suave gemido de placer, mi nombre cuando me suplica, o una de esas astutas pullas que no puede evitar soltarme. Me gusta saber que todo lo que sale de su boca está dirigido a mí.

Mi aliento se arremolina contra su piel mientras me abro camino hacia abajo, más y más abajo, hasta que rozo con los labios la delicada tela de sus bragas. Acariciándome con una mano, uso la otra para enganchar la cinturilla de encaje y tirar de ella ligeramente, listo para enterrar la cara entre sus piernas.

Pero Stevie pone una mano sobre la mía para detenerme.

—No tienes por qué hacer eso.

—Quiero hacerlo.

—No, no quieres —se ríe.

Frunzo el ceño.

—Sí.

Mira a todas partes menos a mí.

—Bueno, en…, en realidad no me gusta mucho.

Me la quedo mirando, esperando que haga contacto visual conmigo. Finalmente, vuelve hacia mí esos ojos verde azulados, permitiéndome leerla como un puto libro abierto.

Está mintiendo.

Tal vez le avergüence que hunda la cara entre sus muslos, o puede que alguien le haya hecho sentir que esto es un fastidio, pero definitivamente ese no es mi caso. O quizá nunca haya estado con nadie que sepa qué cojones hacer ahí abajo. Sea como sea, me ha dicho que no, así que parece que me toca saltarme la comida esta noche, a pesar de que hace semanas que me muero por probarla.

Irguiéndome, me apoyo en un codo junto a ella.

—Necesito que te sientas cómoda conmigo.

—Sí, sí —dice rápidamente—. Y así es.

—Bueno, entonces tenemos que aclarar algunas cosas. —Su garganta se mueve cuando traga saliva con fuerza antes mis palabras—. He estado pensando en esto durante semanas. No suelo esperar tanto para conseguir lo que quiero, pero verte desnuda en mi cama con esto —pongo una mano sobre sus bragas, que están mojadas— y lista para mí… Joder. Me muero de ganas de follarte. Pero no lo haré si sigues diciendo tonterías sobre tu cuerpo.

—Yo no he dicho nada…

—Aquí dentro —añado dándole unos toquecitos en un lado de la cabeza.

Observo cómo la culpa transforma sus rasgos.

—Eres mía esta noche, y yo solo veo un cuerpo increíblemente sexy listo para mí. Quiero enterrar la cara toda la noche en estas tetas —digo cogiéndoselas con las manos—. Nada me gustaría más que usar estos muslos —añado, apretándole la parte inferior de uno de ellos— como calentadores de mejillas. Y esto —hundo los dedos en el empapado encaje—, este coño no podría estar más cálido y húmedo.

Deslizando un dedo entre sus labios vaginales, le meto el dedo, lo que hace que la espalda de Stevie se arquee y un gemido escape de su garganta.

—Todo esto es mío esta noche —continúo—. Y no voy a dejar que digas gilipolleces de lo que es mío. Así que vas a tener que parar o no haremos esto.

Stevie no responde, se le nota en la cara que está nerviosa.

Presiono mi erección contra su pierna para que sienta lo dura que la tengo.

—No estoy de broma, Stevie. Terminaré yo mismo, tal como he hecho innumerables veces en las últimas semanas, si no comienzas a tratarte bien.

—¿No te has acostado con nadie más en las últimas semanas? —pregunta frunciendo el ceño, confundida.

Dejo caer parte de mi peso y me queda el pecho al ras de sus tetas desnudas. Esta no es una postura a la que esté acostumbrado, es demasiado íntima. No me gusta el contacto visual ni cosas así cuando tengo sexo, pero aún no hemos comenzado, así que lo dejaré pasar.

—No —admito—. Va en serio cuando digo que llevo semanas pensando en follarte. Eres todo lo que anhelaba.

Stevie abre los ojos sorprendida.

—Todo esto —apunto, y le acaricio el vientre, le aprieto una pierna y bajo serpenteando hasta cogerle las nalgas. Escondo la cara en el hueco de su cuello y mis palabras se oyen amortiguadas contra su piel—: Así que, por favor, déjame tenerte.

—Joder, Zanders. No sabía que estabas tan obsesionado conmigo.

Una leve sonrisa de satisfacción se dibuja en sus labios, y cierta autoestima reemplaza la incertidumbre anterior.

Stevie me recorre la caja torácica con una suave mano antes de clavarme los dedos en la espalda baja y apretarme el rabo contra ella. Se me cierran los ojos mientras repito el movimiento, buscando con ansia rozarme.

—Voy a destrozarte esta noche y, con suerte, también algunas de esas inseguridades que no tienen ningún maldito sentido.

La sonrisa de complicidad en sus labios desaparece y abre la boca por la impresión.

—¿Puedo follarte como si no hubiera un mañana, muñeca?

Las palabras han abandonado a la chica, que, normalmente avispada, asiente en silencio con la cabeza.

—Bien.

Me levanto, me pongo a los pies de la cama y paso los dedos por la cinturilla de sus bragas.

—Levanta las caderas para mí.

Ella hace lo que le digo, y cuando el encaje cae al suelo, no puedo evitar admirar las vistas. Incluso a través de la oscuridad, veo relucir los delicados labios marrones de su vagina desde aquí.

—Es tan bonito —suspiro cuando la alcanzo con los dedos y trazo círculos alrededor del clítoris, lo que hace que se retuerza bajo mi simple roce.

Quiero devorarla, joder. Quiero enterrar la cara tan profundamente entre sus piernas que al final me haga falta el oxígeno, pero ella ha dicho que no, así que hasta que lo retire, no voy a hacerlo.

No es que necesite muchos preliminares, porque ya estaba empapada y he deslizado fácilmente los dedos dentro de ella varias veces. Con suerte, le cabrá todo lo que tengo para ofrecer. Es mucho para la mayoría de las mujeres. De hecho, casi siempre tengo que contenerme más de lo que me gustaría, pero confío en que Stevie pueda con ello.

Salgo un momento y cojo un condón de mi bolsa mientras ella me observa ponérmelo.

—Estoy limpio, por cierto.

No es que me lo haya preguntado, pero llevo un control regular de esta mierda y he pensado que ella debería saberlo.

Se muerde el labio mientras me mira fijamente el rabo, que ahora lleva el condón, salivando recostada desde la cama.

—Yo también.

—Date la vuelta —le ordeno y, acariciándome el miembro, la observo mientras hace lo que le digo y se pone a cuatro patas—. Buena chica —añado dándole un cachete en el culo—. Ahora, agárrate al cabecero.

Sus finos dedos, decorados con diminutos anillos dorados, se aferran al cabezal de la cama mientras separa las rodillas, brindándome una vista perfecta.

—Joder…

He estado imaginando esto durante semanas. Cómo sería su vagina, cómo sería metérsela, pero mi imaginación ha sido una mierda absoluta en comparación con la realidad. Pasándome la palma de la mano por la mandíbula, no puedo evitar sacudir la cabeza con satisfacción. Porque es jodidamente bonito.

Con el puño alrededor de la polla, me subo a la cama y me siento sobre mis rodillas con el culo de Stevie justo delante y sus piernas abiertas para mí. Me meto dos dedos en la boca antes de restregárselos por la zona. Cuando desaparecen dentro de ella, la cabeza de Stevie se hunde entre sus hombros mientras empuja rítmicamente mi mano.

—¿Qué quieres que haga, dulzura? —le pregunto sin apartar la vista de mis dedos, hipnotizado por toda la situación.

—Quiero que dejes de llamarme «dulzura».

Levanto una de las comisuras de los labios, incapaz de disimular la sonrisa.

—De ninguna manera. Además, algunos de mis compañeros de equipo están al otro lado de estas delgadas paredes. ¿Quieres que me oigan llamarte por tu nombre mientras me corro dentro de ti?

Stevie no responde, pero, en su lugar, gime ante mis palabras mientras continúa moviendo las caderas rítmicamente alrededor de mis dedos.

Sacándole los dedos de dentro, me cojo la base del rabo con el puño y le doy unos golpecitos en el clítoris.

—¿Es esto lo que estabas esperando?

Se la restriego adelante y atrás entre los labios, mirando el condón, que ahora está cubierto con su excitación.

—Sí —suplica ella—. Por favor, Zanders.

Mi nombre sale de sus labios y me detengo un instante antes de agarrarla por la cadera, alinearme y empujar dentro de ella. Comienzo algo despacio, para dejar que se ajuste a mi tamaño, mientras observo que sus nudillos se ponen blancos, aferrándose al cabecero.

—Oh, Dios mío —exclama.

Se me ponen los ojos en blanco cuando se la meto por completo, y le hundo las yemas de los dedos en la piel de las caderas mientras trato de contenerme por un momento.

—Me encanta —la exhorto, pero, santo cielo, eso no le hace justicia.

Estupendo. Perfecto. Es un coño de primera. Se ciñe a mí, y tengo que concentrarme en no correrme como un puto adolescente en plena pubertad.

Stevie ha agachado la cabeza, y sus castaños rizos caen por todas partes mientras se adapta a tenerme dentro de ella. Después de un momento de pausa, empuja el culo contra mí pidiendo que me mueva.

Acometo el primer embiste a medio gas, lo que le arranca un «Sí» entrecortado.

Dándole un poco más de impulso, retrocedo antes de penetrarla de nuevo.

—Oh, Dios mío, sí.

Stevie arquea la espalda con el culo en pompa.

Es un culo realmente bonito, si puede decirse. Es bastante suave para que mis caderas choquen contra él y rebota cada vez que la penetro. Cogiéndole las nalgas con ambas manos, bien abiertas para sujetarme, la embisto de nuevo, esta vez haciendo que la cama golpee la pared detrás de ella.

—¿Te gusta eso, muñeca?

Porque, joder, a mí sí.

—Ajá —gime ella.

—Lo estás haciendo tan bien, metiéndotela entera.

Me acelero hasta encontrar el ritmo y sigo penetrándola. Está tan apretado, joder, y me sigue perfectamente el movimiento presionando el culo contra mí, pidiendo más. Me inclino hasta que le pego el pecho a la espalda y los labios al oído.

—Te gusto, ¿eh, Stevie? —susurro, para que nadie más pueda escuchar su nombre.

—Qué pesado eres —escupe, seguido por un grito implorante que me hace reír.

—¿Crees que podrías con más?

La embisto de nuevo, esta vez aún más fuerte, y veo cómo se le ponen los ojos en blanco de placer.

—¿Eso es todo lo que tienes?

Al parecer le encanta tocarme las narices, incluso en la cama. Pero ya no me importa. Dame un reto, por favor.

Salgo de ella y la dejo vacía.

—No —gimotea, temblando entera mientras se estira hacia atrás, tratando de agarrarme—. No. Ya casi estoy.

Buscando satisfacer el deseo, aprieta los muslos entre sí.

—¿Qué se dice?

—¡Por favor! —suplica, con la voz cargada de desesperación—. Por favor, Zanders.

Le paso un brazo alrededor de la cintura y la agarro con fuerza para mantenerla erguida. Mientras tanto, uso la otra mano para cubrirle la boca y la penetro por entero una vez más, dándole todo lo que tengo.

Ella me grita en la palma, con los ojos cerrados mientras la embisto.

—Te gusta esto —afirmo, porque ni siquiera necesito preguntar.

Ella asiente repetidamente con la cabeza, silenciada por mi mano.

Una y otra vez, la penetro de espaldas a un ritmo constante, lo que hace que note un cosquilleo en las pelotas. Mantengo los labios en el oído de Stevie, susurrándole guarradas mientras veo cómo la euforia se apodera de sus bonitos rasgos.

Llevo una mano hacia su teta, que masajeo y amaso, y le acaricio el pezón con el pulgar. Le pongo la otra mano en el clítoris, y trazo círculos y le doy toquecitos para prepararla y que se corra conmigo.

Esto es hasta que Stevie suelta el cabecero, me quita la mano de su teta y, en su lugar, la guía hacia su cuello.

No puedo evitar sonreír contra la piel de su hombro mientras la estrangulo ligeramente, mientras me la follo por detrás.

A esta chica no hay quien la entienda. Un minuto está insegura sobre su aspecto y, al siguiente, me pide que la ahogue mientras me la follo, su cuerpo a mi disposición. Pero supongo que es un poco como la relación que tenemos: hay momentos de ternura entre un montón de bromas y provocaciones.

—Mierda —siseo—. Joder, cómo me gusta follarte, dulzura.

—Deja de llamarme «dulzura».

No se me escapa lo irónico de estar asfixiando a una chica a la que llamo así mientras me la follo.

—Nunca —me río.

Me inclino hacia atrás hasta poner el culo sobre los talones y la arrastro conmigo, de manera que queda sentada sobre mi regazo y mi polla. Tiene la espalda pegada a mi pecho cuando extiende una mano y me pasa la palma alrededor del cuello para sujetarse.

Me gustaba su cuerpo antes de esta noche, pero ahora que lo siento entre las manos y en la polla, y sabiendo que puedo menearla sin romperla, creo que soy su mayor admirador.

—¿Te corres para mí? —le pregunto rozándole la oreja con los labios.

Otro gemido escapa de sus labios mientras me apoya la cabeza en el hombro, con los ojos cerrados y los labios entreabiertos de placer. Tiene las pecosas mejillas sonrojadas y su suave piel morena brilla por el sudor.

—De veras que quiero que te corras sobre mí, Stevie. Lo estás haciendo muy bien.

Continúo haciéndola rebotar sobre mi polla mientras los gritos llenan la habitación del hotel, algunos míos y otros de ella. Todavía tengo una mano alrededor de su garganta y la otra, trazando círculos sobre el clítoris, que está hinchado.

Se le tensa el cuerpo y empieza a contraerse mientras su vagina me aprieta.

—Por favor, córrete sobre mí —le suplico.

Mientras la embisto unas cuantas veces más, estimulando ese punto que le hace temblar todo el cuerpo, observo cómo el orgasmo atraviesa a Stevie y se apodera de ella.

—Zee —grita, y, necesitando agarrarse a algo, me tira de la cadena de oro que llevo al cuello.

Ese nombre solo lo usan mis personas favoritas, y cualquiera pensaría que me haría detenerme al oírlo de ella. Pero, en cambio, que lo diga mientras se corre sobre mi polla, no hace nada más que provocar mi propia descarga.

—Hostia puta… —grito, tratando de contenerme.

Y justo entonces, hago algo que nunca antes había hecho. Aparto los dedos de su garganta y uso dos para cogerla de la barbilla y que me mire. Me corro dentro de ella mientras presiono la boca contra la suya para no gritar su nombre y que mis malditos compañeros de equipo no lo escuchen a través de estas delgadísimas paredes.

Movemos los labios y boqueamos juntos mientras cada uno llega al clímax, y Stevie continúa rebotando con suavidad sobre mi polla. Me está clavando los dedos en la nuca para atraerme hacia ella mientras la beso con todo lo que me queda. Me aferro a su cuerpo, ligeramente húmedo, negándome a que esto termine todavía.

Hay mucho contacto visual que no planeé mientras ambos terminamos.

—Necesitaba esto.

Stevie apoya la cabeza en mi hombro con los ojos cerrados mientras recupera el aliento.

Su bonito rostro pecoso reluce por el orgasmo, y sus labios están hinchados por mi acometida. Se deja caer sobre la cama, completamente satisfecha y complacida, y sus rizos se extienden sobre las sábanas blancas.

—No, me necesitabas a mí —la corrijo, dándole una palmada en el culo.

Me levanto rápidamente del colchón y me dirijo al baño, donde tiro el condón usado en la basura antes de mirarme en el espejo. Mi regodeo y ego habituales han desaparecido tras el sexo. En cambio, se me refleja la tensión en el rostro.

Porque me gusta de esta manera más de lo que debería.

Me gusta el sexo, ¿a quién no? Pero siento que acabo de recibir una dosis de algo que voy a necesitar continuamente para frenar mi creciente adicción.

La forma en que me sigue el ritmo, tanto en la cama como hablando. Mierda. Pensaba que había terminado de buscarla, pero ahora creo que podría haber comenzado un juego completamente diferente que no puedo ganar.

¿Ese beso me ha jodido a mí el cerebro en lugar de a ella? Y ¿por qué quiero acurrucarme junto a su suave cuerpo antes de la segunda ronda?

Vuelvo al dormitorio y rápidamente me dejo caer desnudo en la cama, a su lado, pero antes de que pueda atraerla hacia mí, ella se escabulle del colchón y se mete en el baño, lo cual está bien. Volverá dentro de un segundo.

El cuerpo bronceado y resplandeciente de Stevie sale pavoneándose del baño un par de minutos más tarde, y espero que vuelva a la cama conmigo. Todas las chicas lo intentan, pero esta es la primera vez que realmente quiero que alguien me acompañe y se relaje conmigo mientras me recupero para otra ronda.

Sin embargo, en lugar de venir a la cama, se dirige al sofá y recoge su ropa, que está tirada por el suelo.

Apoyándome en los codos, totalmente desnudo y a la vista, frunzo el ceño mientras la miro vestirse.

—¿Qué estás haciendo?

Stevie desliza las piernas dentro de los tejanos y se los abrocha de nuevo, lo cual es exactamente lo contrario de lo que quiero que haga.

—Vestirme.

—¿Por qué?

Se le escapa una pequeña risa mientras se vuelve a poner el sujetador, llevándose la vista perfecta.

—Porque no puedo meterme desnuda en el Uber exactamente, ¿o sí?

—¿Por qué te vas? —reformulo mi pregunta—. Puedes quedarte aquí.

«Eh…, ¿qué?».

—Hemos quedado en que solo haríamos esto una vez—señala Stevie, ignorando afortunadamente la última parte de mi declaración mientras se pasa la camiseta por la cabeza.

—Estaba pensando más bien en algo de una noche, pero con varios orgasmos.

—Mira, Zanders, ha sido divertido —empieza Stevie atándose sus zarrapastrosas zapatillas Nike—. Pero eres mi cliente. Trabajo para ti, así que probablemente esta no ha sido la mejor idea.

He pasado toda la temporada tratando de recordarle a Stevie que ella trabaja para mí, ¿y ahora le entra en la cabeza? ¿Justo cuando quiero que se olvide de eso?

—Nos vemos mañana —añade, y se vuelve hacia la puerta.

Saltando de la cama, me tapo el rabo con una mano, incapaz de vestirme mientras la persigo hasta la puerta.

—¡Espera! —grito, siguiéndola por el rellano—. Al menos déjame coger un Uber contigo. Son las dos de la mañana.

Stevie continúa avanzando hacia el ascensor.

—Zanders, ya soy mayorcita. Puedo volver sola a mi hotel.

Entra en el ascensor y pulsa el botón del vestíbulo.

Corro torpemente para alcanzarla mientras trato de taparme el rabo con la mano. Tengo las manos grandes, pero la polla gigante, así que, para mí, cubrirlo significa que prácticamente se agita al viento.

Atravieso el umbral del ascensor y mantengo abierta la puerta con el brazo libre.

—Al menos envíame un mensaje cuando llegues, así sé que estás bien.

Stevie mira mi cuerpo desnudo y una sonrisa de complicidad se dibuja en sus labios mientras yo permanezco aquí, desesperado, porque necesito algo, cualquier cosa de ella.

—Estaré bien.

—Te lo juro por lo que más quieras, Stevie. Gritaré tu nombre tan jodidamente fuerte ahora mismo que cada uno de mis compañeros de equipo sabrá que estás aquí si no…

—¡Vale! —me interrumpe—. Te enviaré un mensaje cuando llegue a mi hotel.

La observo un momento, tratando de averiguar qué diablos ha salido mal desde el momento en que he hecho que se me corriera sobre la polla hasta ahora, pero no puedo leerla. Tengo muchas ganas de inclinarme y darle un beso de despedida, pero parece empeñada en marcharse. Estoy acostumbrado a que huya de mí, pero pensé que después de esta noche, tal vez dejaría de hacerlo.

Con el culo al aire, doy un solo paso atrás para dejar que las puertas del ascensor se cierren con la insolente azafata dentro, pero justo antes de que las puertas de metal se cierren por completo, observo cómo Stevie apoya la cabeza en la pared con el rostro cubierto de arrepentimiento.

¿Qué cojones acaba de pasar?

Cuando se ha ido, me doy cuenta de que estoy completamente desnudo, que he salido corriendo de mi habitación de hotel sin la llave y he dejado que la puerta se cerrara detrás de mí.

Mierda.

Nunca había perseguido a nadie que se marchara de mi habitación. Por lo general, me visto y les pido que se vayan.

Echando un vistazo a los solitarios rellanos, me dirijo avergonzado hacia la habitación de mi mejor amigo, que está enfrente de la mía.

Llamar no funciona, así que golpeo la puerta con la mano libre. Necesito que se despierte.

—¿Qué cojones? —lo oigo refunfuñar.

Maddison abre la puerta, con su mata de pelo despeinado y los ojos apenas abiertos, surcados por el sueño.

—Ay, Dios mío —se ríe, mirándome de arriba abajo—. Esto es demasiado bueno, joder.

—Necesito usar tu teléfono para llamar a recepción. Me he dejado la llave dentro de la habitación.

—Espera aquí. —Maddison regresa a su habitación sin apenas poder caminar debido a la risa histérica—. Los muchachos tienen que ver esto —dice apuntándome con el móvil, y me hace una foto en el rellano con una mano en el rabo mientras le hago la peineta con la otra.

—Vete a la mierda —murmuro, entrando en su habitación.

18

Stevie

Lo de anoche fue un error enorme.

Y cuando digo enorme…, quiero decir enorme. Nunca mejor dicho.

Y no por la excusa que le puse a Zanders de que era mi cliente o cualquier otra mierda que soltase, sino porque tenía razón. Puede que no vuelva a querer estar con ningún otro hombre de ahora en adelante.

Creo que incluso puede que tampoco me sirva el vibrador de ahora en adelante, y eso ya de por sí sería un maldito crimen.

Cuando me miré en el espejo del baño anoche, fue cuando me di cuenta.

Fue el mejor polvo que he echado jamás. Tiró por tierra cada uno de mis encuentros sexuales. Por primera vez, quizá en toda mi vida, no tuve un solo pensamiento inseguro sobre mí misma. Y todo gracias a los elogios constantes de Zanders. Tuvimos una brutal conexión tácita que no me esperaba y, francamente, tampoco quería.

Y ese es el problema. Se suponía que era una noche y listo. Pero lo único que quería era volver a la cama y hacerlo una y otra vez hasta que no pudiera pensar con claridad.

Pero no podía. No podía encariñarme con él o con su galardonada polla. Él representa todo lo que he querido evitar desde la universidad: deportista arrogante y egoísta por el que mujeres preciosas hacen cola. Y cometí el error de cruzar esa línea, incapaz de mantenerme firme frente a él.

Zanders solo anda buscando otro polvo, pero debo decir que el chico sabe lo que hace entre las sábanas.

—Tú echaste un polvo anoche —bromea Indy—. Brillas como un maldito fluorescente, señorita Shay.

—Qué va —miento, tratando de mantener la voz baja.

Estamos en la parte trasera del avión, y los chicos están intentando dormir en el vuelo nocturno de regreso a Chicago.

—Claro que sí —se ríe—. ¿Era un chico de Tinder?

Me alejo de Indy y empiezo a limpiar mecánicamente las ya impecables encimeras de la cocina trasera de a bordo.

—No eché ningún polvo anoche.

—Ah, ¿no?

Esa voz profunda y aterciopelada no pertenece a mi compañera de trabajo. No, pertenece al impresionante hombre que me atravesó por completo anoche.

He evitado recorrer el pasillo en este vuelo por más de una razón. Una de ellas es que no quería ver a Zanders y que todos los detalles explícitos de la noche anterior inundaran mi mente. Y la segunda es porque tenía razón. Tengo una estúpida cojera debido a su estúpida y enorme polla.

Miro por encima del hombro y veo que Zanders se apoya contra la mampara que separa la cocina del resto del avión, con una sonrisilla de arrogancia en esos labios perfectamente carnosos.

Gilipollas.

—Vas un poco coja, Stevie. ¿Te has torcido el tobillo o algo?

Lo odio.

—Ay, madre mía —dice Indy demasiado alto—. Ay. Madre. Mía.

Mueve la cabeza de un lado al otro, entre Zanders y yo, con las mejillas de un bonito tono rosado.

—Al final habéis follado —susurra lo más bajo posible antes de quedarse con la boca abierta.

—¡No! —exclamo demasiado fuerte—. No lo hemos hecho.

Zanders, como el arrogante que es, no niega nada. En cambio, permanece en silencio y se encoge de hombros restándole importancia.

—Bien hecho.

El comentario de Indy no va dirigido a mí, no, sino a Zanders, lo que me encanta.

—Chicas, ¿tenéis alguna almohada? —nos pregunta Rio a Indy y a mí asomando la cabeza a la cocina y por encima del hombro de Zanders.

—Rio, cógela tú mismo, tío.

Zanders le hace un gesto hacia uno de los compartimentos superiores, donde se guardan las almohadas. Lo cual es irónico, porque él nunca ha cogido nada en este maldito avión.

—Yo te la doy —se ofrece Indy.

—Gracias, Indy.

Los ojos de Rio brillan cuando dice su nombre. Se pasa una mano por la mata de pelo negro y rizado para apartárselo de la cara, y ¿lo hace sacando bíceps?

Indy sortea a Zanders para dejar la seguridad de nuestra cocina a bordo y a mí a solas con el hombre al que he estado tratando de evitar durante todo el vuelo.

—No me enviaste un mensaje anoche.

Se mete en la cocina e invade mi espacio. Rápidamente, recorro el pasillo con la mirada, comprobando el paradero de Tara, pero parece estar muy ocupada delante coqueteando con el cuerpo técnico.

—¿Por qué no me enviaste un mensaje diciéndome que habías llegado al hotel?

Se acerca un paso más, hasta que tiene el pecho a apenas unos centímetros del mío.

Miro hacia arriba.

—Pensaba que no iba en serio.

—¿Estás de coña? He estado despierto toda la noche mirando Instagram, esperando que me escribieras.

—Bueno, estoy aquí.

Sé que me estoy comportando como una cría en este momento, pero estoy tratando de olvidar todo lo que sentí anoche, y no sé cómo hacerlo si no es fingiendo que no me interesa. Esperaba que Zanders fuera igual, pero parece preocupado de veras, lo cual me resulta un poco impactante.

—¿Qué demonios pasó anoche? —susurra—. Pensaba que lo habíamos pasado bien.

—Y así fue. Y cuando terminó, me fui.

Zanders, confundido, me atraviesa con la mirada. No quiero hacer que se sienta mal, pero necesito protegerme. Consiguió lo que quería, al igual que yo. Mañana encontrará a alguien nuevo. A la mierda, incluso podría estar ya con alguien nuevo en cuanto aterricemos, que será alrededor de las dos de la mañana.

—¿Te arrepientes? —pregunta en voz suave y baja, con cierto tono de tristeza.

Joder. ¿Por qué este hombre que me estaba estrangulando y follándome como si no hubiera un mañana parece ahora un cachorrito triste? Siento que quiero abrazar al enorme defensa. Parece más vulnerable de lo que pretendía ser.

—Lo siento si hicimos algo que no querías. No fue mi intención…

—No —lo interrumpo, sacudiendo la cabeza—. No, no me arrepiento.

Es mentira, pero no me arrepiento por las razones que él cree.

Se le escapa un suspiro de alivio mientras alarga el dedo índice y me aparta delicadamente un solo rizo de los ojos.

—¿Estás de puta broma?

Zanders retira la mano como un rayo y volvemos la cabeza hacia Maddison, que está en el umbral entre la cocina y el resto del avión, ocultándonos con su gran cuerpo de los demás.

—¿Tú eres la chica de anoche? —pregunta Maddison en tono bajo y con los ojos muy abiertos, rogándome que diga que no.

Pero no lo hago.

—Stevie, tenía fe en ti —se queja.

—Ve a sentarte, joder —suelta Zanders.

—Zanders es una pena, ¿eh? —continúa Maddison—. He oído que la tiene minúscula y no sabe qué hacer con ella. Que es malísimo en la cama.

—Vete a la mierda —escupe Zanders, pero luego se ríe.

No puedo evitar soltar una risilla, sabiendo que su compañero de equipo probablemente le haya visto el paquete en el vestuario, al igual que yo lo vi anoche. «Minúscula» es justo lo contrario de lo que tiene entre las piernas.

—Stevie, estoy decepcionado. Voy a necesitar que se las sigas soltando a pesar de esto —dice Maddison colocándose entre Zanders y yo—. Porque es, literalmente, mi único entretenimiento en este puto avión.

Dicho esto, se da media vuelta y regresa a su asiento, dejándonos solos a su mejor amigo y a mí una vez más.

—Entonces ¿no te arrepientes de lo de anoche? —vuelve a preguntar Zanders sin perder ni un segundo, claramente preocupado.

—No me arrepiento, pero no debería volver a suceder.

—Estaba pensando todo lo contrario. Estaba pensando que, de hecho, debería suceder de nuevo. Cada vez que volemos, por ejemplo.

—No podemos. Zanders, me despedirán si alguien se entera de lo de anoche.

—¡La rubia ya lo sabe!

—Déjame reformular eso: me despedirán si esa de allí se entera —rectifico, y hago un gesto hacia la parte delantera del avión.

—¿La borde? ¿Estás preocupada por ella? Muñeca, puedo guardar un secreto.

—¿Qué pasa con todo eso de «yo no miento»? —pregunto arqueando una ceja, y le aguanto la mirada inquisitivamente.

Me coge de las caderas con una mano y aprieta los dedos, atrayéndome hacia él. La firmeza del gesto me enciende el cuerpo entero, pero mantengo el fuego a raya para extinguirlo.

—Esta mentira valdría la pena.

Se lame el labio inferior antes de rozarlo con los dientes, sin dejar de mirarme la boca.

Tragando saliva con fuerza, doy un gran paso hacia atrás. Bueno, tan grande como me permite la pequeña cocina de a bordo. La mano de Zanders se desprende de mis caderas cuando me llevo los brazos al pecho, a modo de barrera improvisada.

—Fue algo de una sola noche.

Zanders niega con la cabeza, sin creerlo.

—Fue algo de una sola noche hasta que deje de serlo.

Se da la vuelta para volver a su asiento y dejarme sola en la cocina. Pero, antes de irse, mira rápidamente hacia atrás y me observa de arriba abajo, deteniéndose en cada centímetro de mi cuerpo.

—Porque una vez no ha sido suficiente para mí y dudo mucho que lo fuera para ti.

Aprieto los muslos entre sí, con la cara sonrojada por el recuerdo de anoche.

—Ah, y tomaré un agua con gas.

Poniendo los ojos en blanco, le digo por enésima vez:

—Está en la nevera.

—Con extra de lima, Stevie.

Zanders, con toda la cara de engreído, esboza una sonrisa de satisfacción mientras camina de regreso a su asiento.

19

Stevie

—Rosie, pequeña, ¿cuándo vamos a conseguir que te adopten?

Por supuesto, la pregunta es retórica, dado que Rosie es una preciosa dóberman de cinco años, de pelaje negro y canela, que no puede responderme.

Le rasco una vez más detrás de las orejas antes de cerrar la jaula donde pasa la noche mientras el gran cuerpo de Rosie se acurruca en la manta de lana que le compré la semana pasada en una tienda de segunda mano. Está muy cómoda en su jaula, lo cual tiene sentido, ya que lleva viviendo aquí un año entero.

Solo hace unos meses que estoy en Chicago, pero, por lo que me dijo Cheryl, la dueña del refugio, soy la favorita de Rosie.

A la mayoría de la gente le asusta su aspecto, pero es una perrita dulce y tierna, y tiene mucho amor para dar, siempre que sea a la persona adecuada.

—Realmente deberías llevarte a esta cosita a casa contigo.

Cheryl está de pie a mi espalda mientras yo permanezco sentada frente a la jaula de Rosie, observándola quedarse dormida.

—Ojalá pudiera. Mi hermano sigue siendo alérgico.

—Ehhh. Creo que yo cambiaría al hermano por el perro.

—A veces me lo planteo —bromeo—. Puedo cerrar por ti esta noche.

Cheryl me hace un gesto con la mano.

—Stevie, tienes veintiséis años y es sábado por la noche. Estoy segura de que tienes mejores cosas que hacer que pasar el rato aquí con una anciana y algunos perros viejos.

Puede que Cheryl sea una viuda de sesenta y tantos años, pero no tiene nada de anciana. Todavía demuestra una energía brutal al caminar y trabaja sin parar en el refugio. Y eso es porque adora este lugar y a estos perros, al igual que yo.

Senior Dogs of Chicago es una organización sin ánimo de lucro que Cheryl y su difunto marido fundaron para rescatar perros que van a ser sacrificados o para acoger cachorros que algunas familias tienen la desfachatez de abandonar cuando su mascota se vuelve demasiado mayor para ellos.

No quiero empezar con esto. No lloro muy a menudo, pero sí cada vez que alguien trae a otro perro mayor con una u otra excusa, horribles todas.

¿Cómo rechazas a alguien que te ha querido incondicionalmente?

El edificio ha comenzado a deteriorarse desde que el marido de Cheryl falleció y, desafortunadamente, la mayoría de la gente aún prefiere comprar cachorros en lugar de adoptar un animal mayor. Las donaciones son escasas o nulas, por lo que apenas puede mantener el refugio abierto y poner comida en los boles de los perros.

Mi hermano es nuestro mayor donante, y creo que se debe a que se siente culpable de que no pueda llevarme a ninguno a casa.

Pasaría todo mi tiempo aquí si pudiera, pero, por desgracia, esto no me paga las facturas. No es que tenga muchas, porque ni siquiera pago el alquiler. Pero, cuando me mude, seguiré necesitando mi sueldo para llegar a fin de mes.

—¡En serio, Stevie, ve a divertirte!

Cheryl toma asiento en la recepción, se coloca las gafas sobre la nariz y comienza a organizar la pila de facturas que me temo que no tiene suficiente dinero para pagar.

¿Le digo que mi idea de diversión es ponerme mis pantalones de chándal más cómodos y acurrucarme en el sofá a ver películas, porque Ryan está de gira con el equipo e Indy tiene una cita con su novio? No, me guardo ese pequeño dato para mí. Le dejo pensar que está viviendo indirectamente a través de mí, pero, para ser sincera, Cheryl probablemente tiene una vida más emocionante que la mía.

¿O no? Porque hace solo una semana estaba teniendo el mejor sexo de mi vida con el imbécil más famoso de la Liga Nacional de Hockey.

—Nos vemos mañana —le digo a Cheryl, y me despido con la mano antes de salir del refugio.

Saco el móvil para el corto paseo hasta el apartamento y compruebo los resultados de los partidos de los Raptors. Empezaban a jugar por la tarde, lo cual es raro, y para mi sorpresa ha comenzado a interesarme el hockey desde que vuelo con el equipo, hace menos de dos meses.

El titular que aparece primero indica que han ganado 4 a 2 contra Anaheim.

El segundo titular va acompañado de la cara de Zanders con una mujer deslumbrante a su lado, saliendo juntos del estadio.

Este es el cuarto partido de Chicago desde que volvimos a la ciudad, y esta es la cuarta mujer con la que ha sido fotografiado.

Menuda novedad.

Sabía en qué me estaba metiendo cuando le escribí aquella noche en Washington, D. C, y no es que esté celosa.

Vale, es mentira. Estoy celosa, pero solo porque no puedo dejar de pensar en aquella noche. Estuvo tan bien y lo necesitaba tanto, y tenía razón: mi vibrador no me ha servido de una mierda desde entonces.

Las palabras de Zanders han estado resonando en mi mente toda la semana: «Porque una vez no ha sido suficiente para mí». A mí tampoco me parece suficiente, pero eso no quita que no pueda volver a pasar. Y ni de coña voy a ser su chochito cuando esté de gira. No sé ni por qué lo propuso. El tío tiene mujeres arrastrándose a sus pies en cada ciudad que visitamos, y eso claramente incluye también la ciudad en la que vivimos.

Aparecen más titulares sobre Zanders y la pelea en que se ha metido esta tarde durante el partido, la sanción que tiene que cumplir por darle a su oponente un golpe un poco demasiado fuerte y demasiado sucio, y luego unos cuantos más sobre la reputación que exhibe con orgullo, la misma que no soporto.

Me meto el móvil en el bolso y subo en el ascensor hasta mi apartamento en silencio. Bueno, en silencio salvo por la serenata que está dando el piano en el cubículo metálico. Estoy segura de que los vecinos de Ryan se han preguntado en más de una ocasión si realmente vivo aquí, cuando entro vestida con mis camisas de franela holgadas y mis no muy limpias zapatillas, cubierta de pelos de perro y con los rizos recogidos en un gran moño.

Cuando llego a casa, encuentro un sobre colgado en la puerta de Ryan con el número de nuestro apartamento impreso en el exterior. Quito el celo, abro la puerta y dejo las llaves sobre la consola de la entrada.

Después de descalzarme, me siento en la isla de la cocina y abro el sobre. Hay algunos caramelos con formas divertidas, todos envueltos individualmente, así como una carta en el interior.

Hola, vecino:

Tenemos una hija de tres años que no pudo celebrar Halloween con su padre porque este estaba en un viaje de trabajo. En su lugar, vamos a celebrarlo esta noche para compensárselo, e iremos de puerta en puerta pidiendo caramelos.

Si estás dispuesto a participar y alegrarle la noche a nuestra hija, deja encendida la luz de la entrada y pasaremos entre las seis y las siete de la tarde. Si no, ¡no te preocupes! ¡Esperamos que disfrutes los caramelos en su lugar!

Tus vecinos,

Los Maddison

Bueno, puede que esta sea la cosa más preciosa que he oído en mi vida. Volamos de Filadelfia a Búfalo la noche de Halloween, así que sé exactamente a qué viaje de trabajo se refiere esta nota.

Una parte de mí quiere apagar la luz exterior porque, hasta donde yo sé, Maddison no sabe que vivo en su edificio, y tal vez podría evitar un tiempo más que descubra quién es mi hermano. Pero casi todo mi ser quiere asegurarse de que su hija tenga un buen Halloween, con muchas puertas donde pedir caramelos.

Paso la próxima hora en el sofá, zapeando en busca de algo que ver, cuando escucho un pequeño golpe en la puerta. Salto rápidamente del sofá, cojo los caramelos del sobre y abro.

Al otro lado hay una niña monísima con los ojos de un intenso color esmeralda y el pelo castaño alborotado, con una canasta en forma de calabaza en la mano. Su pomposo vestido amarillo me dice exactamente de qué va vestida, y la rosa bordada en sus guantes de raso lo confirma.

—¡Truco o trato!

—Tú debes de ser Bella.

Me agacho para ponerme a la altura de sus ojos y observo cómo los profundos hoyuelos en sus mejillas se marcan aún más en su piel de porcelana cuando sonríe.

—¿Stevie?

Levanto la cabeza al escuchar la voz de Maddison, y me encuentro con un rellano lleno de adultos, principalmente hombres, vestidos de princesas Disney.

—¿Tú vives aquí? —pregunta con verdadera curiosidad, pero lleva puesto un vestido azul claro con mangas abullonadas, que combina con una gargantilla negra, así que me cuesta mucho no reírme en respuesta.

—¿Stevie? —pregunta a su vez la mujer disfrazada de Ariel. A juzgar por el pelo rojo y las fotos que he visto en internet, es su esposa, Logan—. La de... —empieza, extendiendo las manos como si fueran las alas de un avión.

Maddison mueve las cejas sugestivamente a modo de confirmación.

—Oh, ya veo —añade Logan con una sonrisa de complicidad y un tono aún más comprensivo.

Está claro que Maddison le ha contado lo que pasó entre Zanders y yo.

Hablando del defensa de metro noventa, todas las miradas se dirigen hacia la parte posterior del grupo, donde se encuentra un hombre enorme con tatuajes y joyas doradas que lleva un vestido azul hielo con lentejuelas y una larga peluca rubia trenzada.

—Hey.

Zanders sonríe sin dejar de mirarme.

Trato de contener la risa, de verdad, pero este hombre, que es famoso por ser un mujeriego empedernido y probablemente tiene más enemigos que admiradores, lleva lo que se supone que es un vestido largo, aunque le llega justo por debajo de las rodillas.

Pero está haciendo esto un sábado por la noche a mediados de noviembre para asegurarse de que la hija de su mejor amigo pase un buen Halloween.

Y ese gesto tan dulce es lo último que esperaba del jugador de hockey más odiado.

—¿Has vivido aquí siempre?

La pregunta de Maddison me devuelve a la realidad y me doy cuenta de que tenía razón: Zanders no le contó que soy su vecina.

—Me mudé a finales de agosto.

Logan se vuelve hacia Zanders.

—Así que por eso no usas ya el ascensor del ático.

—Lo… —advierte Zanders con los ojos muy abiertos y la voz grave, tratando de detener a la mujer de su mejor amigo antes de que lo arroje a los leones.

Maddison abraza a su mujer por los hombros desde atrás, los dos completamente divertidos, riéndose ambos a costa de su amigo.

—Así que tú eres Bella —digo volviendo mi atención a la dulce niña, que es realmente la protagonista esta noche.

—En realidad me llamo Ella.

—¿Ella? Qué nombre más bonito. ¿No querías ser Cenicienta? ¿Dejaste que tu padre se disfrazara de ella?

La pequeña comienza a reírse de mi pregunta.

—No —responde negando con la cabeza, y se señala el pecho con orgullo—: Bella es la más inteligente. Como yo.

—Ahhh. —Me río al entenderlo—. Bueno, creo que tomaste la decisión correcta —añado. Me pongo una mano alrededor de la boca y susurro—: Bella es mi favorita, de todos modos.

—¿Qué pasa con Elsa? —pregunta una voz grave desde la parte de atrás del grupo.

Cuando miro a Zanders, este se encoge de hombros como si no estuviera un poco desesperado por llamar la atención.

Poniendo los ojos en blanco juguetonamente, vuelvo a centrarme en Ella, cojo los caramelos que han repartido sus padres y los meto en la canasta, que ya está muy llena.

—Bueno, Ella, espero que te diviertas mucho con tu familia esta noche.

Me hace señas con una manita enguantada de raso para que me acerque y me la acerca ahuecándola al oído.

—Me gusta tu pelo —susurra.

Hago exactamente el mismo gesto hacia ella.

—A mí también me gusta tu pelo.

—¿Qué se dice, peque? —interviene Maddison.

—¡Gracias!

Ella se despide de mí con la mano antes de salir corriendo por el rellano hacia la siguiente puerta.

Un hombre más bajo que los demás vestido como la chica de *Brave* la sigue de cerca, pero, a juzgar por sus pelirrojas cejas, la peluca roja y rizada no se aleja mucho de su color de pelo natural. El siguiente es un tipo moreno que va vestido como Jasmine, con el ombligo al aire y todo, lleva en brazos un recién nacido, supongo que el hijo de Maddison, y va seguido de una niña diminuta con un disfraz de Blancanieves que remata con un par de Dr. Martens negras.

Maddison apoya la barbilla en la cabeza de su mujer con cara de cachorrito abandonado, mientras los dos se esperan en mi puerta con Zanders.

—Es muy mona —les digo mirando cómo rebota el pelo castaño de Ella con sus emocionados pasos.

—Tiene tres años, aunque parece que tenga trece, pero somos grandes admiradores suyos a pesar de todo. Soy Logan, por cierto. —Extiende una mano para estrechar la mía, con una amable sonrisa en los labios, y añade—: Espero que los muchachos no te estén complicando demasiado el trabajo.

—Este no —le digo haciendo un gesto al hombre que se apoya sobre ella—. Este otro, en cambio, es un poco diva —apunto, volviéndome hacia Zanders, con la voz cargada de humor, a pesar de que mis palabras no podrían ser más ciertas.

—No soy tan malo —se queja él.

—Sí, puede ser un auténtico grano en el culo.

—¡Lo!

—Pero lo queremos de todos modos. —Logan le lanza a Zanders su sonrisa más dulce antes de volverse hacia mí—. Encantada de conocerte.

—Igualmente.

—Nos vemos, Stevie —se despide Maddison antes de alejarse con su mujer bajo el brazo.

Zanders se acerca tímidamente a la puerta de mi casa una vez que todos sus amigos están fuera del alcance del oído, al final del rellano.

—¿Me estás siguiendo? —bromeo.

Se encoge de hombros sin negarlo.

—Hey —dice con una pequeña sonrisa en sus carnosos labios.

—Hey.

Lo miro de arriba abajo, incapaz de ocultar que me estoy divirtiendo.

—La hostia de sexy, lo sé.

—Esa otra forma de describir tu... vestido. Sabía que le gusta ir elegante, pero no tanto, su majestad. Y esa herida remata el disfraz —apunto, señalando el corte que tiene en la mejilla derecha, que deduzco que se ha ganado durante el partido de hoy.

—Le dije que no me tocara con lo que me gano el dinero, pero deberías ver cómo acabó el otro —dice Zanders, y, enderezándose, se pasa una mano con aire de suficiencia por la resplandeciente tela azul que le cubre el pecho—. Se ha metido con la reina de hielo equivocada.

Una risa me agita el pecho mientras ladeo la cabeza.

—¿Cómo es que te tocó Elsa? Todos los demás al menos se parecen a sus personajes.

—¿No crees que la peluca rubia vaya con mi tono de piel?

Zanders se ríe cuando levanto una sola ceja en respuesta.

—Ella eligió nuestros disfraces. Dijo que la gente piensa que Elsa es mala, al igual que la gente piensa que yo soy malo, pero que en realidad los dos somos muy majos —me explica. Y levanta las manos a la defensiva—. Son sus palabras, no las mías.

Cuanto más conozco al defensa de Chicago, más creo que Ella podría tener razón.

Es realmente la más inteligente.

—Veo que ya andas mejor.

En lugar de aplaudirle el comentario dándole una respuesta, pongo los ojos en blanco y trato de cubrir mis sonrojadas mejillas llevándome el extremo del cordón de la sudadera a la boca y mirando al suelo.

—Y veo que todavía no hemos tirado esos asquerosos pantalones de chándal.

Con la boca abierta fingiendo que me ha ofendido, levanto la cabeza para mirarlo.

—Si tanto te preocupa mi ropa de estar por casa, puedes comprarme una nueva.

—No me tientes.

—No te preocupes. Voy a quitármelo enseguida. Estaba a punto de meterme en la ducha.

Zanders entorna esos ojos pardos.

—¿De verdad estás tratando de ponerme mientras llevo un maldito vestido, dulzura?

—A ti todo te pone.

—Tú me pones.

Tragando saliva con dificultad, aparto la mirada de la suya.

—¿Cómo estás?

La pregunta de Zanders es dulce y completamente sincera, por lo que me coge por sorpresa.

—¿Bien?

Frunzo el ceño confundida, preguntándome qué le importará.

—Bien. Eso es bueno. Eso es genial, incluso —responde algo aturullado, y nunca antes había visto tan nervioso a este hombre tan seguro de sí mismo.

Mirándolo de arriba abajo, me pregunto por qué los titulares nunca cubren esta parte de su vida. ¿Qué pasaría si la gente supiera que el tío más mujeriego de Chicago ha pasado la noche del sábado con un vestido que la hija de su mejor amigo eligió para él?

Y ese pequeño pensamiento me hace preguntarme qué más no publica la prensa sobre él. Dijo que le paga a su equipo de relaciones públicas bastante dinero para que vendan la historia que quiere, la cual está claro que no lo representa.

Pero ¿por qué no?

—Puedes ver mi apartamento desde aquí. —Saliendo de mi trance, sigo la mirada de Zanders, que está dirigida detrás de mí, hacia las grandes ventanas que recubren el apartamento—. Justo ahí. El último piso —me indica con voz suave y la boca cerca de mi oído.

Inclinándose, señala la ventana trasera del alto edificio que hay al otro lado de la calle.

—¿Vives al otro lado de la calle?

Se ve todo su apartamento desde aquí, y joder si es bonito.

—Ahora ya sabes dónde encontrarme cuando estés lista para repetir lo del fin de semana pasado.

Ahí está esa voz sensual a la que estoy acostumbrada. Su voz rezuma sexo. ¿Cómo es eso posible?

Me vuelvo hacia él, pero Zanders no se mueve, de modo que sus labios quedan sugestivamente cerca de los míos. Pasea la mirada de mi boca a mis ojos, al igual que hago yo antes de alejarme y poner algo de distancia entre nosotros.

De alguna manera, incluso con un vestido de lentejuelas y una peluca rubia platino, todavía me pone.

Estúpida polla galardonada.

—Parece que has estado muy ocupado esta semana —respondo para levantar algún muro entre nosotros. Pero no sé por qué demonios he dicho eso. Zanders adora su reputación. Restregársela en la cara me hace quedar como una idiota celosa y mezquina.

Para mi sorpresa, en lugar del regodeo que había supuesto que mostraría, se le desencaja la cara.

—No creas todo lo que veas en internet, Stevie.

Un momento de incómodo silencio se instala entre nosotros antes de esbozar una sonrisa de disculpa.

Se aleja de mi puerta con el rostro cubierto por la decepción, y va a reunirse con sus amigos.

—Ya nos veremos.

Me lanza una media sonrisa, pero no hay mucha alegría en ella, sino más bien tristeza, lo que me recuerda que soy una completa idiota.

20
Zanders

—Se os ve bien esta temporada, chicos.

Recostándome en el sofá de cuero marrón, entrelazo las manos detrás de la cabeza.

—Parece que por fin disponemos de todas las piezas para ir a por todas.

—El gol de la victoria de Eli anoche —comienza Eddie, nuestro terapeuta—. Madre mía, fue precioso.

—Sí, se encargó de enseñarme la repetición más de una vez mientras tomábamos una copa anoche.

Maddison siempre juega mejor en casa que fuera, por lo que no es de extrañar que lidere la Liga en puntos después de estas dos semanas en Chicago. Pero Eddie conoce a Maddison tan bien como yo conozco a mi mejor amigo, así que no hay necesidad de recalcarlo. Siempre que su familia está en el estadio, domina el partido.

Yo, por otro lado, doy lo mejor de mí con el odio de los estadios que visitamos. Me he acostumbrado a ser mi propio apoyo en todos los aspectos de mi vida, incluido el hockey.

—¿Cómo te sientes acerca de las Navidades?

Esa pregunta me hace pararme a pensar. Traté de evitar darle vueltas a las temidas vacaciones familiares, pero Eddie sin duda tenía que preguntar. Es mi terapeuta desde hace casi una década. Nuestras sesiones semanales suelen ser solo una conversación entre dos amigos, pero Eddie, siendo como es, siempre sabe dónde encontrar la raíz de algo más profundo. Y conoce cada sórdido detalle de mi historia familiar, por lo que, con la Navidad a la vuelta de la esquina, no es de extrañar que la mencione.

Pero hace ocho años prometí, tanto a él como a mí mismo, que sería totalmente sincero en nuestras sesiones. La honestidad brutal ha permeado todos los aspectos de mi vida, y debo decir que es increíblemente liberador. Es lo que me ayudó a superar muchos de los demonios internos con los que luchaba cuando era más joven.

—Las estoy temiendo. Ni siquiera sé de qué hablaremos. Lindsey no estará allí para aplacar los ánimos, y desearía haberme inventado alguna excusa para no ir.

—Esta podría ser una buena oportunidad para hablar con tu padre, Zee. Claramente está haciendo un esfuerzo al venir a visitarte.

—Eso es lo que dijo Logan.

—Sí, bueno —se ríe Eddie—. Logan probablemente debería reconsiderar su carrera profesional y pasarse a mi campo.

Desde que estábamos en la universidad, Maddison y yo hemos compartido el mismo terapeuta y, en broma, Eddie se ofreció a pagarle la mitad del salario a Logan por mantener nuestra cabeza en orden cuando no estamos en su consulta.

—¿Qué te impide tener una conversación sincera con tu padre? No te cuesta lo más mínimo hacerlo con todos los demás en tu vida.

—No estoy enfadado con todos los demás en mi vida.

—¿Por qué estás enfadado con tu padre?

—Eddie, ya sabes por qué.

—Recuérdamelo.

Su táctica favorita. Él sabe exactamente por qué y no necesita que se lo resuma. Solo quiere ver si yo lo recuerdo.

—Porque me abandonó de la misma manera que lo hizo mi madre. Al mismo maldito tiempo. Se encerró en el trabajo y yo me quedé solo, sin nadie.

—¿Alguna vez le has preguntado por qué hizo eso?

—No necesito preguntárselo. Ya sé por qué. No me quería lo suficiente como para ser el padre que yo necesitaba.

El suspiro de Eddie es profundo, de resignación.

—¿Qué te parece, ya que vais a pasar juntos el fin de semana, si le preguntas sobre lo que ocurrió en esos últimos años de instituto?

Niego rápidamente con la cabeza.

—Ya no me importa. Me he alejado de la situación y ya me quiero a mí mismo, no necesito su amor ni el de nadie más.

—Zee. —Eddie echa la cabeza hacia atrás y la apoya en el reposacabezas de su silla gris—. Por el amor de Dios, dime, por favor, que después de ocho años trabajando juntos te das cuenta de que eso no es cierto.

El silencio se apodera de la impecable consulta que ha sido mi refugio durante años.

—¿No crees que seas digno de amor?

Eddie, con el tobillo sobre la rodilla opuesta y las manos cruzadas, se sube las gafas sin montura hasta el puente de la nariz. Si abres el diccionario por la palabra «terapeuta», estoy bastante seguro de que encontrarás una foto de Eddie con su puto chaleco de punto.

Claramente, estoy evitando su pregunta.

—¿No te sientes querido? —reformula.

—Creo que hay pocas personas que me quieran. Maddison, Logan y mi hermana. Pero no sé si alguien más me querría si me conociera de verdad.

—¿Quién eres de verdad?

Una vez más, Eddie conoce la respuesta.

Poniendo los ojos en blanco, le recuerdo:

—Alguien que se preocupa por sus mejores amigos. Alguien que es mentalmente fuerte porque se ha esforzado por conseguirlo. Alguien que solo se mete en peleas en la cancha porque protege a su gente. Alguien que en realidad pasa más tiempo haciendo de tío que con todas las mujeres con las que la gente cree que está.

Eddie continúa asintiendo, mientras garabatea notas en su libreta, tal como lo ha hecho durante los últimos ocho años.

—Alguien que tiene miedo de perder la imagen que se ha inventado porque la gente adora a ese tipo. No sé si les gustará el auténtico, y no sé si estoy dispuesto a averiguarlo.

—Siempre has sido mi cliente más sincero, Zee, pero le has estado mintiendo al mundo entero acerca de quién eres. Para alguien tan honesto, esa es una mentira bastante grande.

—Eddie —me río incómodo—. Es miércoles por la mañana. Esto se está poniendo bastante intenso para ser miércoles por la mañana.

—Es terapia. ¿Qué esperabas?

Por supuesto, no me dejará esquivar la pregunta con humor. Me conoce demasiado.

—¿Quieres que te quieran?

Joder. Está acertando con todas las preguntas difíciles hoy. No he tomado suficiente cafeína para esto. Qué narices, no he tomado suficiente whisky para esto.

—Creo que descarté esa opción hace mucho tiempo.

—Zee, tienes veintiocho años. Podrías tener ochenta y ocho años y seguir cambiando el rumbo de tu vida. ¿Quieres que te quieran?

Silencio.

—¿Quieres que te quieran?

Los ruidos de la calle llenan la silenciosa consulta mientras permanezco mudo.

—Zee, ¿quieres que te quieran?

—¡Sí! Joder.

Dejo caer la cabeza hacia atrás, contra el sofá, y cierro los ojos frotándome la mandíbula con las palmas de las manos.

Eddie no es el típico terapeuta, al menos no para mí. En este punto de la relación es como un asesor de vida, y es jodidamente molesto.

Pero la verdad es que sí quiero que me quieran, y me da miedo admitirlo. Es mucho más fácil decir que no quieres que nadie te quiera cuando nadie te quiere.

—¿Quieres que te quieran por lo que eres o por lo que la gente piensa que eres?

—Por cómo soy.

—Entonces, ¿por qué no le has dicho a nadie quién eres?

—Porque tengo miedo.

Y ahí está. La raíz de todo. Estoy acojonado de que mis seguidores o cualquier otra persona vea quién soy en realidad. El personaje que he interpretado durante los últimos siete años en la Liga ha sido quien ha firmado los grandes contratos. Tengo miedo de perderlo. Tengo miedo de perder el contrato. Tengo miedo de dejar el equipo y la ciudad donde viven mis mejores amigos.

Ni a mis propios padres les gustaba mi verdadero yo tanto como para quedarse. ¿Por qué iba a hacerlo nadie más?

—Ser vulnerable y auténtico da miedo, hombre. Pavor. Pero las personas que te importan, aquellas a las que les has mostrado tu verdadero yo, te quieren incondicionalmente. ¿Por qué no dejar que los demás también te quieran incondicionalmente? Al menos dales la oportunidad de hacerlo.

Joder, siento un peso en el pecho. Y no un peso como los de un ataque de pánico, sino como si me hubiese golpeado con una tonelada de ladrillos, porque sé que tiene razón.

—Tienes razón.

—Dios, qué maravilla escuchar eso —exclama Eddie con una sonrisa de satisfacción. Cabrón engreído—. ¿Por qué no eres esta semana tu yo auténtico y vulnerable con alguien que solo conozca la versión de EZ que muestran los medios y no el Zee real? ¿Tal vez con tu padre?

—Con mi padre no.

—Bueno —se rinde Eddie levantando las manos—. Pero con alguien. Alguien que crea que te conoce pero en verdad no tiene ni idea. Muéstrales quién eres realmente.

—¿Y si no les gusta mi verdadero yo?

Eddie reflexiona un momento.

—Entonces duplicaré mi donación a Active Minds y haré cuatro sesiones por semana con tus chicos en lugar de solo las dos que había pensado.

—Trato hecho —digo muy rápido, antes de que pueda retractarse.

Si ser vulnerable con alguien me da la oportunidad de añadir cuatro sesiones semanales más a las cada vez más horas que hemos conseguido con médicos y terapeutas de la ciudad, entonces lo haré.

El reloj de la pared del fondo marca diez minutos después de la hora.

—Nos hemos vuelto a pasar.

Eddie se encoge de hombros.

—Puedes permitírtelo.

De pie, nos abrazamos. Como he dicho antes, llevamos haciendo esta mierda ocho años. Eddie es una parte integral de mi vida y un verdadero amigo. Es familia, por eso me llama por el nombre que usan las personas más importantes en mi vida, y no por el que me dieron mis padres.

—Vendrás a la gala el mes que viene, ¿verdad?

Eddie me acompaña hasta la puerta de la consulta y la abre.

—Por supuesto. No podría estar más orgulloso de ti y de Eli. Recuerdo cuando solo erais un par de pequeños arrogantes de mierda en la universidad. Y miraos ahora.

—Seguimos siendo dos arrogantes de mierda, pero adultos.

—No me perdería la gala por nada del mundo.

—De etiqueta —le recuerdo a Eddie con un dedo acusador.

El código de vestimenta fue idea mía. Pero que les den. Me encanta tener una excusa para arreglarme. Por no mencionar que me queda genial el esmoquin.

—Te enviaré la factura por eso también.

El pequeño café que hay debajo de la consulta de Eddie es mi parada habitual los miércoles por la mañana. Después de nuestras sesiones, siempre estoy agotado. Me pido cada vez un café solo con dos de azúcar y continúo el corto camino de regreso a mi edificio.

El frío de finales de noviembre me golpea en cuanto pongo un pie fuera, así que me bajo el gorro para cubrirme las orejas. Las calles del centro de Chicago están repletas de cuerpos que corren de un lado para el otro y, afortunadamente, entre que mantengo la cabeza gacha y que están demasiado ocupados para fijarse en nada, paso desapercibido.

Al doblar la esquina a dos manzanas de mi casa, me detengo en seco, lo que obliga a todo el desfile de personas a esquivar mi cuerpo, que está acaparando el espacio en la acera.

Y estoy clavado al suelo porque justo delante hay una cabeza cubierta de rizos castaños, aunque hoy están recogidos en un moño envuelto con un pañuelo amarillo. Stevie está sentada en el helado bordillo de cemento, con las rodillas contra el pecho y la cabeza entre las manos.

La cantidad de espacio que esta chica ha estado ocupando en mi cabeza últimamente es un poco preocupante. Lo que pensé que iba a ser una aventura de una noche ha despertado la esperanza infinita en mí de que se repita, pero, durante las últimas semanas, además de los pocos vuelos que hemos tenido desde que la vi en aquel tardío Halloween, Stevie ha mantenido las distancias.

Es insoportable.

Incluso desde una manzana de distancia, alcanzo a ver que su espalda se sacude ligeramente antes de que mire hacia arriba y se seque la mejilla con desesperación.

No, no, no. No me va la gente llorando. Rectifico: no me van las chicas llorando. Especialmente aquellas con las que ya he estado. El consuelo forma parte del factor intimidad del que me gustaría mantenerme alejado, pero, al parecer, nadie se lo ha contado a mis pies porque, sin darme cuenta, me llevan directo a la triste azafata sentada en la acera.

Stevie tiene la cabeza enterrada entre los brazos, sin saber que estoy de pie junto a ella mientras observo el suelo reflexionando. Mis pantalones cuestan más de lo que ganan algunas personas en una semana, pero aquí estoy, sentándome en una repugnante acera del repugnante centro de Chicago.

—¿Me estás siguiendo? —le pregunto dándole un empujoncito con el hombro, con la esperanza de que el humor disipe lo que sea que le pase.

No lo hace.

Stevie levanta la mirada de sus brazos, que tiene cruzados, y veo que tiene los ojos bordeados de rojo. Tiene hinchada y enrojecida la pecosa nariz, y la tristeza en su cara no podría ser más obvia.

—Ay, Dios —exclama y se da la vuelta, usando una manga de la enorme camisa para limpiarse la nariz y las mejillas—. Deberías irte. No necesito que veas esto.

—¿Estás bien?

—Sí. —Inhala profundamente, tratando de recuperar la compostura, pero sigue sin mirarme—. Muy bien.

—Bueno, menos mal. Porque qué vergüenza habrías pasado si te llego a pillar llorando en una acera.

Me llevo el café a los labios para esconder mi sonrisa, cuando ella se da la vuelta para mirarme y los dos nos reímos. Me gusta cómo suena su risa. Mucho mejor que el lloriqueo que estaba tratando de ocultar.

Esta vez le doy un golpecito con la rodilla.

—¿Qué ocurre?

Ella se recoloca el pequeño aro dorado que lleva en la nariz, que se le había movido al limpiarse con la manga de la camisa.

—Un perro ha muerto.

—¿Tu perro?

Se me encoge un poco el corazón.

—No —responde negando con la cabeza, y señala con el pulgar sobre su hombro.

Estiro el cuello hacia atrás para leer el letrero en el edificio en ruinas que hay detrás de nosotros. Senior Dogs of Chicago.

—Soy voluntaria aquí, y uno de nuestros perros ha muerto. Tenía doce años y ya le había llegado la hora, pero me entristece que estuviera aquí y no en una casa con alguien que lo quisiera.

Ay, joder. Esto no es bueno. El apodo de Stevie era irónico porque nunca me había mostrado su lado dulce. Ni una sola vez. ¿Y ahora, sentada en este bordillo, decide contarme que en realidad ella es toda amor? No sé si estoy preparado para que eso sea cierto.

—Bueno, ¿tú lo querías?

—Por supuesto. Pero no es lo mismo. Se merecía su propia casa con una cama calentita y un dueño que lo quisiera. Solo necesitan a alguien a quien querer incondicionalmente, pero, en cambio, están encerrados aquí.

Amor incondicional. ¿Qué le pasa hoy al universo que ya me ha lanzado dos veces esas dos palabras antes del mediodía?

—¿Alguna vez has estado enamorado? —me pregunta Stevie con total sinceridad, mirándome con los ojos muy abiertos y llenos de curiosidad.

De repente siento un peso en el pecho, y me ha abandonado la capacidad de hablar, porque el tema del amor no debería salir a colación con la última chica con la que me acosté.

—No ese tipo de amor. —Stevie pone los ojos en blanco juguetonamente—. Todos sabemos que ya estás enamorado de mí.

Ahí está. Algo de esa energía insolente que tiene se apodera de ella y la tristeza abandona el aire que nos rodea.

—Vamos, Armani —suelta. Se levanta del bordillo y extiende una mano hacia la mía—. Hoy te vas a enamorar.

—Estos pantalones son de Tom Ford, dulzura.

Le doy la mano, dejando que crea que me está ayudando a levantarme, pero no está haciendo una mierda, porque me levanto de la acera yo solo.

—Bueno, podrían ser de Walmart por lo que a mí respecta. No importa el nombre del diseñador. Están a punto de quedar cubiertos de pelo de perro.

Por lo general, eso sería un no rotundo, pero, en cambio, esbozo una sonrisa demasiado grande y sigo a la chica de pelo rizado hacia el edificio en ruinas que hay detrás de nosotros.

La pequeña entrada es luminosa y alegre, y cada pared, de un color diferente. Pero casi no se distingue la pintura debido a las innumerables Polaroids que hay colgadas. Nuevos dueños con sus nuevos perros y sonrisas de oreja a oreja que recuerdan los momentos felices que ha visto este edificio.

Hay un gran escritorio al final de la entrada, y cuando doblo la esquina, se me abren los ojos de par en par por la sorpresa. La sala de al lado está llena de perros. Algunos grandes y otros pequeños, algunos tirados en las innumerables camas para perros y otros jugando entre ellos.

Pero lo más evidente es la forma en que Stevie se ilumina cuando abre la pequeña puerta que separa la recepción de los perros. Al entrar, la sonrisa se apodera de su rostro cuando un puñado de perros mayores se le acercan, olfateándola, lamiéndola y moviendo la cola.

Claramente la adoran tanto como ella los adora a ellos.

—¿Estás bien?

Hay una mujer mayor de pie en el otro extremo de la sala. Cuando Stevie asiente, le lanza una media sonrisa antes de atravesar una puerta y dejarnos solos.

—Vamos, don pantalones elegantes. —Stevie me abre la puerta—. No muerden.

Que me muerdan no es lo que me preocupa. Soy un tipo grande e imponente. La mayoría de los perros me temen, no al revés.

Lo que me preocupa es ver el lado dulce de Stevie. No estoy seguro de estar listo para saber que esta parte de ella existe. Ya he estado demasiado distraído con su cuerpo, del que no he tenido suficiente, por no mencionar lo contestona que es. No sé si podré soportar que también me atraiga su alma.

Dejo el café en el mostrador de recepción y entro en la gran sala llena de perros. El espacio es luminoso y ecléctico, con alfombras de diferentes colores cubriendo el suelo. Hay grandes cojines tirados por ahí y aún más camas para perros por toda la habitación. La pared del fondo está llena de jaulas, donde un par de animales han decidido relajarse, aunque tienen las puertas abiertas para que salgan a jugar.

Algunos perros se abalanzan sobre mí, olfateándome las piernas y los zapatos. No vienen tantos como los que rodean a Stevie en este momento, pero son más de lo que había supuesto. Pensaba que se sentirían intimidados por mi imponente presencia, pero parece que solo están emocionados de tener visita.

—Ese es Bagel —me indica Stevie refiriéndose al *beagle* que me huele los Louboutin.

—¿Bagel el *beagle*? Brillante.

—Llegó aquí el mes pasado, pero ya tiene un nuevo hogar. —La voz de Stevie destila entusiasmo y orgullo—. Lo recogen mañana.

Se deja caer sobre uno de los mullidos cojines del suelo y se sienta con las piernas cruzadas mientras los perros se abalanzan sobre ella y le lamen y olfatean la cara, moviendo la cola a toda leche. Ella no los ahuyenta, sino que acepta todo su amor y se lo devuelve en forma de caricias en la barriga y rascándoles detrás de las orejas.

Una vez que se han calmado, la mayoría de los perros vuelven a lo que sea que estuvieran haciendo antes de que entráramos. Stevie se gira hacia mí y levanta una inquisitiva ceja cuando se da cuenta de que estoy de pie junto a la puerta. Entonces señala el suelo.

A la mierda. Tendré que tirar el traje entero o llevarlo a la tintorería de todos modos. Las camisas de franela de segunda mano y los holgados tejanos de Stevie tienen mucho más sentido en este momento.

Tomo asiento frente a ella dejando suficiente espacio entre nosotros para poder estirar mis largas piernas. Un par de perros me olfatean las orejas y la cabeza, pero en su mayor parte les da igual mi presencia.

—Bueno —digo mirando alrededor de la colorida sala—, ¿qué es este lugar?

Un pequeño perro blanco se planta en el regazo de Stevie, acurrucándose entre sus piernas.

—Este lugar es un refugio para perros mayores. Bueno, es para todos los perros en realidad, pero hacemos hincapié en los de mayor edad porque generalmente no son la primera elección, y queremos que lo sean.

—¿Cada cuánto vienes aquí?

—Siempre que jugáis en casa. Trato de venir tanto como puedo cuando no estamos de viaje.

Levantando la vista del perro que tiene acurrucado encima, me regala su sonrisa más auténtica. Ya no tiene las pecosas mejillas tan sonrojadas como cuando lloraba afuera, y tiene una mirada mucho más brillante y clara.

Para ser sincero, en el par de meses que hace que la conozco, nunca la había visto tan feliz. No se la ve tan emocionada cuando está en el avión con nosotros, eso desde luego.

—¿Por qué no trabajas aquí a tiempo completo? Está claro que te encanta.

Y ¿por qué estoy yo sugiriendo eso? Por mucho que la quisiera fuera del avión hace dos meses, no puedo imaginarme viajando sin que me vuelva loco, en más de un sentido.

—Porque, por desgracia, la vida adulta requiere dinero y aquí no pueden pagarme. Apenas pueden permitirse el lujo de seguir abiertos.

He tratado de evitar quedarme mirando las grietas en las paredes o las manchas de humedad en los rincones del techo, pero estaría mintiendo si dijera que no me he fijado. Por no mencionar los zócalos, a los que les vendría bien una nueva capa de pintura, o las chirriantes bisagras de la puerta de entrada, que probablemente deberían reemplazarse.

—¿No hay suficientes adopciones?

—Sobrevivimos a base de donaciones. No cobramos mucho porque no queremos disuadir a la gente de adoptar. Pero, aun así, no creo que mucha gente sepa que existe este pequeño edificio. O, si lo hacen, parece que aún prefieren comprar un cachorro que llevarse un perrete mayor a casa.

Un gran labrador rubio mestizo se me acerca y me lame la oreja. Es bastante asqueroso, pero, en lugar de limpiarme, le rasco el áspero pelaje bajo el cuello, lo que le arranca un gemido de satisfacción al chicarrón.

—Ese es Gus. Cheryl, la mujer que ha estado aquí antes, es la dueña del refugio y ese es su perro.

—Es grande.

—Es un perezoso —se ríe Stevie.

—¿Cuántos tienes en casa?

Se le borra ligeramente la bonita sonrisa.

—Ninguno. Vivo con mi hermano, y es alérgico.

—Pues qué pena. Supuse que la única razón por la que sigues vistiendo esos asquerosos pantalones de chándal es porque estás en casa abrazando perros todo el día.

—Ja. ja.

Stevie acompaña su risa forzada por una pequeña y auténtica.

Su adorable risita llama la atención de una dóberman que estaba durmiendo en su jaula. La gigantesca perra, de color negro y tostado, que admito que me da un poco de miedo incluso a mí, sale de su jaula y se despereza con ganas, levantando el culo.

Fija sus puntiagudas orejas y penetrantes ojos en mí, y no voy a mentir, por un momento parece muy agresiva, como si quisiera arrancarme la cabeza de un mordisco. Y no estoy seguro de que estar sentado en el suelo, cara a cara, sea la mejor idea.

Stevie sigue mi mirada.

—Esa es Rosie. No dejes que te engañe. Es la cosa más dulce del mundo. Parece intimidante, pero no lo es. Es un caramelito.

Rosie da dos pequeños pasos, inspeccionando ligeramente la habitación.

—Y yo soy su favorita.

Stevie abre los brazos para que Rosie venga a saludarla.

En lugar de ir hacia ella, la perra da unos pasos lentos e intimidantes hacia mí.

Se dirige hacia mis piernas, que tengo abiertas. Me mira fijamente y con determinación, con esos ojos color miel. No me importa lo que diga Stevie. Rosie es intimidante.

Esto es hasta que se me tira sobre el regazo y me planta la cabeza en el muslo antes de tumbarse bocarriba, agitando las piernas en el aire y pidiendo que le acaricie la barriga.

No puedo evitar reír mientras le masajeo la tripa a dos manos.

—Eres su favorita, ¿eh?

—Te odio.

Rosie vuelve la enorme cabeza para mirarme, pero su táctica de intimidación ha desaparecido por completo. Parece un poco enamorada, y creo que yo también lo estoy.

—¿Cuánto tiempo lleva aquí?

—Casi un año. Sus dueños la dejaron la Navidad pasada, porque tuvieron un bebé y decidieron entregar a Rosie. Dijeron que les preocupaba que estuviera rodeada de niños, lo cual es una completa tontería. No haría daño a una mosca.

Le paso un brazo por debajo y cojo a Rosie como si fuera un bebé. Ella usa mi bíceps a modo de almohada mientras le rasco, hasta que finalmente se queda dormida.

Es toda ternura. Sus anteriores dueños son gilipollas.

—Es un caramelito.

—Es un poco como tú —apunta Stevie, y vuelvo mi atención a la azafata de pelo rizado—. Usted también es bastante tierno por dentro, señor Zanders.

—Por favor. Doy un miedo de la hostia.

—Claro, Elsa.

Mirando a la gigantesca dóberman dormida en mis brazos, no puedo evitar preguntarme quién demonios no querría a esta perra y por qué narices está en un refugio. Es perfecta.

—Oye, Zanders.

—¿Mmm?

—Eso es lo que se siente al estar enamorado.

21

Stevie

Apenas hicimos unos pocos viajes cortos entre Acción de Gracias y Navidad. Y los pasé evitando la fila con las salidas de emergencia tanto como pude o encerrada en mi habitación de hotel en un intento de no cruzarme con Evan Zanders. Pasar tiempo con él no es el problema en sí, pero, cada vez que estoy cerca de él, me siento como un perro en celo y solo tengo ganas de abalanzarme sobre él.

Aun así, logré evitarlo de alguna manera.

Sin embargo, si hubiera visto a Zanders en el refugio con Rosie antes de esos viajes de trabajo, estaría contando una historia diferente. Aquel día de la semana pasada, al verlo rodeado de todos mis perretes favoritos, me sentí más atraída por él que nunca.

Y, por segunda vez desde que lo conozco, mi atracción no tenía nada que ver con su aspecto, sino más bien con el pedacito de corazón que mostró.

—Vee, ¿estás lista?

La voz de mi padre me saca de mi ensoñación.

Mirando alrededor del palco familiar en el United Center, me doy cuenta de que el espacio, previamente abarrotado, prácticamente se había despejado en los últimos minutos del partido. Los Devils están a punto de lograr una imponente victoria en casa, y estoy segura de que la mayoría de los familiares están ansiosos por ver a sus jugadores fuera del vestuario este día de Navidad.

Me cuelgo la bandolera del hombro y sigo a mi padre fuera del reservado y por el pasillo hasta la entrada trasera del vestuario, que es exclusiva para miembros de la familia. Mi madre va por lo menos tres metros por delante de nosotros, ansiosa por ver a su amado hijo, pero trato de ignorar el hecho de que nunca haya estado tan emocionada de verme a mí.

Hacía años que no pasaba la Navidad con mi familia. Es un día importante en baloncesto, así que cuando trabajaba para la NBA, estaba de viaje, lo cual era la excusa perfecta para evitar reunirme con mi madre. Pero la Liga Nacional de Hockey se toma el día libre, así que aquí estoy.

—¿Conoces a alguno de estos tipos?

Mi padre me pasa un brazo sobre los hombros mientras caminamos por el largo pasillo privado del United Center, cuyas paredes están cubiertas con fotos de los dos equipos profesionales que juegan en este edificio: los Devils y los Raptors.

—A algunos.

Mi padre nos detiene frente a la foto del equipo de este año.

—¿Quién es ese? —pregunta señalando al bobo de pelo rizado y ojos verdes.

—Ese es Rio —digo con una risa—. Es como el payaso de la clase. Es defensa y se lleva a todas partes un radiocasete retro de los noventa.

—¿Y este? —pregunta señalando al número 13.

—Ese es Maddison. El capitán del equipo. Es el delantero estrella y muy buen tipo. Su familia vive unos pisos por encima de Ryan, en realidad.

—¿Y él?

El dedo de mi padre golpea al único jugador que estoy tratando de no mirar. De hecho, llevo todo el día intentando no mirarlo, pero, como capitán suplente, su cara está pegada por todo el estadio. No es que le importe. Conociendo a Zanders, probablemente se ofreció como voluntario para la sesión de fotos.

Me aclaro la garganta y aparto la mirada del número 11.

—Ese es Evan Zanders.

—Bueno, y ¿cómo es?

—Arrogante. Presumido. Está enamorado de sí mismo. Tarda más en arreglarse que la mayoría de las mujeres. Se mete en muchas peleas en la pista.

«Adora a su sobrina. Es más dulce de lo que hace creer a la gente. Me hace sentir bien en más de un sentido».

—Ajá, ya veo.

—¿Ya ves qué?

—Te gusta.

—No, claro que no. —Vuelvo la cabeza y veo que mi padre me está mirando con una sonrisa de complicidad—. No lo soporto, en realidad.

Una risa profunda retumba en su pecho.

—Vee, te quiero, pero se te da fatal mentir. Tienes un flechazo.

—No tengo un flechazo. Trabajo para él.

Y esto es algo que he estado tratando de recordarme durante semanas, desde aquella noche en que nos lo montamos en Washington D. C.

—Vale —lo deja pasar mi padre, pero la ligera sonrisa picarona que muestra mientras continuamos nuestro camino hacia el vestuario de Ryan me dice que no se traga mi mentira.

—¡Ryan! —grita mi madre cuando mi hermano gemelo, todo sudoroso, entra a la sala de espera familiar. Está demasiado emocionada, como si no lo hubiera visto ya esta mañana.

—Hola, mamá.

Él la estrecha en un abrazo, y a mi madre, radiante, se le ilumina la cara, como suele ocurrir cuando está mi hermano. Él es su orgullo y alegría, y yo, bueno…, aquí estoy.

—Gran partido, hijo.

Mi padre es el siguiente en abrazar a la superestrella y, aunque está igual de orgulloso de él, eso no tiene nada que ver con que sea un deportista famoso. Él solo sabe de baloncesto por Ryan, pero no le van mucho los deportes en general. Simplemente quiere a sus hijos y está orgulloso de todo lo que hacemos.

Ryan me rodea con un brazo y su sudada axila aterriza en mi hombro.

—Vaya, eres repugnante. Aun así, buen partido.

—Gracias, Vee. —Me da un beso en un lado de la cabeza cariñosamente—. Me ducharé en casa. Vámonos. Estoy hambriento.

—Ryan, me encanta tu edificio de apartamentos —dice mi madre, como lo ha hecho cada vez que ha entrado en él durante los últimos tres años.

—También es el apartamento de Vee.

—Bueno, por ahora —murmura, y yo, mordiéndome la lengua, respiro hondo con resignación.

—Feliz Navidad —nos saluda nuestro portero cuando abre la puerta del vestíbulo para resguardarnos del frío exterior—. Señorita Shay, ha recibido un paquete. Está en su cocina, y su cena ya ha llegado.

Confundida, frunzo el ceño. Las únicas personas que me enviarían algo están aquí conmigo, y ya hemos intercambiado los regalos de Navidad esta mañana. Pero antes de irme a averiguar de qué se trata, le entrego la tarjeta que Ryan y yo firmamos y cuyo sobre llenamos con dinero en efectivo. Es principalmente de mi hermano, pero yo puse lo que podía.

Llegué enseguida a apreciar a nuestro portero, más que nada porque no me trata como a una extraña que vive en el edificio, aunque claramente lo soy.

—Feliz Navidad.

Me guiña un ojo antes de que me apresure a volver con mi familia al ascensor, ansiosa por zampar la comida china que hemos pedido de camino a casa desde el estadio.

El olor de los fideos chow mein, el brócoli con ternera y el pollo a la naranja invaden mis fosas nasales en cuanto entro en el apartamento, pero antes de darme el gusto, cojo la caja de regalo perfectamente envuelta que hay sobre la isla de la cocina y me voy a mi habitación para cambiarme.

Llevo todo el día con unos tejanos ceñidos, y me muero por quitármelos. Hay días en que no me molesta la apretada tela, mientras que otros sería capaz de asesinar a alguien si el tejido toca alguna parte de mi piel. Es por eso por lo que siempre llevo pantalones de chándal o tejanos holgados. No me importa si no son las prendas más favorecedoras del mundo. Son cómodos y me hacen sentir bien. Mi peso fluctúa casi a diario, por lo que tener ropa apretada en mi armario que podría valerme un día y al siguiente no solo me jode mi imagen corporal.

La caja, envuelta en papel azul cielo, llama mi atención mientras me pongo mi chándal más cómodo. El frío del apartamento me hace vestirme con rápidos meneos, pero cuando deslizo el pie izquierdo por la pernera, se me engancha un dedo del pie en uno de los muchos y diminutos agujeros en la costura, lo que me hace tropezar y rasgar toda la mitad inferior de los pantalones.

Con los pantalones a medio poner, golpeo el suelo con un ruido sordo.

—Vee, ¿estás bien? —grita mi hermano.

—Sí.

Respiro hondo y me aparto un rizo de la cara.

La demente en mí quiere gritarle por haber acaparado con todos los genes atléticos mientras estábamos en el útero y, por lo tanto, cargarse mis pantalones de chándal favoritos. Esto es culpa de Ryan, en realidad.

«Descansad en paz» es el primer pensamiento que pasa por mi mente cuando los tiro a la basura.

El segundo pensamiento es lo feliz que probablemente estará Zanders, pero descarto esa imagen. Pensar en Evan Zanders mientras no llevo pantalones es una mala idea y me ha pasado con mucha más frecuencia de lo que me gustaría admitir.

Cambio la camiseta de Ryan por una enorme de cuello redondo y me siento en la cama, ansiosa por saber quién diablos me ha enviado un regalo. No hay tarjeta en el exterior, solo unos bordes perfectamente marcados con papel de regalo azul cielo, cinta naranja y un lazo a juego.

La caja interior es de algún diseñador, aunque no sé cuál, pero solo por la calidad de la caja está claro que es un regalo demasiado caro.

Y ahora ya sé exactamente de quién es.

La simple pieza de cartulina que encuentro sobre el elegante papel de seda doblado lo confirma.

Stevie:

¿Regalarte pantalones me da derecho a volver a meterme en tus pantalones?

> *Es broma…, o no.*

Feliz Navidad,

Zee

(Por favor, deshazte de esos asquerosos pantalones de chándal. Nadie necesita verlos).

La sonrisa en mi rostro es dolorosamente grande. Zanders no parece el tipo de persona que hace regalos a sus conquistas pasadas, pero también me ha sorprendido en más de un sentido desde aquella noche.

Mi mano roza la suave tela negra de encima. Puede que sea el material más lujoso que he tocado nunca, lo cual es muy típico de Zanders. Por supuesto, me ha comprado pantalones de chándal de diseño. No quiero ni saber cuánto cuestan.

Y no solo me ha comprado un par, sino tres de distinta talla.

Este tío es la mezcla más extraña entre cliché e impredecible que he conocido, y me tiene constantemente tratando de adivinar qué versión de él es la real.

La caja huele un poco a él, como si hubiera estado en su apartamento unos días antes de que la envolviera y la enviara.

No voy a mentir, se me ha acelerado el corazón. Esto ha sido premeditadísimo y, por muy casual que pueda parecer desde fuera, no lo es. Me he comido la cabeza con los pantalones de chándal desde la primera vez que lo vi fuera del avión, y el hecho no solo de que se acuerde, sino también de que elija algo que sabe que me hará sentir cómoda por mucho que me elogie cuando luzco cuerpo, me hace sentir… comprendida.

El flechazo sobre el que le he mentido a mi padre antes parece cada vez más innegable.

Pero igual de mala idea.

No puede salir nada de esta situación aparte de que acaben hiriendo mis sentimientos, pero decido que, solo por hoy, ignoraré ese pensamiento y disfrutaré del considerado regalo de Zanders.

El material parece mantequilla pura mientras se desliza sobre mis gruesos muslos. Y me he afeitado las piernas esta mañana. Bueno, la parte inferior, porque soy demasiado vaga para hacérmelas enteras, pero la cosa es que la suave tela es superagradable y cremosa.

No sabía que pudieras sentirte una señorona vistiendo ropa de estar por casa, pero aquí estoy, sintiéndome una señorona de tomo y lomo.

Aunque me ha comprado distintas tallas, me valen los tres pares, por lo que guardo los otros dos en un estante en mi armario, y la nota de Zanders, en el cajón superior de mi tocador, donde mi hermano no la encontrará.

Ryan es muy protector, por lo que si descubre que me acosté con alguien con la reputación de Zanders, estará más que decepcionado.

—¿De quién era? —pregunta mi padre mientras arrastro los pies hacia la mesa de la cocina con mis nuevos y elegantes pantalones.

Miro a Ryan de repente, que parece igual de curioso.

—Ehhh…, un regalo de Navidad de alguien con quien trabajo.

No es mentira.

—Eso es asombroso, Vee. Estoy tan contento de que estés haciendo amigos aquí.

Sí, es una forma de describir a Zanders.

Tomo asiento en la mesa del comedor y me lleno el plato con un poco de todo hasta que apenas puede verse la porcelana blanca debajo de toda la comida. Ryan y mi padre se levantan a por un par de cervezas frescas, y mi madre aprovecha la excelente ocasión.

—Eso es una barbaridad de comida, Stevie. Tiene muchísima sal —dice en voz baja, lo suficientemente baja como para que mi hermano y mi padre no la oigan.

Como he mencionado antes, Ryan es sobreprotector, pero rara vez admite que la persona de la que más necesito protección es de nuestra propia madre.

En cuanto mi hermano y mi padre están al alcance del oído, vuelve a adoptar su falsa inocencia cuando se lleva la servilleta de tela a la boca y se seca las comisuras de los labios, perfectamente delineados.

—Me alegro de que hayáis podido venir todos al partido.

Ryan toma asiento, claramente ajeno a la pantomima de mi madre, antes de poner una cerveza fresca frente a mí. En cuanto el vaso toca la mesa, lo cojo y me bebo la mitad sin respirar.

—Yo también, Ryan. Estamos tan orgullosos de ti.

Siento la cerveza espesa mientras recorre mi garganta, pero son las palabras de mi madre las que casi me atragantan. ¿Podría ser más obvio quién es su hijo favorito? Me trago la fría bebida poniendo los ojos en blanco exageradamente.

—¿Tienes algo que decir, Stevie? —pregunta mi madre con las manos en el regazo, ladeando la cabeza mientras me reta con la mirada.

«No arruines la Navidad. No arruines la Navidad. No arruines la Navidad».

—En absoluto.

Remuevo la comida por el plato con los palillos, ignorando a la prejuiciosa mujer que tengo sentada frente a mí.

—¿No crees que estemos orgullosos de ti?

Bueno, esa pregunta tan sincera es un poco chocante. Miro a mi madre a los ojos, que tiene verde azulados, esperando que vuelva a sorprenderme diciéndome que sí está orgullosa de mí.

—Estamos muy orgullosos de ti, Vee —interrumpe mi padre, pero ya sé que él sí lo está. Quiero escuchar a mi madre decirlo.

—Mmm —murmura ella, lo que suena mucho más como que discrepa que como que coincide.

La cena continúa y yo permanezco callada. Mi madre no aprobará nada de lo que quiera hablar, el refugio o la pequeña tienda de segunda mano con la que me topé la semana pasada, y no quiero que mancille las cosas que me gustan. Puede despreciar mi cuerpo o mi trabajo, que no me apasiona tanto, pero no quiero que toque ninguna de las cosas que me alegran la vida de verdad.

Mientras los tres están enfrascados en una conversación, mi madre fascinada con la vida de Ryan en Chicago, saco el móvil pensando que tal vez debería enviarle un mensaje a Zanders en Instagram para agradecerle mi nueva ropa de estar por casa.

Y también quiero una excusa para hablar con él.

Sé que algo tan simple como unos pantalones de chándal no parece gran cosa, pero el sencillo hecho de sentirme cómoda durante esta incómoda cena familiar significa mucho. Además, Zanders me ha hecho un regalo pensado solo para mí —menos por el precio, que es muy Evan Zanders—, muy diferente al par de zapatos nude que me ha regalado mi madre.

No tengo su número, y él no tiene el mío, pero poder enviarle un mensaje privado es suficiente para contactar con el famoso jugador de hockey.

He supuesto que en su Instagram presumiría de su extravagante Navidad, pero no ha publicado nada. Durante las últimas seis semanas, desde que comencé a seguir al defensa de Chicago, casi siempre publica algo para entretener a sus seguidores. Rara vez está callado, así que esto es extraño.

—¿Has terminado, Vee? —me pregunta Ryan, que está de pie a mi lado y con una mano en mi plato, listo para quitar la mesa.

—Ah, sí.

—No has comido nada.

—No tengo hambre —miento.

Se agacha y me mira el móvil por encima de mi hombro.

—¿Ese es el Instagram de Evan Zanders?

Mierda.

—Qué va.

Salgo de la aplicación y me escondo el móvil en el regazo.

—No soporto a ese tío —asegura Ryan de camino a la cocina, con las manos llenas de platos—. Le da mala fama a los deportes de Chicago.

—¿Has hablado alguna vez con él? —Mi tono es demasiado mordaz cuando las palabras salen de mi boca, y Ryan se da cuenta de inmediato.

—No necesito hacerlo. Recibe mucha cobertura en los medios. Sé exactamente el tipo de persona que es.

—Bueno —interrumpe mi padre, con una sonrisa maliciosa—. Vee conoce al tipo en persona, así que ¿por qué no le preguntamos a ella? ¿Qué piensas de él, Stevie?

Todas las miradas se vuelven hacia mí, y de repente siento que mi familia puede leer cada pensamiento ilícito que he tenido sobre Zanders. Recuerdos demasiado gráficos de aquella noche salvaje en Washington D. C. inundan mi mente, haciendo que el calor se deslice por mis mejillas.

—Es majo.

—Majo, ¿eh? —comenta mi señor padre con demasiados levantamientos de ceja.

—Gracias, papá, pero ¿puedes parar? —Dirigiéndome a mi hermano, añado—: No es tan malo como crees. La prensa no lo retrata muy bien, pero es mucho más que un malote.

Ryan clava la mirada en mí, haciendo esa cosa de gemelos para tratar de leerme la mente.

—O eso parece —termino, encogiéndome de hombros casualmente, y corro hacia el sofá manteniendo la cabeza gacha para evitar la mirada de mi hermano y sus trucos mentales.

—Brett viene a la ciudad —dice Ryan para cambiar de tema.

Bueno, suerte que no he comido, porque vomitaría la cena ahora mismo.

—Ah, ¿sí? —salta mi madre—. Stevie, ¿has oído eso?

—Lo he oído.

—Qué emocionante. Adoro a Brett. ¿A qué viene?

—Va a haber una gala benéfica, y los principales equipos deportivos de la ciudad estarán allí. Necesita hacer contactos, así que espero poder presentarle a algunas personas que conozco. Conseguirle un trabajo aquí.

—¿Aquí? —exclamo, dándome la vuelta rápidamente, con los ojos abiertos de par en par por el desconcierto.

—Sí, aquí. Te dije que vendría hace unas semanas.

—Lo sé, pero no pensé que eso significaba que buscaba trabajo aquí. Vivir aquí.

—Creo que es genial —interrumpe mi madre—. Brett es un chico tan guapo. Stevie, deberías estar agradecida de que venga a la ciudad. Tal vez te dé otra oportunidad.

¿Qué demonios?

—¡No quiero otra oportunidad!

Ay, mierda. «No arruines la Navidad. No arruines la Navidad».

—Vee, no tienes que darle otra oportunidad si no quieres —añade mi dulce padre.

Mi madre, en cambio, está tremendamente avergonzada de que una mujer sea tan clara.

—¿Qué pasó entre vosotros? —pregunta mi hermano.

Paseo la mirada entre los tres miembros de mi familia, sin querer revelar la humillación ni los detalles de cómo me di cuenta de que mi exnovio me había estado utilizando durante tres años.

Quiero a mi hermano, pero algunas cosas es mejor no contarlas. Como que me estoy acostando con el donjuán más famoso de la ciudad, por ejemplo. La otra es que su amigo es un pedazo de mierda que me hizo sentir inferior durante años. Pero él ni siquiera ve que nuestra madre me trata como si fuera basura, y mucho menos su excompañero de equipo de la universidad, así que ¿de qué sirve explicarse?

—Nada —respondo, negando rápidamente con la cabeza, y me levanto del sofá. Necesito salir de este apartamento y llenar los pulmones con un poco de aire fresco.

Me vuelvo hacia los amplios ventanales en la parte trasera de nuestro apartamento. El Navy Pier está muy iluminado por Navidad, pero mi mirada está fija en una figura alta y corpulenta al otro lado de la calle, sentada en los escalones de la entrada de su edificio.

Zanders.

—Voy a dar un paseo rápido.

—¿Ahora? Es tarde.

Poniéndome el abrigo, me calzo mis Nike antes de tranquilizar a mi padre.

—No voy muy lejos. Solo necesito un minuto.

Cojo dos cervezas frescas de la nevera, bajo las escaleras y salgo para ver a la única persona que me ha hecho sentir bien hoy.

22

Zanders

—Deja de comportarte como un pervertido y ven a sentarte.

Las palabras de mi hermana me distraen del amplio ventanal de mi ático y me devuelven a la mesa, donde ella y mi padre están sentados tras haber terminado la cena de Navidad.

—No estoy siendo un pervertido, Linds.

Vale, eso es mentira. Estoy siendo un pervertido, pero he visto a la familia de Stevie entrar en el edificio hace un rato, así que sé que ha recibido mi regalo y, sin embargo, todavía no he sabido nada de ella.

¿Quizá no le ha gustado? Ya me sentía como un idiota comprándole algo, por no hablar de que le he comprado unos malditos pantalones de chándal.

¿Quién le regala pantalones de chándal a una mujer por Navidad?

Además, ¿quién le hace un regalo de Navidad a su último ligue?

Yo. Ese mismo. Pedazo de idiota.

—Entonces ¿por qué has estado paseando la mirada del móvil a esa maldita ventana cada cinco segundos?

—Linds, ¿puedes no regañarme así, por favor?

Tomando asiento frente a mi padre y junto a mi hermana, Lindsey intenta quitarme el móvil de la mano. Pero soy un deportista profesional, así que sostengo el cacharro con bastante rapidez sobre mi cabeza y fuera de su alcance.

—¿Por qué estás tan raro esta noche? —me pregunta, con un destello de complicidad en la mirada.

—No lo estoy. Relájate.

—¿Tienes novia? —pregunta, abriendo la boca, estupefacta.

—¿Qué? Joder, no ¿Acaso no me conoces?

—Sí, Ev, te conozco. ¿Tienes novia? ¿Está buena? ¿Me gustará?

Hostigándome, Lindsey intenta tirarme del brazo hacia abajo para cogerme el móvil, pero lo mantengo lejos de ella.

Para ser una abogada de treinta años, realmente se comporta como una adolescente cuando se trata de chicas.

—No tengo novia. Es… una amiga. Y sí, podría decirse que está buena.

Lindsey cesa su acometida por mi móvil y, en su lugar, se queda quieta.

—Nunca creo que tus grupis estén buenas.

—Ella no es una grupi, y no es como mis ligues habituales.

—Entonces, ¿habéis tenido lío?

—Qué Navidad más bonita —bromea mi padre con sarcasmo, que es lo máximo que me ha dicho esta noche, y ni siquiera sé si esas palabras están dirigidas a mí—. Tengo que contestar —asegura cogiendo el móvil, antes de deslizarse hacia mi habitación de invitados.

—¿Quién cojones lo llama? Las únicas personas que lo llamamos somos tú y yo.

—No —corrige mi hermana—. La única persona que lo llama soy yo. ¿Tanto te costaría ser amable con él esta noche?

—No es que no esté siendo amable. Simplemente no tenemos una mierda de qué hablar.

—Evan, ha venido hasta aquí para verte.

—Para vernos.

—Para verte. Había planeado esto mucho antes de que yo supiera que podía coger un vuelo nocturno para llegar a tiempo, lo cual fue ayer. ¿Podrías hacer un pequeño esfuerzo?

Sé que tiene razón, pero eso no compensa el hecho de que mi padre y yo no hayamos cruzado más que unas pocas palabras de cortesía a lo largo de los años. Todavía estoy enfadado con él por la forma en que llevó la situación cuando mi madre se fue. Si Lindsey no hubiera llegado hoy en el último minuto, solo se oirían grillos en mi ático.

—No sé de qué hablar con él. No le importa el hockey. ¿Qué más se supone que debo comentar? ¿El maldito tiempo?

—Le importan tus partidos. Siempre me cuenta cómo vais cuando le llamo.

—Bueno, él no me cuenta una mierda, así que yo tampoco.

Lindsey pone los ojos en blanco ante mi inmadurez y vuelve a cambiar el tema a la insolente azafata que ha estado ocupando demasiado espacio en mi cerebro últimamente.

—Enséñame alguna foto. Apuesto a que podría robártela.

—Pse. No tienes ninguna oportunidad.

Eso no me lo he creído ni yo.

Mi hermana es casi más picaflor que yo. Se liga a tantas mujeres, si no más, como yo y se esfuerza la mitad. Me robó a más de una chavala o dos cuando éramos jóvenes.

Pero últimamente no me ligo a tantas mujeres. De hecho, no he tenido sexo desde aquella noche en Washington D. C. ¿Por qué? Ahora que sé lo que se siente al tener una pareja que puede seguirme el ritmo, ¿por qué querría menos?

Desafortunadamente para mi mano derecha y para mí, Stevie no ha sucumbido a una segunda ronda.

Pero desde aquel día en el refugio para perros, no sé si estoy tan interesado en volver al catre. También quiero pasar el rato con ella. Con la ropa puesta.

Lo cual también está bien.

Da igual.

—Ev, ¿te gusta alguien? En serio.

—No, Linds. No.

Mi hermana esboza una astuta sonrisa.

—Joder. No lo sé.

—Hostia puta. ¿Qué está pasando?

—No pasa nada. Nos enrollamos una vez y se me ha ido la cabeza, porque ni siquiera me apetece meterme en la cama con nadie más.

—Evan… —dice mi hermana con los ojos muy abiertos y llenos de orgullo—. Te gusta alguien.

Resignado, dejo escapar un profundo suspiro mientras escondo el rostro entre las manos.

—Lo sé.

—¿Puedo verla? —La voz de Lindsey ha abandonado drásticamente el tono de burla de hace un momento. Ahora solo hay orgullo y entusiasmo en ella.

Abro el Instagram de Stevie y le muestro a Lindsey mi foto favorita de su perfil. Pero también me aseguro de mantener el móvil alejado de mi hermana para que no le dé dos veces accidentalmente. Conociéndola, haría esa mierda a propósito.

Esta foto de Stevie, de pie en un puente con vistas a un río y de espaldas a la cámara con esos rizos castaños ondeando al viento, es preciosa y natural. Tiene la cara vuelta sobre un hombro, por lo que se le ven las pecas y el verde azulado de los ojos. Va vestida con su atuendo habitual de tejanos holgados, Nike sucias y una enorme camisa de franela que sacude el viento, y está muy… guapa.

Mierda. ¿Qué cojones me pasa?

—Hostia —dice Lindsey abriendo mucho los ojos—. No se parece en nada a tu tipo. También parece demasiado buena para ti.

—Puede que lo sea.

—Está buena, eso sin duda, y mira qué culo —exclama mi hermana inclinándose para examinar mi móvil más de cerca.

—Es un culazo. —Mi voz rezuma orgullo, pero no sé por qué. No es que yo sea el dueño de ese culo, aunque quisiera serlo.

—Entonces, ¿qué hay entre vosotros?

Lindsey se recuesta en su silla, llevándose el vino tinto a la boca.

—No hay nada. Trabaja para el equipo y…

Lindsey escupe el vino en la copa.

—¿Trabaja para el equipo? Por favor, dime que esto no es un fetiche prohibido de los tuyos.

—No lo es. De hecho, me preocupa que pueda meterse en problemas por esto. Pero, bueno, que es azafata en el avión del equipo.

—¿Es tu azafata? —Lindsey, sin poder creérselo, estalla en carcajadas—. Joder, esto es bueno.

Poniendo los ojos en blanco, continúo:

—Iba a ser solo algo de una noche, para quitarnos las ganas.

Mi hermana asiente.

—Pero me gusta estar con ella. Te las suelta con todo el descaro, pero en realidad es dulce, y dudo que se haya dado cuenta de lo guapa que es. Creo que toda esa seguridad en sí misma es una fachada.

—Una imbécil por fuera y tierna por dentro. Me suena a alguien que conozco.

—Le he regalado unos pantalones de chándal por Navidad.

Eso hace que mi hermana se detenga.

—¿Qué demonios te pasa?

Me encojo de hombros.

—Es una especie de broma entre nosotros. Pensé que tendría encanto, pero no me ha dicho una palabra y me preocupa haberla asustado.

—Si una chica con la que me hubiese acostado me regalase unos pantalones de chándal por Navidad, tendría que pensármelo mucho antes de volver a hacerlo con ella.

Bueno, pues vaya cagada.

El móvil de mi hermana vibra cuando le llega un correo electrónico.

—¿Me estás tomando el pelo? ¿Mis clientes no saben que es Navidad?

Se levanta de la mesa y se dirige a la tercera habitación.

—Voy a cobrar el doble por esto.

El centro de mi ático vuelve a estar vacío, como es habitual, así que miro por la ventana una vez más y luego el móvil, pero sigue sin haber nada. Bueno, nada de Stevie. Hay un mensaje de Logan pidiéndome que me acerque a tomar el postre antes de que los niños se vayan a la cama, lo cual es una excusa perfecta para salir de aquí.

Antes de que pueda huir hacia la puerta, mi padre regresa al comedor tras su llamada telefónica.

—¿Quién era?

Mira su móvil y luego vuelve a mirarme a mí.

—Solo un amigo.

Asintiendo, me quedo en silencio, como suelo hacer con mi padre. No tengo mucho que decirle aparte de lo enfadado que estoy por haberme abandonado cuando más lo necesitaba, pero probablemente no debería cargarme la Navidad con eso, así que me quedo en silencio. Al igual que llevo haciendo los últimos doce años.

—¿A qué hora sale tu vuelo mañana?

—A las ocho de la mañana.

—Puedo hacer que te lleven.

—Cogeré un taxi.

Vuelvo a asentir. Otro momento de incómodo silencio.

—Parece que el equipo va bien. Has estado jugando bien.

—¿De verdad has visto los partidos?

Mierda. La pregunta ha sido claramente una pulla y ha sonado tal cual.

Mi padre sacude un poco la cabeza hacia atrás como si hubiera recibido un golpe físico y no solo con palabras.

—Por supuesto que los he visto, Evan.

—Pensaba que habías dejado de ver los partidos hace mucho tiempo. Unos doce años.

¿Qué demonios me pasa? He sido capaz de mantener esta ira en secreto durante mucho tiempo. No sé por qué no puedo contenerla ahora.

—Al igual que dejaste de involucrarte en cualquier aspecto de mi vida hace doce años.

«Hostia puta. Cá-lla-te».

—Estaba pasando un mal momento entonces…

—Oh, ¿estabas pasando un mal momento? ¿Tú estabas pasando un mal momento? ¡Tenía dieciséis años y mi madre me había abandonado, y luego tú también!

—¡Yo nunca me fui! —grita, tan alto como yo.

—Es posible que todavía vivieras conmigo en Indiana, pero me abandonaste, joder. Te encerraste en el trabajo.

—Por supuesto que lo hice, Evan. Por eso me dejó ella. A los tres. Estaba tratando de compensarlo.

—Dejaste de venir a mis partidos de hockey. Dejaste de ser mi padre, y la única razón por la que te importa una mierda ahora es porque estoy en la Liga Nacional y podría ganar la Copa este año. Eres tan interesado como ella, papá.

Ni siquiera pienso que sean ciertas estas últimas palabras que han salido de mi boca, pero no me importa. Estoy enfadado, y, por primera vez en mucho tiempo, no sé cómo controlarlo.

—¿Quién diablos te crees que eres para hablarme así? No eduqué a mi hijo para que le hable a la gente de esta manera.

—Dejaste de educarme hace mucho tiempo.

—Evan… —La voz de mi padre suena completamente derrotada, y tiene las comisuras de los labios hundidas.

—Ev, ¿qué demonios?

Lindsey está en la puerta entre la habitación en la que estaba trabajando y la sala de estar, mirándome totalmente conmocionada.

—Me tengo que ir.

Me levanto de mi asiento y paso los brazos por las mangas del abrigo antes de taparme las orejas con el gorro. No puedo mirar a mi padre, que está sentado a la mesa, porque me invade una tremenda culpa. Y la ira también.

—Es Navidad. ¿Adónde vas?

—A casa de los Maddison.

Salgo al rellano, cierro la puerta detrás de mí y respiro profundamente.

Mierda. Eso no tenía que pasar. Se suponía que ya no me importaba. No necesito que mi padre me quiera. Yo me quiero a mí mismo, y eso es suficiente.

Mi cuerpo se sacude por la exaltación mientras bajo en el ascensor hasta el vestíbulo, y cuando el frío viento de Chicago me golpea al salir, no me calma. Todavía estoy cargadito y a la que salto.

Necesito relajarme antes de ver a Ella y MJ, así que me siento en el escalón de la entrada de mi edificio. Me tiembla ligeramente todo el cuerpo, no por el mordisco del viento, sino por la adrenalina que me recorre las venas.

Ha pasado mucho tiempo desde la última vez que no fui capaz de expresar mis sentimientos de manera racional. La ira rara vez se apodera de mí, pero no he podido evitarlo esta noche. No sé cómo no ve lo que hizo.

En el fondo, quiero que se disculpe y que sea el padre que fue cuando yo era pequeño. Echo de menos a ese hombre. Echo de menos la relación que teníamos y odio admitir que necesito que me quiera como antes.

Trato de respirar hondo lo más discretamente posible, pero no funciona, el oxígeno a mi alrededor no parece querer entrar en mis pulmones.

Pensé que me quería lo suficiente como para dejar de preocuparme por el afecto de los demás.

—Feliz Navidad —dice una voz suave.

Levanto la cabeza de los brazos y veo a Stevie a mis pies tendiéndome una botella de cerveza.

Se me llenan los pulmones de aire.

—Feliz Navidad —digo finalmente, y una sonrisa de agradecimiento se me dibuja en los labios—. ¿Me estás siguiendo? —pregunto en broma.

—Parecía que te vendría bien una.

Colocándome la cerveza en la mano, se sienta a mi lado, con las rodillas contra el pecho para mantener algo de calor.

—No sabes cuánto.

Choco su botella con la mía y doy un largo trago del fresco líquido ámbar antes de dejar caer la cabeza entre los hombros para recomponerme.

—¿Estás bien?

Stevie ha vuelto la cabeza hacia mí, y veo la preocupación y la sinceridad en sus ojos verde azulados.

Le aguanto la mirada un momento y me doy cuenta de que el calificativo «verde azulado» no es suficiente para describir el color de sus ojos. El azul es más bien turquesa, del tipo que encontrarías en la parte más clara y limpia del océano. Y el verde, que bordea el exterior, es tan oscuro como si miraras a través de un bosque de secuoyas.

Y agradezco que me distraigan al tiempo que me atraen hacia su fascinante abismo.

—Sí, estoy bien.

—Bueno, menos mal. Porque qué vergüenza habrías pasado si te llego a pillar llorando en los escalones.

Un destello de picardía centellea en esos bonitos ojos mientras da un sorbo de su cerveza para ocultar tras la botella una sonrisa de complicidad. Pero su humor es un muy necesario respiro de aire fresco esta noche.

—Gracias por el regalo —me dice empujándome con un hombro.

—¿Te gustan?

Paseo la mirada por sus piernas al fijarme en los nuevos pantalones de chándal.

—Me encantan. Aunque son demasiado caros.

—Soy rico, muñeca.

—Lo sé.

—Bueno, y ¿dónde está mi regalo?

—Aquí mismo —responde, señalándose de arriba abajo, lo que hace que, interesado, levante una ceja rápidamente—. No. Ha sonado mal. Quería decir que mi presencia es tu regalo.

—A mí me ha sonado bien.

Me acerco un centímetro más hacia ella, pero sin tocarla, aunque quiero hacerlo de veras.

—¿Cómo ha ido tu Navidad?

Ella me mira momentáneamente, escudriñándome. Tal vez preguntándose si quiere contármelo, no estoy seguro.

—Ha sido una mierda.

—¿Qué ha pasado?

Stevie pega un buen trago antes de negar con la cabeza.

—Cosas de familia, nada más. Mi madre es de lo peor.

—¡Eh, la mía también! —exclamo, y la emoción en mi voz no tiene nada de sarcasmo. Es terrible de verdad, pero mi entusiasmo hace que Stevie se ría.

—¿Tu madre hace comentarios implícitos sobre tu apariencia o critica directamente la dirección que has tomado en la vida?

Frunzo el ceño. Que le den a su madre. La primera parte de esa pregunta me ha vuelto a encender. Sé que Stevie tiene algunos problemas con su cuerpo y me he vuelto muy sobreprotector con eso.

—Mi madre me abandonó, así que no está para decir nada.

—Mierda. —Stevie hace una pausa—. Lo siento, Zanders. No debería haber preguntado eso.

En silencio, mantengo la mirada en los escalones que tengo debajo. Stevie está tratando de abrirse conmigo. Probablemente sea mejor que no lo haga yo también.

—¿Qué problema tiene con tu vida? —pregunto para volver a desviar la conversación a la monada que hay sentada en los escalones a mi lado.

—Sinceramente, no estoy segura. Ni siquiera sé si ella lo sabe. Pero me compara sin parar con mi hermano gemelo y, a su lado, todo lo que yo hago es bastante poco impresionante.

—¿Por qué? ¿Porque es un deportista profesional?

Stevie me mira de repente.

—¿Cómo…? ¿Cuánto tiempo hace que lo sabes?

—Desde que te encontré en Instagram, hace un par de meses.

Sonrío sin ningún tipo de remordimiento.

—¿Por qué no dijiste nada?

—¿Sinceramente? Porque me importa una mierda que Ryan Shay sea tu hermano. Y supuse que me lo dirías si querías que lo supiera.

Se le relaja el ceño. Inclinando la cabeza, me sonríe agradecida.

—Y ¿por qué no querías que lo supiera?

Stevie se encoge levemente de hombros.

—Solo pensé que, por una vez, estaría bien no ser conocida como la hermana de Ryan Shay. Quería caerle bien a la gente por cómo soy, no por mi hermano.

—A mí me caes bien por cómo eres.

Mierda. ¿Qué me pasa hoy que no puedo mantener la maldita boca cerrada?

Stevie me empuja juguetonamente con el hombro.

—Lo sé. Estás bastante obsesionado conmigo.

Suerte de su guasa. Todavía no estoy listo para que sepa lo mucho que me he pillado de mi azafata.

Pero me gusta esto. Me gusta hablar con ella.

Nunca he hablado con una chica que me atraiga. Siempre mantengo la relación en el plano superficial y físico porque eso es todo lo que quiero.

Pero quiero esto.

—No entiendo por qué no te apoya tu madre. O sea, tienes un trabajo a tiempo completo. Has encontrado algo que te apasiona hacer en tu tiempo libre, y puedes viajar por el país con el hombre más atractivo de Chicago.

Eso hace que se sacuda de risa.

Tiene una sonrisa jodidamente bonita.

—Ella es la típica belleza sureña y esperaba que yo también lo fuera, pero yo no estaba interesada en los certámenes ni en las hermandades. Estoy segura de que dio por sentado que me casaría con mi novio de la universidad y que me preñaría en cuanto nos graduáramos, y no creo que le parezca nada del otro mundo tener trabajo o hacer de voluntaria en el refugio para perros. Ella esperaba que yo tuviera una vida como la suya.

—Suena celosa.

—No está celosa —se ríe Stevie—. Está decepcionada.

—No sé, Stevie. Parece que se quedó con la parte aburrida mientras tú vives la vida que quieres y haces aquello que te gusta.

—Lo que quiero de verdad es no tener que volar más para poder pasar cada minuto de cada día con los perros.

—Ah, no. Necesito que sigas volando. —Me llevo la cerveza a los labios y doy un trago—. ¿Quién más me va a traer todo lo que necesito cuando esté a bordo?

Stevie pone los ojos en blanco.

—Literalmente, cualquier otra azafata.

—Y ¿qué ha dicho tu madre cuando la has mandado a la mierda?

—No lo he hecho.

—¿Por qué no? No tienes problema en ponerme a mí en mi sitio. ¿Por qué permites que tu madre te pisotee, y por qué dejaste que aquellas chicas de Nashville se salieran con la suya?

Ella sacude los hombros tímidamente, sin mirarme.

—Stevie… —insisto.

Ella deja escapar un profundo suspiro de resignación.

—No sé. A veces, cuando no me siento bien conmigo misma, dejo que los demás también me traten de esa manera.

—A mí no me dejas que te trate así.

Tampoco lo haría.

—Eso es porque siempre me siento bien contigo.

Eso me llena el pecho de orgullo.

—La gente que es así te va a tratar como si no fueras suficiente o como si no valieras la pena, pero esas son sus propias inseguridades. Son unos abusones, y no se detendrán hasta que tú los obligues a hacerlo. Si empiezas a quererte a ti misma, sus palabras ya no tendrán importancia. Tienes que comenzar a hacerte valer, Stevie.

Me lanza una sonrisa comprensiva.

—Estoy trabajando en ello.

Menos disimuladamente, me acerco otro centímetro más a ella en el escalón, pero todavía no la toco.

No hasta que me diga que quiere que lo haga.

—¿Cómo está Rosie?

La cara de Stevie se ilumina.

—Está bien. Aunque te echa de menos.

—Tendré que ir a verla pronto.

Su expresión se transforma en una sonrisa suave.

—¿Cómo ha ido tu Navidad?

Stevie se termina la cerveza y deja la botella a su lado.

—Ha estado bien. Aunque puede que me la haya cargado.

Cruza los brazos sobre las rodillas y apoya la mejilla sobre ellas, mirándome.

—¿Cómo es eso?

—Mi padre está aquí —digo, señalando hacia arriba—. Y no tenemos muy buena relación, pero acabo de decir algunas cosas que llevaba reprimiendo mucho tiempo.

—¿Quieres hablar de ello?

Escudriñándole el rostro, vacilo un momento. No mucha gente conoce esta parte de mi vida. Mantengo mi círculo pequeño debido al temor de que alguien se aproveche y quiera vender la historia a los medios, exponiendo el lado de mí que no quiero que conozcan, o simplemente que no les guste por cómo soy realmente.

—A la mierda —sentencio. Me tomo el resto de la cerveza para que me dé un poco de valor—. Mi madre nos abandonó cuando yo tenía dieciséis años por un hombre que ganaba mucho más dinero que mi padre. Tengo una hermana mayor, Lindsey, que estaba en la universidad en ese momento, por lo que aquello no le afectó de la misma manera que a mí.

Mantengo la vista al frente, incapaz de mirar a Stevie en mi vulnerabilidad.

Eso es hasta que se me acerca, y su muslo y su hombro tocan los míos. Deja la mano que tiene cruzada sobre la rodilla colgando entre nosotros.

Me derrito con el roce, sin advertir ningún juicio en su expresión.

—Mi padre y yo estuvimos siempre muy unidos, pero cuando mi madre se fue, se encerró en el trabajo. Y entre que mi hermana estaba en la universidad y mi padre nunca estaba en casa, sentí que me había abandonado de la misma manera que mi madre. Apenas nos hemos hablado desde entonces.

—Mierda —susurra Stevie.

—Y por primera vez desde hace doce años, le he saltado a la yugular.

—¿Que ha dicho él?

—Que trabajaba más porque estaba tratando de compensar la partida de mi madre. Pero a mí nunca me importó un carajo cuánto dinero tuviéramos. Solo quería que estuviera cerca. Quería que me quisiera.

—Estoy segura de que te quiere, Zee. Tal vez esa fue su manera de pasar el dolor por la partida de tu madre. Tal vez…, no lo sé. Tal vez tenía sus razones.

—No hay razón para abandonar a tus hijos.

Miro a Stevie, que me observa con esos ojos verde azulados, decidida, desenvuelta en esta conversación.

—Me acabas de llamar Zee. Rara vez me llamas de otra forma que no sea por mi apellido.

—Sí, bueno, hay ciertos momentos en los que llamarte Zanders se me hace un poco raro.

La diversión destella en mi mirada.

—Como cuando te corriste sobre mí y me llamaste Zee.

Stevie abre la boca de par en par fingiendo asombro y me da un puñetazo en el hombro.

—Tío. Estamos aquí en un momento especial y tú solo quieres hablar de sexo.

—Un momento especial, ¿eh?

—Bueno, pues ya te digo que se ha acabado. El momento ha pasado.

Riendo por lo bajo, cruzo los brazos sobre las rodillas y descanso la mejilla sobre ellas, imitándola. Nuestras manos cuelgan una al lado de la otra, pero no se tocan.

—Tu madre se lo pierde.

Las palabras de Stevie hacen que se me haga un nudo en el pecho y me escuezan un poco los ojos.

—Me dejó por dinero, y ahora gano más que el hombre por el que nos dejó. Irónico, ¿eh?

—Eso no es a lo que me refiero. No estoy hablando de cuánto dinero ganas o de quién piensa la gente que eres. Estoy hablando de quién eres realmente. Eso es lo que se pierde.

—Y ¿crees que sabes quién soy realmente?

—Creo que estoy empezando a descubrirlo.

Su mano está justo ahí, a escasos centímetros de la mía, pero en realidad no soy de los que se cogen de la mano. Para ser sincero, nunca lo he hecho en un sentido romántico. Así que, en lugar de eso, enlazo el dedo corazón con el suyo, e incluso tocarla ese poco es agradable.

—Oye, Stevie.

—Mmm.

Apoya la cabeza en los brazos y me mira.

—Me gusta hablar contigo.

23
Zanders

—Otro partido, Zanders. Otro partido tras el cual dejas el estadio solo. ¿Qué diablos está pasando?

Con el móvil pegado a la mejilla, me tapo el oído opuesto, tratando de bloquear algo del bullicio de la ajetreada pista de Phoenix. Pero, a pesar del zumbido de los motores del avión o del ruido que hacen mis compañeros de equipo al pasar para subir a bordo, todavía oigo a Rich alto y claro. Ayuda que haya levantado el tono de voz con frustración.

—Rich, te he dicho muchas veces que dejes de engañar a las chicas para que me esperen fuera del vestuario. La prensa ya ha pillado el discurso. No necesitan más fotos con más chicas para vender mi imagen.

—¿De verdad? Porque no te han fotografiado con nadie desde mediados de noviembre, y necesito saber qué está pasando. Te niegas a dejar el estadio con nadie. No te han pillado de fiesta en la ciudad. Así que ¿qué es lo que ocurre? Tienes que informarme.

Hostia ya. Que me deje en paz. Esta temporada ha sido la primera vez que me he dado cuenta de cuánto me sobra la imagen de malote insufrible que tengo. Y no me han fotografiado con nadie desde mediados de noviembre porque fue entonces cuando Stevie lo comentó el día que fuimos a pedir caramelos con Ella. No me he acostado con nadie desde que estuve con ella, pero tampoco me gustaba que pensara que lo había hecho. Así que decidí dejar bien claro que solo está ella y nadie más que ella.

—No pasa nada, Rich. Estoy cansado de todo esto.

Maddison me da una palmadita en el hombro mientras pasa junto a mí, hacia las escaleras del avión.

«¿Estás bien?», me pregunta en silencio, dándose la vuelta para mirarme mientras continúa avanzando.

Asiento con la cabeza, pero pongo los ojos en blanco con muchísima frustración. Maddison sabe lo que pasa. Lleva semanas intentando convencerme de que despida a Rich. Pero despedir a tu agente durante el año de renovación es un suicidio profesional, por muy frustrante que sea.

Doy la espalda al avión y continúo paseando por la pista mientras mi equipo sube a bordo.

—¿Cansado de qué, Zanders? ¿Cansado de ganar millones de dólares al año? ¿Cansado de que la gente te adule? ¿Cansado de que las mujeres se te echen encima?

—Sí, más o menos.

—¿Qué pasa contigo? ¿Ahora te comportas así? Estás a cinco meses de una posible renovación con el único equipo en el que quieres jugar de la Liga Nacional. ¿Quieres tirar eso por la borda? Adelante. Chicago te paga el dinero que te paga por la imagen que dais tú y Maddison, además del hockey. Pero te encontraré otro equipo que probablemente te pague mucho menos si eso es lo que quieres.

—¿Pagarme mucho menos a mí o pagarte mucho menos a ti? —mascullo por lo bajo.

—¿Cómo dices?

Pienso en decirle que sé que a él solo le importa lo grandes que son los cheques que recibo porque se lleva un porcentaje, pero no lo hago. Mantengo la boca cerrada.

—Nada.

—¿Quién es tu cita para la gala?

Bueno, esa es una pregunta que me he hecho varias veces en las últimas semanas. La única persona a la que quiero llevar es a Stevie, pero habrá demasiada prensa allí. Sé que no podría venir conmigo debido a esa estúpida regla de no confraternizar. Pero, aparte de eso, ni siquiera sé si ella querría ir conmigo.

—Nadie. Voy solo.

—Hostia puta, Zanders. No, no vas a ir solo. Habrá demasiados medios allí para que vayas solo. Te conseguiré una cita si no quieres buscártela por tu cuenta.

—No, Rich. No voy a ceder en esto. Esa noche es demasiado importante para mí como para estar fingiendo la pantomima con una jodida grupi para que me hagan algunas fotos. No vamos a jugar con Active Minds. Haz lo que quieras con mi imagen en el hockey, pero si comienza a afectar a la fundación o a los niños, entonces se acabó.

Se hace el silencio entre nosotros.

—Vale. Pero tienes cinco meses para volver a convertirte en el Evan Zanders que Chicago conoce y adora, o te garantizo que perderás el contrato y estarás volando a una ciudad de poca monta donde no quieres estar.

Se corta la llamada.

Gilipollas.

—¡EZ! —me llama Scott, nuestro jefe de equipo, desde lo alto de las escaleras, justo en la puerta principal del avión—. ¿Estás listo?

Mirando alrededor de la pista, me doy cuenta de que soy el último en subir al avión. Me apresuro a subir las escaleras, justo cuando la azafata principal cierra la puerta detrás de mí.

—¿Todo bien, tío? —me pregunta Maddison golpeándome suavemente en el pecho mientras tomo asiento a su lado.

—Rich me está matando, joder.

—Despídelo.

—No puedo. Eso sería peor para mi carrera que aquello con lo que me está amenazando ahora.

—¿Que es…?

—Lo de siempre. Chicago no querrá renovarme si me cargo nuestro pequeño numerito. Que si la gente comienza a darse cuenta de que no me importa una mierda echar por tierra el personaje que la prensa ha pintado de mí, me quedaré sin seguidores.

—Eso es una gilipollez, y lo sabes.

En realidad, no lo sé. Rich ha dado en el clavo con uno de mis mayores temores, y es que deje de gustarle a la gente si se da cuenta de que no soy el EZ al que está acostumbrada.

—Te juro que está tan obsesionado con tu vida personal que no me sorprendería si recibiera algo de los tabloides o periódicos por filtrar información sobre dónde estás o con quién.

Me encojo de hombros en silencio. Llegados a este punto, nada me sorprendería. Aun así, me siento derrotado por completo, como si hubiese quedado atrapado en esta imagen por el resto de mi carrera.

—Zee —dice Maddison, un poco por lo bajo—. Rich trabaja para ti. Tú eres el que manda aquí. Por mucho que le guste hacerte creer que no, tú tienes todo el poder.

Asintiendo, apoyo la cabeza en el reposacabezas, agotado. Como si la penosa victoria en la prórroga no me estuviera ya pasando factura físicamente, esa llamada telefónica con Rich ha hecho mella en mi mente.

Quiero acabar con tanto juego estúpido. Quiero irme del estadio en paz, sin que nadie me cuestione. Quiero que Chicago me vuelva a contratar sin ninguna duda de lo que aporto a la organización. Quiero que a Stevie se le permita salir conmigo. Quiero que Stevie quiera salir conmigo.

También tengo muchas ganas de besarla.

Y esta noche estoy muy cansado de no hacer las cosas que quiero hacer.

—Voy a llamar un momento a Logan antes de que despeguemos.

Maddison se vuelve hacia la ventana y marca el número de su mujer.

—¡Feliz Año Nuevo, cariño!

Ah, no he mencionado que es Nochevieja y que tenemos un vuelo nocturno de regreso a Chicago, por lo que estaremos sobrevolando algún lugar de Kansas a medianoche.

Pero así es, y resulta que la única chica a la que quiero besar cuando el reloj dé las doce está en este avión. Pero no puedo tocarla. No aquí, y tal vez nada en absoluto.

—¿Cómo está Logan? —pregunto cuando Maddison cuelga.

—Está bien. —Él sonríe para sí mismo—. Ya se ha comprado el vestido para la gala.

Me quedo en silencio, sabiendo lo que va a decir a continuación.

—Estoy deseando quitárselo.

Sacudiendo la cabeza, no puedo evitar reírme. Capullo enchochado.

—Rich no para de tocarme los cojones con que lleve a alguien.

—Entonces hazlo. Ambos sabemos a quién quieres llevar, ¿por qué no le preguntas? Está justo ahí —dice, haciendo un gesto con la cabeza hacia la parte trasera del avión—. Vamos, hagámoslo ahora.

Maddison lleva una mano al botón de llamada de la azafata que tiene sobre él, pero se la aparto justo antes de que lo toque con los dedos.

—No. —Mi voz es tranquila, pero firme—. No puede ir conmigo.

—¿Por qué no?

—Porque habrá demasiada prensa, y no se le permite confraternizar con nosotros.

—Menuda gilipollez.

—Qué me vas a contar.

Suelto un suspiro de resignación mientras me recuesto en mi asiento una vez más. Además, tampoco sé si ella querría ir conmigo.

—Hasta donde yo sé —añado en voz tan baja como puedo—, nuestra pequeña aventura fue una y se acabó para ella.

Hablando del rey de Roma, Stevie llega a la fila con las salidas de emergencia para hacer la demostración de seguridad, donde explica a la mitad trasera del avión cómo usar el equipo en caso de emergencia, tal como hace antes de cada vuelo.

—Vamos a preguntarle.

Maddison se inclina hacia delante para hablar con mi azafata favorita.

—Ni se te ocurra —salto, y, una vez más, hablo en voz baja, pero marco bien las palabras.

Stevie nos mira entrecerrando los ojos antes de reanudar su demostración de seguridad. Mantiene la vista al frente, sujetando el falso cinturón de seguridad sobre la cabeza, pero nos habla a Maddison y a mí.

—¿Por qué parecéis aún más enamorados el uno del otro que de costumbre esta noche?

Maddison disimula una sonrisa maliciosa. Abre la boca para hablar, y me desafía con una mirada cargada de diversión.

—Ni se te ocurra, joder —digo en voz tan baja como puedo—. Si dices algo, acabaré contigo. Entonces me casaré con tu mujer solo por joder, y tu hijo crecerá llamándome papi.

—¡Oh, vete a la mierda! —Maddison ni siquiera intenta bajar la voz—.

Stevie, Zee quiere que seas su cita para una gala benéfica que tenemos en Chicago, pero es demasiado cobarde para preguntártelo porque no cree que quieras ir con él.

—Joder, te odio. Ya no somos amigos.

Maddison se recuesta en su asiento con una sonrisa de engreído de la hostia en los labios mientras la bonita risita de Stevie resuena por el pasillo.

Si mis mejillas pudieran cambiar de color, estaría rojo como una niña pequeña ahora mismo cuando me vuelvo para mirarla. Afortunadamente, nada en su expresión dice que esté descolocada. En todo caso, está de lo más entretenida con mi ex mejor amigo y conmigo.

—No puedo.

Sabía que diría eso, pero escuchar lo que ya sabía no lo hace menos malo.

Además, eso no aclara si no puede por el trabajo o si no puede porque no quiere.

—Eso es lo que le he dicho.

Esbozo una sonrisa que me sale tensa y forzada, pero estoy tratando de actuar con la máxima indiferencia posible.

—No, quiero decir que no puedo ir contigo.

Sí, gracias, Stevie. Por favor, hiere mi ego un poco más, muñeca.

—Porque sí que voy.

Bueno, eso hace que levante la cabeza muy rápido.

—Con mi hermano.

Oh. No había pensado en eso. Por supuesto, Ryan Shay estará allí. Todos los deportistas famosos de Chicago irán.

Esto podría ser bueno. El destello de esperanza en mis ojos y la leve sonrisa en mis labios dicen precisamente eso.

Esto podría ser perfecto.

Iré solo a la gala, y nadie se preguntará por qué Stevie está allí porque habrá ido con su hermano.

Sí, esto es perfecto, joder.

—¿Quién es tu hermano? —pregunta Maddison con el ceño fruncido, paseando la mirada confundido de Stevie a mí.

Ella me mira a los ojos un momento, sin comprender, antes de suavizar su expresión al darse cuenta de que ni siquiera se lo he contado a mi mejor amigo. Perdón…, mi ex mejor amigo. Pero, por supuesto, no lo hice. Ella me lo había mantenido en secreto incluso a mí, así que no iba a ir por ahí aireándolo.

Y como dije, me importa una mierda que Ryan Shay sea su hermano.

Excepto ahora mismo. En este momento, estoy encantadísimo de que lo sea, porque va a llevarla a la gala, y eso es todo lo que puedo pedir.

—Eh… —duda ella—. Su nombre es Ryan Shay. Juega al baloncesto para Chicago.

—Sí, claro… —suelta Maddison, boquiabierto.

—De verdad —se ríe Stevie.

—Espera. ¿Va en serio? ¿Tu hermano es Ryan Shay?

Ella asiente, sin dejar de reírse por la emoción de Maddison. Pero, sabiendo cómo es, está más emocionado que nada por contárselo a su mujer y a su hermano, que son muy aficionados al baloncesto.

—Sí. Es el dueño del apartamento en tu edificio. Vivo con él por el momento.

—Hostia puta. Mi mujer se va a volver loca.

Miro a Stevie, que está de pie en nuestra fila, y le lanzo una sonrisa de disculpa por la histeria de mi colega con su hermano, pero no parece molesta por eso. Más bien divertida. Tal vez lo que le dije de que me gusta, sea quien sea su hermano, le llegó.

—Por cierto, a mi mujer le encantó conocerte el día que fuimos a pedir caramelos —añade Maddison, volviendo a centrar la conversación en Stevie, por lo que le estoy agradecido.

—Parece muy maja.

—Es la mejor, joder —intervengo yo esta vez, y Maddison esboza una leve sonrisa ante la declaración.

—La mejor —coincide.

Y, al parecer, volvemos a ser los mejores amigos.

—Bueno, supongo que la veré en la gala entonces. ¿Vosotros también iréis? —pregunta Stevie, mirándome.

Por supuesto que nos verá a los dos. ¿No sabe que esta gala es para recaudar fondos para Active Minds of Chicago, la organización benéfica de la que Maddison y yo somos cofundadores?

—¿Me reservas un baile? —pregunto, en un tono un poco demasiado desesperado y esperanzado, pero, a la mierda, lo estoy.

Juguetonamente, levanta una ceja antes de hacer una contraoferta.

—¿Dejarás de darle al botón de llamada de la azafata?

—Mira, son dos cosas que realmente no tienen nada que ver en absoluto.

—¿Cuánto quieres ese baile?

Una sonrisa de complicidad se dibuja en mis labios. La respuesta a eso es que me muero de ganas.

No respondo porque no tengo que hacerlo. Ella ya lo sabe. Me lo dice exactamente la sonrisa juguetona en sus carnosos labios, y lo confirma el ligero apretón que me da en el hombro mientras se marcha.

—Quítate esa estúpida sonrisa de la cara —se ríe Maddison.

Sigo sonriendo, demasiado feliz por la situación.

—No puedo evitarlo.

—Sabes que te gusta oficialmente, ¿verdad? No estoy seguro de que lo sepas, pero así es.

Dejo escapar un suspiro de satisfacción.

—Sí, lo se.

Casi todos están dormidos un par de horas después de haber despegado. Yo he ido cabeceando, pero he estado despierto la mayor parte del tiempo.

No sé cómo, tengo una alarma interna que me despierta cada vez que Stevie atraviesa el pasillo, y abro los ojos justo a tiempo para disfrutar de una vista perfecta. Ya sea de su increíble culo cuando pasa hacia delante o de su deslumbrante rostro cuando me sonríe brevemente al dirigirse hacia atrás.

Es perfecta de cualquier manera.

El avión está completamente a oscuras, menos por el ligero resplandor que proviene de las cocinas delantera y trasera, por lo que nadie puede verme girar la cabeza para comprobar constantemente la parte de atrás del avión, en busca de una oportunidad para hablar a solas con Stevie.

Hablar.

Besarnos.

O las dos cosas.

Pero es casi medianoche y no me importaría empezar el año con ella.

—Estás despierto, ¿eh?

Vuelvo la cabeza de repente a la oscuridad que me rodea, y encuentro a una de las azafatas junto a mi asiento.

No sé su nombre, pero es la que tiene algún problema con que Stevie fraternice con nosotros. Conmigo.

—Eh, sí. No puedo dormir.

Se inclina y se agacha junto a mi asiento para ponerse a mi altura.

—¿Puedo traerte algo?

—No. Estoy bien.

Miro de nuevo hacia la cocina trasera, pero no alcanzo a ver a Stevie, aunque sé que está allí. Indy, como Stevie me recordó que se llamaba, está a plena vista en la parte trasera del avión, y va echando algún vistazo hacia mi asiento, vigilante.

—¿Algún plan para Año Nuevo? —pregunta la tercera azafata.

—El que estás viendo.

—No has salido mucho durante este viaje. Últimamente no ha habido ninguna noticia en los tabloides.

—Eh, ya. No me apetece mucho salir estos días.

—Bueno, es una pena porque esperaba…

—Hola, Tara —interrumpe Indy—. Uno de los pilotos necesita que una de nosotras lo sustituya para que pueda ir al baño. Si quieres encargarte tú de la cabina de mando, yo vigilaré la parte de delante y cubriré la puerta.

—Oh. —Tara se pone de pie, alisándose la falda y actuando como si nada, como si no hubiese estado peligrosamente a punto de cruzar esa línea de confraternización que tanto exige mantener a Stevie—. Sí, hagámoslo así.

Tara gira sobre sus talones enderezando los hombros y enseguida vuelve a poner su cara de borde mientras se dirige hacia la parte delantera del avión.

Indy la sigue, pero antes de alejarse demasiado, se gira para mirarme por encima del hombro y me lanza un guiño de complicidad. Me vuelvo al comprender que no hay nadie más en la cocina que una chica de pelo rizado, y sonrío a Indy por su descaro antes de perderla de vista.

Al parecer, la rubia maneja el cotarro aquí.

Con el mayor sigilo posible para no despertar a ninguno de mis compañeros de equipo, me escabullo por el pasillo hasta la parte trasera del avión, donde sé que Stevie se esconde.

—Hey —digo en voz baja, incapaz de contener una sonrisa demasiado esperanzada cuando la encuentro sola. Coloco las manos a ambos lados de la mampara que separa la cocina del resto del avión, aislándonos como quien no quiere la cosa de cualquier otra persona.

—Hey —responde, con las mejillas instantáneamente rojas bajo las pecas.

—Feliz Año Nuevo.

Stevie mira la hora.

—Todavía faltan unos minutos.

—Así que esta gala…

—¿Sí?

—Vas a ir.

—Sí —se ríe ella.

—Eso es genial —digo, asintiendo con la cabeza como un idiota—, y todo eso.

—Y todo eso —repite con una amplia sonrisa al ver claramente que estoy demasiado feliz por esto.

Doy un paso hacia la cocina y la expresión de Stevie cambia de inmediato. Sus pies dan marcha atrás, manteniendo la distancia entre nosotros.

Ha desaparecido la sonrisa juguetona de sus labios, muy probablemente porque la mía también. Puedo sentir el fuego y el deseo en mi mirada mientras la acorralo al dar otro paso adelante. Solo que esta vez no tiene adónde ir, por lo que golpea con la espalda la pared y abre la boca, sorprendida. Pero, aun así, dejo unos centímetros entre nosotros para no acaparar demasiado su espacio.

No hasta que me diga que quiere que lo haga.

—Y si no fueras con tu hermano, ¿irías conmigo? —le pregunto en voz baja y pastosa.

Stevie no responde, pero observo cómo se le mueve la garganta cuando traga saliva mientras el pulso en el cuello le golpea contra la delicada carne.

—Si no te metiera en problemas, ¿irías conmigo?

Una vez más, ella no responde, sus bonitos ojos se llenan de todas las palabras que quiere decir pero no dirá.

—Di que sí —susurro—. Dime que irías conmigo. Dime que quieres ir conmigo.

Necesito que diga que sí, no solo para subirme el ego, sino porque necesito saber que no estoy loco. Necesito saber que ella también lo siente. Que a ella le gusta estar conmigo tanto como a mí con ella. Que le gusta hablar conmigo tanto como a mí con ella. Que le gusta follarme tanto como a mí follármela. Que le gusta molestarme tanto como a mí molestarla a ella.

—¡Feliz Año Nuevo, joder! —grita Rio desde su asiento, lo que despierta a todo el avión y me sobresalta, haciendo que me aparte de la azafata que podría meterse en problemas solo por nuestra postura.

Rio sube el volumen de su radiocasete lo más fuerte posible, haciendo que la música resuene a través del avión mientras los vítores y los gritos llenan la cabina. Me asomo al pasillo y veo que todos mis compañeros de equipo se han despertado y que algunos de ellos están bailando al son de la puta música.

Stevie desliza una mano sobre la mía para llamar mi atención mientras se esconde en un rincón de la cocina para que nadie más nos vea, con la espalda contra la pared.

Me tira de la tela de la camiseta hasta que estoy a solo unos centímetros de ella. La encierro poniendo las palmas de las manos en la pared a su espalda, a cada lado de su cabeza.

Soy dolorosamente consciente de que mi pecho se agita más rápido de lo que debería, pero esta chica me ha tenido fuera de juego durante meses y estoy respirando con nerviosismo como si fuéramos a quedarnos sin oxígeno a bordo.

¿Qué va a hacer? ¿Qué me va a dejar hacer?

A través de esas oscuras pestañas, Stevie me mira fijamente a los ojos. Hay un atisbo de duda en su mirada, como si no estuviera segura de lo que está haciendo. Como si no estuviera segura de poder decirlo.

Pero parece que quiere decirlo.

Dilo.

—Sí. —Se muerde el labio inferior—. Ojalá pudiera ir contigo.

—Buenos días —resuena una voz por el avión, a través de los altavoces del radiocasete, mientras levanto una de las comisuras de la boca. Me lamo los labios juguetonamente mientras Stevie sigue el movimiento con la mirada, pidiéndome sin decir una palabra que se los acerque.

Y cuando pasa dos dedos por la cadena de oro que llevo al cuello y acerca mi boca a la suya, sé que va a ser un buen día.

Va a ser un buen año, joder.

Pongo la boca sobre la suya, absorbiéndola por completo, porque la necesito y deseo.

Me pasa las manos alrededor del cuello, y cuando tira de mí, sus anillos me enfrían la piel. Me inclino hacia ella, empujándola contra un costado del avión para acercarme más y más, porque lo necesito todo.

Aparto las manos de la pared y, en su lugar, le cojo ambas mejillas mientras abre los labios e introduce la lengua hasta encontrar la mía. Es suave y cálida, y para alguien que nunca ha sido de los que dan besos íntimos, no puedo imaginar no tener este momento.

Empuja las caderas rítmicamente contra las mías con deseo, y el gemido que sale de mi garganta es fuerte, pero por suerte la música de Rio cubre mi desesperación y apetito.

Hay cada vez más ruido en el avión porque los muchachos se están alborotando, y necesito parar para no meter a Stevie en problemas.

Pero, joder, no quiero parar.

Así que no paro.

Mi lengua la explora, deslizándose por su boca y saboreándola, mientras nuestros labios se mueven en perfecta sincronía, sin perder el ritmo, como si estuviéramos hechos para esto.

Finalmente, y por desgracia, Stevie retrocede un poco, rompiendo el contacto. Pero la sonrisa de satisfacción que se dibuja en sus hinchados labios no muestra ningún signo de arrepentimiento, solo placer.

Joder, me gusta besarla.

Con mis tatuadas manos en su mandíbula, apoyo la frente sobre la suya, ambos tratando de llenar los pulmones con el oxígeno del que nos hemos privado durante demasiado tiempo.

—Feliz Año Nuevo —le susurro en los labios.

—Feliz Año Nuevo —sonríe ella.

La cantidad de contacto visual que estamos teniendo en este momento hubiera sido alarmante hace unos meses, pero no tengo fuerzas para apartar la mirada.

Quiero hacerlo.

La quiero a ella.

Me aguanta la mirada, ambos igual de complacidos tal como estamos.

—Tomaré un agua con gas —digo en voz baja para cargarme el momento, porque tengo que hacerlo antes de que alguien regrese.

Mi descarada sonrisa está llena de diversión cuando Stevie me empuja juguetonamente el pecho.

—Fuera de aquí —se ríe.

Yo también me río de mi propia broma antes de regresar a mi asiento. Doy un paso fuera de la cocina, pero cambio de opinión y enseguida me doy la vuelta para robarle un beso rápido sin que nos vea nadie.

—Con extra de lima, dulzura —le digo justo encima de sus labios.

—Te odio.

24

Stevie

—Estás preciosa, Vee.

En el asiento trasero, Ryan me mira con una ligera sonrisa de orgullo mientras esperamos en la fila de coches frente a un edificio demasiado extravagante.

—Gracias —le digo empujándolo con un hombro.

—No, gracias a ti. Si no hubieras aceptado ser mi acompañante hoy, estaría jodido. ¿Recuerdas a la sobrina de mi director general? ¿A la que tuve que ayudar con el estreno de aquella película? No me ha dejado solo desde entonces, y su tío me pidió que la trajera esta noche, pero afortunadamente ya habías dicho que sí.

—Suena a amor verdadero. Lamento haberme interpuesto en el camino.

—Por favor. El baloncesto es mi único amor verdadero.

—Qué romántico.

Paso las manos por el satén azul cielo de mi vestido y respiro profundamente. Casi me da algo cuando vi el precio; era demasiado caro. Pero en cuanto me lo probé y mi hermano vio que la autoestima recorría cada nervio de mi cuerpo, lo cogió y lo pagó antes de que yo saliera del probador.

Últimamente, «autoestima» está siendo una palabra interesante.

No sabría decir la última vez que me sentí segura de mí misma, pero así es desde hace poco. Por mucho que me cueste admitirlo, las atenciones de Zanders han transformado mi autoestima de la mejor manera posible.

Sé que no me conoce del todo, pero lo que ha visto de mí me hace sentir valorada. Él sabe cómo hablarme, y no en el sentido general de saber lo que le gusta escuchar a una mujer, sino de lo que me satisface solo a mí. Me hace sentir bien, ya sea con sus persistentes miraditas, el dulce regalo de Navidad o el ardiente beso de Año Nuevo.

Me hace sentir bien.

El beso de Año Nuevo fue culpa mía, y probablemente no debería haber ocurrido, pero no pude evitarlo. Llevo meses luchando contra nuestra atracción física y, por un momento, quise rendirme a ella. Quería sentirme deseada.

Pero ese beso pareció llevarme en la dirección que me prometí a mí misma que no tomaría.

He estado dándole vueltas a la idea de tratar de mantener algo esporádico con él acostándonos cuando esté de gira. A decir verdad, no tengo ni idea de lo que está pasando entre nosotros, así que, para proteger mi corazón, he estado intentando convencerme de que para Zanders no hay más que atracción física. Porque permitirme creer que hay algo más que eso me expone a salir herida.

El daño potencial que podría hacerme, a juzgar por lo que siento ya por él, me asusta de la hostia.

El tío no tiene citas, rara vez repite sus encuentros y seguro que no tiene pareja, al menos no ha tenido nunca. Pero tengo que aceptar eso porque quiero estar cerca de él.

Me gusta hablar con él.

Me gusta que me deje ver su lado oculto.

Me gustó muchísimo acostarme con él, y me gusta que me suba la autoestima.

Aunque, en este momento, parados frente a un sinfín de cámaras que dispara la multitud de reporteros tratando de pillar algo de cada gran deportista en Chicago que asiste a la recaudación de fondos de Maddison, la seguridad en mí misma se ve reemplazada por los nervios.

—No pasa nada, Vee —dice Ryan en voz baja, tranquilizándome antes de que se abra la puerta.

Cuando mi hermano sale del coche y se dirige a la alfombra roja, los destellos iluminan el cielo nocturno con tal intensidad que parece media tarde en lugar de las ocho de la noche. Los gritos y aplausos por la atención de mi gemelo hacen que se me seque la garganta solo de pensar que estoy a punto de unirme a él.

Odio esto.

Tal vez nuestro conductor pueda dar la vuelta y dejarme en la parte de atrás.

Estoy a puntísimo de preguntárselo cuando mi hermano se asoma al coche tendiéndome una mano.

Mierda.

Tragando saliva, coloco una mano sobre la suya y le dejo que me ayude a salir del coche. Ryan me protege tanto como es capaz mientras mantengo la cabeza gacha, pero realmente no puedo esconderme. Hay mucha gente.

Se me acelera el corazón a medida que avanzo por la alfombra, pero, al mismo tiempo, sé que la única forma de escapar de esta atención es llegar a la entrada. Así que sigo avanzando.

—¡Ryan Shay! —gritan los reporteros para llamar la atención de mi hermano.

—Ryan, ¿es tu cita?

—¿Quién es tu cita?

Entiendo que nunca fotografían a mi hermano con mujeres porque no tiene citas, pero esto es asqueroso.

El portero abre la principal y Ryan me hace pasar al interior antes de volverse hacia la multitud ansiosa por su atención.

—Estoy aquí con mi hermana gemela, así que ya os podéis relajar —se ríe—. Hemos venido a pasar una buena noche por una buena causa. Gracias.

Siempre tan diplomático, saluda a la multitud con una amable sonrisa antes de seguirme adentro.

—¿Estás bien? —me pregunta el sobreprotector de mi hermano mientras me lleva al guardarropa.

Asintiendo con la cabeza, me quito el abrigo y lo entrego mientras Ryan hace lo mismo.

Afortunadamente, ha aclarado quién soy, así que espero que mañana mi foto no aparezca en internet. Apenas puedo soportar las críticas de mi propia madre, como para afrontar las de los miles de troles que hay en las redes.

En cuanto entramos en el salón de baile principal, abro los ojos de par en par, estupefacta. La iluminación, la música, el público... Es precioso y abrumador ver a tantas personas apoyar la fundación benéfica de Maddison.

—¡Shay! —gritan algunos de los compañeros de equipo de Ryan, instándonos a que nos acerquemos a la pequeña mesa alta a la que están sentados.

—Pequeña Shay —dice Dom, uno de sus colegas, mirándome de arriba abajo mientras me acerco—. Estás tremenda esta noche. Tienes un polvazo.

—Cuidado —advierte mi hermano.

—Para otra persona —rectifica Dom—. Alguien que no sea el compañero de equipo de tu hermano gemelo y tal vez a quien no le importe que le corten el rabo.

—Me alegro de verte, Dom.

Riendo, abrazo al hombretón. Los actuales compañeros de equipo de mi hermano son todos majísimos, lo cual es muy contradictorio con lo que siento por sus compañeros del equipo universitario.

Uno en concreto.

Uno que va a estar aquí esta noche.

—¿Puedo darle a tu hermanita una copa de champán? ¿O eso también es motivo de paliza?

—No soy la hermanita de nadie. Este de aquí —hago un gesto hacia mi gemelo— es solo tres minutos mayor.

Ryan me pasa un brazo por encima de los hombros.

—Sigues siendo mi hermanita. Pero Stevie es más una chica de cerveza. Voy a ir a buscarnos una ronda.

Ryan se va, y me quedo sola con sus compañeros de equipo. Como he dicho, son geniales, pero no tengo absolutamente nada que aportar a su conversación sobre la derrota de anoche tras la segunda prórroga. Así, minúscula entre los gigantescos jugadores de baloncesto, que siguen discutiendo el partido, paseo la mirada por la sala.

El lugar es impresionante: la iluminación es tenue, y la música, suave, y hay una pared llena de artículos para la subasta. Arte, entradas para partidos y objetos de recuerdo, todos donados para recaudar fondos para la organización benéfica de Maddison.

Los invitados están despampanantes, vestidos para impresionar. Hay mujeres preciosas con vestidos extravagantes cogidas del brazo de los deportistas más destacados de Chicago. Hombres altos y musculosos invaden la sala, todos con sus mejores esmóquines. Todo el mundo es tan... guapo.

Paseando la mirada alrededor de la sala, de repente siento una fuerza que atrae mi atención hacia el espacio entre dos de los compañeros de equipo de mi hermano. Allí, en la distancia, al otro lado de la estancia, un par de ojos castaños me miran.

Zanders.

Madre mía, qué guapo está. Está rodeado de innumerables personas que ruegan por su atención, pero él solo tiene ojos para mí.

Una suave sonrisa descansa en sus carnosos e irresistibles labios cuando, desde el otro lado de la sala, dice en silencio nuestra frase favorita: «¿Me estás siguiendo?».

Se me escapa la risa mientras le aguanto la mirada, y siento calor en las mejillas. La sonrisa de Zanders está llena de entusiasmo, como la mía.

—Pequeña Shay, ¿qué es tan gracioso? —pregunta Dom.

Volviendo mi atención al grupo de chicos con el que estoy, niego con la cabeza para no decirles nada. No estoy lista para que mi hermano se entere de mi relación con Evan Zanders, y que lo hicieran sus compañeros de equipo sería un desastre inminente.

—¿Quién es ese que está con tu hermano? —dice Dom haciendo un gesto hacia la barra.

Sin darme la vuelta, ya sé quién es. La boca de mi estómago también lo sabe.

Después de todos estos años, la idea de ver a Brett esta noche me ha estado pesando durante semanas. Tenemos una historia muy sórdida, y algo en él siempre me recordará que no soy suficiente. Pero, al mismo tiempo, siempre he querido serlo. Nada en mí quiere volver con él, pero una parte de mí quiere gustarle por una vez.

Sé que sueno como una pirada, pero ese tira y afloja que tuvimos durante años, sobre todo cuando él me dejaba y yo le iba detrás tratando de sentirme lo bastante buena, se cargó mi autoestima por completo.

Solo quería que él me eligiera, y ahora, años después, siento que necesito demostrar que soy digna de ello.

Así que aquí estoy, con los rizos más lisos que una tabla y el bolsito de manos descansando sobre el vientre para tratar de ocultar la curva.

¿Qué me pasa? ¿Por qué me importa?

—Pequeña Shay, ¿quién es ese?

Finalmente, dirijo la mirada hacia la barra y encuentro a Ryan con su antiguo compañero de equipo de la universidad, mi exnovio.

Veo que Ryan tiene dos cervezas en la mano, una para mí supongo, cuando Brett me mira.

Se me encoge el estómago.

Quiero correr y esconderme, pero también quiero mantenerme firme y demostrarle algo que no tengo por qué demostrarle.

Que soy suficiente.

—El compañero del equipo universitario de Ryan —respondo distraídamente.

Brett sonríe cuando me ve, luego palmea el hombro de mi hermano, coge dos copas de champán y se dirige hacia mí.

No puedo apartar la mirada de él. Está guapo. Tanto como siempre, aunque su cuerpo ha cambiado ligeramente debido a que ya no juega al baloncesto.

E incluso estos instantes junto a él me bastan para saber que no puedo hacerlo. No puedo estar en la misma ciudad que él. Ya siento que no soy suficiente.

—¿Shay sabe que te has tirado a su compañero de equipo de la universidad?

Dom suena divertido, pero recela del hombre que camina hacia mí.

—Sí. Los tres éramos buenos amigos y él es mi exnovio.

—Oh, mierda. —Dom coge su copa de champán de la mesa y, señalando al resto de sus compañeros de equipo, dice—: Esa es nuestra señal.

Los chicarrones se van cuando Brett se me acerca tendiéndome una copa de champán.

—Stevie, estás increíble.

—Sí, lo sé.

Brett deja escapar una risa baja.

—¿Dónde está la Stevie humilde que yo conocía?

¿Humilde? Creo que quiere decir insegura.

Alza la copa un poco más alto, esperando que la coja.

—En realidad no bebo champán —le recuerdo.

—Puedes hacerlo esta noche. Vamos. Hace años que no te veo. Tómate una copa conmigo.

A regañadientes, le cojo el vaso. Nunca se me ha dado bien decirle que no a este hombre.

—¿Cómo estás?

—Estoy bien —respondo rápidamente, asintiendo—. ¿Tú?

Me llevo el burbujeante líquido a los labios, y hago una leve mueca. Es tan jodidamente dulce. Quiero una cerveza.

—Estoy mejor ahora. Ryan quiere presentarme a algunas personas esta noche, así que si todo sale bien, volveré a trabajar en el deporte y, lo que es mejor, viviré en la misma ciudad que tú.

Brett extiende la mano para acariciarme un mechón de pelo, liso y lacio, pasándoselo entre los dedos.

—Me encanta cuando llevas el pelo así.

Aparto la cabeza de él, sin saber si quiero que vuelva a tocarme. Pero sin saber tampoco si quiero que lo evite.

—Stevie, estoy encantado de verte —dice Brett de la nada. Lo miro a los ojos, completamente confundida. Hace años que no estamos juntos. Hace años que no hablamos. Simplemente se quedó sin opciones.

—No digas eso —le suplico—. No después de lo que dijiste.

—¿De qué estás hablando?

¿En serio no lo sabe? ¿No se da cuenta de que lo escuché decirle a todo su equipo, menos a mi hermano, que me había estado usando durante los tres años que duró nuestra relación? ¿Que tendría opciones mejores y más atractivas en cuanto se convirtiera en jugador profesional?

—Lo único que sé es que de repente mi novia desapareció de la faz de la Tierra y nunca supe de ti tras graduarnos.

—¿Tu novia? ¿O la chica a la que estabas usando para matar el tiempo hasta que tuvieras mejores opciones?

—Stevie, ¿de qué estás hablando?

—¡Te oí! —Mi voz se eleva ligeramente con el borboteo de la ira—. Aquel día en el vestuario. Le dijiste a todo el equipo que solo estabas conmigo porque estabas aburrido y que cuando fueses jugador profesional tendrías infinitas opciones al alcance de tu mano. Te oí.

—¿Estás de coña, Stevie? ¿Por eso me has evitado todos estos años? Así hablamos en el vestuario.

Espera. ¿Eso fue? ¿Había estado exagerando todo este tiempo lo que dijo sobre mí?

Frunzo el ceño confundida. Aunque hubiese sido pura cháchara de vestuario, así es exactamente como me trató durante años, como si yo fuera una opción y él estuviera esperando a que llegara una mejor. Así que no. No estoy equivocada.

—Tienes que superarlo.

Lo miro a los ojos.

—¿Superarlo?

—Sí, superarlo. Me has evitado durante años. Has ignorado mis mensajes. Pero ahora vamos a vivir en la misma ciudad, y sé que todavía sientes algo por mí. Siempre lo has hecho. Así que no te comportes así solo porque escuchaste una conversación en el vestuario.

No tengo nada que decir porque no estoy segura de que esté equivocado. «Sentir» probablemente no sea el término correcto, pero tal vez sí tenga algo que demostrarle. Que valgo más de cómo me hizo sentir.

—Tu familia me adora. Siempre han querido que estemos juntos, y ahora estoy aquí. Esto no ha terminado, y lo sabes.

—Ha terminado —apunto sin convicción ninguna.

—No, claro que no.

—Te ha dicho que se ha terminado —dice una voz imponentemente fuerte y firme detrás de mí.

Siento la presencia de Zanders, y el hecho de que me apoye hace que me enderece y parezca un poco más alta.

Desde atrás, Zanders se acerca a mí y me quita la copa de champán, que apenas he probado, para dejarla sobre la mesa y deslizar una cerveza entre mis manos.

—¡Hostia puta! —exclama Brett, con una risa nerviosa bramando desde su estómago—. ¡Evan Zanders! Esperaba conocerte esta noche. Soy Brett.

Se acerca al defensa para estrecharle la mano, pero Zanders se niega.

—Genial. ¿Puedes dejarme un momento a solas con Stevie?

Brett titubea y retira la mano a un costado.

—Eh, claro —responde con el ceño fruncido—. Stevie, bailamos más tarde.

—De eso nada.

Zanders me posa una enorme mano en las caderas por detrás, marcando territorio. El gesto es tan imperioso que el metal de sus anillos se me clava en el hueso, y siento el cabreo que irradia de él.

Aunque el contacto es mínimo, Brett lo capta de inmediato.

—¿Tu hermano lo sabe?

—¿Qué si sabe lo que dijiste sobre mí?

Zanders me aprieta con más fuerza, las yemas de sus dedos se hunden en el raso de la tela y siento su calor.

—No, que si tu hermano sabe esto —apunta Brett, señalando con la cabeza al enorme hombre detrás de mí.

—No hay nada que tenga que saber.

Zanders aparta la mano de mí, y quiero volver a sentir su posesiva mano, pero permanece firme a mi espalda, y tenerlo aquí me da la confianza que necesito.

—Creo que deberías irte, Brett —termino la conversación.

—Hablaremos más tarde.

—No te…

—He dicho que hablaremos después —me interrumpe con un tono de voz mordaz y enfadado mientras me mira a mí y luego a Zanders. Pero, aunque trata de parecer superduro, veo la intimidación en sus ojos.

Bien.

Él siempre me intimidó de alguna manera, así que ver los roles invertidos, gracias al bombonazo que tengo detrás, sienta bien.

Brett se larga y Zanders avanza para ponerse frente a mí, con la mirada fija en la espalda de mi exnovio.

—¿Quién diablos es?

Zanders apoya casualmente un brazo en la mesa alta que hay junto a nosotros, y solo quiero devorarlo.

Madre del amor hermoso, está guapo. Muy guapo. Su esmoquin es todo negro, hecho a medida para adaptarse a cada músculo de su cuerpo. Los tatuajes de sus manos se extienden más allá de los puños y sigue llevando sus anillos, tal como me gusta.

—Stevie, nena —dice Zanders levantándome la barbilla para que deje de repasarlo y lo mire a los ojos—. Voy a necesitar que dejes de babear por mí por un segundo y me digas quién es.

Entrecierro los ojos cuando me llama así, pero tiene razón.

—Es mi exnovio.

—Lo odio.

—Qué raro —me río.

—¿Qué has querido decir con que tu hermano no sabe lo que dijo sobre ti? ¿Qué dijo sobre ti?

Zanders me observa fijamente con una mirada penetrante, instándome a hablar, pero mi hermano está justo ahí, lo veo por encima de su hombro en la barra, y ahora no es el momento.

—¿Podemos hablar de eso más tarde?

—¿Lo haremos? ¿Me lo dirás más tarde?

—Sí, lo haré.

Y lo digo en serio. Me estoy abriendo a Zanders con total sinceridad, y me gusta hablar con él. Así que sí, se lo contaré si pregunta de nuevo.

Siguiendo su mirada, lo observo contemplar cada centímetro de mi cuerpo. Y lo dejo hacer. No siento la necesidad de cubrirme o de cambiar a una postura más favorecedora con él.

—Estás…

Zanders se queda callado mientras pasea la mirada por mis pechos y luego se detiene en la pierna que tengo al aire, aquella que la raja a la altura del muslo no puede cubrir.

—Eres preciosa, Stevie. —Su tono es suave y auténtico—. Increíble —añade negando con la cabeza. Retrocede la mirada hasta mis ojos y deja que deambule sobre mi rostro, absorbiéndome con esos iris color avellana.

—Este vestido es… Guau. Hace que desaparezca el verde de tus ojos. Son simplemente azules esta noche.

¿Por qué lo dice así? Está haciendo que se me acelere el corazón y me quede sin aire en los pulmones.

—Te queda bien el pelo así —añade sin tocarme, pero señalando mi peinado con la cabeza—. Pero echo de menos tus rizos. Son tu distintivo.

Una pequeña sonrisa se dibuja en mis labios. A mí también me encantan mis rizos, pero aquí estoy, con el pelo liso para impresionar a alguien que no se molestó en elegirme.

La forma en que Zanders me mira no parece sexual, sino como si me estuviera viendo realmente, y eso me desconcierta.

Zanders es físico. Sexo. Atracción. Todo esto lo tengo clarísimo. Pero su expresión en este momento es suave, como si le doliera intentar contenerse mientras me contempla.

Aclarándome la garganta, aparto la mira mirada de él para no sentir las cosas que me está haciendo sentir en este momento.

—Lo que ha logrado la fundación de Maddison es increíble.

Zanders frunce el ceño confundido.

—Stevie, sabes que…

—Vee —lo interrumpe Ryan, que lleva una cerveza en cada mano—. ¿Adónde ha ido Brett?

Mi hermano, con esos ojos verde azulados, pasea la mirada entre Zanders y yo.

—No sabría decir. —Hago un gesto hacia el defensa y añado—: Ryan, este es Evan Zanders. Zanders, este es mi hermano, Ryan.

—Qué hay, tío, encantado de conocerte —lo saluda Zanders, poniéndose de pie antes de extender una mano para que Ryan se la estreche.

Ryan le devuelve el saludo.

—Sí, sé quién eres.

Mierda.

Hay tanta tensión entre los tres que podría cortarse con un cuchillo, nadie dice una palabra, pero está claro que a Zanders no le impresiona la aspereza de mi hermano.

—¿Vamos a buscar a Brett? —pregunta Ryan volviéndose hacia mí—. No hemos coincidido desde la universidad.

—Yo no quiero.

Lanzo una mirada a Zanders, pidiéndole en silencio que se quede callado.

Este, con un pie cruzado sobre el otro, apoya un codo en la mesa, con un aspecto relajadísimo y en absoluto intimidado por mi hermano.

—Bueno, pues vamos a tomar algo fresco a la barra —intenta mi hermano con otra excusa para alejarme del defensa, pero es una tentativa terrible, porque tengo una bebida casi llena en la mano y otra entera esperándome en la suya.

Percatándose, Zanders deja escapar una risa y se pone de pie.

—Ryan, un placer conocerte —se despide dándole una palmadita en el hombro a mi hermano.

—Stevie… —Zanders me desliza una mano por la cintura y me la extiende sobre la caja torácica, sin importarle una mierda que mi hermano esté a medio metro de distancia, mirándonos—. Resérvame ese baile —dice rozándome el pómulo con labios cálidos y dándome un suave beso antes de irse, dejándonos solos a mi gemelo y a mí.

—Vee —se queja Ryan—. No. Por favor, no. Él no.

—¿De qué estás hablando?

—No mientas. De entre todas las personas, ¿te gusta él?

—No… me gusta. —Sin mirar a mi hermano, añado—: Pero tampoco me desagrada.

—Stevie, este tío cambia de mujer como de calzoncillos. Es un personaje mediático de mierda que le da mala fama a los deportes de Chicago.

—Él no es así. Es mucho más de lo que aparenta.

—¿Y tú sí lo sabes?

La pregunta de Ryan sonaría condescendiente para cualquier otra persona, pero conozco a mi hermano y, por su expresión de alarma en este momento, sé que simplemente está preocupado.

—No sé. Creo que sí. Creo que sé más sobre él que la mayoría de la gente.

Ryan deja escapar un profundo suspiro, resignado.

—Eres una mujer adulta, así que puedes hacer lo que quieras, y confío en tu criterio, pero, Vee…, creo que con esto solo conseguirás que te hagan daño.

Su mirada está cargada de preocupación e inquietud, pero no me juzga.

Es irónico, en realidad, ya que su antiguo compañero de la universidad está aquí y me trató diez veces peor de lo que Zanders me ha tratado jamás. Pero eso Ryan no lo sabe, de la misma manera que no sabe que Zanders me trata como si yo fuera importante.

—Te quiero, y estoy preocupado, eso es todo —me dice con una sonrisa de disculpa antes de pasarme un brazo por encima de los hombros.

Y ese pequeño recordatorio de que está preocupado me hace pensar que tal vez yo también debería estarlo. Porque sentir lo que estoy sintiendo, o tratando de no sentir, es exactamente lo que me prohibí hacer cuando las cosas terminaron entre Brett y yo.

Y eso es sentir algo por otro deportista, especialmente uno que tiene tanto protagonismo como Zanders.

—Siento interrumpir —dice una mujer preciosa y alta que se desliza junto a mi hermano y se queda muy cerca, sin preocuparse lo más mínimo por mi espacio—. Pero quería presentarme.

Se interpone entre Ryan y yo, de espaldas a mi cara.

Qué barbaridad. Lleva escrito en la frente «cazafortunas».

—Soy Rachel.

—Ryan. —Mi hermano le extiende una mano, y ella se la estrecha un poco más de lo necesario.

La perra de Rachel me mira por encima del hombro, a los ojos, y luego observa la multitud como si pudieran pillarla por estar aquí.

—Ya sé quién eres —comenta volviéndose hacia Ryan—. Te he visto en algunos eventos de la ciudad y siempre he querido presentarme.

—Bueno, es un placer conocerte.

—Igualmente. —Se pasa el pelo por encima del hombro y me golpea en la cara con él—. Estaré aquí toda la noche, así que ven a verme.

Ella se marcha, pero mira hacia atrás y le lanza un guiño a mi hermano.

—No rotundo —suelto.

Ryan se ríe.

—¿Qué, tú puedes acostarte con gente que no me gusta, pero yo no puedo?

—No nos hemos… Da igual. —Ryan no quiere oír eso—. Y esa chavala es… No.

—Solo me estoy quedando contigo. Estoy bien como estoy —me asegura. Entonces me da la espalda, apoya los antebrazos en la mesa alta y choca su botella de cerveza con la mía—. Deberíamos hacer un pacto de gemelos en el que ninguno de los dos salga con nadie.

—Ja. ja. Muy gracioso. Lo dice el tío que no sale con nadie.

Sus ojos brillan con picardía antes de llevarse la cerveza a los labios.

—Tampoco estamos saliendo, para que lo sepas. Zanders y yo.

—Entonces, ¿qué tenéis? Porque a mí me parece que el mayor capullo de la ciudad se está tirando a mi hermana.

No sé cómo responder a eso, pero antes de que pueda intentarlo, Maddison se acerca a nuestra mesa.

—Hey.

Está sonriendo y tiene una mano entrelazada con la de su mujer.

—Hola, Stevie —añade Logan con un leve saludo.

—Hey, chicos. Logan, estás preciosa. El verde te sienta bien.

—Puedo decir lo mismo sobre ti y el azul. Estás genial. ¿Lo estáis pasando bien?

—Sí. Este lugar es increíble.

Maddison y Logan nos miran, primero a Ryan y luego a mí, antes de darme cuenta de que no han sido presentados. Se me hace raro. Por lo general, mi hermano es a quien todos conocen y yo soy la acoplada.

—Ah, perdón. —Me giro hacia mi hermano—. Ryan, este es Maddison, es el capitán de los Raptors, y ella es Logan —digo, señalando a la guapísima pelirroja—. Viven en nuestro edificio. Y este es mi hermano, Ryan Shay.

Las mejillas de Logan se vuelven de un ligero tono rosado.

—Iba a venir aquí y fingir que no sé quién eres, pero la verdad es que soy una gran admiradora.

Ryan se ríe.

—¿Estás casada con el capitán del mejor equipo de hockey de la Liga en este momento, y eres admiradora mía?

—¿Has visto? —añade Maddison con sarcasmo.

—No me malinterpretéis —comienza Logan—. Ahora me va el hockey, pero el baloncesto fue mi primer amor.

Ryan choca su botella con la copa de champán de Logan.

—Eres de las mías.

—Bueno, queríamos pasar a agradeceros que hayáis venido —interviene Maddison—. Y, Ryan, he visto que has donado tus entradas familiares y una sesión de entrenamiento individual para la subasta silenciosa. Eso es increíble, tío, gracias.

—Por supuesto. Me alegro de poder ayudar. Esta fundación que creaste es jodidamente genial.

—Bueno, en realidad, no es solo m…

Alguien interrumpe a Maddison a mitad de la frase para susurrarle al oído.

—Me toca —dice este—. Vuelvo enseguida, cariño.

Besa a su esposa y sigue al hombre que lo ha interrumpido.

—¡Buena suerte! —le grita Logan antes de deslizarse alrededor de la mesa para ponerse a mi lado, y ambas miramos el escenario al que se dirige Maddison.

—¡Shay! —llama Dom desde la barra.

Ryan me da un toque en el hombro.

—¿Estás bien?

Asiento a modo de respuesta.

—Encantado de conocerte, Logan.

—Igualmente —dice ella antes de que mi hermano se vaya a pasar el rato con sus compañeros de equipo.

Maddison sube al escenario con el tipo que se lo ha llevado.

—¿Quién es ese? —le pregunto a Logan. Solo quedamos nosotras dos en la mesa alta, que está a menos de tres metros del escenario.

—Es Rich —responde Logan poniendo los ojos en blanco—. Es el agente de Eli y Zee, y es lo peor. O sea, les ha hecho ganar mucho dinero a los chicos, pero no es que me vaya mucho su moral.

Al ver a Zanders subir al escenario con Maddison, frunzo el ceño por la confusión.

—¿Qué está pasando?

—Ah, solo van a dar un discurso de bienvenida y agradecer a todos por venir.

—¿Zanders también?

—Por supuesto —se ríe Logan ligeramente—. Él es la otra mitad de Active Minds. Él y Eli crearon juntos la fundación hace cuatro años.

Separo apenas un poco los labios.

—¿Qué?

Tengo la mirada fija en el guapísimo hombre en el escenario mientras se prepara con el micrófono.

—¿No lo sabías? ¿No te lo ha contado?

Sacudo la cabeza como respuesta.

—Él es la persona que animó a Eli a ir a terapia cuando estábamos en la universidad, y también le apasiona ayudar a los niños a encontrar el apoyo que necesitan. Si no fuera por Zee, no sé si Eli sería el hombre que es hoy.

Mierda.

Mierda. Mierda. Mierda.

No estoy lista para conocer este lado de Zanders. Ya estoy luchando contra mis sentimientos. No necesito saber que es una persona completamente consciente de sí misma y un activista en lo que respecta a la salud mental.

Noto la boca seca cuando intento tragar saliva, así que me bebo el resto de la cerveza, porque necesito tanto el líquido como el coraje.

—La gente habla con él o lee algo sobre él en los tabloides o en las noticias y cree que lo conoce —continúa Logan—. Sienten que tienen que cambiarlo. Las mujeres tratan de cambiarlo. La gente da por sentado que necesita un gran desarrollo personal, pero la verdad es que Zee es un tío increíble, y siempre lo ha sido. Es nuestro mejor amigo, trata a nuestros hijos como si fueran suyos y es extremadamente protector. Lo da todo cuando quiere a alguien y ni te imaginarías lo que se preocupa por su gente, así que no hay nada en él que cambiar. Solo necesita a alguien que acepte quién es y valore cómo es. Siempre será un arrogante, sin remordimientos y directo de la hostia, pero eso es lo que lo caracteriza. Solo necesita que alguien vea quién ya es y lo corresponda.

No puedo despegar la mirada del escenario mientras Maddison y Zanders se acercan al frente, pero me late el corazón a mil por hora.

—También necesita a alguien que lo proteja.

«No parpadees. No parpadees. No parpadees».

Siento un poco de humedad acumularse en los rabillos de los ojos, pero no sé por qué. Me siento abrumada al haber descubierto una gran parte de quién es Zanders.

Una cosa que me consuela de él es su incapacidad para mentir. Me han mentido más veces de las que me gustaría admitir, pero, con él, ha sido de lo más liberador saber que dice exactamente lo que piensa. Y sin embargo, aquí está, mintiendo sobre quién es, lo cual, aunque lo haga para ocultar una parte increíble de su vida, me desconcierta de una manera inesperada.

¿Por qué no deja que la gente vea este lado de él?

—¿Por qué no me lo ha contado? —susurro, pero mi voz es demasiado baja para que Logan me escuche.

Soy incapaz de apartar la vista mientras Zanders y Maddison dan su discurso de bienvenida. Y durante este, descubro el punto de inflexión en sus vidas que hizo que ambos entraran en terapia. Y aunque Zanders no se refiere a su madre como la razón por la que estaba tan enfadado doce años atrás, sé que ella fue la causa de que se sintiera abandonado.

Mencionan su vínculo y que se odiaban cuando eran más jóvenes, pero su viaje hacia la libertad mental es lo que los unió e hizo que trabaran la amistad que tienen ahora.

Hablan en nombre de algunos de los niños de su organización que se han beneficiado de las donaciones que han recolectado a lo largo de los años y explican qué harán con las donaciones de esta noche.

Pero, incluso después de sus discursos, todavía me ronda una pregunta importante.

¿Por qué Zanders no deja que la gente vea este lado de él?

25

Zanders

—¿Puedo invitarte a una copa? —pregunto, inclinándome hacia Stevie mientras apoyo un codo en la barra, lo que me da una visión perfecta de su escote.

No intento mirar, pero tampoco intento evitar mirar.

—Es barra libre —se ríe.

Levanto dos dedos hacia el camarero, señalo la cerveza casi vacía de Stevie y le pido otra ronda.

Y mientras lo hago, mi mirada vuelve a caer en la guapísima azafata situada a mi lado. Está deslumbrante como siempre, pero lo de esta noche es otro nivel, tan glamurosa y elegante, como yo suelo vestir.

Este vestido azul cielo resalta perfectamente su piel morena y se ciñe a cada una de sus curvas, con las que me he obsesionado demasiado.

Pero, al mismo tiempo, echo de menos sus rizos y su ropa holgada de segunda mano porque, al final, así es ella.

—Me has estado evitando.

Doy un trago a la cerveza que me acaban de servir.

—Todo el equipo está aquí y no quiero meterme en problemas —dice en voz baja, recordándome una vez más que lo que hay entre nosotros, sea lo que sea, está prohibido.

Por eso he mantenido las distancias durante las últimas cuatro horas de gala, porque sé que hay demasiados medios de comunicación aquí informando sobre la velada. Pero eso no significa que no haya intentado robarle una o dos miradas al pasar, aunque rara vez haya visto los ojos verde azulados de Stevie.

Apoyándome en ambos codos, me acerco a ella tratando de rozar aunque sea un poco su piel, pero también de hacer que parezca como si solo estuviera tomando una copa en la barra.

—Así que Vee, ¿eh?

—Es un apodo familiar.

—Mi apodo en mi familia es Zee. Vee y Zee. ¿No somos jodidamente adorables?

Se le escapa una pequeña risa.

—¿Puedo llamarte Vee?

Levanta una ceja perfectamente delineada.

—¿Eso hará que dejes de llamarme «dulzura»?

—De ninguna manera.

Me gano otra risa.

—Tú puedes llamarme Zee si quieres —digo con voz tranquila, pero algo inseguro.

Me mira de repente.

—¿Quieres que te llame Zee?

Me encojo de hombros, asintiendo tímidamente.

Se muerde el labio inferior para contener la sonrisa y sigo el gesto con la mirada. Y solo ese pequeño acto de seducción me excita de un modo increíble.

Me acerco y, rozándole la oreja con los labios, digo:

—Pero prefiero que lo grites.

Retrocediendo, observo cómo sus ojos se abren como platos y luego me mira los labios, pero entonces desvía la atención.

¿Qué diablos está pasando?

—¿Estás bien?

Ella traga saliva con dificultad, asintiendo con la cabeza.

—¿Qué ocurre?

Se gira hacia mí y toda su expresión se suaviza.

—¿Por qué no me dijiste que eres el cofundador de esta organización? Todo este tiempo he pensado que era de Maddison. Todo el mundo piensa eso.

Encogiéndome de hombros, me llevo la cerveza a los labios.

—He tratado de decírtelo un par de veces, pero sabía que acabarías descubriéndolo.

—Zee…

La miro rápidamente a los ojos mientras esbozo una pequeña sonrisa. Me gusta escuchar cómo sale de su boca ese nombre.

—¿Por qué no dejas que la gente vea cómo eres en realidad?

—Es una larga historia. Es difícil de explicar.

—Quiero conocerla —dice ella—. Porque, en este momento, estoy muy confundida acerca de quién eres.

—Tú sabes quién soy.

—Ah, ¿sí?

No sé. Vale, ha visto más que la mayoría de la gente, pero no lo sabe todo de mí. Stevie no sabe por qué actúo frente a los demás. No sabe que tengo miedo.

Está cansada de ver al gilipollas, mujeriego, grosero y arrogante. Y solo le he mostrado fragmentos de mi lado como tío, cariñoso, tierno y protector. No es de extrañar que esté confundida.

—Ten una cita conmigo.

—¿Qué? —pregunta ella con una risa de sorpresa—. Zee, no puedo. No podemos tener una cita.

—¿Por qué no?

—Porque…, porque trabajo para ti, y me despedirán si alguien nos ve juntos.

—Me aseguraré de que sea un lugar privado.

—Zee, tú no tienes citas. Deja de decir tonterías —se ríe, tratando de desecharlo como si fuera una broma.

—Ten una cita conmigo.

Agregaría un «por favor» al final, pero ya suena a ruego desesperado. Aunque, seamos sinceros, lo estoy.

—Dijiste que solo querías volver a echar un polvo —dice ella confundida, sacudiendo ligeramente la cabeza—. Aquello fue solo sexo, y se suponía que solo ocurriría una vez.

—He cambiado de opinión. —Me doy la vuelta y apoyo la espalda contra la barra para poder mirarla—. Stevie, ten una cita conmigo.

—Yo no… No puedo. —Sus palabras salen a trompicones de su boca, sin convicción, y no creo que quiera decirlas ni que se las crea, de hecho.

Entonces, cambio mi táctica. Porque, aunque sé que hay una gran parte de ella que no me entiende o piensa que estoy siendo volátil al querer una cita con ella de repente, tengo la sensación de que hay una razón aún mayor por la que se niega.

Y resulta que es el tipo que ha estado con su hermano toda la noche.

—¿Qué pasó con tu exnovio?

—¿Por qué eres tan jodidamente observador? —Se ríe nerviosamente.

—Ocho años de terapia, nena.

Rápidamente, le paso el pelo por detrás de la oreja para ver los aretes que lleva puestos, pero lo hago con un movimiento apresurado para que nadie me vea.

—¿Qué dijo de ti que tu hermano no sabe?

Me mira a los ojos nerviosa y deja escapar un tembloroso suspiro.

—Ni siquiera es lo que dijo sobre mí. Supongo que es cómo me hizo sentir.

—¿Cómo te hizo sentir? —pregunto con voz suave y manteniendo la mirada fija en ella, asegurándome de que sepa que nadie más en esta sala importa.

—Como si yo fuera una opción, y ni siquiera la primera. Como si solo fuera su elección porque no tenía nada mejor. Yo solo… No me gustaba sentir que no le importaba. Quería que él me eligiera a mí.

Me doy la vuelta, de manera que ambos miramos hacia la barra de nuevo, pego un hombro al de ella y nuestras manos se rozan mientras sostenemos nuestras respectivas cervezas. Ambos tenemos los dedos cubiertos de anillos y quedan bien unos al lado de los otros, así que estiro uno para acariciárselos, porque ese es todo el consuelo físico que puedo ofrecerle en esta sala con demasiados ojos.

—Y tu hermano, que parece ser sobreprotector de la hostia, por cierto, ¿todavía es amigo suyo?

—Ryan está tratando de ayudarlo a conseguir trabajo en alguna cadena de deportes de aquí.

—¿Aquí? ¿En Chicago?

Asintiendo, Stevie continúa.

—Ryan no conoce los detalles. No se los he contado. Él y Brett jugaban juntos al baloncesto en la universidad, y los dos eran muy queridos en un campus que adoraba al equipo. Todas querían acostarse con ellos, pero yo solo quería gustarle al chico del que estaba enamorada, ¿sabes?

Permanezco en silencio, instándola a continuar.

—Estuvimos juntos durante tres años, y ni una sola vez sentí que fuera lo suficientemente buena para él. Me dejaba cada vez que tenía a otra con la que irse y luego, cuando no tenía dichas opciones, regresaba arrastrándose. Y yo era la idiota que siempre volvía. Solo quería que me eligiera a mí.

Lo odio. En parte por cómo hizo sentir a Stevie y, en parte, porque una vez tuvo lo que tanto deseo yo y la trató como si no importara. Como si ella no fuera su primera opción.

Nerviosa, hace girar el anillo que lleva en el pulgar y yo le pongo una mano sobre la suya para detenerla. El gesto hace que finalmente me mire.

—No eres idiota. No estás loca por querer gustarle. Por querer que te quieran.

Traga saliva con dificultad.

—Y tú no eres una opción, Stevie, porque no hay nadie más que tú.

Todo su rostro se relaja, como si se derritiera frente a mí.

—No digas eso.

—¿Por qué no?

—Porque estoy intentando que no me gustes.

Su sinceridad me hace reír. Me ha dicho «te odio» con demasiada frecuencia desde que la conocí.

—Pues buena suerte, muñeca, porque soy una maldita joya.

Con el rabillo del ojo, veo que Rich me hace señas para otra entrevista de los cojones.

Pongo los ojos en blanco y vuelvo a centrarme en Stevie.

—Tengo que volver al trabajo, pero no olvides que todavía me debes un baile.

Le doy un último y rápido apretón en la mano y la dejo en la barra.

—¿Quién es esa?

Rich tiene la mirada fija en la espalda de Stevie.

—No te preocupes por eso.

Sigo caminando junto a mi agente con la esperanza de desviar su atención de mi azafata favorita.

No necesita saber de ella. Esta noche no, y tal vez nunca.

Decir que estoy molesto porque Rich no me ha dejado disfrutar de mi noche es quedarse corto. Me ha mangoneado de entrevista en entrevista, y solo quiero un maldito baile. Un baile con una chica para terminar la noche.

Pero antes de que pueda lograr que eso suceda, cierto base de un equipo de baloncesto en particular me detiene.

—Tenemos que hablar —dice Ryan, bloqueando el camino hacia su hermana con una mano en mi pecho.

Es solo un par de centímetros más bajo que yo, así que apenas tengo que bajar la cabeza para mirarlo.

—Ah, ¿sí? —pregunto con una sonrisita.

—No seas idiota.

De mala gana, lo sigo hasta una discreta mesa alta vacía en un rincón.

—Se me conoce por ser un idiota, en caso de que no te hayas enterado.

—Sí, me he enterado. Y eso es de lo que tenemos que hablar.

—Muy bien, vamos allá. Dame el discurso de hermano mayor. —Me apoyo sobre los codos, lo que lo hace quedar más alto que yo.

Y aunque me molesta, lo respeto. ¿Cómo no iba a hacerlo? El tipo solo se preocupa de Stevie.

—¿Qué estás haciendo con mi hermana?

Aprieto los labios, tratando de contener la risa.

—¿Estás seguro de que quieres los detalles?

Ryan, con las fosas nasales dilatadas, está que echa humo, así que me corto un poco.

—No estoy jugando con ella si eso es lo que piensas.

—Es exactamente lo que pienso.

—Bueno, pues no es el caso. No la estoy usando con ningún propósito. De hecho, estoy haciendo exactamente lo contrario. Estoy tratando de mantener lo que sea que tengamos en secreto. Sé el tipo de mierda que se dice en internet sobre mí, y no voy a dejar que tu hermana se vea envuelta en eso.

—¿Qué es? ¿Qué hay entre vosotros?

—¿Sinceramente? Nada. Somos amigos, pero no te voy a mentir. Me gusta. Mucho. Y si me diera una oportunidad, me encantaría ver adónde podríamos llegar.

Ryan tiene el ceño fruncido por la confusión, no me cree.

—Y no voy a pedirte permiso ni nada por el estilo si eso es lo que quieres.

—No quiero que Vee se vea salpicada por tu reputación, Zanders. No voy a dorarte la píldora: creo que todo ese personaje que tienes en la prensa es ridículo y das mala fama a los deportistas en esta ciudad.

—Has dicho que no ibas a dorarme la píldora —me quejo con sarcasmo.

Poniendo los ojos en blanco, continúa.

—Mi hermana no puede soportar el tipo de atención que tú recibes, y no quiero que su nombre aparezca en los tabloides junto al tuyo, ¿entiendes?

Asintiendo, permanezco en silencio para que pueda continuar.

—Por fin puedo tenerla en la misma ciudad que yo, y te juro que si te cargas eso… —dice, negando con la cabeza—. Es mayorcita y puede tomar sus propias decisiones, pero esta no me gusta una mierda.

Justo entonces, veo cómo el exnovio de Stevie la lleva a la pista de baile. No parece que tenga demasiadas ganas de huir, pero, al mismo tiempo, tampoco parece muy entusiasmada de estar ahí con él. No veo en su rostro la habitual seguridad en sí misma con que arde esa chica cuando está conmigo.

—Eso de ahí… —Hago un gesto con la cabeza hacia la pista de baile, refiriéndome a Stevie y su ex—. ¿Vuelves a acercar a ese tipo a tu hermana? Esa es una elección que a mí no me gusta una mierda.

—¿Brett? Ni siquiera lo conoces.

—¿Y tú? Porque, por lo que tu hermana me ha contado sobre su relación, no creo que lo conozcas tan bien como crees.

Ryan mantiene la mirada en la pista de baile.

—¿Qué se supone que significa eso?

—Voy a dejar que tu hermana decida lo que quiere que sepas.

Eso es probablemente más de lo que debería haber dicho, pero tal vez así se corte un poco antes de acercar a ese imbécil a Stevie otra vez.

—Ryan. —Él se vuelve en mi dirección—. Pareces un buen tío, y está claro que quieres a tu hermana. Que sepas que comprendo tu recelo y, sabiendo la reputación que me he ganado, entiendo que te preocupes por ella.

Su expresión se suaviza y, rebajando un poco la actitud de tipo duro, esboza una media sonrisa.

—Lo que sea que esté pasando entre ella y yo no es nada a lo que esté acostumbrado, pero haré todo lo posible para mantener su nombre fuera de los medios si decide darme una oportunidad.

El DJ se acerca a nuestra mesa.

—EZ, lamento interrumpir, pero querías que te avisara cuando llegara la última canción de la noche.

Me pongo de pie y me dirijo hacia la pista de baile para tomar el relevo, pero, antes de alejarme demasiado, me vuelvo hacia el base.

—Y, Ryan, has olvidado decir lo de «Si le haces daño, te mataré».

Una risa silenciosa retumba en su pecho.

—Si le haces daño, te mataré.

—Oído.

Me desplazo por la abarrotada sala, donde casi todos los invitados ocupan la pista de baile para la última canción de la noche. Paso junto a Maddison mientras baila con Logan palmeándolo en un hombro, feliz de que haya tanta gente. Así, que baile con Stevie no debería llamar mucho la atención.

Poso la mirada de inmediato en las manos de Brett, demasiado bajas en la cintura de Stevie, cuando intervengo, lo que los hace detenerse.

—¿Puedo interrumpir?

Por favor, ¿por qué pregunto siquiera? Voy a interrumpirlos, independientemente de si a este chaval le gusta o no.

—Estamos en medio de algo.

Brett intenta mantenerse firme, pero se siente intimidado de la hostia. Puedo verlo en sus ojos.

—Brett, le he prometido a Zanders un baile —dice Stevie con voz suave y amable, aunque preferiría que le dijera que se pirara.

—Así que ya puedes irte —añado.

—Tío, todos los tabloides tienen razón sobre ti. Eres un maldito idiota.

El rostro de Brett está cubierto de asco.

—Muchas gracias por esa detallada observación.

Stevie baja la cabeza y se tapa la boca con una mano, tratando de ocultar su risa.

—Mira, sé que estás tratando de usar a su hermano para que te consiga algún trabajo en los deportes de Chicago, pero ¿sabes quién tiene más contactos en esta ciudad que Ryan Shay? Yo. Así que dejaré que salgas de esta gala de una pieza si te vas ahora. Soy conocido por montar el espectáculo y, si no lo haces, te garantizo que nunca trabajarás en ninguna de las cadenas deportivas de esta ciudad cuando haya terminado contigo.

Mira de repente a Stevie, pidiéndole que retire las palabras por mí, pero ella no lo hace. En su lugar, le aguanta la mirada, sin amedrentarse.

Buena chica.

Él se vuelve hacia ella.

—Piensa en lo que hemos hablado, por favor.

Dicho esto, Brett se va.

Volviendo mi atención hacia el bombón vestido de azul, extiendo una mano, reclamando nuestro baile.

Riendo levemente, Stevie pone su mano en la mía, pero no es suficiente. Le cojo la otra también y me las coloco alrededor del cuello antes de deslizar las palmas por sus suaves brazos, rozándole la caja torácica, y luego colocárselas justo encima del culo.

Me la acerco más, de manera que no quede ningún espacio entre nosotros mientras me pasa los dedos por el cuello y juega con la parte de atrás de mi cadena. Y el DJ me ha hecho un favorazo al pinchar una canción lenta, porque así tendré su cuerpo pegado al mío durante al menos los siguientes tres o cuatro minutos.

—¿Qué ha pasado con lo de no dejarte pisotear, Stevie?

—Se me da fatal.

Una risa silenciosa se agita en mi pecho. Sí, es verdad, pero lo está intentando.

—¿Qué ha querido decir con aquello de lo que habéis hablado? —le pregunto en voz baja y con los labios cerca de su oído, mientras muevo a Stevie por la pista de baile.

—Yo no diría que hayamos hablado. Más bien ha hablado él. No le gustas.

Suelto una risa profunda y fuerte.

—Ya, no me digas.

—Y a mi hermano tampoco le gustas —añade en tono suave y cauteloso, y ahora me doy cuenta de adónde va esto.

—Pero ¿a ti te gusto?

Stevie se aleja un poco y me mira fijamente con esos ojos verde azulados.

—No quiero.

No me gusta lo que dice, pero, joder, me encanta su sinceridad. Y esa es la cuestión, ella siempre es sincera conmigo, y no puedo pedir más que eso.

—¿Y eso por qué, dulzura?

—Porque me asustas.

No respondo con palabras, sino que asiento y mantengo las manos en su espalda baja mientras nos balanceamos ligeramente alrededor de la pista de baile.

—Tu reputación me asusta —susurra, apoyando la frente en mi pecho.

Eso me cae como un puñetazo en el estómago, pero, al mismo tiempo, no me sorprende lo más mínimo. Yo mismo me lo busqué cuando monté esta historia, hace siete años. En mi defensa alegaré que nunca pensé que quisiera a ninguna mujer en mi vida, por lo que no vi el daño que esto podría causar con el tiempo.

—Siento haber dicho eso —gime, escondiéndose más en mi pecho.

Le aparto el pelo de la cara y le presiono los labios contra la sien.

—No lo sientas, Vee. Lo entiendo.

Trago saliva con dificultad. Joder, esto duele más de lo que esperaba.

—Solo te pido una oportunidad —añado en voz baja—. Para demostrarte que no soy la persona que todos creen. Que lo que ves en la prensa no es cierto. Que yo soy el tío que has visto esta noche, el mismo que viste con un maldito vestido en Halloween y el mismo con el que hablaste en Navidad, Stevie.

Ella se inclina hacia atrás y me mira fijamente, con ojos suaves, deseando creerme.

—Solo… Por favor, ten una cita conmigo. Te lo explicaré todo.

Ella aparta la mirada.

—Zee…

—Stevie. —Le cojo el rostro con ambas manos, obligándola a mirarme—. Me gustas. Sé que eso no es algo que diría un hombre adulto, pero, joder, me gustas muchísimo y estoy acojonado. Me asustas tanto como yo te asusto a ti.

—¿Por qué? —pregunta ella, confundida, negando con la cabeza—. ¿Por qué yo?

—¿Qué quieres decir?

—De todas las personas, ¿por qué yo? Puedes tener a quien quieras.

¿Habla en serio? Sí, por supuesto que habla en serio, porque esta preciosidad tiene más inseguridades y dudas sobre sí misma de las que se merece, aunque trate de ocultarlo. Si alguien debe sentir que no la merece, ese soy yo. Yo soy el que tiene la reputación de mierda pendiendo sobre mi cabeza.

—No quiero a nadie más, Stevie. No hay nadie más. ¿No lo entiendes? Eres la única opción. No he conseguido sacarte de mi puta cabeza desde octubre. Desde el día en que decidiste ponerme en mi lugar en el avión.

Finalmente se ríe, escondiéndose en mi pecho de nuevo, así que me inclino hasta que le rozo con los labios la oreja y continúo:

—No te veo como tú te ves a ti misma. Creo que eres buena, dulce, graciosa y jodidamente impresionante, Vee. Y solo quiero una oportunidad.

Ella se queda en silencio, así que agrego:

—¿Quieres que te elijan primero? Bueno, yo también. Así que elígeme a mí.

Ni en mis sueños más descabellados pensé que le rogaría a nadie que me prestara atención, que quisiera pasar tiempo conmigo, pero aquí estoy, haciendo exactamente eso, porque he descubierto que vale la pena.

Stevie me sujeta el cuello con más fuerza, acercándome más, pero no creo que pueda estar más cerca de lo que ya estoy. Nuestros cuerpos se aferran el uno al otro mientras nos movemos por la pista de baile, y nuestras voces son tan bajas que solo nosotros dos las escuchamos.

Pero la canción casi ha terminado, y no estoy listo para dejarla ir.

—Se suponía que esto era solo algo esporádico —dice Stevie—. Se suponía que era solo sexo. ¿Por qué no podemos mantenerlo así?

—Es más que eso, y lo sabes.

Ella permanece en silencio, así que digo algo que nunca había dicho antes:

—Quiero algo más que sexo.

La canción se ralentiza, se está acabando, y sé que el momento casi se ha ido.

Le recorro la cintura con las manos mientras ella me aprieta con más fuerza. Apoyo la cabeza en la de ella, con los labios descansando en su mejilla. Quiero besarla. Quiero alejarla de mi pecho y besarla tan jodidamente fuerte que olvide todo lo que le preocupa sobre mí.

—Bésame —dice ella, no yo.

—Ten una cita conmigo.

Siento su pecho hincharse con un profundo suspiro.

—Llévame a casa contigo.

No puedo creer que esté a punto de hacer esto, pero, en lugar de decir que sí, suplico:

—Ten una cita conmigo.

—Zee.

Stevie se aparta de mí y, sin más, la canción ha terminado, así como la noche.

De repente, estoy rodeado de gente que me estrecha la mano y me da las buenas noches. Es abrumador, cuando menos, pero solo quiero una respuesta diferente de la chica que parece alejarse cada vez más de mí a medida que los invitados de esta noche invaden mi espacio.

Sigo desviando la mirada hacia la preciosidad vestida de azul, pero, finalmente, mi atención se dirige a la masa de personas a las que tengo que agradecer haber venido esta noche.

Y cuando vuelvo a mirar hacia donde estaba, ya se ha ido.

26
Zanders

—¡Eso no era falta, joder, y lo sabes!

—¡Zee, relájate! —me pide Maddison cogiéndome de la parte de atrás de la camiseta para impedir que me acerque más al cegato del árbitro.

—Golpe con el palo. Chicago. Número 11. Dos minutos.

—¡A la mierda!

—¡Zee, sienta el culo en el banquillo y cállate!

Maddison me empuja hacia el lado opuesto de la pista, donde pasaré otros dos minutos fuera del partido. Es mi tercera penalización de la noche.

Los seguidores de Chicago golpean el metacrilato, tratando de llamar mi atención, pero no miro en ninguna dirección que no sea exclusivamente hacia la pista.

Qué asco de partido.

Bueno, los chicos están jugando muy bien, todos menos yo. Yo he estado torpe, dando golpes sucios y, en general, he sido más un obstáculo que una ayuda para mi equipo.

También puedo hacer que me expulsen y hacerles un favor a los chicos.

Comenzar una pelea sin ningún motivo suena jodidamente fantástico, porque llevo furioso toda una semana y necesito desquitarme con alguien. ¿Pelea sucia en la pista? Es lo que la gente espera. ¿De qué sirve demostrar que están equivocados?

La razón de mi actitud de mierda durante la semana es básicamente que no he visto ni sabido nada de una azafata de pelo rizado en particular desde la gala. No diría que Stevie me está evitando, ya que no hemos tenido ningún partido fuera de casa y no tiene mi número, pero, aun así, si cambia de opinión acerca de la cita, sabe cómo contactarme.

Y está claro que no ha cambiado de opinión.

Qué asco da tener sentimientos. Es horrible cuando no son correspondidos. Nunca he tenido ese problema. Nunca me ha gustado nadie, y cualesquiera que fueran mis intenciones con una mujer, siempre eran correspondidas.

Sueno ridículo. Veintiocho años y montando un drama porque me gusta alguien. Pero es que es importante para mí. Nunca había sentido más que atracción física por nadie. Y de Stevie me atraen su cuerpo, mente, boca y corazón.

Pero está fuera de mi alcance debido a mi jodida reputación.

—Once, sales —me recuerda el árbitro asistente.

Mientras llegan a su fin los últimos quince segundos de mi castigo, me levanto del banquillo.

En cuanto se abre la puerta de la valla, que es de metacrilato, para que entre a la pista patino directamente hacia el delantero estrella de Tampa, que ni tiene la pastilla cerca del palo, le doy un golpe sucio y lo lanzo contra el vallado.

Y cuando Maddison sacude la cabeza con decepción al ver que me expulsan del partido y me acompañan al vestuario, grito por encima del hombro:

—¡Os hago un favor, muchachos!

Me doy una ducha rápida antes de volver a vestirme, y luego cojo las llaves y la cartera de la taquilla. Todavía quedan diez minutos del tercer periodo, pero necesito salir de aquí. El equipo puede multarme por faltar a nuestra reunión posterior al partido y a la conferencia de prensa. No me importa.

—Zee —me detiene en seco la voz suave de Logan cuando abro la salida trasera del vestuario. Está de pie en el pasillo—. ¿Estás bien?

Miro hacia abajo y asiento. He sido muy poco convincente, lo admito.

—No, no lo estás —suspira.

Con los brazos abiertos, da un paso adelante y me envuelve en un abrazo. Bueno, tanto como puede, porque es alta para ser mujer, pero yo soy enorme. Independientemente de mi tamaño, me hundo en el abrazo de una de mis mejores amigas.

—¿Qué te pasa?

—No lo sé —le digo sin apartarme—. Ahora mismo solo estoy cabreado, supongo.

—¿Con Stevie?

—No. —Sacudiendo la cabeza, nos separamos—. Conmigo mismo. Es culpa mía haberme metido en esta situación de mierda en la que ella no puede descubrir qué lado de mí es real.

Logan me sonríe con compasión.

—Creo que en el fondo lo sabe. Pero, Zee, tienes que entender que, aparte de mi familia, todo el mundo piensa que eres de cierta manera. Y sí, tomaste esa decisión hace años para avanzar en tu carrera, pero ese no eres tú. Así que déjalo ya. Esa mierda que acabas de hacer —hace un gesto hacia la pista—, ese no es el verdadero Zee. Ese es el malote de EZ, que no existe, así que deja de hacerte pasar por él. Tal vez eso le aclare las cosas a Stevie.

—Lo, ella sabe más sobre mí de lo que nunca he permitido que nadie supiera. Y aún piensa que soy un pedazo de mierda. ¿Qué diablos se supone que debo hacer al respecto?

—No, eso no es cierto —dice Logan negando con la cabeza—. Mira, no hablé mucho con ella la semana pasada en la gala, y no la conozco, pero creo que está confundida acerca de este personaje que muestras al mundo. Compréndela. Eli era de lo más egoísta cuando nos conocimos, y si hubiese seguido actuando de esa manera con todos los demás en público pero siendo dulce solo conmigo, creo que tal vez yo también me habría sentido confundida. Su verdadero cambio tuvo lugar cuando comenzó a querer a todos los que lo rodeaban, además de a sí mismo y a mí.

Madre mía, tiene razón. Logan siempre tiene razón.

—Todavía no estoy listo para abrirme con todos.

—Vale, pero puedes abrirte con ella. Tienes que contárselo todo. Cuéntale sobre tu familia y dile por qué decidiste dejar que el mundo te viese de la forma en que lo hiciste. Si realmente te gusta, Zee, creo que debes contárselo todo.

Con la cabeza gacha, mantengo la mirada fija en el suelo.

—Me gusta de verdad.

Logan no responde, y cuando la miro veo que tiene los ojos muy abiertos y las cejas levantadas.

—¿Qué? —pregunto con cautela.

Un destello de picardía cruza su mirada.

—Nunca pensé que te escucharía decir esas palabras. —Se ríe—. Pero suenan bien viniendo de ti.

—Ay, por favor —exclamo poniendo los ojos en blanco juguetonamente—. Me estoy convirtiendo en Maddison, ¿no?

—Un poco. Hablando de mi marido, tengo que volver al partido.

Abro los brazos para estrecharla de nuevo.

—Me matará si soy la razón por la que te pierdes uno de sus cientos de goles —digo en un tono que rezuma sarcasmo.

—Ambos sabemos que me enseñará la repetición una y otra vez, incluso aunque lo haya visto en persona.

Logan me da un fuerte achuchón, y dice en un tono que ya no es de broma:

—Zee, mereces que te quieran incondicionalmente, pero tienes que poner todas las cartas sobre la mesa para que eso suceda.

La abrazo un poco más, ambos en silencio.

—Te quiero —le recuerdo antes de salir disparado por el pasillo, sintiéndome un poco más ligero y sabiendo lo que tengo que hacer—. Oye, Lo.

—¿Mmm?

Se da la vuelta para mirarme desde el extremo opuesto del pasillo.

—Deja de una puta vez las finanzas. Deberías ser terapeuta, en serio.

Su risa juguetona hace eco en las paredes del estrecho pasillo antes de que regrese a la pista para ver los minutos finales del partido.

Tras un par de días dándole vueltas, mi actitud de mierda comenzó a cambiar. Logan tenía razón, merezco amor incondicional, pero hay alguien más que también lo merece.

En cuanto entro en el apartamento de los Maddison, me saluda la espalda desnuda de mi mejor amigo, que tiene a su hijo atado al pecho mientras lo mece por la cocina.

—Qué pasa, tío —dice Maddison por encima del hombro.

—Hola, Zee —me saluda Logan mientras se sienta en la isla después de darle un beso en la mejilla.

Cruzo la cocina y cubro con ambas manos la parte posterior del pañal de MJ, que duerme sobre el pecho de su padre, mientras le beso la coronilla. Luego, por si acaso, le doy otro en la mejilla a Maddison.

—Zee —dice, sosteniendo la espátula en alto en señal de advertencia—. Aparta tus asquerosos labios de mí.

—Hay café recién hecho —me ofrece Logan.

Saco una taza del armario y me sirvo mi dosis diaria de cafeína.

—¿Te quedas a desayunar? —pregunta Maddison.

—No, no puedo. Tengo que hacer algunas cosas esta mañana, pero quería pedirte un favor. ¿Puedo robaros a vuestra hija?

Tanto Maddison como su mujer se vuelven hacia mí, inmóviles. Ambos con el ceño fruncido, Logan pregunta:

—¿Quieres intentarlo de nuevo?

—¿Puedo robaros a vuestra hija solo esta tarde? —corrijo.

—Ah, sí —asiente Maddison sin darle importancia, y sigue preparando el desayuno.

—Por supuesto —añade Logan—. ¿Qué se celebra?

—Bueno… —Doy un sorbo de café mientras me apoyo en la encimera de la cocina—. Voy a adoptar un perro, pero primero necesito asegurarme de que se comportará con Ella.

Una sonrisa de complicidad se desliza por los labios de Logan.

—¿Vas a adoptarla en algún lugar concreto? ¿Quizá donde cierta azafata trabaja como voluntaria?

—Tal vez.

—Zee, estás mal —se ríe Maddison.

Vale, al menos no estoy fatal.

—No voy a adoptarla para impresionar a Stevie. Estaba pensando en lo que discutimos, Lo, y quiero que me quieran. Así que ¿por qué no un perro? Especialmente una que solo necesita que la quieran también. Soy un hombre soltero, tengo una casa enorme y puedo permitirme que alguien la cuide mientras esté de viaje.

—¿Cómo se llama? —pregunta Logan inclinándose hacia delante, emocionada.

—Rosie. Es una dóberman de cinco años, y por el tiempo que he pasado con ella y lo que Stevie me ha contado, es un amor total. Pero lleva más de un año en el refugio porque da un poco de miedo, ¿sabes? Tengo los medios para cuidarla y ella se merece que alguien le dé cariño, así que ¿por qué no?

—Zee, vas a hacer que me derrita. Cariño, ¿qué hay de todos los perros que íbamos a tener? —le pregunta Logan a su marido.

—Eso fue antes de que me dieras bebés.

—Tal vez si pararais un rato de hacer bebés, podríais tener un perro.

—Esa boca —advierte Maddison, lo que hace que Logan y yo estallemos en carcajadas.

—¡Tío Zee!

Ella entra corriendo en la cocina, patinando por el suelo en calcetines.

—Te he hecho esto —anuncia tendiéndome un pedazo de papel mientras la levanto del suelo.

—¿Para mí? —pregunto, examinando su trabajo. El sencillo dibujo para colorear está garabateado con lápices verdes y morados, sin que un solo trazo permanezca dentro de las líneas. Puede que no vaya a ser una gran artista, pero, joder, es mona—. Es muy bonito. Gracias.

Una sonrisa orgullosa se apodera de sus pequeños labios.

—Oye, ¿quieres ir a ver algunos perritos conmigo hoy?

—¿Perritos?

Abre los ojos como platos, entusiasmada.

—Muchos perritos.

Asiente rápidamente antes de retorcerse entre mis brazos para que la baje. En cuanto toca el suelo con los pies, corre a su habitación, supongo que para prepararse.

—Tomaré eso como un sí.

27

Stevie

—Gus, amigo, hay que lavar esa manta.

Intentando sacar la sucia manta de lana que tiene debajo, el grandullón rueda sobre su espalda y se estira para hacerme saber que la colada tendrá que esperar.

Rendida, en lugar de ello, le rasco la tripa.

La campanilla de la entrada me llama la atención, pero Cheryl está en la recepción y puede recibir a quien entre, así que vuelvo a centrarme en el perezoso labrador rubio que está tumbado de espaldas.

—Señor Zanders, bienvenido de nuevo —dice Cheryl, lo que hace que se me ponga la columna rígida y se me encoja el estómago de los nervios.

No he visto al guapo defensa ni hablado con él desde la gala, hace más de una semana, y eso es porque tengo miedo. Tengo miedo de que realmente no se parezca en nada a la fama que lo sigue. Tengo miedo de que sea bueno. No, sé que es bueno. Creo que lo sabía antes de la gala benéfica, pero se confirmó cuando supe que Active Minds era tanto obra suya como de Maddison.

Pero no tengo ni idea de por qué adopta una fachada frente al resto del mundo y finge ser alguien que no es. Dice que siempre es sincero, pero eso parece una mentira enorme, y si puede mentir sobre eso, podría hacerlo también sobre sus sentimientos por mí.

Tengo miedo, simple y llanamente.

—Y ¿a quién tenemos hoy con nosotros? —pregunta Cheryl.

—Esta es Ella —oigo decir a Zanders.

—¡Hola! —resuena una pequeña voz, haciéndome reír en silencio mientras me muero de amor.

Me quedo callada, porque no sé si quiero que Zanders sepa que estoy aquí.

—¿Hemos venido por Stevie o Rosie hoy? —pregunta Cheryl, delatándome.

Y ¿por qué suena tan cómoda con él? Solo se han visto una vez, y fue un momento de nada desde el otro lado de la sala.

—¿Puedo escoger hoy? ¿Qué hay de ambas?

Eso hace que se me calienten las mejillas y el estómago se me retuerza de nuevo.

Mientras rodeo la barrera que separa la sala de juegos para los perros de la entrada, trato de limpiarme rápidamente. La última vez que Zanders me vio, llevaba un vestido e iba maquillada por un profesional. Esta vez, estoy cubierta de pelo de perro, no me he lavado el pelo desde hace cinco días y llevo mis habituales camisa de franela y tejanos holgados.

Pero en cuanto doy la vuelta a la esquina y veo a Zanders mirándome como si fuera lo mejor que ha visto en su vida, dejo ir esas inseguridades, como cada vez que estoy con él.

Me atraviesa con la mirada, y no puedo evitar alegrarme de verlo. Lo he echado de menos, por extraño que sea admitirlo.

Trago con dificultad, sintiendo el movimiento en la garganta.

—¿Me estás siguiendo?

Una sonrisa de satisfacción se dibuja en sus labios.

—Hola, nena.

Se me calientan las mejillas, como cada vez que lo escucho llamarme así, o «dulzura» o cualquier otra cosa que se le ocurra.

Me quedo en silencio, todavía impactada de que esté realmente aquí. Pero lleva zapatos demasiado caros, su atuendo combina y se le ajusta a la perfección, y su reloj brilla como solo lo hacen los caros. Definitivamente, es él.

—EJ, no sé si te acuerdas de Halloween, pero esta es mi amiga Stevie.

Eso me devuelve a la realidad y me fijo en la niña que sostiene su mano: el alborotado pelo castaño le sobresale del gorro.

—Hola —me saluda con la mano a través de la sala.

—Hola, Ella. ¿Qué hacéis vosotros dos aquí? —le pregunto a la hija de Maddison, pero espero que Zanders me diga qué diablos está pasando.

—¡Vamos a ver perritos! —responde ella emocionada.

—¿Hoy es el día? —interrumpe Cheryl.

Con el ceño fruncido, muevo la cabeza entre el elegante tiarrón y la dueña del refugio.

—Creo que sí —dice Zanders, con esa sonrisa suya tan perfecta y brutal—. Pero quiero que Ella la conozca primero.

—¿De qué estáis hablando?

—¿Aún no se lo has dicho?

Cheryl tiene los ojos muy abiertos por la sorpresa, pero luego pasan a la diversión.

Finalmente, abro la puerta de los perros y entro a la sala principal.

—Decirme ¿qué?

—Voy a adoptar a Rosie.

Boquiabierta, se me suaviza la mirada.

—¿Qué?

—Voy a adoptar a Rosie —repite Zanders con una sonrisa.

Las lágrimas me pican en los ojos y siento que se me enrojece la nariz.

—¿Qué? —pregunto de nuevo, y se me rompe la voz—. ¿Por qué no me lo dijiste?

Su risa es ligera y liviana, pero su mirada es suave y auténtica, mientras me observa aguantarme las ganas de llorar.

—Porque, nena, no quería que pensaras que era un intento de conquistarte. Para ser sincero, esto no tiene nada que ver contigo.

—Ha estado viniendo aquí todas las semanas para verla —añade Cheryl.

Inclino la cabeza mientras lo miro y, sin poder contenerme más, doy tres pasos rápidos y envuelvo los brazos alrededor de su cuello.

—Gracias —le digo en el pecho.

No suelta la mano de Ella, pero me pasa el brazo libre alrededor de la espalda mientras me acaricia suavemente con una mano enorme. Él no dice nada. Tan solo me abraza y me planta un beso en la parte superior de la cabeza.

—Vale —sentencio.

Me alejo de él, secándome la cara. Respiro hondo para recomponerme.

—Este es un gran día. Necesito parar —digo con una risa incómoda.

Zanders me coge la cara ahuecando la palma de la mano y me acerca a él de nuevo. Me derrito en su pecho mientras su cuerpo se relaja a mi alrededor y me enrosca los dedos en los rizos para sostenerme contra él.

Su puño se aprieta alrededor de mi pelo y me inclina la cara hacia la suya.

—Te he echado de menos —dice con voz áspera.

Con los párpados entornados me mira a los labios, que tengo entreabiertos.

—Aquí está —canturrea Cheryl.

Me alejo de Zanders mientras Cheryl conduce a Rosie a la sala con una correa. La dóberman tira para llegar al gigantesco defensa. En cuanto Zanders se agacha, Cheryl suelta a Rosie, que corre hacia sus brazos extendidos antes de tumbarse boca arriba, moviendo la cola a mil por hora.

—Ahí está mi chica —se ríe Zanders.

Pasa algún tiempo dándole mimos a esa preciosidad negra y marrón, y se me derrite el corazón de un modo inimaginable.

—Siempre están así —me susurra Cheryl.

—¿Por qué no me contaste que quizá adoptaba a Rosie?

Cheryl, astuta, se encoge de hombros.

—Ella, esta es Rosie —dice Zanders.

Utiliza su cuerpo como una barrera gigante entre la dóberman y la pequeña, dándoles un momento para acostumbrarse la una a la otra. Ella deja escapar una risilla cuando Rosie le huele las manos, pero no trata de tocarla, sino que espera hasta que le dé el visto bueno. Finalmente, cuando el trasero de Rosie comienza a moverse de un lado al otro, lame las manos de la pequeña Ella sin parar.

Zanders se aparta cuando Rosie se tira de espaldas frente a su sobrina.

Ella se ríe mientras acaricia la barriga de la dóberman.

—¡Me gusta!

—Sí, creo que podemos afirmar que es genial con los niños.

Zanders mantiene la mirada fija en sus dos chicas.

Quiero besarlo. Quiero cogerlo de la camisa y besarlo hasta que necesite parar para respirar.

—Entonces, ¿va a hacerlo? —pregunta Cheryl.

—Voy a hacerlo.

La sonrisa de Cheryl brilla con entusiasmo por la dóberman, que ya llevaba aquí un largo año.

Regresamos a la recepción después de presentarle a Ella a todos los perros y ver a Zanders cómicamente cubierto de pelos.

—Bueno, creo que puedo tener su historial y todo listo para mañana —le dice Cheryl a Zanders—. ¿Le va bien recogerla mañana?

—Mañana es perfecto.

—Solo necesito su número de teléfono.

Zanders duda.

—Creo que podemos saltarnos el número de teléfono —intervengo, sabiendo lo reservado que es Zanders. Ryan hace lo mismo, no da datos personales a extraños.

—No pasa nada —dice Zanders—. Pero ¿puedo dárselo a Stevie? ¿Eso servirá?

Una sonrisa traviesa se dibuja en los labios de Cheryl.

—Sí, eso servirá.

—Muñeca. —Zanders extiende una mano, lo que hace que me vuelva hacia él—. Tu móvil.

Algo sorprendida por el hecho de que quiera darme su número, trago saliva, saco el teléfono y se lo entrego.

Observo cómo sus dedos cubiertos de anillos escriben los diez dígitos con precisión antes de agregar su nombre.

Zee Zanders.

Riéndome, niego con la cabeza y extiendo una mano para recuperar el móvil.

Pero siendo Zanders como es, no puede evitar agregar el emoji de la berenjena junto a su nombre. Luego añade un solo corazón antes de devolvérmelo con una sonrisa satisfecha.

—Y, por lo general, hacemos una visita al domicilio antes de la adopción, pero como Stevie te conoce, podemos saltarnos eso.

—¡No! —interrumpe Zanders—. Creo que la visita a domicilio es necesaria. Parece importante.

Es un mentiroso de mierda. Sé exactamente lo que está haciendo.

—Stevie, creo que deberías encargarte tú de la visita —dice Cheryl.

Echa un rápido vistazo a Zanders con una sonrisa descarada mientras sacudo la cabeza con incredulidad.

—No es una cita —le recuerdo.

Él se lleva una mano al pecho y, con la boca abierta en fingida ofensa, dice:

—¿Cómo te atreves a acusarme de engañarte para tener una cita?

La sonrisa diabólica que esboza me dice que eso es precisamente lo que está haciendo.

—Y lo último es la tarifa de adopción —añade Cheryl—. Son cincuenta dólares.

Zanders suelta la mano de Ella y se hurga en el bolsillo interior del largo abrigo de lana. Saca una chequera, la pone sobre el mostrador y rellena una de las hojas.

Mientras la completa, observo con una sonrisa de satisfacción cómo Rosie se sienta de lo más tranquila a un lado de Zanders, y Ella permanece de pie al otro, esperando pacientemente a su tío.

—Uy —exclama Cheryl con una risa nerviosa y sosteniendo el cheque de Zanders en las manos—. Lo ha escrito mal. —Tiene las mejillas sonrojadas—. Son cincuenta dólares. Aquí pone cincuenta mil.

Zanders se guarda la chequera, retrocede hacia Ella y le pone una mano en la cabeza.

—Ups —dice casualmente, lo que me da a entender que no ha sido un error.

—Bueno, no queremos desperdiciar un cheque perfectamente bueno —comenta Zanders encogiéndose de hombros—. También puede cobrar ese.

—¿Qué? —se ríe Cheryl incómodamente—. Oh, no. No puedo aceptar esto —sentencia con el cheque extendido para que él lo coja.

—Por favor, acéptelo —suplica Zanders—. Como donación.

Cheryl inclina la cabeza hacia un lado y se le hunden las comisuras de los labios.

—Gracias.

Rodea el mostrador para darle un abrazo.

Zanders la estrecha entre sus brazos, pero me lanza una suave sonrisa por encima del hombro.

Creo que estoy jodida.

—Bueno —resopla Cheryl, tratando de secarse los ojos disimuladamente, pero sé que lo está pasando mal. Este refugio está muy necesitado, y la donación de Zanders cubrirá una buena parte—. Será mejor que pongamos su foto en la pared.

Cheryl coge la cámara Polaroid que guarda debajo del mostrador mientras Zanders se agacha junto a Ella, con Rosie perfectamente sentada frente a ellos.

—Vee, ven aquí —me pide, haciéndome señas.

—Oh, no creo…

—Ven aquí. Necesito a todas mis chicas juntas.

Aprieto los labios, tratando de sofocar cómo me siento al escucharlo referirse a mí como una de sus chicas, y me agacho en el sitio libre a su lado.

Zanders me pasa un brazo alrededor y el otro alrededor de Ella, acercándonos a las dos. Al descansar una mano sobre su musculoso muslo, encuentro oportunamente el interior de este mientras Cheryl toma la foto con Rosie justo al frente.

—Perfecto —dice ella un momento después, cuando la imagen negra desaparece.

Vuelvo a colocarle la correa a Rosie para llevarla de regreso adentro, donde pasará su última noche, mientras tanto Zanders como Ella la acarician y le dan besos de despedida.

—¿Esta noche entonces? —me pregunta él—. ¿A las siete en punto?

—No es una cita —le recuerdo. A él o a mí misma. Ya no estoy muy segura.

Le coge la mano a Ella y la lleva a la puerta principal.

—Por supuesto que no —se ríe—. ¡Hasta mañana, Cheryl!

En cuanto salen, Zanders se inclina para que Ella se le suba a los hombros. Le sostiene los pies mientras la pequeña descansa los brazos cruzados y la barbilla sobre su gorro, y los dos se encaminan a casa.

Y el único pensamiento que cruza mi mente es que estoy completamente jodida.

28

Zanders

—Ay, madre mía. Estás nervioso —se ríe Logan.

Giro bruscamente la cabeza, con el ceño fruncido, y bufo con sorna al FaceTime que tengo abierto en la isla de mi cocina.

—No estoy nervioso.

—Estás sudando a chorro, amigo —oigo decir cuando la fea taza de Maddison aparece en la pantalla del teléfono.

—Bueno, tampoco es que no esté nervioso.

—El pequeño Zee tiene una cita —bromea.

—No es una cita —corrijo, pasándome las manos por el pecho para alisarme el traje—. Stevie ha recalcado que no era una cita. Varias veces.

Maddison entrecierra los ojos a través de la pantalla del teléfono.

—Entonces ¿has puesto la mesa con velas y flores porque no es una cita?

Al volverme hacia la mesa del comedor, con platos, manteles y cubiertos nuevos que he comprado hoy, me doy cuenta de que Maddison podría tener razón. Por no hablar de las velas, aún por encender, o el jarrón gigante de rosas en el centro.

—¿Es demasiado obvio?

Tanto Logan como Maddison se echan a reír a través del teléfono.

—Zee, has contratado un chef privado, por el amor de Dios.

—Mierda. No sé qué diablos estoy haciendo. No he hecho esto nunca.

—Solo sé tú mismo —me tranquiliza Logan—. De eso se trata esta noche.

—¿Qué pasa si no le gusta mi verdadero yo?

Apoyo los antebrazos en la encimera y me quedo mirando a mis dos mejores amigos a través de la pantalla del teléfono en busca de un poco de aliento.

—Entonces no sabrá lo que se está perdiendo —añade Maddison—. Pero he estado meses cerca de vosotros. Le gustas. Simplemente no le gusta el papel que interpretas, así que deja esa mierda con ella.

—Zee —interviene Logan—. Cuéntaselo todo.

—Lo haré.

Al mirar hacia atrás, a la mesa puesta con tanto esmero, me doy cuenta. Stevie no es así.

—Eh, chicos, me tengo que ir. Os quiero.

—Te quiero, Zee.

—Buena suerte, tío. Te quiero —dice Maddison antes de que cuelgue la videollamada.

En cuanto se corta, llamo al chef privado que había contratado para cancelarlo. Luego hago algunos pedidos diferentes de comida a domicilio. Saco todo de la mesa y lo reemplazo con dos platos normales, servilletas de papel y un posavasos para cerveza tanto en mi asiento como en el de Stevie.

Me aseguro de que la jaula, la correa y los juguetes de Rosie estén perfectamente donde deben estar, porque, aunque esta noche es más que una simple visita a domicilio, todavía existe ese factor.

Desde Navidad, he estado visitando a Rosie una o dos veces por semana, pero se lo oculté deliberadamente a Stevie, en parte porque no quería romperle el corazón si no funcionaba y, en parte, porque no tenía nada que ver con ella.

La adopción es por Rosie, pero, egoístamente, también por mí. Ella solo quiere tener a quien querer y que la quieran, al igual que yo.

Recorriendo la sala de estar de arriba abajo, mantengo la mirada fija en los grandes ventanales del otro lado, como un pervertido, mientras espero que Stevie salga de su edificio y se dirija al mío. Todavía es un poco antes de las siete, pero estoy nerviosísimo.

Nunca he hecho esto. Nunca he cenado ni hablado con una chica por la que sintiera algo. ¿A quién estoy engañando? Nunca he sentido nada por nadie, y punto. Todo esto es jodidamente aterrador y estresante.

No tengo ni idea de qué pasará después de esta noche. ¿Volverá Stevie simplemente a ser una empleada en el avión que tiene alquilado mi equipo? ¿O me dará la oportunidad de demostrar que puedo ser más que el tipo que pintan los tabloides?

Más que nada, espero que sea esto último, porque por primera vez en mucho tiempo voy a mostrarle a alguien quién soy en realidad, y no sé si podría soportar que me abandonen nuevamente.

Mi móvil suena en la isla de la cocina, sacándome de mi preocupación. Corro a cogerlo y contesto rápidamente al número desconocido, ansioso por hablar con la chica en la que no he podido dejar de pensar.

—¿Stevie? —respondo enseguida con una sonrisa demasiado emocionada.

La línea está en silencio, no hay respuesta.

—Stevie, ¿puedes oírme? —insisto, tapándome el oído opuesto para escuchar con más atención.

—¿Evan?

Se me cae el corazón al suelo. Quiero vomitar. Quiero esconderme. Quiero estampar el móvil contra la pared al escuchar la voz de esta mujer. La mujer que me abandonó cuando yo tenía dieciséis años.

—¿Mamá?

29

Stevie

Llevo todo el día hecha un manojo de nervios. No tengo ni idea de lo que va a pasar esta noche. No sé qué va a decir él, qué voy a decir yo ni cómo quedarán las cosas cuando todo termine.

Lo que sí sé es que llevo unas bragas terriblemente transparentes debajo de todas las capas de ropa de invierno con la esperanza de que Zanders me las arranque cuando las vea.

Una relación esporádica sería fácil. Creo que podría con ella, y es lo que él quería inicialmente, pero ahora no se dará por vencido sin algo más. Y algo más con él me asusta.

Todo se magnifica con él. Me quedé destrozada después de Brett, pero eso es incomparable al nivel de destrucción que Zanders podría dejar a su paso. Por otro lado, lo que pensé que era amor con mi ex ni siquiera se acerca a lo que podría llegar a sentir si abro mi corazón a la posibilidad de Zanders.

Todo es aterrador.

Mientras subo en el ascensor privado hasta el ático, siento un nudo en la garganta por los nervios. El edificio es impresionante e inmaculado: dinero en forma de paredes. El exclusivo rellano que va del ascensor a su casa es claro y moderno, pero frío.

Me trago las ganas de salir corriendo y llamo dos veces a la gran puerta de caoba del ático de Zanders, pero, un minuto después, no hay respuesta.

Le doy otro momento antes de volver a llamar.

Aún sin respuesta.

Cojo el móvil y marco, por lo que ahora ya tendrá mi número. Su teléfono suena tan alto que lo oigo desde fuera de su apartamento, al otro lado de la puerta, pero sigue sin contestar hasta que salta el buzón de voz.

Llamo a la puerta con fuerza una vez más, solo para estar segura, pero sigue sin haber respuesta.

No voy a mentir. Me late el corazón con fuerza, y no porque crea que podría haberle pasado algo. El tipo parece indestructible. Intocable. Sino porque, a pesar de que Zanders insistió mucho sobre esta noche, podría haber cambiado de opinión. ¿Y si ya se ha arrepentido de querer algo más?

Con las mejillas sonrojadas y el estómago retorciéndose de vergüenza, me doy la vuelta hacia el ascensor para volver a casa. Pero a mitad de camino por el desértico rellano, me detengo en seco. Si quiere dejarme tirada, que me lo diga a la cara. ¿No me ha insistido tanto en que me enfrente a la gente? Bueno, pues eso es precisamente lo que voy a hacer. Además, de todas las personas en mi vida, no sé por qué soy capaz de hacerle frente a él sin miedo ni preocupación.

Sin pensarlo más, atravieso el rellano con grandes zancadas, giro el picaporte y, sorprendentemente, la puerta no está cerrada con llave. Pero en cuanto entro en el ático, me arrepiento al instante.

Es intimidante, oscuro, masculino y muy él. Los techos son tan altos y amplios que parece que nunca terminan. Estoy en un espacio del que no debería saber sin él.

—¿Stevie?

Giro la cabeza y veo a Zanders en el pasillo con nada más que una toalla colgada de las caderas. Aún tiene algo de humedad en su dorada piel mientras el vapor se arremolina en el aire a su alrededor. La poca iluminación en el oscuro pasillo profundiza las concavidades de sus músculos.

—Mierda. —Se sujeta con fuerza la toalla alrededor de la cintura mientras da un par de pasos hacia la entrada, de manera que queda a la vista—. Lo lamento. No he oído la puerta y había perdido la noción del tiempo.

Cuanto más se acerca, más evidente es su agotamiento.

—¿Estás bien? —pregunto, con el ceño fruncido. Toda frustración hacia él ha desaparecido por completo.

Esboza una media sonrisa triste, y sé que no está bien en absoluto.

—Sí. Lo siento. Me alegro mucho de que hayas venido.

Doy unos pasos hacia él y lo abrazo por la cintura antes de presionar la mejilla contra su cálido y húmedo pecho. Él suspira en mí, me pasa el brazo libre alrededor de los hombros y sostiene mi cuerpo contra el suyo. Noto cómo se relaja cada músculo en él antes de que descanse la cabeza sobre la mía.

No sé qué está pasando, pero está disgustado.

—Has entrado por tu cuenta —señala en voz baja.

—Venía a gritarte por olvidarte de mí.

—Bien hecho —sentencia, y su cuerpo vibra con una risa silenciosa antes de que me apriete aún más fuerte—. Pero nunca podría olvidarme de ti, dulzura.

Le recorro la espalda desnuda con una mano para tranquilizarlo.

—¿Puedes darme un minuto? Salgo enseguida, pero debería ponerme algo de ropa.

—No me importa que estés desnudo.

Su risa vuelve a sacudirme mientras Zanders se relaja.

—Ponte cómoda. Hay cerveza en la nevera.

Me pasa una mano por los rizos para apartarlos y su increíblemente deslumbrante cuerpo da la vuelta a la esquina, de regreso a su habitación.

Sola en su casa de nuevo, aunque sin sentirme ya como una intrusa, me quito el abrigo y lo cuelgo en las perchas situadas junto a la puerta principal antes de sacarme las zapatillas, que están cubiertas de nieve y demasiado destrozadas para llevarlas en un sitio tan limpio.

Entro en la cocina a por la cerveza que me ha ofrecido Zanders, y cuando abro la nevera, no puedo evitar sonreír al ver uno de los estantes con varias IPA diferentes. Instintivamente, sé que la plétora de opciones es solo para mí.

Me gustan todas y cada una, así que me abro una y me la llevo mientras hago un recorrido por la casa.

El ático de Zanders es impresionante. La madera oscura, el hormigón, el metal negro y la tenue iluminación decoran el masculino espacio. Es sombrío, caro e intrigante. Es uno de esos pisos de revista que miras en busca de inspiración o que aparecen en un tablero de Pinterest. No hay ni una sola cosa que sobre. Es muy él, y soy yo la que está completamente fuera de lugar.

Después de recorrer el largo pasillo por el que ha desaparecido Zanders, giro en la dirección opuesta y encuentro su sala de estar. Hay unos sofás grandes y mullidos, una televisión enorme y fotografías en blanco y negro perfectamente combinadas.

Las imágenes son en su mayoría de él y la familia de Maddison, pero hay una donde aparece con quien supongo que es su hermana. Zanders la mencionó una vez, y tienen un parecido inquietante. Sin embargo, me doy cuenta de que no hay ni una sola foto de su padre. Sé que tienen una historia difícil, como con su madre, pero supongo que no llego a comprender que la relación que mantiene con su padre es tan escasa como reflejan estas fotografías.

Hay una foto de Zanders y Ella que no puedo evitar coger para admirar un poco más de cerca. Su relación hace que me derrita cada vez que los veo, y fue lo primero que me hizo preguntarme si había algo más en el infame defensa.

—¿Estás fisgoneando, muñeca? —reverbera a través de mí la profunda voz de Zanders mientras noto el calor en las mejillas por haberme pillado.

Se detiene detrás de mí, tan cerca que siento el calor de su cuerpo, y descansa la barbilla en mi hombro.

—Esa es una de mis favoritas.

—Os lleváis bien, ¿eh? —asiento, sin dejar de observar la foto en mis manos de la adorable niña de pelo alborotado y su tío.

—Es mi persona favorita.

—¿Más que Maddison?

—Me gusta diez veces más que su padre —dice en un tono colmado de sarcasmo, pero no estoy segura de que esté bromeando.

Vuelvo a colocar el marco en su lugar antes de darme la vuelta hacia él. Paseo la mirada por su cuerpo, y reparo en sus informales pantalones de chándal y su sudadera con capucha. Sin duda son caros de narices, pero la única vez que lo he visto así vestido es cuando se prepara para dormir durante algún vuelo nocturno.

Parezco incapaz de cerrar la boca al verlo tan informal y desenfadado.

—¿Qué? ¿Esperabas que llevara traje en mi propia casa?

—Más o menos, sí.

Por mucho que Zanders esté para darle un revolcón con sus trajes perfectamente entallados, me parece adorable con ropa cómoda, y que vaya así de informal me hace sentir mucho menos intimidada en su carísimo piso.

—Pero también te queda bien esto.

Una sonrisa de complicidad se dibuja en sus labios.

—Vee, todo me queda bien.

No se equivoca, pero tampoco hay necesidad de decírselo. Afortunadamente, un golpe en la puerta evita que tenga que responder.

—Debe de ser la cena. O al menos parte de ella.

Zanders se dirige hacia la entrada, esperando que lo siga.

—¿Parte de ella? —pregunto, dos pasos detrás de él—. Y ¿la cena? ¿No dijimos que esto no era una cita?

Zanders se vuelve hacia mí y empieza a caminar de espaldas, con su más exasperante sonrisa de descaro.

—¿Solo comes cuando tienes una cita?

Después de llamar cinco veces más, el pobre portero de Zanders debe de haber hecho su sesión diaria de ejercicio, porque pizza típica de Chicago, comida china, sushi, hamburguesas con patatas fritas y dos burritos cubren la mesa del comedor.

—¿Qué demonios?

Dejo escapar una risa entre nerviosa y confusa mientras miro la amplia mesa completamente cubierta de comida para llevar.

Zanders parece un poco avergonzado.

—No estaba seguro de qué te apetecería, así que he pedido de todo.

Inclino la cabeza ante su consideración.

—Todo me parece perfecto.

Su timidez se ha convertido en orgullo cuando se vuelve hacia la nevera para traer dos cervezas más. Zanders me ofrece la silla a la cabecera antes de sentarse en la de al lado, y ambos llenamos nuestros platos con la mejor comida para llevar de Chicago.

No creo que pudiese estar más a gusto junto a este hombre, zampando comida basura y bebiendo cerveza en su impresionante ático.

—Bueno, tengo algunas preguntas —comienzo—. Preguntas de perros.

En realidad, no. Zanders lo hará genial con Rosie, pero sigo mintiéndome a mí misma acerca de que esto es una visita a domicilio y no una cita.

—Dispara —murmura él, con la boca llena.

—¿Rosie tendrá donde quedarse cuando estés de viaje?

—Cuando estemos de viaje —me corrige—. Sí. Uno de los muchachos del equipo tiene una cuidadora de perros de confianza y ha accedido a encargarse de Rosie.

—¿Por qué no me contaste que ibas a verla?

Se encoge de hombros como si nada, apartando la mirada de mí.

—Porque no quería que te hicieras ilusiones, por si acaso. Y, como dije, esto no tiene que ver contigo —repite. Entonces me lanza una mirada suave y sincera—. La donación, sin embargo, sí fue por ti.

Trato de no sonreír para que no vea cuánto ha comenzado a afectarme cada pequeña cosa que hace, pero no lo consigo.

—Gracias por aquello, por cierto. Fue ridículo y exagerado, pero no tienes ni idea de cuánto ayuda.

Me da un empujoncito con la pierna por debajo de la mesa antes de enrollarla alrededor de la mía ligeramente, como queriendo tocarme de alguna manera.

—Y ¿tienes todas sus cosas listas? —continúo.

¿A quién estoy engañando? Por supuesto que sí. Este hombre está más que preparado en todo momento.

—Sí. Solo me falta el collar, pero lo entregarán mañana. ¿Quieres verlo?

Saca el móvil y amplía una foto en la pantalla para que la vea.

—¿Le has comprado un collar de Louis Vuitton con púas de metal?

Frunce el ceño, ofendido.

—¿Acaso no me conoces? Por supuesto que sí.

—La gente va a pensar que es agresiva con eso.

—Bien. Que lo hagan. Ambos sabemos que es dulce, y no me importa que todos los demás piensen que es una tipa dura.

Vuelvo a centrar la atención en mi plato, murmurando por lo bajo:

—Te encanta dar a la gente una impresión equivocada, ¿no?

Enseguida lo miro con arrepentimiento, y la tensión se respira en el ambiente mientras permanecemos en silencio.

Zanders se inclina hacia delante, manteniendo el contacto visual conmigo.

—¿Tienes más preguntas? ¿Quizá sin relación con Rosie? ¿Quizá algunas preguntas sobre mí? Porque te contaré todo lo que quieras saber.

Trago saliva mientras estudio su deslumbrante rostro. Su mirada es suave y comprensiva, y no hay evidencia de juicio o irritación por lo que acabo de decir.

—¿Por qué finges? ¿Por qué no dejas que la gente vea lo bueno que eres?

Desvía la mirada hacia su plato.

—Bueno, esa es una gran pregunta para empezar.

Cruzo las piernas en la silla y me vuelvo hacia él para dedicarle toda mi atención.

—Nos queda una cena de cinco platos por delante. Tenemos un montón de tiempo.

Una sonrisa relajada se dibuja en los labios de Zanders. Luego me mira, dudando por un momento antes de apartar su plato.

—Cuando entré en Chicago, hace siete años, ya tenía cierta reputación de mis días de universidad. El equipo estaba buscando una especie de justiciero, alguien que protegiera a los muchachos en la pista, y yo cumplía los requisitos. Luego, al año siguiente, continué con la narrativa, pero no fue hasta la siguiente temporada, cuando ficharon a Maddison y terminamos firmando con el mismo agente, que empezó la fama. A Rich se le ocurrió la idea de montar esta historia para los dos. Maddison es el niño mimado del hockey. Todo el mundo lo adora, mientras que yo soy lo contrario, el jugador a quien todos odian. Compramos toda la pantomima y ambos lo petamos con nuestro pequeño dúo. Y no voy a mentir: disfruté como un cabrón cada minuto.

Asiento comprensiva, pues sé cuánto adora Zanders su reputación.

—Hasta este año —continúa—. Nunca ha habido nadie en mi vida que se viera afectado negativamente por mi imagen en la prensa. Hasta que apareciste tú, y el hecho de que te haya hecho verme de una forma diferente de como soy realmente y te haya acojonado me mata, Stevie. Si pudiera retroceder siete años y cambiarlo todo desde el principio, lo haría.

—¿Por qué no lo cambias ahora?

Deja escapar un suspiro profundo y resignado.

—Esto es lo que soy ahora en el hockey. Estoy en plena temporada de renovación de contratos, y lo que represento es lo que quiere Chicago. No me van a pagar sin eso. Al menos, eso es lo que piensa Rich.

—¿Eso es todo? ¿Todo es por dinero?

La culpa se le refleja en la cara.

—No, en realidad, no.

—Entonces, ¿qué es, Zee?

Él no responde, observa todo a su alrededor, pero se niega a mirarme.

—Tengo miedo —murmura en voz baja.

Bufo con incredulidad.

—Tú no le tienes miedo a nada.

De repente me mira, con los ojos llenos de sinceridad.

—Tengo miedo de muchas cosas. Tú incluida.

Da un largo trago a su cerveza.

—Me asusta que todos conozcan mi verdadero yo y no les guste. Tal vez ya no me adoren. Tal vez Chicago no me quiera, y aquí es donde están mis mejores amigos. No quiero jugar en ningún otro lado. A la gente le encanta el gilipollas que se caga en todo y pasa un montón de tiempo expulsado en el banquillo para luego pintarlo como un mujeriego, pero ¿les gustaré si descubren que prefiero hablar de Active Minds que de a quién creen que me estoy tirando? ¿Me seguirán adorando cuando se enteren de que lloro viendo películas de Disney con mi sobrina? ¿O si descubren que no puedo dejar de pensar en mi azafata, que todavía piensa que soy un pedazo de mierda?

Eso hace que lo interrumpa.

—No creo que seas un pedazo de mierda, Zee. Creo que eres demasiado bueno para la mayoría de la gente, pero no dejas que nadie lo vea, y no entiendo por qué querrías ocultarlo. Sueles ser franco, pero ¿por qué mientes sobre lo buen hombre que eres? No tiene sentido.

—¡Porque sí, Stevie! —Eleva la voz, pero no está gritando. Está frustrado más allá de lo imaginable, pero no conmigo—. He sido yo mismo antes, y no fui suficiente. ¡Mi propia madre me abandonó, joder!

Intento respirar, pero no puedo. De repente lo entiendo. Tiene sentido que su miedo a no merecer el amor provenga de su madre, la mujer que lo abandonó.

—Duele mucho menos ser odiado cuando no eres tú mismo que ser despreciado por lo que eres en realidad —continúa—. Por mucho que le diga a todo el mundo que disfruto el odio, lo que más quiero es amor, pero aún no estoy listo para arriesgarme al rechazo.

Yo también fui yo misma y no fui suficiente. De hecho, me he sentido así la mayor parte de mi vida adulta. Este hombre, que parece un intimidante muro de ladrillo impenetrable, en realidad es extremadamente dulce y tiene miedo, más sentimientos de los que quiere admitir.

—Solo me siento cómodo siendo yo mismo con unas pocas personas. No estoy listo para abrirme a todo el mundo. Eso es lo que me asusta, Stevie.

Coloco una mano sobre la suya con el ceño fruncido para no emocionarme.

—¿Confías en mí?

Zanders, con esos ojos castaños, me observa con mirada dulce.

—¿Tú qué crees, dulzura?

—¿Por qué?

—Porque, llegados a este punto, el riesgo de perder lo que sea que tengamos por no ser yo mismo contigo es mucho más aterrador que mostrarte quién soy. Me gustas, Vee, y estoy aquí, todo vulnerable, siendo completamente sincero. Solo quiero tener la oportunidad de que me aprecies. A mi verdadero yo.

Se me ha enfriado la comida en el plato, pero no me importa. Ya no tengo hambre. He tenido bastante con las palabras de Zanders, que me han dado más esperanza de lo que podría haber imaginado. Él confía en mí lo suficiente como para sincerarse sobre quién es y exponerse a la vulnerabilidad. ¿Por qué no puedo creer que no esté mintiendo sobre lo que siente por mí?

Me levanto de la silla y me acerco a la suya para sentarme en su regazo. Pasándole los brazos alrededor de los hombros, entierro la cabeza en su cuello.

—¿Lloras con las películas de Disney? —bromeo, y mi aliento le acaricia la piel.

Me envuelve la cintura con los brazos para sostenerme contra él.

—Sollozo, joder.

—No pareces de los que lloran.

—Lloro por muchas cosas. Simplemente no dejo que la gente lo vea. De hecho, he llorado antes de que llegaras.

Levanto la cabeza de su hombro.

—¿Por qué?

Esboza una pequeña sonrisa.

—Ha llamado mi madre.

—¿Qué?

—Le he colgado en el momento en que me he dado cuenta de quién era, pero luego he tenido tal ataque de pánico que estaba paralizado. Tenía todo el cuerpo rígido y me he puesto a llorar como un maldito bebé en el suelo del baño. Me he metido en la ducha para intentar sacarlo todo con agua y por eso no te he oído llamar a la puerta.

—Madre mía, Zee —exclamo, y le rozo la mejilla con la palma de la mano para consolarlo al ver mucho más de este hombre de lo que esperaba—. ¿Estás bien?

Él asiente con cautela.

—Estaré bien.

Se hace el silencio entre nosotros. Hasta la gala, hace poco más de una semana, no sabía nada sobre la salud mental de Zanders o el hecho de que le apasione ayudar a otros a tomar las riendas de su propio viaje.

Volviendo a apoyarme sobre su hombro, le pregunto en voz baja:

—¿Qué te hizo fundar Active Minds?

Mueve la mano hasta descansarla en mi cadera y apoya la cabeza en la mía.

—No quería que otros chavales sufrieran como yo sufrí y todavía sufro a veces. No poder controlar la forma en que tu mente te afecta es una de las peores sensaciones del mundo. Te sientes atrapado e indefenso. Ojalá hubiera ido a terapia en cuanto mi madre se fue, pero lo cierto es que no se hablaba de salud mental entre hombres, y quería romper ese estigma y dar a los chavales acceso a la ayuda que necesitan. La ayuda que yo necesitaba, pero no supe cómo pedir.

Se me rompe el corazón al escucharlo, al ver todo lo que es. Le paso una mano por el pecho antes de curvarla alrededor de su nuca.

—¿Cómo puedes pensar que no le gustarás a la gente con ese corazón que tienes?

—¿Te gusto a ti? —dice levantando la cabeza y haciendo que alce la mía de su hombro también. No hay duda en su pregunta. Su tono suplica saber la respuesta.

—No quiero.

—Pero ¿te gusto?

Esperanza. Hay tanta esperanza en su mirada.

No sé cómo responder a eso sin confesar abiertamente cuánto me gusta. Es bueno, demasiado bueno. Apenas tardé unos meses en verlo. Al igual que él en deshacerse de cada capa y mostrarme quién es. Pero este que veo, su verdadero yo, me gusta demasiado.

—Te odio, ¿recuerdas?

Compartimos una sonrisa de complicidad.

—Nena, ¿te gusto?

Me aparta un mechón de pelo rizadísimo de la cara para poder contemplarme.

Paseo la mirada entre sus ojos y sus labios. Incapaz de mantenerme alejada de él, me inclino hacia delante, recortando la distancia entre nosotros, y presiono la boca contra la suya. Se entrega a mí por un momento antes de alejarse, rompiendo el contacto y sacudiendo la cabeza.

—No —dice, con los ojos cerrados como si le doliera detenerme—. No hagas eso a menos que vaya acompañado de algo más, y no me refiero a nada físico.

—¿Qué quieres decir?

Sé lo que quiere decir.

—Sabes lo que quiero decir. —Me mira fijamente, con ojos penetrantes—. Quiero algo más que sexo contigo. Te deseo. Todo en ti. Solo quiero una oportunidad.

Abrirme a él de esa manera es absolutamente aterrador, pero ¿cómo podría no querer estar con él después de todo lo que me ha mostrado? Me ha escogido a mí una y otra vez, y lo único que he querido siempre ha sido ser la primera opción de alguien.

Mi silencio hace que la derrota se refleje en el rostro de Zanders mientras aparta la mirada de mí, con los labios apretados en una delgada línea.

Le pongo el dedo índice y el pulgar debajo de la barbilla para atraer su atención hacia mí.

—No me hagas daño.

Escudriña mi rostro, tratando de leer mi expresión, mientras la esperanza se apodera de él.

—No podría.

—Si llega el momento en el que ya no quieres esto, en el que ya no soy tu primera opción, dímelo.

Levanta las comisuras de los labios.

—Siempre serás mi primera opción. Lo has sido desde el día en que te conocí, nena.

—Sé sincero conmigo.

—Lo seré. Lo soy.

Me coge la cara entre sus manos y apoya su frente en la mía, y entonces su expresión cambia.

—Pero todavía no estoy listo para ser sincero con el resto del mundo.

Asiento contra su piel.

—Puedes fingir con todos los demás, pero no conmigo. A la mierda. Incluso apoyaré esa personalidad que te has inventado, siempre y cuando no seas ese tipo conmigo.

—Entonces, ¿te gusto? —repite con una sonrisa ansiosa y nerviosa.

No puedo evitar reírme de este hombretón que me hace una pregunta tan infantil.

—¿Tú qué piensas?

—Dilo. Súbeme el ego, Stevie.

Me río sobre él y dejo caer la cabeza sobre su hombro antes de volver a mirarlo.

—Te gusto —insiste, con los labios a solo unos centímetros de los míos mientras me mira fijamente la boca.

—Bésame.

—Dilo y haré mucho más que besarte, muñeca.

Un fuego arde en el castaño de sus ojos, y sé que lo desea todo tanto como yo.

Pongo los ojos en blanco juguetonamente.

—Sí. Me gustas, me gusta el hombre más arrogante de Chicago.

Parece caérsele un peso de encima, y observo cómo le brillan los ojos y esboza una sonrisa pretenciosa de narices.

—Creo que te refieres al hombre más atractivo de Chicago.

—Como he dicho…, el hombre más arrogante de Chicago.

Y entonces aparece su oportuna sonrisa de engreído.

—Joder, lo sabía. O sea, ¿cómo no voy a gustarte? Soy la hostia. Soy…

—Cállate —le digo poniéndole la palma de la mano sobre la boca—. Cá-lla-te —me río.

Su expresión de diversión cambia al deseo cuando dejo caer la mano. Se pone de pie, con mis piernas alrededor de su cintura, y carga conmigo como si no pesara absolutamente nada.

—¿Qué tal si yo te hago callar a ti?

Presiona su boca contra la mía, silenciando cualquier palabra que pueda decir, mientras me lleva a la isla de la cocina y me sienta encima.

—Prefiero que me hagas gritar —replico, ya sin aliento.

Una sonrisa diabólica se le dibuja en la boca, y la travesura centellea en sus ojos.

—Eso sí puedo hacerlo.

30

Zanders

No sé si alguna vez me he sentido tan ligero en mi vida. Me siento valorado, elegido y aceptado por alguien a quien escojo igualmente.

Siento a Stevie sobre la isla de mi cocina y, de pie entre sus piernas, la beso con fuerza, explorando su boca sin cesar. En mi defensa alegaré que ella está igual de excitada; tiene las piernas envueltas a mi alrededor y me presiona el culo con los talones para acercarme más a ella.

Me aparto de sus labios y le deslizo los míos por la mandíbula y por el cuello, arrancando un suave gemido de la garganta de Stevie.

—Zee, espera —susurra, pero al mismo tiempo me pasa los brazos alrededor de los hombros para atraerme hacia ella.

—Se acabaron las esperas.

Continúo mi asalto por su cuello y su pecho, bajándole la camisa de franela por los hombros hasta dejarla solo en camiseta de tirantes, de manera que su bronceada piel quede más expuesta.

—Zee —me detiene, con las manos ahuecadas sobre mis mejillas y tirándome de la cara para que la mire. La preocupación le brilla en los ojos—. Deberíamos hablar de tu madre. Hemos pasado eso por alto.

Estoy bien así. Lo último que quiero hacer ahora es pensar en esa mujer. Acabo de pasar unos largos veinte minutos atrapado en un ataque de pánico por su culpa.

Niego con la cabeza.

—Vee, de veras que no quiero.

—¿Estás seguro? Sabes que puedes hablar de ella conmigo si quieres.

No puedo contener la pequeña sonrisa que se dibuja en mis labios. Por primera vez en mucho tiempo, me siento perfectamente seguro y protegido contando cada pequeño detalle de mi vida.

—Lo sé. Pero me siento bien. Incluso genial, y prefiero follarme a mi chica que hablar de la cazafortunas que me dio a luz.

Stevie recoloca los brazos sobre mis hombros, levantando una sola ceja.

—Tu chica, ¿eh?

Me escondo en su cuello.

—Eres tan afortunada.

El cuerpo de Stevie se sacude con una carcajada.

—Tú eres el afortunado.

Con una sonrisa de orgullo demasiado grande, me alejo del hueco de su cuello. Ella nunca habla de sí misma de esa manera, pero qué bien suena esa autoestima viniendo de Stevie.

—Joder si lo soy.

Inclinándome hacia ella, encuentro su boca una vez más y, explorándola con la lengua de un lado al otro, la saboreo.

Una gran parte de mí no puede creer que haya logrado esto, que Stevie esté dispuesta a darme una oportunidad sin importar mi reputación de mierda. Pero no pretendo cuestionarlo. Solo quiero apreciarla a ella y este momento.

Cogiéndole la cara con una mano, clavo la otra palma en la isla de la cocina mientras insto a Stevie a que se recueste. Me subo encima de ella, y mis pantalones de chándal no logran ocultar de ningún modo lo ansioso que estoy por cambiar el hecho de que no he tenido sexo desde hace más de dos meses.

Mi móvil me interrumpe con un mensaje de texto, pero lo ignoro. En su lugar, sigo besándome ávidamente con la preciosidad que hay en mi encimera, hasta que suena una vez más.

Gruñendo con frustración, me aparto de Stevie y me inclino sobre ella para coger el móvil.

Maddison: *Cierra las jodidas cortinas.*

Maddison: *No me ignores, imbécil. Cierra las jodidas cortinas.*

Riendo, beso los labios de Stevie una vez más antes de alejarme de ella.

De pie frente a la ventana, veo a Maddison al otro lado de la calle, en su sala de estar, con las manos sujetando sus opacas cortinas. Sacude la cabeza hacia mí con desaprobación antes de cerrarlas violentamente. Pero, antes de irse, desliza una mano entre la tela y el vidrio, y me levanta el pulgar.

Estoy tan eufórico que no puedo evitar sonreír mientras cierro las cortinas.

—Ay, madre mía —exclama Stevie apoyándose en los codos—. Mi hermano puede vernos, ¿eh?

—Probablemente.

—Menos mal que está fuera de la ciudad, pero nunca volveremos a abrir esas cortinas.

Me coloco de nuevo entre sus piernas.

—Bien —asiento, desabrochándole los tejanos—. Entonces nunca volverás a llevar ropa.

Pone las manos sobre las mías para impedirme que la desnude.

—¿Puedes apagar las luces? —me suplica con esos ojos verde azulado.

Suelto la cremallera y le paso ambas palmas de las manos por los muslos, aún con los tejanos.

—¿Confías en mí?

—Zee…

—Stevie, ¿confías en mí? Porque yo te he confiado todo sobre mí, así que ¿tienes la suficiente confianza en mí para mostrarme tu cuerpo? Lo he visto en la oscuridad, lo he sentido con las manos y no quiero nada más que adorarlo con las luces encendidas.

Ella suelta un profundo suspiro con resignación, y el estrés de su rostro se disipa.

—Por supuesto que confío en ti.

—Bien —digo, desabrochándole los tejanos—. Porque estoy a punto de devorarte como si fueras la última maldita comida del planeta.

Toma aire, se recuesta y, por la rigidez de su cuerpo, sé que está nerviosa.

Me detengo un momento y me inclino sobre ella.

—Pero solo si tú quieres que lo haga. No vamos a hacer nada que no te guste o con lo que no te sientas cómoda. Aun así, si lo que te preocupa es que no me guste a mí, ese no es el caso.

—Yo solo… —balbucea—. Creo que es agradable, pero… me hace sentir un poco cohibida.

Con el ceño fruncido, pregunto:

—¿Alguien te hizo sentir así?

Ella se encoge de hombros, apartando la mirada.

Me inunda el odio hacia todos los hombres que ha habido antes que yo, y no solo porque probaron lo que es mío, sino porque menospreciaron a la despampanante mujer que es.

—Bueno, Vee, llevo soñando con enterrar la cabeza entre tus piernas desde que nos conocimos, así que quiero hacerlo. Pero si tú no, entonces no lo haremos.

Ella duda, sopesando la idea.

—Quiero que lo hagas —admite en voz baja.

Una sonrisa furtiva se dibuja en mis labios mientras me quito la sudadera por la cabeza. Le cubro los muslos con las palmas de las manos, y la exploro con ambos pulgares.

—Si quieres que me detenga, dilo. De lo contrario, no planeo salir a coger aire hasta que tenga los labios cubiertos con tu flujo.

—Ay, madre —exclama ella dejándose caer de nuevo sobre la isla de la cocina—. No tienes filtro.

Tiro de sus caderas hacia mí, hasta que sobresalen del borde de la encimera, y le paso la pelvis por entre las piernas. Un suave gemido anhelante escapa de su garganta mientras arquea la espalda, repitiendo el movimiento.

Busco la cinturilla de los tejanos y rápidamente se los bajo por los gruesos muslos para sentir su calor en lugar de la tela. Pero cuando los pantalones tocan el suelo, me quedo en un trance, hipnotizado por el tanga transparente de color púrpura oscuro cuyo único y absoluto propósito es hacer que los pantalones de chándal me aprieten en la entrepierna.

—Eh… —balbuceo antes de tragar saliva—. Esto es… Sí… Jo-der.

Aplano el pulgar contra ella y rozo el encaje de la tela, lo cual me humedece la mano y hace que Stevie se arquee hacia mí.

—¿Has pensado que pasaría algo esta noche cuando has escogido esto, muñeca?

—Tenía la esperanza —gime, retorciéndose con mis caricias, anhelando más fricción.

Me alegro de que coincidamos en esto, porque he estado esperándolo, rezando para que ocurra, soñando con ello.

Levanta las caderas para que le quite la fina tela de color ciruela y la dejo caer al suelo. Ahogo un suspiro cuando veo con total claridad sus atezados labios, que ya relucen con su excitación.

Le rozo el clítoris con los dedos y trazo círculos. Y ver el cuerpo casi desnudo de Stevie, con su pelo rizado esparcido sobre la isla de mi cocina, hace que se me ponga dolorosamente dura.

—Mantén las caderas en el borde.

Me pongo de rodillas y le coloco las piernas sobre mis hombros.

—Buena chica, justo así.

Le doy unos besos suaves y largos en el interior del muslo sin dejar de mirarla, observando cómo se contrae debajo de mí. Está rígida y agarrotada por los nervios, pero sé cómo tranquilizarla.

Un orgasmo o dos la relajarán, pero, más que eso, los elogios constantes son la clave.

Le recorro la piel con la boca, lamiéndole y rozándole las suaves piernas, lo que hace que Stevie se agite ante lo que está por venir. Cuando llevo la boca frente a su vagina, no puedo evitar admirarla un momento antes de hundirme en ella. Llevo meses pensando en esto, y finalmente ha llegado el momento.

—Maldita sea. —Mi voz suena profunda y oscura, y las palabras me salen casi como un suspiro de alivio.

Sin perder un momento más, agito la punta de la lengua contra su clítoris, lo que hace que Stevie mueva las caderas hacia mi cara. Cubriéndola con la boca, le lamo los labios internos, estimulándola y saboreándola.

Es dulce. Tan jodidamente dulce que su apodo adquiere un significado completamente diferente.

—Sabes tan jodidamente bien —le recuerdo, cosquilleándole con los labios la zona.

Ella gime mientras me aprieta los omóplatos con los talones y sus dedos se aferran a cualquier cosa que encuentran.

Le gusta. Quiere más.

Echa la cabeza hacia atrás de placer, pero tiene que ver esto.

—Mírame, nena.

Ella hace lo que le digo y mira hacia abajo, con esos ojos verde azulados suplicándome que continúe.

Cuando encuentro su entrada con la lengua, ella me clava los dedos en el cuero cabelludo, arañándome la piel de esa manera que me sabe a gloria. Mueve las caderas al ritmo de mi lengua, mientras sus fuertes jadeos, sus ávidos gemidos y mi jodido nombre dejan sus labios para llenar la cocina.

La succiono, le doy rápidos lametones y trazo círculos sin apartar la mirada de la preciosa azafata que ha perdido el control sobre su propio cuerpo. Tiene la boca abierta mientras me observa, sin importarle ya que tenga la cara entre sus piernas.

—Por favor —suplica—. Por favor, Zee, no pares.

Sonrío contra ella al escucharla clamar mi nombre. Que me suplique me pone tanto como a ella que la elogie.

—¿Cómo eres tan jodidamente perfecta, Stevie? Es que eres perfecta, joder.

Continúo con mis movimientos, pero acelero el ritmo y la presión cuando me aprieta las mejillas con los muslos. Me concentro en su clítoris mientras se sacude y se retuerce, clavándome las uñas en el cuero cabelludo.

Succionando y trazando círculos, hago que todo el cuerpo de mi chica favorita se tense y se contraiga en la isla de mi cocina. Ella arquea la espalda y su excitación me cubre los labios mientras Stevie grita mi nombre. Disminuyo el ritmo, pero continúo saboreándola mientras sale del éxtasis y su cuerpo se va relajando.

La lamo de arriba abajo y le doy unos besos suaves en la parte interna del muslo antes de ponerme sobre ella, con una expresión demasiado orgullosa y arrogante en la cara.

—Eso… —Stevie suspira profundamente, tratando de controlar su respiración—. Sí, eso va a tener que volver a suceder.

Eso es lo que me gusta escuchar. Y no solo porque hacer que se corra se esté convirtiendo rápidamente en mi pasatiempo favorito, sino porque se siente cómoda conmigo como nunca pensó que lo estaría.

—Cuando quieras.

Deslizo las palmas de las manos sobre sus piernas desnudas antes de tirar de ella por los brazos para que su indolente cuerpo se apoye en el mío.

—Te tendré para las tres comidas del día.

—Mmm —murmura en mi pecho.

Riendo, la levanto de la isla cargando su extenuado cuerpo mientras me envuelve con las piernas, su sexo descansando sobre mi vientre desnudo.

—Aún no hemos terminado, dulzura, así que no te me duermas por un solo orgasmo.

—Lo sé —dice, y me pasa los brazos alrededor del cuello—. Me toca.

—No creo que sea una buena idea.

De repente echa la cabeza hacia atrás, apartándola de mi pecho, para mirarme.

Frunce los labios y se los beso.

—Hace más de dos meses que no tengo sexo, y si tus muy apetitosos labios se acercan a mi rabo, no voy a durar ni diez segundos.

Ella se ríe.

—Señor Zanders, nunca pensé que sufriera usted de eyaculación precoz.

—Bueno, señorita Shay, nunca pensé que una azafata descarada fuese a entrar en mi vida y me hiciera abstenerme.

Una suave sonrisa se apodera de sus labios.

—No tenías que hacerlo. No esperaba que lo hicieras, y no habría cambiado nada para mí. No habría cambiado lo que siento por ti.

—Lo sé —le aseguro, llevándola a mi habitación—. Pero ¿por qué querría estar con nadie más después de haberte tenido a ti?

Ella se esconde en mi pecho mientras se agarra a mi cuello con más fuerza.

—Tu gusto por los elogios realmente hace maravillas con mi vagina, Zee.

—Me he dado cuenta. Me estás empapando la barriga.

—No me voy a disculpar por eso.

Riendo, le beso un lado de la cabeza.

—No lo hagas.

Al entrar en mi dormitorio, enciendo la luz antes de colocar a Stevie en la cama. Sus rizos castaños se esparcen sobre mis caras sábanas mientras su voluptuoso cuerpo se acomoda en el lujoso colchón.

Ella se funde en él, poniéndose cómoda.

—Madre mía. No pienso salir de esta cama.

—Por favor, no lo hagas.

—Ahora en serio, ¿tan rico eres?

Echo la cabeza hacia atrás con una risa.

—Bastante rico.

—Tu ático es tan elegante. Me siento fuera de lugar.

Reptando, me coloco justo encima de Stevie, que abre las piernas a mi alrededor. Pongo mi gigantesco cuerpo sobre ella, pegando el pecho al suyo mientras la beso lenta y profundamente, abrazándola y acariciándole el pómulo con el pulgar.

—Eres preciosa, joder, y estás justo donde debes estar. Mi elegante ático es cien veces mejor contigo en él.

—¿Incluso con mis Nike sucias y estos tejanos holgados que tanto odias?

—Especialmente con eso —sentencio, y le aprieto la nariz con la mía—. Y no los odio. Solo me gusta meterme contigo. Pero al verte tan arreglada en la gala me di cuenta de lo mucho que echaba de menos tu estilo de segunda mano, porque así es como eres. Y me gustas.

Su expresión se suaviza y ladea la cabeza antes levantar una ceja con insolencia, provocándome.

—¿Todavía podrías follarme con rabia?

La muy insolente.

—Primero… —empiezo, y la beso en los labios para luego ir arrastrando la boca por su mandíbula y más abajo—, te voy a demostrar lo mucho que me gustas. —Empujo las caderas contra las suyas y me escondo en el hueco de su cuello—. Luego te follaré como si no me importaras.

—Mmm, variedad.

Me recorre la espalda con las manos mientras inclina las caderas para alinearse con mi miembro, pidiendo roce. Con mucho gusto se lo doy, listo para quitarme estos malditos pantalones de chándal para poder hundirme en ella.

Stevie sumerge una suave mano en la cinturilla y cuando me encuentra el rabo, lo acaricia.

—Joder —exclamo, dejando caer la cara sobre su pecho—. Cómo me gusta eso.

Ella me coloca una rodilla a cada lado, sin dejar de tocarme con la cantidad perfecta de presión.

—Zee, te necesito.

Me aprieto contra su mano de nuevo, aunque al mismo tiempo tengo que concentrarme en no correrme al sentir su piel desnuda sobre la mía. Me levanto de la cama y voy rápidamente a una de las habitaciones de invitados que hay al final del pasillo a por un condón. No los guardo en la mía porque suelo reservar mi cama para dormir, pero tendré que hacer un poco de espacio en mi mesita después de esta noche.

Cuando vuelvo a entrar, veo a Stevie sentada en la cama quitándose la camiseta para quedarse solo en sujetador. Es de un oscuro tono ciruela, sexy y revelador, pero, aun así, cubre demasiado.

—Fuera —le ordeno, haciendo un gesto hacia sus tetas.

Ella levanta las cejas, desafiándome.

—Fuera —responde, señalando mis pantalones.

Me encanta cuando es arrogante conmigo. Al principio, era tan molesto como intrigante, pero ahora me vuelve loco de la mejor manera posible.

—Haz los honores, muñeca.

Doy dos pasos lentos hacia la cama mientras Stevie se sienta en el borde, abriendo las piernas para que me detenga frente a ella.

Me mira fijamente a los ojos mientras se desabrocha el sujetador, y lo deja caer al suelo observando con descaro cómo la admiro. Es un cambio de ciento ochenta grados respecto de la última vez que se desnudó frente a mí, y no podría estar más feliz con ello.

Trago saliva con dificultad al verla sentarse desnuda en mi cama, justo en frente de mi tremenda empalmada.

Stevie me mete las puntas de los dedos en los pantalones para bajármelos, y cuando, de un bote, aparece mi miembro en toda su gloria justo frente a su boca, me doy cuenta de la terrible idea que ha sido que me desnudara.

Me la mira fijamente mientras se relame, pero antes de que pueda tocármela, sostengo el condón entre el dedo índice y medio, pidiéndole que se encargue ella. Porque, sinceramente, si me toca la piel desnuda con la mano o la boca, me correré.

No puedo evitar mirar cómo me lo desliza por el miembro, y me encanta que esos dedos cubiertos de anillos apenas se cierren alrededor de mi enorme rabo. Sorprendentemente, mi ego todavía puede inflarse un poco más, y eso es lo que pasa al ver lo minúsculas que parecen sus manos en comparación con mi pene.

Le levanto la barbilla y le cubro la boca con la mía, instándola a que se recueste en la cama. Se coloca sobre la almohada, apoyando los rizos en ella, mientras me pongo encima.

Beso cada centímetro de sus labios, mandíbula, cuello y pecho, y mordisqueo uno de sus bonitos y oscuros pezones con los dientes. Stevie arquea la espalda, empujando sus tetas contra mi cara. Me sumerjo en ellas, besando y tocando cualquier cosa que encuentro antes de regresar a su boca.

Le separo las piernas con una rodilla.

Estoy a punto de hacer algo que no había hecho jamás, y es tener sexo con mucho contacto visual e intimidad, pero nunca he deseado nada tanto.

Con la cara pegada a la suya, froto mi cuerpo contra el de ella. Las suaves curvas son un agradable recordatorio del sueño que me he estado perdiendo durante dos meses y medio.

—Métetela, muñeca.

Le beso la sien antes de que me mire con esos ojos verde azulados, que dicen mucho más de lo que cabría suponer por el silencio entre nosotros.

Echo las caderas hacia atrás, y la atención de ambos se desplaza hacia abajo para observar cómo Stevie me la coge con las manos antes de guiarme hacia dentro.

Ella gime en mi oído, un eco celestial que fluye a través de todo mi cuerpo mientras entro cada vez más. Una vez que estoy completamente dentro de ella, tengo que hacer una pausa para calmarme y darnos a ambos un momento para adaptarnos a la sensación y la plenitud.

Nuestros pechos suben y bajan en sincronía, y nunca me había sentido más conectado con alguien que en este momento. No puedo explicarlo, pero, por primera vez en mi vida, lo entiendo.

Conteniéndome, me aferro a las sábanas que nos rodean hasta que se me ponen los nudillos blancos cuando, afortunadamente, las uñas de Stevie arañan la piel de mis omóplatos y me empuja con las caderas para que me mueva.

Retrocedo antes de penetrarla, profunda y lentamente.

—Oh, Dios mío, Zee —gime aferrándose a mí con los brazos para mantenerme cerca mientras continúo moviéndome a un ritmo tortuoso—. Eres increíble.

—Nena —me río, levantándome para mirarla—. Mi ego ya es jodidamente enorme, y estoy tratando de no correrme en menos de treinta segundos, así que déjame los elogios a mí, por favor.

Tiene una bonita y dulce sonrisa, así que presiono mis labios contra los suyos antes de penetrarla de nuevo, entrando hasta el fondo. Sus gemidos son entrecortados y están mezclados con avidez, música para mis oídos.

No puedo evitar mirar cómo se separan sus carnosos labios, mientras clava esos ojos que guardan el océano en los míos y sus tetas rebotan contra mi pecho con cada embestida. La cantidad de contacto visual habría sido alarmante hace unos meses, pero ahora no puedo apartar la mirada. Necesito ver lo que despierto en ella. Necesito que ella vea lo que despierta en mí.

—Me gustas mucho, Zee —susurra, pasándome una mano por la cara, con una expresión dulce y sincera.

Dejo caer la frente sobre su pecho sin parar de moverme porque necesito esconderme un poco.

Sus palabras son algo que no pensé que escucharía jamás, especialmente con el significado que guardan. Me llenan de esperanza al pensar que tal vez algún día haya aún más entre nosotros. Que tal vez algún día me enamore de esta mujer, y tal vez ella encuentre la manera de quererme.

No pensé que eso fuera posible antes de conocerla, pero puede que mi futuro no sea tan sombrío como una vez supuse.

Mi aliento se arremolina sobre la humedad de su piel.

—No tienes ni idea de cuánto te necesitaba, Stevie.

Apoya una mejilla contra la mía y ahueca una mano sobre mi nuca, sosteniéndome contra ella.

—Yo también te necesitaba.

Me alejo para observarla, y su mirada es suplicante.

—Pero lo que realmente necesito es que me des más. Así que quiero que me folles tan fuerte que esa cadena que llevas al cuello me golpee en la cara, por favor.

Dejo caer la cabeza sobre su hombro de la risa.

—Qué insolente es mi chica, joder.

La beso en los labios y nos reímos pegados el uno al otro, dejando las emociones de lado.

Cierro una mano alrededor de la base de su garganta, asfixiándola ligeramente y pasando a otro tipo de diversión.

—Entonces quiero oírte gritar mi nombre como si fuera una maldita oración, nena.

Ella gime, arqueándose sobre el colchón y empujándome con las caderas.

Y con eso, mis embestidas son más profundas. Despiadadas. Implacables. Siento un cosquilleo en la base del miembro, estoy a punto de correrme, pero me concentro en asegurarme de que ella llegue primero.

—Oh, Dios mío —grita—. Justo ahí. No pares, Zee. Por favor, no pares.

No paro. Mantengo el mismo ritmo y presión mientras observo cómo la euforia se apodera de su bonito rostro pecoso. Ha abierto la boca y me mira a los ojos, captando mi atención y haciendo que me pierda en ellos, como suele pasarme cuando estoy cerca de esta belleza de ojos aguamarina.

Dos fuertes embestidas más y Stevie me clava las uñas en el culo, sus paredes se contraen a mi alrededor y arquea la espalda sobre el colchón. Me corro al mismo tiempo, agradecido de haber logrado contenerme de alguna manera hasta que ella llegase.

Pronuncio su nombre intercalando unas cuantas maldiciones entrecortadas antes de que me plante la boca en la mía. Con una mano ahuecada sobre mi nuca, ambos continuamos moviéndonos por inercia. Al final, jadeante, caigo inerte sobre su cuerpo mientras Stevie me acaricia la espalda con delicadeza. Sigo besándola suavemente hasta que la respiración de ambos se ralentiza y nos fundimos sobre la cama, abrazados el uno al otro.

—Vamos a hacer esto toda la noche.

Ella se ríe debajo de mí.

—Sí, por favor.

Inclinándonos, nos miramos a los ojos un momento, y entonces le acaricio la nariz con la mía antes de besar sus suaves labios una vez más.

—Mía —susurro contra ellos.

—Qué cavernícola por tu parte.

—Mmm —murmuro—. Mía. —La beso en la boca—. Mía —repito, y dirijo los labios hasta su cuello—. Mía —digo, empujando las caderas contra las suyas.

Le cojo una mano y le levanto el pulgar con los labios antes de usar los dientes para quitarle suavemente el anillo dorado al que siempre da vueltas nerviosamente. Pero no vuelvo a ponérselo. No en su mano, al menos. En su lugar, me lo deslizo por el meñique donde no llevo ninguno, reclamándolo para mí. También a ella.

—Mía —repito.

Mirándola con avidez, espero a que responda.

Me pasa una mano alrededor del cuello para acercar mis labios a los suyos.

—Tuya —asiente.

31

Stevie

Un brazo pesado me sujeta con fuerza contra un pecho firme mientras parpadeo para despertarme.

No es que haya dormido mucho, si es que lo he hecho.

Después de nuestra primera ronda, Zanders y yo nos metimos en la ducha, lo que rápidamente llevó a una segunda, dura y sucia, a pesar de que tratábamos de estar limpios. Luego, en algún momento en medio de la noche en que se despertó con mi culo firmemente apretado contra su pene, se produjo la tercera ronda, esta vez suave y lenta.

En cuanto le dije que estaba tomando la píldora, enseguida pasamos de los condones, y aunque he dormido poco o nada, he tenido un sueño profundo y reparador gracias al carísimo colchón de Zanders y al hecho de que mi cuerpo estaba absolutamente demolido por el defensa que yace a mi lado.

Estoy de lado, de espaldas a Zanders, cuya mano descansa sobre la parte inferior de mi barriga. Y no voy a mentir, aguanté la respiración con fuerza cuando me tocó allí por primera vez, pero, tal como llevo haciendo desde que conocí al hombre que está detrás de mí, lo dejé pasar tras recordar que realmente no le importa una mierda que tenga algo más de carne en esa parte de mi cuerpo.

—Buenos días —dice con voz ronca y rasposa, pero jodidamente preciosa para mis oídos. Me pasa una pierna, gigantesca como un tronco, alrededor para acercarme más a él.

—Buenos días.

Me doy la vuelta para mirarlo, mi cuerpo desnudo contra el suyo.

La sonrisa de Zanders es dulce y auténtica mientras juega suavemente con mi pelo.

—Tienes un pelo increíble.

Pongo los ojos en blanco.

—No quiero ni pensar cómo lo llevo. Mojarse los rizos en la ducha y luego dejar que se sequen en la cama es una combinación terrible.

—No te olvides de que también han estado envueltos alrededor de mi puño.

—Ah, sí, ¿cómo iba a olvidarlo?

—No lo sé —suspira. Arrastra una mano hasta mi culo y me lo agarra—. Lo de anoche no se me olvidará jamás. De hecho, no estoy seguro de poder callarme al respecto.

Me aferro a su cintura, descansando el brazo allí.

—Tienes que hacerlo. Esto tiene que ser un secreto.

Su expresión se ensombrece ligeramente antes de recuperarse.

—Lo sé.

Me coge la parte inferior del muslo y tira de mí para sentarme a horcajadas sobre él.

Claramente, tenemos que discutir esto y establecer los límites para cuando no estemos en el ático de Zanders, pero soy incapaz de pensar en nada que no sea lo mucho que me gustaría una cuarta ronda con el increíble hombre desnudo que tengo tumbado debajo.

Cruzo las manos sobre su pecho y descanso la barbilla encima, con las rodillas dobladas a ambos lados de sus caderas. Él continúa mirándome como un hombre completamente nuevo, tierno y dulce. Aunque creo que tal vez siempre estuvo aquí esta persona, solo que no dejaba que nadie lo viera.

—La cantidad de atención que recibes es abrumadora —murmuro en voz baja.

Me aparta los rizos de la cara antes de sonreírme a modo de disculpa.

—Lo sé.

Le devuelvo la sonrisa con timidez, pero sin decir una palabra más porque realmente no hay nada más que decir al respecto. Es quien es.

—Por primera vez, tal vez en toda mi vida, desearía que nadie me conociera —comenta, pasándome las yemas de los dedos por la espalda—.

Pero, Stevie, el hecho de que lo mantengamos en secreto no significa que no quiera que la gente sepa de ti. Si no fuera por tu trabajo o por la renovación de mi maldito contrato, no dejaría de hablar de ti.

Escondo mi estúpida sonrisa de embobada en su pecho.

—Así que no pienses ni por un segundo que estoy manteniendo esto en secreto por cualquier otra razón que no sea esa.

Hay un significado oculto detrás de sus palabras, y lo capto de inmediato, así que me inclino y lo beso en respuesta.

—Me gusta tenerte en mi cama.

—Me gusta estar aquí —admito. Miro el reloj en su mesita de noche, y veo que llego tarde a la videollamada que habíamos quedado para hacer por el cumpleaños de mi padre—. Pero tengo que irme.

Aparto mi desnudez de él, pero Zanders me coge para que no me mueva.

—Hey, hey, hey. Nueva regla. Ya no puedes huir de mí.

—No estoy huyendo. Tengo que ir a casa para llamar a mi padre.

—Tu móvil está aquí. Llámalo desde aquí.

—Necesito el portátil. Es una llamada a tres, con Ryan también.

—Tengo ordenador, Vee. Quédate aquí. Por favor. —Su tono es de súplica, y su mirada, implorante, y nunca había visto a este arrogante tan desesperado y necesitado. De hecho, tengo que contenerme para no reírme al descubrir este lado tan inesperado de él.

—Bueno —accedo, dejándome caer de nuevo sobre su cuerpo—. Me quedaré.

Me coge el culo a dos manos y me atrae hacia él.

—Sexo matutino y desayuno.

—Desayuno, sí —digo palmeándole el pecho y quitándome de encima antes de que empecemos algo que no tengo tiempo de terminar—. Sexo matutino, no. No tengo tiempo.

—Seré rápido.

Se me escapa una risa condescendiente. Algo me dice que la forma de follar de Zanders no tiene nada de rápida. Incluso cuando eche uno «rápido», lo más probable es que sea minucioso y prolongado, asegurándose de que cada parte de mi cuerpo recibe toda su atención.

Y, en cualquier otro momento, no se me ocurriría quejarme de ello, pero Ryan está en la Costa Este por trabajo y tenemos que hacer esta llamada antes de su entrenamiento previo al partido.

—Vale —se rinde—. Sexo vespertino, entonces.

Con la espalda pegada a su pecho, ambos salimos de la cama mientras su impecable cuerpo tatuado empuja el mío.

—Ayer te compré algo de ropa. Está en el cajón de abajo. O si prefieres ponerte algo mío, puedes coger lo que quieras.

Me da un suave beso en el hombro y se pone rápidamente un par de pantalones de chándal. Pero antes de dejarme sola en su habitación, me planta una enorme mano firmemente en el culo.

—Joder, Vee —exclama, echando la cabeza hacia atrás en señal de derrota antes de dirigirse a la cocina—. ¡Tienes un culo increíble!

Sola en su dormitorio, empiezo a asimilar la situación. ¿De veras pasó todo eso anoche? Noto la cabeza liviana y estoy mareada, siento como si tuviera el pecho lleno de aire, a punto de estallar. Es como si estuviera flotando y no tocara con los pies el suelo, pero en el buen sentido.

En el más increíble de los sentidos.

Me gusta mucho Zanders, y eso me asusta. Pero tener miedo es mucho mejor que no ceder a lo que quiero.

Al abrir el cajón inferior de la enorme cómoda, encuentro varios pares de pantalones de chándal, mallas y pantalones cortos de algodón; sudaderas variadas, unas con capucha y otras sin ella; y una plétora de camisetas y camisas de franela. Pero lo que todas y cada una de estas prendas tienen en común es que son nuevas y aún tienen la etiqueta puesta.

Es muy considerado, y no porque se haya gastado dinero en mí, porque Zanders tira el dinero como si nada, sino porque ha comprado unas cinco tallas diferentes de cada prenda. Hay algunos pantalones que no podría embutirme ni en un millón de años, y otros que son tan grandes que me sobran por todas partes. Pero la cuestión es que hizo todo lo posible para no equivocarse con mi talla. Me ha pasado antes, y es humillante. Él, en cambio, compró todas las tallas disponibles para que pudiera elegir aquella con la que me sienta más cómoda.

Me recuerda al regalo de Navidad que me hizo. Tres pares de pantalones de chándal de tres tallas diferentes. Y cuanto más conozco a Zanders, más comprendo que lo ha hecho a propósito.

Lo cierto es que estoy al borde de las lágrimas, porque nadie ha entendido lo duro que es que te compren ropa. La mayoría de las veces es incómodo, porque se hacen suposiciones y las prendas no sientan bien. Luego está la culpa asociada a no poder usar el regalo.

Por eso, esto, este gesto, me hace sentir abrumadoramente valorada.

Formo una pila con la ropa que no podré ponerme jamás, ya sea porque es demasiado grande o demasiado pequeña, y la dejo a un lado para acordarme de donarla después. Yo no podré aprovecharla, pero alguien lo hará, y Zanders no parece el tipo de persona que devuelve lo que compra.

Cojo todas las prendas y tallas que he decidido quedarme y las vuelvo a poner en el último cajón, reclamando esa pequeña parte del ático de Zanders para mí. Pero, en lugar de vestirme con algo de lo que me compró, dudo. Me ha dado permiso para ponerme algo suyo, lo que suena bien.

Nunca he llevado ropa de hombre. No de una manera mona, al menos. Básicamente porque la ropa de hombre es recta de arriba abajo, pero yo tengo muchas curvas. Sus camisas y sudaderas siempre me quedan demasiado apretadas en el abdomen, y sus pantalones no me pasan por el culo y las caderas. Pero Zanders es un hombre enorme, con muslos más gruesos que los míos, así que tal vez me sirvan sus cosas.

Rebuscando en sus cajones, encuentro una camiseta y un par de pantalones de baloncesto, y ni siquiera puedo describir la pequeña sacudida de victoria que me recorre el pecho cuando se deslizan hasta arriba con facilidad. Probablemente nunca le cuente esto a nadie, porque parece algo insignificante y sin importancia, pero por primera vez en mi vida me siento como todas las demás chicas cuando yo era jovencita, que podían ponerse las sudaderas o camisetas de sus novios para los partidos.

Encuentro a Zanders de pie sin camiseta frente a los fogones. Acaba de empezar el día y su cadena de oro y sus tatuajes ya me están volviendo loca.

—Bueno, no te emociones demasiado con el desayuno. No tengo ni idea de lo que estoy haciendo, nunca he cocinado para nadie.

Apoyo la cabeza en su espalda, pasándole los brazos alrededor de la cintura.

—Me conformaré con cualquier cosa.

Me dedica una sonrisa suave por encima del hombro, pero cuando ve la ropa que llevo puesta, esa sonrisa se amplía.

Le cojo una mano, espátula y todo, y la levanto para examinarla.

—Probablemente deberías quitarte eso antes de volver a meterte en la ducha —le digo señalando el anillo que lleva ahora en el dedo meñique—. Los míos no son tan buenos como los tuyos. Seguro que se te pondrá el dedo verde.

Vuelve la cabeza y me da un beso en los labios.

—Parece que tendré que reemplazar todos los tuyos algún día.

—Eso no es lo que he querido decir. No necesito que te gastes dinero en mí. Mi hermano ya lo hace demasiado.

Me giro para salir de la cocina, pero Zanders me coge por la cintura y me atrae hacia él.

—Tal vez deberías dejar que lo hagamos. Nunca he tenido a nadie en quien gastarme el dinero aparte de mí y los Maddison, pero me apetece hacerlo.

Me vuelvo hacia él y ladeo la cabeza.

—Me importa una mierda tu dinero, Zee. No quiero que pienses que eso tiene algo que ver con mis sentimientos por ti.

«No quiero que pienses que otra más persona se está aprovechando de tu dinero, al igual que intenta hacer tu madre».

Él se ríe.

—Nena, ya lo sé, joder. Prefieres la ropa de segunda mano y tu hermano gana millones de dólares al año. No pienso que me estés usando por mi dinero.

Poniendo los ojos en blanco, me deshago entre sus brazos al darme cuenta de lo ridícula que sueno probablemente.

—En realidad, es una de las cosas que me hizo darme cuenta de que me gustabas —continúa—. Me importa un carajo que tu hermano sea famoso, pero me gustó ver que todo lo material te dejaba fría. No podía usar esa parte de mi vida para impresionarte, lo cual era algo a lo que estaba acostumbrado.

—Ay, serás gilipollas. Vale, puedes comprarme joyas nuevas. Pero quiero la mierda cara.

La profunda risa de Zanders resuena en las paredes de la cocina.

—Trato hecho —acepta con un beso—. Tienes mi portátil sobre la mesa.

Abro el ordenador y me acomodo en la mesa del comedor de Zanders.

—¿Vendrás conmigo a recoger a Rosie hoy? —pregunta desde la cocina.

—No creo que deba hacerlo. Es su primer día contigo. Será tu perra, no quiero que se encariñe conmigo.

Eso hace que el gigantesco defensa que está en la cocina sin camiseta se muera de la risa.

—Vee. —Hace una pausa, incapaz de hablar—. Rosie está obsesionada conmigo. Ya no eres la novedad.

Con la boca abierta en fingida ofensa, lo fulmino con la mirada, pero, desafortunadamente, no se equivoca.

—Imbécil.

Se encoge de hombros, riéndose él solo.

—De todos modos, creo que vuestro primer día juntos debería ser solo para los dos.

—Bueno. Si insistes.

Se dirige hacia mí, café en mano, cuando se detiene junto a la mesa del comedor.

—Hostia —exclama—. Ni siquiera sé cómo te gusta el café.

Divertida, se me forman unas arrugas junto a los ojos al sonreír. Es algo bonito, otra parte completamente nueva de él que puedo descubrir.

—Con alcohol preferiblemente, sabiendo que mi madre estará en esta llamada.

—Alcohol entonces.

Vuelve con una botella de Baileys en la mano y vierte el cremoso licor en mi café.

—Estaba bromeando.

—Yo no.

Mientras espero sentada en la sala de estar a que empiece la videollamada, hago rebotar las rodillas, nerviosa. Ya no tengo el anillo dorado al que daba vueltas en el pulgar; en su lugar, jugueteo torpemente con el dobladillo de la camiseta de Zanders y paseo la mirada por la sala.

Estuve en esta sala bastante rato anoche, pero, por alguna razón, no me fijé en el jarrón de rosas rojas escondido en un rincón junto a la ventana.

—¡Zee! —grito a la estancia contigua—. ¿Estas flores son para mí?

Asoma la cabeza por la pared, con la mirada fija en el jarrón.

—Ah, no. Para ti no porque lo de anoche no fue una cita. En absoluto.

Su descarada sonrisa es adorable.

—Buenos días, Vee —saluda mi hermano al unirse a la videollamada.

Zanders me lanza un guiño, lo que me calma un poco los nervios, y me deja a solas con mi familia.

—Feliz cumpleaños, papá —digo en cuanto él y mi madre aparecen en la pantalla.

Mi padre va vestido con ropa informal, mientras que mi madre, ambos sentados en su sala de estar, va totalmente maquillada, peinada a la perfección, y lleva un atuendo delicado y ajustado. No esperaba menos, ni siquiera tan temprano.

—Feliz cumpleaños, papá —añade Ryan—. Lo siento, pero no puedo quedarme mucho. Tengo que coger el autobús del equipo pronto.

—No hay problema, sé que estáis ocupados. Me alegra poder ver a mis dos hijos.

—Ryan, ¿estás listo para el partido de esta noche? —pregunta mi madre, llena de orgullo.

—Creo que sí. Lo darán por la ESPN. ¿Lo vais a ver?

—Por supuesto. —Mi madre sonríe—. No nos lo perderíamos por nada.

—Vee… —empieza mi padre inclinándose hacia delante, con los ojos entrecerrados—. ¿Dónde estás? Eso no parece tu apartamento.

Miro de repente a Zanders, que entra en la sala con un plato en la mano, aunque se asegura de permanecer fuera de la cámara.

—Ehhh —vacilo. Aunque mis padres puedan saber con quién estoy saliendo, no quiero que lo sepan. No quiero que mi madre arruine esto—. Me quedé en casa de una amiga anoche.

Eso hace que Ryan se atragante con su propia saliva, porque sabe que es una mentira como una casa. Me apuesto lo que sea a que sabe exactamente dónde estoy, aunque no se lo haya dicho.

Zanders coloca mi desayuno en la mesa, detrás del ordenador para que nadie lo vea, y esboza una tímida sonrisa de disculpa antes de regresar a la cocina. No veo por ninguna parte ese desayuno que estaba preparando. En cambio, hay dos pedazos de la pizza de anoche, lo cual me sirve. Puede que no se le dé muy bien cocinar, pero lo que le falta en habilidades domésticas lo compensa de otras maneras.

No podría estar más agradecida por los ochocientos kilómetros de distancia entre Chicago y Nashville cuando siento la mirada de desaprobación de mi madre. Noto cómo analiza mi ropa y mi rostro, sin maquillaje, antes de detenerse en mis desastrosos pelos mañaneros.

Le doy un trago a mi carajillo y me zampo la pizza fría mientras tanto.

La conversación es relativamente rápida e indolora, ya que se centra en mi padre y sus planes para el día, pero cuando mi madre me pide que no cuelgue en cuanto mi hermano tiene que irse para su entrenamiento, los nervios se disparan.

—¿Cómo estás? —pregunta.

Frunzo el ceño, confundida. Esto es raro. Mi padre ni siquiera está ya para que tenga que fingir.

—Estoy bien…

Mi madre se sienta más erguida. Cuando la cosa va de mí, rara vez veo su radiante sonrisa, pero hoy la tiene bien a la vista.

—Brett me llamó el otro día.

—Ay, por Dios —gimoteo, enterrando la cara en las manos—. ¿Por qué?

—Esperaba que pudiera hablar contigo para que le des otra oportunidad y, Stevie, de veras que no entiendo por qué no lo haces.

Será gilipollas de mierda. Menudo cabrón. De entre todas las personas, acudió a mi madre, con quien sabe que tengo una relación difícil, para que me manipulase y le diera otra oportunidad. Porque, por primera vez, me negué a entrar en su juego, así que usó a mi madre.

Capullo.

—Mamá, no me gustaba quién era cuando estaba saliendo con Brett, así que esa debería ser razón suficiente para no volver a estar con él, y prefiero no explicar todos los detalles sórdidos.

—Bueno, Stevie, no vas a volver a ser joven.

¿Puede dejar de soltarme esa frase de mierda?

—¿Qué narices importa la edad?

Oh, mierda.

—Disculpa, jovencita. No me levantes la voz. Y la edad importa por los hijos y el matrimonio, y todas las demás cosas que esperaba que ya tuvieras a estas alturas.

Ya no puedo parar, y tampoco me importa.

—¿Estás de broma? —espeto, con voz alta y temblorosa, lo que hace que Zanders asome la cabeza por el umbral, mirándome—. Tal vez no quiera hijos. Tal vez no quiera casarme. Tal vez no quiera hacer ninguna de las cosas que esperabas de mí.

—Bueno, eso está claro. Ciertamente no has hecho nada de lo que esperaba de ti.

—Tienes razón, mamá. Soy una decepción, ¿no? Porque prefiero ser voluntaria en un refugio para perros a quedarme en casa y jugar a ser la señora Stepford. O porque prefiero comprar en una tienda de segunda mano a ponerme cualquier mierda que tú y todas tus pretenciosas amigas os pongáis. O tal vez soy una decepción porque no quiero casarme con el tío que me usó durante tres años porque estaba aburrido. Lo siento, ya no quiero ser su entretenimiento, mamá, y estoy harta de que los dos me hagáis sentir que no soy suficiente. De veras que no voy a permitir que nadie más me haga sentir de esa manera.

—Stevie, yo…

Mi madre no puede continuar porque Zanders se acerca rápidamente al ordenador y lo cierra.

—¡¿Qué estás haciendo?!

Todavía estoy exaltada, siento la tensión en los huesos. Quiero seguir. Quiero decir todo lo que se me ha pasado alguna vez por la cabeza. No tengo ni idea de dónde viene esto, pero ahora no puedo parar.

—Callarla —responde Zanders con voz tranquila y centrada—. Has dicho lo que tenías que decir y, por lo que sé, no quería escuchar lo que fuese que tuviera que rebatir. Hasta que no aprenda a hablar contigo, no lo hará. Al menos, no en mi casa.

Respiro hondo unas cuantas veces para calmarme. O al menos intentarlo.

—¿Estás bien? —pregunta suavemente.

—Es tan cabrona.

Una risa se eleva de su pecho.

—Sí que lo es. Pero ¿estás bien?

Exhalo un largo y profundo suspiro.

—Sí, en realidad sí. Eso ha estado bien.

—Joder, ya lo creo. Esa es mi chica.

Me gustaría decir que no sé de dónde viene esta nueva seguridad en mí misma, pero eso sería una mentira. Es gracias a un jugador de hockey de metro noventa que está cubierto de tatuajes y joyas de oro y que no me deja olvidar lo que valgo.

—Solo quiero que me acepte por cómo soy, y el hecho de que su aprobación, o la falta de ella, me preocupe tanto es exasperante.

—No quiero sermonearte, Vee, pero las personas adecuadas, las que merecen estar en tu vida, te aceptarán ni más ni menos que por lo que eres. Eso es algo que he visto con claridad últimamente.

Ladeo la cabeza, y mi expresión se suaviza cuando la ira se disipa.

—Yo te acepto por lo que eres —le digo.

Él arruga la nariz antes de sentarse a mi lado y me pide que me levante de la silla para que me siente en su regazo.

—Ya lo sé —me asegura con un beso rápido—. Y yo te acepto a ti, pero más importante que todo eso es que en algún momento tendrás que aceptarte a ti misma.

Uf, vaya tío.

—Vale, señor Llevo Casi una Década en Terapia —me burlo, escondiéndome en su cuello, y mi voz se oye amortiguada contra su piel—. Yo me acepto a mí misma.

Se aparta, obligándome a mirarlo a esos ojos castaños.

—Ah, ¿sí?

Asintiendo con la cabeza, añado en voz baja:

—En realidad, sí. He empezado a aceptar que mi cuerpo es diferente al de las chicas con las que crecí, y que no pasa nada. Y también mi pelo rizado, a diferencia de lo que alguna vez pensé que quería. He pasado tanto tiempo con personas que me hicieron sentir que no era lo suficientemente buena o que no tenía el aspecto que ellos querían que pensaba que no podía gustarme. Pero estoy empezando a aceptarme.

Una sonrisa de orgullo de lo más dulce se dibuja en los labios de Zanders mientras me mira.

—No siempre. Hay muchos días en los que todavía no me siento a gusto en mi piel, pero antes era todos los días. Ya no es el caso.

Me aparta de la cara la maraña a la que me gusta llamar mis pelos mañaneros.

—Progreso, Vee.

—Progreso —coincido.

—Espero que algún día puedas apreciar completamente el cuerpo que tienes porque, nena, estás como un tren y mi pene nunca ha sido más feliz.

—Madre mía —exclamo echándome hacia atrás con una risa—. Eres lo peor.

—Estás obsesionada conmigo. Admítelo.

Me besuquea el cuello y la mejilla, y añade:

—Ah, voy a cambiarme el número, así que te lo enviaré por mensaje más tarde, ¿vale?

—¿Por tu madre?

La expresión de Zanders se vuelve inexpresiva y rígida antes de asentir con la cabeza.

—¿Quieres hablar de lo de ayer?

—La verdad es que no.

Sonriendo, lo miro comprensiva.

—Vale.

Zanders duda, escudriñándome antes de respirar hondo.

—Tuve un ataque de pánico porque estaba muy enfadado con ella por todo. Por llamarme, por marcharse cuando yo era un adolescente, por intentar volver a mi vida por dinero… No me dan a menudo, pero si me enfado mucho y no puedo pensar con claridad, a veces caigo en ellos.

Mantengo los brazos alrededor de su cuello.

—¿Eso te asusta? —pregunta con cautela—. Tal vez debería cortarme un poco a la hora de contarte absolutamente todo. Es cargarte con mucho.

Confundida, frunzo el ceño.

—¿Qué? No, claro que no. Creo que es probable que lo más atractivo en ti sea lo abierto que eres en cuanto a tu salud mental.

—¿Más atractivo que el tremendo cuerpazo que tengo o mi galardonado rabo? Porque gemiste varias veces anoche.

Su sonrisa no podría ser más engreída.

—Casi tan atractivo como tu humilde personalidad —digo, inexpresiva—. Y tu madre es absolutamente lo peor, Zee.

—La tuya también.

Descanso la cabeza en su hombro.

—Míranos —bromeo—. Unidos por el trauma.

Su cuerpo se sacude bajo el mío en una risa silenciosa.

—Ayer me di cuenta de que creo que estoy enfadado con ella por hacerle daño a mi padre, y la verdad es que nunca lo había considerado desde su perspectiva.

—¿Has hablado con él?

—No desde Navidad. No me malinterpretes, todavía estoy enfadado con él, pero no tanto como creía. He sido egoísta al pensar que yo fui el único al que hicieron daño, cuando su mujer también lo dejó a él. Estoy confundido acerca de cómo me siento incluso mientras lo digo.

Le rasco suavemente la piel bajo su impoluto corte de pelo difuminado.

—Progreso —repito sus palabras de antes.

La comprensión destella en sus ojos castaños.

—Progreso.

Hunde la cara en mi cuello.

—¿Qué me dices de venir a mis partidos?

—Zee —le reprendo, apartándole la cara para que me mire—. Muy oficial. ¿Me estás pidiendo que vayamos en serio?

—Sí —asiente, y me planta un beso en los labios.

—¿De verdad crees que es la mejor idea? No quiero que nadie me vea.

—Tal vez no, pero nunca he tenido a nadie que venga a animarme aparte de mi hermana, y podría estar bien.

Siento una oleada de ternura.

—Entonces estaré allí.

—¿Sí? —pregunta, resplandeciente por la esperanza.

—Sí, pero tengo que sentarme lejos de la pista, donde ninguna cámara pueda grabarme de fondo. Tenemos que llevar esto con inteligencia.

—Vale. —Tiene una sonrisa atolondrada e infantil que su perfecta dentadura no puede ocultar—. Nunca he tenido a quién darle mis entradas de temporada. Me aseguraré de que los asientos estén lejos de la pista. Tú solo asegúrate de que ese cuerpazo lleve mi camiseta.

—Ehhh, no sé. Estaba pensando en ponerme la del número 38.

—¿Rio? ¡Joder, no! Solo se te permite llevar el número 11.

—Mandón.

—Oh, muñeca —empieza, con una risa oscura y condescendiente, mientras me levanta y me lleva de vuelta a su habitación—. Todavía no has visto nada.

—El once es un número tan aburrido.

—Te lo estás buscando, nena. —Me tira sobre la cama—. Además, no tiene nada de aburrido ser el número uno dos veces. ¿Por qué crees que lo elegí?

Una risa fluye a través de mí al comprenderlo.

—Ahora todo tiene sentido.

Se acuesta en la cama y palmea el colchón junto a su cara.

—Ven aquí. Pon las rodillas a cada lado de mi cabeza y siéntate aquí —me dice dándose unos toques en los labios con el dedo índice.

—¿Qué? —Alarmada, suelto una risa—. Ni de coña. Te voy a asfixiar.

—Muñeca, la única forma en que planeo irme es con una vagina en la cara, así que ven aquí. Si no hago que te corras al menos dos veces antes de mi partido de esta noche, no creo que ganemos.

Poniendo los ojos en blanco juguetonamente, lo considero un momento antes de sonreír emocionada.

—Si es un castigo, recuérdame que te cabree más a menudo.

Me desnudo y rápidamente subo sobre él, poniendo una rodilla a cada lado de su cabeza, mientras uso la pared frente a mí para estabilizarme y poder aguantarme sobre él.

—Me encanta cuando me cabreas. Y te he dicho que te sientes, no que te aguantes por encima.

Tira de mis caderas hacia abajo hasta que tiene la boca en mi clítoris. Su habilidosa lengua hace su magia y el único pensamiento que fluye por mi mente es: ¿cómo diablos he tenido tanta suerte?

32

Stevie

Zee Zanders: *He cogido tu maleta y estoy estacionado a la vuelta de la esquina.*

Yo: *Te he dicho que no tienes que esperarme. Indy puede llevarme a casa.*

Zee Zanders: *Yo soy el que está bueno y tiene un Mercedes. Nos vemos cuando termines.*

—¿Lista? —me pregunta Indy mientras coge su bolsa de viaje, y la sigo por el pasillo del avión, ahora vacío. Nos despedimos de los pilotos antes de bajar las escaleras y dirigirnos hacia el estacionamiento del aeropuerto internacional O'Hare de Chicago.

—En realidad, ya tengo quien me lleve, pero gracias. Seguro que Alex está deseando que vuelvas a casa temprano.

—Tengo muchas ganas de verlo —asiente Indy, con los ojos brillando con picardía.

—No sabré de ti hasta nuestro próximo viaje, ¿eh?

—Exactamente. —Me lanza un guiño de complicidad mientras caminamos hacia su coche—. Yo me quedo aquí. ¿Estás segura de que no quieres venir?

—Sí. Mi coche llegará dentro de un minuto —miento.

Me despido de Indy con la mano mientras sale del estacionamiento antes de escabullirme por una esquina hacia el desértico aparcamiento para los jugadores, donde hay un Mercedes G-Wagon negro de cristales tintados. Zanders está apoyado contra la puerta del conductor, con las manos en los bolsillos del pantalón del traje y un tobillo cruzado de modo informal sobre el otro.

—¿Me estás siguiendo? —pregunta el defensa desde el otro lado del estacionamiento.

—Sí. No tenías que esperar a que terminara de limpiar. Todos tus compañeros se han ido hace más de una hora.

—Voy a esperarte aquí o en casa, así que al menos así puedo llevarte —dice, pasándome un brazo alrededor de la cintura, y me planta la palma de la mano en el culo mientras me atrae hacia su pecho—. Además, tu culo me ha estado llamando durante todo el vuelo con esta minifalda tan ajustada, y no quería darte la oportunidad de quitártela antes de verte. —Me da un cachete y un apretón mientras se inclina para presionar sus labios contra los míos.

Rodeamos el capó de su coche y me abre la puerta del copiloto para que entre.

—Bueno, gracias. A Ryan le hacía ilusión recogerme porque los dos finalmente estamos libres este fin de semana, pero como nuestro vuelo se ha adelantado, él todavía está jugando el último cuarto de su partido.

Zanders se abrocha el cinturón de seguridad y enciende el motor antes de colocarme la palma de la mano sobre el muslo, donde la deja mientras conduce.

—Razón de más para llevarte a casa. Es el único tiempo que pasaré contigo en todo el fin de semana. Solo estaremos Rosie y yo.

Me pone su mirada más triste y acusadora, y no puedo evitar reír.

—Llevo contigo toda la semana. Me has estado colando en tu habitación de hotel en todas las ciudades.

—¿Y?

—Y puedes pasar cuarenta y ocho horas sin mí.

Zanders bufa como si eso fuera lo más absurdo que haya escuchado jamás.

Desde luego, el señor Sin Ataduras se ha convertido en el señor Necesitado estas últimas semanas.

Justo a la salida del aeropuerto, se detiene en el arcén de la oscura carretera antes de apagar el motor.

Se vuelve hacia mí, y veo cómo su expresión se suaviza.

—Este está siendo mi año favorito de gira.

Se me acelera un poco el corazón, al entender todo el significado que hay detrás de esas palabras.

—No puedo creer la suerte que tengo de tenerte en casa y cuando viajo —continúa, apretándome el muslo.

Me recuesto en el reposacabezas, disfrutando de este nuevo lado de él.

—Y un día, gracias a ti, podré tener sexo en el avión, a mil metros de altura.

Vale, ahí está.

Me doblo de la risa.

—Ahhh, ya veo. Esa es la única razón por la que querías estar conmigo, ¿eh?

—Exactamente —sonríe él.

Coloco una mano sobre la suya y entrelazamos los dedos, los de ambos cubiertos de anillos.

—En realidad, eso es bastante inexacto. Cuando volamos, estamos a unos doce mil metros de la tierra, no solo a mil.

—Bien. Tendremos sexo a miles de metros de altura.

Sigo riéndome, pero Zanders parece terriblemente serio.

—Desde ahora ya te digo que no, Zee. Estamos intentando que conserve mi trabajo, ¿recuerdas?

—No haré ruido.

Se me escapa otra risa condescendiente mientras me echo hacia delante.

—Siento decírtelo, pero ninguno de los dos solemos ser exactamente silenciosos. Y, además, tienes que agacharte hasta para usar el baño en el avión. —Ladeando la cabeza, esbozo una sonrisa de disculpa—. No va a pasar.

—Estás destrozando mis sueños, Vee.

—Lo sé —lo tranquilizo, pasándole suavemente la palma de la mano por su impoluto corte de pelo difuminado—. Lo lamento. —De nuevo, tengo que mantener los labios apretados al verlo actuar como un niño al que le han quitado su juguete solo porque no me lo voy a tirar en mi lugar de trabajo—. También podemos disfrazarnos.

—¿Sí?

—Ajá.

—¿Te pondrás el uniforme? —Le brillan esos ojos castaños mientras me recorre de arriba abajo con la mirada.

—Claro.

Manteniendo el contacto visual, extiende una mano hacia el otro lado de su asiento. Se oye un leve zumbido y Zanders retrocede, alejándose del volante.

—¿Ahora?

—Mmm —murmura, con una pequeña sonrisa diabólica en los labios.

—¿Aquí? —pregunto, mirando alrededor de la calle. No hay una sola farola encendida ni un coche que pase. Y, no voy a mentir, me va el juego.

—La idea de que me montes mientras llevas el uniforme de azafata en mi G-Wagon me la está poniendo dolorosamente dura, Vee.

Le miro la entrepierna y, como siempre, está diciendo la verdad.

Sin dudarlo un momento más, me subo a la consola del coche y me siento a horcajadas sobre su regazo. Aguanto la mayor parte del peso con las rodillas.

Él se da cuenta de inmediato y, sin decir nada, me empuja hacia abajo, obligándome a sentarme del todo.

Un cuero rojo oscuro que parece costar más que todo mi salario anual cubre el interior de su coche, y, si yo fuera él, me preocuparía cargármelo. Pero a Zanders no parece importarle lo más mínimo.

Se me sube la falda y se me arruga alrededor de la cintura mientras él me pone las manos en los muslos y va arrastrando hacia arriba las yemas de los dedos, haciéndome cosquillas.

—Me gusta tanto. Es ridículo —resuella Zanders.

Me inclino hacia delante, le pongo las manos en las mejillas y acerco sus labios a los míos.

—Ya somos dos.

—Hablo en serio, Vee. No entiendes lo perfecta que eres para mí.

Me arde la cara, así que escondo la cabeza en el hueco de su cuello, le cubro los hombros con los brazos y, posteriormente, el reposacabezas de su asiento.

Zanders me da unos parsimoniosos besos en las pecas, abriéndose camino a través de mi mandíbula. Cuando sus labios me llegan a la oreja, muerde y tira de ella, lo que hace que mueva las caderas hacia él.

El suave gemido que se me escapa lo incita a continuar.

Me mordisquea, lame y succiona la piel de la garganta hasta que el pañuelo de raso que llevo atado al cuello como parte del uniforme lo detiene. Me desliza las manos por la espalda, manteniéndome pegada a él mientras usa los dientes para desatarme la tela.

Cuando nuestras lenguas se encuentran de nuevo, me muevo con más fuerza contra él; necesito el roce, así que tomo el control.

Deja escapar un profundo gruñido gutural cuando me acaricia los brazos con las palmas de las manos, que desliza hacia abajo, y guía las mías alrededor de su reposacabezas. Mientras me concentro en calmar el deseo que siento entre las piernas, Zanders me coge el pañuelo de raso y me ata las manos.

Separo los labios de los suyos y lo miro muy confundida, pero con mucha emoción mientras trato sin éxito de bajar los codos.

—A veces te dejo creer que estás al mando, pero no esta vez.

El calor que irradia este hombre es palpable, así que asiento tímidamente con la cabeza, haciéndome la inocente.

Con la mirada fija en mis ojos, me desliza una mano entre las piernas y me toca por encima de las medias del uniforme.

—Estás empapada, nena.

—Mmm —gimo, apretando las caderas contra su mano para que me toque.

—¿Sabes? Antes, cuando he cogido tu equipaje, algo estaba vibrando dentro.

Abro mucho los ojos de la vergüenza al comprender exactamente lo que ha oído. Digamos que no viajo con un cepillo de dientes eléctrico.

Se estira hacia el asiento trasero, donde están nuestras maletas.

—Y he encontrado esto.

Como he supuesto, saca lo que solía ser mi compañero de viaje favorito, pero ahora que tengo a mi novio conmigo en mis viajes, no uso tanto mi vibrador púrpura.

—¿Qué tienes que decir al respecto?

—Eh… ¿Siento que hayas encontrado mi vibrador?

—No. Lo que quiero decir es: ¿por qué no lo hemos usado?

—¿Juntos?

—Sí, juntos. No me importa tener un poco de ayuda si eso significa que llegues antes y con más fuerza.

—¿De verdad? ¿No le duele a tu ego o algo así?

—Pfff —bufa—. Cariño, no tengo problemas para hacer que llegues al orgasmo por mi cuenta, así que no. Mi ego está completamente intacto.

Paseo la mirada entre sus ojos y el juguete que tiene en la mano mientras me toca entre las piernas una vez más, haciendo que apriete las caderas contra él con avidez.

—Algún día, me enseñarás exactamente cómo te gusta usar esto cuando estás sola. Pero esta noche voy a intentarlo yo.

Rápidamente y sin dudarlo, me rasga las medias y me aparta la ropa interior hacia un lado para deslizarme sus largos dedos por el clítoris.

Dejo caer la cabeza sobre su hombro mientras aprieto los puños, ansiosa e impaciente por aferrarme a algo, cualquier cosa.

—Eres tan perfecta, muñeca.

Continúa acariciándome con los dedos, trazando círculos y parando cuando estoy a punto, provocándome.

Mi cuerpo se calienta con sus constantes atenciones y elogios, y un escalofrío me recorre cuando el zumbido de mi vibrador llena su G-Wagon. Zanders me lo coloca en el clítoris, hinchado como está, y no puedo evitar gritar mientras me retuerzo en su regazo.

—Déjame verte —susurra, con sus labios en mis oídos.

Levanto la cabeza, arqueando la espalda. Zanders usa la mano que tiene libre para apartarme los rizos mientras la vibración de mi juguete favorito continúa machacando mis sensibles nervios.

—Dios —musita—. Deberías verte, Vee. Eres jodidamente increíble.

Me aprieto contra el juguete, con ansia, pero también frustrada porque tengo las manos atadas y no puedo hacer que Zanders se sienta tan bien como me está haciendo sentir a mí.

De repente, desliza uno de sus largos dedos tatuados dentro de mí y lo curva hacia delante, lo que hace que me tense por la sensación. Es tan fantástico como siempre, tal vez incluso más, pero no poder aferrarme a nada me está volviendo loca. Estoy a punto. Me arde la piel por la creciente tensión, el calor me cosquillea el vientre, y cuando hunde un segundo dedo dentro de mí, manteniendo el vibrador contra mi clítoris, ahí es cuando enloquezco.

Allí mismo, en su Mercedes, me desmorono, sin absolutamente ningún control sobre mi cuerpo.

Cayendo hacia delante, mi pecho se agita contra el suyo cuando saca los dedos. Están cubiertos por mi excitación y, como siempre, se relame lo que le queda de mí en la mano.

Sin perder un segundo, lanza mi vibrador en el asiento del pasajero. Se desabrocha el cinturón y la cremallera, y se saca la tersa y gruesa erección, acariciándosela con el puño.

Con los párpados entornados, recorre cada centímetro de mí con la mirada mientras se humedece los labios con la lengua, sin dejar de tocarse hasta que salgo de mi estado de euforia.

A medida que mi respiración se ralentiza y se estabiliza, separo las rodillas y me coloco sobre él. Lo beso en la boca mientras me frota el pene contra los labios, un adelanto de lo que está por venir. No puedo hacer mucho en este momento, porque tengo las manos atadas, pero sí esto.

Dejando caer mi peso sobre él, hago que se hunda en mí, hasta el fondo.

Él gime ante la sensación.

Nuestras bocas se abren una contra la otra mientras ambos nos acostumbramos a ella. Después de un momento, balanceo las caderas para rozar el clítoris contra su pelvis en busca de fricción.

—Maldita sea, ¿cómo me gusta tanto? —exclama, dejando caer la cabeza hacia atrás.

No me acostumbro a verlo de esta manera. «Mío». Nunca he tenido la suficiente confianza en mí misma para reclamar como propio algo tan perfecto, tan ansiado. Pero, con él, soy toda arrogancia, pues sé que soy la única que puede tenerlo.

Me coge de las caderas con manos ásperas, que me mueven hacia arriba y hacia abajo al ritmo que desea.

Mi cuerpo palpita, al borde de otro orgasmo, y la falta de control sobre cualquier cosa es tan frustrante como liberadora.

—Sigue así, Vee. Me encanta.

No estoy haciendo absolutamente nada, pero, como siempre, los elogios constantes funcionan, y la desesperación que le rompe la voz me enciende el cuerpo entero.

—Sí. —Su pecho se agita contra el mío—. Córrete sobre mí, nena.

Las yemas de sus encallecidos dedos me rozan la delicada piel de la garganta mientras me rodea la base del cuello para asfixiarme.

Me mece unas cuantas veces más, con una firme mano en la cintura, y la combinación de su tamaño perfecto y los continuos cumplidos me llevan al límite. Intento mover los brazos, necesito agarrarme a algo, pero es inútil. Mi cuerpo se pierde una vez más.

Mientras mis gritos resuenan por todo el coche, el abdomen de Zanders se tensa y sus embestidas se vuelven descuidadas. Se le escapa un profundo gemido, seguido de un «joder» grave, mientras se derrama dentro de mí, mordiéndome los labios en el proceso.

—Tu cuerpo es mi cosa favorita en este planeta.

Toma una profunda y merecida bocanada de aire.

—Y tu mano alrededor de mi garganta es mi joya favorita.

Abre la boca ligeramente.

—La hostia, estoy obsesionado contigo —exclama mientras me admira con esos ojos castaños.

Usando las rodillas para levantarme, se escurre fuera de mí mientras el semen me gotea por el muslo. La mirada de Zanders está clavada en él, observando cómo desciende por mi pierna.

—Eres mi propia versión del cielo, nena.

33

Stevie

—¡Ry, vamos! Me muero de hambre.

El sol de la mañana cae a plomo y caldea el apartamento de mi hermano mientras lo espero en el sofá.

—Necesito unos minutos.

Ryan sale finalmente de su habitación, va sin camiseta y con una bolsa de hielo envuelta en un hombro.

—Me quedan cinco minutos con esto.

—¿Cómo tienes el hombro?

—Jodidísimo. El pívot de Utah me pegó en el brazo anoche.

—Bueno, menos mal que tienes el fin de semana libre para descansar.

—Por fin puedo pasar algo de tiempo con mi hermana —dice, sentándose en el sofá frente a mí—. A pesar de que ahora vivimos en el mismo apartamento, siento que nos vemos incluso menos que cuando todavía estabas en Carolina del Norte —se queja, con una de esas medias sonrisas bobaliconas y tristes.

—Yo también te echo de menos, Ryan.

—¿Puedo preguntarte algo?

—Por supuesto.

—¿Puedes contarme qué pasó con Brett?

Eso hace que me quede callada y que se me haga un ligero nudo en el estómago.

—Lo dejamos. No hay mucho más.

—Así no es como lo pintó Zanders.

Mierda. Zee no revelaría todos los detalles sucios que quería mantener en privado, ¿verdad?

—¿Qué dijo? —pregunto con cautela.

—Solo que no quería que te acercara a Brett nunca más. Así que ¿está siendo solo un novio raro y territorial o hay algo más serio detrás de eso? Porque llevas años diciéndome que fue una simple ruptura, y ahora tengo la impresión de que hay más en esta historia, y eso me hace sentir como un auténtico hermano de mierda por no saberlo.

Aparto la mirada de él al sentir el calor en las mejillas.

—Es humillante, y él es tu amigo. Estás tan ocupado con el baloncesto y tu carrera que no quiero meterte en medio y complicarte más la vida.

—Vee, ¿estás de coña? Nunca estoy demasiado ocupado para ti. Eres la persona más importante en mi vida. Eres mi mejor amiga, y estás como una cabra si crees que siquiera me plantearía respaldar a Brett antes que a ti —espeta, e, impulsándose, me da una patadita en la rodilla—. Por favor, cuéntame lo que pasó.

Levanto las piernas y las cruzo debajo del cuerpo antes de llevarme una mano al anillo dorado del pulgar, un tic nervioso. Pero ahora lo tiene Zanders en el dedo meñique, así que, en lugar de eso, tiro inquieta de los cordones de la sudadera de mi novio.

—¿Sabías que Brett y yo rompimos innumerables veces durante los tres años que estuvimos juntos?

Ryan frunce el ceño.

—¿Qué?

—Así es. Bueno, él rompía. Me dejó más veces de las que puedo contar, cada vez que quería estar con otras chicas. Luego, cuando se aburría o, no sé, cuando se sentía solo, volvía arrastrándose a mí, y la constante necesidad de ser lo suficientemente buena para él rebajaba mi autoestima de una forma inimaginable. Llegué a un punto en que me sentía tan mal conmigo misma que le estaba agradecida cada vez que quería volver. Agradecida, Ryan.

El rostro pecoso de mi gemelo está rojo de ira.

—¿Por qué no me lo contaste?

Aparto la mirada de la suya y sigo jugueteando con el cordón de la sudadera de Zanders.

—Creo que la primera vez que pasó yo estaba muy muy triste. Los tres éramos muy buenos amigos y por fin sentía que tenía un lugar en la universidad. No quería cargármelo. Luego, cuando comenzó a repetirse el patrón, no quise que te enteraras porque sabía que lo echarías de nuestra vida y, aunque suene retorcido, yo todavía lo quería.

—¡Joder, claro que lo habría echado de nuestra vida! —grita Ryan inclinándose hacia delante—. Justo como voy a hacer ahora mismo. Joder, Vee. Deberías habérmelo contado. Debería haber estado ahí para ti. Que le den a ese tío.

Se levanta del sofá y empieza a recorrer la sala de estar.

—Compartí habitación con ese hijo de puta en cada viaje en la universidad. Me miró a los ojos y me dijo que te quería mientras te la jugaba. Confié en él. Y ahora me está usando. ¿Cree que lo ayudaré a conseguir un trabajo en esta ciudad? —Se ríe con desdén—. Ni de puta broma.

—Bueno, si te ayuda a sentirte mejor, creo que Zanders ya se ha encargado de eso.

Ryan se gira hacia mí y me escudriña.

—Bien —sentencia. Respira hondo y se acomoda en el sofá—. ¿Hay algo más? Es mejor que lo sueltes todo, porque no quiero volver a ver a ese pedazo de mierda.

Mordiéndome el labio, dudo si contárselo todo, pero la sinceridad total y absoluta sienta muy bien. Zanders ha estado en lo cierto todo el tiempo.

—Hubo un partido hacia el final de tu último año. Te estaba esperando fuera del vestuario, en la puerta trasera, pero no sabía que en ese momento te estaban entrevistando en la cancha. Fue el día en que Brett recibió la invitación para el *training camp*.

Ryan asiente con la cabeza, como recordando el partido exacto al que me refiero.

—Ese fue el último día que hablé con él porque ese fue el día en que todo encajó. Les dijo a los chicos, y cito: «¿Sabes las mujerazas que están a punto de abalanzarse sobre mí? ¿Crees que me quedaré con la hermana de Shay cuando tenga mejores opciones?».

—¿Eso dijo? —Ryan frunce los labios en una mueca.

—Palabra por palabra. Créeme, lo tengo grabado en el cerebro desde entonces.

—Y no me lo contaste porque no querías que me encerraran por asesinato, ¿es eso?

Una risa me sacude el pecho.

—En parte.

—Vee…

—No lo sé, Ryan. Las cosas han sido diferentes desde que te seleccionaron. No ha sido tu culpa, pero nunca me fue tan bien como a ti cuando éramos más jóvenes. Luego, en la universidad, se hizo un poco más obvio que yo estaba allí porque tenías una beca completa. Y cuando te hiciste jugador profesional, es como si hubiéramos tomado dos caminos del todo diferentes en la vida. Tú has alcanzado objetivos completamente asombrosos y yo solo soy… azafata. Tienes mucho por hacer y eres ridículamente impresionante, y no quería ser la hermana pesada que necesitaba más ayuda porque su novio daba asco.

Ryan hunde la cabeza entre los hombros antes de volver a mirar hacia arriba, y hay cierto brillo en sus ojos.

—¿Eso piensas?

Me encojo de hombros con timidez.

—Vee, eres mi mejor amiga y mi persona favorita en todo el planeta. Nunca nos he comparado una vez, ni una sola. Me sorprendes a diario. Por hacer aquello que te gusta, por no quedarte en Tennessee y conformarte con el primer chico que conociste como hicieron muchas de las personas con las que crecimos… —Hace una pausa—. Por no hacer lo que mamá esperaba de ti.

Lo miro de repente y tengo que morderme el labio para evitar que me tiemble.

—Nunca quise que te sintieras como si estuvieras a mi sombra, Stevie, porque eso no es cierto, joder. Quise que vinieras conmigo a la Universidad de Carolina del Norte porque eres mi mejor amiga. Y luego a Chicago porque eres mi mejor amiga. Gano lo suficiente para tenerte aquí, pero eso no significa que yo me sienta agobiado ni nada por el estilo. Solo soy egoísta por querer a mi hermana en la misma ciudad que yo, y tengo los medios para hacer eso posible.

Me golpea con el pie de nuevo.

—No me ocultes más cosas. Yo te apoyaré pase lo que pase.

Una sonrisa de agradecimiento se me dibuja en los labios.

—Te quiero, Ry.

—Te quiero.

Comienza a quitarse el hielo del hombro y añade:

—¿Algo más que quieras soltar? Soy todo oídos.

—Sí —admito, sorprendiéndome a mí misma.

—¿Cosas de mamá?

Elevo el pecho con un profundo suspiro.

—Sí.

—Dime.

—No tienes que estar de acuerdo conmigo, y no espero que elijas bandos ni nada por el estilo, pero solo quiero que sepas que estoy poniendo algunos límites, y ahora mismo no tengo ningunas ganas de hablar con ella. No hasta que pueda hacerlo sin sus pullas.

—¿Tan serio es? —pregunta suavemente—. Sé que siempre dices que mamá es mala, pero pensaba que solo era un rollo raro entre madre e hija.

—Sinceramente, Ryan. Lo hace cuando no la oyes, y rara vez lo hace con papá delante, pero me ha hecho sentir como una mierda absoluta desde la universidad. Opina todo el tiempo sobre mi cuerpo y el voluntariado, así como sobre el hecho de que no tenga pareja, y no puedo más. Nuestra relación ha destruido por completo mi concepción sobre mí misma, y tengo que empezar a defenderme.

Una sonrisa suave y comprensiva se le dibuja en los labios.

—¿Que no tengas pareja? No le has hablado de Zanders, ¿eh?

—Joder, no. Mantengo alejada de ella cualquier cosa importante para mí ahora.

—Él te importa.

—Sí. Aparte de ti, Zanders es lo más importante para mí.

Se hace un momento de silencio entre nosotros, y la comprensión se refleja en el rostro de mi hermano.

—No estoy tratando de meterte en medio de esto, solo te informo de que cuando llame o visite la ciudad, no estaré aquí para ella.

—Entonces no me visitará —sentencia rotundamente mi hermano.

—¿Qué?

—Que no vendrá. No está invitada. Esta también es tu casa, Stevie, y cualquiera que te haga sentir mal contigo misma no está invitado a nuestra casa ni a nuestra vida. No me parece bien.

—Ryan, no tienes que apartarla de tu vida por mi culpa. Eso no es lo que estoy pidiendo.

—Lo sé. Y no la estoy apartando, sino que estoy poniendo límites, como tú. Cuando te sientas cómoda con ella de nuevo, si es que eso pasa alguna vez, podrá estar con nosotros, pero hasta entonces, no.

—¿Harías eso por mí?

—Por supuesto —asiente, sacudiendo la cabeza—. No sé qué más tengo que decir para convencerte de que estoy contigo. Y eso incluye tu relación con mamá. Está perfectamente bien poner límites cuando alguien no te está tratando de la manera correcta.

Hundo los hombros. ¿Por qué, en todos estos años, no he confiado en que mi propio hermano me entendería? Lo cierto es que, al mismo tiempo, no confiaba lo suficiente en mí misma para defender lo que necesitaba.

—Gracias.

Él se recuesta en el sofá, cruzando casualmente un tobillo sobre la rodilla.

—Así que Zanders —comienza—. Supongo que el valor para enfrentarte a mamá proviene de él.

—Me hace sentir muy bien, Ryan. Me trata como si fuera única todos los días, y nunca me había pasado eso. Me recuerda constantemente que soy…, no sé…, que valgo la pena.

Una risa suave retumba en su pecho.

—Y yo que pensaba que iba a odiar al tipo.

—Entonces, ¿no lo odias?

—¿Cómo podría? Te ha apoyado como yo debería haberlo hecho. No lo conozco, pero, por lo que me has contado, tal vez haya tenido una impresión equivocada de él todo este tiempo.

—Así es —asiento rápidamente—. Todo el mundo.

El timbre de la puerta suena y la voz del portero resuena en el apartamento.

—Señorita Shay, hay una tal Indy en el vestíbulo. Dice que es su amiga.

Frunzo el ceño, confundida. Indy sabe que voy a pasar el fin de semana con mi hermano y estaba deseando llegar a casa con Alex. ¿Por qué diablos está aquí entonces?

En cuanto sale del ascensor lo veo con perfecta claridad. Tiene los ojos muy hinchados, unos churretes de rímel secos le surcan las mejillas, y el pelo, de un luminoso rubio natural, hecho un desastre. No lleva el uniforme, pero está claro por su rostro que ese todavía es el maquillaje de la noche anterior.

—¿Indy? ¿Qué pasa? —le pregunto, acompañándola adentro.

—Siento mucho interrumpir tu fin de semana con tu hermano —llora—. No sabía adónde ir. Mis padres están en Florida buscando comunidades para jubilados y no puedo ir a mi apartamento.

La envuelvo en un abrazo, y su figura, alta y delgada, se desmorona.

—No tienes que disculparte —la tranquilizo—. ¿Qué ha pasado?

Ella coge unas pocas bocanadas de aire cortas y entrecortadas.

—He pillado a Alex con otra.

La aparto de mí.

—¿Qué?

Ella asiente con la cabeza desesperadamente.

—Anoche. Aterrizamos temprano, así que pensé en sorprenderlo, pero lo encontré en la cama con otra.

—Indy. —Ladeo la cabeza con lástima—. Lo siento mucho. Es un pedazo de mierda.

—¡Lo sé! —exclama, levantando las manos—. Me he portado bien con él durante seis años, y nos conocemos de toda la vida. ¿Cómo ha podido hacerme esto?

—Ven aquí —le digo acompañándola al sofá—. ¿Dónde te quedaste anoche?

—En el coche —gime—. Cogí lo que pude de nuestro apartamento y conduje hasta la casa de mis padres, pero entonces recordé que estaban fuera de la ciudad.

—Ay, Indy.

Le acaricio un brazo para calmarla mientras se seca frenéticamente la cara, tratando de recuperar la compostura.

—¿Me puedo quedar aquí? —Coge aire profundamente y añade—: Solo esta noche. Hasta que mis padres regresen.

—Por supuesto —le aseguro. Vuelvo la cabeza hacia mi hermano, que sigue sin camiseta y está en la cocina—. Ryan, Indy se quedará con nosotros esta noche.

Mi amiga sigue mi mirada hasta mi hermano. Rápidamente se seca la cara.

—¿Quién eres?

—Eh… Soy Ryan —le dice, y le dedica un saludo incómodo con la mano. Esto tiene que ser violento para él, tener a una chica que no conoce llorando en su sala de estar, por no mencionar que no lleva camiseta en este momento.

—¿Por qué? ¿Quién? —Indy se vuelve hacia mí y luego vuelve a mirar a mi hermano—. ¿Por qué estás bueno?

Eso hace que deje escapar una risa de alivio, pero mi hermano, en respuesta, se atraganta torpemente con su propia saliva.

—Indy, este es mi hermano gemelo, Ryan. Ryan, Indy.

—Madre mía —resopla ella—. ¿Qué tipo de vudú hicieron vuestros padres mientras estabais en el útero para que ambos seáis tan atractivos?

—Me voy a poner una camiseta.

Con unas rápidas zancadas, Ryan se va a su habitación.

—¿Estás bien? —pregunto, volviéndome hacia mi amiga.

—No —confiesa—. No estoy bien, y no sé si lo estaré por un tiempo. Siento haber venido aquí así, pero no tenía ni idea de adónde ir.

—Deja de disculparte. Eres mi amiga. Por supuesto que debías venir aquí.

—Necesito una noche de solteras. Necesito vodka y bailar. Tú y yo, esta noche. —Emocionada, se yergue en su asiento, a pesar de que su bonita cara está manchada con el maquillaje de ayer—. Noche de solteras en Chicago.

—Bueno —empiezo, asintiendo lentamente con la cabeza—. Verás. Sobre eso, la cosa es…

Indy frunce el ceño confundida, esperando que vaya al grano.

—La cuestión es que no puedo tener exactamente una noche de solteras porque no estoy soltera.

—Disculpa, ¿qué?

—No estoy soltera —repito un poco más lento esta vez.

—Sí, cari. Te he escuchado, pero necesito una explicación.

—Tengo novio —le digo con cautela, hablándole a la chica que acaba de perder el suyo después de seis años.

—Si no es un defensa de hockey gigante que babea por ti en cada vuelo, no quiero oír hablar de eso.

Una sonrisa de complicidad se me dibuja en los labios.

—Es un defensa de hockey gigante que babea por mí en cada vuelo.

—¡Cállate! —exclama Indy, que se ilumina, y parece una mujer completamente diferente de la que ha entrado a casa—. ¿Tú y Zanders estáis juntos? ¿Oficialmente?

—Sí. —Suspiro contenta y feliz—. Ese arrogante es mi novio.

—¡Ay, madre mía! ¡Sí! ¡Me encanta! Me alegro por ti. Me alegro por él. ¡Joder, me alegro por mí! No sé de quién estoy más celosa. Esto es increíble, Stevie.

Trato de contener una sonrisa, especialmente con la situación en que se encuentra Indy, pero no puedo.

—¿Eres feliz? —pregunta suavemente.

—Muy feliz —admito—. Aunque suene horrible decir algo así en este momento.

—Para —me calla Indy—. Solo porque mi relación estallara en llamas anoche no significa que no debamos celebrar la tuya. Vale, pues no hay noche de chicas por ahí. Hacemos noche de chicas en casa. Películas, helados y cualquier otra cosa que hagan las novias los sábados por la noche.

—Ryan estará en casa. ¿Te importa?

—En absoluto —dice levantando un hombro—. ¿Qué clase de noche de chicas sería sin algo que nos alegre la vista?

—Puaj.

34

Zanders

—¿En serio, Vee? ¿Aquí es donde decides llevarme?

—Sí. ¿Qué esperabas, que alquilara un jet privado para ir a Nueva York y llevarte a Saks?

Doy un salto hacia atrás.

—Por Dios, mujer. Hablando de sueños húmedos.

Stevie pone los ojos en blanco juguetonamente, y me tira de la mano para que la siga.

—Vamos, presumido. Dijiste que podía llevarte a cualquier sitio de compras siempre que tú hicieras lo mismo.

Me detengo en seco, justo frente a la tienda de segunda mano, mirando el edificio.

—Pero ¿aquí? Nena, podemos mejorarlo un poco, ¿no crees? Antes iría al súper, no te digo más.

Stevie frunce el ceño, disgustada.

—Como si fuera un fastidio… Deberías estar agradecido de que existan.

Rosie está sentada tranquilamente a mi lado, ambos igual de reacios a cruzar las puertas.

—Por favor, Zee —dice Stevie con los ojos muy abiertos y suplicantes—. Aquí es donde quiero comprar.

Seamos sinceros, me iría a rebuscar en la basura por esta chica, pero cabrearla es uno de mis pasatiempos favoritos.

—Rosie, por favor, dile a Stevie que me debe una ducha muy larga con su cuerpo desnudo después de esto.

Stevie pone los ojos en blanco una vez más.

—Rosie, por favor, dile a tu padre que suena como un imbécil pretencioso en este momento.

—Vee… —digo entrecerrando los ojos—. Rosie no habla.

Frustrada, aprieta los ojos.

—Eres el hombre más insufrible que he conocido.

Riendo levemente, me inclino y presiono los labios contra los suyos, que ahora tiene fruncidos.

Por suerte, esta parte de la ciudad es relativamente tranquila, y a la gente de aquí le importa una mierda quién soy. Tal vez ni siquiera lo sepan. No estoy seguro. Pero la idea de ir por la vida sin recibir ninguna atención suena bien. Sobre todo ahora que estoy saliendo con alguien con quien me gustaría pasar cada momento del día, incluso hacer con ella los mundanos viajes al súper, ir los fines de semana al parque para perros o pararme a poner gasolina sin preocuparme de que haya demasiada gente mirando.

Algún día, supongo. Mantengo la esperanza.

En cuanto Stevie abre la puerta, me escuecen los ojos por el rápido paso del triste invierno de Chicago del exterior a las coloridas paredes del interior.

—Me topé con este sitio hace un par de meses y me encanta —dice sonriendo.

Siguiéndola adentro, un olor acre no identificado se me clava en las fosas nasales.

—¿Qué diablos es ese olor?

Stevie se yergue más, coge aire profundamente por la nariz y una amplia sonrisa se le dibuja en los labios.

—Es el olor de la ganga.

—Interesante.

La sigo por un pasillo con prendas completamente descoordinadas, con los brazos apretados a los lados, sin tocar nada.

Cada pared tiene un tono diferente de naranja y amarillo, pero casi no se ven debido a la gran cantidad de ropa apelotonada en los percheros que invaden la tienda.

Observo a mi chica examinar emocionada los estantes con detalle, sin dejar ninguna prenda sin tocar. Que no se me malinterprete: no tengo ninguna intención de comprar aquí, pero verla así de feliz y emocionada hace que me ablande.

Me gusta de todas las maneras, pero la Stevie apasionada es mi favorita por fuerza. Ese lado de ella siempre sale a relucir en el refugio para perros, y aquí está nuevamente hoy.

De un burro, coge unos tejanos que parecen dos tallas demasiado grandes, exactamente como le gustan. Levantándolos, los examina un momento antes de volverse hacia Rosie y mostrárselos. La dóberman ladea la cabeza como si tuviera alguna idea de lo que está pasando antes de que Stevie decida que no los quiere y los vuelva a colgar para reanudar su búsqueda.

—¿Por qué te gustan tanto las tiendas de segunda mano? —le pregunto a sus espaldas.

—Me gustan por muchas razones —responde, hurgando en el burro—. Es divertido probar nuevos estilos sin que te cueste un ojo de la cara. No gastas dinero en moda rápida y, a veces, encuentras piezas geniales y únicas que nunca encontrarían en otro lugar.

Coge una sudadera que parece tener décadas, porque está desgastada por todas partes. El logo en la parte de delante, de un antiguo instituto, es apenas legible de tan usada que está.

Se la cuelga del brazo mientras continúa su búsqueda.

—Pero, sobre todo, creo que es genial darle una segunda vida a una prenda. No tienes ni idea de dónde ha estado nada de esto. Tal vez alguien se puso este vestido la noche de su primer beso —reflexiona, sacando un vestido floreado del perchero—. O tal vez —añade, cogiendo con entusiasmo una camisa—, puede que alguien llevara esto puesto cuando consiguió el trabajo de sus sueños. Todo esto —hace un gesto con la mano, señalando los percheros— tiene una historia, y tal vez sea lo que yo lleve puesto cuando suceda algo importante en mi vida también.

Como si nada, como si no acabara de romperme los esquemas con un nuevo punto de vista, se vuelve para seguir comprando.

Miro mi propio atuendo: mi abrigo de lana negro, pantalones negros a medida y Louboutin negros, registrándolo como el que llevaba cuando me pillé un poco más.

La abrazo por detrás y me la acerco al pecho antes de cubrirle las pecosas mejillas de besos. Sin soltarla, me balanceo con ella entre los brazos.

—Eres la leche, nena.

—Lo sé —coincide, dejándose abrazar—. Soy la mejor, joder.

Me sacudo con una risa silenciosa mientras dejo la barbilla apoyada en su hombro, y la sostengo contra mí con una mano y rasco la cabeza de Rosie a mi lado distraídamente con la otra.

—Tienes que buscar algo —me recuerda mientras reanuda su búsqueda.

—Joder, no. Vee, una cosa es que esté aquí y otra completamente diferente es comprar algo.

—Esas son las reglas. Tú me dejas comprarte algo en el sitio que he escogido y yo te dejo comprarme algo en el que has escogido tú.

Se da la vuelta para ponerme a prueba.

Le aguanto la mirada, sin ceder.

—Vale —dice, encogiéndose de hombros casualmente—. No tienes que comprarte nada aquí, pero luego no me vas a comprar nada a mí.

De eso nada. Hace semanas que planeo el día de compras con ella.

—Vale —accedo—. Te dejaré comprarme una cosa, pero los zapatos están fuera del trato.

Suelta una bonita risilla mientras vamos en busca de algo para mí.

Estoy haciendo todo lo posible para que Stevie no sepa lo encantado que estoy con nuestro hallazgo en la tienda de segunda mano. Escondida en lo profundo de los estantes había una cazadora retro de los Chicago Devils de los años noventa. Es completamente auténtica y todavía está en bastante buen estado, y me muero de ganas de ponérmela en alguno de los partidos de su hermano cuando llegue el momento en que podamos estar juntos en público.

Pero me toca a mí llevarla de compras, y estoy emocionado. Tenía esto planeado desde hace un tiempo y me he asegurado de que mi joyero cerrara el establecimiento para que nadie nos viera a Stevie y a mí juntos. Me he gastado tanto dinero en su tienda a lo largo de los años que ha accedido de mil amores.

Este lado de la ciudad está más cerca de nuestros edificios, así que he dejado a Rosie en casa. Las calles están llenas de restaurantes de alta cocina, tiendas de prestigiosos diseñadores y galerías de arte. Lewis es un joyero muy solicitado entre los famosos, así que, afortunadamente, tiene una entrada trasera privada para nosotros.

—Zee, esto ya es demasiado exagerado.

Se me escapa una risa condescendiente.

—¿Acaso no me conoces, dulzura?

En cuanto entramos, Stevie se pone detrás de mí y me coge de la mano, un poco intimidada.

—Hola, Lewis —exclamo con un movimiento de la mano mientras nos dirigimos hacia las vitrinas que exhiben su trabajo.

—EZ, amigo mío —saluda, y me choca el puño—. Me alegro de verte. ¿Ya sabemos lo que vamos a comprar hoy?

Me vuelvo hacia Stevie, que pasea la mirada, completamente asustada, por las vitrinas.

—¿Ya sabes lo que vas a comprar, Vee?

Ella niega rápidamente con la cabeza.

—Nada.

—Esas no son las reglas —le recuerdo—. Me has comprado algo en el sitio que escogiste. Ahora puedo comprarte algo en el que escogí yo.

—Zee, me he gastado quince dólares en ti.

—Y yo voy a gastarme un poco más.

—Iré a buscar tu otra pieza mientras os decidís —interrumpe Lewis.

—¿Otra pieza?

Una sonrisa astuta se me dibuja en los labios.

—Le compré a Ella su primera cadena.

—¿Como la tuya?

—Similar. Más pequeña, obviamente, y más femenina.

Veo cómo Stevie se derrite frente a mí.

—Pero ¿qué te vamos a comprar a ti?

—De verdad, Zee, esto es demasiado.

—Hicimos un trato —empiezo, pasándole un brazo sobre los hombros para atraerla hacia mí, y rápidamente le acaricio la frente con los labios—.

Tú me has comprado algo, así que yo puedo comprarte algo a ti. De todo lo que llevas, elige cuál es tu pieza favorita, por favor. Vamos a renovarla.

—¿Mi pieza favorita?

—Ajá.

Una sonrisa picarona se apodera de sus labios, pero antes de que pueda responder, digo:

—Aparte de mi mano.

Ella deja caer los hombros para quejarse de que lo haya dicho antes que ella.

—En serio. ¿Qué vamos a renovar?

Stevie lo considera, y casi puedo ver lo que está pensando mientras repasa sus joyas mentalmente. Su aro en la nariz, su plétora de pendientes, sus collares apilados y, por último, sus…

—Anillos —dice finalmente—. Mis anillos son mis joyas favoritas.

Me lo imaginaba, por eso la he traído aquí en lugar de simplemente comprarle algo. Sabía que necesitaría su talla para encargar unos anillos nuevos.

Ella me coge una mano entre las suyas y la levanta para examinarla.

—Y renovaremos este también, ¿verdad? —pregunta, refiriéndose al anillo dorado que le cogí para ponérmelo en el dedo meñique cuando decidió darme una oportunidad.

Lo había pensado, principalmente porque se ha desgastado y desteñido, dejándome un pequeño anillo verde en la piel, ya que solo me lo quito cuando juego al hockey. Pero ni de coña voy a cambiarlo. Stevie puede acabar hoy con las manos cubiertas de oro de veinticuatro quilates, pero este machacado anillo de cinco dólares es suyo y, por lo tanto, mío.

—No —respondo, llevándome nuestras manos entrelazadas a la boca para besar la suya—. Este se queda como está.

Stevie tiene los ojos muy abiertos por la emoción cuando Lewis le toma las medidas para el nuevo juego de anillos. Llevará dos en algunos dedos y solo uno en otros. Y al ir comprendiendo que no tendrá que reemplazarlos cada pocos meses como los anteriores, se vuelve más exigente en los detalles, sabiendo que los tendrá todo el tiempo que quiera.

—Y ¿el pulgar? —pregunta Lewis.

Le robé el anillo del pulgar porque quería un pedazo de ella, pero en parte también porque lo hacía girar cuando estaba nerviosa y, tal vez inconscientemente, supuse que si no lo tuviera como apoyo, estaría menos agitada. Que quizá la confianza en sí misma tomaría el control.

—El pulgar sin anillo —sentencia.

Una sonrisa de orgullo se apodera de mi rostro mientras, de pie tras ella y sujetándole casualmente la cadera con una mano, la observo desde arriba.

—Gracias —susurra cuando Lewis se marcha a hacer algunos ajustes—. Pero puede que hayas creado un monstruo. —Stevie levanta la mano para examinar sus nuevas joyas de diseño—. Un monstruo vanidoso.

—Mi favorito.

Le besuqueo el cuello y el hombro desde atrás. Me gusta llevarla al opulento lado oscuro, pero, seamos realistas: en el fondo, Stevie siempre será la chica que adora las tiendas de segunda mano, trabaja como voluntaria, viste tejanos holgados y mugrientas Air Force y con la que estoy obsesionado.

—Ve tú primero —le digo a Stevie cuando estamos a una manzana de mi casa. Por alguna razón, hoy hay un montón de gente, y la zona frente a mi edificio está repleta.

—Ojalá tu edificio tuviera una entrada trasera.

Le doy un pequeño apretón en el culo antes de dejarla marchar.

—Estarás bien. Mi portero te conoce.

Me mantengo a una distancia considerable mientras observo a Stevie, que va con la cabeza gacha. Se desliza sin problema entre la multitud y mi portero le abre la gran puerta de cristal del vestíbulo para hacerla pasar al interior.

Tras dejar otro minuto de separación, finalmente me abro paso a través de la masa de cuerpos con las manos en los bolsillos, la mirada clavada en el suelo y cubierto por capas de ropa de invierno.

Pero no sirve de nada.

—¡EZ!

—¡Evan Zanders!

—¡Sabía que vivía aquí! —grita alguien mientras se abalanzan sobre mí y me acribillan allí mismo, en los escalones de la entrada.

—¿Puedes firmarme un autógrafo? —me pide alguien más, y me esfuerzo para firmar tantos como puedo mientras continúo con paso rápido hacia el portal.

En los últimos meses, he estado tratando de separar la imagen de chico malo que tengo en el hockey de mi yo real. Si Chicago quiere que sea un imbécil en la pista y proteja a mis compañeros cuando sea necesario, con gusto cumpliré ese papel. Pero cuanto más se asienta esta relación y descubro cómo es gustarle a Stevie y que quiera la versión real de mí, más quiero ser ese tipo para el resto del mundo. Y espero que eso sea suficiente para renovar mi contrato con el único equipo en el que quiero jugar.

Me despido de la multitud rápidamente con la mano por encima del hombro mientras mi portero me hace pasar al vestíbulo.

—Cada día viene más gente por aquí —dice—. Cuanto más avance la temporada, y cuanto más alto se clasifiquen, más querrá todo el mundo exprimirle, señor Zanders.

—Normalmente adoro esta mierda, pero esta temporada no tanto —admito, mirando más allá de las puertas de cristal, donde los seguidores me señalan y saludan como si fuera una especie de animal en el zoológico que está aquí para hacerles trucos.

Y, por primera vez en mi carrera, desearía que nadie me mirara.

—La señorita Shay ha subido.

Le doy una palmadita en el hombro de agradecimiento antes de subir a mi ascensor privado.

—Zee, tienes que dejar de alimentarme —dice Stevie estirándose en el sofá y tratando de ponerse cómoda—. Pronto se me quedarán pequeños los pantalones. Mierda, hasta los tuyos se me van a quedar pequeños.

No se equivoca. Independientemente de que haga ejercicio todos los días y queme más calorías que la gente normal, Stevie y yo encargamos la cena casi todas las noches, pero es que me flipa verla feliz mientras devoramos nuestra comida basura favorita. No hay muchas otras opciones porque yo soy un cocinero de mierda y dormimos en hoteles cuando estamos de viaje.

—Pero me gusta alimentarte.

Me siento en el sofá y la insto a que levante la cabeza para que me descanse esos rizos castaños sobre el muslo. Rosie se une a nosotros saltando al sofá frente a mi chica y acurrucándose mientras me apoya la enorme cabeza en el regazo.

—No puedo ni pensar en comida en este momento —gime Stevie—. Pero, si pudiera, te diría que tenemos que probar esa pizzería de la calle 28, y también quiero probar ese nuevo camión de tacos que estaciona en el embarcadero los martes. Y, después de eso, deberíamos ir a ese nuevo restaurante indio que va a abrir al lado del estadio.

Me río, y tanto Stevie como Rosie se sacuden en mi regazo.

—Haz una lista —le digo, y le paso mi móvil, desbloqueándolo—. En la aplicación Notas, hagamos una lista con toda la comida que queremos probar.

Stevie se anima con eso. Me coge el móvil y abre la aplicación para crear un nuevo documento, pero antes de hacerlo se detiene con los pulgares sobre la pantalla.

—¿Qué es esto?

Se desplaza hacia abajo, cada ciudad que visitamos durante la Liga aparece en mis notas.

No soy de los que mienten, y menos a ella, así que no lo hago.

—Solía llevar una lista con las chicas en cada ciudad para saber quiénes eran cuando volviera y me contactaran.

Stevie se queda quieta antes de reaccionar exactamente como esperaba.

Mi novia estalla en un ataque de risa, ahí mismo, en mi sofá.

—¡Te estás quedando conmigo! —se carcajea—. Madre mía, es ridículo. Zee, realmente eras un putito.

—Ahórrate el diminutivo —bufo—. No hay nada pequeño aquí, muñeca.

—Bueno, al menos eras un granuja organizado y honesto —afirma secándose el rabillo de los ojos—. ¿Puedo leerlas?

—Claro.

Ella se desplaza por las notas, pensando cuál abrir primero, con una sonrisa de máxima diversión en los labios.

—Oh, Nashville. Esta va a ser una lista larga —comenta deteniéndose en la pestaña de su ciudad natal, y hace clic en ella.

Observo cómo Stevie, confundida, entrecierra esos ojos verde azulados, abre la boca ligeramente y su expresión se enternece.

—Puedes leerlo en voz alta si quieres, Vee.

Ella traga saliva.

—Stevie. Pelo rizado y culo increíble. No quiere acostarse conmigo, pero espero que cambie de opinión.

Se desplaza hasta la pestaña de Denver y la abre.

—Stevie. Tiene carácter. Le gusta el baloncesto y comer hamburguesas.

Sale y pasa a Washington D. C. a continuación.

—Stevie —prosigue—. El mejor polvo de mi vida.

Abre la de Calgary.

—Stevie. La colé en mi habitación de hotel para ver películas toda la noche.

San José.

—Stevie. Mamada brutal en la ducha. Se puso mi camiseta para ir a dormir.

A continuación, encuentra la pestaña de Vancouver.

—Stevie. Vino al partido. Mi persona favorita para pasar el rato.

Finalmente, me mira.

—¿Qué es esto?

—Ya te lo he dicho. Es la lista de chicas que veo en cada ciudad. Ahora es un poco diferente, pero el concepto sigue siendo el mismo.

Vuelve a centrarse en mi teléfono, abre Los Ángeles y luego Seattle, pero los encuentra en blanco.

—No hay nada en estas.

—Eso es porque aún no hemos estado allí.

Deja caer el móvil sobre su vientre antes de cruzarse los brazos sobre la cara para esconderse.

—Dios. ¿Cómo puedes ser real? Incluso cuando te pillan en tus escarceos, resulta que eres de lo más tierno.

Ella me mira, los ojos le brillan ligeramente.

—Eres mi preferida, Vee. Mi única opción. —Le aparto los rizos de la pecosa cara—. Ya sea en Chicago o en cualquier otra ciudad. No hay nadie más.

Se sienta, tirando de mí hacia abajo por el cuello mientras cierra sus cálidos labios alrededor de mi boca. Le besuqueo la mandíbula, la mejilla y la sien mientras ella se me hunde en un hombro. Le paso un brazo alrededor para sostenerla con fuerza mientras continúo acariciando a Rosie, que está dormida a mi otro lado.

—Estoy obsesionada contigo, Zee.

—Ya somos dos.

Sigo acariciando a Stevie por un lado, cuando siento que su cuerpo se vuelve pesado sobre mi brazo al empezar a quedarse dormida. Descanso la cabeza sobre la suya; percibo una abrumadora sensación de gratitud.

Jamás se me había pasado por la cabeza que disfrutaría de algo así. Nunca pensé que me sentiría tan seguro al ser yo mismo como me siento con esta chica. Ella me permite ser contundente y sincero sin remordimientos, y eso sin juzgarme en ningún momento.

Nunca pensé que formaría mi propia familia, pero entre la dóberman tumbada bocarriba que rápidamente se ha convertido en mi compañera y la azafata de pelo rizado que tengo bajo el brazo, me atrevería a decir que he formado mi pequeña familia propia.

Y conforme me voy dando cuenta de eso, me asalta el recuerdo de que he tenido una familia.

Una que echo de menos.

—¿Vee? —susurro, para ver si todavía está despierta.

Se mueve y me pasa ambos brazos alrededor del cuello para apoyarme la cabeza en el pecho.

—¿Mmm?

Dudo antes de soltar:

—Echo de menos a mi padre.

Se queda quieta en mis brazos y se coge con más fuerza a mi cuello.

—Deberías decírselo.

—¿Sí?

—Sí. —Stevie coge mi móvil del sofá y me lo ofrece—. Cuando echas de menos a alguien, debes decírselo.

Con los ojos cerrados, se escurre hacia abajo y vuelve a ponerme los rizos en el regazo tras dejarme el móvil en las manos.

—Y si él dice algo que no te gusta, te dejaré que me compres un helado, y luego podemos criticarlo.

Se me escapa una risa suave mientras mantengo el pulgar sobre el contacto de mi padre. El último mensaje que intercambiamos fue en Navidad, cuando me dijo que su avión había aterrizado en Chicago.

La ira sigue burbujeándome en el pecho, pero ya no está dirigida a mi padre. Es únicamente hacia mi madre. Claro, sigo resentido con él, pero la ira se ha disipado.

Ahora solo queda añoranza.

Añoranza por la relación que una vez tuvimos. La relación que no pensé que volveríamos a tener. Pero, últimamente, siento que tal vez pueda sincerarme con él y decirle que lo necesito. Quizá él también me necesite.

Sin dudarlo más, escribo un mensaje.

Luego lo borro. Es demasiado farragoso y complicado. No sé qué decir. No sé cómo expresar todo lo que he sentido durante los últimos doce años.

Así que no lo hago.

Simplemente le digo cómo me siento en este momento.

Yo: *Te echo de menos.*

Pensaba que me quitaría un peso de encima, pero, en cambio, la ansiedad se me arremolina alrededor de los pulmones, lo que hace que me falte el aire cuando veo esos tres puntos grises bailando en mi pantalla.

Papá: *Yo también te echo de menos, Evan. Sé que tienes muchas cosas que decir, y cuando estés listo para hacerlo, aquí estoy para escucharte.*

Exhalando un suspiro profundo y tembloroso, dejo caer la cabeza hacia atrás en el sofá hasta que mi móvil vibra de nuevo.

Papá: *Te quiero.*

Me escuecen las lágrimas en los ojos al ver esas dos palabras. Palabras que mi padre y yo no nos hemos dicho en doce años. Trato de contenerme, pero, finalmente, mi cuerpo tiembla con un sollozo silencioso. No sabía cuánto necesitaba que me dijera eso hasta ahora.

Quiero responder, pero no estoy listo. Además, las lágrimas me han enturbiado tanto la visión que no podría, aunque quisiera. Pongo el móvil en la mesa de café frente a nosotros y dejo caer la cabeza hacia atrás, tratando de controlar la respiración y permanecer en silencio para no despertar a Stevie.

Me aprieto el puente de la nariz con el pulgar y el índice, y cierro los ojos con fuerza, tratando de evitar que caigan las lágrimas.

Stevie me coge de la otra mano y, entrelazando sus dedos con los míos, se lleva nuestras manos a la mejilla.

—Estoy tan orgullosa de ti —susurra, con los ojos aún cerrados, mientras me deja un momento.

Siento que el peso de la ira y el odio con que he cargado durante los últimos doce años se va aligerando exponencialmente. Hay una mezcla confusa de miedo que me abandona y seguridad que se apodera de mí mientras me doy un minuto para respirar profundamente y recuperar la compostura.

Paseo la mirada hasta la belleza situada en mi regazo, mi pequeña insolente, que tiene un maldito corazón de oro y me hace querer mostrar el mío.

Stevie apoya una mano en la mía mientras descansa, así que hago girar uno de los nuevos anillos en su dedo, admirando la forma en que el oro auténtico contrasta con el ligero tono oscuro de su piel.

—Gracias por mis nuevas joyas —murmura en voz baja.

Le aparto los rizos del rostro y juego distraídamente con su pelo mientras rasco el vientre de Rosie con la otra mano.

—De nada, Vee. Gracias por ser mi novia.

Ella se ríe suavemente y se da la vuelta para dormir de lado.

—No tienes que agradecérmelo. Es la mejor decisión que he tomado en mi vida —responde. Le acaricio el pómulo con el pulgar cuando empieza a dormirse de nuevo—. Gracias por elegirme —añade adormecida.

Bate las pestañas cuando la toco, ocultando el verde azulado de sus ojos. Tiene los labios ligeramente separados y sus pecosas mejillas no podrían ser más adorables.

—Es la mejor decisión que he tomado jamás.

35

Stevie

—¿Has entendido ya cómo funciona el hockey, ahora que has estado en muchos de estos partidos? —pregunta Logan, sentándose a mi lado después de haber dejado nuestra fila para pasar a ver a Maddison en la pista.

—Creo que sí. —Asiento con la cabeza, mientras esta me da vueltas al contemplar el United Center. Llevo semanas asistiendo a los partidos de Zanders, pero siempre encuentro fascinante la rapidez con la que transforman este edificio de una cancha de baloncesto a una pista de hockey. Estuve aquí anoche para ver el partido de Ryan—. Tengo las reglas claras en su mayor parte. Y en lo que respecta a nuestro equipo, tu marido marca los goles, y el tipo con el que estoy saliendo se sienta en el banquillo, penalizado por ser un imbécil.

Se le escapa una pequeña risa.

—Parece que lo tienes en su mayor parte.

—No tienes por qué seguir sentándote conmigo en cada partido —le aseguro, ofreciéndole una salida—. Sé que mis asientos están un poco lejos. Solo me preocupa que alguien me vea aquí.

—Estoy encantada de poder sentarme contigo —responde Logan dándome un empujoncito con el hombro—. Eli solo necesita nuestro pequeño ritual previo al partido, pero después se centra en lo suyo y no en dónde estoy sentada. Estoy emocionada de verte aquí. Ahora no tengo que pasar el rato en el reservado familiar con las otras.

Doy un largo trago a la cerveza.

—¿Las otras?

—Las demás mujeres y novias —explica—. No todas me caen bien. Algunas son majas, pero otras claramente están aquí por dinero o estatus o cualquier otra cosa que saquen, así que estoy encantada de que te unas. Necesito a alguien con quien pasar el rato en los eventos del equipo.

Esbozo una media sonrisa, sin dar más detalles.

—Cuando puedas, quiero decir. Una vez que lo hagáis público y ya no lo mantengáis en secreto.

La verdad es que no sé cuándo será eso ni dónde estará Zanders en un futuro o cómo será nuestra relación, así que no me voy a agobiar mientras trato de disfrutar de estos momentos. Y ahora mismo, estoy viendo al hombre más atractivo que conozco hacer lo que mejor sabe hacer.

—Estoy entusiasmada de que estés aquí, Stevie —dice Logan en voz baja—. Y me hace muy feliz que estés feliz y que Zee esté feliz. Es una de las mejores personas que conozco y me alegro de que puedas verlo tal como es. Porque a veces es difícil, cuando hay tanto de su personaje en los medios, a la vista de todo el mundo.

Mantengo la mirada fijada en el gigantesco defensa, observándolo calentar. Independientemente de su tamaño, se desliza con suavidad por el hielo.

—Bueno, es difícil pasar por alto lo bueno que es cuanto más tiempo paso con él. Es un poco desagradable así, pero tuvo que abrirse camino, ¿no?

Zanders encuentra mi mirada de admiración mientras patina junto al metacrilato que delimita la pista. No estamos cerca, pero sí lo suficiente como para que pueda ver la suave sonrisa que se le dibuja en los labios mientras me mira.

—Nunca lo había visto así —señala Logan en voz baja y con orgullo, casi en un murmullo.

Zanders se estira de la camiseta por el pecho y sacude la tela indicándome la que yo llevo puesta. Hago lo mismo con la mía, que es la del número 11, mientras esboza esa sonrisa suya tan brutal y me aguanta la mirada.

Eso es hasta que Maddison aparece detrás de él y le da un manotazo en el casco, probablemente abroncando a Zanders por ponerse tierno como él lo hace con su propia mujer.

—¿Ella no viene hoy? —pregunto, volviendo la atención a Logan.

—Está aquí, correteando por ahí. Los padres de Eli están en la ciudad, así que se ha quedado con ellos. Los conocerás esta noche. Son los mejores.

—No tenías que cambiar tus planes de cumpleaños solo por nosotros, ¿sabes?

Logan me hace un gesto con la mano.

—Lo he hecho con mucho gusto. Me encanta que formes parte del grupo.

Aprieto los labios para luchar contra mi sonrisa de atolondrada absoluta. Por primera vez en la vida, tengo amigos que quieren mi compañía por lo que soy y no por el apellido que comparto con mi hermano.

Sienta bien.

36

Zanders

Que Stevie haya venido al partido, y con mi camiseta, le sienta de maravilla a mi lado posesivo. Aparte de mi hermana, nunca ha venido nadie a verme solo a mí al estadio. No tengo ni idea de cómo lo ha logrado Maddison, partido sí y partido también desde la universidad. Tener a mi chica aquí acapara toda mi atención. Quiero pasear la mirada hasta los asientos de arriba para ver lo guapa que está, con su pelo rizado y el logo de los Raptors sobre el pecho, a pesar de que llevo semanas presenciando lo mismo.

Casi no puedo creer que esté aquí, y es como si tuviera que seguir mirando cada poco para asegurarme de que es verdad.

—¡Última parte, Rio, vamos! —le grito a mi compañero el defensa, y entro a la pista para el final de nuestro vespertino partido.

Los muchachos han estado jugando muy bien, y han ganado la mayoría de los puntos de la Liga en febrero, lo que se ha reflejado en el mes de marzo. Pero más que ganar otros dos puntos por la victoria de hoy, cuando suene el silbato que anuncia el final, habremos asegurado un puesto de lujo para la eliminatoria de la conferencia, algo que la franquicia de los Raptors no había conseguido desde hace años.

El portero de los Buffalo ha dejado su puesto para salir a la pista, lo que les da una ventaja de seis atacantes contra cinco. Pero, a pesar de todo, ya vamos dos goles por delante y los últimos segundos del reloj se están agotando. Y cuando Rio intercepta la pastilla y la lanza a través del hielo hasta que choca contra la red vacía, comienza la celebración.

Al oír el silbato, los muchachos se abalanzan sobre nuestro portero por haber asegurado una victoria por goleada. El United Center se llena de gritos, vítores y música a todo volumen por nuestro equipo.

Fuimos el primer equipo de la Liga en asegurarnos un puesto en los cruces, y ahora tenemos garantizada la ventaja de campo durante la fase de eliminatorias.

Mis compañeros de equipo se dirigen al banquillo en un enorme tumulto, intercambiando abrazos y chocando las manos enguantadas con el cuerpo técnico para atravesar el túnel hacia el vestuario. Pero antes de salir de la pista, Maddison salta sobre mí.

—¡Zee, tío, toma ya!

Le doy un abrazo.

—¡Joder, lo hemos conseguido!

Nos quedamos así un momento antes de tomarnos un segundo para mirar el estadio, donde los rojos, negros y blancos cubren las gradas.

Desde que Maddison llegó, hace cinco años, nuestra misión ha sido cambiar la costumbre del equipo. Siempre llegábamos a los cruces, pero no durábamos mucho. Hemos sido buenos, pero nunca hemos sido geniales. Este año, sin embargo, somos geniales.

Y este año, tenemos una oportunidad real en la Copa.

En cuanto abro la puerta del ático de los Maddison, Rosie entra corriendo como si fuera la dueña del lugar, tal como hace cada vez que viene. Olfatea los sofás y los juguetes, estoy seguro de que buscando a Ella, antes de darse por vencida e ir hacia Maddison en busca de mimos.

—Qué hay, tío. ¿Dónde está todo el mundo? —lo saludo, cerrando la puerta detrás de mí.

Maddison, sin camiseta, da saltitos por la cocina con MJ atado al pecho mientras prepara la cena de cumpleaños de Logan. Se inclina un momento para darle a Rosie la atención que pide con tanta desesperación.

—Mis padres han tenido que ir a hacer un recado después del partido, pero llegarán pronto, y mi hermano estará aquí en cualquier momento.

Saco a MJ del portabebés que lleva mi mejor amigo y me siento con él en la isla de la cocina mientras Rosie se coloca junto a Maddison, muy atenta, con la esperanza de que se le caiga algo mientras cocina.

—Le he dicho a Stevie que estaba en camino. No creo que tarde.

—Ah, ya ha llegado. Se ha ido con Logan y Ella a hacerse las uñas en cuanto hemos vuelto del partido.

—Espera, ¿en serio? ¿Ha venido sola?

He supuesto que Stevie se sentiría intimidada para venir antes que yo, sabiendo que la casa de Maddison pronto estará repleta de amigos y familiares de Logan. Pero, al mismo tiempo, me encanta que se sienta lo suficientemente segura como para hacerlo sola, especialmente con mi gente.

Maddison me mira desde el otro lado de la isla de la cocina.

—¿Qué? —pregunto.

—Sabes que ella y Logan llevan semanas sentándose juntas en nuestros partidos en casa, ¿verdad? Se han hecho amigas. Y, Zee, odio decírtelo, pero últimamente Ella habla más de Stevie que de ti.

—Mientes.

Maddison levanta las manos en señal de defensa.

—Le pide a Stevie que la peine en cada partido, y tu novia deja que mi hija vea todas las fotos que tiene en el móvil de los perros del refugio. Así que buena suerte si quieres superar eso, amigo mío.

Vale, me alegra que Stevie le caiga bien a mi gente, pero no hay necesidad de que les caiga mejor que yo.

Sosteniendo a MJ con una mano, saco el móvil y le envío un mensaje a Stevie con la otra.

Yo: *Me han contado que puede que a mi sobrina le caigas mejor que yo. No podemos permitirnos eso, nena.*

Stevie: *No es mi culpa que yo sea mucho más divertida que el aburrido tío Zee.*

Yo: *¿Aburrido? Vas a ver lo que es ser aburrido.*

Stevie: *Me muero de ganas.*

La sonrisa que tengo en la cara es dolorosamente grande mientras miro la pantalla del móvil.

Yo: *¿De qué color te vas a pintar las uñas?*

Stevie: *Ve a pasar el rato con tu mejor amigo.*

Yo: *¿De qué color?*

Stevie: *¿Qué más da?*

Yo: *Porque las voy a ver alrededor de mi rabo luego. Siento que tengo derecho a opinar.*

Stevie: *Eres ridículo.*

Le envío a Stevie cien dólares a través de Bizum con el mensaje «Rojo, por favor», pero ella me los devuelve.

Stevie: *No vas a pagar por elegir mi color de uñas.*

Vuelvo a enviar el Bizum.

Stevie: *¿Cuánto crees que cuesta pintarse las uñas?*

Yo: *No lo sé. ¿Cien dólares? Rojo, por favor.*

Stevie: *Vale, con esto también pago las de Ella.*

Yo: *Asegúrate de que sepa que paga su tío favorito.*

Stevie: *No te preocupes, ya le he dicho que era de mi parte.*

Yo: *Cuando llegues aquí, tendré que hacer algo con esa actitud que tienes hoy.*

Stevie: *Estoy deseándolo.*

Yo: *Me vuelves loco, y te echo de menos, así que date prisa.*

Stevie: *Y tú a mí. También te echo de menos. Gran partido, por cierto. Estoy muy orgullosa de ti.*

Yo: *Gracias, Vee. Qué ganas de celebrarlo contigo.*

—Y —empieza Maddison, atrayendo mi atención— ¿ya le has dicho a Stevie que estás enamorado de ella?

Intenta aguantarse la risa, pero falla miserablemente cuando comienza a agitársele el pecho.

—No empieces —le advierto, porque no estoy listo para pensar en la palabra que me ha acojonado durante toda mi vida adulta.

—¿Dónde está Lindsey? Logan me ha dicho que no se ha presentado en el partido.

—Supongo que ha habido grandes retrasos para salir de Atlanta. Viene, aunque le dije que no se preocupara por eso, pero creo que quiere conocer a Stevie. Su vuelo estará a punto de aterrizar.

—¿Quiere conocer a Stevie? ¿O quiere robarte a Stevie?

—Probablemente un poco de cada.

Ayudo a Maddison a poner la lasaña en el horno, y por ayuda quiero decir que sostengo a su hijo para que él pueda cocinar, justo cuando se presentan todos los amigos y la familia de Logan. Su niñero es el primero en llegar, aunque es más bien uno de sus mejores amigos de la universidad al que pagan para que pueda vivir en el mismo edificio que ellos y ayudarlos con los niños cuando lo necesiten. Los padres y el hermano de Maddison son los siguientes en aparecer, seguidos por la mejor amiga de la universidad de Logan.

—¡Tío Zee! —exclama Ella a través de la puerta, corriendo directamente hacia mí—. ¡Tengo amarillo! —me dice levantando las manos para enseñarme sus diminutas uñas pintadas del color del sol y rematadas con brillo dorado.

—Guau. Qué bonitas, EJ —asiento, cogiendo en brazos a mi sobrina y colocándomela en la rodilla opuesta a donde tengo a su hermano.

—Stevie me las ha regalado.

—Ah, ¿eso ha hecho?

Miro fijamente a mi novia, que justo entra por la puerta, toda inocente y demás.

Stevie se me acerca por detrás mientras permanezco sentado en una silla alta de la isla y me recorre el pecho con las manos antes de mover las relucientes uñas frente a mí.

Son azules.

Me las quedo mirando un segundo y, no voy a mentir, le quedan bien con la piel morena y los anillos de oro, pero ha elegido este color para provocarme. Lo sé.

—Ella Jo, tengo que hablar con Stevie a solas un segundo.

Levanto a mi sobrina para dejarla en el suelo. Al mismo tiempo, le paso a MJ a su madre.

—Feliz cumpleaños, Lo —felicito a Logan dándole un beso en la mejilla mientras arrastro tras de mí a Stevie, cuya bonita risa resuena en las paredes.

Sabe bien lo que hace.

Abro la puerta del baño que hay al final del pasillo y la acompaño adentro. Su expresión es tanto de engreída como de emoción cuando la sigo y cierro deprisa la puerta detrás de nosotros.

—¿Qué es esto? —le pregunto, de pie entre sus piernas, tras levantarla y colocarla sobre el lavabo.

—¿Qué? ¿No te gustan mis uñas?

—Esto no es lo que he pedido.

Stevie se ríe de mi falsa decepción.

—No te he pedido opinión. Y, además, ¿de verdad crees que cuando te coja el pene te va a importar el color de mis uñas? —suelta, extendiendo una mano y admirándosela—. Creo que el azul quedará bien.

Sin dejar de mirarme a los ojos, me desabrocha el botón de los pantalones antes de bajarme la cremallera. Sentándose más erguida, acerca sus labios a los míos, pero abro la boca cuando me encuentra el miembro. Stevie lo saca mientras me pasa la lengua por el labio inferior.

—No lo sé, Zee. Creo que el azul queda bastante bien. ¿Qué opinas? —pregunta, y mueve la mano con suavidad, lo que enseguida hace que toda la sangre de mi cuerpo se precipite directamente a mi pene.

Miro hacia abajo, hipnotizado por sus bronceados dedos, los anillos de oro y las uñas azul cielo, mientras me la acaricia a un ritmo perfecto.

—Mmm —murmuro—. Sí… Sí, el azul está bien.

Ella se ríe suavemente sin dejar de tocarme, con la boca sobre el sensible punto que hay debajo de la oreja. Apoyo las palmas de las manos en el espejo situado a su espalda para estabilizarme. Dejo caer la cabeza sobre su hombro mientras continúo apretándome contra su mano, mirando cómo entro y salgo de su puño.

—Felicidades por el partido —dice suavemente, besándome y succionándome el cuello.

—No pares —le suplico—. Joder, Vee, cómo me gusta.

Mi pecho se eleva y desciende con rapidez mientras el espejo que está frente a mí se empaña por mi agitada respiración. Joder, es increíble, me la toca al ritmo perfecto. Me envuelve las piernas alrededor y me aprieta el culo con los talones mientras me coge la nuca con la mano libre para sostenerme contra ella.

—El azul es mucho mejor que el rojo —continúa sin dejar de tocarme, lo que me arranca un gemido de necesidad de la garganta. Levanta las rodillas a cada lado de mi cuerpo, tratando de aliviar el deseo entre sus piernas mientras arquea la espalda y me pega las tetas al pecho.

—Te voy a follar tan fuerte cuando lleguemos a casa que no podrás hablar cuando haya acabado contigo, y mucho menos decirme de qué color te has pintado las uñas.

Siento cómo me late en su mano, a punto de correrme...

—¡Hola, Linds! —grita Logan por el pasillo, lo que hace que Stevie detenga sus movimientos, paralizada sobre el lavabo.

—Tienes que estar de puta broma —me quejo, y dejo caer la cabeza sobre su hombro.

—Tenemos que salir de aquí —dice Stevie, con los ojos muy abiertos, mientras me suelta rápidamente.

Me miro la empalmada que tengo, y estoy tan dolorosamente cargado que quiero gritar de tanto como necesito aliviarme, pero, por supuesto, mi hermana ha decidido que justo ahora era el mejor momento para aparecer, joder.

Stevie ha acertado de lleno con las uñas azules, porque ahora mismo tengo las pelotas principalmente moradas.

—Zee, tu hermana nos va a pillar aquí —dice, alarmada—. No podemos conocernos así.

—Cálmate —la tranquilizo apartándole los rizos de la cara—. Le caerás diez veces mejor si te pilla cascándomela en el baño.

—Para —se ríe ella, golpeándome en el pecho mientras se levanta del lavabo. Se alisa la camiseta y luego se seca los labios—. ¿Qué tal estoy?

Le pongo las manos en ambas mejillas y descanso la frente sobre la suya.

—Jodidamente perfecta, Vee. Como siempre. No te preocupes por Lindsey. Ya le caes bien.

Presiono la boca contra la de ella, con la esperanza de calmarla.

Pero a mí no me calma una mierda. Todavía tengo una empalmada gigantesca que debo guardarme en la bragueta. Haciendo un gesto hacia mi entrepierna, le recuerdo:

—Sin embargo, tendrás que encargarte de esto muy pronto.

Ella me planta una mano en los pantalones, haciéndome sisear por la sensación.

—Trato —dice, sellándolo con un beso, y sale al pasillo antes que yo.

Espero un momento hasta asegurarme de que la movida en mis pantalones esté lo suficientemente oculta antes de seguirla.

—Oh, por el amor de Dios, cómo no —dice Lindsey a modo de saludo cuando doblo la esquina.

Está de pie en el pasillo, frente a la entrada principal, con la maleta a cuestas.

—Hola, Linds —la saludo detrás de Stevie, poniéndole una mano en la parte baja de la espalda—. Esta es mi novia…

—¡Stevie! —estalla Lindsey, abalanzándose rápidamente sobre ella y envolviéndola en un abrazo aplastante—. ¡Qué emoción conocerte! No tienes ni idea.

—Encantada de conocerte también —se ríe ella.

Maddison y Logan están de pie al final del pasillo, observando toda la interacción con sonrisas de complicidad en la cara. Me rasco la nuca antes de levantar las manos para recordarle a mi hermana:

—Yo también estoy aquí.

—Muy bien —dice Stevie, inexpresiva.

—Genial —añade Lindsey.

Mi hermana permanece un poco más así antes de mirarme finalmente con los ojos en blanco.

—Ay, por favor. Siempre tan necesitado de atención.

Suelta a Stevie para abrazarme, pero mi abrazo dura la friolera de dos segundos.

Pasa un brazo alrededor de Stevie y desaparece con ella.

—¿Me coges la maleta, Ev? —me pide por encima del hombro.

De pie con mis dos mejores amigos, los tres vemos a mi hermana secuestrar a Stevie y llevarla al sofá para conversar con entusiasmo sobre vete a saber tú qué.

—Así que ¿a todo el mundo le cae mejor mi novia que yo? ¿Es eso lo que pasa?

—Sí —responde Logan sin dudarlo.

—Bienvenido al club, amigo mío —añade Maddison, dándome una palmada en el hombro antes de apartar la maleta de mi hermana de la puerta principal.

En algún momento después de la cena y el pastel de cumpleaños, me quedo a solas con Logan y Maddison una vez más mientras fregamos los platos en la cocina. Entre Ella y Lindsey, apenas he visto a Stevie en toda la noche. Me la han robado más veces de las que puedo contar.

Pero tengo que decir que me encanta que todas mis personas favoritas la quieran tanto. Stevie es muy especial, dulce y graciosa, y no ha sido consciente de su valor debido a las compañías que tenía. La gente entraba en su vida para acercarse a su hermano. Y luego está su madre, que siempre la hizo sentir que no era suficiente. Pero aquí, con esta gente, que es mi familia, ella es más que suficiente. Es bienvenida y aceptada.

Paso un brazo alrededor de la cumpleañera.

—Gracias por ser tan genial con Stevie. Nunca ha tenido buenos amigos, así que esto significa mucho.

Logan me apoya la cabeza en el costado.

—Me parece una locura, porque a todos nos cae muy bien.

—Sí, creo que fue sobre todo porque no logró no dejarse pisotear cuando la gente usaba su amistad para intentar acercarse a su hermano. Sin embargo, está empezando a trabajar en ello.

Miro maravillado a mi novia, que está en el salón con Lindsey.

—Zee —empieza Logan dándome un codazo—. Stevie es genial. Pero lo mejor es que hace que te gustes como eres, y eso me hace a mí quererla.

Veo cómo mi chica y mi hermana se sientan juntas en el suelo de la sala de estar, Lindsey con una copa de vino en la mano y Stevie con una cerveza. Rosie está tiradísima en el sofá junto a Ella, quien ha entrado en un coma diabético debido al pastel de cumpleaños de chocolate, que todavía tiene por toda la boca.

—¿De qué habláis vosotras dos? —digo, ya en la sala de estar, sentándome en el sofá mientras tiro de la mano de Stevie para que se una a mí. Ella se sube a mi regazo, me mete los pies debajo de la pierna y me ofrece su cerveza para que le dé un trago.

—Stevie está tratando de convencerme de que adopte un perro —anuncia mi hermana.

La sonrisa de mi novia es amplia y tiene poco de inocente.

—Ah, ¿sí? Y ¿cómo va?

—Quiere que pasemos por Senior Dogs of Chicago por la mañana.

Stevie se ríe en silencio, pero detecto un tono travieso en ella. Sé lo que está haciendo.

—Entonces espero que estés lista para llevarte un perro a Atlanta, porque yo fui una vez y la cagué —le advierto, con un gesto hacia la dóberman que duerme felizmente bocarriba junto a mi sobrina.

—Estaría encantada si estuviera en casa alguna vez, pero últimamente vivo en la oficina. Stevie, ¿tú cuántos tienes en casa?

Sus pecosas mejillas se vuelven de un ligero tono rosado.

—Oh, yo no tengo ninguno propio. Vivo con mi hermano, y él es alérgico. Pero puedo trabajar como voluntaria en el refugio y darles amor todos los días, así que eso que me llevo.

La atraigo hacia mí.

—Además, Vee está en mi casa casi todas las noches, de todos modos. Rosie es tanto su perra como mía.

Stevie me hace un ademán, sacudiendo la cabeza.

—No pasa nada por no tener uno propio —le dice a mi hermana—. Mientras pueda ayudarlos a todos a encontrar un hogar definitivo, no pasa nada si no viven conmigo.

Lo juro, todo lo que sale de la boca de esta chica me pierde cada vez un poco más.

Es una mezcla interesante de blanda y decidida. Insegura y confiada. Audaz y tímida. Pero, independientemente de la dualidad de su personalidad, tiene un corazón tierno y abierto siempre.

—Ev, los titulares han sido ridículos últimamente —comenta Lindsey cambiando el tema de conversación.

Stevie, rígida e incómoda en mi regazo, mira cualquier cosa menos a mí o a mi hermana.

Le paso una mano por la espalda para tranquilizarla.

—Simplemente están buscando cualquier cosa porque no me han pillado en alguna fiesta en la ciudad o saliendo del estadio con nadie.

Stevie se recoloca torpemente. Este ha sido un tema un poco duro para ella últimamente. A mí no me preocupa que suelten mierda de mí, pero a ella le resulta difícil leer las mentiras, a pesar de que fue algo que acordamos hasta que me renueven el contrato.

—¿Viste el de ayer sobre que tienes un hijo ilegítimo y que por eso no te han fotografiado por ahí? —Lindsey echa la cabeza hacia atrás con una risa.

—Tengo una hija —sentencio, frotando el vientre de Rosie—. No es ningún secreto.

Tenía la esperanza de arrancarle una pequeña sonrisa a Stevie con eso, pero no lo logro, así que le paso un brazo alrededor de la cadera y la atraigo hacia mí un poco más.

—Da asco últimamente —admito—. Tener que ocultar esto y quitarme a Rich de encima con todo lo demás. Cada vez más gente se planta frente a mi edificio, y está siendo complicado lograr que Stevie cruce desde el otro lado de la calle.

—Deberíais iros a vivir juntos —dice Lindsey como si nada.

Stevie se atraganta con la cerveza y le da un penoso ataque de tos.

Me alegro de que estemos de acuerdo en avanzar a un ritmo normal, independientemente de que todos los que nos rodean den por sentado que vamos a la velocidad de la luz.

—Linds, estaría bien que intentaras no hacer que mi novia se atragante. —Acerco los labios a la oreja de Stevie y susurro—: De eso ya me encargo yo.

Boquiabierta, me da un golpe en el pecho.

—Joder. Todavía no puedo creer que tengas novia —dice Lindsey negando con la cabeza—. Pero en algún momento tendrás que poner fin a toda esa basura mediática, Ev. Tus seguidores te adoran y estarán encantados de saber que eres feliz. Se han divertido con tus tonterías de malote insufrible porque eso es todo lo que les has dado. Pero vas a tener que mostrarles quién eres realmente y darles la oportunidad de querer a ese chico.

—Eso es lo que le digo —coincide Stevie en voz baja.

—Y si no les gusta tu verdadero yo, entonces los demandaré. Soy abogada. Puedo hacerlo.

El humor de mi hermana nos relaja a los tres, tanto que finalmente hay una sonrisa en el rostro de Stevie.

Sé que Lindsey tiene razón. Stevie, Logan y Maddison han estado sermoneándome con lo mismo, pero me asusta quitarme la máscara tan cerca de la fecha de renovación. Solo quedan un par de meses. Puedo soportar la narrativa de mierda hasta entonces.

Solo espero que Stevie también pueda.

37

Stevie

—¿Quieres cerrar la boca o tienes pensado fregar el suelo de la cocina después del vuelo?

Las palabras de Indy me sacan de mi aturdimiento mientras cierro rápidamente la boca, limpiándome las comisuras de los labios por si acaso.

—Si alguien debería estar babeando, esa soy yo. Soy yo quien tiene que darle a la imaginación aquí, preguntándome qué hay debajo de todos estos calzoncillos ajustados. Al menos tú lo has experimentado.

Mantengo la mirada fija en las salidas de emergencia mientras mi novio, sin camiseta, deja su traje en un compartimento superior.

—Créeme, Indy. Estoy babeando precisamente porque lo he experimentado.

Mientras los chicos se visten con ropa cómoda para el vuelo a Fort Lauderdale, Indy y yo permanecemos escondidas en la parte trasera del avión.

—¿Es el mejor sexo de tu vida o qué?

—Oh, sin duda. No hay comparación.

—Perra con suerte.

Dejo escapar un suspiro de satisfacción al observar el cuerpo, perfectamente esculpido, de Zanders mientras se pone los pantalones de chándal. Los otros muchachos también se están cambiando en el pasillo, pero mi atención está puesta más allá de ellos, en el capitán suplente con joyas de oro y tatuajes negros.

Debe de percibir mi mirada, porque, de repente, gira la cabeza en mi dirección y clava esos ojos castaños en los míos. Parece derretirse, y adopta una expresión tierna y dulce, con una sonrisa en los labios, y no puedo evitar sonreírle tímidamente.

Eso es hasta que se pasa un solo dedo seductoramente por los labios, tirando del inferior al deslizarse hacia abajo, arrastrándolo sobre el pecho y el abdomen. Continúa mirándome, tratando de tentarme, pero en realidad solo parece un idiota gigante.

Afortunadamente, Maddison le suelta un manotazo en la cabeza antes de que Tara lo pille mirándome sin ropa.

—¿Cómo te va desde…, ya sabes?

—¿Desde que entré en mi apartamento y encontré al hombre con el que llevaba seis años empotrando a otra chica? —pregunta Indy—. Bueno. Genial. Estoy genial.

Genial no está, eso desde luego, a juzgar por las bolsas que tiene bajo los ojos o el color pálido de su piel, típicamente bronceada. Por no mencionar que el uniforme le queda holgado debido a su falta de apetito.

Han pasado varias semanas desde la noche en que pilló a Alex engañándola, pero eso no es nada en comparación con todos los años que lo quiso. No se puede calcular cuánto se tarda en superar el desamor, independientemente de cómo terminaran las cosas. El corazón no sana de repente solo porque así lo desees.

De la misma manera, no se puede calcular la rapidez con la que puedes encariñarte de alguien. A mí me pasó a una velocidad que nunca hubiera imaginado. Para ser sincera, mucho más rápido de lo que esperaba, pero ya no hay vuelta atrás. Estoy hasta el cuello. Me ahogo en sentimientos que no sabía que podía tener y, al mismo tiempo, no quiero salir a respirar.

—¿Qué puedo hacer por ti? —pregunto, volviéndome hacia mi compañera de trabajo.

—Necesito una noche de fiesta. Quiero emborracharme y estar dos minutos sin pensar en esta mierda. Y sé que no es la mejor manera de afrontarlo —admite, levantando las manos en señal de defensa—, pero la terapia requiere mucho más tiempo que tomarme un chupito de tequila.

Mantengo los labios apretados para contener la risa, pero por suerte Indy se echa a reír antes que yo. Últimamente está casi siempre disgustada y dolida, pero a veces vislumbro su parte feliz y divertida.

—Creo que es una gran idea. Hagámoslo esta noche. El equipo de Ryan está en Miami este fin de semana, por lo que algunos de los chicos vendrán, o podemos ir a verlos. ¿Qué te parece?

—¿Estás de coña? ¿Podemos hacer eso? ¿Crees que tengo algún reparo en ir de fiesta a un local lleno de jugadores de baloncesto gigantes? No sé nada sobre ese deporte, excepto que los chicos son enormes y que saben cómo mover las manos.

—Vale —me río—. Lo decía porque no estaba segura de si te apetecía salir con Ryan después de la otra noche...

—Oh, no me malinterpretes. Nunca podré volver a mirar a tu hermano a la cara después de pasar toda la noche sollozando en su salón a moco tendido antes de echarme a llorar frente a una tarrina de Ben and Jerry's, pero el resto de su equipo no tiene por qué saber que estaba hecha un desastre.

Zee Zanders: *Joder, Vee. ¿Puedes venir a follarme ahora mismo? Te veo con ese uniforme y me vienen imágenes en el G-Wagon.*

Toda la sangre de mi cuerpo me sale disparada hacia las mejillas, pero también a la entrepierna, mientras los recuerdos de aquella noche salvaje me inundan la mente. De todos modos, no respondo el mensaje, porque debo centrarme en mi trabajo.

Dos minutos más tarde, la luz azul brilla en la cocina de a bordo trasera mientras el timbre resuena en toda la cabina. Miro hacia el pasillo y veo la misma luz sobre la cabeza de Zanders.

—Oh, por el amor de Dios.

—Ve a atender a tu enamorado —bromea Indy, pero hay menos sarcasmo detrás de esa frase que la última vez que la dijo.

—Ni siquiera necesita nada —me quejo.

Salgo al pasillo y me dirijo hacia la fila con las salidas de emergencia.

—¿Sí? —le pregunto a Zanders mientras apago la luz sobre su cabeza.

Una sonrisa de descaro le ocupa toda la cara.

—No necesitas nada, ¿verdad?

—No has respondido el mensaje y necesitaba verte —susurra, girando la cabeza para mirar a la parte delantera del avión y luego hacia atrás, asegurándose de que nadie nos ve—. Estás tan guapa.

Maddison se ríe en el asiento de al lado.

—Lo siento —se carcajea, sacudiendo la cabeza—. Stevie, estás guapísima, pero no me acostumbro a que este tío hable como yo.

—Chis —lo chista Zanders por encima del hombro—. Estoy ocupado haciendo de pareja.

Él vuelve a dirigirme su atención y me agacho junto a su asiento para ponerme a la altura de los ojos.

—Me he enterado de que el equipo de tu hermano está en la ciudad esta noche.

—Sí, o me voy a Miami, o viene él. Todavía no lo sé seguro.

—Viene él. Algunos de los muchachos son amigos de sus compañeros, por lo que nos reuniremos todos juntos.

—Oh.

—¿No te parece bien?

—Bueno, no, en realidad no. No puedo salir con todos vosotros.

—Yo creo que es la excusa perfecta. No puedes meterte en problemas por fraternizar cuando solo estás saliendo con tu hermano.

—Y ¿qué hay de Indy? Iba a salir con ella esta noche.

—Pregúntale si le parece bien salir con el equipo, y si es así, me aseguraré de que los chicos lo mantengan en secreto. Si no quiere, no pasa nada. Ya te secuestraré otra noche.

Esbozo una sonrisa de agradecimiento por comprenderlo y no pedirme que cancele mis planes.

—¿Estáis contentos con la temporada?

Zanders se vuelve hacia Maddison, y ambos comparten una mirada de humilde confianza. No sucede a menudo entre estos dos arrogantes, pero saben mantener los pies en el suelo cuando se trata de hockey y las perspectivas de la postemporada. Y así debe ser, pues ya está en marcha la primera ronda de la eliminatoria.

Ya llevan dos partidos de ventaja sobre Florida, y con dos victorias más fuera de casa arrasarán en la primera ronda.

—Estamos listos —afirma Zanders con confianza antes de mirar hacia el pasillo, cuando se aclara la garganta y adopta una expresión fría.

No tiene que explicar lo que está pasando. Ya lo sé.

—¿Agua con gas, entonces? —pregunto, justo cuando Tara pasa junto a nosotros.

—Con extra de lima —añade Zanders mientras me apresuro a volver a la cocina.

✈

La brisa fresca del océano me aparta los rizos de la cara y la cálida arena se me escurre entre los dedos de los pies, cuando Indy y yo pisamos la playa que hay justo frente a nuestro hotel. La temperatura nocturna del sur de Florida es perfectamente cálida, lo cual es un descanso después de haber pasado los últimos seis meses viajando a algunas de las ciudades más frías de Norteamérica.

—¿Estás segura de que quieres hacer esto? —le pregunto a mi compañera de trabajo mientras caminamos hacia uno de los bares situados frente a la playa, en la avenida principal de Fort Lauderdale.

—Estoy bien —dice Indy encogiéndose de hombros—. O sea, he perdido mi apartamento y a mi novio. Si nos metemos en problemas y pierdo mi trabajo, otra cosa para la lista.

Su tono está repleto de sarcasmo, pero no creo que esté bromeando. Ha estado deprimida y derrotada estas últimas semanas, y mantener el trabajo no es una de sus principales prioridades.

Lo cual está muy bien, realmente, porque esa misma preocupación por las cosas que considero importantes en mi vida ha estado disminuyendo con rapidez, mientras que las ganas de poder estar en público con mi novio están aumentando incesantemente.

—Y no me da vergüenza coquetear con un deportista profesional —continúa—. Perderé mi trabajo y dejaré que él pague toda la mierda que no me puedo permitir, como marcharme de casa de mis padres.

Entrelazo un brazo con el suyo y la miro con un poco de preocupación.

—Vamos a buscarte una copa y un poco de atención de hombres diez veces más atractivos y exitosos que tu ex.

El compañero de equipo de mi hermano, Dom, se abalanza sobre mí extendiéndome una cerveza en cuanto entramos en el bar.

—¡Pequeña Shay! Te he traído algo de beber —dice. Su atención se desliza hacia mi izquierda, a mi deslumbrante amiga de pelo rubio—. Vaya, hola, señorita.

—Dom, esta es Indy. Indy, este es un compañero de equipo de Ryan, Dom.

El momento de conmoción de Dom se esfuma y pasa a ser el fanfarrón de siempre.

—¿Qué te traigo a ti para beber?

Indy mira las cervezas que lleva en la mano, una para él y otra para mí.

—Alcohol —dice, y le roba una botella, que se bebe lo más rápido posible.

Dom, en estado de shock, la mira con los ojos muy abiertos.

—Eh…, te compraré otra, pequeña Shay —dice rascándose la nuca con desconcierto.

—No te preocupes. No sé si voy a beber esta noche.

No había tomado esa decisión hasta ahora, pero al ver a Indy en este estado y sabiendo que Zanders juega mañana, por lo que probablemente se lo tome con calma esta noche, prefiero permanecer sobria.

Seguimos a Dom hasta donde está el resto de su equipo, pero las mesas, altas y esparcidas por el bar, están ocupadas a partes iguales por jugadores de baloncesto y de hockey de Chicago. Algunos de los muchachos de los Raptors nos miran extrañados a mi compañera de trabajo y a mí, pues no nos han visto ni una sola vez fuera del avión o con ropa que no sea el uniforme. Pero cuando mi hermano se pone de pie, da dos pasos rápidos y me envuelve en un abrazo, a los muchachos para los que trabajo prácticamente se les salen los ojos de las órbitas.

Supuse que esta sería la noche en que todos se enterarían de que mi hermano es el base del equipo de baloncesto de Chicago y, sorprendentemente, no me importa. La inseguridad que alguna vez me supuso que la gente me usara para acercarse a mi hermano ya no es tan fuerte. O, al menos, ahora sé cómo detectar las diferencias y defender lo que merezco.

De todos modos, hay demasiados ojos escudriñándome mientras el silencio se apodera del ligeramente abarrotado bar.

—Ya podéis relajaros, joder —grita Zanders al resto de sus compañeros de equipo, de pie junto a una mesa en la parte de atrás con Maddison y Rio.

—¿De qué conoces a Ryan Shay? —pregunta uno de los más jóvenes de los Raptors, Thompson.

De pie junto a mi hermano, no debería ser difícil de adivinar. Ryan tiene los ojos como los míos. Compartimos el mismo tono de piel y las pecas, y el pelo que no lleva demasiado rapado es tan rizado como el mío. Claro, yo no mido un metro noventa, pero aun así.

—¿Eres pariente de Ryan Shay? —pregunta otro tío, alucinando y con la boca abierta.

—No —suelta Zanders una vez más, dando un trago casualmente a su agua—. Mía, no te jode. ¿Podéis dejar de actuar como una panda de fanáticos de poca monta y dejarlos en paz?

Lanzan algunas miradas inquisitivas a la parte trasera del bar, donde está Zanders, y me preocupa que el secreto de mi hermano no sea el único que se descubra esta noche.

La treintena de deportistas reanudan la conversación entre ellos y hacen todo lo posible para fingir que no están flipando.

Dirijo la mirada de nuevo a Zanders, que me sonríe suavemente desde el otro lado del bar antes de volver a conversar con Maddison y Rio.

—¿Te traigo algo de beber? —se ofrece Ryan al ver que tengo las manos vacías.

—Estoy bien. Ryan, ¿recuerdas a Indy?

Se vuelve hacia mi compañera de trabajo.

—Ah. Sí. Hey.

—Hey —repite ella, igualmente desinteresada. O avergonzada, no estoy muy segura.

A Ryan le vibra el móvil y se lo saca del bolsillo.

—Mierda —murmura antes de rechazar la llamada y guardarse el teléfono una vez más.

—¿Qué?

Sacude la cabeza como diciendo que nada, pero sé que pasa algo.

—Ryan.

Exhala un fuerte suspiro.

—Algunos de los colegas de la universidad han venido por carretera desde Carolina del Norte para el partido de mañana. Les conseguí entradas. Brett va con ellos.

—Ry, ¿qué diablos?

—Lo sé, lo siento. Les dije que Brett no estaba invitado, pero al parecer nadie me escuchó, porque está aquí. Está en la ciudad.

—¡No me jodas! —Rio nos pasa los brazos sobre los hombros a Indy y a mí—. Es un milagro de la eliminatoria. ¿Vosotras salís con nosotros?

Me escurro para dejarlo colgado de mi amiga antes de volver a mirar a Ryan con la preocupación plasmada en la cara por la bomba que me acaba de lanzar.

—Estáis muy buenas. Quiero decir…, preciosas. ¿Guapas? ¿Qué les gusta oír a las chicas?

Indy y yo compartimos una risa ligera.

—Nos gusta saber que nos invitáis a todas las bebidas. Vamos, Rico Suave —sentencia Indy tirando de él para que la siga hasta la barra.

Rio me da la espalda.

—Ay. Madre. Mía —exclama en silencio, con esos ojos verdes muy abiertos y demasiado feliz.

—Interesante —señala Ryan.

—¿Rio? Oh, es inofensivo. Es prácticamente un *golden retriever*.

—Me refiero a tu amiga. ¿Indiana? La que lloraba con Céline Dion a las tres de la mañana.

Una mano grande me roza la parte baja de la espalda disimuladamente y me clava las yemas de los dedos en la cadera, pero no me pongo rígida al notarlo.

—¿Me estás siguiendo? —pregunta Zanders, rozándome la oreja con los labios.

Se da la vuelta para mirarme y me observa de arriba abajo con esos ojos castaños, estudiando cada centímetro de mi cuerpo antes de morderse el labio inferior.

Le devuelvo la mirada, deseando poder tocarlo. Besarlo. Cogerle de la mano. Cualquier cosa, en realidad, pero solo puedo mirar. Así que me limito a mirar.

Una camisa de lino blanco tiene el privilegio de cubrirle el torso, y lleva desabrochados los pocos botones superiores, dejando al descubierto su oscura piel y su cadena de oro. Luce unos pantalones de un tono verde oliva, el par más ligero que le he visto jamás, pero siguen pareciendo carísimos. Es una novedad verlo vestido con algo que no sean sus habituales atuendos rígidos y completamente negros.

—Vale, que estéis saliendo —susurra Ryan para que solo nosotros tres lo escuchemos— no significa que quiera que os folléis con la mirada frente a mí.

—No puedo evitarlo —dice Zanders sin dudarlo ni desviar la atención de mí—. Es impresionante, y anoche me hizo con la…

Le tapo rápidamente la boca con la palma de la mano antes de retirar el brazo alarmada. Recorro el local con la mirada, pero no parece que nadie me haya visto tocarlo con tanta confianza.

Ryan cierra los ojos con fuerza, tratando de olvidar lo que Zanders ha empezado a decir.

—Sigue siendo mi hermana, joder, tío. Y si así es como os comportáis mientras intentáis mantenerlo en secreto, no quiero ni imaginarme cómo será cuando finalmente lo hagáis público.

Hace un tiempo que no pienso en eso, sobre todo porque no me lo he permitido. Me da esperanzas y, por el momento, ese sueño está demasiado lejos para desearlo por ahora. Zanders necesita que le renueven el contrato. Y la única forma de que eso suceda es que mantenga su imagen de jugador de hockey ligón. Al menos, eso es lo que cree su agente.

Solo puedo esperar que, en cuanto firme, deje de preocuparse por mantener las apariencias y, con suerte, para entonces me habré planteado buscar otro trabajo.

Zanders me mira las manos.

—¿Te traigo una copa?

—Hoy no voy a beber.

—¿Por qué no?

—Bueno, porque tú no estás bebiendo, y espero que te aproveches de mí más tarde, pero sé que no lo harás si estás sobrio y yo no.

La travesura se le dibuja en los labios, a punto de soltarme alguna guarrada, pero Ryan interviene antes de que Zanders tenga la oportunidad de hablar.

—Sigo aquí y sigo siendo tu hermano.

—Voy a fingir que no sé a qué sabes mientras charlo con Maddison hasta que decida volverse al hotel.

—Sigo aquí —dice Ryan inexpresivamente.

Los ojos castaños de Zanders se vuelven suaves y dulces.

—Eres preciosa, Vee. —Se gira hacia mi hermano y chocan los puños—. Me alegro de verte, tío.

Mi novio se va a pasar el rato con su amigo, y no puedo evitar mirarlo mientras se aleja. Un culo de hockey perfecto.

—Estás enchochada de la hostia —se ríe Ryan, pasándome un brazo sobre los hombros.

—Deberías probarlo alguna vez.

—No. Estoy bien.

—Y ¿«me alegro de verte, tío»? ¿A qué viene tanta camaradería?

—Compartimos el mismo estadio y vestuario. Nos vemos a menudo. No te emociones.

—¿Sois… amigos? —pregunto, con los ojos muy abiertos, mientras una sonrisa se apodera de mi rostro.

—No te pongas rara con eso.

—Indy, por favor, quiéreme —lloriquea Rio, con un brazo colgado sobre ella.

—Rio. No —se ríe ella, que ya lleva cinco margaritas—. Todavía eres un crío. Te destrozaría la vida. Le destrozaría la vida a cualquiera en este momento.

—Puedes destrozarme la vida. Me parecería muy bien.

—Tu chico está un poco desesperado esta noche —le susurro a Zanders en la mesa, frente a Indy, Rio y mi hermano.

—Todas las noches —suspira Zanders, apoyando un hombro contra el mío—. Traté de enseñarle, pero no aprendió nada.

—Creo que su entusiasmo es parte de su encanto.

Toda la parte superior de mi brazo presiona el de Zanders, es la única forma que tenemos de tocarnos públicamente con tantos ojos a nuestro alrededor.

Se apoya sobre un codo para mirarme completamente, tapando a las tres personas que hay frente a nosotros.

—Y ¿cuál es mi encanto?

—¿Tu encanto?

—Ajá.

—Bueno, tu humildad, está claro.

—Está claro.

—Tu enorme polla, obviamente.

—Veo que hemos terminado con el sarcasmo.

—Pero, aparte de las cosas obvias, haces que me valore a mí misma, y no he sentido eso en mucho tiempo.

Zanders frunce el ceño.

—Vee, no puedes soltarme esas cosas cuando no puedo besarte.

—Bueno, pero es verdad. Me gusta quién soy contigo.

—Joder. —Mira a su alrededor, al bar lleno de gente, antes de volverse hacia mí, inclinándose y susurrando—: Esta noche, te mostraré cuánto le gusta la mujer que eres al hombre en que me has convertido.

—Indy, ahora estás soltera. Yo llevo soltero desde… siempre —continúa suplicando Rio, atrayendo nuestra atención de nuevo a la mesa—. No veo cuál es el problema.

—El problema es que necesitas una maestra, algo que volverá loca a alguna chica, estoy segura. Pero no a mí.

—Oh, venga ya, Indiana —interviene mi hermano—. Puedes enseñarle a cantar *My Heart Will Go On* a las tres de la mañana para mantener despierto a todo el edificio.

La mirada de Indy se oscurece.

—En primer lugar, ¡mi nombre no es Indiana!

Uy, está borracha.

—Y perdóname por tener sentimientos, señor. Tuve que esconderme en mi habitación toda la noche porque había una tía que estaba buena en mi apartamento y les tengo miedo.

Ryan se ha quedado boquiabierto.

—Créeme. No me asustan las mujeres.

—He dicho tías buenas —replica Indy, y da un trago del chupito transparente que tiene en la mesa antes de volver a dejarlo—. Como yo.

La piel de mi hermano, antes morena, ha perdido algo de color por el ligero temor hacia la pasadísima mujer, pero ni una sola cosa de lo que ha dicho Indy es mentira.

Un camarero aparece con un chupito para Zanders y le hace un gesto con la cabeza hacia un par de preciosas mujeres sentadas en la barra.

—De su parte.

Los cinco nos volvemos en su dirección, pero ellas no apartan la mirada de mi novio mientras agitan los dedos.

—Hostia, tío —exclama Rio—. Ve con ellas.

Me muevo incómoda, mientras Ryan e Indy me observan.

—Estoy bien —responde Zanders haciendo un ademán a su compañero de equipo.

—Venga, tío, ve allí. Y llévame contigo. Hay dos. Puedes compartir.

—Qué va, Rio. Como he dicho, estoy bien.

Zanders le pasa el chupito a Indy, que lo apura sin dudarlo.

—Estás aburrido este año, EZ. Ya rara vez sales. Al menos la temporada pasada, pude robarte alguna.

—¿Robarme?

—Vale, tal vez no robarte, pero al menos pude entretenerlas mientras estabas ocupado con sus amigas.

Eso hace reír al grupo, yo incluida.

—Realmente ya no me apetece, lo siento, Rio.

Zanders mantiene los dedos, cubiertos de anillos, en su agua y yo hago lo mismo, a centímetros de los suyos. Me acaricia disimuladamente el dedo índice con el suyo para asegurarse de que estoy bien.

Pero la verdad es que estoy bien. ¿Por qué no debería estarlo? Yo he conseguido a un tío que lo único que ha hecho desde que estamos juntos ha sido recordarme que soy su única opción. Así que no hay celos por mi parte. Más bien arrogancia.

A Indy le ofrecen algunas bebidas más cuando nos pasamos a la mesa más grande en la parte trasera del bar, donde están sentados muchos de los compañeros de equipo de mi hermano y mi novio. Llegados a este punto, está bastante claro que Indy está como una cuba, y me alegro de haber seguido con agua y poder ayudarla a llegar a la habitación cuando sea el momento.

—Todavía no puedo creer que no nos hayas contado que eres pariente de Ryan Shay —dice Rio babeando—. Soy deportista profesional, pero ¿Ryan Shay? Hasta yo soy admirador suyo.

—En serio, Rio —empieza mi hermano, desde el asiento a mi lado—. Stevie es mucho más interesante que yo. Créeme. Tienes al más guay de los dos en tu avión.

—¡EZ, estás a tope, tío! —grita Thompson unos asientos más allá, señalando hacia otra mesa de mujeres. Son guapísimas y apenas van tapadas gracias al calor de Florida.

No dejan de mirar a Zanders, a la cabecera de la mesa. Es algo a lo que me he acostumbrado, pero es la cuarta vez esta noche que uno de sus compañeros de equipo lo incita, y se está haciendo un poco pesado.

—Estoy bien. Tal como he dicho ya tres veces —les recuerda Zanders antes de beberse el agua.

—Pero ¿por qué no?

Zanders se remueve en su asiento, me mira rápidamente a los ojos antes de volver a los chicos.

—Porque no estoy de fiesta esta noche. Así que estoy bien.

—Sí, nunca bebes durante la eliminatoria, pero eso no te ha cortado nunca. ¡Vamos, EZ! ¡Dales a los tabloides algo sobre lo que escribir!

Desafortunadamente, Maddison ya ha vuelto a su habitación, por lo que no puede ayudar a Zanders a salir de esta.

—¡Zanders, vamos! ¡Enséñanos cómo se hace!

Él aprieta la mandíbula, molesto.

—¡EZ, chico! ¡Haz lo que mejor se te da!

—¡Vamos a verlo! ¡Queremos espectáculo!

—¡Hostia ya! ¡Que lo dejéis estar, joder! —Zanders estampa las palmas de las manos con fuerza sobre la madera de la mesa, y el silencio se apodera del bullicioso grupo—. Tengo maldita novia, ¿vale? Y está justo ahí —dice, haciendo un gesto hacia mí, completamente harto y frustrado—. Así que, por favor, por el amor de Dios, callaos la puta boca.

Se me calientan las mejillas por la atención. Conmocionados, todos alrededor de la mesa se quedan boquiabiertos, con los ojos de par en par y las cejas muy levantadas. Se escuchan murmullos, principalmente del equipo de hockey, mientras pasean la mirada de Zanders a mí.

Él me sonríe a modo de disculpa y levanta las manos en señal de derrota.

Los susurros entre los chicos se convierten en gritos cuando tanto los bulliciosos jugadores de hockey como los de baloncesto empiezan a aplaudir y vitorear.

—¡EZ tiene novia!

—Y, de entre todas las personas, ¡es nuestra Stevie!

—¿Ya habéis follado en el avión?

—Eh, que es mi hermana —interviene Ryan.

La frustración de Zanders se ha esfumado de su rostro para ser reemplazada por una sonrisa infantil que me derrite.

No me imagino lo liberador que debe de ser para él decírselo a la gente, y no solo eso, sino que sus compañeros se alegren por él. Tal vez eso le dé la confianza que necesita para saber que cuando decida mostrarle al resto del mundo quién es realmente, ellos también lo aceptarán.

—Si alguno de vosotros dice una mierda, me lo cargo —advierte Zanders, volviendo enseguida a su típica actitud dominante—. Despedirán a Stevie si se corre la voz. Así que no dejéis que eso pase.

—No me jodas —escupe Ryan bruscamente en voz baja desde el asiento que hay a mi lado, mirando fijamente a la puerta.

Sigo su mirada y veo a algunos de sus antiguos compañeros de equipo de la universidad entrando al bar, sobre todo a mi ex.

Zanders debe de percibir mi perplejidad, porque sigue mi mirada y, en cuanto se da la vuelta hacia la entrada, sale disparado con pasos rápidos.

—Oh, no, no, no —murmuro mientras paso por encima de los chicos que hay a mi lado para salir de allí antes de que Zanders llegue a Brett.

Su musculosa figura me parece grande e intimidante mientras lo persigo.

—Evan Zanders de los cojones —se burla Brett en cuanto agarro la parte de atrás de la camisa de Zee, tratando de sujetarlo.

Zanders continúa directo hacia la puerta, y agarrándolo de la camisa solo lo estoy ralentizando un poco, pero no importa mucho porque, aparentemente, mi novio no era a quien debía detener.

En un abrir y cerrar de ojos, Ryan pasa junto a nosotros con el codo doblado y le estampa un puñetazo en la cara a mi ex.

El crujido no es tan fuerte, pero todo el bar se queda en silencio mientras Zanders y yo nos detenemos en seco.

Brett se agarra la nariz, la sangre le chorrea entre los dedos y cae al suelo.

—¡Qué coño, Shay!

—Eso es por mi hermana, cabrón de mierda. Y si vuelves aquí cuando te digo que no lo hagas, el próximo golpe que te lleves será por mí. —Ryan se gira hacia sus antiguos compañeros de la universidad y les dice—: Sacadlo de aquí.

La ira de mi hermano es palpable, tiene el pecho hinchado cuando se vuelve hacia la mesa.

—Pedazo de imbécil —murmura.

Cuando Ryan pasa junto a mi novio y a mí, Zanders levanta el puño, que mi hermano golpea con orgullo.

Indy lo detiene, a mitad de camino entre la entrada y la mesa.

—Eso me ha puesto un montón —admite tambaleándose justo antes de desplomarse y vomitar cada copa que se ha tomado esta noche en los zapatos de Ryan—. Ay, Dios. —Se tapa la boca con la palma de la mano, avergonzada—. Qué poco sexy.

38

Stevie

En cuanto dejo a Indy en su habitación, con un vaso de agua y un ibuprofeno en la mesita de noche, bajo sigilosamente las escaleras para encontrarme con Zanders en la playa. Lleva los carísimos zapatos colgando de una mano y se ha arremangado el bajo de sus ligeros pantalones para evitar que le arrastren por la arena.

Afortunadamente, la playa está desierta a estas horas de la noche, lo que nos da un poco de privacidad fuera de su ático. Las únicas luces son las que provienen de los hoteles de la línea de costa, pero no son lo suficientemente brillantes como para iluminar la playa.

Cojo mis sandalias en una mano y le doy la otra a Zanders.

—Vámonos más lejos —sugiere mientras lo sigo, hundiendo los dedos de los pies en la arena.

La brisa del océano es perfectamente fresca, lo que atempera la humedad de Florida.

—No puedo creer que lo haya largado todo en el bar —dice Zanders negando con la cabeza—. Me he frustrado y estoy cansado de que la gente no sepa de ti.

Muevo la mano para cogerle del antebrazo mientras entrelazo los dedos de la otra con los suyos.

—Eso no ha sido lo ideal, pero lo entiendo. Tienes mucha presión encima por ser alguien que no quieres ser. ¿Crees que el equipo nos guardará el secreto?

—En su mayoría me tienen miedo, así que sí, creo que lo harán.

Me aprieta la mano mientras continuamos caminando por la solitaria playa, más allá de la línea de hoteles.

—¿Te sigue pareciendo bien? Que lo mantengamos en secreto, quiero decir. —Él me mira, con esos ojos castaños llenos de preocupación.

—No —confieso—. Pero así tiene que ser por ahora. Necesito mi trabajo y, lo que es más importante, tú necesitas que te renueven el contrato.

—He llamado a mi equipo de relaciones públicas mientras estabas arriba. Por si acaso alguien ha escuchado algo en el bar que pueda terminar en internet. También les he dicho que he sido yo quien le ha pegado a Brett, así que, si eso saliera, la brillante imagen de Ryan debería permanecer perfectamente intacta.

—No tenías que hacer eso.

Él levanta los hombros en un gesto rápido.

—Todos ganamos más o menos. Mantiene la narrativa que Rich está tratando de vender y evita que Ryan parezca un mal tipo. Además, probablemente vuelva loca a mi novia que proteja a su hermano.

Le doy con la cadera en el muslo.

—Así es.

—Este parece un buen sitio —sentencia Zanders tirando los zapatos a un lado.

Toma asiento, con las piernas abiertas y la mano extendida, pidiéndome que me siente.

—Mírate, plantando el culo en la arena sin quejarte de tener que ir a la tintorería.

Siento cómo le vibra el pecho en una risa contra mi espalda mientras me relajo entre sus piernas.

—Hace poco aprendí que a veces la ropa no importa tanto. Solo los recuerdos que creas con ella.

—Suena a algo que diría una mujer increíblemente brillante y sabia.

—No está mal.

Zanders me pasa los brazos alrededor de los hombros y me sostiene contra él al tiempo que me desliza sus cálidos labios por el cuello y la mandíbula. Me fundo en él mientras las olas del océano rompen en la orilla y llenan el silencio que nos rodea.

—Echo de menos a Rosie —se queja contra mi piel.

Aprieto los labios tratando de reprimir una sonrisa. Rosie es exactamente lo que Zanders necesitaba, se diera cuenta él o no. Ella se ha convertido en su compañera, siempre a su lado y encantada de darle el amor incondicional que no sabe pedir pero que necesita.

Rosie es un buen recordatorio de que hay alguien que depende de él, alguien que confía en él. Y es una razón para que eche de menos su hogar. Es posible que Zanders no lo haya advertido, pero que sus mejores amigos construyeran una familia entre sí, aunque siempre lo incluyan, probablemente le hiciese desear su propio vínculo con Chicago. Y ahora tiene uno.

—¿Has recibido alguna foto hoy?

—Sí —sonríe—. ¿Quieres verla? —me pregunta, pero ya ha desbloqueado el móvil y se desplaza por la pantalla antes de que pueda responder.

Descansa la barbilla sobre mi hombro, y aunque no puedo ver su sonrisa, me la imagino perfectamente mientras desliza el pulgar por la pantalla para enseñarme las fotos de hoy de su chica de pelaje negro y pardo.

El pobre cuidador de perros fue bombardeado a diario con numerosos mensajes durante los primeros viajes de Zanders. Finalmente, acordaron que le enviaría al menos una foto al día al sobreprotector padre para asegurarle que su niña estaba en buenas manos.

¿Se me pasó alguna vez por la cabeza que estaría mirando fotos de Rosie tirada en una lujosa cama para perros o tomando el sol en una tumbona mientras su carísimo collar resplandece con la luz diurna? No. Ni en un millón de años. Especialmente porque pasó un año entero en el refugio, pero esta intimidante perrita no podría ser más dulce, y solo necesitó que un chico igual de intimidante lo viera.

—Todavía no puedo creer que le hayas comprado ese collar.

—Lleva una cadena como su padre —se jacta antes de hacer girar uno de los anillos en mis dedos—. A todas mis chicas les cae algo.

Sostengo su mano tatuada en la mía.

—Menos tú y este meñique.

—Este es mi favorito, nena —dice mientras me deja girar el anillo, que ha perdido todo su brillo—. Porque era tuyo, y tú eres mi favorita.

Su teléfono comienza a sonarle en la mano, justo frente a mí, y el nombre de su agente aparece en la pantalla.

—Joder —suelta bruscamente antes de rechazar la llamada.

—Puedes contestar. Estaré callada.

—No quiero escucharlo ahora mismo. O bien me va a regañar por haber estado fuera de la escena pública durante los últimos meses, o bien me felicitará por haberme metido en una pelea en la que en realidad no participé.

Me doy cuenta de que mira su teléfono detrás de mí, esperando que suene de nuevo. Y cuando el nombre de Rich vuelve a aparecer en la pantalla, Zanders rechaza la llamada sin dudarlo y guarda el móvil.

—Desnúdate.

—¿Qué? —pregunto, en estado de shock, volviendo la cabeza hacia él.

—Desnúdate. O al menos quédate en ropa interior.

Me quedo callada, sin decir una palabra, confundida.

—Si me estás diciendo que no llevas bragas en este momento, estamos a punto de tener una conversación muy diferente, en la que las únicas palabras que intercambiaremos son «buena chica» y «amo».

Se me escapa una risa.

—Te gustaría que te llamara «amo» en la cama.

—Sí.

—¿Por qué me estoy desnudando?

—Porque estás a punto de seguirme al océano Atlántico.

Todavía detrás de mí, se levanta de la arena y me rodea para mirarme. No hay mucha luz, solo el leve resplandor de la luna, pero es suficiente para verlo quitarse la camisa y los pantalones antes de extender una mano hacia mí.

—Vamos, dulzura. Ambos sabemos que lo que más te gusta hacer es seguirme.

Pongo los ojos en blanco juguetonamente, y le dejo que me ayude a levantarme.

—No te he seguido jamás. Todavía estoy convencida de que me habías colocado algún tipo de dispositivo de rastreo para aparecer dondequiera que estuviera y arruinarme la noche.

Dejo caer la ropa sobre la arena, junto a la suya, y me quedo solo en ropa interior.

Me aprieta el culo con las cálidas palmas de las manos, que desliza hacia abajo para auparme, y envuelvo las piernas alrededor de su cintura.

—Creo que el universo sabía que necesitábamos coincidir todas esas veces. Ambos sabemos que estabas demasiado ciega para ver al hombre devastadoramente guapo que tenías delante —dice, y me da un beso en los labios mientras me lleva al océano—. Y yo estaba demasiado ciego para saber que lo que más necesitaba en la vida estaba allí mismo, en mi avión.

—Mi avión —lo corrijo.

—Lo siento, no te oigo.

Me roza el cuello con la boca mientras se adentra más en el océano, que está sorprendentemente cálido.

A medida que el agua nos rodea, empiezo a sentirme liviana en sus brazos, flotando aunque aún lo tengo cogido por el cuello y la cintura mientras Zanders se detiene en la parte menos profunda. El resplandor de la luna juega con la superficie del agua, brindándome la luz suficiente para ver al hermoso hombre que tengo frente a mí.

Se hace el silencio entre nosotros, pero no de una manera incómoda. En calma. Como si ambos estuviéramos justo donde deberíamos, y sobran las palabras con que llenar el vacío o romper el silencio. Es un deleite.

—¿Stevie? —susurra Zanders en el silencio.

—¿Mmm?

—Lo eres. Lo sabes, ¿no? Eres lo que más necesitaba en la vida.

Siento un ligero aleteo en el pecho, y no es que no me diga estas cosas a menudo, pero a veces las palabras sientan de manera diferente. Y cuando el hombre que lo tiene todo en la vida, el que tiene todas las opciones del mundo al alcance de la mano, te dice que eres lo que más necesita, bueno, es difícil que no te afecten esas palabras.

Zanders me coge con más fuerza y me presiona contra su cuerpo, nuestros pechos unidos. Mirando esos ojos castaños, no estoy segura de si comprende cuánto ha hecho por mí. Ha cambiado mi vida al cambiar mi perspectiva. Me recuerda que merezco ser elegida, y tener esa confianza en mí misma lo cambia todo. Veo cada situación, cada circunstancia, a través de una nueva lente.

—Eres mi mejor amiga —continúa.

Levantando las cejas, pregunto:

—¿Ya se lo has contado a Maddison?

—A veces pienso que le gusta más su mujer que yo, así que lo superará.

Riendo, me inclino hacia delante y presiono los labios contra los suyos.

—Tú también eres mi mejor amigo, Zee. Lo cual es un gran paso, porque hace solo seis meses estaba convencida de que te odiaba.

—Nunca me has odiado —responde con un ademán.

—Quería hacerlo.

—¿Por qué?

¿Por qué? Porque odiarte daba mucho menos miedo que reconocer que algún día me enamoraría de ti.

—Porque eras todo lo que no quería. Deportista. Arrogante. Demasiadas opciones entre las que escoger.

—Dios del sexo. Modelo atractivo. Tremendamente encantador —continúa por mí.

—Y creo que simplemente odiaba el hecho de no detestarte lo más mínimo.

—Bueno, yo nunca te he odiado, Vee. Pero sí que me volviste jodidamente loco.

—¿Yo? —me río—. ¿Por qué?

—Porque no caíste en la pantomima. No te gustaba la personalidad que encandilaba a todos los demás, y eso me asustó. La idea de que tal vez alguien no se tragara mi mentira me asustó. Además, tus rápidas salidas a todo lo que decía eran algo nuevo. Me volviste loco porque no te odiaba en absoluto. Me gustabas demasiado.

—Tú también me gustas demasiado.

Pasamos un rato flotando en las cálidas aguas y, cuando regresamos a la playa, encontramos el teléfono de Zanders inundado de mensajes de texto y llamadas perdidas de su agente. Se sienta en la arena una vez más, con los calzoncillos empapados, y empieza a borrar todo lo que le ha enviado Rich sin leer un solo mensaje o escuchar ninguna de las notas de voz.

Tiene el ceño fruncido por la frustración mientras mira el móvil, y no sé cómo ayudarlo. No sé cómo aliviar sus preocupaciones, cuando odio la personalidad mediática de Zanders tanto como él. Si fuera por mí, terminaría con todo. Dejaría que la gente viera cómo es en realidad y les permitiría que lo quieran, pero no sé cómo funciona todo esto. Soy ajena a todo ello, y Zanders parece creer que la única manera de permanecer en Chicago es siendo ese tipejo insufrible, así que trato de ser comprensiva, independientemente de cuánto me duela escuchar las mentiras sobre mi persona favorita.

Me siento a horcajadas sobre su regazo, obligándolo a mirarme a mí en lugar de al móvil. Su ceño comienza a suavizarse y la frustración en sus ojos se esfuma antes de que se incline hacia delante para enterrarme la cabeza en el cuello.

—Estoy tan cansado —murmura contra mi piel.

—¿Estás listo para parar?

Él asiente con la cabeza.

—Tienes que confiar en que Chicago y sus seguidores te adoran por tu talento, independientemente de la publicidad adicional que supongas para el equipo.

—¿Y si no lo hacen?

Lo cojo de las mejillas y tiro de su rostro para que me mire.

—¿Qué pasa si no lo hacen?

—Que tendré que jugar en algún otro sitio.

—¿Cómo te hace sentir eso?

—Asustado. No quiero estar solo.

—¿Estarías solo?

—Sí. Maddison y su familia están en Chicago. Él es fijo y no irá a ninguna parte, tal vez nunca. Probablemente acabe retirándose en los Raptors. Yo estaría solo.

Eso me sienta como un puñetazo en el estómago. Me refería a mí cuando le he preguntado si estaría solo. Porque la verdad es que creo que lo seguiría a cualquier parte si me lo pidiera. Pero está claro que no ha llegado a esa conclusión.

Le suena el móvil de nuevo, el nombre de Rich en la pantalla.

—Contesta.

—No puedo hablar con él ahora mismo.

—No te va a dejar en paz en toda la noche si no lo haces, y al menos ahora yo estoy aquí.

Me escudriña un momento antes de aceptar la llamada.

—Evan Zanders, ¿qué cojones está pasando en realidad? —grita Rich a través del altavoz.

Ya no me gustaba este tipo, pero escucharlo hablarle a mi novio de esta manera confirma mis sospechas de que es un pedazo de mierda integral.

—Hola, Rich.

—¿Puedes decirme por qué nuestro equipo de relaciones públicas está rastreando todo internet en este momento para desmentir las muchas declaraciones de que tienes novia?

Mierda. Está claro que alguien aparte de nuestro grupo ha escuchado a Zanders en el bar.

La frustración vuelve a apoderarse de su rostro, así que, sin pensarlo, le cojo las mejillas y acerco su boca a la mía. Sus carnosos labios sonríen sobre los míos mientras su agente continúa atacándolo por teléfono.

—¿Tienes una maldita novia, Zanders? ¿Es eso lo que te pasa?

Continúa besándome, su boca demasiado ocupada para responder, mientras tira de mi cuerpo hacia el suyo y me mueve las caderas contra él. Con el cuerpo completamente húmedo y casi desnudos, puedo sentirlo crecer rápidamente debajo de mí. Nos hace girar hasta que quedo con la espalda sobre la arena, mientras se restriega contra mí, rozando mis sensibles nervios en el punto exacto.

Arqueo la espalda y sin querer se me escapa un gemido de la garganta. Rápidamente, me tapo la boca con una mano, con los ojos muy abiertos en alarma, con la esperanza de que su agente no me haya oído.

Zanders se ríe en silencio mientras rueda sobre mí de nuevo.

—Esos ruiditos me vuelven jodidamente loco —susurra antes de hundirme los dientes ligeramente en el hombro.

—¿Tienes novia?

—En absoluto —miente Zanders, escondiendo su sonrisa de descaro contra la piel de mi cuello mientras me desliza la ferviente boca por la garganta—. No hay novia. De ninguna manera.

—Entonces, ¿por qué hoy, de entre todas las noches, está eso por todo internet?

—Joder, no lo sé, Rich. Si estás tan preocupado por mi vida personal, puedes ocuparte de ello.

Vuelve a besarme por todo el cuerpo, excitándome, y me acaricia la piel del pecho con su ferviente boca mientras desliza los labios hacia abajo.

—Tal vez debería dejar que los rumores se propaguen. Quizá entonces veas cuánto daño le estás haciendo a la imagen que tanto nos ha costado crear. Tal vez entonces entiendas aquello de lo que he estado tratando de advertirte durante toda la temporada.

Zanders se detiene justo encima de mi ombligo.

—Rich, ya no me importa una mierda.

—¡Estoy haciendo esto por ti, Zanders! Cobras esa cantidad de dinero por lo que tú y Maddison ofrecéis a Chicago aparte de vuestro talento en la pista. ¡Pagan el paquete completo! Pagan por toda la pantomima de Maddison y EZ como polos opuestos. Así que ¿por qué diablos arriesgarías todo eso en el año de renovación?

—Dudo mucho que Chicago no vuelva a contratarme solo porque el nombre de su franquicia no aparezca en los titulares junto al mío.

Así es. Ese es mi chico.

Me pasa los dedos por los lados de las bragas.

—Ah, ¿eso crees? —Rich deja escapar una risa malvada—. Entonces ¿por qué no he escuchado una sola palabra sobre un nuevo contrato cuando la temporada está a punto de finalizar?

Eso hace que Zanders se detenga y aparte las manos de mí. Se sienta muy erguido, coge el móvil y se lo acerca al oído.

—Espera. ¿Qué?

—Te lo advertí —continúa Rich—. Te dije que Chicago quería al chico malo de la ciudad, y este año has hecho un cambio de ciento ochenta grados. No me sorprende en lo más mínimo que no se hayan puesto en contacto.

Zanders abre la boca en shock, con la mirada perdida, inexpresiva.

—Te lo dije, joder, Zanders. Ahora necesito ponerme a trabajar un poco y ver nuestras opciones.

Dicho esto, cuelga el teléfono.

Todo rastro de alegría o vida en Zanders esta noche ha desaparecido mientras permanece sentado en un silencio de estupor. La luz de la luna me permite ver la rapidez con que se eleva su pecho por la ansiedad cuando su mayor miedo le cubre el rostro.

—Zee…

—Deberíamos irnos —dice rápidamente—. Deberías volver a tu habitación antes de que nos pillen. Ha sido una imprudencia estar aquí en público.

Se levanta de la arena, incapaz de establecer contacto visual conmigo, mientras se vuelve a vestir.

Puedo sentir físicamente la distancia que está poniendo entre nosotros, y no sé cómo detenerlo o aliviar sus temores cuando la realidad es que es posible que haya perdido el contrato. ¿Cómo alivio esa preocupación? No puedo. No cuando yo soy la razón de que esté ocurriendo esto.

Zanders se queda a una manzana de distancia mientras me observa entrar en el vestíbulo de mi hotel, con la ropa y el pelo todavía mojados por habernos zambullido en el océano.

La rápida caminata hacia el ascensor, con el pecho lleno de preocupación y la mente nublada por el miedo, es borrosa. Miedo por la carrera de Zanders. Miedo a la incertidumbre de lo que eso significa para nosotros.

—¿Stevie?

Vuelvo la cabeza bruscamente mientras espero el ascensor y encuentro a Tara sentada en el sofá del vestíbulo, con una pierna cruzada sobre la otra y las manos en el regazo.

—¿Por qué tienes la ropa mojada?

Siento cómo me desaparece la sangre del rostro al verme atrapada. Menos mal que Zanders no está a la vista, pero la mirada de sospecha de Tara me dice que sabe que algo está pasando.

—Me he dado un chapuzón en el océano.

No es mentira.

—¿Tú sola?

—Sí —respondo demasiado rápido—. El agua está muy buena. Deberías probarla.

Ella permanece en silencio mientras me estudia y, afortunadamente, se acaba el tiempo para hablar, porque suena el timbre del ascensor cuando este llega al vestíbulo.

—Buenas noches —digo con voz demasiado alta y un tono demasiado dulce, lo cual no sirve para aliviar la tensión entre nosotras.

—Mmm —murmura, recelosa, mientras entro en el ascensor.

39

Zanders

Barrer al rival en la primera eliminatoria me ha ayudado a despejarme un poco, pero la idea de que Chicago no me renueve el contrato ha estado rondándome la mente desde aquella noche en Florida. Fui un imprudente con mi relación de pareja al contar con el hecho de que aún no nos habían pillado y esperar que las consecuencias no fueran tan malas como habíamos imaginado.

Pero el golpe de la realidad me está haciendo ver que habrá un punto de inflexión más pronto que tarde. O no seguiré jugando para los Raptors después de esta temporada, o Stevie no trabajará para ellos.

No hay otra, y, en este momento, no estoy listo para afrontar esas situaciones. La única razón por la que he disfrutado la gira este año ha sido porque ella estaba conmigo.

Así que nos hemos mantenido en silencio, evitándonos en el avión e interactuando solo cuando estábamos en la seguridad de mi ático. Aun así, Stevie ha seguido viniendo a mis partidos en casa, pero hemos tomado precauciones adicionales mientras estaba en el estadio: se sienta solo en áreas privadas y apartadas, y no me espera después del partido, sino que nos reunimos en casa.

Pero lo que más me ha preocupado es lo callado que ha estado Rich. No he sabido nada de él desde la noche en que me dio la noticia de que Chicago aún no se había puesto en contacto con él para firmar un nuevo contrato. Rich nunca se calla. Siempre está tramando algo, trabajando en algo que nos dará a los dos toneladas de dinero, pero últimamente no me ha dicho ni mu.

Después de pasar la temporada escuchando animarme a mis amigos, diciéndome que Chicago me renovaría a pesar de toda la pantomima que llevo a cuestas, comencé a creérmelo. Y fue un error.

Me cuesta concentrarme en las semanas más importantes de mi carrera, a una eliminatoria y media de la final de la Copa Stanley, cuando mi futuro está en el aire. Es difícil concentrarse en el presente cuando no sé dónde iré a parar en cuanto todo termine.

Pero el hecho de que Chicago aún no me haya ofrecido un nuevo contrato no significa que quede descartado, por lo que durante las próximas semanas, en nuestro camino hacia la final, me concentraré en lo que puedo aportar a la institución, en lo que se refiere al hockey. Y eso implica ser uno de los mejores defensas de la Liga y el mejor en un equipo que está a solo nueve victorias de ganarlo todo.

En cuanto abro la puerta de mi ático, Rosie entra corriendo buscando a mi novia. Mi perra es de lo más relajada, así que los días que tengo un entrenamiento matutino previo al partido, como hoy, me la llevo a la pista conmigo y la dejo dar brincos en el vestuario mientras todos los muchachos le hacen carantoñas.

Stevie se queja de haberse quedado sin quien la abrace por las mañanas, y todavía no estoy seguro de si se refiere a mi perra o a mí, pero, por el bien de mi ego, me gusta pensar que se refiere a mí.

Sigo a Rosie hasta mi habitación, esperando encontrar unos rizos castaños esparcidos sobre la funda de mi almohada aguardando a que regrese y me una, pero la cama está vacía, no hay rastro de la bonita azafata.

A través del silencio, un suave sollozo resuena desde el baño contiguo a mi habitación, así que sigo el sonido.

El baño está oscuro, apenas iluminado por el ligero resplandor del espejo con luz, frente al cual encuentro a mi novia casi completamente desnuda. Tiene un par de pantalones de cuero negros subidos más allá de los muslos, pero nada más oculta su desnudez. Cuando Stevie finalmente mira hacia arriba y veo su reflejo en el espejo, es cuando observo la tristeza que cubre sus rasgos.

El verde azulado de sus ojos azul está bordeado de rojo, tiene las mejillas muy rojas bajo las pecas y el carnoso labio inferior le tiembla ligeramente cuando me mira.

—Vee, ¿qué pasa?

Doy dos pasos lentos hasta detenerme detrás de ella, y la miro al espejo. Rápidamente se seca los ojos.

—No sabía que llegarías a casa tan pronto.

Respira hondo, tratando de recuperar la compostura antes de darse la vuelta e intentar pasar junto a mí. Pero la atrapo antes de que pueda escapar, atrayéndola hacia mí mientras me hunde la cabeza en el pecho.

Le acaricio arriba y abajo la espalda con una mano para tranquilizarla, y pregunto de nuevo:

—¿Qué pasa?

—Estoy teniendo una mañana difícil —murmura en mi camisa.

—¿Qué ha ocurrido?

Se yergue entre mis brazos y coge aire profundamente.

—Quería ponerme guapa para tu partido de esta noche, pero se me ha quedado pequeña la ropa —explica, y un suspiro ahogado la sacude entera—. Una de las novias de tus compañeros de equipo encargó unas camisetas para hoy, y Logan me pasó de extranjis la que tiene tu número. Iba a esconderla debajo de una chaqueta o algo así, pero ya no me entra.

Le hundo una mano en los rizos y la acerco a mí, dejándola que sienta lo que necesita sentir.

—Solo estoy teniendo un mal día, eso es todo.

—Está bien, Vee. Puedes tener días malos.

Permanece escondida en mi pecho unos momentos antes de recomponerse y apartarse. Me dedica una media sonrisa mientras se seca la cara.

—Estoy bien.

Apenas con mirarla es evidente que no está bien en absoluto. La concepción que tiene Stevie de su cuerpo es diferente cada día, lo cual es perfectamente normal, siempre y cuando esté tratando en su mayor parte de aceptarse a sí misma, lo cual así es. Los días malos van y vienen.

Encuentro la cinturilla de los pantalones que no le cierran, le paso los dedos y se los bajo por las piernas. Cuando se los saca, los tiro a un lado y enciendo todas las luces del baño, iluminando la estancia.

—Ven aquí —le digo, invitándola a ponerse frente al espejo de cuerpo entero, completamente desnuda. Manteniéndome detrás de ella y sosteniéndole con las manos la parte superior de los brazos, dejo que su cuerpo ocupe todo el marco.

—Zee —se queja, y aparta la mirada de su reflejo con un sollozo silencioso.

—Vee, mírate, por favor —le insto con la mayor delicadeza posible.

Con ojos tristes, vuelve a mirar hacia el espejo mientras frunce ligeramente los labios.

—Dime lo que te gusta.

—Nada.

—Stevie…

Respira hondo antes de estudiarse a sí misma en el reflejo.

—Me gusta mi pelo.

Le aparto los rizos y le recorro a besos el hombro desnudo.

—Adoro tu pelo. ¿Qué más?

Se examina y dice finalmente:

—Me gustan mis ojos.

Cruzándole ambos brazos por encima del pecho, le digo:

—Me encantan tus ojos.

Ella se queda en silencio, mirándose en el espejo.

—¿Qué más? —insisto.

Mirándose a sí misma de arriba abajo, sacude la cabeza en una negativa.

Eso me rompe el corazón, pero sé que no es la verdad. Stevie solo está teniendo un mal día, pero no pasa nada, porque tengo una lista interminable de lo que me encanta de su cuerpo.

—Bueno —empiezo, besándole un costado de la cabeza—, entonces mírate en el espejo y dime lo que no te gusta.

Con el ceño fruncido, me mira a través del espejo, y la confusión cubre sus rasgos.

—Si tienes una lista tan corta de las partes que te gustan, entonces dime lo que no te gusta.

Observo cómo Stevie lucha internamente consigo misma porque no quiere decir nada de ello en voz alta.

Pasea la mirada a lo largo del espejo y su tono es suave, su volumen casi inaudible, cuando finalmente susurra:

—No me gustan mis muslos.

Le cubro las piernas desnudas con las palmas de las manos y la piel de gallina le recorre la morena piel.

—Me encantan tus muslos —digo, y se los aprieto—. Me gustan especialmente cuando me calientan las mejillas mientras te lo como. —Eso saca una pequeña risa de mi insolente habitual—. Pero me gustan aún más cuando estás sentada en mi regazo, frente a mí, y tengo tus muslos a cada lado de las piernas. Me gusta poder verte.

Stevie inclina la cabeza hacia un lado y frunce el ceño.

—¿Qué más no te gusta?

Pasea la mirada por su reflejo.

—No me gusta mi abdomen. Ojalá fuera más plano.

—Me encanta tu abdomen —le aseguro, rozándolo con ambas manos—. Me encanta que sea suave y tener donde agarrarme cuando nos abrazamos. O follamos.

Ella trata de contener una leve sonrisa.

—No me gustan mis tetas.

—Basta —exclamo, saltando hacia atrás, un poco ofendido—. Eso no puede ser verdad. Son dos de mis partes favoritas.

Finalmente, se le escapa una pequeña risa.

—No me gusta que sean de dos tamaños diferentes.

—Vee, eso es porque eres humana. Y yo no tengo una favorita entre las dos.

Continúa escudriñándose a lo largo del espejo.

—No me gustan mis estrías.

Me fijo en lo que está mirando.

—¿Estas? —pregunto mientras recorro con los dedos las líneas irregulares en sus caderas—. ¿No te gusta que tu cuerpo sea capaz de adaptarse? Porque creo que eso es una puta pasada.

—Bueno —mira hacia abajo con admiración—, me gustan mucho más cuando las tocas.

Nos reímos suavemente; la abrazo mirándonos en el espejo.

—No tiene que encantarte tu cuerpo todos los días. Eso es poco realista, pero yo estaré aquí para quererlo cuando tú no puedas.

—Simplemente es difícil en este momento, durante la eliminatoria, porque coincido con las mujeres y novias de todos tus compañeros de equipo en cada partido. Todas son perfectas y no me parezco en nada a ellas.

—¿Qué las hace perfectas? ¿La talla de su ropa? Eso no hace a alguien perfecto. Y, dejando de lado las tallas, parecerse a todos los demás es aburrido. Tú eres impresionante, Vee, y lo que te hace diferente es lo que te hace destacar. De la mejor manera posible.

Ella me dedica una leve sonrisa a través del espejo.

—¿Crees que me parezco a los chavales con los que crecí jugando al hockey en Indiana? Joder, no, para nada. Y ahora, en la Liga, mis compañeros no se parecen a mí. Pero míranos juntos —digo, haciendo un gesto con la cabeza hacia nuestro reflejo—. No puedes mirarnos y decir que no encajamos. Nos compenetramos a la perfección.

Le brillan los ojos a través del espejo.

—Eres lo mejor que me ha pasado en la vida, Zee.

Joder. Mi corazón. Esas palabras. Esta mujer. Todo hace que se me acelere el corazón y que me quede sin aire en los pulmones.

—Lo mismo digo, nena.

Le besuqueo un lado de la cabeza mientras observo cómo se le dibuja una sonrisa en los labios a través del espejo. Y aunque me encanta cada curva de su cuerpo, esa es mi favorita.

40
Stevie

—¿Has acabado de preparar tu parte del avión?

—¿Mmm? —le pregunto distraídamente a mi compañera de trabajo, sin dejar de mirar la pequeña pantalla de mi móvil.

—¿Has acabado de preparar tu parte del avión?

El tono agudo de Tara hace que levante la cabeza y la mire. Tiene las cejas hacia arriba, una mirada mordaz y los brazos cruzados sobre el pecho.

—Sí. Todo está hecho. Solo estoy esperando a que termine el partido.

Tara pasea una mirada de desaprobación de mi cara a mi móvil y luego al revés antes de pasar junto a mí hacia la cocina.

Poniendo los ojos en blanco, me deslizo en el asiento más cercano a mí sin dejar de mirar el móvil: sexto partido de la segunda ronda eliminatoria y, ahora mismo, el séptimo minuto de la prórroga. Chicago gana 3 a 2 en esta eliminatoria contra Las Vegas, y si logran la victoria fuera de casa esta noche, pasaremos a la tercera ronda, a solo una de la final de la Copa Stanley.

—¿Cómo van? —pregunta Indy desplomándose en el asiento junto al mío, pero antes de que pueda responder, se le escapa un profundo gemido—. Joder, vaya asientos. —Se hunde un poco más en el lujoso cuero—. No me extraña que todos los chicos se desmayen en cuanto suben al avión. Estos asientos son increíbles.

—Prórroga —le digo, deseando poder reírme con ella, pero ahora mismo estoy demasiado estresada—. Llevan siete minutos. El primero en marcar gana.

Me paso el dedo índice distraídamente sobre la piel del pulgar, deseando tener un anillo al que poder dar vueltas.

—¿Cómo va Zanders? —susurra Indy, increíblemente bajo.

—Lo está haciendo bien. Pero ha jugado un montón de minutos esta noche.

—¡Oh, ahí está Rio! —señala Indy cuando el número 38 salta el vallado, y sé que cuando Rio toma la pista, su compañero en la defensa, el número 11, le va a la zaga para unirse a él en la jugada.

Zanders se pasa su tiempo principalmente en el extremo ofensivo mientras Chicago controla la pastilla. Maddison tiene un buen plano frente a la portería y entonces las voces de los locutores se elevan al dar por sentado que está a punto de marcar gol, pero uno de los defensas de Las Vegas saca la pastilla del área, despejando así la zona y manteniéndose en la temporada un poco más.

Sin embargo, antes de que la pastilla cruce la línea azul, Rio prepara el palo, manteniendo a los muchachos en posición para otra jugada.

La pastilla rebota entre el equipo de blanco, cuyo agotamiento se hace evidente en sus descuidados pases y lentas maniobras. Afortunadamente, Las Vegas es igual de descuidado, pues todos en la pista están cansados por la falta de cambios.

Con el corazón desbocado, me retuerzo en mi asiento, incapaz de calmarme mientras mantengo la mirada fija en la pequeña pantalla que sujeto en las manos.

La pastilla regresa a Zanders, que busca pasarla rápidamente, pero en su lugar se prepara y la lanza de un golpe desde la línea azul con la esperanza de que alguno de sus compañeros de equipo frente a la portería la intercepte.

Pero no es así, sino que pasa volando junto al portero y va a parar contra el fondo de la red, logrando así la victoria en la prórroga.

—¡Ay, Dios mío! —chillo.

Indy pega un bote de su asiento, gritando conmigo mientras nos abrazamos, saltando y vitoreando.

—¡No sé lo que está pasando, pero sé que es bueno! —añade.

—¡Es la hostia de bueno!

—¿Desde cuándo os importa cómo le va al equipo? —pregunta Tara, recelosa, interrumpiendo nuestra celebración.

Indy y yo nos detenemos al instante, y nos separamos mientras nos erguimos un poco más, alisándonos los uniformes.

—Eh… —titubeo—. A todas nos debería importar. Cuanto más larga sea la temporada, más vuelos tendremos y más dinero ganaremos. ¿No?

Tara me mira de arriba abajo, está claro que sin creerme.

—Claro.

Los muchachos son lo más bullicioso que he visto en mi vida mientras llenan el avión para nuestro vuelo de regreso a Chicago. El radiocasete de Rio está a todo volumen, el equipo está muy animado y los vítores cada vez que un jugador sube al avión son constantes.

Pero la cabina retumba al máximo cuando el gigantesco defensa con joyas de oro y un entallado traje de tres piezas que marcó el gol de la victoria sube a bordo.

Me duelen las mejillas de tanto sonreír, infinitamente orgullosa de él por seguir demostrando que los titulares y la publicidad que aporta a la franquicia van más allá de su vida personal. Tiene el talento que confirma toda la charlatanería y que le otorgará una gran renovación del contrato solo por sus capacidades.

Mientras se dirige a la fila con las salidas de emergencia, los vítores continúan. Los chicos, que aún no están listos para sentarse, desbordan el pasillo. Zanders sonríe muy emocionado mientras arroja su bolsa en el compartimento superior que hay sobre su asiento, hasta que, finalmente, vuelve la cabeza hacia la cocina y me encuentra.

—Bueno, voy a salir de aquí antes de ver algo que no me importaría ver pero que probablemente no debería —anuncia Indy escabulléndose por el pasillo y perdiéndose entre la multitud de jugadores de hockey.

Pero Zanders ocupa su lugar en la cocina trasera, con el deseo ardiendo en esos ojos castaños. Me pone una enorme mano abierta sobre el pecho mientras me empuja con pasos dominantes contra un costado del avión. Se inclina, acercando ávidamente su boca a la mía.

Con labios suaves pero urgentes, me besa con hambre, robándome el aliento cuando me mete la lengua. Anclada a la parte trasera del avión por su poderoso cuerpo, me coge la cara con una mano mientras con la otra me aprieta el culo, y, solo por un momento, olvido dónde estoy y me dejo llevar.

Finalmente, se aparta, con el pecho subiendo y bajando rápidamente mientras ambos intentamos llenar los pulmones con el aire que nos ha faltado.

—Me vas a meter en problemas —le recuerdo, pero me está empezando a importar cada vez menos que eso ocurra.

—Solo quería celebrarlo contigo —dice con una sonrisa auténtica antes de volver a su asiento.

—Vale, hasta yo he sentido ese beso —admite Indy, abanicándose cuando regresa a la cocina.

—Tara...

—Demasiado ocupada lamiendo culos en la parte delantera para darse cuenta.

Me suena el móvil, que está en la encimera de la cocina.

Zee Zanders: *Todavía puedo saborearte.*

—Es agradable estar dando lo mejor de mí en este momento —admite Zanders cerrando la puerta del copiloto detrás de mí—. Con el contrato en el aire, me alegro de que vean todo lo que puedo ofrecer. No tendría sentido que no me renovaran.

Sacamos las maletas de la parte trasera de su G-Wagon y Zanders se las echa al hombro antes de colocarme el otro brazo por encima. Es primavera en Chicago, pero el frío aire de la tarde me atraviesa el abrigo, así que me lo ciño un poco más mientras salimos del garaje, que es independiente del edificio de Zanders.

—¿Quieres ir primero o debo ir yo? —le pregunto a mi novio mientras doblamos la esquina de su edificio y nos detenemos a una distancia considerable, como solemos hacer.

Inspeccionamos la parte delantera, donde cada vez más seguidores se han estado apostando a medida que avanzaba la eliminatoria, pero, sorprendentemente, los escalones del frente y la calle circundante están vacíos.

—Parece que estamos fuera de peligro esta noche.

Zanders descuelga el brazo de mis hombros para entrelazar una mano con la mía y, con una sonrisa de orgullo, caminamos juntos hacia su apartamento.

—Creo que deberíamos pedir que nos traigan el desayuno mañana. Así no tenemos que salir de la cama —sugiere mientras subimos los escalones de la entrada—. ¿Qué es lo que t...?

—¡Evan Zanders!

—¡EZ, aquí!

Los flashes de innumerables cámaras destellan mientras una horda de paparazzi sale de sus escondites.

—Zanders, ¿quién es ella? —grita otro reportero.

—¡Agacha la cabeza! —me insta, tratando de cubrirme con su cuerpo mientras subimos corriendo los escalones hacia la puerta principal.

—Evan Zanders, ¿quién es la chica?

Las voces se elevan, gritando, reclamando la atención de la estrella del hockey, y los flashes de sus cámaras nos hostigan y nos ciegan. Tan solo quiero llegar a la puerta y alejarme de la multitud.

Acelero, tratando desesperadamente de huir, impaciente por librarme de tanta atención, y no podría estar más agradecida cuando el portero de Zanders nos hace pasar al interior.

Pero los destellos no se detienen y oigo sus gritos a través de las paredes acristaladas.

Zanders sostiene la chaqueta de su traje sobre mí, tratando de mantenerme alejada de la prensa mientras corremos hacia el ascensor.

—¡Por el amor de Dios! ¡Sacadlos de aquí! —grita por encima del hombro al personal del vestíbulo.

En cuanto estamos a salvo, entre las cuatro paredes metálicas del ascensor, me dejo caer hacia la que tengo a mis espaldas, temblando por la adrenalina. Tengo el corazón acelerado por el susto, pero las posibles repercusiones son lo que más me aterroriza de todo.

—¿Estás bien? —pregunta, nervioso, pasándome un pulgar con cariño por el pómulo mientras me escudriña.

Asiento con la cabeza, incapaz de hablar.

Zanders pasea de arriba abajo por el ascensor y saca el móvil, pero no recibe la más mínima señal hasta que llegamos a su piso.

En cuanto abre la puerta de su apartamento, tira las maletas a un lado y llama a su agente.

Los tres intentos van al buzón de voz.

—Joder, Rich. Responde al maldito teléfono —murmura al dispositivo, paseando nervioso por la cocina—. ¡Rich! —le grita al buzón de voz—. Tenemos un puto problema y necesito que lo resuelvas antes de que algo llegue a internet. Llámame.

Al colgar, envía mensajes de texto como un loco, moviendo los pulgares a la velocidad de la luz.

—No te preocupes. Todo se arreglará —asegura, pero no sabría decir si a sí mismo o a mí.

Pasan demasiados minutos, cuando me atraviesa un presentimiento. Me siento a la mesa de la cocina y abro el portátil de Zanders. Me dirijo directamente a Google y escribo su nombre completo.

Como he supuesto, las imágenes de nuestro encuentro ya están por internet, donde los titulares cubren la pantalla de inicio.

«Mujer misteriosa con Evan Zanders en Chicago».

«¿Quién es ella?».

«¿Quieres saber dónde se ha estado escondiendo Zanders durante toda la temporada? Bueno, ahora lo sabemos».

—Es demasiado tarde —le digo mientras él continúa escribiendo como un desesperado en su móvil.

—¿Qué? —pregunta distraídamente.

—Zee —lo llamo en tono alto y claro para atraer su atención.

Zanders frunce el ceño con frustración mientras me observa con mirada sombría, lo que me hace saber lo malo que será esto para nosotros.

—Es demasiado tarde. Ya ha salido a la luz.

41

Zanders

Anoche fue una pesadilla.

Lo peor que podía pasar pasó.

Bueno, casi lo peor. Lo único que nos salvó de nuestro encuentro en la entrada fue que nadie hizo ninguna foto de la cara de Stevie. Las imágenes que circulan por internet solo muestran su espalda, aunque mi cara está a plena vista. Afortunadamente, el abrigo de Stevie le cubría el uniforme de trabajo, pero sus característicos rizos castaños están a la vista de todo el mundo para que especulen.

Nadie pregunta si es solo otra de mis conquistas. Entre el hecho de que tratara de cubrirla y la expresión de máxima sorpresa que puse, está claro que ella es algo más que eso. La palabra «novia» no tardó en aparecer junto a nuestra foto anoche.

Apenas he dormido.

Rich aún no ha contactado conmigo, ni él ni mi equipo de relaciones públicas hicieron una mierda por ayudarme cuando más los necesitaba.

Pero lo peor de todo no son las posibles implicaciones que esto tendrá sobre la renovación de mi contrato o el trabajo de Stevie. La peor parte son los troles de internet, que se esconden tras sus teclados mientras llenan hilos de mensajes con palabras hirientes sobre mi novia.

En este momento, mi mayor preocupación no es mi futuro en el hockey de Chicago. No se trata de perder mi imagen. Cada uno de mis pensamientos están puestos en que estoy permitiendo que se ensañen con mi persona favorita porque a la gente le encanta hablar de mí, y eso me consume.

Me he vuelto demasiado protector con Stevie, especialmente con la concepción que tiene sobre sí misma y su cuerpo. Ahora, por culpa mía y de mi jodida imagen, internet rezuma con un sinfín de comentarios destrozándola y reafirmando el diálogo interno contra el que ya lucha.

Una cosa era cuando las palabras crueles venían de sí misma y de la gente de mierda que mantenía cerca, que le decían que no era suficiente, y otra que todo internet decida hacerlo… Me temo que mi voz no es lo suficientemente alta como para ahogar el ruido.

Y, por supuesto, la gente usa internet para difundir odio, por lo que los comentarios no son para alegrarse por mí ni de emoción por saber con quién estoy saliendo. Son repugnantes y agresivos, y dan golpes bajos, así que me preocupa que calen.

Después del bajón de Stevie en el baño la semana pasada, esto es lo último que necesita.

Debería habérmelo imaginado. Sabía lo que pasaría. Habíamos sido más cuidadosos, más cautelosos, y sin pensármelo dos veces, le dije que entrara en el edificio conmigo, de la mano, y ahora estamos en este lío por mi culpa.

Había tocado el cielo con las manos después de nuestra victoria, pero todo se derrumbó apenas unas horas después.

Mi ático está en un silencio absoluto. La tele no está puesta de fondo ni hay música. Solo hay silencio. La quietud es espeluznante, como si ambos supiéramos que vamos a tener que lidiar con un buen follón en cuanto hablemos de ello.

Voy por el tercer café de la mañana, cuando le llevo otra taza a Stevie, que está en mi habitación. Me he pasado la mayor parte de la noche despierto, dando vueltas por la sala de estar y buscando en internet, pero la última vez que entré aquí se había quedado dormida finalmente.

Sin embargo, esta vez, cuando entro al dormitorio, encuentro a Stevie despierta de espaldas a mí, todavía en la cama. Tiene a Rosie debajo de un brazo mientras se desliza por la pantalla del móvil con la otra mano, e incluso desde el lado opuesto de la habitación, reconozco las imágenes que he visto yo también. Se me han grabado en la mente por haber estado mirándolas toda la noche.

Y que trate de secarse una lágrima sin que me dé cuenta me confirma que también ha estado leyendo los hirientes comentarios.

—Vee, por favor, no mires eso —le suplico mientras me siento a su lado en la cama. Le dejo el café en la mesita de noche y le quito suavemente el teléfono de las manos—. No tienes que leer esas cosas.

—¿Por qué es tan mala la gente? —pregunta con voz débil, casi inaudible.

—No lo sé, cariño, pero no quiero que leas eso.

—¿Ha llamado tu agente?

Esperanza. La esperanza brilla en sus ojos, que ahora están enrojecidos.

—No, aún no —respondo, con un suspiro largo y profundo, y la frustración fluye a través de mí. Tengo a Rich pegado al culo todo el tiempo, ¿y ahora que necesito su maldita ayuda decide permanecer en silencio?—. ¿Algo de tus compañeras de trabajo? —pregunto, acariciándole la pierna para tranquilizarla.

—Indy me envió un mensaje para ver cómo estaba, pero nada de Tara —dice, asintiendo con la cabeza, recordándose a sí misma que eso es algo bueno—. Todavía.

Al estudiarla, no soy capaz de encontrar el fuego que suele emanar mi chica.

—Vee, ¿estás bien?

Se encoge de hombros, con una media sonrisa triste en los labios.

Se hace el silencio entre nosotros, sin saber muy bien qué decir ninguno de los dos.

—¿Podré salir del edificio? —pregunta ella finalmente.

—Sí. El personal de seguridad despejó la zona, pero haré que alguien te acompañe cuando decidas irte.

—Creo que estoy lista para irme.

Se me cae el corazón al suelo.

—¿Te quieres ir?

Ella asiente, apartando la mirada, pero todavía puedo ver la tristeza en esos ojos verdes azulados.

—Quiero ir a hablar con mi hermano.

Por supuesto que sí, pero ojalá no quisiera marcharse. Me gustaría que se quedara aquí y hablara conmigo. Que me contara cómo se siente. Si está lista para hacerlo público. Pero no necesita decírmelo porque ya veo su expresión.

No está lista para esto. No puede soportar la perniciosa atención que viene asociada conmigo, y no la culpo.

—Vale —accedo con resignación—. Te dejo que te prepares entonces.

Una vez duchada y vestida, Stevie se reúne conmigo en la puerta. No se me escapa que se ha recogido hacia atrás en un moño sus característicos rizos, y lleva una sudadera con capucha para esconderse de camino a su apartamento.

El agotamiento por las crueles palabras que le han caído cubre sus bonitos rasgos, y no podría sentirme más culpable de como me siento ahora.

Ella no debería estar sufriendo de esta manera. Sus inseguridades más profundas no se habrían visto reforzadas si no fuera por mí.

Se esconde por mi culpa.

—Todo irá bien —le digo, estrechándola en un fuerte abrazo, que aguanto un poco más de lo habitual. Porque la verdad es que todo va a ir bien. De una forma u otra, voy a hacer que esto mejore para ella.

Lleva una mano hasta mi nuca y tira de mí hacia ella. Sus labios son suaves, pero hay cierta desesperación en su beso, y no estoy seguro de por qué. No estoy seguro de por qué este parece diferente.

—Te llamaré más tarde —le digo, escudriñándola mientras las palabras salen de mi boca, buscando algo que alivie el nudo que tengo en el estómago, pero no funciona. Parece que está a punto de desmoronarse.

No dejo de mirar a mi chica mientras camina por el pasillo hacia el ascensor. Tiene la cabeza gacha mientras presiona el botón, pero cuando veo que su espalda comienza a sacudirse, doy unos cuantos pasos rápidos y la atraigo hacia mi pecho.

—Vee, ven aquí.

Su desesperado llanto es lo más doloroso que he escuchado jamás, sabiendo que soy yo el causante. Está sufriendo porque estamos juntos. La gente cree que tiene derecho a decir cosas horribles sobre ella porque está conmigo.

Me la aparto del pecho, le cojo las mejillas con ambas manos y le seco con los pulgares las lágrimas que se derraman de sus ojos hinchados. Frunce el ceño mientras traga saliva, y el más puro desánimo que le cubre el rostro me llena el pecho de culpa.

¿Cómo le suplico que los ignore? ¿Cómo le recuerdo que la única persona cuya opinión debe importarle es ella?

El ascensor llega a mi piso mientras las palabras se me atascan en la garganta.

«Lo siento».

«Por favor, no les hagas caso».

«¿A quién le importa lo que digan los demás sobre ti?».

Pero ninguna parece adecuada. Sería hipócrita decir esas palabras que yo mismo debería recordarme. Los comentarios malintencionados de las redes no son solo sobre Stevie. También son sobre mí. Y me está costando mucho recordarme a mí mismo que solo debería importarme la opinión que tengan de mí mis personas más cercanas.

Stevie entra en el ascensor y se vuelve hacia mí. Quiero extender los brazos y evitar que las puertas se cierren. Sacarla de ahí y obligarla a hablar conmigo. Asegurarme de que sabe lo importante que es. Recordarle lo mucho que vale. Pero, al mismo tiempo, ha pedido un momento a solas.

Permanezco inmóvil, sin atravesar el umbral, mientras las puertas de metal se cierran. Stevie se mantiene erguida un momento y luego se hunde de nuevo en la pared tras ella, enterrando la cabeza entre las manos justo cuando el ascensor se cierra.

La culpa me hace un nudo en la garganta mientras camino de regreso a mi apartamento. Me escuecen los ojos al verla de esta manera. Ya había visto a mi chica afectada, pero esto es diferente. Tan pronto está muy segura de sí misma como insegura. Solo depende del día, del momento, de las personas con las que esté. Pero ahora mismo, en este instante, las inseguridades la están hundiendo como nunca la había visto.

El gemido de Rosie se suma al dolor mientras nos acercamos a la ventana para ver a Stevie cruzar a salvo la calle, sin que nadie la moleste.

La ira comienza a acumularse, llevándose la abrumadora preocupación. Esto es tanto culpa de Rich como mía. Si él hubiera contestado mi maldita llamada anoche y se hubiera ocupado de ello, que para eso le pago, entonces no estaríamos en esta situación.

Cojo el móvil, dando por hecho que me saltará el buzón de voz por lo que parece ser la centésima vez hoy, cuando veo que tengo un mensaje.

Rich: *Llámame. Ahora.*

Rosie se acurruca en el sofá, mirándome como si pudiera sentir que algo va mal mientras camino arriba y abajo por la sala de estar. Sostengo el móvil con fuerza contra el oído, esperando que Rich responda.

—Zanders, ¿qué diablos está pasando?

—¡Podría preguntarte lo mismo, joder! ¿Dónde demonios has estado toda la noche?

—No puedes gritarme cuando eres tú quien la ha cagado.

—¿Que la he cagado? ¿Que yo la he cagado? —Suelto una risa condescendiente—. Si no fuera por esta pantomima de mierda que me has obligado a vender todos estos años, no estaría en este lío. A nadie le importaría una mierda que tenga novia. ¿Te das cuenta de lo jodidamente surrealista que es esto? Soy el único tío en la Liga que aparece en los titulares por tener novia, joder.

—Esta pantomima de mierda te ha hecho ganar millones de dólares. Y luego más y más millones. Y has disfrutado cada segundo de ello. No mientas, Zanders. No se te da muy bien.

—Se acabó. No quiero volver a hacer esto nunca más. Quiero vivir en paz y jugar al hockey.

—No lo pillas, ¿verdad? No hay salida. Esto es lo que eres para el mundo del hockey. Esto es lo que la gente quiere.

—Las cosas pueden cambiar. Los seguidores pueden cambiar de opinión. Yo he cambiado. El hecho de que no me folle a una tía distinta cada noche ni me pelee cada vez que puedo no significa que la gente no quiera verme jugar.

—¿Estás seguro de eso? ¿Has leído lo que dicen en internet? Los foros están llenos de comentarios sobre ti. Y créeme, Zanders, no es tan fácil como crees. Estás vendiendo una marca, un estilo de vida. Ellos quieren a EZ. Lo que aportas al hockey es más que los escasos sesenta minutos que pasas en la pista. Eres un personaje, alguien a través de quien pueden vivir indirectamente los seguidores. La gente paga todo ese dinero que te mantiene porque pueden ir a ver cómo te peleas sobre el hielo y te vas con una chica distinta del brazo tras cada partido mientras ganas una cantidad grotesca de pasta de la que les gusta verte alardear. Luego se van a casa a seguir con sus pequeñas y tristes vidas deseando poder ponerse en tu lugar. A nadie le importa un carajo que tengas novia. Simplemente no quieren que les arrebates su fantasía.

—Esa no es mi responsabilidad.

—¡Sí que lo es! Es, literalmente, parte de tu trabajo. Ganas la cantidad de dinero que ganas gracias a eso.

—¿De verdad crees que Chicago no me renovará por algunos comentarios en internet? Es una gilipollez.

—¿Los has leído? Si crees que Chicago, que por cierto ya casi ha agotado su presupuesto para la próxima temporada, no va a tener en cuenta las opiniones de los seguidores que apoyan económicamente a la franquicia, estás equivocado. Chicago espera que juegues sucio, que la líes y que llenes las gradas con seguidores ansiosos por ver al imbécil de los tabloides. Y son más que unos pocos comentarios. Son decenas de miles, Zanders. No pinta bien.

¿Los he leído? Algunos, pero estaba más preocupado por los de Stevie que por los míos.

—Te advertí que esto iba a pasar. Llevo diciéndotelo toda la temporada —continúa Rich.

Esas palabras levantan la sospecha en mí. Demasiadas casualidades. Demasiadas coincidencias.

—Rich, ¿cómo supieron los reporteros dónde vivo?

Él duda un momento.

—Has tenido seguidores apostados en la entrada durante semanas. ¿Pensaste que no se correría la voz?

—Sí, pero fue muy oportuno, y estaban escondidos. Parece preparado.

—¿Crees que yo he hecho eso? —Suelta una risa condescendiente—. Quiero lo contrario de esto. Quiero recuperar al antiguo EZ. Quiero al tipo que sería fácil de vender a Chicago. Esto es lo último que quería.

—Necesito que quites las imágenes de internet.

—Demasiado tarde.

—¡A la mierda con eso, Rich! Los comentarios sobre ella son jodidamente brutales. Hazlo. Ahora. —La desesperación en mi tono de voz no pasa desapercibida.

—Se han difundido demasiado. No se puede. Y yo estaría menos preocupado por los comentarios sobre tu amiguita y más por los que se dirigen a ti. El mejor consejo que puedo darte en este momento es que vuelva el tipo que tanto detesta el público.

Echo la cabeza hacia atrás en señal de derrota, mirando hacia el techo.

—Ya no quiero que me menosprecien.

—Al menos están hablando de ti. Como mínimo tenemos por fin su atención. Eso es lo que queremos. Eso es lo que necesitamos para que te renueven el contrato. Sinceramente, llegados a este punto, puede que Chicago ya ni sea una opción. Estoy empezando a buscar dónde más podemos trasladarte.

—No puedes hablar en serio —digo, y mis palabras salen apresuradas, desesperadas—. He estado jugando como nunca. Estamos a una eliminatoria de la final.

—Entonces, ¿por qué no he sabido nada de ellos? Llevo toda la temporada diciéndote el tipo de tío que querían. Ya tienen a Maddison como niño mimado. Quieren al dúo que ha estado vendiendo entradas durante los últimos cinco años. Si tú no vas a representarlo, encontrarán a otro que lo haga. Alguien mucho más barato también, estoy seguro.

—Me importa una mierda el dinero. Solo quiero quedarme aquí.

—Si tanto quieres quedarte en Chicago, ya sabes lo que tienes que hacer. Y solo te quedan un par de semanas para hacerlo.

Si no fuera contra las normas que yo contacte con la dirección de los Raptors, en lugar de hablar con mi agente, los llamaría ahora mismo y les preguntaría qué diablos está pasando. Pero, por desgracia, no puedo por razones legales.

—Tengo que irme para poder encargarme de este desastre —dice Rich, y cuelga el teléfono.

La ansiedad me recorre de arriba abajo mientras me siento en el sofá junto a Rosie. Ella se deja caer en mi regazo y me hunde la cabeza en el brazo, pero me tiemblan las rodillas sin parar, así que inmediatamente se baja y se recuesta en el sofá a mi lado.

Los sitios web que pasé horas mirando anoche son los mismos que vuelven a aparecer hoy.

En la famosa foto que han subido a internet se nos ve a Stevie y a mí, de espaldas, subiendo deprisa las escaleras de mi edificio. Tengo la cara vuelta sobre el hombro, como un niño al que acaban de pillar en una travesura. Los rizos castaños de Stevie rebotan, como suelen hacer, y aunque su largo abrigo le cubre la camisa y la falda del uniforme, sigue marcándole las curvas.

Los comentarios llegan sin parar. Son interminables. Son crueles.

No querrías que tu peor enemigo leyera las palabras que usan para describirla, y mucho menos la persona que más te importa.

Todo es por envidia y odio. Yo lo sé, pero no estoy seguro de que Stevie lo sepa. Ni siquiera fue capaz de ver que su propia madre estaba celosa de la vida que tiene su hija. ¿Cómo diablos va a deducir eso de unos extraños en internet? Y no son pocos los comentarios. Hay miles y miles, avergonzándola, insultándola, ridiculizándola.

Todo porque estamos juntos. La gente siempre ha hablado pestes de mí, y ahora que la relacionan conmigo, es como si pensaran que tienen derecho a hacérselo a ella también.

En esta foto solo sale la parte de atrás de Stevie. Es solo una figura con abrigo. No pueden ver el verde azulado de sus ojos, que hacen que me tiemblen las piernas cada vez que sus comisuras se le arrugan por la risa. No pueden ver las pecas que le decoran las mejillas y que dibujan unas formas que conozco de memoria. No pueden ver esa sonrisa que me derrite cada vez que reluce.

Más que eso, ninguna foto mostrará su ingenio. Su sentido del humor. Su encanto salvaje o su brutalmente enorme y amable corazón. Ninguna imagen mostrará lo dulce que es.

Pero no importa, porque el odio desmedido que han dirigido contra ella se debe a que está conmigo. He visto su luz atenuarse esta mañana porque está conmigo.

Ella no debería tener que vivir esto.

Cuando paso a los otros comentarios en cuestión, se me cae el estómago al suelo solo de leerlos. Son exponencialmente peores que anoche. En un principio, solo eran especulaciones en la sección correspondiente preguntándome si eso es lo que llevo haciendo toda la temporada, señalando el cambio que han notado.

Pero, por supuesto, los troles de internet se retroalimentan entre sí, y las cosas que dicen han ido de mal en peor.

«No me extraña que Zanders esté siendo tan blando esta temporada. Está ocupado jugando a las jodidas casitas».

«Lo único que me gustaba de él era ver al bombón que se estuviera tirando, pero ya está. Se ha acabado eso».

«Con razón Chicago no lo ha renovado. Los comentarios de esta sección tienen razón. Ya aburre».

«Qué cabrón».

«Chicago no lo va a renovar, pero tampoco quiero que venga a mi equipo local».

Me equivoqué. Pensé que podía tenerlo todo. Pensé que podía jugar a dos bandas, ser el imbécil que el mundo del hockey espera y mi yo auténtico en la intimidad. Pero no ha funcionado, y ahora voy a perder el contrato por eso.

En el fondo sabía que a mis seguidores no les gustaría mi verdadero yo. Querían al payaso, al extravagante, al agresivo, al ligón, pero, aunque pensé que estaba haciendo un buen trabajo al comportarme así en público, está claro que no fue así. Nadie se lo estaba tragando. Nadie creyó mi mentira.

Esta reputación me perseguirá durante toda la vida. Es quien soy. Es lo que siempre he sido, y cometí el error de pensar que tal vez podría cambiarlo. Pensé que en cuanto me renovaran el contrato podría abandonar la pantomima. Pero nadie quiere mi verdadero yo. Nadie paga para ver a mi verdadero yo.

Solía crecerme con el odio. Lo ansiaba, pero ahora es como una pesada carga sobre mis hombros que me doblega. Y esta vez, no es solo mi nombre el que está siendo arrastrado por el lodo.

Las advertencias de Ryan me inundan la mente.

«No quiero que Vee se vea salpicada por tu reputación».

«Mi hermana no puede soportar el tipo de atención que tú recibes».

Él estaba en lo cierto. ¿Por qué le estoy haciendo esto a Stevie?

No hay salida para mí, pero puede haber alguna para ella.

Nadie me va a querer nunca por cómo soy y, a estas alturas, bien podría ser el hombre al que necesitan odiar.

42

Stevie

Sufro por Zanders. Las cosas que ha estado diciendo la gente sobre él son muy duras. El hecho de que sea un deportista famoso no significa que no sea humano. No significa que no puedan hacerle daño.

Internet lleva todo el día criticándolo y reforzando su mayor temor: que ya no le interesará a sus seguidores en cuanto sepan que él es mucho más que el infame pendenciero.

Afortunadamente, a estas alturas, creo que sabe que eso no es cierto.

Si bien los comentarios son hirientes para Zanders como deportista, aquellos que van dirigidos a mí son asquerosamente crueles, pero solo sobre mi cuerpo.

Esta gente no me conoce. Ni siquiera conocen mi aspecto. Solo han visto mi figura escondida tras un abrigo, pero, como mi novio es famoso, creen que pueden humillarme por no tener el mismo cuerpo que las mujeres con las que estaban acostumbrados a verlo antes.

No voy a mentir. Duele.

Son las mismas palabras que me he dicho a mí misma durante años. Son las que la pasivo-agresiva de mi madre y mis superficiales amigas han pensado siempre aunque nunca lo hayan expresado en voz alta. Pero, cuando decenas de miles de extraños refuerzan los pensamientos negativos que tanto te ha costado eliminar de tu mente, esas palabras se vuelven cemento, encuentran cada grieta donde instalarse y repercuten en cada pensamiento.

Tengo un hermano famoso y me escondí durante años de la atención que recibe porque sabía que no podría soportarla. Pero la fama me encontró, y por mucho que me dolieran los comentarios, he crecido lo suficiente en los últimos seis meses como para relativizarlos hasta cierto punto. Las personas a quienes han hecho daño hacen daño a los demás, y mucho de lo que dicen no tiene que ver en realidad conmigo.

Que no se me malinterprete, han estado resonando y repitiéndose en mi cabeza todo el día, pero ahora ya no hay nada que pueda hacer más que tratar de seguir adelante.

—¿Ha habido suerte? —pregunta Ryan desde el sofá frente a mí. Está con el portátil, escribiendo y desplazándose por la pantalla.

—No hay nada por la zona —respondo, entrecerrando los ojos a la pantalla de mi ordenador—. Hay empresas con sede en Boston y Seattle, pero eso es todo de azafata.

—Bueno, de eso ni hablar. No te irás de Chicago.

Cada uno por su lado, continuamos buscando ofertas de trabajo locales en internet. Esta mañana me he marchado de casa de Zanders porque quería pedirle consejo a mi hermano. Como alguien que está acostumbrado a ser el centro de atención, necesitaba asesoramiento sobre qué hacer a continuación, y en cuanto he llegado a casa, Ryan y yo hemos llegado a la conclusión de que era hora de empezar a buscar trabajo.

Aunque nadie sabe que soy la chica de la foto, es solo cuestión de tiempo que se publique mi nombre. Puede que no sea hoy, y puede que no sea por la foto de anoche, pero al final saldrá a la luz. Zanders y yo no podemos pasarnos toda su carrera viviendo en secreto.

He apagado el móvil en cuanto he llegado al apartamento, sabiendo que no puedo soportar leer más comentarios desagradables en internet. Los que hablan de mí son terriblemente crueles, pero los de Zanders duelen aún más, y leer malas palabras sobre tu persona favorita es una forma especial de tortura que no quiero volver a experimentar. He estado frustrada por su reputación, y las cosas se han vuelto cada vez más desalentadoras en las últimas semanas. Pero esta mañana todo ha llegado a su punto álgido, y no he sido capaz de controlar mis emociones por lo increíblemente triste que me sentía por él.

Zanders es duro, tiene la piel gruesa, y lleva años en esto. Pero todo esto es nuevo para mí, y no estoy segura de cuánto tiempo más podré soportar que la gente no vea el gran corazón que tiene este hombre.

Solo quiero que se abra al mundo y diga la verdad. Si no les gusta porque es más de lo que suponían, y si no quieren apoyarlo porque es más divertido menospreciarlo…, bueno, eso dice más sobre ellos que sobre Zanders.

—¿Qué opinas de dejar el mundo de las aerolíneas por completo y dedicarte a otra cosa? —me pregunta Ryan mirando por encima de la pantalla de su ordenador.

—Lo he pensado, pero no sé qué más puedo hacer. Lo cierto es que no quiero tener un trabajo de ocho horas diarias, porque entonces solo estaría en el refugio los fines de semana. Eso es lo que me encanta de volar, que puedo estar libre durante días o semanas.

—¿Te ha escrito tu compañera de trabajo? La que está al mando.

—No lo sé. He apagado el móvil en cuanto he llegado a casa.

—Entonces podrías estar libre de sospecha. Tienes algo de tiempo para averiguarlo. Si el equipo sigue ganando, solo quedarán un par de semanas de temporada. Puede que estés bien hasta el verano, e incluso si no es así, sabes que te ayudaré con lo que necesites.

—Van a seguir ganando —le aseguro.

Mis palabras son más un recordatorio para mí que para Ryan. Muchas de mis preocupaciones hoy han sido por cómo afectarán a Zanders esos comentarios repugnantes de cara a las últimas semanas de la temporada más crucial de su carrera. Está tan cerca de la final. Está tan cerca de un nuevo contrato. No quiero que dude de sí mismo cuando está jugando tan bien.

E incluso si tiene que mantener las apariencias hasta el final de la temporada para que Chicago le renueve el contrato, pues nos aguantaremos. Estamos muy cerca del final.

—Tal vez pueda conseguirte un trabajo con mi equipo.

—Para nada.

Antes de que Ryan pueda discutir, un golpe en la puerta llama nuestra atención. Ambos volvemos la cabeza hacia la entrada y nos miramos de nuevo, esta vez con curiosidad.

—Yo voy.

—Mira por la mirilla antes de abrir la puerta, Vee —dice Ryan con la voz llena de preocupación. Después de todo lo que pasó anoche y esta mañana, se ha mostrado más protector que de costumbre. Pero nuestro edificio es muy seguro. No va a presentarse un reportero cualquiera en el vestíbulo a esperar para interrogarme.

Al mirar por la mirilla, veo a un hombre de lo más deslumbrante de pie tras la puerta de madera con una capucha sobre la cabeza y los hombros caídos. Pero incluso si no pudiera verle la cara, lo reconocería en cualquier lugar. Su imponente presencia hace que sea difícil pasarlo por alto, aunque su postura es un poco de derrota en este momento.

—Zee, ¿qué haces aquí? ¿Te ha visto alguien subir?

La cabeza me da vueltas cuando abro la puerta. Miro al solitario rellano tras él, pero cuando vuelvo a centrar la atención en Zanders, se me hunde el corazón.

El color avellana de sus ojos, que me he acostumbrado a ver brillar, está apagado y no me mira. No hay rastro de ese descaro que me derrite cada vez que sonríe.

—He tratado de llamar, pero me ha saltado directamente el buzón de voz —dice, con un tono mucho más suave de lo habitual—. ¿Puedo entrar?

Me hago a un lado y abro un poco más para que pase. Cuando Zanders entra, mantiene la cabeza gacha, incapaz de mirarnos ni a mi hermano ni a mí. Me vuelvo rápidamente hacia Ryan y mantenemos una rápida conversación con la mirada.

—Le he dicho a Dom de hacer unas prácticas rápidas de tiro, así que os dejo.

Mi hermano se levanta del sofá, coge su bolsa de deporte y sale disparado hacia la puerta.

—Ryan —interviene Zanders antes de hacer una pausa—. Siento lo de los titulares.

Él asiente con la cabeza, comprensivo, antes de cerrar la puerta detrás de él y dejarnos solos.

—Zee, ¿qué ha pasado? —le pregunto, pasándole una mano por el brazo para reconfortarlo, pero cierra los ojos por el contacto, lo que aumenta el nudo que tengo en el estómago.

Él no responde.

Me siento en el sofá, porque necesito ponerme cómoda para esta incómoda conversación.

—¿Quieres sentarte? —digo, palmeando el asiento a mi lado.

Él sacude la cabeza sin decir una palabra, aún negándose a mirarme.

—Zee, ¿qué está pasando? Me estás asustando.

Finalmente, sus ojos castaños lo delatan y, cuando me mira, puedo ver la interminable culpa en ellos mientras frunce el ceño con pesar.

Tengo un nudo en la garganta, y siento un vacío en el estómago. Ya duele.

—No —le advierto—. Por favor, no lo hagas.

Inhala profundamente.

—Vee…

—No —lo interrumpo desesperadamente—. No puedes hacer esto.

—Vee, sabes lo mucho que significas para mí.

—Para. Por favor, no hagas esto —le suplico.

Duda antes de desviar su atención a la pared.

—Tú y yo… solo… —Sacude la cabeza, incapaz de pronunciar el resto de las palabras.

—¿Es por las fotos? Tendremos más cuidado. Tendré… Tendré más cuidado.

—No son solo las fotos —admite Zanders, cerrando los ojos con fuerza, y cuando los vuelve a abrir, toda emoción ha desaparecido. De pie frente a mí al otro lado del salón, mira al vacío, incapaz de hacer contacto visual—. Seamos sinceros. Sabíamos que acabaríamos dejándolo.

—¿Qué? ¡No, no lo sabíamos! ¡Yo no sabía eso! —Me levanto del sofá, embargada por la desesperación—. Ni una sola vez pensé que lo dejaríamos, Zee.

—Vamos, Stevie. Has sabido todo el tiempo quién soy. Siempre seré así. Tuviste la impresión correcta cuando nos conocimos. Pensé que podía cambiar, pero no puedo.

—¿Esto es por lo que dice la gente en internet?

Niega rápidamente con la cabeza.

—Entonces, ¿qué es? Porque justo esta mañana me has dicho que todo iba a ir bien. Me has prometido que iría bien. —Me tapo la boca para silenciar los ruidos ahogados que intentan escapar de mi garganta—. Por favor, no hagas esto.

—Es que yo… ya no puedo seguir haciendo esto.

El hombre que está de pie frente a mí no es el mismo del que me he ido enamorando estos últimos meses. No sé dónde está, pero aquí no.

No sé qué decir. No sé qué palabras detendrán esto.

—¿He hecho algo mal? —pregunto con un chillido.

Finalmente, muestra emoción por un momento. El dolor cubre su expresión cuando cierra los ojos y se aparta ligeramente de mí. Sacude la cabeza mientras traga saliva, incapaz de hablar.

—¿Puedo arreglarlo?

Lentamente, sacude la cabeza otra vez, y se muerde el labio mirando cualquier cosa menos a mí.

—¡Mírame! —grito desesperadamente desde el otro lado del salón—. Si vas a romperme el corazón, al menos mírame mientras lo haces.

Vuelve esos ojos castaños hacia mí, permitiéndome leerlo por primera vez desde que ha empezado la conversación. Está mintiendo. No suele mentir, por lo que se le da fatal cuando lo intenta. Y ahora mismo está mintiendo.

—¿Tu agente te ha dicho algo?

Ninguna respuesta. Zanders no niega con la cabeza. No dice una palabra porque tengo razón.

—¿Qué ha pasado? ¿Es porque estás conmigo? ¿No van a renovarte por mi culpa?

—No es por ti —dice finalmente Zanders—. Pero ya no puedo seguir haciendo esto.

—¿Por qué?

Suelta un profundo suspiro de resignación.

—No tengo una respuesta para ti, Vee…

—No me llames así —le suelto—. No puedes llamarme así mientras haces esto.

Otro fuerte suspiro.

—Stevie, no quiero hacerte daño.

—Bueno, pues te estás colmando de gloria.

—No quiero hacerte daño, pero vas a salir herida continuamente por estar conmigo.

—Esto se debe a lo que dice la gente en internet, ¿no? —Suelto una risa condescendiente al comprenderlo—. Estás haciendo esto por lo que dicen unos extraños.

Nuevamente, él no contesta, lo cual me da la respuesta.

Me duele cada parte del cuerpo. Me duele el corazón. No me llega el aire a los pulmones. Me escuecen los ojos. El hombre que me alentó con sus palabras, que ha sido tan inflexible en recordarme cuánto valgo, que ahogó el ruido de los demás, ahora está haciendo caso a lo que dice la gente.

Tragando saliva, trato de contener las emociones que quieren salir a la luz, pero están a flor de piel, y cada vez es más difícil reprimirlas.

—¿Te avergüenzas de mí? —digo, pero se me rompe la voz en la última palabra, por lo que es casi inaudible.

Finalmente, se deshace la estoica expresión de Zanders cuando da un paso rápido hacia mí.

—Stevie, en absoluto… —responde en tono desesperado.

Levanto las manos frente a mí para mantener la distancia y evitar que se acerque más.

—La última palabra que usaría para describir lo que siento por ti es «vergüenza» —añade, y sus ojos me suplican que le crea—. Estaba muy orgulloso de estar contigo.

Estaba.

—¿Por qué haces esto?

Una vez más, se queda ahí sin moverse, mirándome, rogándome en silencio que lo acepte, pero no contesta.

—¡Respóndeme!

—¡Porque no puedo cambiar! No puedo cambiar quién soy o cómo me ve la gente. Esta reputación me seguirá el resto de mi carrera, y me niego a hundirte con ella.

—Eso es una gilipollez.

—¡Te estoy diciendo la verdad!

—No, me estás diciendo una versión de la verdad. Pero la verdad es que podrías empezar a ser sincero acerca de quién eres. Podrías dejar de actuar, pero no lo harás porque tienes miedo de terminar en un equipo diferente. Te preocupa que si dejas que los seguidores vean cómo eres en realidad, no les guste y Chicago no te renueve, ¿es eso?

No sé por qué estoy preguntando. Ya lo sé.

Sacudo la cabeza con decepción mientras se me escapa una risa de incredulidad.

—Eres un cobarde, EZ.

Me mira de repente.

—No me llames EZ. Ese no soy yo.

—Ah, ¿no? Porque ese es el papel que pareces empeñado en seguir interpretando. Fácil de manipular. Fácil de controlar.

La fachada de Zanders se derrumba por completo frente a mí. Lleva ocultando desde que ha llegado las emociones que normalmente jamás se calla, pero por fin han aparecido de forma evidente. Está derrotado. Se puede decir que, incluso en este apartamento, un hombre de su imponente físico parece pequeño.

—Stevie, estaré solo si tengo que cambiar de equipo. —Se le quiebra esa potente voz—. Mi familia está aquí, y ya la perdí una vez. He estado solo y no puedo volver a pasar por eso.

—No hubieras estado solo. Yo te habría seguido a cualquier parte.

La confusión tiñe el rostro de Zanders.

—No, no lo habrías hecho. Ryan está aquí. El refugio está aquí. No hay forma de que te vayas.

—Te habría seguido a cualquier parte, pero nunca me lo pediste.

La culpa se hace evidente en su expresión, como si estuviera reconsiderando su decisión. Contiene el aliento por la sorpresa sin dejar de mirarme fijamente a los ojos.

Zanders camina a paso lento hacia mí, y esta vez, lo dejo. No lo detengo cuando abre los brazos y me los pasa alrededor de los hombros para estrecharme con fuerza.

Hundiendo la cabeza en su pecho, inhalo su aroma, tratando de memorizarlo para cuando se vaya, aunque al mismo tiempo mantengo la esperanza de que sea innecesario porque no pasaré un día sin él.

Poco a poco me planta unos besos por el cuello y la mandíbula, cada uno de los cuales me quema la piel solo de pensar que podría ser la última vez que los sienta. Mantiene los labios un poco más en mi mejilla mientras me fundo entre sus brazos. Necesito que me desee. Que me quiera.

Que me elija.

Necesito que cambie de opinión. Una parte de mí está convencida de que lo está haciendo por la forma en que me abraza. Como si nunca fuera a soltarme, lo cual no podría parecerme mejor.

Me da otro beso desesperado en la comisura de los labios, y sé que se ha acabado.

—Lo siento, Vee —susurra mientras se me rompe el corazón al desaparecer cualquier esperanza que hubiese guardado.

Dicho esto, me suelta y me da la espalda para salir del apartamento.

—¿Por qué dejaste que me enamorara de ti? —grito desde el otro lado del salón mientras, contra mi voluntad, las lágrimas comienzan a resbalarme por las mejillas.

Eso hace que Zanders se detenga a medio camino de la puerta, de espaldas a mí.

—Dijiste que yo era tu favorita, y te creí.

La espalda de Zanders se sacude con una respiración entrecortada, pero rápidamente se seca la cara con una manga y sale de mi apartamento.

En cuanto se cierra la puerta tras él, aflora cada emoción que a duras penas he tratado de ocultar, asfixiándome mientras me acurruco en el sofá y dejando que el dolor de lo que acabo de perder me inunde.

43

Stevie

Debería haber llamado al trabajo hoy para decir que estaba enferma. No habría sido una mentira. La angustia se me ha asentado en el cuerpo, y creo que podría ser la peor enfermedad de todas.

Ya me habían dejado antes, claro, pero esto ha sido diferente. Las relaciones pasadas no eran nada en comparación con la que tuve con él. Estoy pasando un duelo inesperado mientras trato de recuperarme de la pérdida de alguien que todavía está vivo. Alguien que todavía vive y lo hace en el edificio de enfrente. En cierto modo, creo que esto duele más que perder a alguien por la muerte. Esas personas no eligen necesariamente dejarte.

Pero Zanders lo hizo, y ahora tengo que lamentar que ya no esté en mi vida porque decidió salir de ella.

Quiero odiarlo. Quiero despreciar cada pequeña cosa de él, porque odiar a alguien es mucho más fácil que quererlo cuando no te corresponde.

Pero lo quiero, y ese es el peor recordatorio de todos.

Nunca había sufrido tanto como en los últimos días. Siento dolor en cada nervio del cuerpo. No hay un pensamiento en mi mente que no esté cubierto con su recuerdo. Con el de los dos. Es como si mi ser no pudiera asimilar que ya no sea parte de mí. Que no me quiere.

Mi cama nunca me había parecido tan vacía, y mis noches nunca habían sido tan tristes como ahora sin Zanders ni Rosie. Jamás la comida me había sabido tan sosa y los días nunca se me habían hecho tan largos. Se supone que el tiempo cura todas las heridas, pero ahora se mueve a cámara lenta. ¿Cómo voy a sanar cuando los minutos tardan horas en pasar?

Pienso en él constantemente, y echo de menos cada pequeña cosa de él. Añoro la autoestima que me infundió. Su sonrisa, que podía derretirme solo con mirarme. Incluso los veinte minutos extra que pasaba esperando a que terminara de arreglarse cuando yo ya estaba lista.

Pero, sobre todo, echo de menos lo mucho que pensaba que me quería, y desearía haber sido suficiente para que se quedara.

No sé nada de él, ni una sola llamada o mensaje. Fue una ruptura radical para él, pero, para mí, el mundo se ha convertido en una espiral de miseria que no sé por dónde empezar a arreglar.

—¿Estás lista para esto? —pregunta con suavidad Indy mientras esperamos en la cocina trasera a que el equipo suba al avión para salir de Chicago.

Miro hacia la entrada, abstraída, con los ojos apagados y cansados.

—Ni lo más mínimo.

Tercera ronda eliminatoria. El tercer partido es mañana por la noche. Es el primero fuera de casa desde que Zanders me dejó, y nos dirigimos a Seattle. Sorprendentemente, por primera vez en mi vida, preferiría ir a Nashville.

Hay algunos recuerdos ligados a esa ciudad que preferiría olvidar. Es el lugar donde las cosas empezaron a cambiar entre Zanders y yo. Y Nashville tiende a hacerme sentir que no soy suficiente, lo cual, en este momento, es lo último que necesito que me recuerden. Voy en serio cuando digo que ese ha sido mi pensamiento más recurrente. Pero lo más importante de todo es que en Nashville es donde está mi padre y, a veces, una chica solo necesita a su padre.

—Guau —exclama Indy—. Está hecho una mierda.

Sus palabras me sacan del aturdimiento, despertándome de golpe para levantar la cabeza. Justo allí, en la fila con las salidas de emergencia, Zanders está de pie, inmóvil, con la mirada fija en mí.

Tiene aspecto apagado, como si alguna luz en él se hubiera fundido. Nunca pensé que diría esto, pero está fatal.

Zanders me aguanta la mirada, y cuanto más me contempla, inmóvil en el pasillo, más lágrimas no derramadas comienzan a escocerme en los ojos. Pero me niego a llorar en el trabajo, y me niego a dejar que vea cuánto daño me ha hecho.

Tiene las cejas caídas y las comisuras de los labios hacia abajo. Su característico traje de tres piezas está arrugado, y lleva tanto la chaqueta como el chaleco desabrochados. Necesita un corte de pelo y un afeitado, pero, independientemente de lo desaliñado que esté, no puedo apartar la mirada de él.

Su rostro ha estado grabado en mi mente durante días. Es lo único que veo, ya tenga los ojos abiertos o cerrados, y ahora que lo tengo frente a mí, me niego a apartar la mirada.

Pero desafortunadamente, Tara aparece delante, entorpeciendo mi línea de visión.

—Sé que eras tú.

Se me hunde el corazón.

—¿Qué?

—La de la foto. Sé que eras tú.

—No sé de qué estás hablando.

—Déjate de tonterías, Stevie. Hace tiempo que lo sospecho.

Se me hace un nudo en la garganta mientras trato de tragarme la verdad, buscando alguna mentira para encubrirla. Pero mi vida no ha sido más que un desastre colosal en los últimos días, y en este momento ya no me importa mucho.

—¿Qué vas a hacer? ¿Despedirme por una sospecha? Adelante.

Tara sacude ligeramente la cabeza hacia atrás, al parecer sorprendida de que me sacrifique de esa manera.

—En cuanto tenga la confirmación, lo haré.

—Pues genial —digo con voz uniforme—. Ahora, si pudiese volver a mi trabajo, sería maravilloso —añado, señalando el pasillo—. Parece que todos están a bordo, así que deberíamos irnos, ¿no crees?

Tara se endereza y se yergue más mientras trata de estudiarme.

—Da las instrucciones de seguridad para las salidas de emergencia —ordena, dándonos la espalda y dirigiéndose hacia el pasillo.

—¿Quieres que lo haga yo? —se ofrece Indy.

—No —respondo, echando los hombros hacia atrás—. Es mi trabajo. Puedo hacerlo.

Fingiendo la seguridad en mí misma que no he tenido que fingir desde hace bastante tiempo, me dirijo a la fila con las salidas de emergencia. Siento que me miran, pero trato de ignorarlo. Es imposible que los chicos no hayan visto los comentarios en internet, y todos saben que soy la chica de la foto.

Es vergonzoso, para ser sincera, pero intento sobrellevarlo.

Con la mirada clavada en el suelo, me dirijo a Maddison y Zanders:

—¿Estáis listos para que os dé las instrucciones de seguridad para las salidas de emergencia?

—Stevie —dice Zanders con un suspiro de alivio, buscando mi atención.

—¿Estáis listos, chicos? —pregunto de nuevo. Esta vez, miro a Maddison, rogándole que responda para poder terminar con esto y esconderme en la cocina una vez más.

Se siente fatal. Es evidente por la forma en que me mira, así que finalmente asiente con la cabeza para permitirme comenzar.

Zanders mantiene la mirada clavada en mí todo el tiempo mientras repito exactamente las mismas instrucciones que llevo dándoles toda la temporada. Estoy casi segura de que ambos se las saben de memoria, pero Zanders me observa, pendiente de cada palabra, rogándome que lo mire. Pero no puedo. Duele demasiado.

Esto solía ser divertido. Solía ser la excusa perfecta para verlo justo antes de cada despegue, pero ahora lo odio.

—¿Estáis dispuestos y sois capaces de ayudar en caso de emergencia?

Primero miro a Maddison.

—Sí —responde, y se vuelve enseguida hacia Zanders, claramente incómodo por la tensión entre su mejor amigo y yo.

Negándome a mirar a Zanders, me mantengo distraída contemplando la nada, esperando a que diga que sí.

Conoce las reglas. Tiene que decir que sí antes de que pueda irme, pero permanece en silencio, así que repito:

—¿Estás dispuesto y eres capaz de ayudar en caso de emergencia?

—Stevie —insiste, en un tono lleno de desesperación.

—¿Estás dispuesto y eres capaz de ayudar en caso de emergencia?

—¿Puedes mirarme? —pregunta suavemente, inclinándose hacia delante.

No me importa que suene triste. Ahora mismo tengo que hacer mi trabajo, y él no me deja. Él fue quien rompió conmigo, y aquí está, obligándome a permanecer frente a él. Es una forma única de tortura.

—Por favor, mírame —suplica.

—¿Puedes responder a la pregunta?

Con el rabillo del ojo, lo veo desplomarse en su asiento, derrotado.

—Sí. Estoy dispuesto y puedo ayudar.

Eso es todo lo que necesito oír, así que salgo disparada, lista para volver a mi espacio seguro. Aunque hoy no hay un solo lugar en este avión que sienta como un refugio. Me parece más pequeño y más estrecho que nunca.

Solo he dado dos pasos cuando Zanders me coge del antebrazo. Desafortunadamente, no estaba preparada para el contacto físico y siento que me quema la piel; mi cuerpo recuerda cuánto echaba de menos la suya.

Cuando le miro la mano, lo primero que veo es mi viejo y desgastado anillo en su dedo meñique. ¿Por qué lo lleva puesto todavía? Quiero que se lo quite, porque hay demasiado significado en el hecho de que lo lleve puesto, pero, al mismo tiempo, espero que no lo haga nunca.

Otro error que cometo es desviar la mirada hacia arriba. Tiene los ojos ensombrecidos, pero hay esperanza en ellos por mi atención. Frunce el ceño, rogándome que me quede y hable con él. Veo cómo se le mueve la nuez cuando traga saliva con dificultad y entonces abre la boca para hablar, pero lo detengo antes de que pueda decir nada.

—¿Necesitas algo? ¿Una bebida? ¿Una almohada? ¿Algo para comer? Ya sabes, ya que ahora solo soy tu azafata.

Maddison deja caer la cabeza hacia atrás sobre el reposacabezas, como si mis palabras le afectaran.

El rostro de Zanders muestra el daño físico que le causan mis palabras, pero en general no me importa. Él me hizo daño. Es justo que sienta un poco de lo que yo estoy experimentando.

Todo mentira. Lo quiero demasiado como para desearle dolor, pero mi instinto no sabe cómo hacerme sentir bien en este momento. Ni en cualquier momento, en realidad.

—¿Agua con gas, supongo?

Exhalando un fuerte suspiro, parpadea rápidamente y sacude la cabeza hasta que finalmente me suelta el brazo y me permite irme.

Manteniendo la mirada fija en la cocina trasera, hago que mis pies me lleven hasta allí lo más rápido posible, tratando de permanecer inexpresiva hasta que pueda esconderme.

—Tienes unos buenos ovarios —me felicita Indy en cuanto entro en nuestro espacio de trabajo—. Pero si quieres tomarte un segundo para llorar, te cubriré.

—Vale. —Se me rompe la voz—. Tal vez solo un segundo.

Paso el resto del vuelo a Seattle escondida en la parte de atrás. Rio asoma la cabeza en algún momento y me hace una broma sobre que Zanders y yo hayamos estado enrollados a espaldas de todos durante todo el año, pero cuando no sonrío lo más mínimo, se da cuenta de su error.

Parece que, aparte de Maddison, nadie en el equipo sabe que hemos roto. No estoy segura de si eso es algo bueno o malo, pero estoy tratando de no darle muchas vueltas. Hemos terminado y ya, por lo que aferrarme a cualquier clavo ardiendo para tener un poco de esperanza solo prolongará el desengaño, que estoy convencida de que durará toda la vida.

Llevar el uniforme de trabajo me recuerda los elogios con los que Zanders me colmaba cuando me lo ponía, así que me lo quito en cuanto llego a mi habitación de hotel y me pongo mi sudadera más cómoda. Lo cual, por supuesto, también me recuerda a él. Ni siquiera me he traído las que me regaló, pero no importa.

La vista desde la habitación del hotel da a la enorme noria de Seattle, pegada al agua, pero, a pesar de lo bonito que es todo, me recuerda al Navy Pier de Chicago. Y eso me recuerda al apartamento de Zanders, que, a su vez, me recuerda a Zanders.

Odio que mi cerebro lo asocie con cada parte de mi vida en Chicago. Ojalá no pensara en él cada segundo de cada día. Pero la ciudad está llena de su recuerdo, y no sé cómo sacarlo de ella. Ha inundado cada recoveco de mi vida.

En mi corazón, Chicago representa a Zanders, pero también lo hacen casi todas las ciudades de Norteamérica que hemos visitado juntos.

Apago todas las luces de la habitación y me hundo bajo las sábanas para que la oscuridad me ayude a dormir un poco. Son solo las tres de la tarde, pero el sueño me permite desconectar la mente, así que he estado durmiendo el día entero con la esperanza de que el tiempo pase más rápido.

Mi móvil suena en la mesita de noche, iluminando la habitación a oscuras, y no podría estar más agradecida de ver el nombre de mi padre en la pantalla. Estoy bastante segura de que dejo escapar un sonoro suspiro de alivio en cuanto contesto el teléfono.

—Hola, papá.

—¡Vee! ¿Cómo está mi niña?

—He estado mejor.

Se hace un pequeño momento de silencio entre nosotros. Mi padre se enteró de mi relación con Zanders cuando rompimos. Sin embargo, una parte de mí cree que lo sabía desde que me visitó en Navidad.

—Me llamó Ryan. Le preocupaba que volaras para los partidos de la eliminatoria. Quería que viera cómo estás.

—Sois un amor, pero estaré bien.

Puede que no sea cierto, pero estoy en ello.

—Bueno, le prometí a tu hermano que lo comprobaría, así que ¿en qué habitación estás?

—¿Qué?

—¿En qué habitación estás? Estoy frente a tu hotel.

Con los ojos muy abiertos, me aparto el móvil del oído para mirarlo, aunque no sé por qué. No es que estemos en FaceTime y pueda demostrar que está en Seattle. Solo estoy en estado de shock.

—¿En serio? —Se me rompe la voz al sentir una pizca de esperanza por primera vez en mucho tiempo.

—¡Sí! ¡Déjame subir!

En cuanto mi padre llama a la puerta, lo hago pasar y lo estrujo con un abrazo, de tanto que necesito la alegría que siempre trae a mi vida.

—Yo también te he echado de menos, Vee —asiente, manteniéndome cerca con un apretujón antes de mostrarme el paquete de seis cervezas IPA que tiene en la mano—. Y he traído cerveza.

—Gracias a Dios. Sabía que me caías bien por una razón.

Mi padre abre dos botellines antes de pasarme uno y sentarse en el sofá frente a mí.

—Bueno, ¿qué está pasando?

Sonrío bufando con condescendencia.

—¿Por dónde debería empezar?

—¿Por dónde quieres empezar?

Doy un largo trago, tratando de ahogar toda emoción que intente salir a la superficie.

—Zanders me ha dejado.

—Entonces, ¿ahora lo odiamos o qué?

Eso me arranca una carcajada.

—Todavía me lo estoy pensando.

—¿Te dio alguna razón o fue de la nada?

—No sé. Me dio una razón, pero no sé si le creo.

Mi padre se queda en silencio, esperando que continúe.

—Dijo que nunca podrá cambiar y que yo supe en todo momento quién era él, pero no creo que eso sea cierto. Creo que tiene miedo de mostrarse como es en realidad porque la reputación que se ha ganado en la Liga Nacional es todo lo contrario de lo buena persona que es. Está esperando que le renueven el contrato, y duda de sí mismo. Ya sabes lo importantes que son los años de renovación con Ryan, pero esto es diferente. Ryan no tiene que mentir sobre quién es para ganar dinero, mientras que Zanders siente que debe hacerlo.

—Y tener novia no se ajusta a esa imagen —asiente mi padre, que comprende la situación con facilidad—. ¿Él quiere cambiar?

En un gesto rápido, me encojo de hombros.

—Eso pensaba yo. Estaba segura de que sería sincero respecto a quién es cuando lo renovaran, pero no creo que ese sea ya el caso. Parece que él mismo está convencido de que esta es la única forma de mantener a los seguidores interesados en su carrera.

—¿Cómo te hace sentir eso?

Mi padre da un largo trago de su cerveza.

—Me hace sentir como una mierda —respondo. Dejo caer la cabeza hacia atrás y cierro los ojos con fuerza para contener las lágrimas que quieren caer—. En el tiempo que Zanders y yo estuvimos juntos, me hizo sentir que yo era su primera opción. Nunca he sido la favorita de nadie, y ahora parece que todo era mentira. Y no es que quiera que me elija por encima de su carrera, pero quizá había otras salidas, y ni siquiera trató de buscar ninguna.

Mi padre duda y observa la habitación antes de volverse hacia mí.

—Vi los titulares. ¿Crees que tal vez estaba tratando de protegerte? Porque eso tiene mucho sentido para mí. No conozco al tipo, pero, por lo que me has contado de él, parece que protege a las personas que le importan.

—Tal vez, pero no necesito que me proteja. Estoy harta de eso, en realidad. Ryan lo hace demasiado y tal vez Zanders también, pero puedo defenderme sola. Esos comentarios sobre mí en internet fueron repugnantes, y la gente es basura, pero no me molestaron tanto como la forma en que hablaban de él. Ni siquiera pensé en mí misma en esa situación.

Mi padre ladea la cabeza, con evidente orgullo en el rostro.

—¿Qué? —pregunto con cautela.

—Tú estás enamorada de él.

—Caray, papá —me quejo, tapándome la cara con las manos para esconder las lágrimas que me escuecen los ojos—. No me lo recuerdes.

Me aprieta el brazo.

—Lo lamento. Es que nunca te había visto así. Sé que duele, y no estoy tratando de desdeñarlo. Lo que pasa es que no estoy acostumbrado a verte tan segura de ti misma. Me gusta.

Es algo que Zanders me inculcó, estar segura de mí misma y no dejarme pisotear, pero sin él todo eso quizá haya desaparecido.

—A mamá no le gusta.

Mi padre aprieta los labios tratando de contenerse.

—No quería mencionarla por si no te apetecía hablar de ella.

—Me ha estado llamando sin parar.

—Lo sé.

Se hace el silencio entre nosotros mientras compartimos miradas incómodas. Ha sido agradable no ser objeto de cumplidos malintencionados y miradas de desaprobación, pero, al mismo tiempo, no sé si quiero a mi madre fuera de mi vida para siempre. Quiero que tengamos una buena relación. Quiero que tengamos la relación que teníamos cuando yo era más joven y ella pensaba que iba a seguir sus pasos. No fue hasta que fui adulta cuando mis elecciones comenzaron a decepcionarla y nuestra relación salió perjudicada, pero me pregunto si algún día se verá capaz de apoyarme de nuevo.

—¿Cómo está? —pregunto finalmente.

Mi padre da otro trago largo de su cerveza.

—Se está dando cuenta de algunas cosas y le están afectando bastante. Le resultó muy duro ver esos titulares y saber que hablaban sobre ti. Pero no voy a ponerme a decir que no merece sentirse como se siente.

—Solo dijeron lo que ella ha estado diciéndome durante años.

—A eso me refiero. Creo que tenerlo delante, verlo escrito, y viniendo de otras personas, le hizo darse cuenta de lo que te ha estado haciendo.

Las palabras de mi padre no tienen demasiada emoción, y él es un tipo bastante sensible que se preocupa por su familia más que nada, pero la forma en que habla de mi madre parece distante. Diferente.

Frunzo el ceño.

—¿Estáis bien?

Aparta la mirada.

—No lo sé, Vee. No es un tema del que se hable con los hijos.

—Bueno, si se trata de mí, creo que deberías contármelo. Soy adulta.

—Las cosas han estado un poco tensas, pero no quiero que te preocupes por eso.

Me yergo un poco.

—Bueno, ahora lo estoy. No quiero que tengáis problemas por mi culpa.

El pecho se le hincha con un suspiro y los ojos, marrones, le brillan ligeramente.

—Es una buena persona, Stevie. Es solo que ha estado perdida estos últimos años y no ha sido una buena madre para ti. Lo sé, y en el fondo ella también. Es duro ver que te hace daño, cuando no siempre fue así, ¿sabes? Fue una muy buena madre cuando eras más joven. —La voz de mi dulce padre se rompe antes de que se cubra la boca con la palma de la mano.

—Lo sé, papá —le digo apretándole un brazo—. Lo recuerdo. Solo quería que estuviera orgullosa de mí como solía estarlo, pero ya me he dado por vencida.

Él asiente con la cabeza, comprensivo.

—No conociste a tu abuela, pero era un mal bicho —suelta, con una risa entrecortada sin humor—. Trató a tu madre exactamente como tu madre te ha tratado a ti. La única diferencia es que tú escapaste. Te labraste tu propio camino y no hiciste todo lo que ella esperaba. Pero tu madre aparcó algunos de sus grandes sueños para tratar de complacer los de tu abuela.

Nos casamos mucho más jóvenes de lo que habíamos planeado porque nos estaba presionando. Fue a una universidad que su madre eligió. —Mi padre me da un codazo como preguntando: «¿Te suena?»—. Y aunque no voy a hablar por ella, creo que tiene un poco de celos y, en lugar de estar orgullosa de ti como debería estarlo una madre cariñosa, siente envidia. Pero creo que está empezando a darse cuenta de que te trata exactamente como hizo con ella su propia madre, con quien, por cierto, todavía está resentida.

Permanezco en silencio, asimilando esta nueva información. Nunca he sabido mucho sobre el pasado de mi madre o cómo la educaron. Cuesta verla tras su pequeña y perfecta fachada.

—No estoy tratando de excusarla —continúa mi padre—. Pero el trauma generacional no es fácil de romper y, por primera vez desde hace mucho tiempo, tengo un poco de esperanza en que tu madre pueda aprender de esto.

Veo físicamente el coste emocional que le está suponiendo tratar de ser un marido empático y, al mismo tiempo, defender a su hija. El hecho de apartar a mi madre de mi vida no debía afectarle ni a él ni a su relación, pero sin duda lo ha hecho.

Sostengo la cerveza en el aire para brindar y añado:

—Bueno, tal vez salga algo bueno de esos estúpidos titulares después de todo.

Mi padre choca su botellín con el mío.

—Tal vez.

—Creo que necesito otra cerveza después de esto.

Me levanto del sofá y cojo dos más de la encimera.

—Amén —sentencia, y da un trago de su nueva cerveza—. Bueno, cuéntame sobre todo lo demás. ¿Cómo va el trabajo? ¿Qué tal con el refugio?

—Con el refugio me va genial. Me encanta estar allí. La dueña es la mejor, y los perros son muy dulces. En cuanto al trabajo, no sé cuánto más va a durarme, así que eso es todo.

—¿Saben que eras tú la de la foto?

—Oficialmente no, pero es solo cuestión de tiempo que publiquen mi nombre, y entonces me quedaré sin trabajo.

—Cuando Ryan llamó, mencionó que hay un par de aerolíneas que buscan personal y resulta que una está aquí, en Seattle.

—Sí, pero esa queda descartada. No puedo dejarlo en Chicago. No después de que se esforzara tanto por sacarme de ahí.

—Me pidió que te animara a reconsiderarlo.

Eso hace que me quede callada.

—Espera. ¿En serio?

—Sí. Si quieres.

—¿Por qué no me dijo nada?

Una risa de complicidad se eleva del pecho de mi padre.

—Porque es Ryan. ¿Crees que ese muchacho podría mirarte a la cara y decirte que te mudes a la otra punta del país sin morirse de la pena? Este chico es un muro en lo que se refiere a las emociones, a menos que se trate de ti.

La semana pasada, cuando apareció esa oferta de trabajo, ni la consideré. Alejarse de Chicago estaba descartado. Zanders y yo todavía estábamos juntos en ese momento, y nunca pensé que Ryan sugeriría que dejara la ciudad. Pero nada me está ayudando a sentirme mejor. Nada alivia el desengaño que tanto me consume. Tal vez marcharme a más de tres mil kilómetros impulse el proceso de curación, y ahora mismo estoy lo suficientemente desesperada como para intentar cualquier cosa.

Solo quiero sentirme mejor. No quiero salir de mi apartamento y ver el de Zanders. No quiero pensar en él cada vez que estoy en el refugio cuando me fijo en cualquier pequeña reparación que haya pagado su donación. No quiero revivir el momento en que lo encontré en sus escalones en Navidad cada vez que pase por su edificio. No quiero pensar en lo mucho que quiere a su sobrina cada vez que, inevitablemente, me los encuentre y lleve a Ella sobre los hombros. No quiero recordar que, por primera vez en mi vida, sentí una conexión genuina con mis amigos cada vez que vea a los Maddison en el vestíbulo de mi apartamento. Solo quiero dejar atrás todo lo que he perdido.

Me he pasado la vida esperando que alguien me elija, y me acabo defraudando a mí misma constantemente al buscar la aprobación de los demás. Pero ¿qué hago esperando a ser la prioridad de nadie cuando puedo ser mi propia prioridad?

Puedo elegirme a mí misma.

—Quiero hacerlo —digo con confianza—. Quiero solicitar el puesto mañana mismo.

Zanders

—¿Cuatro penaltis, Zee? —me reprocha Maddison lanzando su camiseta, empapada de sudor, en el cesto que hay en el centro del vestuario visitante.

—¿Crees que me importa una mierda?

Por si la inexpresividad de mi mirada o la sangre seca que tengo en el labio por una de mis peleas esta noche no son suficientes, la respuesta es «No».

Cualquier otro día, Maddison me daría su habitual sermón como capitán sobre haber fallado al equipo al ofrecerle a Seattle tantas jugadas ofensivas. Me recordaría que acabamos de perder fuera de casa, y ahora solo vamos una victoria por delante en la tercera ronda de la eliminatoria. Me diría que dejara de mirarme el ombligo y pusiera en orden mis prioridades.

Pero no dice nada de eso porque sabe cuáles son mis prioridades. No es el hockey. No es mi contrato. Solo pienso en la chica que ha desaparecido de mi vida porque yo no quería que mi reputación la perjudicara más.

Maddison clava la mirada en mi dedo meñique mientras desenvuelvo la cinta con que había cubierto el anillo de Stevie, que me he negado a quitarme en los últimos tres partidos. Es lo suficientemente fino y delicado como para que haya podido dejármelo puesto, ya que los árbitros han supuesto que tengo el dedo vendado por razones médicas. Pero sigo llevándolo, aferrándome a él como una especie de salvavidas. Como si tenerlo en el dedo simbolizara que ella todavía está en mi vida.

Sin embargo, la forma en que me miró ayer en el avión, como si yo fuera un extraño con el que no quisiera tener nada que ver, me recordó que

435

no es así. Ya no estoy en su vida. Así que voy a dejarme esta maldita baratija hasta que el metal se me desintegre en la mano, porque es la única parte de ella que me queda.

Con cautela, Maddison me lanza una mirada de disculpa antes de volver a mi dedo de nuevo.

—No quiero hablar de eso —le recuerdo mientras cojo una toalla y me dirijo a las duchas.

Vestido una vez más con lo que llevaba antes del partido, sigo a los chicos fuera del vestuario hasta el autocar que nos espera atravesado en la entrada trasera del estadio. Un montón de seguidores entusiasmados nos saludan con carteles y bolígrafos extendidos tras la barrera que acordona nuestro corto recorrido. La mayoría de los muchachos se toman su tiempo para firmar autógrafos y hacerse fotos con los hinchas, pero yo me dejo los auriculares puestos y mantengo mi inexpresiva mirada fija en el autocar que tengo delante.

Frente a los seguidores, los reporteros se alinean en la acera, haciendo fotos mientras gritan nuestros nombres a la espera de cualquier cosa que puedan convertir en algo. Necesito de toda mi fuerza de voluntad para no levantar la mano y hacerles la peineta mientras paso. Para ser justos, le iría de maravilla a la imagen que Rich quiere que proyecte y, además, es tentador porque en parte los culpo de que mi vida se fuera a la mierda hace unos días.

¿Chicago quería que volviera el malote de la ciudad? Bueno, pues aquí está. He vuelto a mis habituales peleas sucias, sin importarme una mierda los demás, tampoco los seguidores que suplican mi atención. Consiguieron lo que querían, así que si pudieran darse prisa con la maldita renovación del contrato, estaría genial.

—Zanders. —Alguien me tira del brazo hacia atrás, lo que hace que aparte la mirada del autocar y me encuentre una pequeña mano aferrada a mi antebrazo. Pertenece a una chica que me sonríe coqueta. Me saco los auriculares, preguntándome qué cojones quiere y por qué cree que puedes tocarme como si nada—. Soy Coral.

Aparto el brazo de su mano.

—Genial —digo, impávido, antes de continuar hacia el autocar.

Ella me persigue, los tacones de sus zapatos repiqueteando contra el cemento, antes de agarrarme de nuevo.

—No, soy Coral —insiste—. Me envía Rich.

Aparto el brazo de ella con más firmeza esta vez y le advierto:

—Que no me toques, joder.

La confusión y una pizca de vergüenza le cubren el rostro cuando mira a su alrededor, soltando una pequeña carcajada mientras se arregla el dobladillo del vestido.

—Me importa una mierda quién te haya enviado. No vuelvas a tocarme.

—Vale —interviene Maddison interponiéndose entre ella y yo, luego me pasa un brazo por el hombro y me lleva al autocar. Usa su cuerpo para ocultarme de las cámaras, pero incluso si no han visto el intercambio, seguro que si nos han oído.

—No puedo más con esto —digo en voz baja para que solo Maddison me escuche.

—Lo sé, tío.

Son las dos de la mañana y no puedo dormir. Menuda novedad, joder. Con la cama vacía y Rosie lloriqueando en medio de la noche por la ausencia de Stevie, apenas he pegado ojo en toda la semana. Para ser justos, Rosie no es la única que está despierta porque la echa de menos.

Es como si hubiese perdido una parte de mi alma, y no sé cómo sobrevivir sin ella. Hice todo lo que hice porque decidí anteponerla a mí. No fue justo para ella que lo pasara mal solo por relacionarse conmigo. Stevie no debería tener que soportar las críticas y el odio por estar conmigo. Es demasiado buena, dulce y amable para tener que vivir con ese tipo de desprecio constante.

Estaba tratando de anteponerla, y asumí que eso haría las cosas más fáciles de digerir. Hice esto por Stevie, así que pensé que sería capaz de soportar la angustia que yo mismo me he provocado.

Pero no he tenido un segundo de descanso. Desde el instante en que salí del apartamento de Stevie, cuando vomité en un lado del edificio por haber hecho algo que ninguna parte de mi ser quería hacer, hasta este mismo momento, el dolor se ha vuelto exponencialmente peor.

Cojo el vaso en la mesilla de café de mi habitación de hotel y le doy un trago al whisky que me he servido hace una hora. Me tengo estrictamente prohibido beber durante la eliminatoria, pero he hecho muchas cosas esta semana que nunca pensé que haría, por lo que tomarme una copa después de un partido parece algo bastante banal en comparación con las otras decisiones que he tomado.

Las dos de la mañana, y estoy sentado en un sofá en Seattle, bebiendo whisky caliente y mirando cada foto que tengo de ella mientras leo todos los mensajes que hemos intercambiado para llenar el vacío de alguna manera. Hice una captura de pantalla de cada una de las fotos de Instagram de Stevie la noche en que los paparazzi nos encontraron antes de que ambos decidiéramos que era mejor dejar de seguirnos para mantener su nombre fuera de la prensa. He mirado esas imágenes esta semana más veces de las que puedo contar.

Oigo como llaman a la puerta discretamente, y como el triste imbécil que soy, por un momento me embarga la esperanza al pensar que podría ser ella. Pero aunque estemos en la misma ciudad, Stevie nunca vendría a buscarme, y no la culpo lo más mínimo.

Maddison está al otro lado de la puerta y parece tan exhausto como yo, con ese pelo castaño alborotado y los ojos entrecerrados por el sueño.

—¿Puedo entrar? —me pregunta mientras abro la puerta.

Mira el whisky en la mesilla que hay entre nosotros.

—¿Qué ha pasado con tu regla de no beber?

—He estado haciendo muchas cosas que nunca pensé que haría. He pensado que tomarme una copa no era nada en comparación.

—Sírveme uno entonces —dice Maddison asintiendo hacia la botella.

Cojo otro vaso de cristal y vierto un poco del cálido líquido ámbar en él. Brinda conmigo y da un trago.

—Esto está asqueroso.

—Lo sé.

Me siento en el sofá y me inclino hacia delante, con los codos en las rodillas y la cabeza colgando.

—Tienes que dejar de castigarte.

Levanto la cabeza.

—¿Crees que ser demasiado perezoso para ir a buscar hielo es una forma de castigarme a mí mismo? —me río sin ganas.

—Eso no es a lo que me refiero, y lo sabes.

—Si estás aquí para hablar de Stevie, no quiero hacerlo. Son las dos de la mañana, joder, así que deberías irte.

—Realmente me importa un carajo lo que quieras o no quieras hablar. No puedo dormir porque mi mejor amigo está más hundido de lo que lo he visto jamás, así que sí, vamos a hablar.

Me recuesto en el sofá, cruzando casualmente un tobillo sobre la rodilla antes de darle un trago al whisky caliente. Y todo con una sonrisa de suficiencia de la hostia, como diciendo: «Buena suerte si quieres hacerme hablar, imbécil».

—He despedido a Rich.

Bueno, eso servirá.

—¿Qué? —exclamo, inclinándome hacia delante, y estoy en tal estado de shock que cuando dejo el vaso sobre la mesa lo tiro sin querer.

—Que he despedido a Rich —repite Maddison—. Hace tiempo que quería hacerlo, y que te la jugara con lo de los paparazzi fue la gota que colmó el vaso.

—Pero ni siquiera sabemos si fue él.

—Sabes que fue él. Ha estado sacando tajada por informar a la prensa durante años. No puedo probarlo, pero todos sabemos que es verdad. Es lo único que explica por qué quiere tu nombre en cada titular o por qué los reporteros siempre parecen encontrarte.

Sé que tiene razón. En el fondo siempre lo he sabido, pero nunca me había afectado tanto. Esta vez, sin embargo, fue demasiado lejos, y no solo me perjudicó a mí, sino también a la persona que más quiero.

—Sé que en tu caso las cosas son diferentes en este momento porque necesitas que te renueven el contrato, pero Logan y yo decidimos que debía cortar lazos con él.

—Pero a ti nunca te la ha jugado —digo, frunciendo el ceño, confundido—. Has tenido éxito exactamente siendo quien eres.

—Zee. —Maddison deja escapar un suspiro de cansancio—. Eres nuestra familia, tío, así que el hecho de que te la haya jugado es lo mismo que si me lo hubiera hecho a mí.

Hundo la cabeza entre los hombros mientras intento ocultar el brillo que me cubre los ojos antes de asentir en silencio, incapaz de hablar.

Despedir a tu agente no es poca cosa. La mayoría de los deportistas pasan toda su carrera con el mismo, siempre y cuando dicho agente siga haciéndoles ganar dinero. Maddison ha tenido mucho éxito mientras trabajó con Rich, por lo que esta muestra de lealtad hacia mí no es insignificante en absoluto.

—Sabes que no puedo hacer eso ahora mismo —le recuerdo—. Despedir a Rich arruinaría esencialmente toda mi carrera. Tendría que representarme a mí mismo, y los equipos no pueden hablar conmigo mientras siga la temporada.

—Lo sé. Tienes que hacer lo que sea mejor para ti, pero quiero que sepas con quién estoy. Ya paso de toda la pantomima que hemos estado representando. Eres tan buen hombre como yo, si no mejor, y estoy cansado de que la gente no lo sepa. Lamento haber interpretado mi papel todos estos años para que los seguidores pensaran que era mejor que tú. Joder, soy quien soy ahora en parte gracias a ti.

Una sonrisa traviesa se me dibuja en los labios mientras lo miro; necesito romper el tono serio de esta conversación.

—¿Qué? —pregunta con cautela.

—¿Vas a intentar besarme después de esta confesión de amor o qué?

—Gilipollas.

—Capullo.

Sostengo el vaso en el aire para que brinde conmigo.

—Eso significa mucho, tío. Gracias.

Recostándome en el asiento, exhalo un profundo suspiro de resignación.

—Independientemente de que Rich sea un idiota, todavía no puedo ser yo mismo. Los seguidores de Chicago no me quieren. Lo poco que vislumbraron de mí los hizo arrasar internet echando mierda.

—Pues vete a jugar a otro lugar cuyos hinchas te apoyen.

Sacudo la cabeza hacia atrás, entrecerrando los ojos.

—Viste a una pequeña porción de gente asquerosa poniéndote verde en internet —continúa Maddison—. Pero, en general, creo que cualquier seguidor estaría encantado de tener a tu verdadero yo, Chicago incluido. Aun así, si crees que realmente no te quieren o que no puedes ser tú mismo aquí, ve a jugar donde no sea así.

—No puedo.

—¿Por qué no?

¿Por qué está preguntando? Ya sabe la respuesta.

—Porque tu familia está en Chicago. No voy a dejaros a ti y a Logan. Y ni de coña voy a dejar a Ella y MJ.

—Zee —empieza Maddison, echándose hacia delante, con un tono muy serio—. No importa dónde estés o en qué equipo juegues. Siempre vas a ser parte de nuestra familia. No necesitas mi permiso para ir, pero si por alguna razón crees que sí, que sepas que lo tienes. Yo solo quiero que seas feliz. Todos lo queremos.

Siento un peso en el pecho. Es algo que sabía, pero ayuda que lo confirme. Especialmente ahora, tan cerca del final de la temporada, sin saber si será la última que pase en Chicago y si me separaré de ellos dentro de poco.

Asiento con la cabeza repetidamente, incapaz de hablar por las emociones que se me acumulan en la garganta. Cuando miro a Maddison, veo que parece estar teniendo el mismo problema, con esos ojos marrones brillando mucho mientras parpadea rápidamente.

—Joder —me río para romper la tensión, apretándome el puente de la nariz con el pulgar y el índice—. Somos patéticos.

—Eres mi hermano —dice Maddison, y se le rompe la voz mientras se seca la cara—. El lugar donde vivas no cambiará eso. Mi familia siempre será tuya, pero, por primera vez desde hace mucho tiempo, tienes la tuya propia. No puedo ver cómo tiras eso por la borda porque te preocupa tener que alejarte de nosotros.

—No puedo alejar a Stevie de Chicago.

—¿Te dijo que no se iría?

Niego con la cabeza.

—Todo lo contrario, en realidad. Dijo que me habría seguido a cualquier parte, pero no quiero alejarla de su hermano ni del refugio para perros. Eso sería una putada.

—Zee, por una vez en tu vida, deja de intentar proteger a todos los que te rodean. Stevie está tratando de alejarte de este personaje que has interpretado. Te está diciendo que se mudará adonde sea. Deja que alguien más te apoye por una vez.

—Joder, Maddison. —Las lágrimas empiezan a caer. Vale, apenas he parado de llorar en toda la semana, pero normalmente lo hago en la intimidad—. No sé qué carajo estoy haciendo —digo, y se me rompe la voz—. Estaba tratando de protegerla de todas las gilipolleces del famoseo, pero ni siquiera puedo pensar con claridad. La echo mucho de menos.

—¿Por qué rompiste con ella entonces? —me pregunta con suavidad, aunque me doy cuenta de que preferiría maldecirme por mi error.

—Como dije, estaba tratando de protegerla de todo.

Se queda en silencio para que continúe.

—Estaba tratando de protegerla de mí —añado al darme cuenta de ello.

Al mirarlo, me queda claro que ya lo sabía por la sonrisa de tristeza que se le dibuja en los labios.

—La dejé antes de que ella pudiera dejarme a mí —añado, y bufo con incredulidad—. ¿Qué cojones me pasa?

—No te pasa nada, Zee.

—¡Claro que sí! —grito con frustración—. Estaba tan seguro de que iba a romper conmigo después de ver toda esa mierda sobre mí en internet que la dejé antes de que ella pudiera hacerlo. —Me tapo la cara con las manos—. Pensé que me iba a abandonar como hace todo el mundo.

Tuve tres jodidas sesiones con Eddie la semana pasada, podría haberme dicho lo que estaba haciendo. ¿Necesitaba una conversación en plena noche con mi mejor amigo y un poco de whisky caliente para darme cuenta de que todavía tengo que superar la mierda de mi madre, joder?

—Stevie te quería incluso cuando estabas tratando de mostrar lo peor de ti. Pero ¿tu mejor versión? ¿Quien eres realmente? Tienes que confiar en que ella te quiere lo suficiente como para quedarse.

—Ella no me quiere —digo, negando con la cabeza y haciéndole un rápido ademán.

—Y una mierda —se ríe Maddison con condescendencia.

—Que no.

—Zee.

Trato de mirar hacia arriba, pero es difícil hacer contacto visual. Maddison no puede entenderme en esto y, afortunadamente, nunca lo hará. Tiene el amor de su familia y el de su alma gemela. Nunca le ha faltado, por lo que no puede comprender la mentalidad que tuve que adoptar solo para sobrevivir.

Nadie me ha querido nunca. Nadie pudo ni quiso, así que tuve que quererme a mí mismo lo suficiente para compensarlo. Lo que me pide, que confíe esa responsabilidad en otra persona, es una tarea demasiado grande.

Escuché lo que dijo Stevie cuando salía de su apartamento la semana pasada, pero, con toda sinceridad, pensé que era una táctica para que me quedara o para que reconsiderara mis palabras. Ni mi propia madre pudo quererme. ¿Cómo voy a esperar que nadie más lo haga?

—Zee —repite Maddison—. Mis hijos te quieren. Mi familia te quiere, y tú lo sabes. Entonces, ¿por qué cojones no puedes creer que Stevie también te quiere?

Permanezco en silencio, porque hay demasiadas emociones, recuerdos e inseguridades fluyendo a través de mí para permitir que las palabras salgan. El amor es una idea aterradora, y he pasado toda mi vida adulta convenciéndome de que no lo necesito. Que puedo quererme a mí mismo lo suficiente como para no tener que buscar el amor en los demás. Pero esa frágil convicción comenzó a desmoronarse rápidamente desde que Stevie ya no está.

—Te entregas por entero cuando quieres a alguien, pero tienes que comenzar a creer que te quieren.

Joder.

—Te lo digo por experiencia —continúa Maddison—. Todo esto —dice señalando la habitación del hotel—: la fama, el dinero, los seguidores… Nada de esto vale la pena si ella no forma parte de ello.

Asiento con la cabeza, pero no tengo ni idea de cómo solucionarlo. Cómo voy a pensar siquiera en arreglar las cosas con Stevie cuando necesito curar tanto del pasado que me persigue y me reprime.

—Ella no puede soportar las gilipolleces de la prensa de todos modos. Se mantuvo alejada con Ryan, y voy y aparezco yo —digo, negando con la cabeza al recordar por qué terminé la relación, por qué le di una salida—. Ella no se merece el tipo de odio que recibes al relacionarte conmigo.

Maddison pone los ojos en blanco.

—¿Por qué no dejas que ella decida lo que puede y no puede soportar? Entrecierro los ojos antes de romper la fuerte tensión.

—Pasas demasiado tiempo con tu mujer, te has vuelto sabio y esa mierda.

—He aprendido un par de cosas a lo largo de los años —se ríe.

—Di algo relacionado con el hockey, por si alguien te ve salir de mi habitación, para que podamos decir que no estábamos llorando mientras bebíamos whisky.

—Eso daría para algunos titulares, ¿eh? —bromea Maddison, y se levanta del sofá—. Vas a ponerte las pilas y vamos a ganar el jueves. Luego nos iremos a casa y ganaremos esta eliminatoria en el quinto partido en Chicago. Y después ganaremos la maldita Copa Stanley.

Yo también me levanto, le estrecho la mano y le paso la otra por la espalda para darle unos golpecitos en el hombro con el puño.

—Trato.

—Eres el mejor, Zee. Te mereces cosas buenas, pero tienes que aceptarlas cuando llegan a tu vida.

Asiento con la cabeza; estoy de acuerdo, pero sigo tratando de convencerme a mí mismo.

—¡Adoro a Eddie, pero despídelo y contrátame a mí, joder! —se ríe Maddison en el pasillo, de regreso a su habitación.

Por primera vez en días, me río. Sonrío. Siento la mente más despejada.

Pero, acostado en la cama a oscuras, me coloco un par de almohadas a un lado para tener algo a lo que aferrarme como el pobre desgraciado que soy. No es ella, pero es algo, y mi memoria muscular echa de menos sentirla entre mis brazos todas las noches.

La ansiedad me recorre cada nervio del cuerpo, la siento en las puntas de los dedos, negándose a permitir que el sueño me encuentre. Noto la garganta seca cuando intento tragar, y me quedo sin aire en los pulmones cuando me doy cuenta.

¿Qué pasa cuando aprendes que necesitas amor, pero no lo tienes?

45

Stevie

El vuelo de mi padre ha salido hace un par de horas y ya lo echo de menos. Pero, tras pasar unos días lejos de Chicago y Zanders, aunque sabía que él estaba en la misma ciudad que yo, la niebla ha comenzado a disiparse de mi mente. He empezado a estar más lúcida y, ahora mismo, lo único que me mantiene en movimiento es la abrumadora decisión de ponerme a mí primero.

Puede que Zanders no me haya elegido, pero de ahora en adelante yo lo haré.

Como la versión de felicidad que quiero, en la que Zanders vuelve a estar en mi vida, está descartada, escojo la siguiente mejor opción. Y esa es una vida lejos de él, donde pueda salir de mi apartamento y no ver el suyo. Donde pueda ir al parque para perros y no preguntarme si encontraré a Rosie. Donde pueda trabajar en un avión sin que él sea uno de mis pasajeros.

Puede que no lleve una vida de lo más feliz, pero será suficiente, y la abrumadora necesidad de sentir una chispa de alegría en mi vida es lo único que impulsa mis decisiones.

A medida que los segundos finales del cuarto partido llegan a su fin en Seattle, quiero vitorear en el avión con Indy, y aunque me alegro realmente por Zanders, estoy tan cansada que no tengo ganas de celebrarlo. Siendo egoísta, a una parte de mí le fastidia que no vaya a estar a bordo para la final, si es que pasan esa eliminatoria.

Aunque nadie lo sabe todavía.

Desde que he puesto un pie en el avión esta noche, lo he ido absorbiendo todo, sabiendo que es la última vez que estaré aquí.

La cocina de la parte de atrás, donde conocí a una de mis mejores amigas y que está colmada de recuerdos junto a Indy divirtiéndonos demasiado esta temporada, todo mientras nos pagaban por mirar a jugadores de hockey medio desnudos.

El asiento de Rio, donde un par de veces pensé que había perdido la audición al pasar junto a su radiocasete a todo volumen.

Esa maldita nevera, repleta de bebidas, incluida el agua con gas que Zanders se negó a coger él mismo.

La fila con las salidas de emergencia, donde lo vi por primera vez.

El trayecto en el que me acorraló y se desnudó frente a mí, lo cual no me importó lo más mínimo, aunque protestara en ese momento.

Todos los vuelos en los que él y Maddison me hicieron reír mientras intentaba dar las instrucciones de seguridad.

Pero todos estos recuerdos no son más que la culminación de uno: aquí es donde me enamoré de él, y si no quiero volverme loca, debo alejarme e intentar olvidar.

Los faros de los autocares del equipo brillan a través de las ventanas del avión cuando se detienen junto a este; se me acelera tanto el corazón de tal modo que siento que retumba todo mi ser. Pero eso no es nada en comparación con la reacción de mi cuerpo al ver a Zanders, que sube a bordo el primero.

Nunca es el primero. Por lo general, es de los últimos del grupo, ya que se toma todo el tiempo del mundo, pero no esta noche. Esta noche, es el primero en bajar del autocar y subir al avión, y en cuanto pone un pie en el pasillo, mira directamente hacia la parte de atrás, donde estoy de pie. Intento esconderme, queriendo terminar con este último vuelo de una vez, pero tiene la mirada clavada en mí.

Está vestido para impresionar, como siempre, y esta noche parece un poco menos demacrado que la última vez que lo vi. Sin dudarlo un segundo, acelera el paso, deja atrás rápidamente su fila y continua hacia mí.

—Oh, mierda —murmura Indy a mi lado, pero estoy aturdida, y lo observo echárseme encima sin apartar la mirada de sus ojos.

Debería moverme o esconderme o lo que sea, de verdad, pero no puedo. Siento como si tuviera los pies metidos en cemento, a merced de lo que sea que vaya a pasar.

No quiero hablar con él. Después de cuarenta y ocho horas de lucidez, no quiero hablar con él y que me recuerde que no quiere estar conmigo. El mensaje estaba claro. Pero, al mismo tiempo, es la única persona con la que quiero hablar. Él es la única persona que podría hacerme sentir mejor, a pesar de que fue quien provocó este dolor.

Es lo que tiene que te rompan el corazón.

—Stevie.

Ay, joder.

—¿Puedo hablar contigo, por favor? —ruega, con una mirada suave pero suplicante.

Suspiro exhausta.

—Zanders…

Abre mucho los ojos al escucharme decir ese nombre y, antes de rectificar, observo cómo se le mueve la garganta cuando traga saliva con dificultad.

—Zee, solo intento hacer mi trabajo. Por favor, déjame pasar el día.

Los asientos a su alrededor comienzan a llenarse con el resto de los miembros del equipo, y no quiero montar una escena. Quiero que acabe el vuelo, pasar desapercibida y dejar que todos olviden que existo.

—Por favor —continúa—. Solo necesito…

—Zanders. —Esta vez es Indy quien interviene por mí—. No se trata de lo que necesitas tú. Ella no quiere hablar. Déjala hacer su trabajo.

El rostro de Zanders se llena de culpa, y el dolor se hace evidente en sus rasgos. Pero no quiero que sufra. No estoy enfadada con él. Solo quiero seguir adelante.

—Hablaremos en el próximo vuelo —le digo—. Necesito más tiempo.

Una pequeña chispa de esperanza se apodera de él mientras asiente rápidamente, sin saber que no habrá un próximo vuelo. Al menos no para mí. Pero, por mucho daño que me hiciera, no puedo soportar verlo abatido. Es egoísta, pero esta mentira me ayudará a superar este viaje final.

—¿En el próximo vuelo? —pregunta para confirmar.

Mantenemos el contacto visual, y trato de recordarlo todo. Sus ojos, castaños pero que se vuelven verdes con la luz del sol. Sus labios, que me han tocado cada centímetro del cuerpo. La cadena de oro que lleva al cuello y a la que me he asido alguna que otra vez para mantener el equilibrio. Su corazón, que robó el mío. Su sinceridad, que me impactó tantísimo cuando aún no lo conocía realmente. Su consideración, que apenas nadie sabe que existe.

Trato de recordarlo.

Aunque duele hasta el punto de que no logro comprender cómo me sigue funcionando el cuerpo, estoy agradecida por la vida que me dio. La confianza que me infundió. El amor que compartió conmigo. Es difícil estar enfadada con alguien que te dio la mejor parte de tu vida.

Me cae un rizo frente a los ojos y, rápidamente, Zanders levanta una mano para apartarlo, tal como ha hecho innumerables veces. Pero se detiene a centímetros de mí y aparta el brazo cuando recuerda que no puede.

Quiero que me toque, pero temo que duela demasiado recordar cómo se siente.

Se le agita el pecho con una inhalación profunda mientras se recompone y me sonríe a modo de disculpa antes de volver a su asiento cabizbajo.

—No puedo hacer esto —sentencia Indy—. Es que no puedo. Esto no está bien. Deberíais estar juntos. —Abatida, se deja caer de espaldas contra la pared—. Está claro como el agua, joder. Estoy más disgustada por esto que por mi propia ruptura.

—No pasa nada —le digo dándole un apretón en un brazo con una sonrisa tranquilizadora—. Todo irá bien.

Indy no sabe que me mudo a Seattle por el nuevo trabajo o que este es mi último vuelo, pero estoy tratando de disfrutar mis últimas horas con ella como compañera de trabajo, así que me lo guardaré para mí por ahora.

—Voy a hacer el recuento o algo productivo, así no me hundiré en la tristeza aquí atrás —dice Indy, y sale de la cocina hacia el abarrotado pasillo—. Si mi rodilla accidentalmente encuentra las pelotas de Zanders al pasar, ¿hay algún problema?

Bueno, nunca pensé que tendría que decirle esto, pero le respondo:

—Mantente alejada de sus pelotas, por favor.

—Vale. Pero las de todos los demás están al alcance de la mano —bromea moviendo un hombro—. Y sí, he querido decir exactamente lo que has entendido.

La cabeza de Rio se vuelve hacia atrás al oír eso, con los ojos muy abiertos con interés.

—Yo estoy aq…

—No —suelta Indy pasando rápidamente junto a él.

Me mantengo ocupada con cualquier cosa que encuentro en la cocina trasera para esconderme, contando los minutos hasta que pueda salir de este avión. Doscientos treinta y siete, para ser exactos, en cuanto las ruedas se elevan del suelo.

—Stevie. —La alta figura de Maddison ocupa la pequeña entrada de la cocina trasera de a bordo. Mira rápidamente hacia atrás para asegurarse de que nadie más esté escuchando antes de volver a centrar su atención en mí—. No lo des por perdido.

Suspiro con cansancio.

—Maddison…

—Por favor. Sé que no debería meterme, pero está fatal. Nunca lo había visto tan mal.

—¡Él rompió conmigo! —estallo, pero luego recupero la compostura y bajo el volumen—. Esto ha sido culpa suya, y yo necesito superarlo.

Maddison me aguanta la mirada, compungido.

—Tú sabes quién es y yo sé quién es, pero a veces a él se le olvida. Está luchando con algunos demonios en este momento, pero, por favor, no lo des por perdido. Aún no.

¿Cómo le digo a su mejor amigo que nunca he dado a Zanders por perdido y que nunca lo haré? Pero sí nuestra relación. La di por perdida cuando acepté un nuevo trabajo y reservé un vuelo de regreso a Seattle, la semana que viene, para buscar apartamento.

Pero no puedo decir eso ahora mismo, así que asiento levemente con la cabeza mientras aparto la mirada de Maddison.

Dicho esto, él regresa a su asiento, y yo paso las próximas cuatro horas escondida en la cocina de a bordo tratando de disfrutar mi último vuelo tanto como puedo, a pesar de que el hombre del que estoy enamorada y que me rompió el corazón está a menos de diez metros de mí.

Cuando aterrizamos en Chicago, lo observo bajar del avión preguntándome cuántas veces más lo veré en persona, si acaso alguna.

—¿Cuánto tiempo más te quedas?

—Un mes. Tal vez dos. Vuelvo a irme la semana que viene para buscar apartamento, así que depende de eso.

—No quiero que te vayas —repite Cheryl—. Si pudiera pagarte para que trabajes aquí y convencerte de que te quedes, lo haría sin pensarlo.

Sentada en el suelo con uno de los nuevos perretes, sonrío a Cheryl, agradecida.

—Voy a echar de menos esto.

No podría quedarme más corta. Este refugio me ha robado gran parte del corazón durante los últimos nueve meses, desde que me mudé a Chicago. Es el lugar donde me siento más necesitada, donde soy más feliz, donde siento que estoy haciendo algo digno de mi tiempo. Nunca me ha importado el dinero, pero necesito ingresos para vivir, así como un nuevo comienzo para poder sanarme las heridas del corazón.

Si pudiera llevarme el refugio y todos los perros conmigo a Seattle, lo haría al instante.

Ojalá pudiera coger todo lo que es mi vida en Chicago, menos la angustia, y llevármelo conmigo, pero, ahora mismo, sentirme mejor es más importante que perder lo que más me gusta de esta ciudad.

—Bueno —continúa Cheryl—. No vivirás con tu hermano en Seattle —insinúa mirando al perro que tengo en el regazo—. Tal vez sea el momento de tener el tuyo.

El carlino mestizo tiembla en mis piernas. Lo han dejado aquí hace solo veinticuatro horas, así que continúo acariciándole el pelaje con la esperanza de calmarlo.

—Cuando me instale regresaré a Chicago para ver algunos de los partidos de Ryan. Tal vez pueda llevarme uno conmigo entonces.

Siento la mirada de Cheryl sobre mí, así que mantengo la atención en el perro que tengo en mi regazo.

—Stevie, ¿estás segura de que quieres irte?

—Sí. —Fuerzo una sonrisa—. Me irá bien.

Suena la campanilla de la puerta principal, cuando mi hermano entra a la carrera.

—¿Ryan? —pregunto desde el suelo. Nunca había puesto un pie en este edificio porque es alérgico, así que sé que ha pasado algo muy gordo.

—Vee. —Me lanza una mirada de perdón—. Han publicado tu nombre.

La habitación a mi alrededor se queda inmóvil. Estoy segura de que los perros siguen deambulando y jugando, pero no podría jurarlo. Tengo la atención puesta en Ryan mientras trato de asimilar lo que acaba de decir, con la esperanza de haberlo escuchado mal.

—¿Estás seguro?

Saco el móvil y escribo mi nombre a la desesperada.

«La novia de Evan Zanders es la azafata de su equipo».

El titular «Pillado engañando a Shay» aparece acompañado de una imagen del partido a las afueras de Seattle, donde otra chica lo cogió del brazo. Sé que no es cierto, pero no es divertido de ver.

«La hermana del base de los Devils, Ryan Shay, sale con el defensa de los Raptors, Evan Zanders».

Cada artículo va acompañado de la foto en la que salimos corriendo hacia el apartamento de Zanders, la que circuló rápidamente por internet la semana pasada y provocó una avalancha de comentarios de odio. Pero ahora incluyen muchas otras fotos mías. Unas donde se me ve la cara con claridad.

Menos mal que dejé el trabajo hace dos días, porque me despedirían ahora mismo si no lo hubiera hecho.

—Hay paparazzi y reporteros frente a nuestro edificio —añade Ryan.

Permanezco sentada en silencio, atónita. Acabo de leer los horribles comentarios de la semana pasada. No estoy lista para volver a pasar por esto.

Gus, el perro de Cheryl, se acerca tranquilamente a mi hermano y le restriega todo el rubio pelaje contra sus espinillas.

—¿Vamos a casa? Necesito salir de aquí —dice Ryan arrugando la nariz, a punto de estornudar.

Levantándome del suelo, cojo al nuevo perro del refugio, finalmente se ha dormido, y se lo paso a Cheryl.

—Volveré mañana —le aseguro antes de seguir a mi hermano afuera.

Él sostiene una gabardina larga, una que uso en los días lluviosos, pero estamos a veinticinco grados; lo miro con el ceño fruncido, confundida.

—Por si querías taparte.

Miro mi atuendo, un ajustado top sin mangas que deja a la vista mi figura, incluidos unos pocos centímetros de barriga al descubierto. Llevo una camisa alrededor de la cintura. Me he recogido el pelo en un moño rizado bien alto, me he puesto los tejanos holgados, tengo las zapatillas sucias y, en general, me siento muy expuesta.

Darme cuenta de ello hace que le quite la chaqueta a mi hermano y me cubra, sin importar el calor.

—Quédate detrás de mí —me recuerda Ryan mientras doblamos la esquina de nuestro edificio.

En la entrada, la base de las escaleras está abarrotada de gente, cámara en mano, esperando cualquier cosa.

—¿Estás seguro de que no están aquí por ti o por Maddison o algo así?

Ryan mira por encima del hombro con una disculpa.

—No, Vee. No están aquí por nosotros.

Miro de repente al edificio de Zanders, cuyos escalones de entrada están despejados por primera vez en semanas, pues todos están apostados frente al edificio en el que vivo yo.

Nos acercamos tratando de no llamar la atención.

—Avanza con rapidez y ya está —susurra mi hermano—. ¿Lista?

En absoluto, pero no importa, porque nos van a ver en cuanto doblemos la esquina, en tres, dos, uno...

—¡Ryan Shay! —grita el primero.

—¿Es esta tu hermana?

Flashes, gritos de la multitud tratando de llamar nuestra atención.

—Gajes del oficio, ¿eh?

—¡Stevie, aquí!

Cubriéndome, Ryan me deja ponerme entre él y el edificio mientras nuestro portero abre la entrada principal al vestíbulo y nos guía adentro. Mi hermano rápidamente se hace a un lado para taparme de las cámaras mientras entro corriendo.

—Mantén la cabeza baja —añade Ryan, una vez dentro, cuando nos dirigimos al ascensor, pero me detengo en seco, justo allí, en medio del impoluto vestíbulo, completamente blanco, que siempre me ha hecho sentir fuera de lugar respecto de las demás personas que viven aquí.

Sin embargo, ya no me importa si encajo o no ni lo que la gente opine sobre mi aspecto o mi forma de vestir. No me importa que a los extraños no les guste que tenga unos pocos kilos de más. Así es como soy, y estoy cansada de permitir que otros decidan dónde puedo sentirme aceptada.

Yo me acepto a mí misma por fin, así que ya pueden ir haciéndose a la idea todos los demás.

—Vee, vámonos —insiste Ryan, indicándome el ascensor que mantiene abierto.

Mirando por encima del hombro a la multitud que hay fuera, oigo sus gritos a través de las paredes. Me quito la gabardina rápidamente antes de dejarla caer al suelo y echar a andar hacia la puerta.

—¡Stevie!—grita mi hermano, pero sigo hacia la horda de reporteros.

La adrenalina me corre por las venas cuando abro la puerta, los flashes de las cámaras me ciegan y los gritos son ensordecedores.

—¡Señorita Shay!

—¡Stevie, aquí!

—¿Cuánto tiempo hace que estáis saliendo?

—¿Tu aerolínea lo sabe?

—No voy a responder ninguna pregunta —digo, levantando la voz por encima de la multitud—. No tengo nada que decir aparte de que esta soy yo. —Extiendo los brazos, incapaz de esconderme—. Haced las fotos que queráis y publicadlas donde sea. Ya no me importa.

Cojo aire profundamente al darme cuenta de lo que estoy haciendo.

—Puede que no sea como queréis, pero ¿sabéis cuántas mujeres hay como yo? Las palabras que publicáis en internet sobre mi cuerpo no solo me afectan a mí, sino también a ellas. Así que se acabó lo de esconderme por miedo a lo que digáis —añado, sin bajar los brazos, exhibiéndome—. Así es como soy, y si sentís la necesidad de comentarlo, pues eso dice mucho más sobre vosotros que sobre mí.

Los reporteros permanecen en silencio, algunos escribiendo en sus pequeños blocs de notas y otros haciendo fotos.

—¿Sabéis lo surrealista que es esto? Preocuparme tanto por quién soy. Una imagen no va a deciros nada. Soy hermana, hija y amiga. Soy un ser humano con sentimientos y emociones, y tratarme como si no lo fuera, tratar a estos deportistas como si no lo fueran, es enfermizo. Estos tipos a los que idolatráis son humanos. Solo tratan de practicar un deporte que adoran, y algunos de vosotros estáis más preocupados por sus vidas personales. Dejadlos vivir. Dejadme vivir.

Me doy la vuelta para dirigirme al interior, pero solo he dado un paso cuando cambio de opinión.

—Ah, y si vais a continuar siguiéndome, que sepáis que soy voluntaria en el refugio Senior Dogs of Chicago, calle abajo, así que si queréis acosarme allí, espero que tengáis pensado sacar algunos perros a pasear. Necesitamos todos los voluntarios posibles.

La multitud se agita con una risa ligera, lo que hace que desaparezca cualquier peso que me quedara en el pecho. Pueden interpretar eso como quieran. Ya no tengo miedo de lo que diga la gente.

Al mirar por encima de la multitud de reporteros, atisbo a Zanders al otro lado de la calle, de pie en sus escalones, observándome atónito. Lleva su característico traje de los días que tiene partido y las llaves del coche le cuelgan de una mano, pero está inmóvil.

Finalmente, una sonrisa de orgullo se le dibuja en los labios mientras mantiene la mirada fija en mí.

—¿Todavía sales con Evan Zanders? —pregunta uno de los reporteros, atrayendo mi atención hacia el grupo.

Vacilo, pues no estoy lista para reconocerlo en voz alta.

—Como he dicho, no voy a responder ninguna pregunta.

Me meto en el vestíbulo sin volver a mirar al hombre que está al otro lado de la calle.

—¿Quién narices eres tú? —se ríe Ryan con orgullo, pasándome un brazo por encima del hombro mientras nos dirigimos hacia el ascensor.

Cuando respiro hondo, el desprecio hacia mí misma con que he cargado durante años comienza a desvanecerse, y no podría sentirme más libre de lo que me siento en este momento.

—Tan solo yo.

46

Zanders

Qué ovarios, joder.

Stevie se desliza en su edificio después de dejar a la multitud de paparazzi y reporteros sin palabras plantada en la puerta, y no podría estar más orgulloso de esta chica.

Se ha hecho valer y le ha mostrado al mundo quién es, y no porque yo quisiera que lo hiciera o porque alguien más la presionase, sino porque lo ha aceptado y ya no está tratando de esconderse.

Cada fibra de mi ser quiere perseguirla y rogarle que me hable. Pedirle que me deje contarle en qué pienso únicamente y que estoy destrozado sin ella. Pero pidió tiempo y prometió que hablaríamos en el próximo vuelo, así que, hasta entonces, voy a trabajar en aquello que me impide ser el hombre que ella merece.

Se me pega algo de su confianza en sí misma cuando me deslizo en mi Mercedes y conecto el móvil al sistema de altavoces del coche. En cuanto salgo del aparcamiento llamo a Rich, y el tono del teléfono llena el espacio.

—EZ, todavía estoy trabajando en tu contrato y encargándome de la mierda de Maddison. Aún no tengo mucho que decirte.

—Estás despedido.

Se hace un momento de silencio en el coche.

—Lo siento, no te he entendido. ¿Estás en el coche?

—Estás despedido, Rich.

Suelta una risa condescendiente.

—No, no lo estoy.

Enciendo el intermitente antes de salir del garaje y me detengo a un costado del edificio de Maddison, sin decir una palabra más al respecto.

Mi silencio llama la atención de Rich.

—¡Zanders, estás cometiendo un gran error! Vas a necesitar un nuevo equipo dentro de menos de dos semanas y ¿despides a tu agente? Nadie te fichará. Tendrás suerte si acabas jugando en el extranjero.

Dejar Chicago es uno de mis mayores miedos, y no tengo ningunas ganas de hacerlo, pero no permitiré que Rich perciba la preocupación en mi voz.

—Entonces jugaré en el extranjero —le digo, como si nada.

—Las franquicias no pueden contactar contigo mientras esté la temporada en marcha. Solo pueden hablar con tu agente. Lo sabes, ¿verdad?

—Sí.

—Lo que significa que los equipos no pueden contactarte sin mí —insiste.

—Sí.

—Entonces estás cometiendo voluntariamente el mayor error de tu carrera. ¿Sabes cuánto dinero te he hecho ganar a lo largo de los años? —El tono de Rich, por lo general autoritario, se vuelve desesperado—. ¡Yo te creé!

—No, Rich —digo, recostándome casualmente en el reposacabezas mientras espero a Maddison y voy echando un vistazo a los paparazzi que hay frente a su edificio, que, por suerte, no pueden ver a través de los cristales polarizados de mi coche—. Tú creaste un personaje mediático y le pusiste mi nombre, pero ya no soy esa persona, y no estoy seguro de haberlo sido alguna vez. Si Chicago no quiere ficharme por mi talento, entonces encontraré quien lo haga, pero no vas a ganar ni un centavo más conmigo. Y buena suerte sacando tajada de los paparazzi ahora que no tenemos ningún tipo de relación.

—¿De qué narices estás hablando?

—Has filtrado el nombre de Stevie, ¿verdad?

No hace falta que lo confirme. En cuanto salí de mi edificio y vi la multitud frente al suyo, lo supe.

—Por favor, no me digas que estás tirando tu carrera por la borda, un contrato multimillonario, por un chochito. Por tu azafata. Entiendo la fantasía, de verdad, pero no seas tan estúpido, joder, Zanders.

—Que no hables de ella, hostia ya —espeto, irguiéndome y mirando por la ventana, con la esperanza de que nadie me haya oído—. Debería haberte despedido hace años.

—Te vas a arrepentir de esto.

—No, Rich. No lo haré en absoluto. Le pediré a mi abogada que redacte el papeleo.

—Zand…

Dicho esto, cuelgo el teléfono, tal como me ha hecho él tantas veces. Luego le envío a Lindsey, mi abogada, un mensaje para informarla.

Mentiría si dijera que me siento tranquilo con mi decisión. No es así. Noto que me embarga la ansiedad, recordándome que estoy realmente jodido sin un agente mientras trato de recordarme que era lo que debía hacer. En cuanto al hockey, es un suicidio profesional, pero era necesario para mi vida personal.

Solo quedan un par de días hasta el próximo vuelo, y entonces veré a Stevie, pero necesito poder acercarme a ella con algo más que una disculpa mientras le suplico que me perdone. Necesito demostrarle que estoy tratando de eliminar los obstáculos en mi vida cuando le explique por qué hice lo que hice, y despedir a Rich era lo primero de esa lista.

Lindsey: *Ya era hora. Tendré el papeleo esta noche. Y ¿cuándo planeas hablar con ella?*

Echando los hombros hacia atrás, intento relajarme, pero el pánico me ha estado asfixiando ante la idea de esta inminente conversación desde que le conté mi plan a mi hermana. Aun así, necesito estar relajado, no solo porque el partido de esta noche determina si vamos a la final de la Copa Stanley, sino porque esa mujer me ha provocado demasiados ataques de pánico a lo largo de los años, y me niego a permitirle otro.

Yo: *Viene mañana.*

Lindsey: *Estoy orgullosa de ti.*

Finalmente, Maddison sale del vestíbulo con la cabeza gacha y cubierta mientras los reporteros le hacen fotos. Aprieta el paso en cuanto está fuera, dobla la esquina y se sube a mi Mercedes. Presiono el acelerador y salimos pitando antes de que nadie más nos vea.

—¿Qué cojones? ¿A esto han llegado persiguiéndote?

—No me estaban esperando a mí, y lamento decepcionarte, pero tampoco te estaban esperando a ti —digo, y pongo el intermitente para incorporarme a la autopista, de camino al estadio—. Han publicado el nombre de Stevie hace un par de horas. La estaban esperando a ella.

Con el rabillo del ojo, veo que Maddison abre la boca.

—Mierda —sisea por lo bajo—. ¿Cómo lo ha llevado?

Se me dibuja una sonrisa de orgullo en los labios mientras mantengo la mirada en la carretera frente a mí.

—Con un par de ovarios.

—¿Fue Rich?

—Seguro.

Se hace un largo silencio entre nosotros.

—Acabo de despedirlo.

Echo un rápido vistazo a Maddison, sentado en el asiento del copiloto, atónito. Finalmente, deja escapar una profunda risa de sorpresa.

—¡Joder, sí, por fin! —Me sacude los hombros a modo de celebración—. ¡Has vuelto! ¡Vamos!

—Vale, vale —me río—. Estoy conduciendo.

Maddison se acomoda en el asiento con un suspiro de satisfacción.

—Sabes que estás bastante jodido de cara a la próxima temporada sin un agente, ¿verdad?

—Lo sé.

—¿Qué vas a hacer?

Esbozo una media sonrisa traviesa.

—Supongo que vamos a tener que acabar a lo grande. Vamos a ganar la Copa Stanley justo después de que recupere a mi chica.

47

Stevie

Nerviosa, repiqueteo el suelo de mármol blanco con las puntas de los pies mientras espero que llegue mi Uber. Llevo una maleta pequeña, suficiente para pasar cinco días en Seattle. No sé cuánto tiempo tardaré en encontrar apartamento, especialmente uno que pueda pagar, pero pensé que podría dedicar el tiempo que me sobre a explorar mi nueva ciudad. Además, me hará bien estar lejos de Chicago, donde nadie me conozca.

No hay multitudes acechándome fuera del apartamento hoy, lo cual es un poco sorprendente, ya que Zanders y el equipo ganaron en casa anoche, con lo que se aseguraron un puesto en la final de la Copa Stanley. Pero ahora que ya tienen sus fotos y no queda nada que esconder, parece que a los reporteros no podría importarles menos quién soy.

Que Chicago se clasificara para la Copa Stanley por primera vez en ocho años acaparó los titulares, y aunque no miré, apuesto a que cualquier cosa sobre mí o nuestra relación fue solo una nota a pie de página en comparación.

—No parece que te dirijas a Pittsburgh —señala el portero mirando mi maleta, refiriéndose al destino al que viajará el equipo mañana.

—Esta vez no voy —respondo, con una pequeña sonrisa, antes de desviar la atención de nuevo a las puertas de cristal, esperando al coche.

Está de pie a mi lado, con las manos cruzadas detrás de la espalda.

—¿Sabe, señorita Shay? Yo veo y escucho muchas cosas. Y guardo muchos secretos. Pero habría que estar ciego para no ver cuánto daño le hará a ese chico si no le dice que se muda.

Lo miro de repente.

—¿Cómo lo has sabido?

—Llevo cuarenta y siete años en este trabajo. Me percato de las cosas.

Antes de que pueda responder, alguien al otro lado de la calle me llama la atención. Una esbelta figura. De brillante pelo negro, peinado en un elegante moño bajo. Un bolso carísimo colgado de brazo.

—Disculpe —le digo distraídamente a nuestro portero antes de dejarle mi maleta en el vestíbulo y salir corriendo.

—¡Lindsey! —grito mientras miro en ambas direcciones antes de cruzar la calle corriendo para alcanzarla—. ¡Lindsey! —repito, pero ella no se da la vuelta, sino que continúa directamente hacia el edificio de Zanders—. Lindsey —digo una última vez, cogiéndola suavemente del brazo antes de que suba los escalones de la entrada.

Se da la vuelta para mirarme, con la confusión plasmada en su rostro.

—Oh, lo siento —digo retirando el brazo—. Te he confundido con otra persona.

Tiene unos ojos castaños sorprendentemente similares, por no mencionar esa sonrisa de descaro.

Niego con la cabeza, sin poder creerlo.

—¿De qué conoces a mi hija? —pregunta ella.

Abro mucho los ojos. ¿Qué está haciendo aquí? ¿Zanders sabe que ha venido? No puede estar aquí, no ahora mismo. No cuando hay tanto en juego para él.

—¿Qué estás haciendo aquí? —pregunto con dureza.

Todo su cuerpo rezuma carácter.

—¿Disculpa?

—Sé quién eres. Eres la madre de Evan. ¿Qué demonios estás haciendo aquí?

Me recorre con la mirada de arriba abajo, absorbiéndome y juzgando cada centímetro de mi cuerpo. Mi ropa, demasiado holgada y de segunda mano, le resulta mediocre, estoy segura, especialmente en comparación con su bolso y zapatos, que son de diseño. Coge su bolso por el asa con unas cuidadas manos, aferrándose a él como si tuviera todo el valor del mundo.

Se parece a Zanders, pero al mismo tiempo, no se parecen en nada.

—No sé quién te crees que eres —frunce el ceño con asco—, pero él me ha invitado.

¿Qué? ¿Por qué narices haría eso? Y ¿por qué esta semana precisamente?

Me da la espalda y sube los escalones con sus tacones de suela roja, que han visto días mejores.

—Te lo perdiste, ¿sabes? —le grito, haciendo que se detenga a mitad de camino para volverse hacia mí. Está de pie unos pasos por encima de mí, mirando desde arriba—. Tu hijo es maravilloso. Y no gracias a ti.

—¿Con quién demonios crees que estás hablando?

Baja lentamente en mi dirección como si estuviera acechando a su presa.

Me mantengo erguida, con los hombros hacia atrás.

—Estoy hablando con la mujer que abandonó a su hijo de dieciséis años porque su marido no ganaba suficiente dinero para comprarle sus mierdas. Hablo de ti, por si no te has enterado.

Entrecierra los ojos y me mira con recelo.

—Ocúpate de tus asuntos. Esto no tiene nada que ver contigo. Esto es entre mi hijo y yo. Ni siquiera sé quién eres.

—Menuda novedad para ti, ¿eh? —Suelto una risa condescendiente—. No me digas, no sabes quién soy. Has estado desaparecida los últimos doce años.

—Tú…

Levanto una mano para cortarla.

—No he terminado. Es posible que tu hijo no sea capaz de verlo o decírtelo a la cara, pero está mejor sin ti. ¿Quién hace algo así? ¿Quién abandona a su hijo adolescente y luego regresa porque él gana más dinero del que podría soñar? ¡Lo abandonaste! Él solo quería que su madre lo quisiera y tú te fuiste, joder. Pero la cagaste, porque es la mejor persona que conozco, y se convirtió en ese hombre él solo, sin tu ayuda. No tienes ni idea de lo que dejaste atrás.

Me alejo de la mujer que dio a luz a Zanders, pero solo estoy a mitad de camino de mi apartamento cuando cambio de opinión y la miro de nuevo.

—Deja de venir a por dinero. Solo estás haciendo el ridículo. Le hiciste un favor al irte.

Le hago una doble peineta para darle un poco de dramatismo al asunto antes de meterme en el vestíbulo de mi edificio a seguir esperando el coche.

48

Zanders

Stevie le hace la peineta a mi madre con ambas manos, y no puedo evitar la empalagosa sonrisa de satisfacción que pongo mientras observo desde arriba, a través de las ventanas de mi ático.

Estoy demasiado obsesionado con esta insolente, y es difícil explicar el orgullo que me hincha el pecho al saber que todavía me apoya, aunque aún no esté lista para hablar conmigo.

Pero esa sensación de orgullo se convierte rápidamente en pánico cuando veo a mi madre desaparecer a mis pies hacia el vestíbulo de mi edificio.

Llevo días pensando en esto, practicando una y otra vez las palabras que quiero decirle. Pero aunque me sentía preparado cuando le reservé el vuelo o le pagué el hotel, en este momento, toda esa mentalización se ha ido por la ventana.

Mi hermana dio con su número de teléfono la semana pasada, y llevo toda la mañana con el pulgar sobre ese mismo contacto, queriendo cancelar este encuentro por completo. Siento el pánico bullir en mi interior, así como la ira. Pero no podía anularlo. He necesitado enfrentarme a esta mujer desde que tenía dieciséis años, pero hasta ahora, al darme cuenta de que mi pasado con ella estaba obstaculizando mi futuro, no se había convertido en una urgencia.

Ni siquiera puedo contar la cantidad de mensajes que le escribí a Stevie, diciéndole lo que estaba a punto de hacer porque necesitaba su ayuda y quería que me apoyara. Pero no envié ni uno solo. Eso habría sido muy egoísta. Su expresión de desesperación, suplicante, y la tensión en su voz rota se me han quedado grabadas en la mente desde el día en que rompí con ella. No podía pedirle ayuda cuando le había hecho eso, cuando todo es mi culpa. Así que voy a superar esto por mi cuenta sabiendo que es un paso que me ayudará a recuperarla.

Mientras recorro el salón de arriba abajo, finalmente suena el altavoz junto a la puerta.

—Señor Zanders, está aquí la… —mi portero duda—, ¿la señora Zanders? ¿Sigue usando ese nombre? Qué lista.

Cojo aire profundamente por la nariz y exhalo con la misma lentitud.

—Sí, gracias. Puedes dejarla subir.

Menos de dos minutos después, oigo que el ascensor se detiene en mi rellano, y quince segundos más tarde, todo mi ático resuena cuando llama a la puerta, lo que me provoca un desagradable escalofrío que me recorre la columna vertebral.

Me toqueteo el reloj que llevo en la muñeca y luego me ajusto el cuello de la camisa, incapaz de ponerme cómodo. Pensé en vestirme informalmente, pero voy a tratar esto como una reunión de negocios, así que camisa y pantalón. De todos modos, no es mi ropa lo que me inquieta y me provoca claustrofobia en este momento, sino la mujer al otro lado de la puerta.

Pero esta es mi casa, y esta es mi vida. Yo estoy al mando aquí. Tengo éxito y estoy orgulloso de lo que he conseguido. No gracias a ella. No permitiré que me haga sentir tan insignificante como lo hizo el día en que se fue.

Con otra respiración para calmarme, me enderezo y pongo una mano en la manija, tragándome los nervios mientras abro la puerta.

—Evan —dice mi madre con orgullo—. Cuánto me alegro de verte.

Ella me aguanta la mirada, con una sonrisa forzada cargada de intención, y al ver a esta mujer de pie frente a mí, siento que me desmorono y vuelvo a ser a ese niño dolido de dieciséis años al que abandonó.

Tiene los ojos como los recordaba, un reflejo de los míos. Está peinada a la perfección, pero su morena piel ha envejecido en los últimos doce años. Se presentó en uno de mis partidos hace dos años, pero apenas la vi un poco antes de que seguridad la sacara. No me había fijado en los detalles.

Lleva ropa de diseño, de temporadas ya pasadas. Sus zapatos y su bolso están increíblemente desgastados, lo que me recuerda por qué se fue en primer lugar: por dinero. Y qué es lo más probable que quiera ahora: más.

—¿Puedo entrar? —pregunta, sacándome de mi aturdimiento.

Me hago a un lado, permitiéndole entrar en mi casa. No me gusta tenerla aquí. Aporta una energía fría, falsa y casi venenosa cuando entra, muy contradictoria con el aura brillante, el espíritu salvaje y la naturaleza dulce de Stevie. Pero tengo que recordar que estoy haciendo todo esto para mejorar y recuperar a esa chica.

—Guau —exclama mi madre contemplando el lugar, con la cabeza dando vueltas. Casi veo cómo le brillan los ojos de codicia—. Tu ático es increíble. ¿Cuánto tiempo llevas aquí?

—Poco más de seis años.

Ella asiente, evaluando en silencio cada pequeño objeto y recordándome que nada ha cambiado.

—¿Puedo tomar algo?

—Tengo agua.

Ella se ríe ligeramente.

—Un refresco o incluso champán estaría bien.

Poniendo los ojos en blanco, me dirijo hacia la cocina y la dejo en el salón. Tengo la nevera llena de botellas de IPA y agua con gas, ninguna de las cuales voy a ofrecerle.

—Tu vecina del pelo rizado es de lo que no hay —grita desde la sala de estar, y no puedo evitar que se me dibuje una sonrisa en los labios—. Menuda actitud.

No tengo intención de explicarle quién es Stevie. No le importa, porque la mujer sentada en mi apartamento no tendrá ningún valor en mi vida después de hoy. No tiene que saber nada acerca de la pieza más importante de todas.

Dejo el vaso sobre la mesa de café frente a mi madre y me siento en una silla en perpendicular a ella.

—¿Qué es? —pregunta mirando el vaso como si estuviera sorprendida de que no haya abierto una botella de burbujas especialmente para ella.

—Agua.

Ella fuerza esa sonrisa falsa de nuevo antes de dar un sorbo.

—Estoy tan contenta de que me hayas llamado, Evan.

Dios, odio ese nombre cuando lo dice ella.

Aclarándome la garganta, me recoloco el reloj una vez más antes de hacer girar los anillos en mis dedos. Mi madre me mira, observándolo todo, probablemente calculando cuánto cuestan todas mis joyas.

Pero mientras recorro distraídamente con el pulgar el anillo que llevo en el dedo meñique, recuerdo por qué estoy haciendo esto.

—Te llamé porque tenemos que hablar.

—Esperaba…

—Yo necesito hablar —rectifico.

Abre esos ojos castaños antes de recolocar los hombros.

—Por favor, adelante.

—¿Por qué te fuiste?

Se le sacude el pecho al suspirar con fuerza.

—Evan, ¿podemos dejar el pasado en el pasado y seguir adelante? Eso es lo que más quiero en el mundo, seguir adelante.

—No. ¿Por qué te fuiste?

Ella niega con la cabeza, buscando algo, cualquier cosa para justificar su abandono.

—Sacrifiqué mucho cuando estaba con tu padre.

—¿Cómo qué? —objeto, sin dejar que se vaya de rositas con respuestas vagas.

—Sacrifiqué la vida que imaginé que tendría. Las cosas que quería.

—Cosas materiales. Tu familia no era suficiente para ti.

—Eso no es cierto.

—Sí que lo es. Elegiste el dinero y las cosas materiales de mierda antes que a tus hijos.

Ella permanece en silencio, sin discutir.

—¿Sabes cómo me sentí a los dieciséis años, cuando salí del entrenamiento de hockey y esperé sentado en el aparcamiento a que aparecieras? Todos mis amigos se marcharon con sus padres y yo me senté a esperar. Papá apareció dos horas después, y cuando llegamos a casa, todas tus cosas habían desaparecido. ¿Quién narices hace eso?

—Evan, quiero seguir adelante.

—¡Yo también! —grito desde mi asiento, haciendo que Rosie salte de su cama para perros y venga a sentarse, atenta, a mi lado—. Por eso estás aquí, mamá. Quiero seguir adelante, y guardo tanta ira por lo que hiciste que no puedo. Eras la única mujer que se suponía que me querría incondicionalmente, y no lo hiciste.

Hago una pausa para permitirle que me diga que estoy equivocado. Para que me diga que sí me quería. Que tal vez no quería lo suficiente a mi padre, o que tal vez no le gustaba demasiado nuestro pequeño pueblo en Indiana, y que por eso tuvo que irse, pero que nunca fue por mí.

Ella no dice que me quiere.

—Entonces, ¿cómo lo hacemos desde aquí? —pregunta en su lugar—. ¿Cómo seguimos adelante?

—Nosotros no. Yo sigo adelante.

Frunce el ceño confundida.

—Te he hecho venir para poder mirarte a la cara y decirte que se acabó. Me he cansado de aferrarme a la ira y al dolor que causaste. Me he cansado de ocultar tu nombre a la prensa por miedo a que la gente supiera de ti. Y me he cansado de dejar que tu incapacidad para quedarte cuando más te necesitaba me aleje de las personas que quieren estar en mi vida, gente que nunca me abandonaría como tú lo hiciste.

Ella se queda ahí sentada, impasible, mientras me recorre el cuerpo una sacudida de orgullo.

Inclino la cabeza hacia atrás, cierro los ojos y una leve sonrisa se me dibuja en los labios. Se me relaja cada músculo del cuerpo por los efectos físicos de mis palabras.

—He venido porque esperaba que me quisieras de nuevo en tu vida.

—No. Has venido porque esperabas que te mantuviera. Pero adivina qué, mamá: ya no tengo dieciséis años y me importas una mierda.

Abre la boca, atónita.

—¿Para eso me has hecho venir hasta aquí? ¿Me has hecho coger un avión para esto?

—Sí.

Ella se queda en silencio, totalmente pasmada.

—Déjame adivinar. Pensaste que te traería hasta aquí y pagaría para que te quedaras cerca. Que tendrías tu propio palco en mis partidos.

Su fachada se desmorona por completo frente a mí.

—Pensé que me querías en tu vida otra vez. ¡Pensé que me hiciste volar hasta aquí porque me echabas de menos!

Niego con la cabeza.

—No, estoy bien así.

Se está poniendo nerviosa, y mira inquieta alrededor de la estancia, observando cada pequeño objeto que pueda ser de valor. Como si estuviera catalogando lo que esperaba obtener de mí.

—De todos modos, no quieres volver a estar en mi vida, mamá. Admítelo. Esperabas que todavía fuera ese adolescente triste que te echaba de menos y que haría cualquier cosa para recuperarte. Pensaste que te daría lo que fuera para que te quedaras. No me quieres. No me echas en falta. Quieres lo que tengo.

Stevie es lo primero que me pasa por la mente. La persona que más significa para mí, que nunca me ha quitado nada, pero que quiero que lo tenga todo. Lo siguiente es mi padre, a quien culpé por la ausencia de mi madre. Ese hombre trabajó el doble para compensar la pérdida de sus ingresos, para que yo no tuviera que dejar de jugar al hockey. Siempre pensé que él me había abandonado como ella había hecho, pero en realidad fue todo lo contrario. Se quedó y trabajó más para que mi vida no tuviera que cambiar.

Esas son las personas a las que quiero dárselo todo. No a la mujer que está frente a mí.

Miro su bolso. Es de diseño, pero tiene al menos una década ya, y todas las piezas encajan.

—¿Cuándo te dejó?

No tengo ni idea de cómo es el hombre por el que nos abandonó, aunque he intentado imaginármelo durante años, preguntándome qué vio en él. Pasaba por la ciudad en busca de trabajo y se llevó a mi madre en su jet privado. Pero, en el fondo, sé exactamente lo que vio en él. Vio dinero, suficiente para dejar a su familia.

Mi madre endereza los hombros, manteniendo esa falsa seguridad como si la razón por la que está aquí no tuviera nada que ver con los fondos que le quedan.

—Hace seis años.

Hago números. Inmediatamente después de que entrara en la Liga, ella comenzó a intentar abrirse paso de nuevo en mi vida.

—¿Tengo algún hermano al que deba conocer?

Ella suelta una risa con sorna.

—No.

Asiento repetidamente.

—Vale. No vuelvas a llamarme.

Me mira de repente.

—¿Hablas en serio?

—Totalmente.

Casi puedo ver cómo maquina.

—Sé lo reservado que eres con la prensa. Sé cosas que les encantaría saber. Cosas que pagarían por saber.

Está desesperada y se agarra a un clavo ardiendo.

—Adelante. Ahora ya no me escondo. Si lo que quieres es contarles lo terrible que eres como madre y ponerte en evidencia, adelante. Te mantuve en secreto porque me daba vergüenza que mi propia madre no pudiera quererme, pero no hay nada de lo que deba avergonzarme. Soy suficiente. Lindsey es suficiente. Eres tú la que valora las cosas equivocadas. Cuando te vayas, ¿quién te apoyará? ¿Tus bolsos? ¿Tus zapatos? ¿Tu dinero? Qué vida más triste, mamá, y has de saber que ya no estoy enfadado contigo por eso. Me das pena.

¿Cómo narices pudo esta mujer provocarme tanto pánico a lo largo de los años? No vale la pena. Nunca ha valido la pena. Rezuma desesperación, y es patético. De hecho, ahora que la miro, no siento nada. No significa nada para mí.

—¿Sabes que culpé a papá porque te fuiste? No has estado aquí en todos estos años para enfadarme contigo, así que en su lugar me enfadé con él. Pero ese hombre se quedó y trabajó duro por Lindsey y por mí. Le hiciste un favor al irte. Se merece mucho más que tú.

—Evan...

—Deberías irte.

Me levanto de la silla, con Rosie a mi lado.

Mi madre duda, levantando las cejas con incredulidad. Coge el bolso y se alisa la blusa mientras se pone de pie. La guío hacia la puerta, sintiendo que me sigue de mala gana.

—Tu vuelo sale a las dos y tienes que dejar el hotel dentro de una hora, así que, si yo fuera tú, me daría prisa y haría las maletas.

—¿Qué?

Está de pie en el rellano, ya fuera de mi apartamento, en estado de shock.

—Gracias por no quererme lo suficiente como para quedarte, mamá.

Hizo que fuera mucho más fácil reconocer a las personas que sí me quieren.

Cuando estoy cerrando la puerta, cambio de opinión.

—Ah, y deberías jubilar ese bolso. Está anticuado, en mi opinión.

Vale, eso ha sido mezquino de la hostia, pero no he podido evitarlo. Cuando he cerrado la puerta, me recuesto contra ella, sintiéndome más libre de lo que me he sentido en doce años.

Una vez que paso el control de seguridad, básicamente atravieso la pista del aeropuerto O'Hare de Chicago corriendo, directo hacia el avión. Me moría por hablar con Stevie mientras trataba de respetar el límite de tiempo que necesitaba.

La final de la Copa Stanley comienza mañana, con un primer partido en Pittsburgh, y he estado deseando que llegara este viaje por razones ajenas al hockey. Ayer me costó mucho no llamarla después de que mi madre se fuera, pero vamos a pasar tres días juntos en Pittsburgh y, de todos modos, podré contárselo mejor en persona.

Espero que esté orgullosa de mí. Creo que lo estará.

Los entrenadores, el personal y mis compañeros de equipo taponan el pasillo mientras avanzo entre la multitud hacia mi asiento, en la fila con las salidas de emergencia. Poniéndome de puntillas, miro por encima de las cabezas de los chicos y hacia la cocina trasera en busca de Stevie, pero hay demasiada gente en medio.

Cuando me siento, me rebotan las rodillas mientras espero hecho un manojo de nervios a que venga a hacer la demostración de seguridad. Todo irá bien. Tiene que ir bien.

—Joder —exclama Maddison dejándose caer en el asiento a mi lado—. Menuda carrera te has pegado hasta aquí.

—Lo siento. —Vuelvo a mirar hacia la cocina trasera, pero no veo ni rastro de Stevie—. Hoy voy a hablar con ella, así que estoy nervioso.

—No te preocupes —me tranquiliza Maddison—. Lo entenderá. Tú cuéntaselo todo y ya está.

Después de que se diera a conocer el nombre de Stevie en la prensa, me preocupaba que la despidieran. Pero me lo habría dicho si lo hubieran hecho, y todavía no he sabido ni una palabra de ella.

—¿Están listos para que les dé las instrucciones de seguridad para las salidas de emergencia?

Ya era hora.

Pero cuando miro hacia arriba, no es mi azafata de pelo rizado quien requiere nuestra atención. No es Indy, y tampoco la borde.

—¿Quién eres tú? —pregunto con dureza.

—Soy Natalie.

Ella me dedica una sonrisa amable, irradiando inocencia.

—¿Dónde está Stevie?

Frunce el ceño.

—¿Quién es Stevie?

¿Quién es Stevie? ¿Qué demonios?

Miro a Maddison, pero él está tan confundido como yo. Salto de mi asiento y me lanzo hacia la cocina trasera, apartando a empujones a mis compañeros de equipo cuando tengo que hacerlo.

—¿Dónde está? —le pregunto a Indy con desesperación.

Ella inhala profundamente, incapaz de mirarme a los ojos.

—Indy, ¿dónde cojones está?

Al fin me mira, y sus ojos están llenos de compasión. Incapaz de responder, se limita a negar con la cabeza.

—¿La despidieron? —pregunto frenéticamente, elevando la voz—. ¿En serio esa pava la despidió cuando publicaron su nombre?

Doy un paso rápido hacia la parte delantera del avión, listo para decirle a la azafata principal lo que pienso, pero Indy me coge del brazo para detenerme.

—No la despidieron. Dejó el trabajo después del último vuelo. Incluso antes de que se revelara su nombre.

¿Qué? No puede ser. Me prometió que hablaría conmigo hoy. No me mentiría.

¿O sí?

—¿Lo sabías?

Siento un nudo en la garganta, y me arden los ojos mientras miro desesperadamente a la compañera de trabajo de Stevie.

Indy niega con la cabeza.

—No me lo dijo hasta que aterrizamos. No tenía ni idea.

Me derrumbo contra la pared que tengo a la espalda sin poder creerlo. ¿Realmente está pasando esto? ¿Por qué no me lo dijo? ¿Por qué me hizo creer que todavía tenía una oportunidad?

Ella ha sido lo mejor de esta temporada, y ahora, en el momento decisivo, desaparece.

Necesito verla. Necesito hablar con ella y disculparme. Contarle mi conversación con mi madre. Asumir la responsabilidad de haber roto con ella porque tenía miedo. Rogarle que lo entienda.

La necesito, pero no está aquí, y no estoy seguro de poder esperar tres días más hasta que volvamos a Chicago.

—Hay una cosa más que debes saber —dice Indy, con un deje de pesar—. Ha aceptado un nuevo trabajo. Se va a mudar a Seattle.

49

Stevie

Llevo dos días aquí, y la búsqueda de apartamento ha sido un fracaso hasta ahora. Cualquier cosa agradable y en una buena zona está fuera de mi presupuesto. Tendría que desplazarme al trabajo o vivir en un basurero, nada de lo cual quiero hacer. La verdad es que no quiero hacer nada de esto. No quiero estar aquí, lo que hace que encontrar un sitio donde vivir sea aún más difícil.

Mi mente está en Chicago, y mi corazón, en Pittsburgh.

Zanders y los chicos están allí, y no pensé que fuera a llevarme tal chasco por perderme la final, pero así es. Me he sentido parte del equipo toda esta temporada, viajando con ellos y viéndolos subir de categoría al ganar eliminatoria tras eliminatoria. Pero ahora la final ya ha empezado, y estoy al otro lado del país, a más de tres mil kilómetros de distancia, completamente al margen.

¿Cómo habrá sido el ambiente cuando los muchachos han subido a bordo esta mañana? ¿Estaban nerviosos? ¿Entusiasmados? ¿Centrados? ¿Qué canción habrá puesto Rio mientras avanzaba por el pasillo hacia su asiento?

¿Cómo estará Zanders después de ver a su madre ayer?

Quiero todas las respuestas, y podría obtenerlas fácilmente si contestara a alguno de los interminables mensajes o llamadas de Zanders. No había contactado conmigo ni una sola vez desde que puso fin a lo nuestro, pero me imagino que cuando ha subido al avión esta mañana y se ha dado cuenta de que no estaba allí a pesar de que le dije que estaría, su plan se habrá ido por la borda.

Mi habitación de hotel es fría, sombría y oscura, pero fuera la ciudad está animada y alegre, llena de gente. Cuando he salido antes, la brisa fresca del océano me ha llenado las fosas nasales con su salobridad, así como una ráfaga de café recién hecho y flores.

No quiero nada de eso.

Quiero el olor del ático de Zanders cuando nos traen el desayuno porque ninguno de los dos sabe cocinar. Echo de menos cómo huele el refugio justo después de haber dado a todos sus baños semanales, cuando todo el edificio está perfumado por el champú. Incluso aspiraría una bocanada del repugnante olor de mi hermano cuando vuelve a casa del entreno en lugar de esto.

Quiero Chicago, pero estoy aquí.

Supongo que debería salir y explorar mi futura ciudad, pero, en lugar de eso, me quedo acostada en la cama, a media tarde, mirando el móvil mientras los mensajes de Zanders siguen llegando.

Hacía tiempo que no veía su nombre en mi pantalla, y lo echaba de menos.

Lo echo de menos a él.

Zee Zanders: *Stevie, responde por favor.*

Zee Zanders: *¿Puedes llamarme?*

Zee Zanders: *Vee, me estoy volviendo loco. ¿Podrías, por favor, hablar conmigo?*

Una vez más, su nombre aparece en mi móvil mientras el hermoso rostro de Zanders llena la pantalla con una imagen de una de nuestras perezosas mañanas juntos. La foto es una que le robé. Está en la cama, sin camiseta, con los ojos cerrados pero despierto, y con una sonrisa de complicidad en los labios.

Cada parte de mí echa de menos cada parte de él y de nuestra vida juntos.

Y eso es precisamente lo que hace que conteste al teléfono.

—¿Stevie? —Su voz es triste y rota.

Me sostengo el aparato con fuerza sobre el oído, cerrando los ojos para ignorar el dolor en su tono.

—Por favor, no te vayas —suplica.

No sé qué decir a eso, así que me quedo en silencio.

—Pensé que ibas a estar aquí hoy. Pensé que te habían despedido, pero ¿lo has dejado? Stevie, te lo ruego, por favor, no te mudes. Te necesito.

Me hundo en el colchón, con el teléfono pegado al oído. Respiro hondo y dejo que las palabras de Zanders me inunden. Es algo que quería y necesitaba escuchar, pero no creía que lo volviera a hacer. Lo único que me ha dicho desde que rompimos es que quería hablar, y, en ese tiempo, no me he permitido tener ni la más mínima esperanza ni una sola vez. ¿Para qué? Lo último que me dijo fue adiós.

—¿Qué pasa con lo que necesito yo? —pregunto suavemente—. Zee, rompiste conmigo. No podías esperar que me sentara a esperar, con la esperanza de que cambiaras de opinión.

—Solo estaba tratando de protegerte —admite en voz baja, con la derrota evidente en su tono.

—Lo sé. Lo supuse, pero no por eso duele menos saber que me dejarías ir tan fácilmente.

—No quería que tuvieras que soportar las partes feas de estar en mi vida. —Se le rompe la voz—. Estaba tratando de protegerte.

—No se puede proteger a todos de todo. Deberías haber confiado en que podía defenderme. Tú me enseñaste a defenderme.

Se hace el silencio entre nosotros.

—¿Quieres estar en Seattle? —pregunta finalmente—. Ni siquiera te gusta demasiado volar. ¿Qué pasa con el refugio? ¿Qué pasa con Ryan?

—Solo quiero sentirme mejor.

—Te echo mucho de menos. Ni siquiera funciono como es debido —dice, con un fuerte suspiro—. ¿Cómo suenas tú tan bien?

—No lo estoy. No estoy ni cerca de estar bien, pero ¿qué se supone que debo hacer? ¿Esperar, con la esperanza de que algún día quieras estar conmigo?

—Siempre he querido estar contigo, Stevie.

—Entonces, ¿por qué me dejaste?

Lo oigo tragarse las emociones a través del teléfono.

—Parecía que todo se nos venía encima, ¿sabes? Estaba tan mal el día que todo salió a la luz. No tenía control sobre lo que la gente decía de ti. Estaba tratando de arreglar algo, cualquier cosa. No quería que perdieras tu trabajo.

—¡No me importaba mi trabajo!

—¡Pues a mí sí! —Baja su voz y dice—: Vee, por primera vez en mi vida, la gira de esta temporada ha sido como estar en casa porque estabas conmigo y, egoístamente, no estaba listo para perder eso. Necesitaba saber que estarías allí conmigo.

Tengo un nudo en la garganta que me impide responder. Me arden los ojos por las lágrimas que me he negado a derramar durante días, pero también estoy enfadada porque tomase esa decisión por mí.

—Y tenía miedo de que te fueras por completo —añade en voz baja, casi inaudible—. Todo iba tan bien, demasiado bien, y la última vez que di tan por sentado que alguien se quedaría en mi vida, esa mujer me abandonó.

Me duele todo. Me duele su tono. Me duele el vacío.

Nunca lo hubiera dejado. Si Zanders me hubiera pedido que me quedara en su vida para siempre, habría accedido sin pensármelo, pero no necesariamente lo culpo por reaccionar como lo hizo. En su etapa formativa, la mujer que se suponía que debía quedarse y quererlo no lo hizo, pero yo no soy ella.

Aunque lo comprendo, tengo que cuidar de mí misma. Me dejó cuando lo único que yo quería era poder quererlo y, tal vez, que él me quisiera también.

—¿De verdad la invitaste ayer?

—Sí.

—¿Estás bien?

Respira hondo para llenar los pulmones.

—Sí. Creo que sí. Corté toda relación con ella. Debería haberlo hecho hace mucho tiempo, pero no me había sentido preparado hasta ahora.

Se hace el silencio entre nosotros.

—Estoy orgullosa de ti, Zee.

—¿Sí?

—Claro que sí.

—Iba a contarte lo de mi madre y todo lo demás hoy. Solo necesitaba hablar contigo.

—Bueno, ya estamos hablando.

—¿Puedo ir a verte? Tal vez pueda coger un avión entre el primer y el segundo partido. Tal vez pueda saltarme las conferencias y demás rollos con la prensa —sugiere en tono desesperado, y las palabras le salen apresuradas.

—Sabes que no puedes hacer eso. Nadie te permitirá hacer eso.

—No puedo perderte, Stevie.

El zumbido del aire acondicionado llena la habitación con su ruido blanco, ahogando el silencio.

—Me dejaste —se me rompe la voz—. Yo nunca te hubiera dejado.

—Por favor, te lo ruego, no me dejes ahora.

—Zee, míralo desde mi punto de vista. Pasaste meses ayudándome, estabas orgulloso de mí y me hiciste sentir orgullosa de mí misma, pero luego, en cuanto alguien se enteró de que existía, huiste. ¿Sabes lo terriblemente mal que me hace sentir eso? Solo quería que me eligieras, que nos eligieras sin importar lo que la gente dijera.

Se queda en silencio al otro lado de la línea.

—¿Sabes lo que se siente al ver a alguien salir por la puerta después de que le suplicaras que se quedara?

Una vez más, no responde.

Los recuerdos de mis palabras me pasan por la mente. «¿Por qué dejaste que me enamorara de ti?». Ya fue humillante cuando se lo dije aquella vez y se marchó, pero ¿por qué no regodearse más?

—Era sencillo. Quería que me quisieras.

Su silencio es ensordecedor, y me dice todo lo que necesito saber, lo que hace que se me rompa el corazón de nuevo.

—Quería que me dejaras quererte, pero no puedes, ¿verdad? No creo que seas capaz de creer que alguien más te quiera incondicionalmente.

—Vee —dice al fin—. Yo solo...

La línea permanece en silencio durante demasiado tiempo.

—No sé cómo hacerlo.

Cierro los ojos por el dolor, que me estremece de arriba abajo al confirmar lo que ya sabía. Por mucho que lo quiera, ¿cómo podríamos compartir una vida juntos si él no cree que esté enamorada?

—Buena suerte mañana por la noche.

—Stevie...

Cuelgo antes de que pueda decir nada más.

50

Zanders

Tres días de tortura. Tres días de llamadas y mensajes sin contestar. Tres días preguntándome cómo jodí lo mejor que me ha pasado. Tres días tratando de averiguar por qué no soy capaz de creer que ella me quiera como dice que lo hace. Tres días deseando no estar tan destrozado por mi pasado como para aceptar lo que me ofrece, que es todo lo que necesito.

Pero lo que llevo pensando constantemente los últimos tres días es cómo narices voy a hacer que Seattle me fiche cuando ni siquiera tengo agente.

No quiero irme de Chicago. No quiero dejar a Maddison y Logan ni a mi sobrina y sobrino. Aquí estoy a solo dos horas en coche de la casa de mi padre, y mi hermana está a un corto vuelo de distancia.

Pero no puedo perder a Stevie. Puede que no entienda mis problemas de confianza o mi miedo al amor, pero lo que sí sé con certeza es que no puedo perderla.

Estoy más que desesperado en este momento por verla, hablar con ella, por sanar. Necesito sentir algo más que el dolor del enorme vacío en el pecho que solo ella puede llenar, pero no sé cómo arreglarlo.

Incluso a las dos de la mañana, los hinchas se alinean frente a la puerta del aeropuerto, ansiosos por darnos la bienvenida tras regresar a la ciudad con dos victorias fuera de casa y a solo dos de ganarlo todo. Los gritos y los vítores resuenan entre la entusiasta multitud, todos vestidos de rojo, negro y blanco esperando para vernos bajar del avión en Chicago.

Pero no me importa. Sí, les agradezco el apoyo y me alegra que vayamos ganando la eliminatoria hasta ahora, pero la única razón por la que he estado jugando tan bien es porque necesito un milagro que me permita de alguna manera poder elegir dónde acabo la próxima temporada.

—¡Zee, espera! —grita Maddison mientras hace sus deberes de capitán, saludando a la multitud, agradeciéndoles por venir—. Yo te llevo.

—Pues date prisa. Tengo que irme.

Meto mi equipaje en el maletero de su camioneta antes de subirme.

—No vas a ir hasta allí ahora. Son las dos de la mañana.

—Sí que voy a ir. Necesito verla. Si ella quiere mudarse al otro lado del país, pues vale. Muy bien. Pero necesito que me lo diga a la cara.

—¿Y si quiere irse de verdad? —pregunta Maddison saliendo del aparcamiento privado para dirigirse a casa.

—No quiere. —Sacudo la cabeza, incapaz de creerlo, y miro por la ventana del pasajero—. Es imposible que quiera dejar a su hermano o el refugio. Esto es mi culpa. Ella no quiere irse. Solo quiere alejarse de mí.

Apenas estaciona Maddison, salgo de la camioneta y corro hacia su edificio. No cojo su ascensor, por supuesto, porque no voy a su apartamento. Me detengo unos pisos por debajo del ático y llamo rápidamente a la puerta de Stevie.

Ella no contesta, pero son más de las dos de la mañana, así que tampoco me sorprende. La llamo. Sin respuesta. Le envío un mensaje. Sin respuesta. Me va a odiar, pero necesito verla. He estado contando los minutos desde que despegamos de Chicago y descubrí que Stevie no estaba a bordo.

Sigo llamando, tratando de no golpear la madera, pero, joder, me siento tentado.

—Vete —escucho al otro lado, pero no es la voz de Stevie.

—Ryan, abre la puerta.

—Vete a la mierda.

Vale, me lo merezco.

No me voy. Me quedo allí de pie, esperando, dejándole que me vea a través de la mirilla, hasta que finalmente abre la puerta.

—Zanders, vete a la mierda. Lárgate.

—Por favor, déjame verla —le pido en tono desesperado, suplicante.

—No está aquí.

Intenta cerrarme la puerta, pero pongo un brazo para impedir que la cierre por completo.

Lo miro a los ojos, rogándole algo de información. Ryan debe de sentirse mal por mí o algo así porque me echa un vistazo antes de dejar escapar un suspiro de resignación y abrir la puerta.

—Todavía está en Seattle.

¿Aún? Han pasado días.

—¿Cuándo vuelve?

—No sé. Dentro de un par de días, pero ya no es asunto tuyo.

—¡Sí que lo es! —Mi voz es demasiado alta para estas horas de la madrugada—. Todo esto es culpa mía.

—Bueno, al menos en eso tienes razón. Me voy a la cama, así que ya puedes irte.

Vuelvo a poner un brazo en la puerta.

—¿Qué puedo hacer para arreglarlo? Sé que tú tampoco quieres que se mude allí, así que, por favor, Ryan. ¿Qué narices hago?

Él me observa, mirándome de arriba abajo, probablemente preguntándose si debería acceder a ayudar al hombre que le rompió el corazón a su hermana. Pero al final se le relajan los hombros cuando cede.

—Ha pasado la vida creyendo que es el segundo plato, y tú vas y lo reafirmas eligiendo tu maldita personalidad mediática antes que a ella. ¿A qué cojones vino eso? —Su voz comienza a elevarse con ira—. Conmigo odiaba ser el centro de atención, pero estaba dispuesta a soportarlo porque quería estar contigo, y ¿tú rompes con ella en cuanto alguien se entera de su existencia? Vamos, hombre. Hay que ser lerdo. Eso fue una cagada. Y ahora está a punto de mudarse a tres mil kilómetros por tu culpa.

—¡Tú la animaste a ir!

—¡No viste cómo estaba aquel día! Solo quería que se sintiera mejor, porque, aunque actúa como si estuviera bien, no lo está. Tu pantomima fue más importante que ella, así que puedes seguir adelante y arreglarlo.

Ryan tiene razón. Puedo enfadarme todo lo que quiera porque le sugirió que se mudara, pero, al final, yo provoqué esto. Éramos felices, y la cagué.

—Despedí a mi agente.

Sacude la cabeza hacia atrás.

—¿Qué?

—Estaba cansado de actuar. Tienes razón. Elegí mi imagen a tu hermana. La cagué y la perdí, así que despedí a mi agente.

—¿No estás en temporada de renovación? —pregunta con el ceño fruncido por la confusión—. Estás tirando tu carrera por la borda.

No necesita recordármelo. Ya lo sé.

—Nadie quiere que pierdas tu carrera por esto, Zanders.

Encojo los hombros en un gesto rápido, tratando de permanecer tan impasible como puedo. Mi carrera no es una de mis prioridades en la lista de cosas que debo arreglar en este momento.

—Joder —suelta una risa de sorpresa—, sí que la quieres. —Ryan me cierra la puerta, pero antes de hacerlo por completo, lo escucho decir—: Probablemente deberías encontrar una manera de decirle eso antes de que sea demasiado tarde.

El ambiente es una locura en el tercer partido de la final de la Copa Stanley. El United Center está abarrotado, tanto en la zona de asientos como en la de gente de pie. Íbamos perdiendo 3 a 2 al entrar en el tercer periodo, pero Maddison ha conseguido marcar enseguida y luego uno de nuestros extremos debutantes ha logrado hacer un tiro milagroso, lo que nos ha dado ventaja de un gol y ahora vamos liderando la eliminatoria a tres partidos.

A medida que los últimos segundos llegan a su fin, no puedo evitar que me abrume la emoción.

Esta ciudad lo ha sido todo para mí durante las últimas siete temporadas. Es cierto que tuve que interpretar el papel de alguien que no quería ser, pero, en general, el tiempo que he pasado con la camiseta de los Raptors ha sido el mejor de mi vida. Esta es la primera y única franquicia para la que he jugado. Mi mejor amigo se unió poco después que yo, de modo que acabamos en el mismo equipo por primera vez en nuestra vida. He encontrado una familia aquí, un hogar, y lo más probable es que después de esta noche solo me quede un partido más en este edificio.

No quiero cantar victoria antes de tiempo, pero cuesta creer que no logremos asegurar el triunfo en el cuarto partido jugando en nuestro propio estadio. Sobre todo por la forma en que nos hemos estado comunicando para marcar y en que hemos defendido nuestra portería. Son las ventajas de jugar en casa. Mi instinto me dice que vamos a arrasar en esta eliminatoria. Lo sé.

Los partidos en casa eran una desventaja para mí hace apenas unos meses, al estar en este edificio y saber que no había nadie aquí por mí. En la gira, al menos sabía que nadie más tenía sus propios seguidores animándolos o esperando a que salieran del vestuario. Pero estar aquí es un recordatorio constante de que estoy solo.

Eso fue hasta que Stevie comenzó a venir a verme jugar, a principios de la temporada. Saber que ella estaba entre la multitud o esperando a escondidas a que me vistiera después de cada partido hizo mucho por que tuviera seguridad en mí mismo. Jugaba por alguien más que por mí. El subidón que me provocaba el odio que recibía por ser del equipo visitante no era nada comparado con el amor que sentí en los partidos en casa con mi persona favorita.

Pero estoy solo otra vez. Stevie no ha recogido la entrada que reservé para ella, y la única familia que tengo aquí no es mía en absoluto. Es de Maddison.

Cierro la puerta de la oficina del entrenador antes de regresar a mi taquilla.

—¿Todo bien? —pregunta Maddison desde la taquilla contigua.

—Sí, pero no iré al entrenamiento de mañana. Me ha dado el visto bueno para saltármelo.

—Zee, estamos a un partido de poder ganarlo todo. ¿Qué cojones quieres decir con que no vendrás al entrenamiento de mañana?

Tiro mi camiseta usada en el cesto que hay en el centro del vestuario antes de dejar los patines en mi compartimento para que los afilen.

—Tengo algo más importante que hacer —respondo.

Finalmente, hago contacto visual con mi mejor amigo, que me mira estupefacto.

—Confía en mí. Me va a preparar para este partido más de lo que podría hacerlo cualquier entrenamiento.

El viaje hasta mi ciudad natal me lleva poco más de dos horas desde Chicago. He vivido a apenas un par de horas de distancia en los últimos seis años, pero solo he hecho el viaje dos veces en todo ese tiempo. Una fue por un cumpleaños de Lindsey y otra cuando mi padre se hizo daño en la espalda en el trabajo y terminó en el hospital.

Dos horas de distancia que bien podrían haber sido cien. No me importaba si estaba al final de la calle o al otro lado del país. Estaba demasiado enfadado para volver. Estaba demasiado enfadado para verlo.

Esa ira irracional me ha impedido relacionarme con mi padre durante doce años, pero al permitir que Stevie entrara en mi vida se abrió una parte de mí que había permanecido cerrada demasiado tiempo. Ansío amor otra vez. Por muy aterrador que haya sido darme cuenta de que eso es lo que ella me estaba ofreciendo, en el fondo sé que es verdad. Stevie me quiere, me quería, y me daba tanto miedo permitir que alguien me quisiera que la alejé. Y aparté a mi padre también.

Primero he pasado por casa, pero su camioneta no estaba en el camino de entrada. No he tardado demasiado en recorrer mi pequeña ciudad natal hasta que la he encontrado estacionada en el aparcamiento del único bar deportivo de la ciudad. Mi padre ni siquiera bebe, pero le gusta mucho jugar al billar, así que no me sorprende demasiado encontrarlo aquí después del trabajo.

La última vez que hablé con él, Stevie estaba conmigo y desearía que también lo estuviera ahora. Las semanas sin ella han revelado cuánto había permeado cada parte de mi vida. Todo era mejor, más fácil y más pleno con ella, pero no me di cuenta en ese momento porque se infiltró en mi vida de manera impecable. Supongo que siempre la necesité para llenar el vacío, del que no me había percatado hasta que ella se fue.

Cierro el coche y entro al bar. Ni siquiera trato de esconderme o mantener la cabeza baja. Este es un pueblo pequeño. Lo hice grande al entrar en la Liga Nacional. Todo el mundo me conoce, pero no recibo la misma atención que en Chicago. Aquí, la gente está orgullosa de mí y ya.

El pequeño bar, deteriorado por los años, se queda en silencio cuando entro, aunque tampoco es que hubiese mucho ruido. Dentro hay menos de veinte clientes, y casi todos me miran. Destaco allá donde voy, pero aquí, en mi ciudad natal, mis pantalones Tom Ford, mi suéter de Balenciaga y mis Louboutin prácticamente relucen como luces de neón.

—Pero mira quién es —anuncia el camarero a la clientela—. El mismísimo señor de la Liga Nacional de Hockey nos ha honrado con su presencia. —Hace una reverencia exagerada—. ¿A qué debemos este honor?

—Me alegro de verte, Jason —me río mientras choco los puños con mi antiguo compañero de equipo del instituto, que está de pie detrás de la barra—. ¿Está mi padre aquí?

—Mesa de billar —me informa, haciendo un gesto con la cabeza hacia el lugar.

Me dirijo en esa dirección cuando lo oigo gritarme a la espalda:

—¿Vas a ganarnos la Copa mañana o qué?

Me doy la vuelta y lo miro con una sonrisa de complicidad.

—Esa es la intención.

La única mesa de billar del local está escondida en la trastienda. Mi padre y yo solíamos venir aquí los fines de semana cuando no tenía hockey. Pasábamos el rato y tomábamos un par de refrescos mientras él me enseñaba a colocar el taco, así que sé exactamente dónde encontrarlo.

—¿Te importa si me uno?

Mi padre aparta la mirada de su objetivo, al que apuntaba perfectamente.

—¿Evan? —Se pone derecho, con el taco a un lado—. ¿Qué estás haciendo aquí?

Tiene los tejanos desgastados en las rodillas, y sus botas de trabajo están completamente rayadas y descoloridas por la punta, por lo que deduzco que ha venido directamente desde la obra. Mi padre es un peón que se desloma en el trabajo para mantener a su familia. Sus hijos han tenido muchísimo éxito en sus respectivos campos, pero él continúa echándole horas, dejándose la piel, independientemente de cuántas veces Lindsey se haya ofrecido a jubilarlo.

—Quería verte.

Mi padre se queda inmóvil por la impresión.

—Esperaba que pudiéramos hablar.

Finalmente, asiente con la cabeza.

—Podemos hablar.

Rodeo la mesa hasta llegar frente a él, y ambos contemplamos las bolas de billar esparcidas por el tapete en lugar de mirarnos el uno al otro.

—Vuelva a colocarlas —sugiere mi padre.

Hago lo que dice y preparo las bolas para una nueva partida. Siento su mirada de confusión en mí todo el tiempo, y no la aparta mientras descuelgo un taco de la pared.

Cuando me vuelvo hacia él, la aparta rápidamente.

—Adelante, saca.

Una pequeña sonrisa se me dibuja en los labios.

—No puedes concederme el saque sin más —respondo.

Me saco una moneda del bolsillo, la levanto y le recuerdo que así es como siempre solíamos hacerlo.

Le vibra el pecho con una pequeña risa.

—Cruz.

Lanzo la moneda, la cojo en el aire y me la estampo en el dorso de la mano.

—Cruz.

Permanecemos en silencio mientras mi padre saca. Hay mucha tensión entre nosotros, pero no en un sentido negativo. Es solo que ambos sabemos que quedan muchas cosas por decir.

Una de las bolas rayadas cae en la tronera izquierda, con lo que tiene otro tiro.

Permanecemos en silencio mientras apunta de nuevo.

Cuatro turnos después, finalmente lo miro mientras apunto con el taco.

—Vi a mamá.

Me mira de repente.

—¿Qué?

Apoyo el taco contra la mesa mientras me pongo de pie.

—La invité a casa la semana pasada.

La compasión le transforma el rostro.

—Ay, Evan. ¿Estás bien?

Asiento con la cabeza, incapaz de hablar.

—¿De qué hablasteis?

—En realidad no hablamos. Yo le hablé a ella.

Se queda en silencio, mirándome. Los ojos de mi padre tienen un llamativo tono gris, y la piel a su alrededor está arrugada por la edad y los años que ha pasado bajo el sol. Contienen mil preguntas mientras me mira, aunque no verbaliza ni una sola.

—He estado tan enfadado durante tanto tiempo —empiezo—. Dirigí toda esa ira hacia ti porque estabas aquí y ella no, pero no te merecías nada de eso. Ella tenía demasiado poder sobre mi vida y me cansé. Quería recuperar el control.

Le brillan un poco esos ojos grises suyos.

—Tenías todo el derecho de estar enfadado conmigo. Soy la razón por la que se fue.

—No, no lo eres. Mamá es la razón por la que ella se fue, y tú te quedaste, pero no he podido agradecértelo.

Mantiene la cabeza baja.

—Lamento haberte guardado rencor todos estos años. Estaba tan dolido en mi egoísmo que no pude ver lo que estabas haciendo en ese momento. Me sentí abandonado por los dos, pero tú te alejaste para trabajar más, para asegurarte de que mi vida no cambiaba. El hockey no es barato, pero nunca me perdí un torneo gracias a ti. Cubriste las pruebas de acceso a la facultad de Derecho de Lindsey. Te aseguraste de que yo tenía un buen lugar donde vivir. Nunca pasé hambre. Tuve todo lo que necesitaba y nunca te lo he agradecido.

Él asiente, sin apartar la mirada del suelo.

—Así que gracias, papá.

Rápidamente se seca las lágrimas bajo los ojos con las callosas yemas de los dedos.

Al fin, me mira.

—Sé que no fui para ti el mismo padre que era antes de que ella se fuera, pero lo intenté. De veras que lo intenté, Evan.

—Lo sé.

—Estaba dolido a mi manera, pero, al mismo tiempo, me sentía culpable de no haber sido suficiente para que tu madre se quedara. Yo soy la razón de que te abandonara, así que a veces era difícil estar en casa y verte. Pensaba que me odiabas, y no te culpaba lo más mínimo.

Joder, ahora me arden los ojos a mí.

—Nunca te he odiado, papá. Te necesitaba entonces, y todavía te necesito ahora.

Este hombre, tosco y a veces frío, me mira de frente, se le ablanda el rostro y su fachada de masculinidad se derrumba mientras se le llenan los ojos de lágrimas.

—Te quiero, papá.

Siento que son las palabras correctas, necesarias, y que se las debía desde hacía mucho, cuando las pronuncio. No se las he dicho en doce años. No se las he dicho a casi nadie en los últimos doce años, y el alivio físico que observo en este hombre me enfada por no habérselo dicho en todo este tiempo.

—Yo también te quiero, Evan.

Asiente rápidamente con la cabeza, tratando de serenarse.

Rodeo la mesa y lo abrazo con fuerza mientras él me devuelve el gesto.

—Lamento no haber podido decirlo antes.

—Da miedo a veces. Lo sé —dice con voz suave, llena de comprensión.

Nos aferramos el uno al otro un poco más antes de soltarnos finalmente.

—Tuve miedo de dejarme querer durante mucho tiempo —continúa mi padre—. También tenía miedo de querer a otra persona.

—¿Aún lo tienes?

Él niega con la cabeza.

—Ya no.

Lo miro fijamente con recelo.

—¿Qué? No me mires así.

—Papá, ¿tienes novia? —me meto con él.

Él se encoge de hombros con un gesto rápido.

—Tal vez.

—¿Qué? —Se me escapa la risa, incapaz de creerlo—. ¿Por qué no me dijiste nada?

—Es reciente. Más o menos. Fue una buena amiga conmigo durante años y años, y esperó mucho tiempo a que yo estuviera listo para dejar entrar a alguien más en mi vida. Justo antes de Navidad, dejé de ser un idiota.

Se me dibuja en los labios una sonrisa de orgullo.

—¿Podré conocerla pronto?

—Me gustaría mucho, la verdad.

Cualquier tensión que hubiese habido en el ambiente ha desaparecido cuando cojo mi taco de billar y apunto de nuevo.

—Y ¿hay alguna razón por la que necesitabas venir hasta aquí y tener esta conversación el día antes del partido más importante de tu vida?

Lanzo, sin meter una sola bola, así que espero el turno de mi padre, pero no tira. Mantiene la atención en mí, esperando una respuesta.

Se hace una larga pausa entre nosotros.

—¿Por qué no seguiste a mamá cuando se fue?

—Porque hay gente a la que no vale la pena seguir.

Asiento con la cabeza al comprender.

—Y hay gente a la que vale la pena seguir hasta los confines de la Tierra.

Mantengo la mirada fija en la mesa que tengo frente a mí. Me arden los ojos por todas las emociones que están asaltando cada uno de mis sentidos, luchando por salir a la superficie.

—¿Tienes a alguien a quien valga la pena seguir? —pregunta suavemente.

Dejo escapar un fuerte suspiro.

—Sí. Creo que sí.

—¿Los quieres?

Asiento, incapaz de hablar.

—Entonces no los dejes ir, Evan. Sé que querer a alguien da miedo, y dejar que te quieran, en especial después de todo lo que hemos pasado, es aún más aterrador. Pero te prometo que, con la persona adecuada, vale la pena.

Es aterrador confiar en alguien para que no me deje totalmente vacío después de haberme entregado por completo. Pero, aunque nunca le he dicho a Stevie cuánto la quiero, estoy igual de vacío y aterrorizado por su ausencia.

—Todos estos años, he estado interpretando el papel del capullo al que los seguidores necesitan odiar, y lo disfruté porque sabía que despreciaban una versión falsa de mí. No quería darle a nadie la oportunidad de menospreciar a mi verdadero yo, pero también me impedía dejar que nadie me quisiera por cómo soy en realidad. Aun así, creo que hay alguien que sí me quiere de verdad, y es posible que la haya perdido.

—¿Le has dicho que la quieres?

Niego con la cabeza con culpabilidad.

—Entonces creo que es hora de que lo sepa.

Se hace una pausa entre nosotros.

—Papá, no sé dónde jugaré después de esta temporada. Ningún equipo está tan cerca de aquí como Chicago, pero esperaba que me dejaras empezar a llevarte a los partidos. Echo de menos tenerte en la pista, y sé que necesitas trabajar, pero...

—Allí estaré.

Le sonrío agradecido, y me saco una entrada del bolsillo trasero.

—¿Vendrás a verme ganar la Copa Stanley mañana?

—Mírate, Ev —dice, sacudiendo la cabeza con incredulidad y una sonrisa gigante en los labios.

—¿Eso es un sí?

Él ríe.

—Qué narices, sí, es un sí —exclama. Me coge la entrada y, mirándola con asombro, añade—: Estoy tan orgulloso de ti.

Le doy otro abrazo.

—¿Me la presentarás mañana? —pregunta.

—Si puedo llevarla al partido, sí.

51

Stevie

—¡Ryan! —lo llamo mientras entro tirando de mi maleta—. ¿Estás en casa?

—Sí —murmura desde su dormitorio antes de salir arrastrando los pies hacia la sala de estar—. ¿Has cambiado el vuelo? ¿Por qué has llegado tan pronto?

Tiene los ojos soñolientos, apenas abiertos, pero me da un abrazo.

—He cogido un vuelo nocturno. Estaba lista para regresar.

Extiende los brazos hacia el techo, todavía no despierto del todo.

—Y ¿puede que no quisieras estar lejos de Chicago? ¿Sobre todo esta noche?

Me encojo de hombros como si nada, sin mirarle a los ojos.

—¿Ya tienes apartamento?

Me quedo callada.

—No tienes que irte si no quieres. No me gustaría que lo hicieras a menos que sientas que ese es el mejor lugar para ti. Puedes quedarte aquí, sin pagar alquiler. Zanders probablemente ni siquiera estará en Chicago la próxima temporada, de todos modos.

Lo miro de repente.

—¿De qué estás hablando?

—No tiene agente ni contrato nuevo —responde, demasiado casualmente.

—¿Qué quieres decir con que no tiene agente?

Ryan, confundido, frunce el ceño.

—Lo despidió. ¿No te lo ha contado?

Qué demonios.

—¡No! —Casi grito por la desesperación—. ¿Por qué iba a hacer eso?

Mi hermano duda.

—Yo, eh…, creo que deberías hablar con él al respecto.

—¡No puede despedirlo! Tiene que fichar con alguien. Necesita que Chicago lo renueve. Él no quiere irse. —Las palabras me salen precipitadas—. ¿Cómo lo sabes?

Me sonríe a modo de disculpa.

—Vino a buscarte justo cuando volvieron de Pittsburgh.

Por supuesto que lo hizo. Llamó sin parar después de nuestra conversación, pero no respondí. Me dijo que no sabía cómo dejarse querer, así que no había mucho más que decir. Pero algo en esa charla, además de todo aquello que adoro de este hombre, me impidió firmar ningún contrato de alquiler en Seattle. No he podido hacerlo todavía. Es un gran paso, y no puedo darlo sin haber visto primero a Zanders.

—Y ha venido todas las noches a buscarte, Vee.

—¿Qué pasa si no tiene agente?

—Los equipos no pueden hablar con él sin representación mientras todavía esté la temporada en marcha. Tendrá que esperar hasta que termine la final y rezar por que no todas las franquicias hayan cubierto su plantilla todavía.

Me dejo caer en el reposabrazos del sofá.

—Todo esto es culpa mía.

—No, no lo es, Stevie. Es de Zanders. Él tomó sus decisiones, y ahora tiene que asumir las consecuencias. Pero no voy a decirte que esto no tenga nada que ver contigo. Creo que perderte le abrió los ojos, lo cual no es necesariamente algo malo.

Lo último que quiero es que Zanders pierda su carrera por mí. De hecho, ese era el único consuelo que tenía, saber que sus seguidores locales lo idolatraban antes de que yo apareciera y volverían a hacerlo después.

—Vee. —El tono de mi hermano es amable, casi cauteloso—. ¿Quieres perdonarlo?

Me llevo las manos a la cabeza y escondo la cara.

—Sí —murmuro contra mi piel, esperando que no me juzgue por ello—. ¿Eso me hace patética?

Ryan se ríe en voz baja antes de pasarme un brazo por encima de los hombros y atraerme hacia sí.

—Para nada.

—¿No crees que estoy repitiendo lo de Brett?

—Qué va. A la mierda con ese tío. Hay una gran diferencia. Volviste con Brett después de que te dejara porque estabas tratando de demostrarte a ti misma que eras lo suficientemente buena para mantenerlo a tu lado, pero si vuelves con Zanders será porque él se ha estado esforzando por ser lo suficientemente bueno para mantenerte a ti a su lado.

Ryan se dirige a la cocina y enciende la cafetera.

—Pero ¿qué sé yo? No tengo citas.

Tomo asiento en la isla, frente a mi hermano.

—Se ha acabado la temporada. Tal vez vaya siendo hora de que te diviertas de nuevo. Tienes que empezar a hacer otras cosas, y las citas no son una distracción cuando no hay nada de lo que distraerse.

Ryan me fulmina con la mirada, como queriendo decir: «Estamos hablando de tus problemas, no de los míos».

—El periodo de vacaciones es más importante que el de la temporada. Tú lo sabes. Entreno dos veces al día todo el verano. Y te quiero, Vee, pero después de ver cómo te rompen el corazón no eres exactamente la mejor para recomendarme meterme en una relación.

Abro la boca fingiendo ofensa antes de coger un paño de la isla de cocina y tirárselo a mi hermano a la cabeza.

—Idiota.

Hay un sobre con mi nombre pegado a la nevera en el que no había reparado hasta que Ryan lo coge y me lo lanza a través de la isla.

—¿Qué es esto? —pregunto, mirando el sobre blanco al reconocer la letra con que está garabateado.

—Una entrada para el partido de esta noche.

—¿Te lo ha dado Zee?

—Anoche.

Miro fijamente el sobre en mis manos.

—Creo que deberías ir.

Dirijo la atención a Ryan.

—Creo que te quiere pero no sabe cómo decirlo, y si tú sientes lo mismo, deberías ir. Nunca te perdonarás perderte este partido —añade, y da un sorbo de su café recién hecho—. Y ese es todo el consejo que tengo a estas horas del día.

Ryan me deja sola en la cocina y regresa a su habitación.

Con cautela, abro el sobre y saco la entrada. Tiene pegada una nota adhesiva de color azul con una sencilla súplica:

Esta temporada no significa nada sin ti.

Nada importa sin ti.

Por favor, ven esta noche.

Zee

52

Zanders

Apenas he dormido.

Esta noche podría alcanzar el objetivo de mi vida. He soñado con ganar la Copa Stanley desde que supe lo que era. Cualquier niño que se pone un par de patines de hockey se imagina este momento, pero solo unos pocos llegan a experimentarlo.

Podría conseguir el logro más significativo de toda mi vida esta noche, y no puedo evitar pensar en lo que me ha traído hasta aquí.

Mi padre, que nos mantenía y se aseguraba de pagar mis torneos de hockey para que no me los perdiera. Los ojeadores, que me buscaron sin cesar durante segundo de secundaria, incluso en mi pequeña ciudad de Indiana. La beca completa que obtuve para estudiar en la Universidad Estatal de Ohio. Cuando suspendí dos asignaturas en segundo y casi la pierdo.

Mi mejor amigo, a quien conocí a los siete años y odié hasta los veintidós. En la fiesta de graduación, cuando dejamos de lado nuestra hostilidad al darnos cuenta de que teníamos más similitudes que diferencias.

La noche en que me ficharon para la Liga y la llamada que hice a Lindsey, que gritaba de alegría al otro lado de la línea.

Mis primeros dos meses en Chicago, acojonado por ser el debutante en un equipo lleno de veteranos. Mi primera temporada completa en la Liga Nacional de Hockey, cuando pasé una escandalosa cantidad de minutos sancionado en el banquillo.

El año en que ficharon a Maddison y las piezas comenzaron a encajar. Empezamos a construir un equipo a nuestro alrededor. Pero las últimas seis temporadas nos quedamos cortos, por lo que apenas llegamos a los cruces algunos años, mientras que otros perdimos en la primera ronda eliminatoria.

Y esta temporada. Esta es la temporada en la que ha cambiado mi vida entera. El primer viaje de la gira de este año lo cambió todo. Una azafata de pelo rizado con carácter y que no se dejó amilanar por mí se convirtió en todo aquello que no sabía que necesitaba. Ella puso las piezas que me faltaban en la vida y las fue encajando todas.

Me he deshecho de cargas innecesarias mientras reparaba las relaciones que había perdido. Y decidí dejar de interpretar al personaje que tanto disfrutan los hinchas menospreciando. Pero lo más importante es que este año he hecho lo que más temía: dejar que alguien me quiera por cómo soy, y no puedo imaginar un final más perfecto que alzar la Copa sobre mi cabeza con ella a mi lado.

Mi padre se vino conmigo a Chicago anoche, después de jugar un par de partidas más al billar. El vuelo de Lindsey ha aterrizado alrededor de las diez de esta mañana, y los dos se van a quedar unas noches en un hotel de la ciudad. Ambos vienen al estadio por primera vez en mi carrera profesional, y me abruma el consuelo de saber que hay hinchas aquí solo por mí.

La prensa ha estado como loca, siguiendo cada uno de nuestros movimientos desde que regresamos de Pittsburgh después de los primeros dos partidos. Maddison y mi sórdido pasado universitario han aparecido en los titulares nacionales como una bonita historia sobre dos rivales que se hicieron amigos y que ahora están a solo una victoria de convertirse en campeones de la Copa Stanley.

El nombre de Stevie ha circulado un poco, pero tanto ella como nuestra relación han quedado eclipsadas por la impresionante serie de eliminatoria que ha hecho nuestro equipo, lo cual es lo mejor. Preferiría que los medios no se enteraran de lo que está pasando entre nosotros antes que yo.

He pasado por su apartamento todos los días desde que regresé, pero ella aún no ha vuelto a casa. No sé si estará en Chicago hoy, y mucho menos si vendrá al estadio, pero no puedo pensar en eso ahora.

Durante las próximas dos horas, toda mi atención debe estar en los tres periodos del partido que estoy a punto de jugar, razón por la cual su asiento está fuera de mi vista. No quiero pasarme toda la noche buscándola, y sé que me distraeré si veo el asiento vacío.

Mi padre y Lindsey están en el palco familiar con Logan y el resto de los Maddison, pero quiero estar presente cuando Stevie conozca a mi padre, por eso su asiento está en las gradas.

Aunque no sé con seguridad si ha vuelto a Chicago, tengo que creer que sí. No quiero ni pensar en que se pierda esto.

Maddison se sienta frente a su taquilla, que está junto a la mía, ambos vestidos para el partido y listos para darle caña. Apoya los codos en las rodillas, con la mirada clavada en el suelo.

—¿Estás listo?

Asiento con la cabeza, tan centrado como mi mejor amigo.

—¿Y tú?

—Sí. —Se queda en silencio un momento—. Este podría ser nuestro último partido juntos…

—¿Podemos dejarlo para después de ganar la Copa?

Se ríe ligeramente.

—Sí. Claro.

—¿Sabes? Para ser un niño bonito que ha conseguido todo lo que siempre quiso, la verdad es que no podrías haber sido mejor amigo.

Se le agita el pecho con una risa silenciosa.

—Para ser el pedazo de mierda que pensé que eras, la verdad es que has resultado ser un gran tío.

Levanto un puño y él me lo choca.

—Pero sigo pensando que eres un imbécil —me recuerda.

—Y tú sigues siendo un capullo.

El United Center ruge cuando salimos del túnel patinando. Destellos de luces iluminan nuestro camino a medida que entramos en la oscura pista, pero el clamor de los locutores, los hinchas y la estridente música se ahogan unos a otros de tal modo que lo único que oigo son los latidos de mi propio corazón. Respiro entrecortadamente, por lo que no logro llenar los pulmones mientras me deslizo por el hielo para calentar, pero no puedo evitarlo. Nunca había estado tan nervioso por un partido.

Logan y Maddison se encuentran en la valla como hacen siempre. Normalmente me meto con ellos, pero esta noche estoy demasiado concentrado.

—¡Once! —grita el árbitro—. Quítate el anillo.

Confundido, bajo la mirada a mis manos; he dejado los guantes en el banquillo mientras bebo un trago de agua. Ya me he quitado todos los anillos, incluida la cadena. Están en mi taquilla. Pero luego lo veo. El diminuto anillo de Stevie, apenas visible en mi dedo meñique, que he olvidado por completo cubrir con esparadrapo. Es muy tarde ya. El árbitro ya lo vio.

—No —replico.

Él patina hacia mí, estupefacto.

—¿Qué?

—No me lo voy a quitar.

—Entonces no vas a jugar.

—Eh. Eh. Eh —interviene Maddison, que se aleja de la valla patinando rápidamente hacia el árbitro y hacia mí. Se interpone entre nosotros—. Va a jugar. Ahora se lo quita.

Maddison me coge por la camiseta y me arrastra con él de regreso por el túnel, oculto de los demás.

—Quítate el maldito anillo del dedo.

—No.

—Zee, deja de decir tonterías. Quítatelo del dedo, joder.

No respondo, pero tampoco hago por quitármelo.

Maddison lo intenta con más suavidad.

—No significa nada, tío. Stevie te perdonará. Sé que lo hará. Concédeme sesenta minutos de partido y luego ya está, ¿vale?

Me quedo en silencio.

—¿Sabías que tengo una carta que Logan me escribió en la universidad para la fiesta de graduación y que todavía leo antes de cada partido? Pero que no la tenga conmigo o me olvide de leerla no significa que ella me quiera menos. Es solo un símbolo, y te aferras a ese anillo porque crees que es lo único que te queda de Stevie en este momento.

Necesito un momento para considerarlo, pero finalmente asiento, resignado, y me quito el anillo de Stevie de mala gana. Busco un lugar seguro para guardarlo, incapaz de regresar al vestuario.

—Tampoco soy un monstruo. Átatelo al maldito cordón y métetelo en el patín o algo así.

Me lo quedo mirando.

—Pedazo de pringado.

Impasible, se encoge de hombros.

El himno nacional, los anuncios de que va a comenzar el partido y los rituales previos a este pasan volando y, sin darnos cuenta, estamos en la primera parte.

Hay muchos nervios en nuestro banquillo. Perdemos los pases, las conversiones no son fluidas y los cambios de línea se realizan a destiempo. Por otro lado, Pittsburgh está jugando como si no tuviera nada que perder porque, bueno, así es. Van perdiendo la final por tres partidos y están jugando fuera de casa, por lo que nadie apuesta por ellos, y por eso juegan así. Golpean la pastilla con fuerza, lanzan sin parar y patinan rápido pero sin precisión.

Marcan a los doce minutos de la primera parte, lo que les da una ventaja de 1 a 0.

Durante el primer descanso, nuestro entrenador nos sermonea por jugar con miedo y nos recuerda que mañana volaremos de nuevo a Pittsburgh para el quinto partido si no ganamos esta noche. Yo quiero ganar en casa, todos lo queremos, y lo último que necesito es subirme a ese avión y recordar que Stevie no está allí.

Esa es la primera vez durante el partido que me viene a la cabeza, que sacudo para concentrarme una vez más.

Al principio de la segunda parte, consigo forzar una penalización para uno de los delanteros de Pittsburgh, que me ha pegado con el palo y me ha partido la mejilla, por lo que me gotea sangre de la piel al hielo.

Apenas lo siento. Me corre demasiada adrenalina por las venas para notar el dolor. Pero nos da la ventaja de contar con un jugador más al haber expulsado al otro, y uno de nuestros delanteros de segundo año marca en los primeros veinte segundos de la jugada, empatando el partido y calmando los nervios de los muchachos.

Nos pasamos toda la segunda parte lanzando por igual a portería, y Rio y yo defendiendo la línea superior de Pittsburgh. Ellos hacen lo mismo con Maddison y sus extremos.

Terminamos la segunda parte empatados 1 a 1.

La tercera y, con suerte, última comienza en silencio: sin barullo, casi sin hablar en la pista, los nervios otra vez de punta y evidentes en ambos equipos.

Para Pittsburgh, por el temor de que este sea su final en la temporada. Para nosotros, por darnos cuenta de que este podría ser el partido. Podemos ganar la Copa en estos últimos veinte minutos, y eso da mucho miedo.

Ambos equipos presionan alternativamente. Los cambios son cortos, lo que le da a nuestras cansadas piernas el alivio que tanto necesitan. Pittsburgh dispara a portería a solo tres minutos para el final, y la pastilla pasa zumbando más allá del guante de nuestro portero, pero, por algún milagro, golpea el travesaño en lugar de alcanzar el fondo de la red.

La multitud ahoga un grito, todo el graderío está de pie. No voy a mentir: el susto hace que me dé un vuelco el corazón.

Después de dos cambios, salto a la pista cuando está finalizando la tercera parte. Maddison y el defensa superior han entrado hace diez segundos, por lo que tenemos a nuestros mejores jugadores para el empujón final.

Los cuerpos de los centros de Pittsburgh pasan junto a mí y hacia nuestro portero, y en una parada milagrosa, la pastilla rebota en sus espinilleras y yo la recojo cuando choca contra el vallado para sacarla de nuestra área. Aterriza en el palo de Maddison, que la mantiene en juego, y usa su velocidad para entrar en nuestra zona de ataque.

Es el tipo más rápido sobre el hielo, lo cual se nota cuando aterriza frente a la portería de Pittsburgh en un abrir y cerrar de ojos. Y, a poco menos de un minuto para el final de la tercera parte, le hace un túnel al portero y la pastilla va a parar al fondo de la red, marcando así el posible gol de la victoria.

Mantengo el palo en el suelo mientras cargo contra él y dejo caer todo el cuerpo sobre el suyo, inmovilizándolo contra el vallado. El resto de los muchachos hacen lo mismo mientras la multitud de hinchas locales estalla en vítores, golpea el metacrilato y hace sonar las bocinas.

Pasamos por delante de nuestro banquillo chocando las manos con nuestros compañeros antes de que Maddison me coja de los hombros y me atraviese con la mirada. Se está aguantando la sonrisa, al igual que yo, pero ambos sabemos que acaba de marcar el gol de la victoria en la Copa Stanley con mi ayuda.

Trato de mantener la concentración durante los últimos sesenta segundos, especialmente cuando el portero de Pittsburgh sale a jugar a la pista, lo que nos da una desventaja de un jugador, pero no puedo evitar mirar el reloj para ver cómo se agotan los últimos segundos.

Diez… Nueve… Ocho…

Avanzo el palo cuando uno de sus delanteros lanza y, no sé cómo, recupero el control de la pastilla, así que la dirijo hacia su portería, que nadie vigila. Se desvía. Nos pitan por despeje prohibido y los árbitros recogen la pastilla, que devuelven a nuestra zona defensiva.

Con cuatro segundos restantes, Maddison se coloca para el que podría ser el saque final de la temporada mientras la multitud estalla, anticipándose. Inclinado, intento respirar para recuperarme, pero no puedo. Siento el pecho liviano, tengo el pulso acelerado y la boca seca. Lo oigo, veo y siento todo.

La pastilla desciende.

Tres… Dos… Uno…

Acabamos de ganar la jodida Copa Stanley.

Planto los guantes en el suelo al instante, con el palo abandonado a un lado y ya sin el casco. Siento el calor fluirme por todo el cuerpo mientras embisto a nuestro portero junto con el resto de mi equipo, amontonándonos hasta que somos un batiburrillo de camisetas rojas unas encima de las otras.

No consigo distinguir palabras. Hay la hostia de gritos y aplausos, y un par de tipos llorando en el amasijo de cuerpos mientras empieza a llover confeti rojo y negro sobre el hielo, cubriéndonos.

Lo hemos logrado.

Después de una temporada agotadora, lo hemos logrado. Después de veintidós años de patinaje, entrenamientos matutinos, preparación, huesos rotos, músculos desgarrados y de querer dejarlo más veces de las que puedo contar, lo he logrado. Vale la pena cada segundo de esfuerzo, sacrificio y trabajo duro, que culminan en este momento.

Dos puños me cogen de la camiseta y me ponen de pie mientras Maddison se abalanza sobre mí en un tremendo abrazo.

—¡Vamos, Zee!

Le devuelvo el abrazo.

—¡Joder, lo hemos conseguido, tío!

Permanecemos así un poco más hasta que nos embisten más cuerpos, más compañeros, más entrenadores, pero no hay palabras para este momento. El momento en que cumplo aquello con lo que solo podía soñar cuando era niño, y lo he logrado junto a mi hermano.

Vislumbro el pelo rojo de Logan solo un segundo después de que la vea Maddison. Él corre hacia ella, sin apenas permitir que el árbitro asistente del banquillo abra la puerta antes de levantar a su mujer para no soltarla.

Mi sonrisa es dolorosamente grande mientras veo a mis dos mejores amigos juntos. Los ojos verdes de Logan están enrojecidos por lágrimas de felicidad mientras trata de esconderse en el cuello de Maddison, pero es entonces cuando caigo.

Stevie.

Todos los familiares son guiados hacia la pista, pero Stevie no está con ellos. No se ha sentado con ellos, pero la necesito aquí. Este es el momento que he estado esperando. Necesito decirle cuánto la quiero, y necesito que todo el mundo lo sepa también. Se sintió rechazada cuando la gente se enteró de su existencia, así que es justo que ahora se sienta elegida frente a todos.

—¡Scott! —le grito a uno de los directores de nuestro equipo mientras celebra la victoria en la pista. Lo separo de otra persona con la que se está abrazando—. Esa entrada que me conseguiste. ¿Conoces a Stevie, del avión? Es mi novia, está sentada allí. ¿Puedes hacerla bajar? —le suplico, en un tono lo suficientemente alto para hacerme oír sobre la multitud.

Él asiente rápidamente al verme la urgencia en la cara mientras se aleja entre la multitud.

Al darme la vuelta, Lindsey me arrolla con un abrazo.

—¡Felicidades, Ev! —me grita al oído.

La levanto y le doy vueltas. La vuelvo a poner de pie y ella nos separa sin soltarme mientras me mira con una abrumadora sonrisa de orgullo en los labios.

Mi padre me pasa una mano alrededor de la nuca para atraerme hacia él. Es casi tan alto como yo, pero le saco unos cuantos centímetros con los patines. Aun así, me inclino y me hundo en su abrazo.

—Estoy orgulloso de ti, hijo —me felicita, palmeándome con fuerza en el hombro sin soltarme.

—Te quiero, papá.

Extiendo una mano para atraer a mi hermana, y los tres nos abrazamos. Toda la tensión de mi cuerpo se libera al tener a mi familia conmigo, al haber venido para celebrar después de todo lo que hemos pasado.

—Os quiero a los dos.

Miro hacia arriba, más allá de ellos, buscando alguna señal de Stevie, pero aún no hay ninguna.

Algo me golpea las rodillas por detrás y casi me hace perder el equilibrio. Al mirar hacia abajo, encuentro un montón de pelo castaño alborotado y unas manitas aferrándose a mis piernas.

Levanto a mi sobrina como si nada, y me la apoyo en la cadera. Me estruja las sudadas mejillas con esas diminutas manos.

—¡Has ganado, tío Zee!

No puedo evitar reír.

Vuelvo a mirar a Maddison mientras comparte un largo momento con su padre, su hermano y su madrastra antes de que le pasen a su hijo de ocho meses. Besuquea las radiantes mejillas de MJ mientras mantiene el brazo por encima de Logan.

Echo un vistazo alrededor, pero todavía no hay señales de Stevie.

Maddison mira a su hija y luego a mí.

—EJ, creo que papá quiere celebrarlo contigo.

Patino hacia él para llevársela.

Él la cubre de besos y echa a patinar con sus dos hijos para dar una vuelta triunfal alrededor de la pista.

—Estoy tan orgullosa de los dos —me asegura Logan. Me pasa los brazos alrededor del cuello.

—Te quiero, Lo. —Nos separamos un poco manteniendo el contacto visual y le pregunto—: ¿Ha venido?

Logan me sonríe a modo de disculpa.

—No lo sé. No me dijo qué haría.

Frunzo el ceño cuando la realidad comienza a imponerse. Estaba tan seguro de que Stevie vendría. No lo dudé en ningún momento. Íbamos a ganar. Le diría cuánto la quiero, cuánto significado le da a mi vida, y le suplicaría que me quisiera. Le recordaría que nada de esto vale la pena sin ella, pero no está aquí.

Todo lo que he hecho en las últimas semanas ha sido porque necesitaba ser el hombre que ella se merece. Debía enfrentarme a algunos viejos demonios, reparar una relación y, en general, estar listo para ella. Y ahora estoy listo, pero ella no está aquí.

—Zee —dice Logan para recuperar mi atención de nuevo—. Disfruta el momento. Vívelo y ya te preocuparás por todo lo demás mañana. Sigues aquí, en Chicago. Nos tienes a nosotros. ¡Tu padre está aquí, joder! —Me empuja en el pecho con orgullo—. Stevie te quiere. Sé que sí, pero sé egoísta en este momento y celebra esto con tus compañeros de equipo.

Asiento con la cabeza, cuando veo por fin a Scott, que está de pie detrás del metacrilato. Desesperado, patino hacia él.

—¡No estaba en ese asiento! —grita sobre la multitud—. Lo siento, tío.

Se me cae el corazón a los pies. No estoy seguro de que sea saludable experimentar cada posible emoción en cinco minutos: desde el máximo subidón hasta el más profundo abismo. Pensé que vendría. Me convencí a mí mismo de que estaría aquí.

Maddison termina de patinar con sus hijos y se las arregla para sostener a MJ con una mano y mantener a Ella en la espalda mientras envuelve a Logan con el otro brazo. Hunde la cabeza en el cuello de su mujer, y como es tan sensible, comienza a vibrar de arriba abajo, y estoy casi seguro de que está derramando algunas lágrimas. Este tipo ha pasado de todo en lo que respecta a su carrera y su familia, y ha luchado para triunfar a pesar de haber sufrido algunas pérdidas importantes en el camino. Pero ha llegado hasta aquí. Lo ha logrado, y tiene a su gente a su lado.

Y por primera vez en mucho tiempo, estoy celoso de mi mejor amigo. Lo tiene todo. Tiene lo que quiero. Hasta este año, nunca había considerado su vida como algo que pudiera desear, pero ahora lo tengo perfectamente claro. Quiero lo que él tiene, pero ella no está aquí.

Ahí es cuando lo entiendo.

Stevie me ha dado por perdido.

53

Stevie

—¡Perdón! —exclamo mientras trato de pasar por los atestados pasillos para bajar hasta la pista—. ¡Paso!

No sirve de nada. Demasiado ruido. Hay demasiados hinchas, todos ansiosos por acercarse cuanto puedan al vallado y ver a los nuevos campeones de la Copa Stanley. El graderío entero está ahora en los pasillos, por lo que me he quedado atrapada en la masa de camisetas rojas y negras.

—Perdón. Necesito bajar.

Me abro paso, pero rápidamente me empujan hacia atrás.

Apenas veo la pista desde donde estoy, pero necesito ver a Zanders.

Mi asiento estaba bastante alto, por lo que conseguir bajar antes de que la multitud tomara el control ha sido una hazaña imposible. De pie, atrapada entre la masa de hinchas, el confeti sale disparado desde el techo y me sobresalta. Es entonces cuando, veinte filas por encima de la pista, me rindo al comprender que no voy a llegar para la celebración.

Pero necesito verlo.

Me deslizo en la fila más cercana y me subo a uno de los asientos plegables para ver mejor la pista.

Maddison saca a Zanders de la pila de jugadores tirados en el suelo para abrazarlo y se me hincha el pecho. Todo aquello con lo que este hombre había soñado se está cumpliendo en este momento único, y no podría estar más orgullosa de él.

Eso es hasta que veo a un hombre casi tan alto como Zanders caminar por el hielo. Lleva el pelo como él, su tono de piel es un poco más oscuro que el del defensa y viste la camiseta de su hijo con su apellido en la espalda.

Nunca he visto una foto suya, pero sé que es el padre de Zanders, y verlo aquí, los dos abrazándose, me colma de emoción.

Por un lado, estoy muy agradecida de que se tengan el uno al otro en un momento que ambos recordarán el resto de su vida.

Y por el otro, siento encenderse una chispa de esperanza en mi interior al pensar que si Zanders se deja querer por su padre de nuevo, tal vez algún día sea capaz de creer que yo también lo quiero.

Cuando Ella lo embiste por detrás de las rodillas, la sonrisa en el rostro de Zanders me ilumina por completo y me resulta excepcionalmente difícil respirar con el pecho tan lleno de orgullo.

Ver a Zanders con las personas más importantes de su vida me recuerda cuánto necesita quedarse en Chicago. Necesita que lo renueven aquí, donde están Maddison y su familia. Aquí es donde debe estar.

Por supuesto, todavía me duele recordar que no me crea cuando le digo que lo quiero, pero en los últimos días, desde que hablé con él por última vez, me he preguntado si no podría olvidarlo. Zanders se ha acercado a su padre. Ha cortado la relación con su madre y su agente. Claramente se está esforzando por reparar el daño que lo llevó al punto de no aceptar el amor de nadie más. Tal vez eso sea lo bastante bueno. Tal vez ese progreso sea suficiente para mí.

Mientras estuvimos juntos, Zanders me trató como si me quisiera, que era cuanto yo necesitaba. Solo espero que, cuando mire hacia atrás, se dé cuenta de que realmente lo he querido todo el tiempo.

No deseo nada más que estar en la pista en este momento, para celebrar la victoria, para asegurarme de que sepa que estoy aquí, pero la cosa es muy inestable entre nosotros ahora mismo, y no es el momento adecuado para solucionarlo. Este día no se trata de mí, y quiero que disfrute de esta victoria con sus compañeros de equipo y su familia. Se merece cada segundo de reconocimiento.

Pero de una forma u otra, voy a verlo esta noche.

—Señorita Shay. Qué alegría verla de nuevo —me saluda el portero de Zanders mientras me abre la entrada principal del vestíbulo.

—Igualmente. —Señalo hacia el ascensor—. ¿Puedo subir?

—Por supuesto. Siempre está en la lista. Sin embargo, el señor Zanders aún no ha regresado.

—No pasa nada. Lo esperaré allá arriba.

Tengo una llave de la casa de Zanders, pero, en lugar de usarla, me siento en el suelo del rellano privado que conduce a su puerta. Las cosas están demasiado inestables entre nosotros para que lo espere dentro, pero necesito que él sepa que he ido al partido, y necesito que sepa lo orgullosa que estoy de él.

Y no solo por el hockey. En realidad, no es por el hockey en absoluto, sino porque he visto cuánto se está esforzando en otras partes de su vida, y merece saber que lo agradezco.

Los minutos pasan mientras espero, y el más leve sonido hace que dirija la atención hacia el ascensor, con la esperanza de que sea él, pero nunca llega.

La ceremonia y las celebraciones tras el partido llevan su tiempo, pero va a dar la una de la madrugada. Supuse que ya estaría de vuelta.

Lo llamo. Voy directa al buzón de voz.

Le escribo. No responde.

No es que necesitemos hablar y resolver las cosas esta noche, pero él merece saber que he estado en el partido, apoyándolo como siempre lo haré. Es el día más importante de su vida, y no quiero que se pregunte si estuve ahí para él o no.

El suelo se vuelve insoportablemente incómodo hacia las dos de la madrugada, así que después de una llamada más sin respuesta, finalmente me rindo y me vuelvo a casa a dormir.

Tendré que verlo y felicitarlo otro día.

54

Zanders

—Esta es la mayor resaca que he tenido jamás.

—No —discrepa Maddison—. Esta es la mayor resaca que yo he tenido jamás.

Logan se ríe en silencio mientras estaciona en el aparcamiento del United Center reservado a los jugadores, y no podría estar más feliz de que el coche haya dejado de moverse al fin. Llevo toda la mañana tratando de no vomitar. El trayecto en coche no ha ayudado.

—Lo que tenéis que hacer es poneros las pilas —dice Logan, que se vuelve hacia el asiento trasero y me pasa un café solo antes de darle otro a su marido, que lo está pasando igual de mal, sentado en el lado del copiloto—. Tomaos un ibuprofeno, dad un buen trago de cafeína y poned vuestra mejor sonrisa de capitán y segundo capitán, porque todo el país está a punto de veros por televisión.

Tragándome una broma acerca de que parece nuestra madre después de demasiadas juergas, engullo el analgésico con un trago de café.

Anoche fue una locura, en el mejor sentido posible.

Le di un beso a la Copa Stanley, la sostuve sobre la cabeza y luego me di una ducha de champán en el vestuario. Todos los chicos fueron a casa de Rio, donde la celebración continuó hasta altas horas de la madrugada. No dormimos mucho, si es que lo hicimos, y le dejamos el apartamento como una fraternidad después de una fiesta. Fue una de las mejores noches de mi vida.

Lo único que me faltó fue Stevie, pero seguí el consejo de Logan y disfruté con mis compañeros de equipo por última vez.

Eso de tragar champán sin conocimiento me está pasando factura en forma de náuseas y un dolor de cabeza terrible, pero necesito recuperarme para el desfile de campeones. No solo nos verá pasar todo el centro de Chicago, sino que los medios de comunicación lo transmitirán para toda Norteamérica, así que espero que el despliegue por las concurridas calles de la ciudad sea suficiente para quitarme la resaca.

Afortunadamente, Logan ha pasado por mi apartamento y me ha traído ropa limpia esta mañana después de recoger a Rosie de su cuidador para que pudiera unirse a las celebraciones.

El aparcamiento está lleno de autocares de dos pisos para el desfile. Los familiares y los amigos, con las camisetas de los jugadores, se apoderan de la zona al aire libre, pero salta a la vista que los chicos están hechos polvo. Todos y cada uno de nosotros acusamos los efectos de la celebración de anoche.

Pero, independientemente de lo mal que me sienta, voy a disfrutarlo. Acabamos de ganar la Copa Stanley y es hora de que toda la ciudad lo celebre.

Durante la siguiente hora, nos informan sobre la ruta del desfile y quién viaja con quién y, afortunadamente, el ibuprofeno y el café han hecho efecto suficiente como para sentirme más humano y menos al borde de la muerte.

Aparecen mi padre y Lindsey, ambos con mi camiseta, y los padres y los hijos de Maddison llegan poco después. Nos asignan a los dos el autocar principal, y todo el equipo se apila junto a Rosie y Ella, que van a la cabeza y seguidas por el fotógrafo de una de nuestras cadenas de noticias locales, que lo filmará todo.

El autocar de dos pisos está cubierto con el logo de los Raptors, así como mi nombre y número pegados en un lado y los de Maddison en el otro. El techo es una zona abierta sin asientos, lo que da mucho espacio para que todos nos mezclemos mientras saludamos a la multitud en las calles.

Estoy encantado de que haya venido tanta gente, mi familia y la familia de Maddison, pero el hecho de que estemos todos juntos hace que la ausencia de Stevie sea aún más evidente.

—¿Estás bien? —quiere saber Lindsey, que me tranquiliza pasándome una mano por un brazo.

—Estoy bien —me obligo a decir. No es mentira, pero tampoco es la verdad absoluta. La mayor victoria de mi vida y me siento un poco... vacío.

—Siento que no fuera anoche, Ev.

—Yo también. —Fuerzo una sonrisa, aún incapaz de reflexionar sobre el significado de la ausencia de Stevie.

Le doy un empujoncito a mi hermana con el brazo.

—Oye, voy a necesitar que hagas fotos hoy. Mi móvil acabó rociado de champán en el vestuario anoche y ha muerto.

—Ningún problema.

—¿Tío Zee? —dice Ella dándome unos golpes en la pierna.

—¿Qué pasa, peque? —La levanto y me la coloco en la cadera.

—¿Dónde está Stevie?

Se me rompe el corazón un poco más. Ella me ha preguntado lo mismo casi cada vez que la he visto en las últimas dos semanas, pero hoy duele más. Tener a mi gente aquí para celebrar y que no esté Stevie parece el final definitivo.

Tenía demasiadas esperanzas de que me perdonara o viera el progreso que he hecho y tal vez me diera otra oportunidad, pero en especial necesitaba que supiera que la quiero. Lo que más me preocupa es que Stevie pase la vida pensando que no.

—No ha venido, EJ.

—¿Va a venir? —Me suplica que diga que sí con esos ojos esmeralda.

Sonrío a mi sobrina a modo de disculpa.

—No lo creo.

La dulce sonrisa de Ella desaparece antes de apoyarme la cabeza en el hombro.

—La echo de menos.

Joder, eso ha dolido.

—Yo también.

Me trago el vacío y el arrepentimiento mientras salimos del United Center y encabezamos el desfile por el centro de Chicago.

Las calles están atestadas de aficionados que llenan las aceras, todos vestidos con la indumentaria del equipo. Los vítores no paran y la música suena a todo volumen, pero los hinchas son aún más escandalosos con sus carteles y bocinas.

La victoria de anoche no fue solo por el equipo o por mí. Fue por la ciudad que he amado durante las siete temporadas anteriores. Incluso si los seguidores son incapaces de admirarme por lo que soy, disfruté muchísimo montando el espectáculo para ellos a lo largo de mi carrera. Esta ciudad se ha convertido en mi hogar y la voy a echar muchísimo de menos.

Ella se sube a la espalda de su padre para saludar a la multitud que está abajo. Lindsey hace fotos de todo el desfile, lo documenta para nosotros, y yo levanto el cuerpo de la dóberman de casi treinta kilos para presumir de chica ante nuestros seguidores.

Mi padre se une a mí, pasándome un brazo sobre los hombros, pero no mira a los hinchas que hay en las calles. Con el rabillo del ojo, veo que me observa, con el orgullo evidente en esos ojos grises. No puedo imaginarlo perdiéndose esto. Ojalá no hubiese estado tan ciego ni hubiese sido tan terco estos últimos doce años; perdimos demasiado tiempo juntos.

Creo que no vivo con remordimientos, porque todo sucede por alguna razón. Doce años de relación tensa con mi padre me han hecho apreciar su amor y apoyo mucho más de lo que podría haber imaginado. Dejar que mi madre me provocara tal pánico e ira hizo que librarme de ella fuera aún más liberador. El aislamiento que sentí con Rich como mi agente hizo que despedirlo fuera aún más justificado.

Pero lamento haber roto con Stevie. Es cierto que probablemente no me habría enfrentado a mi madre, despedido a Rich o reconciliado con mi padre si no lo hubiera hecho, pero alejar a la primera persona que me ha querido de verdad fue el mayor error de mi vida.

Sigo saludando, con mi mejor sonrisa de celebridad en la cara, mientras trato de concentrarme y vivir el momento, pero en cuanto el autocar dobla la esquina hacia la siguiente calle, Rosie comienza a tocarme la pierna, reclamando mi atención.

El desfile apenas avanza a un par de kilómetros por hora, pero no me había dado cuenta de dónde estábamos, distraído como estaba por el interminable mar de seguidores vestidos de negro y rojo. Estamos cerca de mi apartamento, y lo que es más, estamos a unos pocos edificios del refugio.

—Para.

Todo el mundo me mira, completamente confundido.

—Para. ¡Detén el autocar!

—Zee, ¿estás bien? —pregunta Maddison, desconcertado, pero paso volando junto a él y hacia la parte delantera del autocar.

Necesito verla.

—¡Para el autocar! —le grito al conductor con desesperación y urgencia, pero no me oye.

El entusiasmo de la multitud ahoga mi súplica, pero Logan se da cuenta y baja corriendo las escaleras del vehículo, con lo que el autocar se detiene rápidamente.

Rosie baja a toda velocidad por esas mismas escaleras y yo la sigo. Se oye un chirrido interminable de los frenos del autocar de atrás y el desfile se detiene por completo, pero no me importa. Todos los demás pueden esperar.

Logan está abajo, con una sonrisa de comprensión y orgullo en el rostro.

—Ve a buscarla —me anima con un apretón en el hombro.

La multitud se agita con entusiasmo al verme bajar del autocar, pero me abro paso como un loco entre la marabunta de seguidores mientras me encamino directamente al pequeño edificio destartalado que hay detrás de ellos.

Intentan detenerme para pedirme fotos o autógrafos, pero sigo avanzando.

Necesito verla.

Puede que no viniera al partido, y puede que se haya dado por vencida con nosotros, pero necesita saber cuánto la quiero. Aunque ella ya no sienta lo mismo, merece saberlo.

Me siguen varios fotógrafos, y me alegro de que lo hagan. Después de todo lo que le he hecho pasar a Stevie, lo menos que puedo hacer es asegurarme de que todo el mundo sepa cuánto quiero a esa chica.

55

Stevie

No dormí mucho anoche. Después de esperar en el rellano de Zanders hasta las dos de la mañana, volví a casa para descansar un poco, pero solo me quedaban unas pocas horas hasta tener que levantarme. Quería llegar temprano al refugio para ver cómo estaban los perros.

Desde las seis de la mañana, los hinchas se aglomeran en la acera frente a nuestro pequeño y destartalado refugio. Son ruidosos y a muchos de los perretes les asustan los gritos, los vítores y la música, especialmente cuando están en un lugar nuevo y no en el hogar al que estaban acostumbrados.

Por suerte, los perros más veteranos apenas se han visto afectados por el ruido exterior, pero, a pesar de todo, me alegro de pasar el día aquí. Me ayuda a distraerme de no haber podido ver aún a Zanders.

Cheryl y yo no hemos venido a trabajar hoy. Solo hemos venido a ver cómo estaban los perros. Las aceras están demasiado abarrotadas y, además, toda la ciudad está cerrada para celebrar la victoria de los muchachos.

Por primera vez en todo el día, suena la campanilla de la puerta, pero cuando rodeo el cercado para recibir a quien sea, Rosie entra como una exhalación en su antiguo hogar y se me restriega contra las espinillas mientras gimotea suavemente, rogándome atención.

No me he permitido pensar en cuánto la echo de menos, pero, ahora que está aquí, no puedo evitarlo. Cuando Zanders rompió conmigo, no solo lo perdí a él, sino que también la perdí a ella.

Me agacho para ponerme a su altura y le rasco detrás de las orejas, dándole todo el amor que no he podido darle en las últimas semanas.

—Rosie, ¿qué haces aquí? —pregunto sin esperar respuesta.

Ahí es cuando caigo.

Alzo la cabeza y allí está él, de pie junto a la puerta.

Me levanto lentamente, mirándolo pero sin creer que esté aquí. Está tan guapo como siempre, con el pelo recién cortado, sus joyas de oro y su entalladísima ropa. Me contempla desde el otro lado de la sala con esos ojos castaños clavados en los míos, y siento palpitaciones en el pecho con esa mirada inquebrantable.

La multitud afuera está como loca, y el ruido es casi ensordecedor. Las cadenas de noticias locales lo están grabando todo, y un par de cámaras se las han arreglado para seguirlo adentro, pero no puedo pensar en nada más que en Zanders.

No puedo creer que esté aquí ahora mismo.

Cheryl pasa junto a mí y sale de la sala mientras yo sigo rascando distraídamente la cabeza de Rosie, que está sentada a mi lado.

Zanders y yo permanecemos allí, aguantándonos la mirada durante demasiado tiempo y en silencio.

Trago saliva.

—¿Me estás siguiendo?

Una risa ligera fluye a través de él.

—No tienes ni idea, nena.

Nos sonreímos y eso rompe la tensión en el ambiente, hasta que frunce el ceño con preocupación y me mira suplicante.

—¿Me quieres?

La pregunta me pilla tan desprevenida que no puedo hablar. Sabe que sí, pero no esperaba que me lo preguntara tan directamente. Pero es Zanders. Siempre es directo.

—Porque yo te quiero, Stevie.

¿Qué?

—Siempre te he querido. Lo que pasa es que no sabía lo que sentía en ese momento. Nunca me había enamorado, y nadie me ha querido como tú —añade. Luego hace una pausa para respirar hondo—. Puede que te hayas cansado de mí, Vee, y no te culparía si lo hicieras, pero no puedo dejar que esto termine sin decirte cuánto te quiero.

¿Esto está pasando de verdad? Tengo la garganta y la boca secas, y el corazón me late más rápido de lo que probablemente debería. Está diciendo unas palabras que estaba convencida de que nunca le escucharía decir.

—El mayor error que he cometido fue dejarte ir. Me dije a mí mismo que lo estaba haciendo para protegerte, pero tenía miedo. Nadie me había querido lo suficiente como para quedarse a mi lado, y estaba cansado de que me abandonaran, así que lo hice antes que tú. Pero, Stevie, no ha pasado un segundo sin que me haya arrepentido de esa decisión. Eres lo mejor que me ha pasado. Siempre lo serás.

Zanders, vulnerable, permanece al otro lado de la estancia, frente a mí, mientras las cámaras graban sus sinceras palabras, pero estoy conmocionada, así que me quedo en silencio.

Se le mueve la garganta cuando traga saliva con dificultad:

—Pensé que lo más aterrador sería perder Chicago, perder a mis seguidores, pero estaba equivocado. Lo más aterrador es perderte a ti. Durante todo este tiempo he pensado que necesitaba que una ciudad entera me quisiera, pero la realidad es que solo necesito que una persona lo haga. Necesito que tú me quieras. Siempre has sido mi primera opción, Vee, y me despisté un momento, pero te prometo que nunca más tendrás que cuestionar tu lugar en mi vida.

Abro la boca para hablar, pero no me deja.

—Si quieres estar en Seattle, haré todo lo posible para jugar en Seattle. Si quieres mudarte a otro lugar, entonces iré también —dice, y suelta un fuerte suspiro—. Stevie, nena, te seguiré a cualquier parte.

Antes de que pueda intervenir, continúa a la desesperada.

—Me encantaba salir de gira porque podía olvidar por un momento que no tenía a nadie en casa. Pero la única razón por la que he disfrutado los viajes esta temporada ha sido porque tú estabas allí. Tenía lo mejor de casa conmigo. Me enamoré de ti a mil metros de altura.

—Miles —lo interrumpo al fin.

—¿Qué?

—Miles. A unos doce mil metros de altura.

Aprieta los labios en una sonrisa, pero la contiene.

—Nena —dice, con los ojos cerrados fingiendo frustración—, no estropees el momento.

Se me agita el pecho con una risa silenciosa.

—Lo siento. Por favor, continúa. —Le hago señas para que lo haga.

—Gracias. —Aprieta los labios en una delgada línea, pero se está divirtiendo a base de bien—. Bueno, como iba diciendo, me enamoré de ti a miles de metros de altura, rozando el cielo, y te ruego que me correspondas.

Mi expresión se suaviza al comprender sus palabras.

—Te creeré, Stevie. Prometo que lo haré. Digas lo que digas, te creeré —añade, y hace una pausa—. ¿Tú todavía me quieres?

Se hace un momento de silencio y duda entre nosotros. Los ojos de Zanders me suplican que lo corresponda, pero ¿cómo podría no hacerlo? Nunca he dejado de quererlo. Solo pretendía que se dejara querer.

Y ahora no solo se deja, sino que me ruega que lo haga.

Doy unos cuantos pasos rápidos y le paso una mano alrededor de la nuca para atraerlo hacia mí. Sus labios son como los recuerdo, suaves y cálidos, pero no se mueve, se ha quedado inmóvil, incrédulo.

Finalmente, un segundo después reacciona y su boca se funde con la mía, tomándome por entero. Me desliza las manos por la parte baja de la espalda y el metal de sus anillos se me clava en el cuerpo con gesto autoritario. Lleva la lengua a la entrada de mis labios, a los que rápidamente le doy acceso, y no es hasta que los vítores del exterior se vuelven exponencialmente más fuertes que nos separamos apenas un poco.

Inhalo una bocanada de aire del escaso espacio que hay entre nuestros labios para llenarme los pulmones de oxígeno.

Él apoya su frente en la mía y, en un susurro, me pregunta con desesperación una vez más:

—¿Todavía me quieres, Stevie?

Miro hacia arriba sin levantar la cabeza.

—Por supuesto que sí. Siempre te he querido. Solo quería que te dejaras.

Cierra los ojos y, cuando los vuelve a abrir, es como si se hubiera quitado el peso del mundo de los hombros.

—Pensé que te habías cansado de mí. Como no viniste al partido…

—Sí que fui.

Zanders se aleja un poco para poder mirarme mejor, pero me mantiene apretada contra él.

—Traté de llegar a la pista, pero había demasiada gente, así que te esperé en tu apartamento.

Se le suaviza la expresión al comprender.

—Me quedé en casa de Rio. Todos lo hicimos. No fui a casa.

—Te llamé.

Se ríe levemente.

—Se me murió el móvil.

Se me dibuja una sonrisa en los labios.

—Nunca me cansaré de ti. Te quiero.

Él tira de mí y se esconde en mi cuello.

—Te quiero muchísimo, Vee.

Le acaricio suavemente la nuca arriba y abajo, disfrutando de las palabras que no pensé que escucharía jamás.

Se queda allí un poco más y me sujeta un poco más fuerte antes de levantar la cabeza de mi hombro de repente.

—Cheryl —salta, y yo me doy la vuelta para mirar a la dueña del refugio, que nos observa con muchísimo orgullo—. ¿Puedo robártela todo el día?

Ella junta las manos bajo la barbilla.

—Por favor.

—Te necesito conmigo ahí fuera —dice Zanders, apartándome un rizo rebelde de la cara—. Hay mucha gente ahí fuera. ¿Te parece bien?

Me siento segura.

—Ya no me molesta.

La sonrisa de Zanders es suave, pero está llena de orgullo.

—Esa es mi chica.

Me coge la cara con ambas manos y me besa en los labios un momento.

Entrelaza los dedos, cubiertos de anillos, con los míos y me lleva afuera, más allá de los reporteros y a través del laberinto de seguidores, con Rosie a los pies. Hay mucha más gente aquí de lo que esperaba, y todos nos miran.

—¡Ahí está nuestra chica! —escucho de uno de los autocares.

Al mirar hacia arriba, encuentro a Rio inclinado sobre la barandilla, con su habitual radiocasete sobre la cabeza y a todo volumen.

—¡Stevie!

—¡Te hemos echado de menos, Stevie!

—¡Vamos, EZ! —continúan desde los autocares todos los muchachos para los que he estado trabajando este año, que nos miran desde el piso superior.

Zanders me guía rápidamente a su autocar y me hacer subir las escaleras primero, pero en cuanto llego al piso de arriba me derriban con un abrazo. Tardo un momento en darme cuenta de que es Lindsey quien se aferra a mí con todas sus fuerzas.

La estrecho entre mis brazos mientras me estruja.

—Siento que mi hermano fuera un idiota.

Ambas nos sacudimos de la risa, hasta que ella se aparta y me mantiene a un brazo de distancia, con una sonrisa de agradecimiento en los labios.

—¡Stevie!

Ella me embiste las piernas, así que me agacho para ponerme a su altura.

—¿Me peinas?

—Por supuesto.

El autocar comienza a moverse y el desfile continúa.

Maddison y yo nos lo decimos todo con una rápida mirada. Me dedica una sonrisa de agradecimiento antes de que Logan me envuelva en un abrazo.

Zanders me pone una mano en la parte baja de la espalda.

—Quiero que conozcas a alguien.

Me guía hacia el hombre que es casi tan alto como él y que está de pie junto a Lindsey.

—Vee, este es mi padre. Papá, esta es mi novia, Stevie.

Se me humedecen un poco los ojos, pero contengo las lágrimas. De todo el progreso que ha hecho Zanders, este es, con mucho, el más importante. Su padre siempre lo ha querido, al igual que yo, pero le costaba creernos a los dos.

Y ahora lo hace.

—Es un placer conocerte —le digo a su padre, que tiene el ceño fruncido.

Suelta un suspiro de alivio.

—Ay, no tienes ni idea de lo mucho que me alegra conocerte, Stevie. —Se inclina hacia abajo todo lo alto que es y me pasa los brazos alrededor—. Gracias —susurra para que nadie más lo escuche.

Las palabras se me atascan en la garganta. No puedo hablar, así que me limito a asentir rápidamente con la cabeza en su abrazo.

Compartimos una sonrisa cómplice antes de que Zanders, su pecho contra mi espalda, vuelva a pasarme los brazos alrededor de los hombros.

Me insta a que me coloque frente a la barandilla con él, con todos los hinchas de hockey de Chicago en las calles, y justo entonces me doy cuenta de que esta es la primera vez que estamos juntos en público sin escondernos. Y para alguien que tenía miedo de la atención que suscita Zanders, esta ya no me importa lo más mínimo.

Quiero que todo el mundo sepa que es mío.

Me besuquea el cuello y el hombro cuando encuentra mi desgastado anillo en su dedo meñique, y lo hago girar antes de repetir la frase exacta que dijo la mañana en que se lo puso.

—Mío.

Me derrito de nuevo entre sus brazos.

Él me aprieta con más fuerza.

—Y tú eres mía, muñeca. Nada de esto —dice, señalando las calles con la cabeza— tenía razón de ser sin ti. Eres mi primera y única opción, Vee, y nunca más voy a hacerte sentir lo contrario.

Esto es lo que siempre he deseado, ser la favorita de la persona que más me importa. Tenía amigas en el instituto que solo querían quedar conmigo por mi hermano. Somos gemelos y, aun así, era una segundona para mi propia madre. Tuve una relación en la que siempre fui el segundo plato.

Pero para la persona que valoro más que nadie soy la favorita.

—Vosotros dos, ya está bien —interrumpe Maddison, burlándose de nosotros—. Este es un evento familiar.

Sin embargo, él mismo tiene una mano sobre el culo de su mujer.

Con una mano, Zanders le hace la peineta y usa la otra para cogerme por la nuca y juntar mi boca con la suya una vez más.

—Joder, te quiero —murmura contra mis labios—. Te seguiré adonde sea, Stevie.

Decido posponer esta conversación y, en su lugar, le rozo la nariz con la mía y lo beso una vez más.

—¡Linds! —grita por encima del hombro—. ¡Abramos esas botellas de champán! Ganamos la Copa Stanley y he recuperado a mi chica. ¡Ya podemos celebrarlo!

56

Zanders

—Hay que comprarte unas zapatillas nuevas —sentencio, abriendo la puerta de mi apartamento para dejar entrar a Stevie primero, pero Rosie logra colarse antes que ninguno de los dos.

—De eso nada.

—Vee, se supone que son blancas. Las tuyas… ya no lo son.

Ella se las saca de una patada con un poco de mal genio y las deja en la puerta de mi casa antes de pavonearse hasta la sala de estar.

—Ser tan presumido te traerá problemas, lo sabes, ¿no?

La persigo y le paso los brazos alrededor de la cintura por detrás.

—Me quieres.

Ella se ríe.

—Sí —suspira—. Te quiero.

El desfile ha estado genial más que divertido, pero durante todo el día no he dejado de desear volver a llevármela a casa. El apartamento parece distinto cuando está ella. Es más luminoso, más divertido. Es un hogar cuando ella entra, y no tengo ni la más remota intención de volver a estar sin Stevie nunca más.

Simplemente no sé qué va a pasar. No sé dónde jugaré el próximo año. Tampoco sé si Stevie encontró algún apartamento en Seattle. Todo sigue en el aire, pero lo más importante es que he recuperado a mi chica y podemos resolver el resto juntos.

—Vee, probablemente deberíamos hablar sobre lo que vendrá ahora.

—Más tarde.

Camina de espaldas hacia la sala de estar mientras se baja la camisa de los hombros y la deja caer al suelo.

Boquiabierto al otro lado de la estancia, abro los ojos de par en par. No he podido más que fantasear con su recuerdo durante las últimas semanas, pero ahora, aquí, en mi apartamento, la tengo en persona una vez más.

Miro rápidamente a las ventanas, asegurándome de que las cortinas estén cerradas antes de volver de inmediato a mi chica. Stevie se desabrocha los tejanos sin apartar esos ojos verde azulados de mí.

—¡Rosie! —grito a mi dormitorio, donde probablemente se haya desmayado en su cama, exhausta tras un día tan emocionante—. Quédate ahí. Mamá está a punto de hacer muy feliz a papá.

Stevie se ríe en silencio mientras se pasa el tejano por las caderas y el culo. Le repaso los gruesos muslos lentamente con una mirada penetrante, y la suave piel del vientre y las tetas, que tanto me obsesionan, ocultas tras una camiseta sin mangas tan ajustada que bien podría estar pintada.

Voy entornando los ojos mientras doy pasos lentos y pausados hacia ella, con las manos por delante, listo para tocar y adorar el cuerpo que he echado demasiado de menos en las últimas semanas. Pero en cuanto la alcanzo, ella da un paso atrás para mantener la distancia.

Hay una sonrisa astuta en sus labios, y los ojos le brillan con diversión mientras niega con la cabeza.

—Stevie —alcanzo a decir—. No te he tocado en semanas.

Ella arquea una sola ceja.

—Lo sé.

—Necesito tocarte.

Ella niega con la cabeza en silencio antes de quitarse la camiseta y quedarse solo con unas bragas azul claro y un sujetador a juego. Hacen volar mi imaginación, pues el color se combina perfectamente con su bronceado y los tonos marinos en sus ojos.

Ahí es cuando caigo.

—¿Es este mi castigo?

Ella encoge un hombro.

—Solo quiero asegurarme de que has aprendido la lección, porque no vas a volver a romper conmigo —me asegura, con una media sonrisa siniestra y malvada.

—Oh, muñeca. —Doy un paso adelante, pero ella me imita y retrocede—. He aprendido la lección. Créeme. Nunca volveré a cometer ese error.

—Solo quiero asegurarme de que cala de veras, ¿sabes?

Finalmente, avanza hacia mí con las manos en mis caderas, empujándome hacia atrás. Yo miro para abajo, hipnotizado por su escote y la forma en que le rebotan las tetas con cada paso, y no quiero nada más que tocar cada centímetro de su cuerpo. Lo necesito en mis manos, en mi boca.

La parte de atrás de mis piernas choca contra el sofá, cuando me obliga a sentarme.

—No se permite tocar. Solo puedes mirar.

Hostia puta.

Mantiene la mirada clavada en mis ojos mientras se lleva las manos a la espalda y se desabrocha el sujetador para dejarlo caer al suelo.

—Me gusta esa confianza —la animo.

Ella se ríe ligeramente antes de acariciarse las tetas con los dedos, cubiertos de anillos, y pellizcarse los pezones, que forman unos botoncitos marrones.

—Joder, Vee —murmuro aturdido—. Eres la hostia de perfecta.

Me echo hacia atrás en el sofá, relajándome como un rey en su trono.

Ella balancea las caderas ligeramente mientras se detiene frente a mí, regalándome un bailecito, y se desliza las manos por la suave piel hasta alcanzar la cinturilla de las bragas.

Trago saliva, suplicando para mis adentros que se las quite y me enseñe esos bonitos labios marrones que no he podido saborear en mucho tiempo.

Juguetea con la tela, pero no se las baja.

—No te burles de mí. Quítatelas.

Ella hace lo que le digo y se las baja lentamente por los muslos, hasta que se le quedan alrededor de los tobillos.

Mi chica está aquí, desnuda en todo su esplendor, con una confianza en sí misma infinitamente más grande que la primera vez que la vi sin ropa, y me alegro por ella.

Aunque, a juzgar por mi erección, también me alegro por mí.

La hendidura entre sus piernas ya brilla con su excitación, lo que hace que el miembro me apriete dolorosamente contra la cremallera. Me lo recoloco con un gesto rápido para tratar de reducir el ansia.

Ella niega lentamente con la cabeza.

—No se toca.

—Stevie —me quejo—. No puedes quedarte ahí así y no dejarme tocar nada. Me estás torturando.

—Esa es mi intención. Pero si sigues las reglas, entonces te daré lo que quieres —me promete, y se me acerca acechando—. O no.

Me rindo, hundiéndome en el sofá con los brazos abiertos y apoyándolos en la parte superior, con la esperanza de mantener las manos alejadas de ella.

—Menos mal que te quiero.

Sonríe con suavidad.

—Sí. Menos mal.

Se sube al sofá, a horcajadas sobre mí, pero permanece de rodillas, sin tocarme ni proporcionarme la fricción que tanto necesito.

Se recorre el cuerpo con las manos, acariciando cada parte que me muero por tocar. Se pasa los dedos por el vientre, avanzando poco a poco hacia abajo, mientras yo, en trance, la sigo con la mirada. Con la otra mano se coge un pecho y juguetea con él, acariciándose el pezón, pero estoy demasiado concentrado en la que se dirige hacia el clítoris.

Se lo roza con el dedo corazón, lo que provoca que la garganta de mi chica emita un suave gemido.

—Madre mía —murmuro, hipnotizado.

Se frota contra sí misma, balanceándose sobre sus dedos.

—Joder, Vee. ¿Te gusta?

—Mmm —asiente. Se muerde el labio mientras me mira—. Mucho.

—Mírate. Eres jodidamente irreal, nena.

No creo haber estado tan cachondo en toda mi vida. Mis caderas comienzan a balancearse involuntariamente, suplicando la fricción que me está negando.

Estoy sentado en el sofá vestido por completo mientras la chica de la que estoy enamorado está a horcajadas sobre mi cuerpo, tocándose solo para mí. Aparte de que esto es pura tortura, no sé cómo demonios tengo tanta suerte de contar con esto en mi vida.

Se traza unos círculos lentos y pausados sobre la humedad de los labios, que tengo a unos centímetros sobre mí. Me mira con ojos inocentes y tiernos.

—Dime lo que quieres que haga.

Madre mía.

Echo la cabeza hacia atrás mientras me paso una mano por la mandíbula, incapaz de creerlo, antes de respirar hondo y centrarme en ella una vez más.

—Métete un dedo. Déjame ver cómo disfrutas.

Se aparta la mano del clítoris y, pidiendo más lubricación, me coloca unos relucientes dedos frente a la boca. Se los cojo con los labios y lamo su excitación envolviéndolos con la lengua y cubriéndoselos con mi saliva en su lugar.

Stevie me los saca de la boca y se toca con ellos una vez más antes de que su dedo corazón desaparezca de la vista.

Ella cae hacia delante con un gemido, pero se mantiene erguida con un brazo apoyado en el respaldo del sofá, y sus tetas me quedan justo enfrente de la cara, rogándome que me las meta en la boca.

Esta pequeña exhibición me va a matar.

Sentada sobre sus rodillas, continúa masturbándose. Tiene todos los rizos por la cara. Necesito apartárselos para verla, pero también quiero mi recompensa por seguir sus reglas.

Sus movimientos son fascinantes, el dedo reluciente entrando y saliendo a un ritmo tortuoso.

—Métete otro dedo para mí, Vee.

Deja caer la cabeza hacia atrás, lo que le despeja la cara. Tiene las pecosas mejillas sonrojadas y esos ojos tan bonitos entrecerrados, pero se le dibuja una sonrisa traviesa en los labios cuando otro dedo desaparece dentro de ella.

—Buena chica —murmuro—. Qué obediente.

Ella se mete los dedos lentamente con pequeñas acometidas.

—Muévelos más rápido para mí.

Stevie aumenta el ritmo, y sus dedos la llevan al límite mientras la palma de la mano le estimula el clítoris.

—Cómo me gusta —gime.

Es perfecta, joder.

Necesito tocarla o tocarme a mí mismo, lo que sea para aliviar el ansia de mi pene, que lleva demasiado encerrado. Quiero unirme a ella, porque esto es pura tortura. Si con esto no hubiera aprendido ya la lección, esta me quedaría clara al verla masturbándose sin dejarme unirme.

Aprieto los puños, tratando de contenerme, porque necesito que se rinda pronto.

Ella se retuerce ante sus propias caricias, tiembla y le cuesta mantenerse derecha.

—Déjame ver cómo te corres, Stevie. Quiero verte desmoronarte.

Ella continúa con sus movimientos, trazando círculos con los dedos mientras de emite suaves gemidos y gimoteos.

—Joder. Esos ruiditos me están matando, cariño.

Su boca esboza una sonrisa de satisfacción.

—Quiero ver cómo te corres, Vee.

—¿Zee?

Tengo que tragar saliva para tratar de controlarme al escucharla decir mi nombre mientras está así. Me lamo los labios sin dejar de observarla, aturdido.

—¿Mmm?

—¿Me ayudas a terminar?

Hostia puta. No tiene que preguntarme dos veces. Le pongo las manos encima y la cojo del culo. Me pongo de pie, levantándola, antes de darme la vuelta y tirarla en el sofá. Caigo de rodillas y le separo las piernas, que paso sobre mis hombros antes de plantarle la lengua en la entrepierna.

—Oh, Dios mío —grita, con la cabeza hacia atrás.

No sabía que me había ganado un nuevo apodo, pero puede llamarme así cuando quiera.

Jugueteo con sus hinchados labios, moviendo la lengua a un ritmo tortuoso, pero, a diferencia de ella, voy a dejar que se corra porque, egoístamente, es una de las cosas que más me gusta ver.

Mirando hacia arriba, me fijo en que se le agita el pecho con rapidez, que tiene la barriga contraída y las mejillas sonrojadas. Por fin puedo saborear a la chica que he echado demasiado de menos, así que sigo lamiéndole, chupándole y besándole el sexo.

Astutamente me desabrocho el cinturón y la cremallera sin dejar de estimularla con la lengua. Me saco el rabo y me lo sacudo un poco por necesidad. El alivio casi se me va de las manos, solo de liberarlo, pero ni de coña voy a correrme sin estar enterrado profundamente dentro de ella.

—Zee, estoy a puntísimo —gime, tensándose de arriba abajo.

La cojo por detrás de las rodillas y se las levanto mientras sigo penetrándola con la lengua, haciendo que se me corra en la boca hasta dejarla seca.

Se le agita el pecho, y se le dibuja una sonrisa de satisfacción. La euforia pura se apodera de su pecoso rostro, y no sé si he visto algo más excitante en mi vida que esta pequeña escena.

Mi chica yace inerte y desnuda sobre mi carísimo sofá, despatarrada. Me pongo de pie y la miro, aún completamente vestido, menos por el pene, que me cojo con una mano.

Aturdida, me lo mira.

—Menudo espectáculo has montado, cariño.

Ella se muerde el labio, asintiendo.

—Sabes que vas a tener que pagar por eso, ¿verdad?

Stevie se sienta, levantando el hombro despreocupadamente.

—No puedo esperar.

Cayendo de rodillas frente a mí, me baja los pantalones rápidamente antes de meterse mi rabo en la boca.

—Enséñame lo bien que la chupas. Vamos. Así. Esa es mi chica.

Ella gira la lengua alrededor de la punta antes de empujarme hacia dentro tan profundamente que se ahoga un poco, pero no para.

Con sus rizos en la mano, la embisto sin darme cuenta.

—Joder, cómo te quiero —suelto, sin apenas aliento para hablar. Echo la cabeza hacia atrás, con los ojos cerrados mientras me concentro en no correrme en dos segundos—. Oh, Dios mío, te quiero.

Stevie mueve la cabeza adelante y atrás, metiéndosela casi entera en su cálida boca mientras le acaricio una mejilla.

—Lo haces genial.

Continúo animándola, pero cuando hunde las mejillas al succionar y me recorre todo el miembro con los labios, tengo que alejarme de ella para no terminar demasiado pronto.

Me falta el aire, así que respiro entrecortadamente mientras permanezco inclinado, con sus rizos en un puño y tratando de recuperar la compostura. Pero al fin me enderezo y me saco la camiseta por la cabeza, quedándome tan desnudo como ella.

—Súbete al sofá y separa las piernas. Te voy a follar hasta que no puedas caminar.

Una sonrisa emocionada se apodera de su rostro mientras se echa hacia atrás para apartarse y dejarme espacio para subir también.

Le separo las piernas con una rodilla, me cojo el rabo y me coloco, pero luego miro hacia abajo y la veo. Y de golpe, me quedo hipnotizado como siempre.

—Te quiero, Stevie —digo con voz suave, casi dulce.

Ella suelta una risilla, acostada desnuda de espaldas.

—Hemos pasado muy rápido de «amo» a «cariño».

Arqueo las cejas.

—Llámame «amo» otra vez.

Pone los ojos en blanco juguetonamente mientras me pega en el pecho. Caigo encima de ella, sonriéndole en el cuello y dejando que me abrece un momento.

Stevie me acaricia toda la espalda con suavidad.

—Te quiero mucho —susurra.

—¿Puedes repetir eso?

—Te quiero, y te lo recordaré tantas veces como sea necesario.

Le paso una mano por un lado de la cara y le aparto el pelo para poder verla un poco mejor.

—Te he echado mucho de menos, Stevie, y lo siento.

Ella resta importancia a mi comentario sacudiendo la cabeza.

—Mira todas las cosas buenas que han salido de eso. —Hace una pausa para que calen sus palabras—. Pero no vuelvas a hacerme esa putada nunca más.

Nos reímos los dos y el ambiente se transforma una vez más.

—Nunca.

La beso con suavidad y dulzura mientras me recoloco para entrar lentamente dentro de ella.

Boqueamos el uno en los labios del otro manteniendo el contacto visual, pero, joder, es increíble estar dentro de ella. Me he masturbado con su recuerdo demasiadas veces en las últimas semanas, pero no ha sido nada en comparación con esto.

Mantengo un ritmo lento y constante, y ambos nos movemos juntos hasta que me apoyo sobre los codos para impulsarme con más fuerza y a mayor velocidad.

Le pongo una mano alrededor de la base de la garganta mientras la cadena que llevo al cuello cuelga sobre ella, pero a Stevie no parece importarle, completamente perdida como está en el momento. La penetro con fuerza, casi como si la castigara, pero no logro creer lo preciosa que se ve debajo de mí, con las tetas rebotando con cada embestida.

Sus rizos se extienden bajo ella, suaves mechones dorados salpicando las ondas castañas. Pestañea, y cuando me mira con esos ojos verde azulados, casi pierdo el control.

No voy a durar mucho si soy yo quien domina.

Sin sacársela, le paso los brazos por debajo de la espalda para levantar esas curvas y me siento en el sofá con ella a horcajadas sobre mí, de manera que me quedan sus suaves muslos a los lados y sus tetas justo en la cara.

—Móntame, muñeca. Enséñame lo que sabes hacer.

Stevie mueve las caderas sobre mí mientras me recuesto en el sofá, con las manos cruzadas detrás de la cabeza.

—Hostia puta —resuello, cerrando los ojos para sentirlo todo mientras ella rebota sobre mi rabo—. ¿Cómo se te da tan bien esto?

Ella continúa moviéndose, rozándose y contoneándose. Me inclino hacia delante para meterme uno de sus preciosos pezones oscuros en la boca y cogerle el culo a dos manos mientras empiezo a hacerla rebotar más rápido. Me estoy acercando, y sé que ella también.

Me pasa los brazos alrededor de los hombros mientras se esconde en mi cuello, lo que me deja su cuerpo a mi disposición.

—Me gusta tanto tenerte dentro —gime con fuerza, escondida mientras comienza a temblar y sacudirse.

—No pares, Vee, lo estás haciendo muy bien. Úsame. No pares. Necesito que te corras sobre mí.

Ella no se detiene. Continúa moviéndose hasta que finalmente se desmorona cuando un orgasmo la atraviesa, lo que la deja sin ningún control sobre su cuerpo.

Me acerco su boca a la mía mientras le sostengo las caderas con fuerza, haciéndola rebotar unas cuantas veces más con sus paredes apretándose a mi alrededor. Sucumbo junto con ella mientras ambos llegamos al clímax.

—Te quiero —me recuerda entre jadeos, con los brazos alrededor de mi cuello y rozándome la boca con los labios.

Una sonrisa me atraviesa el rostro. Nadie me lo había dicho de esta manera, pero tampoco había querido que nadie lo hiciera. Aunque, con Stevie, no me importaría escucharlo todos los días de mi vida.

Le pongo las manos detrás de la cabeza para sostenerla contra mí.

—Yo también te quiero.

Permanecemos en silencio unos momentos mientras calmamos nuestra euforia e, incapaz de contenerme más, le suelto:

—¿Firmaste contrato de alquiler en Seattle?

—Zee —se ríe—. Todavía estás dentro de mí.

—Lo sé, pero hoy es mi primer día de vacaciones y por fin puedo hablar con los equipos, así que si vas a estar en Seattle, necesitaré hacer algunas llamadas y ver qué puedo hacer.

Stevie se levanta lentamente, adaptándose al vacío, y se queda sentada en mi regazo mientras la abrazo.

—No firmé contrato de alquiler, pero tengo un puesto de trabajo esperándome.

—¿Es allí donde quieres estar?

Ella me acaricia lentamente la cara.

—Quiero estar donde tú estés. Puedo conseguir trabajo en cualquier lugar. Incluso si es uno que no me guste mucho. Lo más importante es que entres en algún equipo.

—Pero yo quiero que hagas algo que te guste.

Stevie se encoge de hombros.

—Tenías razón. En realidad no disfruto mucho volando, y mientras tenga tiempo para trabajar como voluntaria con algunos perretes, seré feliz.

Le planto los labios en la frente y me quedo ahí.

—Va a ser raro no tenerte en la gira durante la próxima temporada —le digo mientras la mezo suavemente entre mis brazos—. Pero al menos te tendré en casa.

Apoyada en mi hombro, suelta un suspiro de satisfacción.

—Lo digo en serio, Stevie. Te necesito en casa. Quiero que te mudes conmigo.

Ella me mira con el ceño fruncido.

—Incluso si solo venimos aquí en verano, quiero que te mudes. Y cuando nos vayamos de Chicago, quiero que vivamos juntos. Si no puedo tenerte en la gira durante la próxima temporada, te necesito cada segundo de cada día mientras estoy en casa.

Se sonroja e intenta reprimir la sonrisa de emoción que se le dibuja en los labios.

—Me encantaría.

—¿Sí? —pregunto con un poco de incredulidad. No he compartido piso desde la universidad. He aprendido a apreciar mi propio espacio. Aunque ya no. Ahora solo quiero que Stevie me invada con su presencia.

—Sí —me sonríe en la boca.

Cogiéndola por las mejillas, encuentro el acceso a su boca con la lengua mientras la cosa se calienta, mi cuerpo listo una vez más para la segunda ronda, pero entonces el timbre de la puerta interrumpe el momento.

—¿Señor Zanders? —resuena la voz de mi portero por todo el apartamento—. Ha venido un tal Scott. Dice que es director del equipo.

Stevie y yo nos miramos confundidos. Ella se baja enseguida de mi regazo para que pueda acercarme a la puerta, donde presiono el botón del telefonillo.

—Eh… —titubeo antes de volver a mirar a mi chica, desnuda en el sofá. Ella asiente rápidamente, como diciéndome que lo haga subir—. Sí, mándalo para arriba.

Stevie se esconde en mi dormitorio mientras me pongo un par de pantalones de chándal y recibo a Scott en la puerta.

—Lamento presentarme así —dice, dándome la mano antes de que le indique que entre—. Pero no respondías al móvil.

—Se estropeó después del partido de anoche —le explico, arrugando la cara por la confusión. Hace un par de horas que he visto a Scott en el desfile. Podría haber hablado conmigo entonces—. ¿Todo bien?

—Sí, pero me gustaría hablar contigo. —Mira hacia el sofá, buscando un lugar para sentarse, antes de caer en la ropa que hay tirada por toda la sala de estar—. Oh, cómo no —se ríe.

Lo miro sin el más mínimo reparo.

—Tú eres el que ha venido el día que he recuperado a mi chica. ¿Qué esperabas encontrar?

—*Touché*.

Scott se sienta a la mesa del comedor mientras saco un par de aguas con gas.

—Bueno, y ¿qué pasa?

—Pues, como sabrás, la temporada terminó ayer. Legalmente no habíamos podido hablar contigo todavía, y teníamos intención de darte un par de días para disfrutar de la victoria, pero cuando mencionaste en la televisión nacional fichar como agente libre con Seattle, pensamos que la cosa no podía esperar más.

—¿Esperar más para qué?

—Zanders, has sido una parte esencial de nuestra franquicia durante las últimas siete temporadas y nos encanta tenerte en Chicago. Yo pensaba que al menos hablarías con nosotros para rechazar nuestra oferta antes de irte a otro lugar.

—Scott, llevo esperando la renovación del contrato toda la temporada. ¿De qué estás hablando?

—Hicimos una oferta en octubre. Hemos estado esperando que firmes toda la temporada, así que nos impactó bastante cuando mencionaste dejar el equipo frente a las cámaras. Pensamos que al menos nos lo dirías primero.

—Yo no quería irme. He estado esforzándome todo el año con la esperanza de que me renovarais.

Scott sacude la cabeza hacia atrás en estado de shock.

—Ha estado sobre la mesa desde el primer partido en casa. Tu agente seguía empeñado en negociar, diciendo que no creía que el salario fuera lo bastante alto para ti. Sé que no es un aumento, pero es lo que has estado cobrando hasta ahora, porque estamos dentro del límite presupuestario. No podemos ofrecer más.

Maldito Rich.

Me paso las manos por la cara con incredulidad.

—Scott. No sabía nada del contrato. Lo juro. Lo habría firmado en cuanto lo hubiese sabido. No me importaba el dinero. Solo quería quedarme aquí.

—Tu agente venía cada mes diciendo que todavía no estabas conforme.

—Por eso lo despedí. Es un avaricioso. No estaba tratando de conseguirme un sueldo más alto. Solo quería una comisión más alta para él.

—Queremos que vuelvas. Siempre lo hemos querido. Este equipo es tuyo y de Maddison.

¿Lo es? Me gustaría creerlo, pero al frente de este equipo han estado en todo momento el verdadero yo de Maddison y mi personaje mediático. No sé si esta ciudad quiere cambiar la dinámica.

—No lo sé, Scott. No quiero seguir con la historia que Maddison y yo hemos representado desde que llegó aquí. Estoy cansado de eso. Sé que llena las gradas y toda esa mierda, pero ya no puedo más. Quiero que la gente sepa que soy la mitad de Active Minds. Quiero gustarles por lo que soy, y no creo que eso suceda en Chicago.

Él hace una pausa, vacilante.

—¿Has mirado internet hoy?

—Tengo el móvil estropeado.

Scott saca el suyo y escribe algo rápidamente antes de mostrarme la pantalla.

—Además de que la gente está obsesionada contigo y Stevie por esa pequeña confesión de amor en la televisión nacional, asustaste a los hinchas de Chicago al decir que te ibas. Todo el mundo te quiere aquí, Zanders. Sé que esos titulares de hace unas semanas eran una mierda, pero no son nada en comparación con cómo se está volcando contigo la gente hoy —me asegura, pasándome el móvil—. Echa un vistazo.

Tiene razón. Llenan la pantalla mensajes y mensajes de seguidores desesperados por que regrese con la camiseta de los Raptors la próxima temporada. También hay una efusión de apoyo para Stevie y para mí que me muero por enseñarle más tarde, pero en lo que respecta al hockey, no hay un solo comentario de los hinchas locales pidiendo que me vaya.

Sí hay, sin embargo, seguidores de otros equipos que aseguran que les gustaría tenerme en su ciudad, incluida muchísima gente de Seattle.

Varias personas mencionan Active Minds, señalando que no sabían que ocupo el mismo lugar en la fundación que Maddison. Hay fotos de mi padre conmigo en el desfile. Comentarios sobre la adopción de Rosie, además de mucha cobertura de Senior Dogs of Chicago desde que hemos estado allí hoy.

—Guau —exclamo, devolviéndole el teléfono a Scott—. No me había dado cuenta.

—Chicago te quiere. Nosotros nunca hemos querido que te fueras. Podemos cambiar la narrativa, Zanders, pero, como franquicia, ya sabemos el tipo de persona que eres, y por eso te queremos con nosotros. Todos en el vestuario te adoran y disfrutamos mucho de tenerte en el equipo. Haremos lo que sea posible para que te quedes.

Se hace un largo silencio entre nosotros.

—No puedo tomar ninguna decisión hasta que hable con Stevie.

—Por supuesto.

—Pero si firmo, será con una condición no negociable.

—Lo que sea.

—¿Todo bien? —pregunta Stevie desde mi cama, dónde está tirada, vestida solo con mi camiseta.

Aturdido, me acerco a ella.

—Chicago quiere renovarme.

—¿Qué? —exclama con entusiasmo, sentándose.

Yo me tumbo y le paso una pierna por encima para tirar de ella.

—Al parecer, ha habido una oferta sobre la mesa durante toda la temporada, pero Rich no me dijo nada.

—Rich de los cojones.

—¿Qué crees que debería hacer?

Con delicadeza, me acaricia una mejilla con las puntas de los dedos.

—¿Qué es lo que tú quieres hacer?

—No estoy seguro.

Ella se ríe ligeramente.

—Sí que lo estás. No quieres irte de Chicago, y yo tampoco. Tu familia está aquí. No puedes mirarme a los ojos y decirme que el tío Zee estaría bien alejándose de Ella.

Echo la cabeza hacia atrás.

—Dios, no. Ya tiene cuatro años. ¿Qué voy a hacer, verla solo durante el verano hasta que me jubile?

—Exacto. Si Chicago te ofrece lo que quieres, acéptalo. Esta es tu casa.

Se me suaviza el rostro.

—¿Vas a dejar que te haga oficialmente tía Vee o qué?

—Más te vale.

Compartimos un momento, manteniendo el contacto visual mientras Stevie me recorre delicadamente la mandíbula con las puntas de los dedos.

—Si quieres un nuevo comienzo con un nuevo equipo, te seguiré adonde sea, pero no creo que vayas a ser más feliz en otro lugar que no sea Chicago. Esto es lo que has querido toda la temporada.

—Sí, pero me he estado preparando mentalmente para la separación.

—Creo que eso es suficiente, Zee. Cuando nos conocimos, dejar Chicago era tu mayor miedo. Ahora estás listo para irte si debes hacerlo, pero el hecho de que hayas llegado a comprender que estarás bien en otro lugar no significa que tengas que irte.

—¿Quieres quedarte aquí? —pregunto, en un tono lleno de esperanza.

—Ryan y el refugio están aquí. Si puedo opinar, entonces sí, quiero quedarme.

—Siempre puedes opinar, Stevie. Esto es decisión de los dos, no solo mía.

—¿Te están ofreciendo lo que quieres?

Asiento con la cabeza.

—Pero les he dicho que solo firmaría con una condición.

—¿Cuál?

EPÍLOGO
Zanders

Cuatro meses después. Octubre

—Zee, tenemos que irnos. Llegarás tarde al partido y todavía tenemos que pasar por el refugio.

Rodeo a Stevie con un brazo y la atraigo hacia mí, de manera que su cabeza descanse sobre mi pecho y no solo sobre mi bíceps.

—Unos minutos más —le pido, y hago girar con delicadeza un rizo entre el índice y el pulgar—. No estoy listo para irme. Esta será la primera vez que nos separamos desde junio.

Rosie, que descansa la cabeza sobre mi vientre, me mira con esos dulces ojos ámbar mientras retengo a mis dos chicas en la cama un poco más de tiempo.

—Solo serán tres días.

—No me lo recuerdes —me quejo—. No puedo creer que me gustaran los partidos fuera de casa.

Stevie se ríe, girándome la cabeza hacia ella por la barbilla.

—No sé cuándo te convertiste en este grandullón dependiente —presiona sus suaves labios contra los míos—, pero es adorable.

—Hace aproximadamente un año, cuando te conocí, cariño.

Ella juega con los anillos de mis dedos, demorándose un poco más en el que le robé.

—Pasará rápido.

—¿Qué vas a hacer mientras no estoy?

—No sé. Probablemente monte una noche de chicas con Logan, Ella y Rosie.

Sacudo la cabeza hacia atrás.

—¿Sin mí?

—Intentaremos no ponerte demasiado celoso —dice, palmeándome el pecho—. Voy al partido de Ryan de mañana. El viernes estaré en el refugio. Y el sábado tengo terapia familiar.

Me vuelvo un poco mientras le paso el pelo por detrás de la oreja.

—¿Cómo lo llevas?

—Bien. Está yendo bien. No es que no quisiera volver a hablar con mi madre jamás, pero tampoco podía seguir así.

Le sonrío con orgullo. Pensé que tendría que enseñarle a marcar algunos límites, pero Stevie ha sido capaz de hacerlo sola.

Su madre estuvo contactando con ella durante todo el verano, pero Stevie mantuvo la distancia. No fue hasta finales de agosto cuando comenzó a plantearse volver a abrir esa línea de comunicación. Mi mayor preocupación era que su madre pudiera decirle lo que le viniera en gana, pero Stevie nos sorprendió a todos cuando sugirió que podían volver a hablar solo si era durante sesiones de terapia familiar, que siempre incluían a su hermano o a su padre.

Esta será la cuarta semana que tienen una, las hacen por videollamada, y parece que le vienen bien, incluso se la ve feliz. La terapeuta fue una recomendación de Eddie, y cada sábado por la tarde, cuando Stevie se desconecta, parece más ligera, como si la relación tóxica que tenían estuviera desapareciendo con cada semana que pasa.

La idea no me entusiasmaba, en absoluto, pero el padre de Stevie, Neal, vino a visitarme varias veces este verano para convencerme. Puede que sea uno de los mejores tipos que conozco, y solo quiere que su familia vuelva a estar completa, así que no puedo culparlo por intentarlo.

—Vale, Zee. Tenemos que levantarnos. Llegamos tarde.

Stevie se levanta de la cama antes de que pueda detenerla.

Le rasco con ganas la cabeza a Rosie una vez más antes de hacerla salir de la cama para poder ponerme de pie. Me cambio la camiseta por una camisa, que me meto por dentro de los pantalones de traje, y me pongo la americana. En la sala de estar, recojo todo lo que he olvidado poner en la maleta:

auriculares, cargador de móvil y gafas de sol. Tras un verano en Chicago, casi se me ha olvidado cómo viajar. O eso, o que simplemente no quiero.

—Recuerda que tu padre viene el domingo por la mañana con su novia y por la tarde tenemos la fiesta de cumpleaños de MJ —grita Stevie desde nuestra habitación.

—Lo sé. Ya le he comprado el regalo que le haremos.

Stevie asoma la cabeza por el dormitorio, con el ceño fruncido por la confusión.

—No. Yo he comprado el regalo que le haremos. ¿Qué has comprado?

—Encontré un pequeño chándal de Prada muy chulo en su talla.

Stevie se echa a reír.

—¿Qué?

—Zee, cumple un año.

—Cariño, tengo que iniciarlos jóvenes. ¿Qué le has comprado tú?

—Algunos libros y unos cuantos juguetes. Cosas con las que pueda jugar —dice lentamente, como si tuviera que asimilar las palabras.

—Bueno, tú pones tu nombre en ese regalo, y yo pondré mi nombre en el mío. Veremos cuál le gusta más a MJ.

Divertida, pone los ojos en blanco y regresa al dormitorio, pero, antes de alejarse demasiado, la escucho decir:

—No tienes que escribir nada en el tuyo. No tendrán ningún problema en averiguar quién le ha comprado el regalo en Prada a un niño de un año.

Si provocarnos fuese el lenguaje del amor, entonces sería el nuestro, y tengo intención de bromear con mi insolente chica el resto de mi vida.

Mi ático, antes oscuro y masculino, ahora está lleno de color. Cuando Stevie se mudó aquí, hace cuatro meses, no solo se trajo con ella su alegría, sino también sus hallazgos favoritos de tiendas de segunda mano. No puede decirse que combinen con mi decoración, pero son suyos, así que me alegra que estén aquí. Iluminan el lugar de la misma manera que hace ella.

Rosie entra tranquilamente en la cocina buscándome, así que me agacho y le hago todos los mimos que no podré hacerle durante los próximos tres días. Por mucho que odie que Stevie no venga de gira conmigo esta temporada, me alegra que Rosie pueda quedarse en casa y no tener que estar de aquí para allá con su cuidador.

—¿Listo? —pregunta Stevie alegremente, entrando a la sala de estar.

Me levanto al verla al otro lado de la habitación y me quedo boquiabierto, con los ojos abiertos como platos.

—Maldita sea, Vee. Mírate.

Ella da una pequeña vuelta para enseñarme sus tejanos, negros y muy ceñidos, así como la camiseta de los Raptors con mi nombre y número. Está espectacular. Sin embargo, todavía lleva sus Nike sucias, a pesar de que le compré unas nuevas, que aún están en el fondo de su armario.

—¿Te gusta?

Le sostengo una mano sobre la cabeza y le hago dar una vuelta más.

—Me encanta. Estás impresionante. —La cojo del culo para atraerla hacia mí—. Joder, te voy a echar muchísimo de menos.

Ella me pasa los brazos alrededor de los hombros y me besa.

—Y yo a ti. Llámame tanto como quieras.

—Uy, voy a hacer que tu móvil eche humo tres días seguidos, nena —le aseguro, dándole un par de cachetes en el culo—. Bueno, vamos.

Estaciono el Mercedes justo enfrente del refugio, cuya fachada es apenas reconocible respecto a cómo estaba hace unos meses. Está recién pintada, el letrero es nuevo y llamativo, y el tejado se reparó por completo.

Cuando decidí renovar con Chicago, fue con una condición no negociable: que la franquicia de los Raptors apoyara económicamente a Senior Dogs of Chicago.

Fue una victoria más grande de lo que podría haber imaginado para todas las partes implicadas. El dinero invertido en el refugio es un gasto desgravable para el equipo, por lo que no les supone nada, pero, en cuanto supieron de Cheryl y los perros, aprovecharon con entusiasmo la oportunidad de ayudar. Con los fondos que donaron han renovado completamente el ruinoso edificio y han proporcionado mantas, juguetes y camas nuevas para los animales. Todos los medicamentos y alimentos están pagados y, por primera vez desde que falleció su esposo, Cheryl no tiene que preocuparse por el alquiler de los próximos meses. Todo está cubierto.

Pero, para mí, lo mejor es que pudo contratar a Stevie a tiempo completo. Después de nuestro momento en la televisión nacional, la popularidad del refugio aumentó a un ritmo increíble. Los habitantes de Chicago, que no sabían que existía tal lugar, acudieron en masa para adoptar, por lo que Cheryl necesita toda la ayuda que pueda obtener.

Ahora, los perros suelen permanecer, de media, menos de un mes en el refugio, el tiempo suficiente para ponerse al día con sus necesidades médicas, antes de ser adoptados y que se los lleven a un nuevo hogar lleno de amor.

El equipo ha disfrutado mucho involucrándose. Dos de los muchachos incluso adoptaron sus propios perros este verano, y todos se han implicado de tal modo con la causa que la franquicia acordó publicitarla en los partidos en casa.

A partir del primero, que es esta noche, Stevie vendrá con uno de los cachorros del refugio a todos los que juguemos en la ciudad. Durante el partido, aparecerán en pantalla junto a la información de Senior Dogs of Chicago, y dudo mucho que acaben viviendo en el refugio mucho más tiempo cuando veintitrés mil hinchas de los Raptors vean su dulce carita por la gran pantalla.

Puede que no tenga a Stevie durante la gira este año, pero vendrá a todos los partidos en casa, y lo que es mejor, sabré que estará en Chicago haciendo algo que le encanta.

—¿A quién traemos hoy? —pregunto, abriendo la puerta principal para que ella pueda entrar primero.

Stevie da saltitos de emoción.

—Teddy. La mezcla de terrier que trajeron a principios de septiembre.

—Toma ya. Adoro a Teddy.

Stevie gira rápidamente sobre sus talones, con los ojos muy abiertos y llenos de entusiasmo.

—También podríamos adoptarlo —propone, como cada vez que abandonan a un nuevo perro.

Me cuesta mucho decirle que no, especialmente cuando se trata de esto. Acogimos a nuevos miembros durante todo el verano, cada vez que un perro lo pasaba mal en el refugio, pero al final acaba encontrándoles un hogar a todos. Sin embargo, no me importaría adoptar otro algún día, o incluso llenar el apartamento con ellos.

—Pero creo que van a hacer cola en la puerta para adoptarlo después de esta noche —añade antes de que yo pueda responder.

Cheryl saca a Teddy, con el pelo perfectamente cepillado y una pequeña bandana de los Raptors, listo para el partido. Se lo pasa a Stevie mientras el pequeño, emocionado, cubre a mi chica de besos.

—¿Ya se lo has enseñado? —pregunta Cheryl.

—¿Enseñarme qué?

Stevie sonríe con complicidad y se pasa a Teddy a un brazo antes de deslizarme uno de sus formularios de adopción por el mostrador de recepción.

—¿Qué es esto? —pregunto mirando el papel.

—¿Recuerdas que te decía que algunos de los perros serían excelentes animales de terapia? Bueno, con la financiación del equipo, Cheryl ha podido contratar a un entrenador especializado, y vamos a hacerlo —me explica señalando el último párrafo de la página—. Aquí dice que si adoptas un perro del programa de terapia, debes asistir a cierta cantidad de eventos de Active Minds durante todo el año. Pensamos que sería genial tanto para los niños como para los cachorros.

—¿Qué? Vee. —Miro el folleto, sin palabras—. ¿Bromeas?

Ella niega con la cabeza, con una enorme sonrisa y los ojos resplandecientes.

—No sé qué decir. Esto es increíble. Gracias. Gracias a los dos.

Parpadeando rápidamente, mantengo la mirada en las palabras, sin poder dirigirla a ninguna de ellas.

Rosie ha tenido un gran impacto en mi vida, incluida mi salud mental, que es una de las razones por las que insistí tanto en que los Raptors apoyaran este lugar. No puedo ni imaginar el bien que me habría hecho tener un animal que me ayudara a calmarme cuando era más joven. Esto va a ser maravilloso para los niños de Active Minds.

Stevie me acaricia el bíceps para consolarme antes de apoyarme la cabeza en el brazo.

—Te quiero.

Miro el formulario, estupefacto, mientras Stevie hace gala una vez más de su dulce corazón.

—Yo también te quiero.

—Ya está bien —interrumpe Cheryl—. Vais a llegar tarde. ¡Envíame fotos de Teddy en la gran pantalla!

Ahora que acabo de empezar mi octavo año en la Liga, el United Center se ha convertido en mi segundo hogar, y creo que pasaré más tiempo aquí esta temporada de lo que lo he hecho nunca. Entre mis partidos y los de Ryan, será mejor que me mude.

Llevo semanas dándole vueltas a tener que salir directamente hacia el aeropuerto después del primer partido en casa de la temporada. No me entusiasma tener que enfrentarme a la realidad de que Stevie no esté en el avión, pero están sucediendo demasiadas cosas buenas para ella en Chicago como para revolcarme en la autocompasión. Una de ellas es que, por primera vez en la carrera profesional de su hermano, podrá asistir a cada uno de sus partidos en casa porque no estará de viaje durante la misma temporada.

Stevie está eufórica con eso, y sé que él también.

—Zee, ¿estás listo? —me pregunta Maddison, que se vuelve a poner la chaqueta del traje después de nuestra primera victoria de la temporada.

Cojo mi cartera, móvil y llaves, y lo sigo fuera del vestuario.

Los hinchas se alinean en las barreras del exterior, pidiendo fotos, un autógrafo o incluso tan solo poder echar un vistazo a los últimos campeones de la Copa Stanley. Y los complazco. Todo es parte de mi nueva imagen, en la que soy completa y absolutamente yo mismo.

Lo más sorprendente es que a los seguidores les gusto más ahora que cuando estaba actuando.

El nuevo agente de Maddison y mío es un hombre de familia que entiende el tipo de personas que somos. No nos presiona para mantener las apariencias y solo nos ofrece oportunidades con las que nos sintamos cómodos. Tanto él como la franquicia de los Raptors han priorizado publicitar Active Minds, por lo que la fundación benéfica ha obtenido mucho reconocimiento en los últimos meses una vez que la gente se enteró de que yo era uno de los cofundadores.

Me gusta tener no solo un nuevo agente de mi lado, sino también una franquicia de hockey al completo. Por fin siento que puedo ser yo mismo sin ser castigado por ello.

La lista de clientes de Rich se acerca peligrosamente a cero. Él, más que nadie, sabe que a los paparazzi les encantan los buenos escándalos, y las noticias vuelan. En cuanto otros deportistas se enteraron de la putada que me hizo al no decirme que me habían ofrecido un contrato, comenzaron a despedirlo uno por uno.

Pero Rich se lo pierde, porque el dúo que tenemos Maddison y yo ahora es infinitamente más popular que el que representamos durante años. ¿Quién hubiera pensado que a los hinchas de Chicago les encantaría mi verdadero yo, esa versión feliz y auténtica de mí mismo que se queda los fines de semana con su chica y es padre de una dóberman?

Pero que no se me malinterprete. Vas a seguir acabando en el hielo si te metes con mis muchachos. Una cosa que nunca cambiará es lo tremendamente protector que soy con mi gente.

—¡Tío Zee! —Ella corre hacia mí cuando llego por fin al aparcamiento para los jugadores, más allá de los hinchas—. ¿Qué me regalas este año?

La cojo en brazos y la llevo hasta donde esperan su madre y Stevie.

—Mmm. No sé. Ya tienes cuatro años. Creo que deberíamos cambiar. ¿Qué quieres de cada ciudad que visitemos?

—Tal vez ropa nueva o una muñeca.

De los imanes pasamos a las muñecas. Menudo cambio.

—¿Quieres una muñeca de cada ciudad que visitemos? Son muchas muñecas.

—Sí —asiente convencida, encogiendo un hombro, como si treinta y una muñecas fuera una cifra completamente razonable. Abre de par en par esos ojos esmeralda cuando mira por encima de mi hombro—. ¡Hola, papi! —Se retuerce entre mis brazos y corre hacia él.

Le doy un beso en la mejilla a Logan y le hago cosquillas en la barriga a MJ para escuchar su nueva risa antes de encontrar a Stevie esperándome junto al Mercedes, que está estacionado al lado de la camioneta de Maddison.

Le paso ambos brazos alrededor de los hombros y nos balanceo.

—Buen partido —me felicita, acariciándome la espalda arriba y abajo con una mano—. Esa pelea me ha puesto bastante.

—¿A que sí? —Le enseño la cara, girándola de lado a lado—. Mira a esta máquina de hacer dinero. Intacta y tan perfecta como siempre.

Ella pone los ojos en blanco juguetonamente, pero ya está acostumbrada a mi labia.

—¿Cómo ha ido con Teddy?

Ambos miramos al terrier, que está emocionadísimo en el suelo, moviendo la cola tan rápido que apenas se ve.

—Genial. Cheryl me ha dicho que ya tiene la bandeja de entrada llena de mensajes pidiendo cita para visitarlo y conocerlo.

—Rio dice que está interesado.

—Debería llamar al refugio después del vuelo. En realidad, haría buena pareja con Teddy. Me recuerdan el uno al otro.

Teddy nos mira fijamente, ansioso por llamar la atención.

—Sé por qué lo dices.

Me fundo entre los brazos de Stevie y escondo la cara en su cuello.

—No quiero irme —murmuro contra su piel.

—Estarás bien —se ríe—. Saluda a Indy de mi parte.

—No puedo creer que la convencieras de que se mudara con tu hermano. Eso es un desastre en ciernes.

—Creo que les irá genial.

A mi chica se le da tan terriblemente mal mentir como a mí.

—La saludaré de tu parte.

—Tendremos que celebrar su ascenso cuando volváis.

—Adiós a Tara, ¿eh?

—Sí. Despedida por confraternizar. ¿Te lo puedes creer? —Stevie trata de ocultar su sonrisa de satisfacción, pero se le nota en el tono de voz—. Indy está al mando ahora.

—Una cosa, nena —empiezo, y me aparto para mirarla—. Ya no eres azafata. No te pueden despedir, y recuerdo algo que me muero por hacer a mil metros de altura.

—Miles —me corrige ella—. Pero no voy a echar un polvo en un avión público. —Me da unas palmadas en el pecho con condescendencia y añade—: Lo siento.

Arqueo una ceja.

—Si crees que no voy a alquilar un jet privado para que eso suceda, está claro que no me conoces demasiado, nena.

—No digas tonterías —sentencia, con esos ojos verde azulados brillando de diversión.

—Me quieres.

—Joder, ya lo creo.

—Bueno, tío —nos interrumpe Maddison—. Tenemos que ir al aeropuerto.

—Solo serán unos días —me recuerda Stevie—. Te quiero. Diviértete con tus compañeros.

La cojo por la nuca y le rozo la mandíbula con el pulgar. Le besuqueo el cuello de arriba abajo y le repaso las pecas de las mejillas antes de besarla con urgencia. Ambos sonreímos en los labios del otro al ver que estoy siendo demasiado dependiente en este momento, pero a la mierda. Lo soy.

—Te quiero, Vee. —Sello mis palabras con un beso más antes de marcharme con Maddison, con la maleta a cuestas.

—¿Cuándo lo vas a hacer oficial? —bromea mi amigo una vez que estamos fuera del alcance del oído de las chicas.

Divertido, pongo los ojos en blanco mientras me subo al asiento del copiloto de su camioneta.

—No todo el mundo se casa en cuanto conoce a su persona.

—Sí, pero tú no eres como todo el mundo. Así que ¿cómo va la cosa? ¿Vas a hacer la pregunta o qué?

—Lewis está trabajando en su anillo —digo, con una media sonrisa cargada de astucia—. Averiguar su talla de anillo hace tantos meses fue la tapadera perfecta. Debería estar listo pronto.

—Es extravagante de la hostia, ¿a que sí?

—¿Acaso no me conoces?

Maddison sale del aparcamiento mientras yo miro por la ventana del copiloto a mi chica.

—Bienvenido al club —dice—. Irse de viaje es una mierda.

Stevie se despide con la mano, con una sonrisa tan suave y dulce como ella, y no puedo creer lo afortunado que soy de poder volver a casa con ella.

Nunca pensé que diría esto, pero:

—Odio los partidos fuera de casa.

Agradecimientos

A mi madre, gracias por emocionarte con cada pequeño suceso en el camino, aunque tengas prohibido leer mis libros. A pesar de ello, agradezco tu apoyo.

A Camille, gracias por ser mi Indy en la vida real. Eres la mejor compañera de trabajo, y te convertiste en mi compañera de viaje y en mi mejor amiga. Viajando contigo por trabajo estos últimos seis años he creado algunos de mis mejores recuerdos. Siempre estás dispuesta a almorzar conmigo cuando estamos fuera, y lo cierto es que no podría pedirle más a una amistad.

A Allyson, gracias por todo su entusiasmo y apoyo. Como compañera de lectura y una de mis amigas más íntimas, siempre estoy deseando informarte de cómo llevo cada libro. Me muero por que leas este.

A Erica, gracias por tus fantásticas correcciones. No podría estar más agradecida de que alguien que entiende el humor y el tono de esta historia esté trabajando en ella. Qué suerte contar contigo.

A Becka, Hannah, Jane y Ki: gracias por ser mis cajas de resonancia y por todo el amor que nos habéis dado a S, Z y a mí. El chat del grupo es…, bueno, mejor no diré más.

A Becka, mi primera amiga escritora en línea, que se convirtió en mi mejor amiga en la vida real. Gracias por ser el primer par de ojos que vieron *Rozando el cielo*.

A mis lectores, gracias por todo. Gracias por acompañarme y apoyarme en este camino. Nada de esto sería posible sin vosotros. Sobre todo, gracias por todo el cariño que le habéis dado a Zanders. Gracias a vosotros ha pasado de personaje secundario a protagonista. Espero haberle hecho justicia y que os guste tanto como a mí.